Le clan de la révolte

Du même auteur aux Éditions J'ai lu :

DIANA GABALDON

Le chardon et le tartan - 13

Le clan de la révolte

Traduit de l'américain par Philippe Safavi

Cet ouvrage constitue la deuxième partie du livre publié en un seul volume aux Presses de la Cité sous le titre *Les canons de la liberté*.

Titre original :

A BREATH OF SNOW AND ASHES

PREMIÈRE PARTIE

Où est Perry Mason quand on a besoin de lui ?

24

Courrier dangereux

De lord John Grey,
colonie de Virginie
plantation de Mount Josiah,

À M. James Fraser,
Fraser's Ridge,
Caroline du Nord

Le 6 mars 1775

Cher Monsieur Fraser,

Mais que diable manigancez-vous encore ? Au fil de notre longue accointance, vous m'avez donné à voir de nombreuses facettes de votre personnalité, parmi lesquelles l'opiniâtreté et l'excès figuraient en bonne place, mais je vous ai toujours connu comme un homme intelligent et d'honneur.

Or, en dépit de mes mises en garde explicites, je trouve de nouveau votre nom cité dans plusieurs listes de personnes soupçonnées de trahison et de sédition, associées à des assemblées illégales et donc susceptibles d'être arrêtées. Mon ami, vous ne devez d'être encore libre qu'au manque d'effectifs de l'armée en Caroline du Nord, une situation qui pourrait rapidement changer. Josiah Martin a imploré l'aide de Londres, et celle-ci ne saurait tarder, je vous l'assure.

Si Gage n'était accaparé à Boston et si Dunsmore n'était encore en train de constituer ses troupes en Virginie, l'armée serait à vos portes d'ici quelques mois. Ne vous bercez pas d'illusions, Sa Majesté a peut-être manqué de discernement dans ses actes, mais le gouvernement a pris, un peu tard certes, toute la mesure du niveau d'agitation dans les colonies et est bien décidé à y remédier afin d'éviter le pire.

Je sais que n'étant point sot, vous êtes conscient des conséquences de vos actes. Mais je ne serais pas un ami digne de ce nom si je ne vous l'énonçais pas clairement, vous mettez votre famille dans le plus grand péril et vous vous passez vous-même la corde autour du cou.

Au nom de l'affection que vous me portez peut-être encore et des liens entre votre famille et moi-même qui me sont si chers, je vous conjure de renoncer à ces fréquentations nuisibles pendant qu'il est encore temps.

John

Je relus la lettre, puis regardai Jamie. Il était assis à son bureau, derrière un amas de papiers et d'éclats de sceaux brisés. Bobby Higgins lui avait apporté de nombreuses lettres, journaux et colis, et il avait laissé le courrier de lord John pour la fin.

Je le reposai sur le tas.

— Il a très peur pour toi.

— Je sais, *Sassenach*. Pour un homme tel que lui, admettre que le roi « a manqué de discernement » frôle la haute trahison.

Je supposai qu'il plaisantait et demandai :

— Ces listes dont il parle, tu es au courant ?

Il haussa les épaules, puis fouilla du morceau de l'index le désordre devant lui, extirpant une feuille de papier sale qui, à un moment ou un autre, avait dû tomber dans une flaque d'eau.

— Il doit s'agir de ce genre de torchon.

À peine lisible, la lettre n'était pas signée. Il s'agissait d'une dénonciation dysgraphique et virulente de divers « provocateurs et débochés » dont les discours, les actes et le comportement constituaient une menace pour tous les partisans de la paix et de la prospérité. Il fallait, estimait l'auteur, montrer à ces renégats « de quoi qu'il retourne », apparemment en les passant à tabac, en les dépeçant vivants, « en les roulan dans le goudron bouyan et les egzibant sur la place public », ou dans les cas particulièrement pernicieux, « en les pandan sur place à un arbre devan leur maison ».

Du bout des doigts, je déposai le morceau de papier sur le bureau.

— Où as-tu trouvé ça ?

— À Campbelton. On l'a envoyé à Farquard en tant que juge de paix. Il me l'a fait transmettre parce que mon nom y figure.

— Ah oui ?

Je repris la lettre et examinai avec attention les pattes de mouche.

— En effet. « J. Frayzer. » Tu es sûr qu'il s'agit de toi ? Ce ne sont pas les Fraser qui manquent, et parmi eux, il y a de nombreux John, des James, des Jacob et des Joseph.

— Mais peu qui pourraient être décrits comme un « rouquin déjénéré vérolé usureur fis de catin qui rode dans les bordel quan il est pas ivre et ne fai pas des scandale dans la ru ».

— Ah, je n'avais pas vu cette partie.

— C'est dans le petit commentaire, à la fin.

Il jeta un coup d'œil indifférent au bout de papier, ajoutant :

— Ce doit être Buchan, le boucher, qui l'a écrit.

— En présumant que le mot « usureur » existe, je me demande où il a été cherché ça. Pour prêter de l'argent, il faudrait d'abord que tu en aies.

— Depuis quand ce genre de démarche a besoin de se fonder sur la vérité, *Sassenach* ? En outre, grâce à MacDonald et au petit Bobby, beaucoup de gens s'imaginent désormais que je suis riche. Si je refuse de leur prêter mon argent, c'est parce que je l'ai remis entre les mains de spéculateurs juifs et des whigs, étant décidé à ruiner le commerce afin de satisfaire mes propres intérêts.

— Quoi ?

— Oui, j'ai trouvé ce commentaire dans une babillarde légèrement plus littéraire.

Il sortit du tas une élégante feuille de papier-parchemin, couverte d'une belle calligraphie ronde. Envoyée à un journal d'Hillsboro, elle était signée « un ami de la justice ». Elle ne nommait pas Jamie, mais le sujet de sa dénonciation était clair.

Je le dévisageai d'un œil critique.

— C'est à cause des cheveux. Si tu portais une perruque, ils auraient plus de mal à t'épingler.

Il me répondit par une moue sardonique. Le cliché selon lequel les roux étaient des êtres frustes et immoraux, quand ils n'étaient pas carrément des rejetons du démon, n'était pas l'apanage des auteurs de lettres anonymes. Cette réputation, associée à une antipathie personnelle, était encore renforcée par le fait qu'il ne portait jamais de perruque ni de poudre, même dans ces occasions où un gentleman se devait de le faire.

Je saisis une liasse de documents sur le bureau et les feuilletai. Il m'observa en silence, écoutant le bruit de la pluie au-dehors.

Nous étions au beau milieu d'un orage de printemps. L'air froid et humide était chargé des odeurs de la forêt qui s'insinuaient sous les portes et les fenêtres. En entendant le vent dans les arbres, j'avais parfois l'impression que la nature voulait s'inviter à l'intérieur, s'engouffrer dans la maison et l'oblitérer, effaçant toute trace de notre existence.

Les lettres avaient diverses provenances. Certaines émanaient de membres du comité de correspondance de la Caroline du Nord, apportant surtout des informations au sujet des colonies du nord. Des comités d'association continentale avaient été créés dans le New Hampshire et le New Jersey, et, peu à peu, ils accaparaient toutes les fonctions du gouvernement à mesure que les gouverneurs royaux perdaient leur mainmise sur les assemblées, les tribunaux et les douanes, les derniers vestiges d'organisation sombrant dans le chaos.

Les troupes de Gage occupaient toujours Boston, et quelques lettres lançaient un appel de dons pour aider les habitants assiégés. Nous avions déjà envoyé deux cents livres d'orge au cours de l'hiver. L'un des Woolam avait entrepris de les acheminer jusque dans la ville, avec trois carrioles de provisions données par les habitants de Fraser's Ridge.

Jamie avait saisi une plume et écrivait, lentement en raison de la raideur de ses doigts.

Il y avait ensuite une note de Daniel Putman expédiée depuis le Massachusetts. Il faisait état de la création de milices dans tout l'arrière-pays et demandait des armes et de la poudre. Elle était signée par une douzaine d'autres hommes, chacun attestant de la véracité de l'information dans sa propre commune.

On proposait d'organiser un second congrès continental, à Philadelphie cette fois, mais la date n'avait pas encore été arrêtée.

La Géorgie avait constitué un congrès provincial, mais l'auteur, un loyaliste qui présumait visiblement que Jamie partageait ses vues, observait triomphalement : « Ici comme ailleurs, peu sont ceux qui font grief à la mère patrie. Le sentiment loyaliste est si puissant que seules cinq paroisses sur douze ont envoyé quelqu'un à ce congrès d'arrivistes illégal. »

Un exemplaire assez mal en point de la *Massachusetts Gazette* publiait une lettre encadrée de noir et intitulée

« La Règle de droit et la règle des hommes ». Elle était signée « Novanglus », que je supposais être une traduction latinisante de « L'Anglais nouveau ». Elle répondait aux lettres d'un tory publiées antérieurement et qui, lui, signait « Massachusettensis ».

J'ignorais qui était Massachusettensis, mais je reconnus quelques phrases de Novanglus pour les avoir déjà lues, il y avait longtemps, dans un manuel d'histoire de Brianna, où on les attribuait à John Adams.

— « Un gouvernement de lois et non d'hommes », murmurai-je. Quel nom de plume prendrais-tu si tu devais écrire ce genre de choses ?

Relevant les yeux, je remarquai son air embarrassé à l'extrême.

— Quoi, tu l'as déjà fait ?

— Oh, juste une petite lettre par-ci par-là, se défendit-il. Pas des pamphlets.

— Et tu es qui ?

— « Scotus Americanus », juste le temps de trouver un meilleur surnom, car plusieurs l'utilisent déjà.

— C'est déjà ça. Dans le nombre, le roi aura plus de mal à t'identifier.

Marmonnant « Peuh ! Massachusettensis » entre mes dents, je pris le document suivant.

C'était une lettre de John Stuart, profondément outré par la brusque démission de Jamie. Il notait que les membres du congrès du Massachusetts, « une assemblée parfaitement illégale et prodigue », avaient formellement invité les Indiens de Stockbridge à les rejoindre et que si des Cherokees venaient à suivre leur exemple, lui, John Stuart mettrait un point d'honneur à s'assurer que Jamie Fraser soit pendu pour trahison.

— Le pire, c'est qu'il ignore sans doute que tu es roux.

J'avais beau plaisanter, j'étais ébranlée. Voir cela écrit ainsi noir sur blanc me donnait froid dans le dos et, en dépit du châle en laine autour de mes épaules, je sentis une première goutte de pluie glacée me tomber dans le cou.

Le bureau n'avait pas de cheminée, juste un petit brasero qui brûlait dans un coin. Jamie se leva, saisit une liasse de documents et les jeta un à un dans le feu. J'eus une forte impression de déjà-vu : lui, près de l'âtre dans le salon de son cousin Jared à Paris, lançant des lettres dans les flammes ; la correspondance volée des conspirateurs jacobins disparaissant en volutes de fumée blanche, tels les nuages d'un orage passé depuis longtemps.

Après avoir lâché le dernier morceau embrasé, il sabla la lettre qu'il venait d'écrire, la secoua, puis me la tendit. Il avait utilisé une des feuilles du papier que Brianna fabriquait en pressant de la pulpe de vieux chiffons et des matières végétales entre des écrans de soie. Il était plus épais que les autres, avec une surface douce et brillante. Elle avait ajouté des baies et de minuscules feuilles dans son mélange, si bien qu'ici et là, des filaments rouges s'étiraient comme un filet de sang.

Fraser's Ridge, colonie de Caroline du Nord
De James Fraser à lord John Grey
Plantation de Mount Josiah, colonie de Virginie

Le 16 mars 1775

Mon cher John,

Il est trop tard.
Poursuivre notre correspondance ne pourrait que vous nuire, et c'est avec le plus grand regret que je me vois contraint de rompre ce lien avec vous.
Je reste à jamais, croyez-le,
Votre humble et affectueux ami,

Jamie

Je la lus en silence, puis la lui rendis. Pendant qu'il cherchait sa cire à cacheter, je remarquai sur le coin de son bureau un paquet que la masse de courrier avait dissimulé.

Je le pris. Il était étonnamment lourd pour sa taille.

— Qu'est-ce que c'est ?

— Un présent de John, pour Jemmy.

Il alluma une chandelle en cire dans le brasero et la tint au-dessus du repli de la lettre, ajoutant :

— D'après Bobby, c'est un jeu de petits soldats de plomb.

25

Le 18 avril

Roger se réveilla en sursaut. Il faisait nuit noire, mais l'air avait cette qualité immobile, intime, du petit matin, quand le monde retient son souffle juste avant que le vent ne se lève en apportant l'aube avec lui.

Il tourna sa tête sur l'oreiller et constata que Brianna était éveillée, elle aussi. Elle regardait le plafond. Il aperçut le bref reflet de sa paupière quand elle cligna des yeux.

Il avança une main pour la toucher et elle la retint. Était-ce pour qu'il ne fasse pas de bruit ? Il ne bougea pas, tendant l'oreille, mais il n'entendit rien. Une braise se brisa dans l'âtre dans un craquement étouffé, et elle serra sa main. Jemmy se retourna dans son lit, poussa un petit cri, puis se tut. La nuit était paisible.

— Que se passe-t-il ? chuchota-t-il.

Elle ne se tourna pas vers lui. Elle observait à présent la fenêtre, rectangle gris à peine visible.

— Hier, c'était le 18 avril. Ça a commencé.

Elle parlait d'une voix calme, mais quelque chose dans son ton le fit se rapprocher, se collant à elle de l'épaule aux orteils.

Quelque part dans le Nord, des hommes se regroupaient dans la nuit froide du printemps. Huit cents soldats britanniques, grognant et jurant tandis qu'ils s'habillaient à la lueur des bougies. Ceux qui s'étaient couchés étaient réveillés par le roulement des tambours passant devant la porte des maisons, des entrepôts et des églises où ils étaient hébergés ; les autres sortaient en titubant des tripots et des tavernes, s'arrachaient aux bras des filles de joie, cherchaient leurs bottes, saisissaient leurs armes, se présentaient par deux, trois ou quatre au point de rassemblement, cliquetant et grommelant dans les rues tapissées de boue gelée.

— J'ai grandi à Boston, déclara-t-elle. Tous les enfants de la ville apprennent ce poème tôt ou tard. Moi, j'avais environ dix ans.

Roger sourit, l'imaginant dans son uniforme de l'école paroissiale Saint-Finbar, avec son pull bleu marine, ses chaussettes hautes et son chemisier blanc. Un jour, il avait vu une photo d'elle : une tigresse échevelée qu'un fou avait habillée avec des vêtements de poupée. Il récita :

— « Écoutez, mes enfants, et vous connaîtrez la chevauchée nocturne de Paul Revere. »

— Oui, c'est bien celui-là, confirma-t-elle. « Le dix-huit avril, en l'an soixante-quinze. À peine une âme aujourd'hui encore se souvient de ce jour et de cette année célèbres. »

— « À peine une âme », répéta Roger dans un murmure.

Quelqu'un... qui ? Un propriétaire, surprenant la conversation des commandants britanniques stationnés chez lui ? Une serveuse apportant des brocs de rhum chaud à un groupe de sergents ? Impossible de garder un secret avec huit cents hommes en déplacement. Ce n'était qu'une question de temps. Depuis la ville occupée, quelqu'un avait fait passer l'information selon laquelle les Britanniques s'apprêtaient à s'emparer d'un dépôt d'armes et de poudre à Concord et, parallèlement, à arrêter Hancock et Samuel Adams, le fondateur du comité de sécurité et l'orateur enflammé, les meneurs de la « rébellion traîtresse », comme on l'appelait à Lexington.

Huit cents hommes pour en capturer deux ? Ce n'était pas prendre un grand risque. Mais un orfèvre et ses amis, alarmés par la nouvelle, s'étaient mis en route par cette nuit glacée. Brianna poursuivit :

— « À son ami il dit : "Si les Anglais hors des murs
Par voie de terre ou de mer s'aventurent
Par une lanterne sous l'arche du beffroi
De la tour de North Church, avertis-moi.
Un feu s'ils viennent à pied, deux par la mer.
Tapi sur l'autre rive, je guetterai ton signe
Paré à chevaucher à l'intérieur des terres
Dans tous les villages donnant l'alarme
Afin que la campagne prenne les armes." »

— On n'en fait plus, des poèmes comme ça ! observa Roger.

En dépit de son cynisme, il ne pouvait s'empêcher de voir la scène : la vapeur sortant des naseaux du cheval, blanche dans les ténèbres, et, de l'autre côté de l'eau noire, une lanterne haut perchée, telle une étoile au-dessus de la ville endormie. Puis une autre.

— Que s'est-il passé ensuite ? demanda-t-il.

— « "Bonne nuit", dit-il, puis, pagaies assourdies,
Rama sans bruit vers Charleston endormie.
La lune se levait lentement sur la baie,
Où, toutes amarres ballantes, veillait
Le Somerset, navire de guerre anglais ;
Vaisseau fantôme, dont les gréements altiers,
Tenaient l'astre sélène emprisonné,
Son immense coque noire magnifiée
Par son reflet moiré dans la marée. »

— Ça se tient, opina Roger. J'aime assez ce détail du *Somerset*. On croirait un tableau romantique.

Elle lui donna un petit coup de pied.

— Tais-toi, ce n'est pas fini. Ça se poursuit avec son ami, « qui erre et observe, tout ouïe / jusqu'à ce qu'il entende dans le silence de la nuit / l'appel des hommes à la porte des casernes / le bruit des armes, la foulée des bottes / et le pas mesuré des grenadiers / marchant vers le rivage où leurs canoës sont amarrés ».

Roger avait visité Boston au printemps. À la mi-avril, les arbres étaient encore pratiquement nus, leurs branches bourgeonnantes formant une vague brume verte sous le ciel pâle. Les nuits étaient encore froides, mais déjà animées par le souffle du renouveau.

— Vient ensuite une partie ennuyeuse où il est question de son ami qui grimpe au beffroi, mais j'aime bien la strophe suivante.

Elle reprit, chuchotant en prenant des accents mélodramatiques :

— « Plus bas, sur la colline, dans le cimetière,
Les morts montaient la garde enfouis sous terre,
Dans un silence si profond et tranquille,
Qu'il entendait, tel le pas du vigile,
Le vent glisser de sépulture en sépulture
Soufflant : "Tout va bien !" dans un murmure.
L'espace d'un instant, l'angoisse le saisit,
L'esprit sinistre du lieu s'empare de lui,
Le plongeant dans l'effroi des trépassés.
Puis toutes ses pensées convergent soudain
Vers une ombre mystérieuse dans le lointain
Là où le fleuve s'ouvre à la baie.
Une ligne noire qui se tord et s'étire
Sur la marée tel un pont de navires. »

Brianna retrouva un ton normal pour indiquer :

— Ensuite, il y a tout un passage sur Paul Revere qui attend le signal. Celui-ci arrive enfin, puis...

« Dans une rue de village, un bruit de galop,
Une silhouette sous la lune, à peine un halo,
Sur les pavés, une étincelle, frappée par le sabot
D'un cavalier véloce et intrépide et hardi.
Rien de plus ! Pourtant, dans le noir de la nuit
C'est le sort d'une nation qui s'élance ainsi,
Et l'étincelle de ce héraut à la course effrénée
Par sa chaleur tout un pays allait embraser. »

— Pas mal.

Il posa sa main sur sa cuisse, juste au-dessus du genou, au cas où elle le frapperait encore, ce qu'elle ne fit pas.

— Tu te souviens de la suite ?

— Il longe le fleuve Mystique, puis trois strophes le décrivent traversant les communes :

« Le clocher du village sonna douze coups
Quand il franchit le pont de Medford.
Un coq au loin chanta haut et fort,
Dans une ferme aboya un chien-loup.
En passant, il sentit l'envelopper l'humidité
Qui s'élève du fleuve à la nuit tombée.

Le clocher du village frappa un coup
Quand il entra dans Lexington crotté de boue.
Il aperçut l'éclat d'or de la girouette
Parée de clair de lune sur son faîte.
Les fenêtres du temple, blanches et nues,
Lancèrent sur lui des regards éperdus
Semblant déjà épouvantées
Par le carnage bientôt livré à leurs pieds.

Le clocher du village frappa deux coups
Quand il s'élança sur le pont de Concord.
Il entendit les bêlements de la horde
Et dans les arbres, le chant du coucou.
Il sentit le souffle de la brise matinale
Caresser le jardin communal.
Qui parmi ceux paisiblement endormis,
Se croyant à l'abri au fond de leurs lits,
Tomberait en premier défendant le pont
Transpercé par une balle de mousqueton ? »

— Tu connais la suite, acheva-t-elle brusquement.

Autour d'eux, l'atmosphère avait changé. Le calme des premières heures s'était dissipé, et le vent agitait les arbres. La nuit s'animait, son chant du cygne avant l'apparition de l'aube.

Les oiseaux ne gazouillaient pas encore, mais étaient réveillés. L'un d'eux appelait, encore et encore, non loin dans la forêt, un son aigu et doux. Par-dessus l'odeur lourde des cendres froides dans l'âtre, il respirait l'air pur du matin et sentit son cœur battre plus fort.

— Raconte-la-moi, murmura-t-il.

Il voyait les ombres des hommes filer entre les arbres, entendait les coups furtifs contre les portes, les messes basses excitées, tandis que, lentement, le jour se levait à l'est. Le clapotis des rames à la surface de l'eau, le beuglement des vaches réclamant d'être traites et, dans la brise, l'odeur rance des hommes arrachés au sommeil, le ventre vide, senteur rendue plus âpre encore par les relents de poudre et d'acier.

Sans réfléchir, il libéra sa main de celle de sa femme, roula sur elle, remonta sa chemise au-dessus de ses cuisses, et la prit, vite et fort, partageant par procuration ce besoin aveugle de se reproduire face à l'imminence de la mort.

Puis il resta allongé sur elle, tremblant, la sueur séchant sur son dos, les battements de son cœur résonnant dans ses oreilles. Pour lui, pensa-t-il. Pour celui qui serait le premier à tomber. Le malheureux qui, peut-être, n'avait pas saisi la dernière chance de faire un enfant à sa femme au cours de la nuit, qui n'avait pas imaginé ce que l'aube pourrait apporter avec elle. Cette aube-ci.

Étendue sous lui, Brianna chuchota de nouveau :

— La suite, tu la connais.

— Brianna, murmura-t-il, je vendrais mon âme pour être là-bas maintenant.

— Chut.

Elle posa la main sur son dos, dans un geste qui se voulait peut-être une bénédiction. Ils demeurèrent immobiles, observant la lumière augmenter progressivement, en silence.

Ce silence fut interrompu un quart d'heure plus tard par des pas précipités et un tambourinement contre la porte. La tête de Jemmy pointa brusquement hors du berceau, tel un coucou suisse, les yeux ronds. Roger se leva d'un bond et remit précipitamment de l'ordre dans sa chemise de nuit.

C'était l'un des Beardsley, blême et les traits anxieux dans l'aube grise. Ne semblant même pas voir Roger, il lança à Brianna :

— Le bébé arrive, venez vite !

Puis il partit en trombe vers la maison, où l'on apercevait la silhouette de son frère gesticulant sur le perron.

Brianna enfila ses vêtements en un clin d'œil et se rua au-dehors, laissant Roger s'occuper de Jemmy. Elle retrouva sa mère au niveau de l'écurie, semblant aussi mal réveillée qu'elle, mais avec un sac d'ustensiles médicaux soigneusement préparé en bandoulière, hâtant le pas sur le sentier qui menait à la cabane des Beardsley.

— Elle aurait dû descendre la semaine dernière, haleta Claire. Je le lui avais pourtant dit...

— Moi aussi. Elle m'a répondu...

Hors d'haleine, elle abandonna l'idée de parler. Les frères Beardsley étaient déjà loin, filant à travers bois comme deux chevreuils en poussant des cris, soit de pure excitation, soit pour prévenir Lizzie que les secours approchaient.

Claire s'était inquiétée en raison du paludisme de Lizzie. Pourtant, l'ombre menaçante qui planait sans cesse au-dessus de la jeune fille s'était évaporée pendant sa grossesse. Elle n'avait jamais paru aussi épanouie.

Néanmoins, l'estomac de Brianna se noua quand elles parvinrent en vue de la minuscule maison. Les peaux avaient été sorties et empilées à l'extérieur de la cabane comme une barricade et, l'espace d'un instant terrible, leur odeur lui rappela celle de la cabane des MacNeill, habitée par la mort.

Heureusement, quand elles ouvrirent la porte, il n'y avait pas de mouches. Elle dut faire un effort pour laisser passer sa mère, puis se précipita sur ses talons, pour découvrir qu'elles arrivaient trop tard.

Lizzie était assise au milieu de fourrures souillées, contemplant médusée un petit bébé rond et couvert de sang, qui la regardait avec la même expression de stupéfaction béate.

Jo et Kezzie s'accrochaient l'un à l'autre, trop excités et terrifiés pour parler. Du coin de l'œil, Brianna les voyait ouvrir et fermer la bouche en rythme décalé. Elle eut envie de rire, mais se retint et suivit Claire au chevet de la jeune mère.

— Il a jailli tout seul ! s'exclama Lizzie.

Elle ne réussissait pas à détacher son regard du nouveau-né, comme si elle craignait qu'il ne disparaisse aussi soudainement qu'il était apparu.

— J'ai eu très mal au dos toute la nuit, expliqua-t-elle. Au point que je n'arrivais pas à m'endormir. Les garçons se sont relayés pour me masser, mais rien n'y faisait. Puis, ce matin, quand je me suis levée pour aller au petit coin, toute l'eau s'est déversée entre mes jambes, exactement comme vous me l'aviez dit, madame ! J'ai dit à Jo et Kezzie de courir vous chercher, mais ensuite, je ne savais plus quoi faire. Alors, j'ai préparé de la pâte pour le petit déjeuner.

Elle indiqua la table où un bol de farine était posé à côté d'une cruche de lait et de deux œufs.

— Puis, tout à coup, j'ai eu cette terrible envie de... de...

Elle devint rouge pivoine.

— Enfin, bref... je n'ai même pas eu le temps d'aller chercher le pot de chambre. Je me suis accroupie ici près de la table et... plouf !... il était là sur le sol, sous moi !

Claire avait saisi le nouveau venu, lui roucoulant des paroles rassurantes tout en effectuant les vérifications d'usage chez un nourrisson. Lizzie lui avait préparé une couverture, tricotée avec amour dans de la laine d'agneau et teinte à l'indigo. Apercevant le linge immaculé, Claire sortit de son sac un morceau de flanelle taché. Elle enveloppa le bébé dedans et le tendit à Brianna.

— Tiens-le-moi un instant pendant que je coupe le cordon. Ensuite, prends ce flacon d'huile et nettoie-le bien. Je dois m'occuper de Lizzie. Quant à vous... (elle se tourna vers les jumeaux) dehors !

Le bébé gigota soudain, faisant sursauter Brianna. Elle retrouva aussitôt la sensation des petits membres grandissant en elle ; un coup de pied dans le ventre, agitant le liquide amniotique, tandis que la tête et les fesses rondes et lisses pressaient ses côtes. Elle cala l'enfant contre son épaule, lui murmurant :

— Salut, toi.

Il sentait la mer, une odeur étrange et fraîche qui contrastait avec la puanteur des peaux de bêtes.

Pendant ce temps, Claire pétrissait le ventre de Lizzie. Il y eut un bruit juteux et glissant. Brianna s'en souvenait aussi très clairement. Le placenta, ce second accouchement visqueux, presque un baume apaisant pour les tissus à vif, offrant un sentiment paisible d'achèvement.

Sur le seuil, les Beardsley en eurent le souffle coupé. Ils se tenaient côte à côte, les yeux écarquillés. Brianna les chassa d'un geste.

— Allez ! Ouste !

Ils disparurent aussitôt, la laissant avec la tâche charmante de nettoyer et d'huiler le minuscule corps froissé et gesticulant. C'était un bébé tout rond : avec un visage rond, des yeux ronds et un ventre rond d'où pointait le moignon du cordon ombilical, violacé et frais. Il ne criait pas, mais semblait parfaitement réveillé et alerte.

Il avait toujours cet air stupéfait. Il la regardait en ouvrant grands les yeux, avec une mine solennelle qui la fit sourire.

— Que tu es mignon !

Songeur, il fit claquer ses lèvres, puis plissa le front.

— Il a faim ! lança-t-elle par-dessus son épaule. Tu es prête ?

— Prête ? répondit Lizzie d'une voix chevrotante. Sainte Marie, mère de Dieu ! Comment peut-on être prête pour ce genre de choses ?

Claire et Brianna éclatèrent de rire.

Lizzie tendit les bras vers le petit paquet bleu et le posa contre son sein. Après un certain cafouillage accompagné de grognements impatients du bébé, la liaison fut enfin établie, provoquant un bref cri de surprise chez Lizzie et le grand soulagement de Claire et de sa fille.

Cette dernière prit soudain conscience d'un bruit de voix mâles à l'extérieur, une confusion de questions et d'observations perplexes.

Claire, souriant à la mère et à l'enfant, malaxait la pâte à crêpe oubliée.

— À présent, tu peux les laisser entrer.

Sortant la tête de la cabane, Brianna vit Jo, Kezzie, son père, Roger et Jemmy regroupés à quelque distance. En entendant la porte s'ouvrir, ils se tournèrent tous vers elle dans un même mouvement, leurs expressions allant de la fierté vaguement honteuse à la simple excitation.

Jemmy se précipita le premier.

— Maman ! Le bébé est arrivé ?

Il tenta de la pousser pour pénétrer dans la maison, mais elle le rattrapa par le col.

— Doucement. Oui, il est là. Tu peux le voir, mais il ne faut pas faire de bruit. Il est tout nouveau, et tu ne veux pas lui faire peur, n'est-ce pas ?

— « Il ? » interrogea l'un des Beardsley. C'est un garçon ?

Son frère lui donna un coup de coude dans les côtes.

— Je te l'avais bien dit ! Il me semblait bien avoir vu une petite bite.

— On ne dit pas « bite » devant les dames, l'informa sévèrement Jemmy. Et maman a dit qu'il fallait se taire.

— Euh… oui, bien sûr. Pardon, firent les Beardsley confus.

Avançant avec une précaution exagérée, ils entrèrent sur la pointe des pieds, suivis par Jemmy, Jamie le tenant fermement par l'épaule, puis par Roger.

Celui-ci s'arrêta un instant pour embrasser sa femme et lui glissa :

— Lizzie va bien ?

— Elle est un peu dépassée, mais, oui, très bien.

Rayonnante, Lizzie était assise dans le lit, ses cheveux brossés et brillants retombant sur ses épaules. Les jumeaux s'agenouillèrent de chaque côté, souriant jusqu'aux oreilles.

Jamie s'approcha et, s'inclinant, déclara formellement en gaélique :

— Que sainte Bride et sainte Columba te bénissent, jeune femme, et que l'amour du Christ te guide toujours dans ton rôle de mère. Que le lait jaillisse de tes seins telle l'eau de la source et que tu sois toujours en sécurité dans les bras de ton...

Il toussota, jetant un coup d'œil aux jumeaux.

— ... mari.

— Si on peut pas dire « bite », pourquoi on peut dire « seins », demanda Jemmy.

— Tu ne peux pas, l'informa son père. Sauf dans les prières. Ton grand-père récitait une bénédiction pour Lizzie.

— Ah. Et il n'y a pas des prières pour les bites ?

Évitant de croiser le regard de Brianna, Roger répondit :

— Sans doute, mais on ne les prononce pas à voix haute. Pourquoi ne vas-tu pas aider ta grand-mère à préparer le petit déjeuner ?

Le gril en fonte graissé grésillait déjà. Un délicieux parfum de pâte fraîche se répandit dans la pièce, tandis que Claire étalait des pâtés sur la plaque en métal.

Après avoir félicité Lizzie, Jamie et Roger s'étaient mis un peu à l'écart pour donner à la petite famille un moment d'intimité. Cependant, la cabane était tellement exiguë qu'ils avaient à peine de la place pour se mouvoir.

Jo, ou peut-être Kezzie, toucha du bout d'un doigt les cheveux de Lizzie, chuchotant :

— Tu es si belle. On dirait la nouvelle lune.

— Tu as eu très mal, mon cœur ? murmura Kezzie, ou Jo, en caressant sa paume.

Elle serra sa main et posa l'autre sur la joue de Jo.

— Pas tant que ça. Regardez ! Vous ne trouvez pas que c'est le plus beau bébé du monde ?

Repu, le nouveau-né s'était endormi. Il lâcha le mamelon de sa mère avec un petit « pop ! » et renversa la tête en arrière, la bouche entrouverte.

Les jumeaux émirent un son d'admiration similaire, battant des cils en contemplant leur fils avec des yeux de biche.

— Oh, regarde ses petits doigts ! s'émerveilla Jo ou Kezzie.

Il toucha de son doigt crasseux le minuscule poing rose.

— Il est… entier ? Tu as vérifié ? s'inquiéta soudain Kezzie ou Jo.

— Oui, le rassura Lizzie. Tiens, tu veux le porter ?

Sans attendre son assentiment, elle déposa le bébé dans ses bras. Il baissa vers lui un regard à la fois ravi et affolé, lançant avec ses yeux un appel à l'aide à son frère.

Attendrie par la scène, Brianna prit la main de Roger qui se tenait derrière elle et lui glissa :

— Ils sont mignons, non ?

— Oui, tellement mignons que ça donne envie d'avoir un enfant.

Ce n'était qu'une remarque innocente. Elle savait qu'il l'avait prononcée sans arrière-pensée, mais il en ressentit l'écho autant qu'elle et lâcha sa main.

— Tiens, c'est pour Lizzie.

Claire tendait à Jemmy une assiette de crêpes dégoulinantes de beurre et de miel.

— Quelqu'un d'autre a faim ?

La ruée qui s'ensuivit permit à Brianna de cacher son trouble, mais il était toujours là, quoique confus.

Oui, elle voulait un autre enfant, et comment ! Dès l'instant où elle avait tenu le bébé dans ses bras, elle en avait ressenti le désir avec une force qui surpassait la faim ou la soif. Et elle aurait tant aimé croire que c'était la faute de Roger si elle n'était pas encore enceinte.

Pour elle, cela avait été un véritable acte de foi, un bond vertigineux au-dessus du gouffre du savoir, que de cesser de prendre les graines de *dauco*, ces petites boulettes fragiles de protection. Pourtant, rien. Récemment, elle s'était remise à songer de plus en plus souvent aux tentatives infructueuses de Ian et de sa femme pour concevoir. Certes, elle n'avait encore jamais fait de fausse couche, ce pour quoi elle remerciait le ciel. Mais ce qu'il lui avait raconté concernant leurs rapports sexuels, qui étaient devenus de plus en plus mécaniques et désespérés, commençait à apparaître au loin, tel un spectre. Ils n'en étaient pas encore là, mais, plus d'une fois, elle s'était retrouvée dans les bras de Roger en pensant : « Maintenant ? Cette fois, c'est la bonne ? » Mais ça ne l'était jamais.

Les jumeaux étaient déjà nettement plus à l'aise avec le bébé, leurs têtes brunes pressées l'une contre l'autre, suivant du bout du doigt les contours du visage potelé, se demandant à voix haute, entre autres absurdités, à qui il ressemblait le plus !

Lizzie dévorait sa seconde assiette de crêpes, accompagnées cette fois de saucisses grillées. Cela sentait merveilleusement bon, mais Brianna n'avait pas faim.

Observant Roger dont c'était le tour de prendre l'enfant dans ses bras, elle se dit qu'au moins ils étaient fixés une fois pour toutes. S'il avait subsisté le moindre doute sur le fait que Jemmy soit son fils, il aurait été convaincu que c'était sa faute, comme Ian l'était ; il aurait pensé que quelque chose n'allait pas chez lui. En revanche, à présent…

Et elle, que lui était-il arrivé ? Avait-elle été blessée lors de la naissance de Jemmy ?

Jamie venait de prendre le nouveau-né, sa grande main soutenant la nuque fragile, avec ce regard doux et affectueux si irrésistible chez un homme. Elle aurait tant aimé voir la même émotion dans les yeux de Roger en train de tenir son propre bébé.

Enfin rassasiée, Lizzie écarta son assiette et se redressa dans son lit.

— Monsieur Fraser. Mon père... il... il est au courant ?

Jamie parut un instant déconcerté, puis rendit le bébé à Roger, essayant visiblement de gagner du temps pour trouver une manière moins pénible de lui avouer la vérité.

— Ah. Euh... Oui, je lui ai dit que le bébé était en route.

Mais il n'était pas venu. Lizzie pinça les lèvres, une ombre chagrinée passant sur son visage radieux.

L'un des jumeaux proposa sur un ton hésitant :

— Si... un de nous allait le prévenir ? Lui annoncer que le bébé est arrivé et que... Lizzie va bien.

Jamie hésita. M. Wemyss, plus pâle que jamais, n'avait pas fait la moindre allusion à sa fille, à ses beaux-fils ni à son futur petit-enfant depuis la confusion du double mariage de Lizzie. Toutefois, à présent que le petit-fils était bien là en chair et en os...

Le front soucieux, Claire intervint :

— Quoi qu'il juge devoir faire, il sera content d'apprendre que tout s'est bien passé.

— Tu as raison, convint Jamie. Mais je ne suis pas sûr que ce soit une bonne chose que Jo ou Kezzie aille le lui dire.

Les jumeaux échangèrent un long regard, prenant tacitement une décision. Puis l'un d'eux, se tournant vers Jamie, déclara d'une voix ferme :

— Je crois que si, monsieur. C'est notre bébé, mais c'est aussi son sang. Il y a désormais un lien entre nous. Il le sait bien.

— On ne veut pas qu'il soit fâché contre Lizzie, renchérit son frère. Elle a trop de peine. Peut-être que le bébé... l'amadouera ?

Brianna vit les yeux de Jamie remonter très brièvement vers le visage de Roger avant de se concentrer de nouveau sur le nourrisson dans ses bras. Elle réprima un sourire. Il n'avait certainement pas oublié l'accueil acrimonieux qu'il avait lui-même réservé à son futur gendre. C'était Roger qui avait vaincu ses réticences en établissant ses droits de père sur Jemmy, créant le premier maillon, si fragile, dans la chaîne qui les unissait désormais aussi solidement qu'elle à son père.

— Bon, d'accord, maugréa Jamie.

Il était évident qu'il n'avait aucune envie d'être de nouveau impliqué dans ces histoires de famille, mais il n'avait pas trouvé le moyen de s'en extirper.

— Allez le prévenir. Mais un seul d'entre vous ! Et s'il décidait de venir, l'autre s'éclipserait, c'est clair ?

— Oh oui, monsieur ! l'assurèrent-ils à l'unisson.

Hésitant, Jo, ou Kezzie, avança les bras vers le bébé.

— Devrais-je le lui...

— Non !

Lizzie s'était redressée, se soutenant sur les bras pour soulager la tension dans son bassin endolori.

— Dis-lui qu'on va bien. Mais s'il veut voir l'enfant, il n'a qu'à venir lui-même. Il sera le bienvenu. S'il refuse de pénétrer dans ma maison... eh bien, il devra renoncer à voir son petit-fils. Dis-le-lui.

Elle se rallongea avec précaution, puis tendit les bras.

— Maintenant, donnez-moi mon petit.

Elle serra le bébé endormi contre elle et ferma les yeux pour couper court à toute discussion ou reproche.

26

La confrérie universelle des hommes

Brianna ôta le tissu ciré qui recouvrait une des grandes bassines en terre cuite et huma avec délice l'odeur de moisi et d'humus. Elle remua le pâle mélange avec un bâton, le soulevant régulièrement pour évaluer la texture de la pulpe dégoulinante.

Pas mal. Encore un jour, et la mixture serait assez dissoute pour être pressée. Elle se demanda si elle devait ajouter encore un peu d'acide sulfurique dilué, puis décida que non. Elle plongea la main dans le bol posé à côté et saisit une poignée de pétales de fleurs de cornouiller et de gainier rouge que Jemmy et Aidan avaient ramassées pour elle. Elle en saupoudra la pulpe grisâtre, puis la mélangea une dernière fois avant de recouvrir la bassine. D'ici demain, ils se seraient fondus dans la masse, mais apparaîtraient sous forme d'ombres dans le papier fini.

Roger se fraya un chemin vers elle entre les buissons.

— On m'a toujours dit que les usines à papier puaient. Elles doivent utiliser d'autres ingrédients dans leur fabrication.

— Estime-toi heureux que je ne tanne pas des peaux. D'après Ian, les squaws se servent de crottes de chien.

Venant se placer derrière elle, il contempla avec intérêt sa fabrique de papier : une douzaine de grandes bassines, chacune remplie de fragments de vieux papiers, de bandes déchirées de soie et de coton, de fibres de lin, de moelle de tiges de roseau et de tout ce qui lui tombait sous la main, déchirés en lambeaux ou broyés dans un moulin. Elle avait mis une source à nu et utilisé un de ses conduits de canalisation cassé en guise de bassin versant, lui assurant ainsi une alimentation en eau. À côté, elle avait construit une plateforme en pierre et en bois sur laquelle étaient installés les écrans de soie qui lui servaient à presser la pulpe.

Un papillon de nuit mort flottait dans la seconde bassine. Il voulut l'enlever, mais elle l'arrêta.

— Il y a tout le temps des insectes qui se noient dedans. Tant qu'ils ont le corps mou, ce n'est pas gênant. Avec l'acide sulfurique, ils se désintègrent dans la pulpe : des papillons, des fourmis, des moucherons, des chrysopes. Seules les ailes ne se dissolvent pas complètement. Celles des chrysopes sont assez jolies prises dans le papier, mais pas celles des blattes.

Elle repêcha un cafard dans une des bassines et le lança dans les buissons, avant d'ajouter encore un peu d'eau de sa gourde et de mélanger.

— Ça ne m'étonne pas, repartit Roger. J'ai marché sur une de ces bestioles ce matin. Elle s'est aplatie, puis s'est redressée et a poursuivi sa route en ricanant.

Il l'observa travailler un moment sans rien dire. Sentant qu'il avait une requête à lui faire, elle l'encouragea d'un « Hmm ? ».

— Je me demandais... Ça t'ennuierait d'emmener Jemmy à la Grande Maison après dîner ? Et si vous restiez dormir là-bas tous les deux ?

Elle le dévisagea, stupéfaite.

— Que projettes-tu ? D'organiser l'enterrement de vie de garçon de Gordon Lindsay ?

Jeune homme timide de dix-sept ans, Gordon était fiancé à une quakeresse de Woolam's Mill. Au cours de la journée, il était passé pour le *thig*, la coutume voulant qu'il se rende de maison en maison pour quémander de vieux meubles et des ustensiles ménagers avant le mariage.

— Non, je te jure qu'aucune jolie fille ne jaillira d'une pièce montée, mais cette soirée est exclusivement masculine. La première tenue de la loge de Fraser's Ridge.

— La loge... Quoi ? Des francs-maçons ?

Le vent s'était levé, dressant les cheveux de Roger sur son crâne. Il les lissa en arrière d'une main, répondant :

— Il fallait un territoire neutre. Je n'ai pas proposé la Grande Maison ni celle de Tom Christie... ne voulant pas donner l'avantage à un camp ou à un autre, tu comprends ?

Elle acquiesça.

— Soit, mais pourquoi des francs-maçons ?

Elle ignorait tout de la franc-maçonnerie, hormis que c'était une société secrète et que les catholiques n'avaient pas le droit d'y entrer. Elle mentionna ce dernier point à Roger qui se mit à rire.

— C'est vrai. Le pape l'a interdit il y a une quarantaine d'années.

— Pourquoi ? Qu'a-t-il contre les francs-maçons ?

— C'est une organisation puissante. Elle compte dans ses rangs beaucoup d'hommes haut placés et influents. En outre, elle transcende les frontières. Je suppose que la principale préoccupation du pape est le risque de concurrence... quoique... si je me souviens bien, il donnait comme raison officielle que la franc-maçonnerie ressemblait trop à une religion. Ça, et le fait que les membres vénèrent le diable, naturellement.

Il pouffa de rire avant de reprendre :

— Tu savais que ton père avait créé une loge maçonnique à Ardsmuir, dans la prison même ?

— Il l'a peut-être mentionné, je ne m'en souviens pas.

— J'ai évoqué la question de l'interdiction catholique avec lui. Il m'a jeté un de ses regards noirs et m'a rétorqué : « Peut-être, mais le pape n'était pas à Ardsmuir ; moi, si. »

— Cet argument est sensé, fit-elle amusée. Mais d'un autre côté, je ne suis pas le pape. Il a expliqué pourquoi ? Je veux dire papa, pas le pape.

— Oui, c'était un moyen d'unir les catholiques et les protestants emprisonnés ensemble, un des principes de la franc-maçonnerie étant de se vouloir la confrérie universelle des hommes. Et aussi, que dans une loge, on ne parle ni de religion ni de politique.

— Ah non ? Mais qu'y fait-on, alors ?

— Je ne peux pas te le dire. Mais je te rassure : on ne vénère pas Satan.

Elle le regarda d'un air suspicieux.

— Je ne peux pas, répéta-t-il. Quand tu es initié, tu prêtes serment de ne jamais dévoiler à l'extérieur ce qui se passe dans la loge.

Elle était un peu vexée, mais décida que cela n'avait pas d'importance. Elle ajouta un peu d'eau au mélange, trouvant qu'il ressemblait de plus en plus à du vomi. Elle saisit la bouteille d'acide, tout en observant :

— Ça m'a l'air un peu louche. Et un peu idiot. Il n'y a pas une histoire avec une poignée de main secrète ou je ne sais quoi ?

Il se contenta de sourire, ne se laissant pas décontenancer par son ton.

— Je ne nie pas le côté un peu théâtral. L'organisation remonte plus ou moins au Moyen Âge et a conservé un peu de son cérémonial d'origine. Comme l'Église catholique.

— Touché ! Bon, d'accord, je ne dirai plus rien. C'est papa qui a eu l'idée de créer une loge ici ?

— Non, c'est moi.

Elle se tourna vers lui, surprise.

— J'avais besoin de leur trouver un terrain d'entente, Brianna. Les femmes en ont un. Les épouses des pêcheurs cousent, filent, tricotent et fabriquent des édredons ensemble, et si, en secret, elles pensent que ta mère, Mme Bug ou toi êtes des hérétiques vouées à l'enfer ou des whigs damnées, cela ne fait pas grand-différence. Mais les hommes n'ont pas ça.

Elle allait se prononcer à propos de l'intelligence et du bon sens relatif des deux sexes, mais sentant le moment non propice, elle préféra acquiescer. En outre, il n'avait clairement pas la moindre idée du genre de commérages qui s'échangeaient dans ces cercles féminins.

— Tu veux bien me tenir cet écran un instant ?

Il saisit le cadre en bois, tirant fortement sur le fil de métal qui le parcourait en suivant les instructions qu'elle lui donnait. Tout en déposant une louche de pulpe sur la soie, elle demanda avec ironie :

— Tu veux que je prépare du lait et des biscuits pour votre petite sauterie de ce soir ?

— Oui, ce serait vraiment gentil.

— Je blaguais !

— Pas moi.

Il souriait toujours, mais à voir le fond de ses yeux, il était sérieux, et elle se rendit compte qu'il ne s'agissait pas d'un caprice. Avec un étrange pincement au cœur, elle crut soudain voir son père devant elle.

Il avait su veiller sur les autres depuis son plus jeune âge, car cela faisait partie des responsabilités héritées à sa naissance. Roger l'avait appris sur le tard, mais elle ne doutait pas que tous deux considéraient cette charge comme la volonté de Dieu. Tous deux acceptaient ce devoir sans le remettre en question, l'honoreraient jusqu'au bout, quitte à y laisser leur peau. Elle espérait simplement qu'ils n'en arriveraient pas là, l'un comme l'autre.

Baissant les yeux pour cacher son trouble, elle demanda :

— Donne-moi un cheveu.

Il s'exécuta aussitôt.

— Pour quoi faire ?

— Pour le papier. Quand j'étale la pulpe, elle ne doit pas être plus épaisse qu'un cheveu.

Tenant fermement le fil noir au bord du cadre, elle répandit le liquide crémeux sur la soie, l'étalant au maximum, si bien qu'il s'écoula autour du cheveu sans le recouvrir. Puis celui-ci glissa avec le jus, une longue ligne noire dans la substance blanche, toute fine, comme la fêlure à la surface de son cœur.

27

Alarmes

L'Oignon-Intelligencer

Un mariage est annoncé ! Le New Bern Intelligencer, *fondé par Jno. Robinson, a cessé de paraître en raison du déménagement de son propriétaire en Grande-Bretagne, mais nous rassurons ses lecteurs : il n'a pas disparu complètement, car ses locaux, son équipement et ses listes d'abonnés ont été rachetés par les propriétaires de* L'Oignon, *cet excellent journal si réputé et populaire. La nouvelle publication, considérablement améliorée et enrichie, sortira désormais sous le titre* L'Oignon-Intelligencer. *Elle sera distribuée hebdomadairement, avec des éditions extraordinaires en fonction de l'actualité, pour la modique somme de un penny...*

À M. et Mme James Fraser, de Fraser's Ridge, Caroline du Nord, de la part de M. et Mme Fergus Fraser, Thorpe Street, New Bern.

Cher père, chère mère Claire,

Je vous écris pour vous informer de la dernière nouveauté qui a bouleversé nos vies. M. Robinson, qui possédait l'unique autre journal de la ville, a été expulsé en

Angleterre. Littéralement, car des inconnus déguisés en sauvages ont fait irruption chez lui au petit matin, l'ont arraché à son lit, l'ont traîné jusqu'au port et l'ont jeté sur un navire, vêtu uniquement de sa chemise et de son bonnet de nuit.

Le capitaine a promptement largué les amarres et pris la mer, une affaire qui a fait grand bruit en ville, comme vous l'imaginez.

Le lendemain du brusque départ de M. Robinson, nous avons reçu deux visites séparées – je ne donne pas de noms, vous apprécierez ma discrétion. La première était celle d'un membre du comité de sécurité qui, comme chacun sait mais ne le dit, se trouve derrière l'expulsion de M. Robinson. Son discours était courtois, mais ses manières l'étaient moins. Il souhaitait s'assurer que Fergus ne partageait pas les sentiments « obstinément erronés » de M. Robinson concernant certains événements récents et quelques individus.

Fergus lui a répondu sans sourciller qu'il n'aurait même pas partagé un verre de vin avec M. Robinson – ce qui était vrai, puisque M. Robinson était méthodiste et contre l'alcool. Notre visiteur a compris ce qu'il voulait et est parti satisfait après avoir donné à Fergus une bourse pleine d'argent.

Ensuite est arrivé un autre gentleman fort gras. Il joue un rôle très important dans les affaires de la ville et est membre du Conseil royal, ce que j'ignorais alors. Le but de sa visite était le même, ou plutôt le contraire : il voulait savoir si Fergus souhaitait acquérir les biens de M. Robinson et continuer son œuvre au nom du roi, à savoir, publier certaines lettres et en faire disparaître d'autres.

Fergus a pris un air grave pour lui répondre qu'il avait toujours trouvé de nombreux aspects admirables chez M. Robinson – notamment son cheval, gris et d'un caractère très aimable, et les étranges boucles de ses souliers – mais, comme nous avions à peine les moyens de nous *procurer de l'encre et du papier, il faudrait se résoudre à voir son imprimerie rachetée par une personne qui ne s'y entendait guère en matière politique.*

J'étais morte de peur. Le gentleman s'est mis à rire et a sorti une grosse bourse de sa poche, déclarant qu'il ne fallait pas « gaspiller un bon navire à cause de quelques traces de goudron ». Il semblait trouver sa remarque très drôle et riait à gorge déployée. Puis il a donné une petite tape sur la tête d'Henri-Christian et est parti.

Comme vous voyez, nos perspectives sont à la fois meilleures et des plus inquiétantes. Je n'en dors plus la nuit, pensant à l'avenir, mais le moral de Fergus est tellement bon que je ne peux pas le regretter.

Mes chers parents, priez pour nous, comme nous prions sans cesse pour vous.

Votre fille affectueuse et dévouée,

Marsali

Je m'efforçai de garder un ton badin.

— Tu lui as bien appris le métier.

— Apparemment.

Jamie paraissait un peu soucieux, mais encore plus amusé.

— Ne t'inquiète pas, *Sassenach*. Fergus est assez doué à ce petit jeu-là.

— Ce n'est pas un jeu !

J'avais parlé avec une telle véhémence qu'il sursauta.

— Ce n'est pas un jeu, répétai-je plus calmement.

Sans répondre, il dégagea une liasse de papiers du chaos sur son bureau et me la tendit.

Mercredi matin vers 10 heures,

Watertown
À tous les amis de la liberté américaine, sachez que ce matin avant l'aube, une brigade d'environ 1 000 à 1 200 hommes a accosté à Phip's Farm, à Cambridge,

et a marché sur Lexington, où elle a rencontré une compagnie de notre milice armée. Les soldats ont ouvert le feu sans sommation, tuant six hommes et en blessant quatre autres. Un courrier express de Boston nous informe qu'une autre brigade, forte d'un millier de soldats, marche sur nous. Le porteur, Israël Bissell, a été chargé d'alerter tout le Connecticut, et tous sont priés de lui fournir des montures fraîches s'il en a besoin. J'ai parlé à plusieurs personnes qui ont vu les morts et les blessés.

Je vous prie de faire parvenir la présente à tous les délégués de la colonie du Connecticut.

J. Palmer, membre du comité de sécurité

P.-S. : le colonel Foster de Brookfield est un des délégués.

Sous le message se trouvait une liste de signatures, quoique toutes rédigées de la même écriture. La première était accompagnée de la note : « Une copie exacte a été faite de l'original suivant les ordres du comité de correspondance de Worcester, le 19 avril 1775. Certifiée conforme par Nathan Baldwin, secrétaire municipal. » Toutes les autres étaient précédées du même commentaire.

J'écarquillai les yeux.

— Mince ! Mais c'est « L'appel aux armes de Lexington ». Où as-tu eu ça ?

— Un des hommes du colonel Ashe me l'a apporté.

Il pointa un doigt vers le bas de la liste, me montrant la ratification de John Ashe.

— Qu'est-ce que c'est que « L'appel aux armes de Lexington » ?

— Ça.

J'agitai la feuille, fascinée.

— Après la bataille de Lexington, Palmer, un général de milice, a rédigé cette lettre et a envoyé un coursier express pour la faire circuler dans tout le pays afin de témoigner de ce qui venait de se passer et de prévenir les milices de la région du commencement de la guerre. Tout au long de sa route, les hommes qui l'ont lue l'ont reproduite, ont signé les copies pour attester qu'elles étaient conformes, puis les ont envoyées à d'autres communes et villages. Il y en a eu des centaines ainsi réalisées, et quelques-unes sont restées intactes. Frank en avait reçu une en cadeau et il l'avait fait encadrer. Elle était accrochée dans notre hall d'entrée, à Boston.

Un frisson extraordinaire me parcourut de la tête aux pieds quand je pris soudain conscience que le texte familier sous mes yeux avait été écrit non pas deux cents ans plus tôt, mais une ou deux semaines auparavant.

Jamie était lui aussi un peu pâle.

— C'est... ce que Brianna m'avait dit. Le 19 avril, une escarmouche à Lexington... le début de la guerre.

Il me dévisagea, et je vis au fond de ses yeux sombres un mélange d'angoisse et d'excitation.

— Je t'ai crue, *Sassenach*, mais...

Il n'acheva pas sa phrase. Il s'assit, saisit sa plume et signa son nom avec une grande application au bas de la feuille.

— Tu veux bien me la copier, *Sassenach* ? Je la ferai suivre.

28

Où le ciel nous tombe sur la tête

Le messager du colonel Ashe avait également annoncé à Jamie qu'un congrès serait organisé à la mi-mai dans le comté de Mecklenberg, dans l'intention de déclarer officiellement l'indépendance du pays vis-à-vis du roi d'Angleterre.

Sachant que, en dépit du soutien de John Ashe et de quelques autres amis, il était encore considéré avec scepticisme par bon nombre de leaders de ce qui était désormais appelé « la rébellion », Jamie décida de s'y rendre et de soutenir ouvertement les indépendantistes.

Roger l'accompagnerait. Il trépignait littéralement d'impatience devant cette première occasion de voir l'histoire s'écrire sous ses yeux.

Toutefois, quelques jours avant leur départ, l'histoire avec un grand H passa au second plan, cédant la place à un présent plus pressant : peu après le petit déjeuner, toute la famille Christie se présenta à notre porte.

Il était arrivé quelque chose. Allan semblait très agité ; Tom était sombre et gris comme un vieux loup ; Malva avait pleuré, son visage virant du rouge au blanc, et inversement. Quand je la saluai, elle détourna les yeux, les lèvres tremblantes. Jamie les invita à passer dans son bureau, puis leur indiqua des sièges. Intrigué, il jeta un coup d'œil vers Malva, visiblement la source d'un problème familial urgent, puis se tourna vers son père.

— Qu'y a-t-il, Tom ?

Tom Christie pinçait les lèvres si fort qu'elles disparaissaient sous sa barbe fine.

— Ma fille attend un enfant.

Jamie se tourna vers Malva, qui se tenait tête baissée et fixait ses mains croisées devant elle.

— Ah… euh, apparemment, c'est dans l'air du temps.

Cette tentative de dégeler l'atmosphère n'eut aucun effet sur les Christie, qui frémissaient d'énervement.

La nouvelle me prit de court, même si cela n'avait rien de stupéfiant. Malva avait toujours attiré l'attention des jeunes hommes et si son frère et son père avaient scrupuleusement veillé à ce qu'aucun ne la courtise ouvertement, le seul moyen de les tenir à distance aurait été d'enfermer la jeune fille dans un cachot.

Qui avait fini par l'emporter ? Obadiah Henderson ? Bobby, peut-être ? Un des frères McMurchie ? Je priai le ciel pour que ce ne soient pas les deux à la fois. Tous ces derniers, et de nombreux autres, n'avaient pas caché leur intérêt.

La tentative de plaisanterie de Jamie fut accueillie avec un silence de plomb, même si Allan fit une piètre tentative de sourire. Il était presque aussi blême que sa sœur.

Jamie s'éclaircit la voix.

— En quoi puis-je vous être utile, Tom ?

Christie le toisa avec une antipathie évidente.

— Elle refuse de donner le nom du coupable si vous n'êtes pas présent.

Jamie toussota de nouveau, gêné par ce que cela impliquait. La jeune fille craignait sans doute que son père et son frère la battent ou s'en prennent à son amant, et comptait sur lui pour les en empêcher. À mon avis, ses craintes me paraissaient justifiées. Suspicieuse, j'observai Tom Christie. Avait-il déjà tenté vainement de lui arracher son secret à coups de verge ?

Cependant, malgré la présence de Jamie, Malva ne disait toujours rien. Elle tripotait son tablier, les yeux vers le sol. Je pris ma voix la plus douce pour lui demander :

— Vous en êtes à combien de mois ?

Elle ne répondit pas directement, mais pressa deux mains tremblantes contre son tablier, l'étirant en mettant en évidence son ventre d'une rondeur et d'une grosseur surprenantes. Six mois, à vue de nez. Elle avait attendu le dernier moment pour l'annoncer et l'avait bien caché.

Le malaise dans la pièce était presque suffocant.

Allan s'agita sur son tabouret, puis se pencha vers sa sœur pour lui murmurer :

— Tout ira bien, Malva. Mais tu dois le dire.

Elle prit une grande inspiration, puis redressa la tête. Ses yeux rouges et remplis d'appréhension étaient toujours aussi beaux.

— Oh, monsieur…

Elle s'arrêta net.

Jamie, qui commençait à être aussi énervé que les Christie, s'efforça de garder un air doux.

— Parlez, ma petite. Je vous promets que personne ne vous fera de mal.

Tom Christie laissa échapper un son agacé, tel un prédateur dérangé pendant son repas, et Malva pâlit encore. Son regard était rivé sur Jamie.

— Oh, monsieur… comment pouvez-vous me dire ça, alors que vous connaissez la vérité aussi bien que moi ?

Avant que quiconque n'ait eu le temps de réagir à ces paroles, elle se tourna vers son père et pointa Jamie du doigt.

— C'est lui.

Par miracle, au moment où elle prononça ces mots, j'étais en train de dévisager Jamie. Il n'avait pas senti venir cette accusation et n'avait eu aucune possibilité de dissimuler ses émotions... De fait, il ne dissimula rien. Son visage n'exprima rien d'autre que le vide béant de l'incompréhension absolue.

— Pardon ? fit-il.

Puis, comprenant enfin, il s'écria d'une voix qui aurait pu renverser la petite garce sur son derrière de menteuse :

— QUOI ?

Elle tiqua et baissa de nouveau les yeux, offrant l'image même de la vertu outragée, apparemment incapable de soutenir le regard de Jamie. Alors, elle tendit une main tremblante vers moi et déclara, battant des cils d'un air de martyr :

— Je suis tellement désolée, madame Fraser. Il... nous... nous ne voulions pas vous blesser.

Comme si j'observais la scène de l'extérieur, je me vis prendre mon élan et la gifler avec une telle force qu'elle tomba à la renverse, s'étalant sur le plancher, les jambes en l'air, ses jupons retombant autour d'elle.

— Je ne peux pas en dire autant.

Les mots étaient sortis de ma bouche malgré moi, me surprenant moi-même.

Soudain, j'étais de retour dans mon corps. Mon corset semblait avoir rétréci durant ma brève absence ; le simple fait de respirer me faisait mal. J'étais en ébullition, les liquides frémissant en moi : sang, lymphe, sueur, larmes... Si j'inspirais, ma peau éclaterait sous la pression, telle une tomate trop mûre projetée contre un mur.

Si je n'avais plus d'os, j'avais encore ma volonté. Elle seule me mena jusqu'à la porte. Je ne vis pas le couloir ni ne me rendis compte d'avoir ouvert la porte d'entrée ; je ne distinguai que l'éclat du jour et un flou vert dans la cour, puis je me mis à courir comme si tous les démons de l'enfer étaient à mes trousses.

En fait, personne ne me suivit. Pourtant, je continuai de courir, sortant du sentier et m'enfonçant dans les bois, glissant sur les aiguilles de pin mouillées, pataugeant dans les ruisseaux, dévalant à moitié une pente et trébuchant douloureusement contre des troncs couchés, m'accrochant dans les ronces et les buissons.

J'arrivai au pied de la colline et me retrouvai dans une dépression sombre ceinte d'immenses rhododendrons. Je m'arrêtai, haletante, les jambes molles. Je m'affalai sur les fesses, vidée de mes forces, et m'étendis sur le tapis poussiéreux de feuilles de laurier.

Un proverbe résonnait dans ma tête. « Le coupable prend la fuite sans qu'on le poursuive. » Je n'étais coupable de rien. Pas plus que Jamie. Je le savais. « Je le savais », me répétai-je.

Toutefois, Malva était enceinte. Quelqu'un était responsable.

J'étais encore étourdie par ma course, par les éclats aveuglants du soleil à travers le feuillage et les couleurs défilant dans ma vision brouillée – bleu marine, bleu clair, blanc, gris, vert et or, tandis que le ciel et la montagne tournoyaient autour et au-dessus de moi.

Je clignai des yeux, sentant les larmes couler le long de mes tempes, et soupirai :

— Zut, zut, zut et zut ! Il ne manquait plus que ça !

Jamie saisit la fille par le bras et, d'un geste brusque, la hissa. Sa joue droite était écarlate, là où Claire l'avait frappée, et, l'espace d'un instant, il se retint de lui envoyer une autre gifle sur la gauche.

Une main agrippa son épaule pour le faire pivoter, et il ne dut qu'à ses bons réflexes d'éviter le poing d'Allan Christie, qui glissa le long de son visage et l'atteignit à l'oreille. Il repoussa le jeune homme des deux mains sur sa poitrine et lui crocheta la cheville quand il partit en arrière. Allan tomba à la renverse sur les fesses avec un bruit sourd qui ébranla la pièce.

Jamie recula d'un pas, se tenant l'oreille, et fusilla du regard Tom Christie qui, telle la femme de Loth, semblait changé en statue de sel.

Jamie serra le poing, le défiant, mais Tom ne broncha pas, lançant à son fils :

— Lève-toi et tiens-toi tranquille. Ce n'est pas le moment.

Le jeune homme se releva, ivre de rage, s'écriant :

— Pas le moment ? Cet homme a fait de ta fille une putain, et tu vas le laisser s'en tirer comme ça ? Si tu es trop lâche et trop vieux, je ne le suis pas, moi !

Il se jeta sur Jamie, voulant le saisir à la gorge. Ce dernier fit un pas de côté, bascula son poids en arrière sur une jambe et lui assena un puissant crochet du gauche en plein foie. Allan se plia en deux en expulsant tout l'air de ses poumons. Il releva la tête vers lui, les yeux exorbités, la bouche grande ouverte, puis tomba à genoux.

Jamie se tourna vers Malva.

— Qu'est-ce que c'est que cette farce, *nighean na galladh* ?

L'insulte était cuisante. Qu'il comprenne ou pas les paroles en gaélique, Tom Christie en saisit très bien le sens. Du coin de l'œil, Jamie le vit se raidir.

Malva se mit à sangloter bruyamment et pressa son tablier contre son visage, hoquetant :

— Comment pouvez-vous me parler ainsi ? Comment pouvez-vous être aussi cruel ?

— Assez ! avec ces simagrées !

Il poussa un tabouret vers elle.

— Asseyez-vous, petite idiote ! Vous allez nous dire ce que vous cachez derrière cette histoire. Monsieur Christie ?

Il lui indiqua un autre tabouret d'un signe de tête, puis alla s'installer dans son propre fauteuil, enjambant Allan, recroquevillé sur le parquet, les mains sur le ventre.

— Monsieur ?

En entendant le raffut, Mme Bug était sortie de sa cuisine. Elle se tenait sur le seuil, ouvrant des yeux de chouette sous son bonnet. Tandis qu'elle fixait ouvertement Malva qui sanglotait sur son tabouret et Allan qui pantelait sur le sol, elle demanda à Jamie :

— Vous… vous désirez quelque chose ?

Jamie aurait bien eu besoin d'un verre, voire de deux, mais l'instant était mal choisi.

— Non, merci, madame. Plus tard.

Il la congédia d'un geste bref, et elle sortit à contre-cœur. Il savait qu'elle n'irait pas très loin, sans doute juste de l'autre côté de la porte.

Il se passa une main sur le visage, se demandant quelle mouche piquait les jeunes filles depuis peu. Ce soir, ce serait la pleine lune. C'était peut-être vrai qu'elle les rendait folles.

Quoi qu'il en soit, la petite garce avait bel et bien fricoté avec quelqu'un. Sous la jupe élimée, son ventre était gonflé et rond comme une calebasse.

Il se tourna vers Christie.

— Combien de mois ?

— Six.

Christie s'assit lourdement sur son tabouret. Plus sinistre que jamais, il paraissait toutefois maître de lui, ce qui était déjà ça.

Malva abaissa son tablier et s'écria, la lèvre tremblante :

— Ça a eu lieu lors de l'épidémie, à la fin de l'été dernier ! Quand j'aidais à soigner sa femme ! Et pas qu'une fois !

Elle se tourna vers Jamie, l'implorant :

— Je vous en supplie, monsieur, dites-leur la vérité !

— J'en ai bien l'intention. Et vous allez faire de même, je vous le garantis.

Le choc initial commençait à se dissiper ; l'irritation de Jamie était toujours là, croissant même de minute en minute, mais son esprit fonctionnait de nouveau, à toute allure.

De toute évidence, celui qui l'avait mise enceinte ne convenait pas. Qui ? Si seulement Claire était restée... Elle écoutait les commérages des voisins et s'intéressait à la fille. Elle aurait su qui étaient ses prétendants. Lui-même remarquait rarement la jeune fille, sauf qu'elle se trouvait toujours dans les parages, à seconder Claire.

La voix de Malva le rappela à l'ordre.

— La première fois, c'était quand madame était si malade qu'on craignait tous pour sa vie. Je te l'ai dit, père, il ne s'agissait pas d'un viol... mais il était tellement désespéré, et j'avais tellement de peine... (Une larme glissa le long de sa joue.) Je suis descendue de la chambre tard, une nuit, et il se tenait ici, dans le noir, affligé. Ça m'a fait tellement de peine ! (Voix tremblotante, petite pause pour déglutir.) Je lui ai demandé s'il voulait que je lui apporte quelque chose à manger, à boire peut-être, mais il avait déjà bu. Il y avait un verre de whisky devant lui.

Jamie sentit le sang battre ses tempes.

— Et j'ai répondu « non merci », que je préférais être seul, et vous êtes rentrée chez vous.

— Non, je suis restée.

Son bonnet avait glissé lorsqu'elle était tombée en arrière, et elle ne l'avait pas remis. Ses longues boucles brunes encadraient son visage.

— Il m'a bien dit qu'il voulait demeurer seul, mais je ne supportais pas de le voir dans un tel état. Je sais que c'était effronté de ma part, mais j'avais tellement pitié. (Elle baissa pudiquement les cils.) Je me suis approchée et je... je l'ai touché. (Elle parlait si bas à présent qu'il avait du mal à l'entendre.) J'ai posé une main sur son épaule pour le réconforter. Mais il s'est alors tourné, a passé un bras autour de ma taille et, soudain, il m'a serrée contre lui. Puis... puis... il m'a prise. Juste ici.

Elle étira le pied et, du bout de son brodequin, pointa la carpette devant le bureau. En effet, on apercevait une petite tache brune, qui pouvait être du sang. Ça l'était : Jemmy s'était étalé de tout son long un jour et avait saigné du nez.

Jamie ouvrit la bouche, mais il était tellement suffoqué que seule une sorte de râle en sortit.

En revanche, le jeune Allan avait retrouvé son souffle. Il oscillait sur les genoux, ses cheveux lui retombant devant les yeux.

— Ah ! Vous n'avez pas le culot de le nier, hein ? Pourtant vous avez eu celui de le faire !

Jamie lui lança un regard glacial, mais ne daigna pas lui répondre, préférant se tourner vers Tom Christie.

— Elle est folle, ou simplement maligne ?

Le visage de Christie semblait sculpté dans la pierre, hormis les poches frémissantes sous ses yeux injectés de sang.

— Elle n'est pas folle.

— Alors, elle ment bien et est assez habile pour savoir que personne n'avalerait une histoire de viol.

Elle ouvrit une bouche horrifiée.

— Oh non, monsieur ! Je ne dirais jamais une pareille chose, jamais !

Elle déglutit et leva timidement vers lui de grands yeux candides.

— Vous aviez besoin de réconfort. Je vous l'ai apporté.

Il se pinça fort le nez entre le pouce et l'index, espérant se réveiller de ce cauchemar. Comme cela ne changeait rien, il soupira et se retourna vers Christie.

— Quelqu'un l'a mise enceinte, et ce n'est pas moi. Qui, à votre avis ?

Elle se redressa sur son tabouret, laissant retomber son tablier.

— Mais c'était vous ! Il n'y a personne d'autre !

La mine navrée, Tom Christie jeta un coup d'œil vers sa fille, puis fixa de nouveau Jamie. Il avait les mêmes yeux gris clair que Malva, mais totalement dépourvus de la moindre candeur.

— Je ne vois personne. Selon elle, cela a eu lieu plusieurs fois, une douzaine ou plus.

Il parlait d'une voix monocorde, non par indifférence, mais parce qu'il s'efforçait de maîtriser ses émotions.

— Alors, elle a menti une douzaine de fois ou plus, répondit Jamie sur le même ton.

— Vous savez que c'est vrai ! s'écria Malva. Votre femme me croit, elle !

Elle posa une main sur sa joue où la marque rouge des doigts de Claire était encore visible.

— Ma femme n'est pas si folle !

Néanmoins, une angoisse l'avait saisi à la mention de Claire. N'importe quelle femme aurait sans doute pris la fuite devant une accusation aussi choquante, mais il aurait préféré qu'elle reste. Sa présence à ses côtés l'aurait aidé.

Malva avait cessé de pleurer. Blême, les yeux brillants, elle le défia :

— Vraiment ? Eh bien, moi non plus, monsieur. Je peux prouver que je dis la vérité.

— Ah oui ? Et comment ?

— J'ai vu les cicatrices sur votre corps nu, je peux les décrire !

Il y eut un silence, interrompu uniquement par le grognement satisfait d'Allan. Il se releva avec un sourire mauvais, se tenant toujours le ventre.

— Alors, qu'est-ce que vous trouvez à répondre à ça, hein ?

L'irritation avait depuis longtemps cédé la place à une colère monstrueuse. Dessous, à peine perceptible, se trouvait une émotion qu'il se refusait encore à appeler de la peur.

— D'ordinaire, je n'exhibe pas mes cicatrices, mais un certain nombre de personnes les ont vues, et je n'ai pas couché avec elles pour autant.

— C'est vrai, répliqua Malva. Les gens parlent parfois des traces sur votre dos, et tout le monde connaît la vilaine blessure sur votre cuisse, celle que vous avez reçue à Culloden. Mais celle en forme de croissant sur vos côtes ? Et la petite sous votre fesse gauche ? (Elle tendit un bras en arrière et se toucha le postérieur en guise d'illustration.) Elle n'est pas au centre, mais en bas, sur le côté extérieur. Environ de la taille d'une pièce de monnaie.

Elle ne sourit pas, mais une lueur triomphante illumina son regard.

— Je n'ai pas de...

Il s'interrompit, épouvanté. Bon sang, il en avait effectivement une ! Une araignée l'avait piqué, aux Antilles. La plaie s'était infectée, avait formé un abcès, puis avait éclaté, à son grand soulagement. Une fois guéri, il n'y avait plus jamais pensé, mais elle était là.

Trop tard. Ils avaient lu sur son visage.

Tom Christie ferma les yeux et serra les mâchoires. Content, Allan émit un autre borborygme en croisant les bras, puis demanda avec une grimace sarcastique :

— Vous voulez nous prouver qu'elle a tort ? Baissez donc vos culottes et montrez-nous votre derrière !

Avec un effort considérable, Jamie se retint de lui dire ce qu'il pouvait se mettre dans son propre derrière. Il prit une longue, longue inspiration, espérant qu'il aurait une idée avant d'expirer de nouveau. Rien ne lui vint.

— Je suppose que vous n'avez pas l'intention de renoncer à votre femme et d'épouser ma fille ? déclara Tom Christie.

— Vous plaisantez !

Il sentit la fureur l'envahir, avec une pointe de panique à la simple possibilité de se retrouver sans Claire.

Christie se frotta la joue, l'air épuisé et dégoûté.

— Dans ce cas, nous établirons un contrat. Vous pourvoirez aux besoins de ma fille et de son petit. Vous reconnaîtrez formellement les droits de l'enfant en tant que votre héritier. À vous de décider si vous voulez le confier à votre épouse pour qu'elle l'élève, mais...

Jamie se leva lentement, les mains sur la table.

— Sortez. Prenez votre fille et quittez ma maison. Immédiatement.

Christie s'interrompit, plissant le front. Malva s'était remise à sangloter, émettant des gémissements dans son tablier. Jamie eut la sensation que le temps s'était arrêté, que Christie et lui resteraient prisonniers de ce moment pour l'éternité, se regardant en chiens de faïence, incapables de détourner les yeux, mais sachant que le sol sous leurs pieds s'était dématérialisé et qu'ils étaient suspendus au-dessus d'un abîme insondable, figés dans cet instant interminable avant la chute.

Naturellement, Allan brisa le sort. Du coin de l'œil, Jamie le vit porter la main à son couteau. Ses doigts s'enfoncèrent dans le bois de la table, le sang battant ses tempes. Tout son corps frissonnait : il avait envie de frapper le jeune Christie. Et de tordre le cou de sa sœur par la même occasion.

Allan dut le sentir, car il eut le bon sens de ne pas dégainer sa lame. Jamie dit d'une voix basse :

— Rien ne me ferait plus plaisir que de vous écorcher vif, jeune homme. Sortez, pendant que je peux encore me retenir.

Allan se tendit et s'humecta les lèvres, mais son regard vacilla. Il se tourna vers son père, raide comme une statue de pierre. La lumière avait changé, l'éclairant de côté et faisant briller les poils gris de sa barbe. Sa propre cicatrice se voyait d'autant plus, une mince ligne rose qui s'enroulait tel un serpent au-dessus de sa mâchoire.

Christie se redressa lentement, les mains sur les cuisses, puis se leva et secoua la tête comme un chien qui s'ébroue. Il saisit Malva par le bras, la hissa debout et la poussa vers la porte, sanglotante et trébuchante.

Allan leur emboîta le pas, narguant Jamie en passant si près de lui qu'il sentit son odeur rance, chargée de rage. Sur le seuil, le jeune homme lui adressa un dernier regard haineux, la main toujours sur la poignée de son couteau, puis sortit. Leurs pas dans le couloir firent trembler le plancher du bureau, et le claquement de la porte d'entrée suivit.

Jamie baissa les yeux, vaguement surpris de voir ses propres mains aplaties sur la table, comme incrustées. Il fléchit les doigts pour dénouer ses articulations endolories. Il était trempé de sueur.

Mme Bug entra de nouveau sur la pointe des pieds, portant un plateau. Elle le déposa devant lui, fit une petite révérence et sortit. Elle y avait placé la seule coupe en cristal qu'il possédait, avec une carafe pleine de son meilleur whisky. À cause de la lumière, le liquide chatoyait comme du chrysobéryl. Une vague envie de rire monta, mais il ne se souvenait pas comment faire. Il effleura la coupe, remerciant en silence la loyauté de Mme Bug, mais son remontant devrait attendre.

Avant tout, il lui fallait aller chercher Claire.

D'abord épars, les nuages s'étaient accumulés, annonçant un orage. Un vent froid agitait les lauriers au-dessus de moi avec un cliquetis de vieux os. Je me relevai avec difficulté et grimpai hors de mon trou.

Je marchai sans but précis. Peu m'importait où j'allais, pourvu que ce ne soit pas à la maison. Je rejoignis le sentier menant à White Spring, juste au moment où les premières gouttes tombèrent. Elles clapotèrent lourdement contre les feuilles de bardane et de phytolaque. Les sapins autour de moi exhalèrent leur parfum longtemps retenu.

Le crépitement était ponctué par le son étouffé de gouttes plus lourdes s'enfonçant dans la terre… La grêle arrivait avec la pluie. Quelques instants plus tard, de minuscules particules de glace rebondissaient sur les aiguilles de pin, me piquant le visage et le cou.

Je courus me réfugier sous les branches lourdes d'un sapin baumier qui dominait la source. Les grêlons transperçaient l'eau en la faisant danser, mais fondaient aussitôt. Je m'assis sous l'arbre et me frottai les bras pour me réchauffer.

Au cours de ma marche, une partie de mon cerveau s'était mise à parler toute seule. « Tu pourrais presque comprendre. Tout le monde croyait que tu allais mourir, toi la première. Tu sais ce qui arrive… Tu l'as déjà vu. » Des gens soumis à la pression atroce du chagrin, affrontant la présence écrasante de la mort… Oui, j'en avais vu. Ils éprouvaient alors un besoin naturel de réconfort, une tentative pour repousser, ne serait-ce qu'un instant, la froideur du vide dans la chaleur simple du contact avec un autre corps.

— Mais il ne l'a pas fait, poursuivis-je à voix haute. Si c'était le cas, rien qu'une fois, je pourrais lui pardonner. Mais il ne l'a pas fait, bon Dieu !

Mon subconscient battit en retraite devant cette certitude, mais d'autres frémissements sous-jacents naissaient, non pas des soupçons, rien d'assez fort pour être qualifié de doutes, uniquement de petites observations détachées qui pointaient la tête hors de l'eau, telles des grenouilles de printemps, des voix à peine audibles individuellement, mais qui, toutes ensemble, pourraient faire un vacarme à réveiller les morts.

« Tu es vieille.

Tu as vu comme les veines de tes mains saillent sous ta peau ?

Ta chair est flasque, tes seins pendent.

Il était désespéré, avait besoin de réconfort...
Il pourrait la rejeter, mais pas l'enfant issu de son
   sang. »

Je fermai les yeux, luttant contre une sensation de
nausée. La grêle avait cessé, cédant la place à une forte
pluie. Une brume froide s'élevait de la terre, la vapeur
remontant, aussitôt dissipée par le déluge.

— Non ! Non !

J'avais l'impression d'avoir avalé plusieurs gros
cailloux tranchants et boueux. Pas juste parce que
Jamie aurait pu... mais aussi parce que Malva m'avait
trahie. Si elle disait vrai, elle m'avait trahie, et plus
encore si elle avait accusé Jamie à tort.

Mon apprentie. Ma fille de cœur.

J'étais à l'abri de la pluie, mais l'humidité dans l'air
imprégnait mes vêtements, les rendant lourds et moites. À travers le rideau d'eau, j'apercevais l'immense
pierre blanche qui avait donné son nom à la source. Ici,
Jamie avait versé son sang en sacrifice avant de bondir
sur ce rocher pour demander l'aide du parent qu'il avait
tué. Ici, Fergus était venu s'ouvrir les veines, son sang
se répandant en corolle dans l'eau sombre.

Je compris alors ce qui m'avait amenée à cet endroit,
pourquoi la source m'avait appelée. C'était un lieu où
l'on se rencontrait soi-même, et où l'on trouvait la
vérité.

La pluie cessa, et les nuages s'ouvrirent. Lentement,
le jour se mit à faiblir.

Il faisait presque nuit quand il arriva. Les arbres
oscillaient, fébriles dans le crépuscule et murmurant
entre eux. Je n'entendis pas ses pas sur le sentier
détrempé. Soudain, il fut là, à la lisière de la clairière.

Il me cherchait. Je vis son menton se dresser quand
il m'aperçut. Il contourna le bassin et se baissa pour
passer sous les branches de mon abri. Il avait marché

longtemps, sa veste était trempée et sa chemise collait à son torse. Il avait apporté une cape roulée en boule sous un bras. Il la déplia et la déposa sur mes épaules. Je me laissai faire.

Il s'assit près de moi, les bras autour des genoux, et fixa l'eau sombre de la source. La lumière avait cette belle qualité, juste avant que les couleurs ne se fanent. Ses sourcils auburn formaient deux arches parfaites sur la crête solide de son front, chaque poil distinct, tout comme ceux, plus courts et plus sombres, sur ses joues mal rasées. Il essuya une goutte qui s'était formée sous son nez. À une ou deux reprises, il parut sur le point de parler, puis se ravisa.

Les oiseaux étaient sortis brièvement après la pluie. À présent, ils se préparaient à dormir, leurs chants faiblissant dans les arbres. Enfin, je déclarai :

— J'espère que tu as prévu de me dire quelque chose, parce que, sinon, je crois que je vais hurler et je ne sais pas si je pourrai m'arrêter.

Il émit un son qui se situait entre l'amusement et le désarroi, et prit son visage entre ses mains. Il resta ainsi un moment, puis se frotta les joues et se redressa.

— Pendant tout le temps que je te cherchais, *Sassenach*, je réfléchissais à ce que j'allais te dire. Plein de choses me sont passées par la tête, mais... rien ne convenait.

— Ah oui ? J'en vois pourtant plusieurs.

Il poussa un soupir de frustration.

— Quoi ? Dire que je suis désolé ? Non, ça ne va pas. Je suis désolé, mais rien que le fait de le formuler laisse entendre que j'ai une action à me reprocher, ce qui n'est pas le cas. Si j'avais commencé par m'excuser, tu aurais peut-être pensé que...

Il se tourna vers moi. J'avais beau contrôler mon expression et mes émotions, il me connaissait trop. Dès qu'il avait prononcé les mots « je suis désolé », j'avais eu envie de vomir.

— Quoi que je dise, je donne l'impression de me défendre ou de m'excuser. Et je ne le ferai pas.

Je proférai un son étranglé, et il me regarda, répétant sur un ton plus véhément :

— Je ne le ferai pas ! Il n'y a aucun moyen de nier une accusation pareille sans susciter un doute nauséabond. Je ne vais pas m'excuser pour quelque chose que je n'ai pas fait ; sinon, tu douterais encore plus de moi.

Je commençai à respirer un peu mieux.

— Tu n'as pas beaucoup confiance en ma foi en toi.

— Si je n'avais pas confiance, *Sassenach*, je ne serais pas là.

Il m'observa quelques secondes, puis prit ma main. Mes doigts s'enroulèrent aussitôt autour des siens, grands et froids, qui me serrèrent très fort. J'eus l'impression que mes os allaient se briser.

Il prit une grande inspiration, presque un hoquet, puis ses épaules se détendirent.

— Tu n'y as pas cru ? Pourtant, tu t'es enfuie.

— J'étais choquée.

Quelque part au fond de moi, je me dis aussi que si j'étais restée, j'aurais été capable de la tuer.

— Je comprends. Je me serais sans doute enfui, si j'avais pu.

Une petite pointe de remords s'ajouta à la surcharge de mes émotions. Ma fuite précipitée n'avait guère arrangé la situation. Cependant, il ne me faisait aucun reproche. Il se contenta de répéter :

— Tu n'y as pas cru ?

— Je n'y crois pas.

— Maintenant. Mais sur le coup ?

Je resserrai la cape autour de mes épaules.

— Non. Je n'y ai pas cru, mais je ne savais pas pourquoi.

— Maintenant, tu sais ?

Je me tournai vers lui, le regardant dans le blanc des yeux.

— Jamie Fraser, si tu étais capable d'une telle chose... je ne parle pas de coucher avec une autre femme, mais de me mentir... alors, tout ce que j'ai fait et tout ce que j'ai été, ma vie tout entière n'aurait été qu'un long mensonge. Et je ne suis pas prête à l'admettre.

Il fut légèrement surpris.

— Que veux-tu dire, *Sassenach* ?

J'agitai la main vers le sentier, vers la maison qui était invisible plus haut derrière les arbres, vers le rocher blanc, une forme floue dans la pénombre.

— Je ne suis pas d'ici. Brianna, Roger... eux non plus. Jemmy ne devrait pas être ici. Il devrait regarder des dessins animés à la télévision, dessiner des voitures et des avions avec des crayons de couleur et non pas apprendre à manier des fusils plus grands que lui et à vider les viscères de chevreuil. Si nous avons tous atterri ici, c'est parce que je t'aimais, plus que ma vie. Et parce que j'étais convaincue que tu m'aimais de la même manière. Tu veux me dire que je me suis trompée ?

Il attendit quelques instants avant de répondre. Ses doigts se refermèrent sur les miens.

— Non. Je ne te dirai pas ça. Jamais, Claire.

— Tant mieux.

Toute l'anxiété, la fureur et la peur qui s'étaient accumulées au cours de l'après-midi me quittèrent aussitôt. Je posai ma tête sur son épaule et humai son odeur âcre : il sentait la pluie, la peur et la colère.

Désormais, il faisait complètement nuit. J'entendais des bruits au loin, Mme Bug appelant Archie depuis l'étable où elle avait été traire les chèvres, et la voix éraillée de son mari lui répondant. Une chauve-souris qui chassait passa près de nous, silencieuse.

— Claire ? interrogea doucement Jamie.

— Hmm ?

— J'ai quelque chose à te dire.

Mon sang se figea. Je m'écartai lentement de lui et me redressai.

— Ne me fais pas un choc pareil. J'ai l'impression d'avoir reçu un coup de poing dans le ventre.

— Je suis désolé.

Je serrai mes genoux contre moi, m'efforçant de refouler un haut-le-cœur.

— Tu as dit tout à l'heure que si tu t'excusais, cela signifiait que tu avais une action à te reprocher.

— C'est le cas.

Ses doigts tambourinaient contre sa cuisse. Il hésita un instant, puis déclara :

— Je ne connais pas une bonne manière d'annoncer à sa femme qu'on a couché avec une autre. Quelles que soient les circonstances, je n'en vois vraiment pas.

Prise d'un soudain vertige, je fermai les yeux. Il ne parlait pas de Malva, cette question-là était réglée.

— Qui ? demandai-je de ma voix la plus calme possible. Et quand ?

— Euh… eh bien… quand… quand tu étais repartie, bien sûr.

— Qui ?

— C'était juste une fois. Je… je n'avais pas la moindre intention de…

— Qui ?

Il se gratta la nuque.

— Je ne veux surtout pas te contrarier, *Sassenach*, en ayant l'air de… mais je ne veux pas non plus dire du mal de cette pauvre femme en laissant entendre qu'elle…

— QUI ? rugis-je en lui agrippant le bras.

— Tout doux !… Mary MacNab.

— Qui ? répétai-je surprise.

— Mary MacNab. Tu veux bien me lâcher, *Sassenach* ? Je crois que tu m'as transpercé la peau.

En effet, mes ongles s'étaient enfoncés dans son poignet. Je rejetai sa main et fermai la mienne, serrant mes bras autour de mes genoux pour m'empêcher de l'étrangler.

— Peut-on savoir qui est cette Mary MacNab ? questionnai-je entre mes dents.

— Tu la connais. La femme de Rab, celui qui est mort dans l'incendie de sa maison. Ils avaient un fils, Rabbie. Il était palefrenier à Lallybroch quand...

— Cette Mary MacNab ?

J'étais stupéfaite. Je me souvenais très vaguement d'elle. Elle était venue travailler comme femme de chambre à Lallybroch après la mort de sa brute de mari. Une petite femme toute sèche, épuisée par le dur labeur et la pauvreté, parlant peu, vaquant à ses tâches telle une ombre, à peine visible dans le chaos perpétuel de la vie chez les Murray.

Je tentai en vain de me rappeler si je l'avais vue lors de ma dernière visite à Lallybroch.

— Je l'ai à peine remarquée. Mais, apparemment, ce n'est pas ton cas !

— Non, ce n'était pas ce que tu crois, *Sassenach*.

— Ne m'appelle pas ainsi.

Ma voix paraissait venimeuse même à mes propres oreilles.

Il se massa le poignet en soupirant, à la fois frustré et résigné.

— C'était la nuit avant que je me rende aux Anglais.

— Tu ne m'as jamais dit ça !

— Dit quoi ?

— Que tu t'étais rendu aux Anglais. Je croyais que tu avais été capturé.

— Oui, mais c'était organisé à l'avance, pour toucher la récompense. Mais ce n'est pas la question...

— Ils auraient pu te pendre !

« Et ça aurait été bien fait ! » lança une petite voix hystérique dans ma tête.

— Non, tu m'avais prévenu, *Sasse*... mmphm. Et puis, de toute façon, je m'en fichais.

Je n'avais aucune idée de ce qu'il entendait par « tu m'avais prévenu », mais, actuellement, c'était le moindre de mes soucis.

— Laisse tomber. Je veux savoir...

— Mary MacNab, oui, je sais, je sais. Elle est venue me trouver, un soir, la veille de mon départ. Je vivais dans la grotte, près de Lallybroch. Elle m'a apporté mon dîner, puis... elle est restée.

Je me mordis la langue pour ne pas intervenir. Je le sentais rassembler ses pensées, cherchant ses mots.

— J'ai essayé de la renvoyer. Elle... elle m'a dit...

Il me regarda.

— Elle m'a dit qu'elle nous avait vus ensemble, Claire, et qu'elle savait reconnaître un amour vrai même si elle n'avait jamais connu cela elle-même. Elle n'avait aucune intention de trahir notre amour, mais elle voulait me donner... un petit quelque chose. Ce sont ses mots, « un petit quelque chose qui pourrait vous être utile ». C'était... je veux dire, ce n'était pas...

Il s'interrompit et laissa retomber sa tête, les genoux fléchis contre lui.

— Elle m'a donné de la tendresse, dit-il enfin dans un souffle. Je... j'espère lui en avoir donné aussi.

Ma gorge était trop nouée pour que je puisse parler, et les larmes me piquaient les yeux. Je me souvins soudain de ses paroles au sujet du Sacré-Cœur, la nuit où j'avais opéré la main de Tom Christie, sur le fait d'avoir été si seul : « ... vivre un tel manque, et personne pour me toucher. » Il avait vécu sept ans dans cette grotte. Seul.

Quelques centimètres nous séparaient, mais ils me paraissaient un gouffre infranchissable. Je posai ma main sur la sienne, le bout de mes doigts reposant sur ses articulations noueuses. Je pris une grande inspiration, puis deux, essayant de contrôler ma voix qui sortit néanmoins éraillée.

— Tu lui as donné de la tendresse, je le sais.

Il se tourna vers moi, et j'enfouis mon visage dans sa veste, ne retenant plus mes larmes.

— Oh, Claire, chuchota-t-il dans mes cheveux. Elle a dit... qu'elle voulait me garder en vie pour toi. Elle le pensait. Elle ne voulait rien pour elle-même.

Mes larmes redoublèrent. Je pleurais pour toutes ces années perdues, vides, couchée auprès d'un homme que j'avais trahi, pour lequel je n'avais pas de tendresse. Pour les terreurs, les doutes et les peines de la journée. Pour lui, pour moi, pour Mary MacNab qui savait ce que signifiaient la solitude... et l'amour.

Il me tapota le dos comme si j'étais une enfant, murmurant :

— J'aurais voulu te le dire plus tôt, mais... Ce n'est arrivé qu'une seule fois. Je ne savais pas comment te l'expliquer pour que tu comprennes.

Hoquetante, je me redressai enfin et m'essuyai le visage sur un pan de ma jupe.

— Je comprends. Je t'assure que je comprends.

C'était vrai. Je comprenais non seulement Mary Mac-Nab, mais aussi pourquoi il me l'avait dit aujourd'hui. Il n'était pas obligé, je ne l'aurais jamais su. Il n'en avait pas d'autre besoin que la nécessité d'une honnêteté absolue entre nous... et le fait que je devais savoir qu'elle était bien réelle.

Je l'avais cru au sujet de Malva. Mais, à présent, j'avais l'esprit certain... et le cœur en paix.

Nous restâmes assis en silence, les plis de ma cape et de ma jupe retombant sur ses jambes. Quelque part non loin, un grillon très en avance se mit à striduler.

— La pluie a cessé.

Il hocha la tête.

— Que veux-tu faire ?

— Découvrir la vérité... si je peux.

Ni lui ni moi n'évoquâmes la possibilité d'un échec.

— On rentre à la maison, alors ?

Il se leva et me tendit la main pour m'aider.

— Oui.

À notre retour, la maison était déserte, mais Mme Bug nous avait laissé sur la table un hachis parmentier dans un plat couvert. Elle avait balayé le sol, et le feu couvait. J'accrochai ma cape humide sur une patère, puis restai là, ne sachant trop quoi faire, comme si je me trouvais dans la demeure d'un inconnu, dans un pays dont je ne connaissais pas les coutumes.

Jamie semblait en proie au même malaise. Puis, il se secoua et alla allumer une chandelle. Sa lueur vacillante ne fit qu'accentuer l'atmosphère étrange et creuse de la pièce. Il la tint à la main quelques minutes, indécis, puis la déposa au milieu de la table.

— Tu as faim, *Sa... Sassenach* ?

Il m'interrogea du regard, ne sachant pas si j'autorisais de nouveau l'usage de ce surnom. Je m'efforçai de lui sourire, sentant trembler la commissure de mes lèvres.

— Non. Et toi ?

Il secoua la tête. Des yeux, il fit le tour de la pièce, cherchant une tâche à accomplir, puis saisit le tisonnier et remua les braises, les cassant en provoquant un nuage d'étincelles et de suie qui retomba dans l'âtre. Cela allait étouffer le feu qu'il faudrait ensuite réactiver avant de monter nous coucher, mais je me tus. Il le savait autant que moi.

— On dirait qu'il y a eu un mort dans la famille, déclarai-je enfin. C'est comme l'état de choc juste après un drame, avant de retrouver ses esprits et d'aller prévenir ses voisins.

Il reposa le tisonnier avec un petit rire cynique.

— Pas besoin. Ils le sauront tous avant le lever du jour.

M'extirpant de ma léthargie, je secouai mes jupes humides et m'approchai du feu. Sa chaleur aurait été réconfortante si je n'avais eu dans le creux de mon ventre une masse glacée qui refusait de fondre. Ressentant le besoin de toucher Jamie, je posai une main sur son bras.

— Personne ne le croira.

Il sourit tristement.

— Détrompe-toi, Claire. Je suis désolé, mais ils le croiront tous.

29

Le bénéfice du doute

— Mais c'est du délire !

— Bien sûr.

Sur ses gardes, Roger observait sa femme. Elle présentait tous les symptômes d'une bombe à retardement au mécanisme imprévisible. Il valait mieux se tenir à distance.

— Quelle petite garce ! Je voudrais la coincer quelque part et l'étrangler jusqu'à ce qu'elle crache la vérité !

Ses doigts se refermèrent convulsivement autour du goulot de la bouteille de sirop, et il tenta de la lui prendre avant qu'elle ne la casse.

— Je te comprends, mais… je ne crois pas que ce soit une bonne idée.

Elle leva sur lui des yeux enragés, puis lui abandonna la bouteille en demandant :

— Et toi ? Tu ne peux rien faire ?

— Je ne sais pas. Je pensais aller discuter avec les Christie. J'arriverai peut-être à m'isoler un moment avec Malva pour lui parler.

Cependant, compte tenu de son dernier tête-à-tête avec la jeune fille, il doutait de pouvoir l'amadouer facilement.

Brianna s'assit, contemplant ses crêpes au sarrasin d'un air renfrogné, puis se mit à les tartiner de beurre.

Sa fureur cédait peu à peu le pas à la pensée rationnelle. Il pouvait voir les idées défiler dans ses yeux.

— Si tu parviens à lui faire avouer qu'elle a menti, parfait. Sinon, il va falloir trouver avec qui elle a couché. Si un type admet publiquement qu'il pourrait être le père, cela jettera un sérieux doute sur ses allégations.

Roger versa un peu de sirop d'érable sur ses crêpes. Même dans les situations de stress et d'anxiété, il appréciait son arôme épais et savourait d'avance son goût sucré.

— C'est sûr, mais il y aura toujours des gens convaincus que Jamie est coupable. Tiens.

Il lui tendit la bouteille.

— Je l'ai vue embrasser Obadiah Henderson dans les bois. C'était l'automne dernier. Si c'est lui, pas étonnant qu'elle refuse de le dire.

Roger la regarda surpris. Obadiah était certes imposant et fruste, mais il était plutôt beau garçon et loin d'être stupide. Certaines femmes le considéraient comme un beau parti. Il possédait quinze arpents de terre qu'il savait cultiver et était bon chasseur. Toutefois, il n'avait jamais vu Brianna lui parler.

Elle l'observa en fronçant les sourcils.

— Tu vois quelqu'un d'autre ?

— Eh bien... Bobby Higgins. Les frères Beardsley lorgnaient de son côté de temps en temps, mais, bien sûr...

Il eut la sensation désagréable qu'elle allait le harceler jusqu'à ce qu'il aille poser des questions à tous les pères potentiels... une démarche aussi vaine que périlleuse.

Elle planta férocement son couteau dans sa pile de crêpes.

— Pourquoi ? Pourquoi a-t-elle été raconter ça ? Maman a toujours été si bonne avec elle !

Roger ferma les yeux, savourant la folle décadence du beurre fondu et du sirop velouté sur les crêpes chaudes.

— Je ne vois que deux raisons : soit le vrai père est un homme qu'elle ne veut pas épouser, soit elle a décidé de mettre le grappin sur l'argent ou les terres de ton père en l'obligeant à lui verser une bonne rente.

— Ou les deux. Elle refuse de se marier et veut l'argent de papa... qu'il n'a pas, d'ailleurs.

— Ou les deux, convint-il.

Ils mangèrent en silence pendant quelques minutes, chacun plongé dans ses pensées. Jemmy avait passé la nuit à la Grande Maison. Après le mariage de Lizzie, Roger avait proposé qu'Amy McCallum la remplace. Aidan ayant emménagé avec elle, Jemmy y passait de plus en plus de temps, se consolant de l'absence de Germain avec la compagnie d'Aidan.

— Ce n'est pas vrai, répéta Brianna. Papa ne ferait jamais...

Toutefois, il lut un vague doute au fond de ses yeux et son air paniqué quand elle s'en rendit compte.

— Non, Brianna. Tu ne peux pas imaginer une seconde que cette histoire soit vraie !

— Non ! Bien sûr que non !

Mais elle s'était récriée avec trop de violence, trop de détermination. Il reposa sa fourchette et la dévisagea fixement.

— Que se passe-t-il, Brianna ? Tu sais quelque chose ?

— Rien.

Elle poussa le dernier morceau de crêpe au bord de son assiette, puis le mangea. Ensuite elle contempla d'un air réprobateur les vestiges de nourriture. Elle mettait toujours trop de miel ou de sirop sur ses crêpes. Lui, plus économe, finissait toujours avec une assiette impeccable.

— Je ne sais rien, répéta-t-elle. C'est juste que...

— Quoi ?

— Pas Jamie. Et je ne suis sûre de rien à propos de Frank. Mais, quand je repense à des détails que je ne comprenais pas à l'époque...

Elle s'interrompit quelques instants avant de reprendre :

— Un jour, j'ai regardé dans son portefeuille. Je ne fouinais pas, je m'amusais simplement, sortant toutes ses cartes, puis les remettant. Un petit message était glissé entre les billets. C'était un rendez-vous pour déjeuner.

— Je ne vois pas où est le mal.

— Il commençait par « Mon chéri », et ce n'était pas l'écriture de maman.

— Ah. Tu avais quel âge ?

— Onze ans. J'ai juste remis le billet à sa place et l'ai effacé de ma mémoire. Je ne voulais plus y penser, et je crois bien y être parvenue, jusqu'à aujourd'hui. Je voyais aussi sans comprendre d'autres petits riens, surtout dans le comportement de mes parents. De temps à autre, il se passait quelque chose ; je ne savais pas quoi, mais je sentais que cela n'allait pas.

— Brianna… Ton père est un homme d'honneur, et il aime profondément ta mère.

— Oui, mais… justement. J'aurais juré que mon autre père aussi.

« Ce n'était pas impossible. » Cette idée revenait sans cesse l'agacer comme un caillou dans sa chaussure. Jamie était un homme d'honneur et il était dévoué à sa femme jusqu'à l'excès. Il avait été dans les affres du désespoir et de l'épuisement pendant la maladie de Claire. Roger avait eu peur pour lui autant que pour elle.

Quand il avait essayé de lui parler de Dieu et de l'éternité, et de le préparer à ce qui semblait inévitable, Jamie l'avait envoyé promener, avec une fureur noire à la seule idée que Dieu puisse lui enlever sa femme. Ensuite, il avait sombré dans une détresse totale quand Claire avait paru à l'article de la mort. Il n'était pas impossible qu'au milieu d'une telle désolation, l'offre d'un moment de réconfort physique soit allée un peu plus loin que prévu.

Mais on était au début du mois de mai, et Malva Christie était enceinte depuis novembre. Or, Claire avait été malade à la fin septembre. Il se souvenait très nettement de l'odeur de champs brûlés dans la chambre le jour où elle avait brusquement rouvert les yeux, immenses et chatoyants, d'une beauté surprenante dans un visage d'ange androgyne.

Donc, c'était absolument impossible. Personne n'était parfait, et n'importe quel homme pouvait avoir une faiblesse dans un moment extrême… une fois. Pas à répétition. Pas Jamie Fraser. Malva Christie était une menteuse.

Se sentant plus tranquille, Roger descendit le long du ruisseau en direction de la cabane des Christie.

« Tu ne peux rien faire ? » lui avait demandé Brianna sur un ton angoissé. Pas grand-chose, mais il se devait d'essayer. On était vendredi. Le dimanche suivant, il comptait bien écorcher les oreilles de ses ouailles avec un sermon sur les méfaits des commérages. Connaissant la nature humaine, il savait déjà que ses effets, s'il y en avait, seraient de courte durée.

La loge se réunirait le mercredi soir. Jusque-là, elle avait bien fonctionné, et il répugnait à mettre en danger la fragile amitié qui s'ébauchait entre ses membres en mettant sur la table un sujet qui risquait de fâcher… mais si cela pouvait aider… Devait-il encourager Jamie et les deux Christie à y assister ? Cela permettrait de présenter l'affaire au grand jour, aussi sale soit-elle, ce qui valait toujours mieux que la fermentation putride d'un scandale chuchoté. Malgré la difficulté de la situation, Tom Christie ferait sans doute preuve de civilité et respecterait les convenances. Pour ce qui était d'Allan, c'était moins sûr. Il avait hérité des traits et de la suffisance de son père, mais n'avait ni sa volonté de fer ni son contrôle de soi.

Il était arrivé devant la cabane, qui semblait déserte. Entendant des coups de hache derrière la maison, il fit le tour. C'était Malva, qui se retourna, méfiante, quand il appela son nom. Elle avait de grands cernes lavande sous les yeux et le teint brouillé. Il espérait que c'était dû à sa mauvaise conscience. Il la salua cordialement, mais elle se contenta de répondre :

— Si vous êtes venu pour me faire retirer ce que j'ai dit, vous perdez votre temps.

— Je suis juste venu voir si vous aviez besoin de parler à quelqu'un.

Prise de court, elle reposa sa hache et s'essuya le visage sur son tablier.

— Parler ? De quoi ?

— Je ne sais pas... de ce que vous voulez.

Il laissa son accent traîner, se rapprochant de l'intonation d'Edimbourg de la jeune fille.

— Je suppose que vous n'avez pas parlé à grand monde ces derniers temps, mis à part à votre père et à votre frère... qui ne doivent pas être d'une excellente écoute.

Elle esquissa un semblant de sourire, qui disparut aussitôt.

— C'est vrai, ils n'écoutent pas. Mais ce n'est pas grave, je n'ai rien à dire, de toute façon, puisque je ne suis qu'une putain.

— Je n'ai jamais pensé que vous étiez une putain.

— Ah non ?

Elle se balança sur ses talons, la mine frondeuse, et le dévisagea.

— Et comment appelez-vous une femme qui écarte les cuisses pour un homme marié ? Une femme adultère, bien sûr, mais aussi une putain, à ce qu'on m'a dit.

Elle cherchait à le choquer... et y parvenait, bien qu'il n'en laissât rien paraître.

— Je dirais plutôt qu'elle s'est « fourvoyée ». Jésus n'a pas condamné la femme prostituée. Et ce n'est pas à moi de juger celle qui ne l'est pas.

Elle fit une moue dédaigneuse.

— Si vous êtes venu me citer la Bible, épargnez votre souffle pour refroidir votre soupe. On m'a déjà assez importunée avec.

Sur ce point, il pouvait la comprendre. Tom Christie devait connaître une dizaine de versets pour chaque cas de figure. S'il n'avait pas battu sa fille physiquement, il lui avait certainement rebattu les oreilles de ses discours.

Ne sachant plus quoi dire, il tendit la main.

— Donnez-moi votre hache, je vais m'occuper du reste.

Le sourcil moqueur, elle lui tendit l'outil et recula d'un pas. Il fendit une bûche, puis une autre. Elle l'observa un instant, et s'assit ensuite sur une souche.

L'air du printemps était encore frais, chargé du dernier souffle des neiges hivernales, mais le travail le réchauffa. Sans oublier qu'elle se tenait derrière lui, il se concentra sur le bois, sur le grain brillant de la chair fraîchement coupée, sa résistance chaque fois qu'il arrachait sa lame, ses pensées revenant sur sa conversation avec Brianna.

Frank Randall avait été, peut-être, infidèle à sa femme. Et alors ? Compte tenu des circonstances, pouvait-on le lui reprocher ? Claire avait disparu sans laisser de traces, l'abandonnant, désespéré. Il l'avait cherchée partout, pleurant sa perte. Quand, enfin, il était parvenu à recoller les morceaux épars de sa vie, elle avait soudain réapparu, hagarde, enceinte d'un autre homme.

Que ce soit par sens de l'honneur, par amour ou simplement par... par quoi ? curiosité ?... il l'avait reprise. Quand Claire avait raconté son histoire à Roger, elle avait explicitement évoqué son peu d'empressement à ce que son mari la reprenne. Frank Randall en avait certainement été conscient.

Rien d'étonnant donc, que la désillusion et le rejet l'aient de temps en temps poussé dans les bras d'une autre, ni que l'écho des conflits secrets de ses parents soit parvenu jusqu'à Brianna, telles les secousses sismiques qui se propagent à travers terre et pierre, remous d'un débordement de magma à des kilomètres sous la croûte terrestre.

À présent, il comprenait mieux la grande inquiétude de son épouse face à son amitié avec Amy McCallum.

Soudain, il se rendit compte que Malva pleurait. Les larmes coulaient en silence le long de ses joues et ses épaules tremblaient, mais elle se mordait la lèvre, n'émettant pas un son.

Il reposa la hache et s'approcha d'elle. Lui glissant doucement un bras autour des épaules, il l'attira à lui, lui caressant le dos.

— Allons, allons, tout finira par s'arranger.

— Non, c'est impossible. Impossible.

Au-delà de sa pitié, Roger sentit un espoir naître en lui. En dépit de sa réticence à exploiter la détresse de la jeune fille, il était déterminé à aller jusqu'au bout de la vérité, surtout pour Jamie et sa famille, mais aussi pour elle.

Cependant, il ne devait pas trop la presser. Il devait d'abord gagner sa confiance.

Il la consola, comme Jemmy quand il se réveillait après un cauchemar, lui tapotant le dos, lui murmurant des paroles insignifiantes, jusqu'à ce qu'il la sente sur le point de céder, mais étrangement d'une façon physique, s'ouvrant et s'épanouissant peu à peu sous ses doigts.

C'était étrange et à la fois familier. Il avait parfois ressenti la même chose avec Brianna quand il se tournait vers elle dans le noir et que, n'ayant pas le temps de réfléchir, elle lui répondait uniquement avec son corps.

Ce rapprochement le dérangea, et il s'éloigna de Malva. Il allait lui parler quand un bruit le fit se retourner. Allan Christie marchait vers eux d'un pas rapide, l'air mauvais.

— Écartez-vous d'elle !

Roger se redressa, le cœur palpitant, se rendant compte de la fausse impression qu'ils avaient pu donner.

— Qu'est-ce que vous imaginez, que maintenant qu'elle est souillée, n'importe quel bâtard peut venir prendre son plaisir avec elle ?

Roger s'efforça de garder son calme.

— Je suis venu lui apporter un soutien, la réconforter.

— C'est ça, « Fortifiez-moi avec des pommes, ranimez-moi avec du jus de raisin », on connaît la chanson ! Vous pouvez vous le mettre là où je pense, votre réconfort, et votre virilité avec !

Le visage d'Allan Christie était cramoisi de rage, ses cheveux se dressant sur sa tête.

— Vous ne valez pas mieux que votre porc de beau-père. À moins que...

Il se tourna brusquement vers Malva qui avait cessé de pleurer et était pétrifiée sur sa souche, livide.

— Lui aussi, hein ? Tu as couché avec les deux, sale petite traînée ? Réponds-moi !

Il voulut la frapper, mais Roger, tellement hors de lui qu'il ne pouvait parler, intercepta son bras par réflexe. Christie était costaud, mais Roger nettement plus grand. Il aurait brisé le poignet du jeune homme s'il avait pu. Il se contenta d'enfoncer ses doigts entre les os jusqu'à faire sortir les yeux d'Allan hors de leurs orbites, remplis de larmes de douleur.

— Ne parlez pas à votre sœur sur ce ton. Pas devant moi. C'est compris ?

Il rejeta violemment le poignet d'Allan en arrière.

— Si j'apprends que vous l'avez maltraitée de quelque manière que ce soit, vous aurez affaire à moi. Bonne journée, monsieur Christie. Mademoiselle Christie.

Il s'inclina brièvement devant Malva. Elle ne répondit pas et le fixa en ouvrant grands des yeux ahuris.

Il tourna les talons et s'éloigna. Le souvenir de ce regard couleur de nuages d'orage le poursuivit dans la forêt tandis qu'il se demandait s'il avait amélioré la situation ou l'avait rendue bien, bien pire.

La réunion de la loge de Fraser's Ridge eut lieu le mercredi suivant. Brianna s'exila comme d'habitude dans la Grande Maison, emmenant Jemmy et son panier à ouvrage. Elle y découvrit Bobby Higgins, assis dans la cuisine, finissant son dîner.

— Mademoiselle Brianna !

Il se leva avec un sourire radieux, mais elle lui fit signe de se rasseoir et prit place sur le banc en face de lui.

— Bobby, comme je suis contente de vous revoir ! Nous pensions que... vous ne reviendriez pas.

— Oui, il se peut fort que je ne revienne pas avant un bon bout de temps, mais milord a reçu plusieurs colis d'Angleterre et il m'a demandé de les apporter.

Il essuya consciencieusement son bol avec un morceau de pain, avalant les derniers restes de ragoût de poulet.

— Et puis... je voulais venir de toute façon. Pour voir Mlle Christie.

— Ah...

Brianna regarda Mme Bug, qui leva les yeux au ciel, s'abstenant de tout commentaire.

— Euh... oui, Malva... euh... Madame Bug, ma mère est à la maison ?

— Non, *a nighean*. Elle est montée chez M. McNeill. Il a la pleurésie.

Dans un même mouvement, la vieille femme dénoua son tablier, l'accrocha à la patère et décrocha sa cape de l'autre main.

— Il faut que je file, *a leannan*. Arch doit attendre son dîner. Si vous avez besoin de quelque chose, Amy est dans les parages.

Esquissant à peine un salut, elle disparut. Bobby observa la porte qui se refermait sur elle, surpris par son comportement inhabituel.

— Quelque chose ne va pas ?

— Ah… euh.

Maudissant Mme Bug pour l'avoir lâchement abandonnée, Brianna rassembla ses forces et lui annonça la grossesse de Malva, grimaçant intérieurement en voyant le jeune homme pâlir et se décomposer. Elle n'eut pas le courage de lui parler de ses accusations. Il les apprendrait bien assez tôt, mais pas de sa bouche.

— Je vois. Oui… je vois.

Il resta silencieux un long moment, fixant le morceau de pain dans sa main, puis il se leva d'un coup et se précipita au-dehors. Elle l'entendit vomir dans les ronces, de l'autre côté de la porte de la cuisine. Il ne revint pas.

La soirée s'écoula lentement. Sa mère ne rentra pas non plus, passant sans doute la nuit au chevet de M. MacNeill et de sa pleurésie. Amy McCallum descendit quelques instants, et elles tentèrent laborieusement de converser tout en cousant. Puis la domestique se réfugia dans sa chambre. Aidan et Jemmy, autorisés à veiller, jouèrent jusqu'à épuisement et s'endormirent sur le banc.

Ne tenant pas en place, elle abandonna sa couture et fit les cent pas en attendant la fin de la tenue maçonnique. Elle voulait retrouver son propre lit, sa propre maison. La cuisine de ses parents, d'ordinaire si accueillante, lui paraissait étrange et inconfortable. Elle s'y sentait comme une étrangère.

Enfin, elle entendit des pas à l'extérieur et le grincement de la porte d'entrée. Roger entra, la mine préoccupée.

— Comment ça s'est passé ? lui demanda-t-elle. Les Christie sont venus ?

— Non. Ça s'est passé… normalement. Il régnait un certain malaise, bien sûr, mais ton père s'est comporté aussi bien qu'on pouvait l'espérer, vu les circonstances.

— Où est-il ?

— Il a dit qu'il voulait marcher un peu, peut-être aller pêcher de nuit.

Roger glissa ses bras autour de sa taille et l'attira à lui.

— Tu as entendu le raffut ?

— Non. Quel raffut ?

— On était en train de disserter sur la nature universelle de l'amour fraternel quand on a entendu un boucan d'enfer à l'extérieur, près de ton four. Tout le monde s'est précipité, et on a trouvé ton cousin et Bobby Higgins se roulant par terre, en train de s'entre-tuer.

— Oh, zut !

Elle fut prise de remords. Quelqu'un avait sans doute tout raconté à Bobby, qui s'était mis en quête de Jamie. Croisant Ian sur son chemin, il lui avait lancé les accusations de Malva à la figure. Si seulement elle le lui avait dit elle-même…

— Que s'est-il passé ?

— Le chien de Ian a attrapé une main dans la mêlée. Ton père est parvenu à l'empêcher de mordre le pauvre Bobby à la gorge, mais cela n'a pas arrêté le pugilat. Quand on a enfin réussi à les séparer, Ian est parti en courant vers la forêt, Rollo derrière lui. Quant à Bobby, je l'ai nettoyé un peu et… je l'ai installé dans le lit de Jemmy pour la nuit. (Il prit un air navré.) Il refusait de revenir dormir ici.

Il regarda la cuisine sombre autour de lui. Brianna avait déjà étouffé le feu et couché les deux enfants à l'étage. La pièce était vide, éclairée uniquement par la faible lueur des braises.

— Je suis désolé. Tu vas dormir ici ?

— Non ! Bobby ou pas, je veux rentrer à la maison.

— Très bien. Vas-y. Je vais chercher Amy pour qu'elle verrouille la porte derrière nous.

— Laisse, je m'en occupe.

Avant qu'il ait pu protester, elle était déjà dans l'escalier.

30

Pas la fin du monde

Désherber son jardin procure de grandes satisfactions. Bien que sans fin et douloureuse pour les reins, cette corvée s'accompagne d'une insaisissable sensation de triomphe chaque fois que l'on sent la terre céder, abandonnant la racine opiniâtre, et que l'on contemple l'ennemi vaincu dans le creux de sa main.

Il avait plu et la terre était molle. J'arrachai avec une concentration féroce pissenlits, épilobes, pousses de rhododendron, fétuques, muhlenbergies, renouées et de la mauve rampante appelée localement « fromage ». J'hésitai un instant devant un cirse commun, puis, impitoyable, je le déracinai d'un coup de serpette.

Prises d'une fièvre de printemps, les tiges ligneuses des vignes qui recouvraient ma palissade croulaient sous les nouvelles pousses et les vrilles. L'ombre qu'elles projetaient offrait un refuge aux immenses touffes pernicieuses de ce que je nommais « l'herbe à bijoux », faute de connaître son nom exact, en raison de ses minuscules fleurs blanches qui scintillaient comme des diamants dans un écrin vert de feuilles duveteuses. C'était une sorte de fenouil, sans bulbe ni graines comestibles. Ravissante mais inutile, et donc qui prolifère.

J'entendis un sifflement et une balle en chiffon atterrit à mes pieds. Elle fut immédiatement suivie d'une masse de poils nettement plus grosse. Adroit, Rollo saisit son jouet et repartit au galop, soulevant un courant d'air qui agita mes jupes. Je me retournai et le vis bondir vers Ian, qui venait d'entrer dans le potager.

Il m'adressa un geste d'excuse. Je m'assis sur mes talons et lui souris, m'efforçant de refouler les sentiments peu amènes qui m'animaient. Je ne dus pas être très convaincante, car je le vis froncer les sourcils et hésiter.

— Tu voulais quelque chose, Ian ? Si cette bête renverse une de mes ruches, je la transforme en descente de lit.

— Rollo !

Ian fit claquer ses doigts. Le chien bondit de manière gracieuse par-dessus la rangée de ruches en osier qui bordait un mur du potager, trotta jusqu'à son maître, laissa tomber sa balle devant lui, puis s'assit en haletant, ses yeux jaunes m'observant avec intérêt.

Ian ramassa la balle et la lança par la porte ouverte. Rollo fila derrière elle, telle une queue de comète.

— Je voulais vous demander quelque chose, ma tante. Mais ça peut attendre.

— Non, reste. Une pause ne me fera pas de mal.

Je lui indiquai le banc sous le cornouiller en fleur et m'installai à ses côtés, secouant mes jupes pleines de terre.

— Alors, de quoi s'agit-il ?

— Mmphm. Eh bien... Je... euh...

Il fixait ses grandes mains osseuses.

Me souvenant soudain d'un entretien gênant que j'avais eu avec un autre jeune homme au même endroit, je lui demandai :

— Tu n'as pas encore été t'exposer à la syphilis, j'espère ? Parce que si c'est le cas, je te jure que tu vas goûter à la seringue du docteur Fentiman et je te garantis que tu vas la sentir !

— Non, non ! Bien sûr que non, tante Claire. Il s'agit de... Malva Christie.

Il se tendit comme s'il craignait que je me jette sur ma serpette à la simple évocation de ce nom.

— Mais encore ?

— Eh bien... c'est au sujet de ce qu'elle a raconté sur oncle Jamie.

Il s'interrompit, visiblement gêné. Perturbée par cette histoire, je n'avais pas réfléchi à son impact sur les autres. Ian idolâtrait son oncle depuis sa plus tendre enfance. Je pouvais comprendre que d'entendre des rumeurs proclamant que son idole n'était pas un modèle de vertu le troublait.

Je posai ma main crottée de terre sur son bras.

— Ian, ne t'en fais pas. Tout finira par... s'arranger. Après un certain temps, les gens se lassent de ce genre de racontars.

Certes, mais pas avant d'avoir provoqué le maximum de dégâts. Et si, par une plaisanterie cosmique du plus mauvais goût, l'enfant de Malva naissait roux... Je fermai les yeux, prise de vertige.

Ian semblait peu convaincu.

— Oui, sans doute, tante Claire. Mais... ce qu'ils racontent à propos de Jamie... Même ses propres hommes d'Ardsmuir, alors qu'ils devraient le connaître ! Ils disent qu'il a dû... je ne peux même pas le répéter. Ça me tue de les entendre !

Je m'efforçai de prendre un ton ferme.

— Ian, Jamie ne peut absolument pas être le père de l'enfant de Malva. Tu le crois, n'est-ce pas ?

Il acquiesça, fuyant mon regard.

— Mais, tante Claire... je pourrais l'être.

Une abeille venait de se poser sur mon bras. Je la contemplai, distinguant les veines dans ses ailes de verre, la poudre de pollen jaune accrochée aux poils minuscules de ses pattes et de son abdomen, les palpitations de son corps quand elle respirait.

— Oh, Ian, murmurai-je. Oh, Ian.

— Je suis désolé, ma tante, chuchota-t-il.

L'abeille s'envola, et j'aurais tant voulu pouvoir en faire autant. Comme ce devait être merveilleux de passer son temps à butiner au soleil, sans penser à rien d'autre !

— Que dois-je faire, tante Claire ? Je sais, le mal est fait, mais comment le réparer ?

Je me massai le front, essayant de réfléchir. Rollo avait rapporté sa balle, mais, voyant que Ian n'était pas d'humeur à jouer, l'avait lâchée et s'était tranquillement couché à ses pieds.

— Malva t'avait prévenu ? demandai-je enfin.

— Vous croyez que je l'ai repoussée et qu'elle s'est vengée en accusant oncle Jamie ? Je ne peux pas vous le reprocher, ma tante, mais non. Elle ne m'a rien dit. Autrement, je l'aurais épousée sur-le-champ.

À présent qu'il avait avoué, il parlait plus librement.

— Et tu n'as pas envisagé de l'épouser... avant ?

Ma voix contenait juste un soupçon d'acerbité.

— Euh... non, répondit-il penaud. C'est que... je ne pensais pas du tout, tante Claire. J'étais saoul. En tout cas, la première fois.

— La première... Mais, combien de fois... non, ne me dis rien, je ne veux pas connaître les détails scabreux.

Je le fis taire d'un geste, puis me redressai d'un coup, une idée m'étant venue.

— Bobby Higgins. C'est pour cela que...

— Oui. Enfin... je n'avais pas envie de l'épouser de toute façon, mais je l'aurais quand même proposé après qu'on... Je n'avais pas envie d'elle comme épouse, mais je ne pouvais m'empêcher de la désirer. Je sais que c'est mal, ma tante, mais je dois dire la vérité.

Il prit une grande inspiration avant de reprendre :

— Je... je l'attendais quand elle allait faire la cueillette en forêt. Elle ne me parlait pas, mais elle me souriait, retroussait un peu ses jupes, puis tournait les talons et se mettait à courir. Et je la poursuivais comme un chien derrière une chienne en chasse. Un jour, je suis arrivé en retard. Elle n'était pas à notre lieu habituel de rendez-vous. Puis, je l'ai entendue rire au loin. Je suis allé voir...

Il se tordit les mains, faisant craquer ses doigts.

— Disons simplement que Bobby pourrait bien être le père, lui aussi.

Je me sentais épuisée, comme si respirer était déjà un effort trop grand. Je m'adossai à la palissade, m'enfonçant dans les feuilles de vigne, sentant leur fraîcheur contre mes joues en feu.

Ian se pencha en avant, se prenant la tête entre les mains.

— Que dois-je faire ? Je suis prêt à aller dire partout que l'enfant pourrait être de moi, mais ça n'arrangera rien, n'est-ce pas ?

— Non, rien.

L'opinion publique ne changerait pas d'un iota. Tout le monde penserait que Ian mentait pour blanchir son oncle. Même s'il s'unissait à Malva...

— Tu m'as dit que tu n'avais pas envie de l'épouser même avant que tu la surprennes avec Bobby. Pourquoi ?

Il leva les mains dans un geste d'impuissance.

— Je ne sais pas comment l'expliquer. Elle est jolie et pleine d'esprit, mais... tante Claire, quand j'étais couché à côté d'elle, j'avais toujours l'impression que je n'avais pas intérêt à m'endormir.

— Ah. En effet, je comprends que ce ne soit pas très engageant.

Il enfonça les talons de ses mocassins dans la terre, réfléchissant, puis demanda subitement :

— Il n'existe pas un moyen de savoir lequel des deux est le père ? Si le bébé est de moi, je le veux. Je l'épouserai pour l'enfant, peu importe le reste. Si c'est bien le mien.

Brianna m'avait succinctement raconté son histoire. J'étais au courant pour sa femme mohawke, Emily, et la mort de sa fille. Je sentais encore la présence de ma première enfant, Faith, mort-née mais toujours avec moi.

Je lui caressai les cheveux.

— On peut éventuellement le savoir à l'aspect de l'enfant, mais sans doute pas à la naissance.

Il resta un moment prostré, puis déclara :

— Si je dis que c'est le mien et que je l'épouse, les gens continueront à jaser, mais, à la longue...

En effet, les médisances s'estomperaient, mais certains croiraient toujours Jamie responsable, et d'autres traiteraient Malva de putain, de menteuse ou des deux... ce qu'elle était, me rappelai-je avec véhémence. Néanmoins, ce n'était pas très agréable à entendre quand cela concernait sa propre épouse. En outre, à quoi ressemblerait la vie de Ian, marié dans de telles circonstances avec une femme à qui il ne pouvait faire confiance et que, apparemment, il n'aimait pas vraiment ?

Je me levai et m'étirai.

— Pour l'instant, Ian, ne fais rien. Laisse-moi d'abord en discuter avec Jamie. Je peux lui en parler, n'est-ce pas ?

— Oui, s'il vous plaît, tante Claire. Je n'ose pas le lui avouer en face.

Il resta sur le banc, le dos voûté. Rollo avait posé la tête sur son pied. Prise de pitié, je me rassis et le pris dans mes bras. Il blottit sa tête contre mon épaule, comme un enfant.

— Ce n'est pas la fin du monde, lui dis-je.

Le soleil était en train de se coucher derrière les montagnes. Dans le ciel rouge et or, sa lumière filtrait en faisceaux de feu entre les planches de la palissade.

— Non, répondit-il.

Au ton de sa voix, il n'en était pas convaincu...

31

Déclarations

Charlotte, comté de Mecklenberg, 20 mai 1775

Roger n'avait jamais imaginé que les grands moments historiques impliquent autant d'alcool. Pourtant, il n'aurait pas dû être surpris ; sa carrière universitaire lui avait amplement démontré que presque toutes les affaires intéressantes se déroulaient dans des pubs.

Les tenanciers de tavernes, troquets, hostelleries et auberges de Charlotte pouvaient se frotter les mains, leurs établissements ne désemplissaient pas. Les délégués et tous ceux qui étaient en faveur des loyalistes hantaient le Blue Boar ; les partisans aux vues radicalement opposées s'agglutinaient au King's Arms, tous ceux qui étaient pris dans les courants changeants du non-alignement et de l'indécision allaient et venaient entre le Goosen, l'Oyster, le Thomas' Ordinary, le Groats, le Simon's, le Buchanan, le Mueller's et deux ou trois autres débits de boissons plus ou moins clandestins.

Jamie les fréquentait tous et, dans chacun d'eux, il buvait de la bière, de l'ale, du porter, du stout, du panaché, du rhum, du cidre, des liqueurs, de l'eau-de-vie de rhubarbe, de mûre, de cerise ou de poire.

Roger se contentait de bière légère, ce dont il se félicita quand il tomba sur Davy Caldwell, dans la rue, en train d'acheter une poignée d'abricots précoces à l'étal d'un marchand de primeurs.

— Monsieur MacKenzie ! Quelle surprise de vous trouver ici ! Et quel plaisir !

— Tout le plaisir est pour moi, révérend. Comment allez-vous ?

Roger serra sa main avec une ferveur cordiale. Caldwell les avait mariés, Brianna et lui, et l'avait longuement interrogé sur sa vocation, à l'académie presbytérienne, quelques mois plus tôt.

— Oh, pour ma part, je vais fort bien, répondit l'homme d'Église. Mais je vous avoue que je me fais un sang d'encre pour mes pauvres paroissiens.

Il indiqua d'un signe de tête un groupe d'hommes se bousculant pour entrer chez Simon's, riant et bavardant.

— Où va-t-on, mon pauvre monsieur MacKenzie ! Où va-t-on ?

L'espace d'un instant, Roger fut tenté de le lui dire précisément. Il agita une main vers Jamie, qui s'était arrêté un peu plus loin pour discuter avec une connaissance, et lui fit signe de continuer sans lui. Puis il se tourna pour faire quelques pas avec le révérend.

— Vous êtes venu pour la conférence, monsieur Caldwell ?

— Bien sûr, monsieur MacKenzie, bien sûr. Je doute que mes paroles soient entendues, mais il est de mon devoir de dire ce que je pense, et j'ai bien l'intention de le faire.

Pour Davy Caldwell, la situation actuelle n'était que le résultat de la paresse des hommes. Il était convaincu que l'apathie irréfléchie des colons et « leur obsession stupide pour leur confort personnel » avaient encouragé et provoqué l'application de mesures tyranniques de la part de la Couronne et du Parlement.

— Oui, c'est une manière de voir les choses, intervint Roger, conscient que les gesticulations passionnées du révérend attiraient les regards dans la rue, même de ceux qui étaient absorbés dans des conversations animées.

— Une manière de voir les choses ! s'exclama Caldwell. Mais c'est la vérité ! L'ignorance, le mépris des obligations morales et l'amour de la facilité de ces fainéants serviles confortent les appétits et le cynisme des tyrans !

Il décocha un regard noir à un homme adossé à un mur, qui s'abritait du soleil du midi et s'éventait avec son chapeau.

— L'amour de Dieu doit racheter le paresseux, remplir son existence terrestre d'activités, de force d'âme et de conscience libertaire !

Roger se demanda s'il verrait la guerre prochaine comme le résultat de l'intervention divine... puis, réflexion faite, il se dit que ce serait sans doute le cas. Tout intellectuel qu'il était, Caldwell était un ardent presbytérien et croyait en la prédestination.

Le révérend fit un geste dédaigneux vers une famille de rétameurs itinérants qui profitaient du beau temps pour déjeuner dehors, dans la cour d'une maison.

— Les paresseux encouragent et facilitent l'oppression. Par leur honte, leur absence de sens moral, leur pitoyable complaisance et leur soumission, ils forgent eux-mêmes les maillons qui les enchaînent : les maillons de l'esclavage !

Prédicateur reconnu, Caldwell avait tendance à se lancer dans des prêches enflammés à tout moment. Roger toussota dans le creux de sa main.

— Euh... que diriez-vous d'un petit rafraîchissement, révérend ?

Il faisait chaud, et le visage rond de chérubin de Caldwell s'empourprait à vue d'œil.

Ils entrèrent chez Thomas's, un établissement raisonnablement respectable, et s'assirent devant deux chopes de bière maison, Caldwell, comme la plupart des gens, ne considérant pas la bière comme un alcool, contrairement au rhum ou au whisky. Après tout, que pouvait-on boire d'autre ? Du lait ?

À l'abri du soleil, une boisson fraîche à la main, Davy Caldwell se calma un peu.

— Je remercie le Seigneur pour notre rencontre, monsieur MacKenzie. Je vous ai écrit, mais vous étiez certainement déjà en route avant l'arrivée de ma lettre. Je voulais vous informer d'une merveilleuse nouvelle... Nous allons avoir un presbytère !

Roger bondit de joie.

— Quand ? Où ?

— À Edenton, au début du mois prochain. Le révérend McCorkle viendra de Philadelphie. Il restera quelque temps avant de poursuivre sa route vers les Antilles pour y encourager les efforts de l'Église. Naturellement, je présume connaître vos pensées – je m'excuse pour la hardiesse de mon attitude – mais... vous souhaitez toujours être ordonné ?

— De tout mon cœur !

— À la bonne heure ! Vous me remplissez de joie, mon cher ami.

Il lui décrivit McCorkle, qu'il avait rencontré en Écosse, puis se lança dans une analyse de l'état de la religion dans la colonie. Il parla du méthodisme avec respect, mais estimait que les effusions des baptistes de la nouvelle lumière « manquaient quelque peu de retenue ». Certes, une foi sincère était toujours préférable à l'absence de foi, quelle que soit la forme empruntée. Au bout d'un moment, il revint aux circonstances qui les avaient réunis.

— Vous êtes venu avec votre beau-père ? Il m'a semblé l'apercevoir, tout à l'heure.

— En effet.

Roger chercha une pièce de monnaie dans sa poche. Elle était remplie de bobines de crin. Fort de son expérience d'universitaire, il s'était prémuni contre l'ennui en apportant de quoi fabriquer une nouvelle ligne à pêche pendant les débats interminables.

Caldwell le dévisagea avec attention.

— J'ai entendu des rumeurs, ces derniers temps. Est-il vrai qu'il est devenu whig ?

Prudent, Roger répondit :

— C'est un ami de la liberté. Tout comme moi.

Il n'avait pas encore eu l'occasion de le dire à voix haute. Il se sentit soudain fébrile, avec un nœud sous le sternum.

— Ah, vous m'en voyez ravi. C'est bien ce qu'on m'avait raconté, mais certains, et ils sont nombreux, affirment le contraire : ils disent que c'est un tory, comme la plupart de ses accointances, et que sa prise de position en faveur du mouvement pour l'indépendance n'est qu'un leurre.

Ce n'était pas une question, mais Caldwell arqua un sourcil broussailleux, attendant en termes clairs une réponse de Roger.

— Jamie Fraser est honnête et c'est un homme d'honneur.

Roger reposa sa chope, ajoutant :

— D'ailleurs, il serait temps que je le rejoigne.

Caldwell regarda autour d'eux. Il y avait de l'agitation dans l'air. Les clients réclamaient leur addition et se levaient. La réunion officielle de la convention devait débuter à quatorze heures, à la ferme MacIntyre. Il était midi passé, et les délégués, les orateurs et les spectateurs commençaient à se rassembler, se préparant à un après-midi de conflits et de décisions.

— Transmettez-lui mes meilleurs sentiments, quoique... je le verrai probablement moi-même. Prions pour que le Saint-Esprit pénètre la croûte des habitudes et de la léthargie, qu'il convertisse les âmes et réveille les consciences de ceux qui se sont rassemblés ici aujourd'hui !

— Amen.

Roger sourit en dépit des regards des hommes – et d'un nombre non négligeable de femmes – autour d'eux.

Au Blue Boar, il retrouva Jamie en compagnie d'individus sur lesquels le Saint-Esprit était déjà à l'œuvre depuis un certain temps, à en juger par le volume sonore. Toutefois, le vacarme se calma quand il entra, non pas à cause de lui, mais parce qu'il se passait quelque chose de plus intéressant au centre de la salle. À savoir : Jamie Fraser et Neil Forbes, tous deux passablement échauffés par quelques litres d'alcools variés, assis face à face, sifflaient et se crachaient au visage tels deux serpents.

L'insulte gaélique était un art dans lequel son beau-père excellait, bien que Roger fût obligé d'admettre que l'avocat s'y débrouillait également plutôt bien. Certains spectateurs tentaient de traduire, mais sans parvenir à restituer la saveur de la version originale. Néanmoins, toute la salle était fascinée, émettant parfois des sifflets admiratifs ou des huées, riant aux éclats quand une pique particulièrement acerbe faisait mouche.

Ayant raté le début, Roger ignorait ce qui avait déclenché les hostilités. Pour l'instant, les échanges se concentraient sur la lâcheté et l'arrogance. Jamie déclarait que l'attaque contre Fogarty Simms qu'avait instiguée Forbes n'était qu'une tentative vile et grossière pour se grandir aux dépens de la vie d'un homme sans défense. Se rendant compte qu'il était le point de mire de l'assemblée, Forbes repassa à l'anglais pour rétorquer que la présence de Jamie était un affront injustifiable pour tous ceux qui avaient à cœur les idéaux de justice et de liberté, car tout le monde savait qu'il n'était qu'un pion du roi. Tel un coq grimpé sur le mur d'une basse-cour, il gonflait ses plumes, s'imaginant pouvoir berner son monde, mais lui, Forbes, n'était pas homme à se laisser duper par ces ruses éculées et ces palabres n'ayant pas plus de substance que le caquet des poules !

Jamie frappa la table du plat de la main, la faisant résonner comme un tambour et ébranlant les verres. Il se leva, toisant Forbes.

— Vous me diffamez, monsieur ? Sortons et réglons cette question sur l'instant, maintenant ou jamais !

Le front de Forbes était moite de transpiration et ses yeux brillaient de rage, mais, bien qu'il fût proche de l'implosion, la prudence le tira par la manche. Roger n'avait pas assisté à la rixe à Cross Creek, mais Ian la lui avait racontée en se tordant de rire. S'il y avait bien une chose que Forbes voulait éviter, c'était un duel.

Il se leva à son tour, bombant le torse comme s'il s'adressait à un jury.

— Pourquoi, monsieur ? Pour que l'on vous diffame, il faudrait déjà que vous ayez un honneur à défendre. Vous entrez ici en vous pavanant comme un grand seigneur, ripaillant et plastronnant tel un marin descendu à terre avec sa solde en poche. Pouvez-vous seulement prouver que vos paroles sont autre chose que de l'esbroufe ? Je dis bien de l'esbroufe, monsieur !

Jamie fixa son adversaire en plissant les yeux. Roger avait déjà vu ce regard-là. Généralement, il précédait de peu le genre de grabuge qui faisait la réputation des pubs de Glasgow, les samedis soir. Fort heureusement, Forbes n'avait pas encore eu vent des accusations de Malva, autrement, il y aurait déjà du sang sur les murs.

Jamie se redressa et sa main gauche s'approcha de sa ceinture. Des murmures d'horreur se répandirent dans la salle et Forbes blêmit. Toutefois, Jamie se contenta de fouiller dans son sporran. Il en extirpa une petite bourse qu'il jeta sur la table, déversant son contenu : deux guinées d'or et une gemme.

— Je me suis pourtant exprimé clairement, monsieur. Je suis pour la liberté, pour laquelle j'ai engagé mon nom, mon honneur qui m'est sacré et ma fortune.

Un silence s'abattit sur la salle, tous les yeux étant rivés sur le diamant noir qui scintillait dans la lumière jaune. Jamie laissa passer trois battements de cœur, puis expira.

— Y a-t-il quelqu'un ici qui me contredirait ?

Il s'adressait ostensiblement à l'assemblée, mais son regard n'avait pas quitté Forbes. Le teint de l'avocat vira au rouge marbré, puis au gris, mais il ne dit rien.

Jamie balaya la salle des yeux, ramassa sa bourse, son argent et la pierre, puis sortit. À l'extérieur, le clocher sonna deux heures, les coups lents et lourds résonnant dans l'air humide.

L'Oignon-Intelligencer

Le 20 de ce mois, un congrès s'est réuni à Charlotte, rassemblant les délégués du comté de Mecklenberg dans le but de débattre de nos relations actuelles avec la Grande-Bretagne. Après délibérations, une déclaration a été proposée et acceptée. Ses dispositions sont publiées ci-dessous.

1. Quiconque se rendant directement ou indirectement complice de, ou favorisant sous quelque forme que ce soit un empiétement de nos droits tels que stipulés par la Grande-Bretagne est considéré comme un ennemi de ce comté, de l'Amérique et des droits inaliénables et essentiels des hommes.

2. Nous, les citoyens du comté de Mecklenberg, dissolvons par la présente les liens politiques qui nous relient à la mère patrie ; nous nous absolvons de toute allégeance à la couronne d'Angleterre ; nous abjurons toute connexion politique, tout contrat et toute association avec cette nation qui a gratuitement piétiné nos droits et libertés, versant de manière inhumaine le sang innocent de patriotes américains à Lexington.

3. Par la présente, nous nous déclarons un peuple libre et indépendant ; nous sommes de droit une association souveraine et autonome, sous le contrôle d'aucun autre pouvoir que celui de Dieu et du gouvernement général du Congrès, pour le maintien de l'indépendance civile et religieuse duquel nous engageons solennellement notre coopération mutuelle, nos vies, nos fortunes et notre honneur qui nous est sacré.

4. Ne reconnaissant désormais à l'intérieur de ce comté l'existence et le contrôle d'aucune loi ni d'aucun officier civil ou militaire légal, nous décrétons et adoptons en tant que règle de vie toutes nos anciennes lois, stipulant néanmoins que la Grande-Bretagne ne peut en aucun cas détenir des droits, des privilèges, des immunités ni autorité sur ces dernières.

5. Il est également décrété que tous les officiers militaires de ce comté sont rétablis dans leurs fonctions avec l'obligation de se conformer aux nouvelles régulations. Les membres présents de cette délégation seront désormais officiers civils, exerçant la fonction de juge de paix en tant « qu'hommes du comité » afin de traiter, d'entendre et de résoudre toute controverse quant à l'application des lois susénoncées, afin de préserver la paix, l'union et l'harmonie au sein du comté, et d'employer tous les moyens pour propager l'amour du pays et le feu de la liberté dans toute l'Amérique jusqu'à ce qu'un gouvernement plus général et organisé soit établi dans cette province. Une sélection des membres présents sera constituée en comité de sécurité publique pour le comté susmentionné.

6. Une copie de ces résolutions sera envoyée par courrier express au président du Congrès continental assemblé à Philadelphie, afin d'être présentée devant cet organe.

32

Parmi les laitues

Un idiot, ou un enfant, avait laissé le portail de mon potager ouvert. Je hâtai le pas sur le sentier, espérant que cela ne faisait pas longtemps. S'il était resté ainsi toute la nuit, les chevreuils avaient sans doute déjà mangé toutes mes laitues, tous mes oignons et mes bulbes, et saccager mes...

Je sursautai et poussai un cri. Une douleur cuisante venait de me transpercer la nuque et, par réflexe, je me donnai une tape. Au même instant, une décharge électrique me traversa la tempe, brouillant ma vue et me faisant larmoyer. Puis une autre douleur, dans le creux du coude... Les abeilles.

Je titubai hors du sentier, me rendant alors compte qu'elles grouillaient partout autour de moi, frénétiques, agressives. Je plongeai à travers les broussailles, entendant un peu tard le grondement grave d'un essaim sur le pied de guerre.

Bon sang ! Un ours ! Il avait dû pénétrer dans le jardin. Dans la fraction de seconde entre la première et la deuxième piqûre, j'avais entraperçu une de mes grandes ruches en osier gisant sur le flanc, près du portail, répandant ses rayons et son miel sur le sol.

Me glissant sous les branches, je me réfugiai sur un plant de phytolaques, haletante et jurant comme un charretier. La piqûre dans ma nuque m'élançait violemment et celle sur ma tempe enflait déjà, tirant sur ma paupière. Je sentis un frôlement sur ma cheville et chassai l'intruse avant qu'elle n'ait eu le temps de me piquer.

Je m'essuyai les yeux. Quelques abeilles volaient entre les tiges couvertes de fleurs jaunes au-dessus de moi, tels des avions de reconnaissance. Je m'enfonçai un peu plus dans la végétation, secouant mes cheveux et mes jupes.

Je soufflai comme une locomotive, tremblante d'adrénaline et de fureur.

— Saleté de… saloperie d'ours… de mes deux !

J'avais une forte envie de me précipiter dans le potager en hurlant et en agitant les bras pour faire peur à l'intrus. Heureusement, mon instinct de survie fut plus fort.

Avançant baissée pour éviter les abeilles enragées, trébuchant contre les racines, je tentai d'apercevoir le mammifère. Les vignes qui recouvraient les palissades étaient trop hautes, ne me laissant voir que du feuillage et les ombres du soleil. Un côté de mon visage était en feu, chaque battement de cœur provoquant une onde de douleur le long du trijumeau, contractant mes muscles faciaux et me faisant larmoyer.

Je rejoignis le sentier, là où la première abeille m'avait piquée. Mon panier était toujours là où je l'avais lâché, mes outils tout autour. Je saisis la serpette que j'utilisais pour tous mes travaux de jardinage, de la taille des haies à l'extraction de racines. Elle était robuste avec une longue lame. L'ours ne serait sans doute pas impressionné, mais elle me rassurait.

Je glissai la tête par le portail, prête à détaler, mais ne vis rien. La ruche renversée était toujours dans la même position, couchée sur le côté, ses rayons brisés et piétinés, mais pas éparpillés, les colonnes de cire toujours collées au socle en bois. Une forte odeur de miel flottait dans l'air.

Une abeille passa en bourdonnant près de mon oreille. Je l'esquivai, mais ne m'enfuis pas. Tout semblait calme. J'essayai de retenir mes halètements et tendis l'oreille. Les ours n'étant pas des animaux discrets, j'aurais dû entendre des grognements, des coups de langue ou, au moins, des bruits de feuillage écrasé. Rien.

J'avançai prudemment, pas à pas, prête à détaler. À quelques mètres se trouvait un grand chêne. Pourrais-je m'y réfugier si l'ours attaquait ?

J'avais beau écouter, je n'entendais que le bruissement des feuilles de vigne et le bourdonnement des abeilles qui s'était atténué maintenant qu'elles s'affairaient sur les vestiges de leurs rayons.

Il devait être parti. Toujours méfiante, je m'approchai encore, brandissant mon outil.

Je sentis l'odeur du sang au moment même où je la vis. Elle était étendue dans les plants de salade, sa jupe étalée telle une gigantesque fleur couleur rouille au milieu des jeunes laitues.

Je tombai à genoux et saisis son poignet, sentant ses os, si menus, si fragiles. Sa peau était chaude, mais son bras, mou. Aucun pouls. « Bien sûr que non, nota l'observatrice froide dans ma tête, elle a la gorge tranchée, il y a du sang partout et tu vois bien que son artère ne pompe plus. Elle est morte. »

Les yeux gris de Malva étaient grands ouverts, comme surpris. Elle avait perdu son bonnet. Je serrai son poignet plus fort, me persuadant que je trouverais des pulsations enfouies plus profondément, une trace quelconque de vie... et j'en perçus enfin une. Son ventre rond remua, à peine. Je laissai aussitôt retomber le bras et m'emparai de ma serpette, cherchant le bas de sa jupe.

J'agis sans réfléchir, sans peur, sans douter... il n'y avait plus que la lame, la peau s'ouvrant sous la pression de mes doigts, et la vague possibilité, la panique d'une nécessité absolue...

J'incisai l'abdomen du nombril au pubis, enfonçant ma lame dans les muscles relâchés, entaillai rapidement mais avec soin la paroi utérine, puis reposant la serpette, plongeai mes mains dans les entrailles de Malva Christie, encore chaudes et sanglantes. Je glissai les doigts sous l'enfant, le tournai d'un côté, puis de l'autre, tirant de toutes mes forces pour le libérer, l'arracher à une mort certaine, l'amener à l'air libre, l'aider à respirer... Le corps de Malva sursautait à chaque secousse, ses bras inertes battant contre le sol.

Il se dégagea enfin avec la brusquerie de la naissance. J'essuyai le sang et le mucus sur le petit visage fermé, soufflai dans ses poumons, doucement, tout doucement. Il fallait procéder avec la plus grande délicatesse ; les alvéoles de ses poumons étaient comme des toiles d'araignée, si petits, comprimés contre les parois de sa poitrine pas plus large qu'une main. Je perçus enfin un minuscule déclic, à peine un tic-tac de montre, un mouvement infime, un vague tremblement, une lutte faible mais instinctive... puis je sentis faiblir cette minuscule étincelle de vie. Je poussai un cri d'angoisse et pressai le corps de poupée contre mon sein, encore chaud. Encore chaud.

— Ne pars pas, ne pars pas, ne pars pas.

Mais la vibration s'éloigna, une lueur bleutée et ténue qui sembla éclairer un instant les paumes de mes mains, puis vaciller, telle la flamme d'une bougie. Ensuite ce ne furent plus que l'incandescence d'une mèche mouchée, le simple souvenir d'une lueur, et plus rien. Le noir.

Quand ils me découvrirent, j'étais toujours assise en plein soleil, pleurant, couverte de sang, le bébé sur mes genoux, le cadavre égorgé et éventré de Malva à mes côtés.

33

Le rapt de la mariée

Une semaine s'était écoulée depuis la mort de Malva et toujours pas le moindre indice sur l'identité de son assassin. Un voile de suspicion flottait sur Fraser's Ridge, chargé de chuchotements et de regards obliques, mais, en dépit de tous ses efforts, Jamie ne découvrait personne qui sache ou accepte de dire quoi que ce soit d'utile.

La tension et la frustration montaient en lui, jour après jour, et je savais qu'il lui faudrait trouver un exutoire tôt ou tard avant qu'il n'explose.

Le mercredi suivant, après le petit déjeuner, je le trouvai en train de fixer la fenêtre de son bureau d'un regard noir. Il frappa soudain du poing sur sa table, me faisant sursauter.

— J'ai atteint les limites de l'endurance, m'informa-t-il. Si cela continue, je vais devenir fou. Je dois faire quelque chose.

Sans attendre ma réaction, il ouvrit la porte et hurla dans le couloir :

— Joseph !

L'air ahuri, M. Wemyss apparut sur le seuil de la cuisine, où il nettoyait l'âtre sous la direction de Mme Bug. Il était pâle, couvert de suie et débraillé.

Jamie le fit entrer dans son bureau sans se soucier des empreintes noires qu'il laissait sur le plancher (il avait brûlé la carpette) et le dévisagea.

— Vous voulez cette femme ? lança-t-il d'une voix autoritaire.

M. Wemyss le regarda, perplexe, une réaction tout à fait compréhensible.

— Une femme ? Quelle... Ah, vous... vous voulez parler de *Fraülein* Berrisch ?

— Qui d'autre ? Vous la voulez ou pas ?

De toute évidence, personne n'avait demandé à M. Wemyss ce qu'il voulait depuis bien longtemps, et il lui fallut un certain temps pour se remettre du choc et rassembler ses esprits.

Il se mit ensuite à marmonner que les amis de la *Fraülein* étaient sans doute mieux placés que lui pour savoir ce qui ferait son bonheur, qu'il n'était pas l'homme qu'il lui fallait, qu'il était trop pauvre, qu'il était indigne d'être le mari de qui que ce soit, et patati, et patata, jusqu'à ce que, sous les injonctions exaspérées de Jamie, il admette enfin que, oui, en effet, si la *Fraülein* n'était pas allergique à l'idée... ma foi... disons que... en bref...

— Oui, monsieur. Je la veux. De tout mon cœur !

Il paraissait terrifié par sa propre audace.

— Parfait, dit Jamie. Dans ce cas, allons la chercher.

M. Wemyss resta bouche bée, moi de même. Jamie me fit face avec l'assurance et la jubilation d'un corsaire s'apprêtant à mettre la main sur un gros butin.

— Tu veux bien aller chercher Ian, *Sassenach* ? Et dis à Mme Bug de préparer des provisions pour quatre hommes et pour quatre jours. Puis, préviens Roger Mac, nous aurons besoin d'un pasteur.

Il se frotta les mains de satisfaction, puis donna une grande tape sur l'épaule de M. Wemyss, soulevant un petit nuage de suie.

— Allez vous préparer, Joseph. Et donnez-vous un coup de peigne. Nous allons vous voler une mariée.

— « ... il sortit son pistolet et le pointa sur le cœur du pasteur, entonna Ian. Mariez-moi, mariez-moi, pasteur, ou je serai votre prêtre, votre prêtre, ou je serai votre prêtre ! »

Roger cessa de chanter la ballade, où il était question d'un jeune Highlander audacieux qui, aidé de ses amis, enlevait et épousait de force une jeune femme qui s'avérait plus maligne que lui.

— Naturellement, nous espérons que vous serez plus compétent que ce Willie, n'est-ce pas, Joseph ?

Lavé, habillé de frais et vibrant d'excitation, M. Wemyss lui lança un regard d'incompréhension totale. Roger sourit et resserra la sangle de sa sacoche en expliquant :

— Willie oblige le prêtre à le marier à la jeune femme sous la menace de son pistolet. Mais lorsqu'il la traîne jusque dans leur lit, elle refuse de se laisser faire et ils luttent toute la nuit.

Ian chanta à tue-tête :

— « Ramène-moi chez moi, Willie, aussi vierge que je suis venue, aussi vierge, aussi vierge, aussi vierge que je suis venue ! »

Roger se tourna vers Jamie qui jetait ses propres sacoches par-dessus la selle de Gideon.

— Cela étant, si la *Fraülein* est aussi réticente...

— Comment ça ? Réticente à épouser Joseph ?

Jamie tapota le dos de M. Wemyss, puis lui fit la courte échelle pour l'aider à grimper sur sa monture.

— Il faudrait qu'elle soit folle pour refuser une occasion pareille, pas vrai, *a charaid* ?

Il balaya la clairière des yeux pour s'assurer que tout était en ordre, puis remonta les marches quatre à quatre pour venir m'embrasser, avant de redescendre au pas de course et de sauter en selle, Gideon se montrant, une fois n'est pas coutume, d'excellente humeur. Il ne tenta même pas de le mordre.

— Prends bien soin de toi, *mo nighean donn*, me lança-t-il avec un sourire.

Puis ils s'élancèrent au galop, tel un gang de bandits des Highlands, les cris de Ian résonnant sous les arbres.

Étrangement, le départ des hommes parut apaiser un peu les tensions. Bien sûr, les commérages allaient toujours bon train, mais, sans Jamie et Ian pour servir de paratonnerre, ils frappaient, tels des feux de Saint-Elme, sifflant et faisant se dresser les cheveux sur nos têtes, mais pour la plupart inoffensifs, à moins de nous toucher directement.

La maison ressemblait moins à une forteresse assiégée, et plus à l'œil d'un cyclone.

En outre, M. Wemyss étant parti, Lizzie nous rendit régulièrement visite, emmenant le petit Rodney Joseph. Roger s'était opposé avec fermeté aux suggestions enthousiastes des jumeaux qui avaient voulu l'appeler Tilgath-Pileser ou Ichabod. Il n'avait rien pu faire pour la petite Rogerina, qui, finalement, ne s'en était pas trop mal sortie, étant souvent surnommée Rory, mais il avait catégoriquement refusé de baptiser un enfant d'un nom qui lui aurait sans doute valu de poursuivre son chemin dans la vie sous le surnom d'Icky[1].

Rodney était un enfant agréable. Il n'avait jamais perdu cette expression étonnée, avec de grands yeux ronds qui lui donnaient l'air de ne pas en revenir, quoi que vous lui disiez. La stupéfaction de Lizzie à sa naissance s'était muée en ravissement permanent qui aurait pu éclipser Jo et Kezzie s'ils n'avaient pas partagé ce même sentiment.

---

1. « Beurk ». (*N.d.T.*)

À moins qu'on les arrête de force, l'un comme l'autre pouvaient passer une demi-heure à discuter du transit intestinal de leur rejeton avec une passion jusque-là réservée à leurs derniers pièges et à toutes les choses fascinantes découvertes dans l'estomac du gibier qu'ils avaient tué. Les cochons sauvages mangeaient vraiment tout et n'importe quoi. Apparemment, Rodney aussi.

Quelques jours après que les hommes furent partis à la conquête d'une nouvelle épouse pour M. Wemyss, Brianna vint à la Grande Maison avec Jemmy. Lizzie avait emmené Rodney. Elles s'installèrent avec Amy McCallum et moi dans la cuisine, où nous passâmes une soirée agréable à papoter tout en cousant près de la cheminée, nous extasiant devant Rodney et surveillant Jemmy et Aidan du coin de l'œil. Après avoir échangé des potins bénins, nous examinâmes la population mâle de Fraser's Ridge, dressant notre liste de suspects.

Pour ma part, le sujet m'intéressait pour des raisons plus personnelles et douloureuses, mais les trois jeunes femmes défendaient fermement la justice, se tenant dans le camp qui excluait d'emblée que Jamie ou moi puissions avoir le moindre rapport avec le meurtre de Malva Christie.

Glissant un œuf à repriser en bois dans le talon d'un bas, Brianna déclara :

— Ça m'ennuierait beaucoup que Bobby ait quelque chose à voir là-dedans. Il est tellement adorable !

— C'est vrai, c'est un très gentil garçon, confirma Lizzie. Mais il a le sang chaud.

Nous relevâmes toutes la tête.

— Je ne le laissais pas faire, se défendit-elle, mais il était persévérant. Quand je lui ai dit non, il est allé donner un coup de pied dans un arbre.

— Mon mari faisait la même chose parfois, quand je me refusais à lui, intervint Amy songeuse. Mais il ne m'aurait pas égorgée pour autant.

— Malva ne s'est pas refusée à celui qui l'a tuée, souligna Brianna. C'est là le problème. Il l'a assassinée parce qu'elle était enceinte et qu'il avait peur qu'elle divulgue son identité à tout le monde.

— Mais, dans ce cas, ce ne peut pas être Bobby ! s'écria Lizzie triomphante. Quand mon père a rejeté sa demande en mariage, il a bien envisagé d'épouser Malva, non ? C'est Ian qui me l'a raconté. Or, si elle attendait un enfant de lui, M. Christie aurait bien été obligé de l'accepter, n'est-ce pas ?

Une ombre traversa son visage à l'évocation de son père, qui refusait de lui adresser la parole et n'était toujours pas venu voir le petit Rodney depuis sa naissance.

Amy sembla trouver son argument convaincant, mais Brianna objecta :

— Oui… mais elle insistait disant que l'enfant n'était pas de lui. En outre, il a vomi quand il a appris qu'elle… (Elle pinça les lèvres.) Enfin, il n'était pas content du tout. Il aurait donc pu la tuer par jalousie.

Lizzie et Amy firent une moue dubitative, ayant toutes deux une certaine tendresse pour Bobby, mais ne pouvant rejeter entièrement cette possibilité.

— Et pourquoi ce ne serait pas un des hommes plus âgés ? avançai-je. Chacun sait que les jeunes s'intéressaient à elle, mais, plus d'une fois, j'ai vu un homme marié la reluquer en passant.

— Je vote pour Hiram Crombie ! déclara aussitôt Brianna.

Tout le monde se mit à rire, mais elle secoua la tête.

— Non, sérieusement. Ce sont toujours les plus religieux et les plus coincés qui ont des tiroirs secrets remplis de lingerie féminine ou qui tripotent en douce les enfants de chœur.

Amy roula des yeux ébahis.

— De la lingerie féminine ? Comment ça, des chemises et des corsets ? Mais que peuvent-ils bien faire avec ?

Brianna rougit, ayant oublié son auditoire.

— Euh… en fait, je pensais plutôt au type de sous-vêtements des Françaises. Vous savez… des petites tenues pleines de dentelle.

— Ah, des Françaises, dit Lizzie d'un air entendu.

La réputation des dames françaises n'était plus à faire, même si je doutais qu'aucune femme de Fraser's Ridge à part moi en ait jamais vu une. Afin de couvrir la gaffe de Brianna, je leur parlai de la Nesle, la maîtresse du roi de France qui avait les tétons percés et s'était présentée à la cour les seins nus ornés de deux anneaux d'or.

Lizzie baissa les yeux vers Rodney, qui tétait furieusement son sein, ses petits poings serrés dans l'effort.

— Encore quelques mois et je pourrai en faire autant. Je demanderai à Jo et Kezzie de m'acheter des anneaux, la prochaine fois qu'ils iront vendre leurs peaux. Qu'en pensez-vous ?

Nous rîmes tellement que personne n'entendit toquer à la porte. Ce furent Jemmy et Aidan, qui jouaient dans le bureau de Jamie, qui vinrent nous prévenir.

— J'y vais, dit Brianna.

Elle déposa son ouvrage, mais je la pris de vitesse.

— Non, je m'en occupe.

Je saisis un bougeoir et sortis dans le couloir sombre, le cœur battant. Presque toujours, quand on nous dérangeait une fois la nuit tombée, c'était pour une urgence.

C'était encore le cas, mais pas du tout ce à quoi je m'étais attendue. Je ne reconnus pas tout de suite la grande femme blême qui se tenait sur le seuil, oscillant légèrement. Elle chuchota :

— *Frau* Fraser ? Che peux entrer ?

Puis elle s'effondra dans mes bras.

En entendant le bruit, les trois autres accoururent, et nous transportâmes Monika Berrisch – car c'était bien la fiancée putative de M. Wemyss – dans la cuisine, où nous l'installâmes sur le banc, emmitouflée dans des couvertures, devant un bon grog.

Elle se ressaisit rapidement. Elle n'avait rien de grave, étant juste épuisée et affamée (elle nous avoua ne rien avoir mangé depuis trois jours), et fut bientôt en état d'avaler une soupe de pois cassés et de nous expliquer la raison de sa surprenante visite.

— C'est à cause de ma belle-sœur. Elle ne m'a chamais aimée. Puis, quand son mari a eu son accident et a perdu sa carriole, ils n'avaient plus beaucoup d'archent. Ch'étais de trop.

Elle nous confessa que Joseph lui avait beaucoup manqué, mais elle n'avait eu ni la force ni les moyens de s'opposer à sa famille et d'insister pour revenir à Fraser's Ridge.

Lizzie l'examinait avec attention, mais sans inimitié.

— Que s'est-il passé alors ?

Fraülein Berrisch tourna ses grands yeux doux vers elle.

— Che ne pouvais plus le supporter. Che voulais tant être auprès de Choseph. Ma belle-sœur et son mari, ils ne voulaient pas de moi, alors, elle m'a donné un peu d'archent et che suis venue.

— Vous êtes venue... à pied ? s'étonna Brianna. Depuis Halifax ?

Fraülein Berrisch acquiesça, léchant sa cuillère, et sortit un pied de sous ses couvertures. Ses semelles étaient complètement élimées, et elle avait enveloppé ses souliers dans des lambeaux arrachés à ses jupons.

— Elizabeth, ch'espère que vous n'êtes pas fâchée que che sois venue. Votre père... il est ici ? Ch'espère qu'il ne sera pas fâché non plus.

Lizzie et moi échangeâmes un regard.

— Hum... fis-je. Il est absent, mais je suis sûre qu'il sera enchanté de vous voir !

— Ah ?

Son visage émacié s'illumina quand elle apprit où il se trouvait. Elle serra sa cuillère contre son sein comme s'il s'agissait de la tête de M. Wemyss en soupirant : « *Mein Kavalier !* » Rayonnante de joie, elle regarda autour d'elle et remarqua pour la première fois Rodney, ronflant dans son panier aux pieds de Lizzie.

— Oh, mais qui est-ce ? s'extasia-t-elle.

Elle se pencha sur l'enfant, qui ouvrit ses grands yeux ronds et qui la dévisagea avec intérêt, d'un air solennel, quoique somnolent.

— C'est mon petit, Rodney Joseph, comme mon père.

Lizzie le souleva et le déposa avec délicatesse dans les bras de Monika. Ravie, elle se mit aussitôt à roucouler en allemand.

Brianna se pencha vers moi, me glissant :

— Elle est déjà gaga comme une grand-mère.

Comme je n'avais pas beaucoup ri depuis la mort de Malva, ce fut un baume pour mon esprit.

Lizzie expliquait à Monika la brouille qui avait résulté de son mariage peu orthodoxe. Celle-ci acquiesçait, navrée, tout en babillant avec Rodney. Je me demandais ce qu'elle comprenait, exactement.

Je chuchotai à mon tour à Brianna :

— M. Wemyss va bien devoir se raccommoder avec sa fille, à présent. Il ne va pas vouloir priver son épouse de son nouveau petit-fils.

— Après tout, deux gendres pour le prix d'un, c'est une affaire ! renchérit Brianna.

Nostalgique, Amy observait la scène. Elle glissa un bras autour des épaules maigrelettes d'Aidan, déclarant :

— Comme on dit si bien, plus on est de fous, plus on rit.

34

Priorités

Trois chemises, une paire supplémentaire de culottes en assez bon état, deux paires de bas, une en fil d'Écosse, l'autre en soie... Tiens, où étaient donc passés les bas en soie ?

Brianna sortit sous le porche et appela son mari, occupé à poser les conduits en terre cuite dans la tranchée qu'il avait creusée, assisté de Jemmy et d'Aidan.

— Roger, qu'as-tu fait de tes bas en soie ?

Il s'arrêta, fronçant les sourcils, et s'essuya le front. Puis, tendant sa pelle à Aidan, il bondit par-dessus la tranchée et s'approcha d'elle.

— Je les portais dimanche dernier lors du prêche, non ? Qu'est-ce que j'en ai... ah.

La mine suspicieuse, elle le dévisagea, voyant son expression passer de la perplexité à la culpabilité.

— Ah ? Ah quoi ?

— Eh bien... Tu es restée à la maison avec Jemmy parce qu'il avait mal au ventre – un mal grandement exagéré pour épargner à Brianna deux heures de regards en coin et de chuchotements –, si bien que quand Jocky Abernathy m'a proposé d'aller pêcher avec lui...

— Roger MacKenzie, si tu as mis tes bas dans un panier rempli de poissons puants et que tu les as oubliés...

— Je vais faire un saut à la Grande Maison et en emprunter une paire à ton père, d'accord ? Les miens réapparaîtront tôt ou tard, j'en suis sûr.

— Ta tête aussi. Sous un rocher, sans doute !

Cela le fit rire, ce qui n'avait pas été l'intention de Brianna, mais eut l'effet de la calmer.

Il déposa un baiser sur son front.

— Je suis désolé, chérie. Ce doit être freudien.

— Vraiment ? Et que symbolisent tes bas en soie enroulés autour d'un poisson mort ?

— Une culpabilité généralisée et un conflit de loyautés, probablement.

Il plaisantait encore, mais pas tant que ça.

— Brianna… J'ai bien réfléchi. Je pense vraiment que je ne devrais pas y aller. Je n'ai pas besoin de…

— Si, tu en as besoin. C'est l'avis de maman, celui de papa, et le mien aussi.

— Ah, bon, d'accord.

Il avait beau sourire, son malaise était visible. Elle le sentait d'autant plus qu'elle le partageait. Le meurtre de Malva Christie avait mis tout Fraser's Ridge sens dessus dessous : la peur, l'hystérie, la suspicion… Des doigts accusateurs étaient pointés dans toutes les directions. Plusieurs jeunes hommes, dont Bobby Higgins, s'étaient tout simplement volatilisés, soit par sentiment de culpabilité, soit par instinct de conservation.

Elle-même avait été la cible de bon nombre de médisances et de soupçons ; on avait répété certaines des remarques qu'elle avait lancées sans réfléchir sur Malva Christie. Mais la plus grosse part de suspicion reposait sur les épaules de ses parents.

Ils faisaient de leur mieux pour vaquer à leurs occupations quotidiennes, s'efforçant de ne pas prêter attention aux commérages et aux regards entendus… mais cela devenait de plus en plus difficile.

Roger s'était précipité chez les Christie dès qu'il avait appris la tragédie. Il y était retourné tous les jours – ne s'absentant que pour l'expédition à Halifax. Après avoir enterré Malva dans la simplicité et les larmes, il s'était échiné à se montrer raisonnable, apaisant et ferme avec tous les habitants de Fraser's Ridge. Il avait immédiatement reporté son projet de se rendre à Edenton pour son ordination, mais, l'ayant appris, Jamie avait insisté.

Pour la énième fois, Brianna lui dit :

— Ici, tu as fait tout ton possible. Que peux-tu bien faire de plus ? En outre, il se passera peut-être des années avant que tu aies une nouvelle occasion.

Elle savait à quel point il tenait à être ordonné et était prête à tout pour l'aider. Elle aurait aimé assister à la cérémonie, mais ils étaient rapidement convenus qu'il valait mieux que Jemmy et elle l'attendent à River Run. Il n'était guère judicieux de la part d'un aspirant à l'ordination de se présenter avec une épouse et un enfant catholiques.

Néanmoins, elle se sentait terriblement coupable d'abandonner ses parents en pleine tourmente.

— Toi, tu dois partir, répéta-t-elle. Mais je n'ai peut-être pas…

Il l'arrêta d'un regard.

— On en a déjà assez discuté.

L'argument de Roger était que sa présence ne changerait rien à l'opinion publique, ce qui était sans doute vrai. Mais elle savait que sa véritable raison, partagée par ses parents, était le désir de la voir loin de Fraser's Ridge, en sécurité, de préférence avant que Jemmy ne se rende compte que la plupart des voisins pensaient qu'un de ses grands-parents, voire les deux, était un assassin.

Elle avait secrètement honte d'avoir envie de partir.

Quelqu'un avait tué Malva… et son bébé. Chaque fois qu'elle y repensait, les hypothèses tourbillonnaient dans sa tête, ainsi qu'une litanie de noms. Et chaque fois, elle était contrainte de reconnaître que son cousin en faisait partie. Ian ne s'était pas enfui, et elle ne pouvait imaginer que ce soit lui. Pourtant, chaque jour, quand elle le voyait, l'éventualité lui traversait l'esprit.

Elle contempla le sac qu'elle était en train de préparer, pliant et repliant la chemise dans ses mains, cherchant une bonne raison de partir, ou de rester, et sachant qu'aucune ne l'aiderait.

Un bruit sourd au-dehors l'extirpa du bourbier de son indécision.

Elle atteignit la porte en deux enjambées, juste à temps pour voir Jemmy et Aidan détaler comme deux lapins vers la forêt. Sur le bord de la tranchée gisaient les morceaux du conduit qu'ils avaient laissé tomber.

— Bande de petits morveux, revenez ici tout de suite ! hurla-t-elle.

Elle saisit son balai sans trop savoir ce qu'elle comptait en faire, mais la violence semblait être la seule solution pour laisser exploser la frustration qui bouillonnait en elle tel un volcan au bord de l'éruption.

Roger posa délicatement une main sur son épaule, chuchotant :

— Brianna, ce n'est pas grave.

Elle fit volte-face.

— Pas grave ? Tu as une idée du temps qu'il me faut pour obtenir un de ces maudits conduits ? Combien de cuissons avant d'en obtenir un qui ne soit pas craquelé ?

— Oui, je sais, mais ce n'est pas grave quand même.

Elle tremblait des pieds à la tête. Très doucement, il lui prit le balai des mains et le remit à sa place.

Quand elle fut de nouveau en mesure de formuler des mots, elle déclara :

— Je crois que... j'ai vraiment besoin de partir.

Il acquiesça avec, dans le regard, cette tristesse qui ne l'avait pas quitté depuis le meurtre de Malva.

Il vint se placer derrière elle, lui enlaçant la taille, et posa son menton sur son épaule. Peu à peu, elle cessa de trembler. De l'autre côté de la clairière, elle aperçut

Mme Bug qui revenait vers la Grande Maison, son tablier chargé de choux et de carottes. Claire n'avait plus mis les pieds dans son potager depuis…

— Tu es sûr qu'il ne leur arrivera rien ?

— Nous prierons pour eux.

Il resserra ses bras autour d'elle. Réconfortée par sa chaleur et son contact, Brianna se rendit compte seulement plus tard qu'il ne l'avait pas vraiment rassurée sur le sort de ses parents.

35

« *À moi la vengeance, à moi la rétribution* », *dit le Seigneur*

Je retournai entre mes mains le dernier colis de lord John, essayant de trouver assez d'enthousiasme pour l'ouvrir. C'était une petite caisse en bois, peut-être encore un peu de vitriol ? Je pourrais préparer un nouveau stock d'éther, mais pour qui ? Plus personne ne venait dans mon infirmerie faire soigner ses blessures ou ses maladies.

Je passai un doigt dans la poussière sur mon plan de travail, me disant qu'il serait peut-être temps de nettoyer cette pièce. Mme Bug entretenait le reste de la maison et la gardait dans un état impeccable, mais elle refusait d'entrer dans l'infirmerie. J'ajoutai l'époussetage à ma longue liste de travaux à exécuter, mais ne trouvai pas l'énergie d'aller chercher un chiffon.

Avec un soupir, je me levai et traversai le couloir. Assis derrière son bureau, Jamie faisait tourner une plume entre ses doigts en contemplant une lettre inachevée. Lorsqu'il m'aperçut, il la reposa et me sourit.

— Tout va bien, *Sassenach* ?

— Ça va.

Il hocha la tête, l'air ailleurs. À son visage tendu, je devinais qu'il était aussi déprimé que moi.

— Je n'ai pas vu Ian de la journée. Il a dit qu'il allait quelque part ?

Il était sûrement parti chez les Cherokees. Je ne m'étonnais pas qu'il ait voulu fuir Fraser's Ridge. Il avait déjà été d'un stoïcisme considérable en demeurant aussi longtemps, supportant les regards et les murmures, quand il ne s'agissait pas d'accusations directes.

Jamie laissa retomber la plume dans son pot.

— C'est moi qui lui ai dit de partir. Il était inutile qu'il reste ici, avec nous. Il ne fait que se bagarrer.

Ian n'en parlait jamais, mais je l'avais vu s'asseoir plus d'une fois à la table du dîner avec des traces de coups.

— Dans ce cas, je ferais mieux d'aller prévenir Mme Bug avant qu'elle commence à préparer le repas.

Toutefois, je ne me levai pas, trouvant un réconfort dans la présence de Jamie, un répit dans la douleur du souvenir constant du petit corps sanglant sur mes genoux, aussi inerte qu'un morceau de viande... et du regard de Malva, si surpris.

J'entendis des chevaux dans la cour. Je jetai un coup d'œil vers Jamie qui me fit signe qu'il n'attendait personne, puis il se leva pour aller à la rencontre de nos visiteurs imprévus. Je le suivis dans le couloir en essuyant mes mains sur mon tablier et en révisant le menu du repas pour nourrir au moins une douzaine de bouches supplémentaires, à en juger par les hennissements et les bruits de voix dans la cour.

Jamie ouvrit la porte et se figea. Je regardai par-dessus son épaule et sentis la terreur m'envahir. La silhouette noire des cavaliers à contre-jour me projeta aussitôt en arrière dans le temps, dans la clairière de la malterie, dégoulinante de sueur et vêtue uniquement de ma chemise. Jamie entendit mon cri étranglé et me repoussa derrière d'une main.

— Que voulez-vous, Brown ? demanda-t-il sur un ton qui n'avait rien d'amical.

— On est venus chercher votre femme.

La jubilation dans la voix de Richard Brown hérissa tous les poils de mon corps et fit danser des points noirs devant mes yeux. Je reculai en trébuchant et me retins au chambranle de la porte de mon infirmerie.

— Dans ce cas, vous pouvez repartir. Vous n'avez rien à faire avec ma femme, et elle n'a rien à faire avec vous.

Brown approcha son cheval du perron et se pencha sur son encolure. M'apercevant, il sourit, de la manière la plus désagréable qui soit.

— C'est là que vous vous trompez, monsieur Fraser. Nous sommes venus l'arrêter parce qu'elle a commis un meurtre ignoble.

La main de Jamie se raidit sur la poignée. Il se redressa de toute sa hauteur, semblant gonfler sur place, et déclara d'une voix à peine plus haute que le bruit des chevaux et des harnais :

— Quittez mes terres, tout de suite.

J'entendis des pas derrière moi. C'était Mme Bug, venant voir ce qui se passait. En distinguant les hommes, elle murmura :

— Sainte Bride, sauvez-nous !

Puis elle se volatilisa, sortant en courant par la porte de service, le pas plus léger qu'un chevreuil. J'aurais dû la suivre, m'enfuir par-derrière, me réfugier dans les bois, me cacher. Mais j'étais paralysée, pouvant à peine respirer.

Richard Brown se redressa.

— On ne demande pas mieux que de partir. Livrez-la-nous, et nous débarrasserons le plancher, évaporés comme la rosée du matin.

Il éclata de rire. Je me demandai s'il était ivre.

— De quel droit êtes-vous venus ici ? questionna Jamie.

Sa main gauche se posa sur la poignée de son coutelas. Son geste me remit enfin les idées en place, et je me précipitai dans la cuisine où on gardait les armes. J'entendis juste Brown dire « ... comité de sécurité » de manière menaçante. Je décrochai la carabine de chasse suspendue au-dessus de la cheminée, ouvris le tiroir du buffet, en sortis les trois pistolets que je fourrai dans les grandes poches de mon tablier de chirurgie. Mes mains tremblaient. J'hésitai… les pistolets étaient chargés et armés, Jamie les vérifiait tous les soirs. Devais-je prendre la boîte de munitions et la poire à poudre ? Pas le temps, j'entendais Jamie et Brown hurler devant la maison.

Soudain, la porte de service s'ouvrit, et je relevai la tête. Un inconnu se tenait sur le seuil, regardant dans la pièce. Il me vit et avança vers moi avec un sourire mauvais, tendant une main pour m'attraper.

Je sortis un des pistolets de ma poche et tirai à bout portant. Son sourire se mua en une expression vaguement perplexe. Il cligna des yeux une ou deux fois, puis porta la main à son flanc, où une tache rouge s'agrandissait sur sa chemise. Bouche bée, il contempla ses doigts pleins de sang.

— Mais… nom de Dieu… vous m'avez tiré dessus !

— Parfaitement. Et je vais recommencer si vous ne sortez pas sur-le-champ.

Je lâchai l'arme vide sur le sol et, gardant la carabine que je tenais pointée devant moi, cherchai de ma main libre un autre pistolet dans ma poche. Il n'attendit pas de vérifier si je parlais sérieusement. Il tourna les talons, se prit la porte en pleine figure, puis disparut en titubant, laissant une grande traînée de sang sur le bois.

De fines volutes de fumée noire flottaient dans la pièce, se mêlant aux odeurs de poisson grillé. L'espace d'un instant, je crus que j'allais vomir, mais je refoulai ma nausée pour déposer la carabine et bloquer la porte. Mes mains tremblaient tant qu'il me fallut plusieurs tentatives avant de remettre la barre.

Le vacarme devant la maison me rappela à l'ordre, et je me précipitai dans le couloir, l'arme à la main, les lourds pistolets dans mes poches battant contre mes cuisses.

Ils avaient traîné Jamie dans la cour. Je l'entraperçus au milieu de la mêlée. Ils avaient cessé de crier ; on n'entendait plus que des grognements et l'impact de coups sur la chair, le frottement des pieds dans la poussière. Je compris tout de suite qu'ils avaient l'intention de le tuer.

Je visai le coin de la masse humaine le plus éloigné de Jamie et appuyai sur la détente. La détonation déclencha des cris de stupéfaction, et le nœud d'hommes s'ouvrit, criblé de chevrotines. Jamie tenait toujours son coutelas. Il l'enfonça dans les côtes d'un de ses assaillants, le ressortit et, d'un grand geste du bras, traça un sillon sanglant dans le front d'un deuxième.

Un éclat de métal attira mon attention et je criai sans réfléchir : « Baisse-toi ! » à la seconde même où partait le coup de pistolet de Richard Brown. J'entendis un « bing ! » près de mon oreille et je me rendis compte, avec une sorte de détachement, qu'il n'avait pas tiré sur Jamie mais sur moi.

Lui s'était en effet baissé, comme tous les autres dans la cour. Ils se relevaient prudemment, déconcertés, ayant perdu l'élan de leur attaque. Jamie avait plongé vers le perron. Bondissant sur ses pieds, il repoussa un homme qui tentait de le retenir par la manche en le frappant violemment en plein visage avec le manche de son coutelas.

On aurait pu croire que nous avions répété cette scène une douzaine de fois. Jamie atterrit sous le porche, m'attrapa par la taille, m'entraîna à l'intérieur, fit volte-face, claqua la porte, s'adossa contre elle pour la retenir tandis que les autres se jetaient dessus. Pendant ce temps, je lâchai ma carabine, soulevai le loquet et le mis en place.

La porte vibra sous les coups de poing et d'épaule. Les hommes s'étaient remis à crier. Cette fois, ce n'étaient plus des railleries, mais des insultes et des jurons.

— J'ai verrouillé la porte de la cuisine, dis-je à Jamie le souffle coupé.

Il approuva d'un signe de tête et courut fermer les volets de l'infirmerie. J'entendis un bris de verre dans cette pièce, tandis que je me ruais dans son bureau. Les fenêtres y étaient plus petites, sans vitres et haut placées. Je fis claquer les volets, les verrouillai, puis courus de nouveau dans le couloir sombre pour chercher la carabine.

Jamie l'avait déjà prise. Il était dans la cuisine, fouillant dans les tiroirs. Il réapparut, chargé de boîtes de munitions et de poires à poudre. D'un hochement de tête, il m'indiqua l'escalier.

Les pièces à l'étage étaient pleines de soleil. Avec l'impression de remonter à la surface de l'eau, j'inspirai de grandes goulées de lumière, un peu étourdie, puis me précipitai pour fermer les contrevents du débarras et de la chambre d'Amy McCallum. J'ignorais où elle et ses enfants se trouvaient, mais, Dieu merci, ils n'étaient pas dans la maison.

Je revins dans notre chambre. Jamie était agenouillé près de la fenêtre, chargeant méthodiquement les armes tout en marmonnant en gaélique, sans que je comprenne s'il jurait ou priait.

Son visage était tuméfié, sa lèvre fendue, et une ligne de sang lui courait sur le menton et sur la chemise. Il était couvert de poussière et de ce que je pensais être le sang de plusieurs autres personnes. Une de ses oreilles était enflée, mais ses mouvements étaient précis et assurés. À moins d'une fracture du crâne, ses blessures pouvaient attendre.

— Ils veulent nous tuer.

Il acquiesça, concentré sur son travail, puis me tendit un pistolet pour que je le charge.

— Oui. Heureusement que les enfants sont loin et en sécurité, n'est-ce pas ?

Alors, l'air redoutable et les dents sanguinolentes, il me sourit, et je me sentis plus calme et sûre de moi.

Il avait laissé un des volets entrouvert. Prudente, je m'approchai derrière lui et jetai un coup d'œil à l'extérieur, le pistolet chargé dans ma main.

— Je ne vois aucun corps gisant dans la cour. Tu n'en as tué aucun.

— Ce n'est pas faute d'avoir essayé ! Bon sang, qu'est-ce que je ne donnerais pas pour un bon fusil !

Appuyant le canon de la carabine sur le rebord de la fenêtre, il se hissa lentement sur ses genoux pour observer la scène à l'extérieur. Ils s'étaient provisoirement retranchés à l'autre bout de la clairière. Ils avaient emmené leurs chevaux près de la cabane de Brianna et de Roger, hors de portée des balles perdues. Sous les châtaigniers, Brown et ses acolytes discutaient de la phase suivante.

— À ton avis, qu'auraient-ils fait si j'avais accepté de les suivre ?

J'entendais mon cœur. Il battait à toute allure, mais, au moins, je pouvais respirer, et je retrouvais peu à peu des sensations au bout de mes doigts et de mes orteils.

— Je ne t'aurais jamais laissée partir.

— Richard Brown le sait certainement.

Il approuva, en étant arrivé à la même conclusion que moi. Brown n'avait jamais vraiment eu l'intention de m'arrêter, mais juste de provoquer un incident lui permettant de nous tuer tous les deux dans des circonstances assez confuses pour ne pas s'attirer les représailles des métayers de Jamie.

— Mme Bug est parvenue à s'enfuir, n'est-ce pas ? demanda-t-il.

— Oui, j'espère seulement qu'il ne l'ont pas interceptée hors de la maison.

118

Je plissai les yeux pour mieux voir dans le soleil brillant de l'après-midi, essayant de distinguer une jupe dans le groupe sous les châtaigniers. Je ne voyais que des hommes.

Mettant en joue, Jamie décrivit un arc avec le canon de la carabine, balayant la cour, sifflant entre ses dents :

— Oui, c'est ça, approche-toi. Encore un peu. Un coup, c'est tout ce dont j'ai besoin.

Il visait un homme qui avançait avec vigilance vers la maison, entrant dans la cour. Jamie me tendit la carabine et choisit son arme préférée, un pistolet écossais à long canon, avec une crosse arrondie.

L'homme – je reconnus Richard Brown – s'arrêta à une quarantaine de mètres de la porte, sortit un mouchoir de sa poche et l'agita au-dessus de sa tête.

— Fraser ! Fraser ! Vous m'entendez ?

Jamie visa avec soin et tira. La balle s'enfonça dans le sol à quelques dizaines de centimètres des pieds de Brown, soulevant un nuage de poussière. Ce dernier sauta sur place comme piqué par une abeille.

— Hé ! Qu'est-ce qui vous prend ? s'indigna-t-il. Vous ne savez pas ce que signifie le drapeau blanc, espèce de sauvage d'Écossais ?

— Si j'avais voulu vous tuer, Brown, vous seriez déjà en train de refroidir ! hurla Jamie en retour. Que voulez-vous ?

— Vous le savez très bien. On veut la sorcière tueuse d'enfants.

Jamie tira de nouveau. L'homme sauta encore, mais moins haut.

Prenant un ton plus conciliant, Brown reprit :

— On ne lui fera aucun mal. On veut juste la conduire à Hillsboro pour qu'elle y soit jugée. Ce sera un procès équitable. Rien d'autre.

Jamie me tendit son pistolet pour que je le lui recharge et en prit un autre. Il fallait au moins admettre que Brown était persévérant. Il s'était sans doute rendu compte que Jamie ne voulait pas le toucher. Il tint bon encore deux coups, criant qu'il comptait bien m'emmener à Hillsboro et que si j'étais innocente, Jamie avait tout intérêt à ce qu'un procès équitable le prouve.

Il faisait chaud, à l'étage, la transpiration me coulait entre les seins. Je m'épongeai avec ma chemise.

Ne recevant d'autre réponse que le sifflement des balles, Brown leva les bras en mimant l'homme de raison qui aura tout essayé, puis rejoignit ses compagnons sous les châtaigniers. Rien n'avait changé, mais le seul fait de le voir tourner le dos me soulagea brièvement.

Jamie se détendit aussi et se rassit sur ses talons.

— On a de l'eau, *Sassenach* ?

L'aiguière de la chambre était pleine. Je lui en versai une tasse qu'il but avec avidité. Nous avions de la nourriture, de l'eau et un bon stock de munitions et de poudre. Toutefois, je ne prévoyais pas un long siège.

— Que vont-ils faire, à ton avis ?

Je n'approchai pas de la fenêtre, mais, me plaçant de biais, je les distinguais clairement, regroupés sous un arbre. L'air était lourd et immobile, les branches ployant au-dessus d'eux comme de vieux chiffons mouillés.

Jamie vint derrière moi, tamponnant sa lèvre avec un pan de sa chemise.

— Ils mettront le feu à la maison dès qu'il fera nuit, dit-il sur un ton détaché. C'est ce que je ferais. Ou alors, ils peuvent sortir Gideon de son box et menacer de l'abattre si je ne te livre pas.

Ce devait être une plaisanterie, même si je ne comprenais vraiment pas ce que cela avait de drôle.

Voyant mon expression, il glissa une main dans le creux de mes reins et me serra contre lui. Nous étions tous les deux trempés, mais cette brève étreinte était réconfortante. Je m'écartai, déclarant :

— En fait, tout dépend de Mme Bug, si elle a pu s'enfuir, et de qui elle a prévenu.

Jamie s'assit sur le bord du lit.

— Elle ira d'abord tout droit chercher Archie. S'il est chez lui, il courra prévenir Kenny Lindsay, car c'est lui qui habite le plus près. Après ça...

Il haussa les épaules et ferma les yeux. Sous son hâle et les traces de poussière et de sang, il était livide.

— Jamie... tu es blessé ?

Il esquissa un faible sourire.

— Non, je me suis juste recassé ce foutu doigt.

Il protesta à peine quand je soulevai sa main droite pour l'examiner. Il s'agissait d'une fracture simple, ce qui était déjà ça. L'annulaire était raide, les phalanges ayant fusionné après une brisure mal soignée à la prison de Wentworth. Ne pouvant pas être fléchi, il dépassait toujours ; et Jamie le cassait donc souvent.

Il tiqua quand je le palpai délicatement.

— J'ai du laudanum dans l'infirmerie, suggérai-je. Ou du whisky.

Je savais déjà qu'il refuserait l'un comme l'autre.

— J'ai besoin de garder les idées claires quoi qu'il arrive.

Une atmosphère étouffante régnait dans la pièce en dépit de la fenêtre ouverte. Le soleil baissait, et les premières ombres se rassemblaient dans les coins de la chambre.

Je descendis dans l'infirmerie chercher une éclisse et des bandages. Cela ne servirait pas à grand-chose, mais au moins, cela m'occupait. J'y entrai comme une souris, sur la pointe des pieds, m'arrêtant à chaque pas pour écouter, les moustaches frémissantes. Tout était calme.

— Trop calme, fis-je à voix haute.

Changeant de tactique, je me mis à marcher d'un pas lourd, claquant les portes des placards, fouillant bruyamment à l'intérieur en faisant s'entrechoquer bouteilles et flacons. Avant de remonter, je fis un détour par la cuisine, en partie pour m'assurer que la porte était bien verrouillée et pour voir si, avant son départ, Mme Bug avait préparé à manger. Jamie n'en avait rien dit, mais je savais que la douleur le rendait nauséeux. Contrairement à moi, manger lui faisait généralement passer ses haut-le-cœur.

Le chaudron était toujours dans l'âtre, mais le feu s'était éteint, si bien que la soupe n'avait pas bouilli. Je soufflai sur les tisons et remis trois grosses bûches de pin, autant parce que j'avais été conditionnée à ne jamais laisser mourir un feu que pour narguer nos assaillants. Je voulais qu'ils voient la fumée et les étincelles sortir de la cheminée et qu'ils nous imaginent dînant tranquillement auprès du feu ou, mieux encore, faisant fondre du plomb dans les flammes et moulant des balles.

Animée par cet esprit rebelle, je remontai à l'étage avec mes fournitures médicales, un repas improvisé et une grande bouteille de bière brune. J'entendis un coup de feu juste au moment où j'atteignais le palier et manquai de trébucher. Je me serais étalée de tout mon long si le mur d'en face ne m'avait pas arrêtée.

Jamie sortit de la chambre de M. Wemyss, la carabine à la main, l'air surpris.

— Quelque chose ne va pas, *Sassenach* ?

J'essuyai ma main pleine de soupe sur mon tablier, répondant :

— Non, mais sur qui viens-tu de tirer ?

— Personne. Je voulais juste leur faire comprendre que la maison était aussi bien gardée derrière que devant, au cas où ils auraient espéré entrer par là.

Je lui bandai le doigt, ce qui le soulagea un peu. Toutefois, la nourriture, comme je l'avais espéré, fut encore plus efficace. Il dévora avec un appétit d'ogre et, à ma surprise, moi aussi.

— Le dernier repas des condamnés, commentai-je en ramassant des miettes de pain et de fromage. J'ai toujours pensé que craindre pour sa vie coupait l'appétit, mais je me trompais.

Il avala une gorgée de bière, puis me passa la bouteille.

— Un ami m'a dit un jour : « Le corps n'a pas de conscience. » Je ne sais pas s'il avait raison, mais il est vrai que le corps admet rarement la possibilité de ne pas exister. Or, si tu existes, tu dois te nourrir, point.

Il n'y avait aucun bruit au-dehors, mis à part le son des cigales. L'air avait cette lourdeur étouffante qui annonçait souvent la pluie. Il était tôt dans la saison pour un orage, mais nous pouvions toujours espérer.

— Tu y as pensé, toi aussi, n'est-ce pas ? demandai-je doucement.

Il ne fit même pas semblant de ne pas comprendre.

— C'est vrai qu'on est le vingt et un.

— Mais on est en juin, bon sang ! Et ce n'est pas la bonne année. L'article dans le journal disait janvier 1776 !

Je me sentais absurdement indignée, comme si j'avais été flouée. Cela sembla l'amuser.

— J'ai été imprimeur, *Sassenach*. Il ne faut pas croire tout ce qu'on lit dans la presse.

Quand je regardai de nouveau à l'extérieur, il ne restait plus que quelques hommes sous les châtaigniers. L'un d'eux aperçut mon mouvement. Il agita le bras au-dessus de sa tête pour attirer mon attention, puis se passa une main sous la gorge.

Le soleil atteignait juste la cime des arbres. Il nous restait environ deux heures avant la nuit. Deux heures qui devaient suffire à Mme Bug pour chercher de l'aide, à condition, bien sûr, qu'elle en trouve. Arch pouvait être descendu à Cross Creek, il y allait une fois par mois. Kenny était peut-être à la chasse. Quant aux nouveaux métayers... sans Roger pour les maîtriser, ils n'avaient plus tenté de cacher leurs soupçons et leur antipathie à mon égard. Ils viendraient peut-être, mais pour applaudir nos assaillants.

— Éloigne-toi de la fenêtre, *Sassenach*.

Il me tendit la main, et je vins m'asseoir sur le lit auprès de lui. La montée d'adrénaline provoquée par l'urgence s'étant épuisée, je me sentais exténuée, cha-que muscle de mon corps en compote.

— Allonge-toi, *a Sorcha*. Pose ta tête sur mes genoux.

Je m'exécutai, m'étirant, me laissant bercer par les battements de son cœur qui résonnaient près de mon oreille et par la caresse de sa main sur mes cheveux.

Toutes nos armes étaient alignées sous la fenêtre, amorcées, prêtes à tirer. Il avait descendu son épée de l'armoire et l'avait calée contre le mur près de la porte, en dernier recours.

— On ne peut rien faire d'autre, n'est-ce pas ? demandai-je au bout d'un moment. On ne peut qu'attendre ?

Ses doigts se promenaient sous mes boucles moites. Elles ne m'arrivaient pas encore tout à fait aux épaules, à peine assez longues pour les attacher.

— On pourrait réciter un acte de contrition, proposa-t-il. Avant une bataille, on faisait toujours ça, au cas où.

— Soit, soupirai-je. Au cas où.

Sa main valide se referma sur la mienne.

— *Mon Dieu, pardonnez-moi mes offenses...*

Je me souvins alors qu'il récitait toujours cette prière en français, retournant à l'époque où il était mercenaire en France. Combien de fois l'avait-il prononcée alors, purifiant son âme la nuit pour se préparer à l'éventualité de sa mort au petit matin ?

Il la répéta en anglais, puis le silence retomba sur nous. Les cigales s'étaient tues. Au loin, très loin, je crus percevoir un grondement de tonnerre.

— Tu sais, dis-je soudain, je regrette bon nombre de choses et de personnes. Rupert, Murtagh, Dougal... Frank, Malva. Mais, en ce qui me concerne...

Je m'éclaircis la voix.

— ... Je ne regrette rien.

Ses doigts s'immobilisèrent sur ma joue.

— Moi non plus, *mo nighean donn*. Moi non plus.

Une odeur de fumée m'extirpa de ma torpeur. État de grâce ou pas, même Jeanne d'Arc dut ressentir quelque appréhension quand ils allumèrent le premier fagot. Je me redressai brusquement, le cœur battant, et aperçus Jamie près de la fenêtre.

Il ne faisait pas encore tout à fait nuit. Des traînées orange, or et rose illuminaient le ciel à l'ouest.

— Des gens arrivent, observa-t-il.

En dépit de son ton détaché, sa main valide serrait le bord du volet comme s'il se retenait de le fermer et de le verrouiller.

Je m'approchai. Je distinguai encore de vagues silhouettes sous les châtaigniers. Ils avaient allumé un feu de camp à l'autre bout de la cour, d'où l'odeur qui m'avait réveillée. Plusieurs personnes s'avançaient vers lui, parmi lesquelles je reconnus la petite silhouette trapue de Mme Bug. On entendait des voix, mais je ne parvenais pas à entendre ce qu'elles disaient.

— Tu veux bien me tresser les cheveux, *Sassenach* ? Je n'y arrive pas avec cette maudite main.

J'allumai une chandelle, et il approcha un tabouret de la fenêtre afin de surveiller la cour pendant que je brossais et tressais ses cheveux en une natte épaisse et dense que j'enroulai à la base de sa nuque avec un ruban noir. Je comprenais ses raisons : il voulait paraître soigné et maître de lui, mais également être prêt au combat s'il le fallait. Pour ma part, je m'inquiétais moins que quelqu'un m'agrippe par les cheveux pendant que j'essayerais de le fendre en deux avec mon épée, mais, d'un autre côté, si ce devait être ma dernière apparition publique en tant que dame de Fraser's Ridge, je ne voulais pas ressembler à une souillon.

Je l'entendis marmonner pendant que je brossais mes cheveux à mon tour et pivotai sur mon tabouret pour le regarder.

— Hiram est là, annonça-t-il. J'entends sa voix. C'est bon signe.

— Si tu le dis.

Au cours de la messe, une semaine plus tôt, Hiram avait prononcé une harangue remplie de remarques acerbes à peine voilées nous concernant. Roger ne nous en avait rien dit, mais Amy McCallum me l'avait raconté.

Jamie se tourna vers moi et sourit, avec une expression de douceur extraordinaire sur son visage.

— Tu es ravissante, *Sassenach*. Oui, la présence d'Hiram est une bonne chose. Quoi qu'il pense, il ne tolérera pas que Brown nous pende dans la cour ni ne mette le feu à la maison pour nous faire sortir.

Il y eut d'autres éclats de voix à l'extérieur. Une foule commençait à s'assembler.

— Monsieur Fraser !

Il prit une grande inspiration, saisit le bougeoir et ouvrit grands les volets, approchant la chandelle de sa tête pour que tous le voient.

Il faisait sombre, mais certains brandissaient des torches. J'eus alors une vision angoissante de la foule se ruant pour brûler le monstre du docteur Frankenstein, mais au moins, je pus reconnaître quelques visages. Une trentaine de personnes, parmi lesquelles un bon nombre de femmes, s'étaient jointes à Brown et à ses voyous. Hiram Crombie se trouvait près de Brown, semblant tout droit sorti de l'Ancien Testament.

— Monsieur Fraser, pourriez-vous descendre ? Avec votre épouse, si vous voulez bien.

J'aperçus Mme Bug, l'air terrifiée et le visage baigné de larmes. Puis, Jamie referma les volets et m'offrit son bras.

Jamie avait pris son coutelas et son épée, mais ne s'était pas changé. Il se tenait sur le perron, sa chemise tachée de sang, défiant quiconque d'oser s'en prendre à nous. D'une voix suffisamment forte pour se faire entendre de l'autre côté de la clairière, il déclara :

— Si vous voulez emmener ma femme, il faudra d'abord me passer sur le corps.

De toute évidence, ils ne demandaient pas mieux. Il ne s'était pas trompé sur le fait qu'Hiram s'opposerait à notre lynchage, mais l'opinion publique n'était clairement pas de notre côté.

— « Tu ne laisseras point vivre la sorcière », hurla quelqu'un dans la foule.

Une pierre cingla l'air en sifflant et percuta le mur de la maison à quelques centimètres de ma tête. Je sursautai et le regrettai aussitôt.

Les murmures hostiles qui s'étaient élevés dès que Jamie avait ouvert la porte redoublèrent d'intensité. Des cris fusèrent – « Assassins ! », « Sans cœur » –, accompagnés d'insultes en gaélique que je n'essayai pas de comprendre.

— Si ce n'est pas elle qui l'a tuée, *breugaire*, espèce de menteur, qui alors ? vociféra quelqu'un.

L'homme dont Jamie avait entaillé le front se tenait au premier rang de la foule, sa plaie béante, son visage tel un masque de sang séché. Il pointa un doigt vers Jamie.

— Si ce n'est pas elle, ce ne peut être que lui ! *Fearsiûrsachd*, coureur de jupons !

Un grondement collectif d'approbation monta, et je vis Jamie basculer son poids sur une jambe et s'apprêter à dégainer son épée en cas d'assaut.

— Calmez-vous ! cria Hiram. Calmez-vous, je vous dis !

Il poussa Brown sur le côté et gravit les marches du perron avec une lenteur délibérée. Il me lança un regard de dégoût, puis se tourna vers la foule.

— Justice ! clama un des hommes de Brown. Nous demandons justice !

— Parfaitement ! répondit Hiram. Et nous l'aurons ! Pour la malheureuse enfant violée et son enfant sacrifié !

Mon sang se glaça quand j'entendis les grognements de satisfaction.

— Justice ! Justice ! entonnèrent plusieurs personnes.

Hiram les fit taire d'un geste, levant les mains tel Moïse devant la mer Rouge.

— « La Justice m'appartient, dit le Seigneur », cita Jamie.

Hiram, qui allait apparemment prononcer la même citation, le fixa avec animosité, mais pouvait difficilement le contredire.

Brown haussa le menton, nous toisant, la mine triomphante :

— Vous obtiendrez justice, monsieur Fraser ! Je veux conduire votre femme devant un tribunal pour qu'elle y soit jugée. Tous ceux qui sont accusés ont droit à un procès, n'est-ce pas ? Si elle est innocente, si vous êtes innocent, pourquoi vous y opposez-vous ?

— Il n'a pas tort, observa sèchement Hiram. Si votre femme n'est pas coupable, elle n'a rien à craindre. Qu'en dites-vous ?

— J'en dis que si je livrais ma femme à cet homme, elle n'arriverait pas vivante devant un tribunal. Il me tient pour responsable de la mort de son frère… Certains parmi vous savent la vérité derrière cette affaire !

Il y eut quelques hochements de tête ici et là, mais pas beaucoup. Seule une douzaine de ses hommes d'Ardsmuir avaient participé à l'expédition pour me sauver. De cette aventure, la plupart des métayers ne savaient qu'une chose : j'avais été enlevée, agressée de manière scandaleuse, et des hommes étaient morts par ma faute. La mentalité de l'époque étant ce qu'elle était, toute victime d'un crime sexuel l'avait forcément un peu cherché, à moins qu'elle n'en meure, auquel cas elle devenait aussitôt une sainte immaculée.

Jamie poursuivit, en haussant la voix :

— Il la tuera à la moindre occasion pour se venger de moi.

Puis passant au gaélique, il montra Brown du doigt.

— Observez donc cet homme, et lisez la vérité sur son visage ! Il n'a que faire de la justice et de l'honneur. Il ne reconnaîtrait même pas l'honneur à l'odeur de son cul.

Cela suscita quelques ricanements surpris. Déconcerté, Brown regarda autour de lui, cherchant ce qu'il y avait de si drôle, ce qui fit rire encore plus.

L'opinion générale était toujours contre nous, mais pas encore entièrement dans son camp. Après tout, Brown était un étranger. Hiram plissa le front, réfléchissant à la question, puis demanda à Brown :

— Qu'offrez-vous en garantie de la sécurité de cette femme ?

— Une douzaine de fûts de bière et trois douzaines de peaux de première qualité ! répondit aussitôt Brown. Non, quatre douzaines !

La perspective de pouvoir m'emmener le faisait presque baver. J'eus soudain la conviction déplaisante qu'il comptait non seulement me faire passer de vie à trépas, mais qu'il prendrait tout son temps.

— Tu paierais bien plus que ça, *breugaire*, pour le plaisir de te venger en la tuant.

Le regard d'Hiram allait de l'un à l'autre. Il ne savait plus quoi penser. J'observai la foule, le visage impassible. En vérité, cela ne m'était pas trop difficile, car j'étais pétrifiée.

J'aperçus quelques faces amicales, qui fixaient Jamie avec anxiété, attendant un signe de lui. Kenny et ses frères, Murdo et Evan, formaient un groupe compact, la main sur leurs coutelas, les mâchoires crispées. J'ignorais si Brown avait choisi son moment sciemment ou s'il avait juste eu de la chance. Ian chassait quelque part avec ses amis cherokees. Archie devait être parti lui aussi, autrement il aurait été là. Lui et sa hache nous auraient été bien utiles.

Fergus et Marsali n'étaient plus là ; eux aussi auraient pu contribuer à inverser la marée. Mais l'absence la plus regrettable était celle de Roger. Depuis l'accusation lancée par Malva, il était le seul à pouvoir plus ou moins contrôler les presbytériens, ou du moins à leur faire mettre en sourdine leurs médisances et leur animosité.

Sur le perron, Jamie et Brown continuaient à s'invectiver, chacun inflexible dans ses positions, tandis que, pris entre les deux, le pauvre Hiram essayait de trancher. Si j'avais été capable de ressentir quoi que ce soit, j'aurais eu de la peine pour lui, car il n'était vraiment pas à la hauteur.

Une voix retentit soudain, tremblante de rage et d'émotion.

— Prenez-le !

Allan Christie jouait des coudes dans la foule, pointant un doigt vers Jamie.

— C'est lui qui a déshonoré ma sœur et l'a tuée ! Si quelqu'un doit être jugé, c'est lui !

Un grondement souterrain salua cette dénonciation. John MacNeill et le jeune Hugh Abernathy lancèrent des regards gênés vers Jamie, puis vers les frères Lindsay.

— Non, c'est elle ! cria une femme d'une voix stridente.

Cette fois, j'étais montrée du doigt par une des femmes de pêcheurs, les traits déformés par la haine.

— Un homme pourrait tuer une fille qu'il a engrossée, mais n'irait jamais jusqu'à lui ouvrir le ventre pour lui arracher son enfant des entrailles ! Il n'y a qu'une sorcière pour commettre une horreur pareille ! Celle-là, on l'a retrouvée, le pauvre petit cadavre encore chaud dans les mains !

Le murmure d'approbation grimpa d'un cran. Les hommes m'accorderaient peut-être le bénéfice du doute, mais pas les femmes.

Sentant qu'il perdait le contrôle de la situation, Hiram commençait à paniquer. La situation menaçait de tourner à l'émeute ; l'air était chargé de courants d'hystérie et de violence. Il leva les yeux au ciel, cherchant l'inspiration... et la trouva.

— Emmenez-les tous les deux !

Il regarda Brown puis Jamie, guettant leur réaction, puis la jugeant bonne, reprit :

— Partez avec eux, monsieur Fraser. Vous vous assurerez ainsi qu'il n'arrivera rien à votre épouse. Et s'il est prouvé qu'elle est innocente...

Il n'acheva pas sa phrase, se rendant compte qu'il laissait entendre que si je n'étais pas coupable, Jamie l'était forcément, et donc qu'il se trouverait sur place pour être pendu dans les règles.

— Elle est innocente, tout comme moi, répéta obstinément Jamie.

Il n'espérait plus convaincre personne. Pour la foule, le seul doute qui subsistait était de savoir lequel de nous deux avait commis le crime, ou si nous avions comploté ensemble pour éliminer Malva Christie.

Il se tourna vers la foule et s'écria en gaélique :

— Si vous nous livrez à ces étrangers, vous aurez notre sang sur les mains, et vous en répondrez le jour du Jugement dernier !

Un silence s'abattit sur la foule. Les hommes jetèrent des regards hésitants vers Brown et sa cohorte. Ils avaient beau être connus dans le coin, ils restaient des *Sassenachs* dans le sens écossais du terme. Tout comme moi qui, de surcroît, étais une sorcière. Jamie, lui, avait beau être un coureur de jupons, un violeur et un assassin papiste, il était un des leurs.

L'individu sur lequel j'avais tiré me narguait pardessus l'épaule de Brown, souriant d'un air mauvais. Par manque de chance, ma balle ne l'avait apparemment qu'égratigné.

La masse grouillante devant nous recommençait à s'agiter, discutant et se disputant. Les hommes d'Ardsmuir se rapprochaient lentement du perron, Kenny Lindsay ne quittant pas Jamie des yeux. S'il le leur demandait, ils se battraient pour lui, mais ils étaient trop peu nombreux face aux hommes de Brown. Ils ne pourraient l'emporter et, en outre, des femmes et des enfants se trouvaient au milieu de la foule. En cas de bagarre générale, le risque qu'il y ait des victimes était grand. Jamie ne tenait pas à avoir des morts innocentes sur la conscience.

Je le vis prendre une décision, pinçant les lèvres. J'en ignorais la teneur, mais un nouveau rebondissement empêcha son intervention. Un mouvement eut lieu à l'extérieur de la cour. Les gens se retournèrent, puis se turent.

Thomas Christie s'avança au milieu de la foule. Même dans la pénombre, je le reconnus tout de suite. Il marchait le dos voûté, comme un vieillard, regardant droit devant lui. Tous s'écartèrent pour le laisser s'approcher, profondément respectueux de sa douleur, qui se lisait sur son visage.

Hirsute, il avait cessé de se raser et de se couper les cheveux ; ses yeux étaient cernés et injectés de sang ; ses traits, creusés. En revanche, son regard était toujours aussi alerte et intelligent. Il passa devant son fils sans même paraître remarquer sa présence, monta sur le perron et annonça d'une voix calme :

— Je les accompagnerai à Hillsboro. Je veillerai à ce qu'aucun autre crime ne soit commis. Si quelqu'un tient à ce que justice soit faite, c'est bien moi.

Brown fut pris de court ; il n'avait pas du tout prévu ça. En revanche, la foule approuva sur-le-champ la solution proposée. Tout le monde était ému par son deuil et trouvait son geste de la plus grande magnanimité.

Je lui en étais reconnaissante aussi, car il venait sans doute de sauver notre peau, du moins pour le moment. À en juger par son regard, Jamie aurait sans doute préféré étrangler Richard Brown de ses propres mains, mais comprenant que la nécessité faisait loi, il acquiesça le plus gracieusement possible.

Christie me dévisagea un instant, puis se tourna vers Jamie.

— Si cela vous convient, monsieur Fraser, nous partirons demain matin. Il n'y a aucune raison pour que vous et votre épouse ne dormiez pas dans votre lit ce soir.

Jamie s'inclina très formellement.

— Je vous remercie, monsieur.

Christie le salua d'un signe de tête, puis redescendit les marches sans un regard pour Richard Brown qui semblait à la fois irrité et dérouté.

Je vis Kenny Lindsay fermer les yeux, soulagé. Puis Jamie me prit le bras, et nous tournâmes les talons, rentrant dans notre maison pour ce qui risquait d'être notre dernière nuit sous notre propre toit.

36

Les effluves du scandale

La pluie qui avait menacé la veille était tombée pendant la nuit. Le jour se leva, gris, morne et humide. Mme Bug était dans le même état, reniflant dans son tablier et répétant sans cesse :

— Si seulement Arch avait été là ! Mais je n'ai pu trouver que Kenny Lindsay et, le temps qu'il aille chercher MacNeill et Abernathy...

Jamie déposa une bise sur son front.

— Ne vous tourmentez pas, *a leannan*. C'est peut-être aussi bien. Personne n'a été blessé, et la maison tient toujours debout. (Il lança un regard vers les poutres, chacune taillée par ses propres mains.) Toute cette horrible histoire sera sans doute réglée bientôt, si Dieu le veut.

— Si Dieu le veut, reprit-elle en se signant.

Elle s'essuya les yeux avant d'ajouter :

— Je vous ai préparé quelques provisions pour que vous ne mouriez pas de faim en route.

Richard Brown et ses hommes s'étaient abrités tant bien que mal sous les arbres. Personne ne leur avait offert l'hospitalité, une indication claire de leur impopularité, compte tenu des coutumes des Highlanders. De même, le fait que les gens permettent à Brown de nous emmener en disait long sur notre propre impopularité.

Les hommes de Brown étaient donc trempés ; ils n'avaient rien mangé, avaient mal dormi et étaient de mauvaise humeur. Je n'avais pas fermé l'œil non plus, mais j'avais pris un bon petit déjeuner, et mes vêtements étaient secs, ce qui m'avait rassérénée. Toutefois, j'avais le cœur serré et les jambes en plomb quand nous atteignîmes le début du sentier. Me retournant, je vis la maison de l'autre côté de la clairière ; Mme Bug se tenait sur le perron, agitant la main. Je lui répondis, puis mon cheval s'enfonça sous les arbres mouillés.

Le voyage se déroula en silence. Jamie et moi chevauchions côte à côte, mais il était impossible de parler sans être entendus par les gars de Brown. Quant à ce dernier, il était visiblement perdu, car il n'avait jamais eu l'intention de me conduire devant un tribunal, ayant uniquement sauté sur le premier prétexte pour se venger de Jamie. Je me demandai ce qu'il aurait fait s'il avait su ce qui était réellement arrivé à son frère, surtout avec Mme Bug à portée de main. Cependant, en présence de Tom Christie, il était obligé de nous mener à Hillsboro, ce qu'il accomplissait de mauvaise grâce.

Christie, lui, chevauchait comme dans un rêve – un cauchemar, plutôt – le visage fermé et tourné vers l'intérieur, ne parlant à personne.

L'homme dont Jamie avait entaillé le front n'était plus là. Il avait dû rentrer à Brownsville. En revanche, celui sur lequel j'avais tiré nous accompagnait. J'ignorais si sa blessure était grave ou si ma balle l'avait seulement égratigné. Il n'était pas handicapé mais, visiblement, à la manière dont il se tenait penché sur le côté, grimaçant de temps à autre, il souffrait.

J'hésitais. J'avais emporté avec moi une trousse de survie ainsi que mes sacoches et un tapis de sol. Je n'avais pas beaucoup de compassion pour cet individu, mais mon instinct de médecin me tiraillait. En outre, comme je le dis à Jamie tandis que nous nous arrêtions pour monter le camp pour la nuit, sa mort des suites d'une infection n'arrangerait guère nos affaires.

Je m'armai donc de courage pour lui proposer d'examiner et de nettoyer sa plaie dès que l'occasion se présenterait. Bien que nous n'ayons pas été présentés formellement, j'avais entendu les autres l'appeler Ezra. Pendant le dîner, il fut chargé de distribuer les bols de nourriture ; j'attendis donc sous le pin où Jamie et moi nous étions réfugiés qu'il m'apporte le mien, pensant l'aborder gentiment.

Il s'approcha, un bol dans chaque main, les épaules voûtées sous son manteau en cuir. Toutefois, avant que j'aie pu parler, il cracha dans un des bols avant de me le tendre, puis il lâcha l'autre aux pieds de Jamie, l'éclaboussant de ragoût.

— Oups ! dit-il avant de tourner les talons.

Jamie se tendit comme un serpent s'apprêtant à bondir. Je le retins par le bras.

— Laisse tomber. De toute façon, il est déjà en train de pourrir.

Ezra se retourna, l'air surpris.

— Il est en train de pourrir, répétai-je en soutenant son regard.

J'avais vu sa mine fiévreuse quand il s'était avancé et avait senti l'odeur vaguement douceâtre du pus. Pris de court, Ezra se hâta de revenir près du feu, puis évita de regarder de nouveau dans ma direction.

Je tenais encore le bol qu'il m'avait donné. Soudain, Tom Christie me le prit des mains, jeta son contenu dans un buisson, me tendit le sien, puis repartit sans un mot.

— Mais…

Avec les « quelques provisions » de Mme Bug qui remplissaient toute une sacoche, nous ne risquions pas de mourir de faim. Je voulus le lui rendre, mais Jamie m'arrêta, chuchotant :

— Mange, *Sassenach*. Il l'a fait par bonté.

C'était plus que de la bonté. Je sentais les regards hostiles des hommes près du feu. Malgré ma gorge nouée et mon manque d'appétit, je sortis ma cuillère de ma poche et mangeai.

Tom Christie s'était enroulé dans une couverture sous un sapin-ciguë voisin, seul, son chapeau sur le visage.

Il plut pendant tout le voyage jusqu'à Salisbury. Là, nous trouvâmes refuge dans une auberge. Jamais un feu de cheminée ne m'avait paru aussi accueillant. Jamie ayant apporté le peu d'argent liquide que nous avions, nous pûmes nous offrir une chambre. Brown posta une sentinelle dans l'escalier, mais c'était surtout pour épater la galerie, car, après tout, où pouvions-nous aller ?

Je me tins devant le feu en chemise, ma cape et ma robe trempées étendues sur un banc.

— Tu sais, observai-je, Richard Brown n'avait pas prévu ce cas de figure. Rien d'étonnant, puisqu'il n'a jamais eu l'intention de nous conduire devant un tribunal. À qui va-t-il nous livrer, à présent ?

— Au shérif du comté, sans doute. Sinon, à un juge de paix.

— Et après ? Il n'a pas de preuves, pas de témoins... comment peut-il y avoir un procès ?

Jamie me regarda, intrigué.

— Tu n'as jamais été jugée, *Sassenach* ?

— Tu sais bien que non.

— Moi si. Pour trahison.

— Et que s'est-il passé ?

Il dénoua ses cheveux et les secoua, projetant des gouttelettes dans les flammes.

— Ils m'ont demandé de me lever et de dire mon nom. Le juge a ensuite échangé des messes basses avec son collègue puis a déclaré : « Condamné. Prison à perpétuité. Mettez-lui les fers. » On m'a conduit dans la cour où un forgeron m'a posé des fers. Le lendemain, on a pris la route d'Ardsmuir à pied.

— Ils t'ont fait marcher jusque là-bas ? Depuis Inverness ?

— Je n'étais pas pressé d'arriver.

— Je vois. Mais... quand même. Dans le cas d'un m-m-meurtre (je ne pouvais même pas prononcer ce mot sans bégayer), n'y aura-t-il pas un jury ?

— Peut-être. En tout cas, j'en réclamerai un, si on en arrive là. En ce moment même, Brown est en train de raconter notre histoire à tout le monde, nous faisant passer pour des monstres de perversion. Ce qui n'est pas difficile, vu les circonstances.

Je me mordis la lèvre. Il savait que je n'avais pas eu d'autre choix que de tenter de sauver l'enfant de Malva, et je savais qu'il n'avait rien à voir avec sa grossesse, pourtant, je ne pouvais m'empêcher de nous sentir coupables tous les deux de nous être mis dans ce terrible pétrin.

Il avait raison au sujet de Brown. J'entendais sa voix, dans la salle au rez-de-chaussée. Elle résonnait dans le conduit de cheminée et, à en juger par les quelques mots que je captais, il était en train de faire valoir que lui et son comité de sécurité avaient entrepris la tâche ô combien pénible, mais nécessaire d'appréhender deux infâmes criminels afin de les livrer à la justice. En s'assurant que sa version se propagerait dans tous ses détails scandaleux, il influençait déjà les membres du jury potentiels.

Écœurée, je demandai à Jamie :

— On peut faire quelque chose ?

Il acquiesça, extrayant une chemise propre d'une sacoche.

— On peut descendre dîner en ayant l'air le moins possible de deux assassins dépravés, *a nighean*.

Le cœur lourd, je sortis le bonnet garni de rubans que j'avais emporté.

Je n'aurais pas dû être surprise. J'avais vécu suffisamment longtemps pour avoir une vision assez cynique de la nature humaine... et suffisamment dans cette époque pour savoir à quel point l'opinion publique s'exprimait directement. Néanmoins, quand la première pierre m'atteignit à la cuisse, l'indignation me suffoqua.

Nous nous trouvions au sud d'Hillsboro. Le temps était toujours pluvieux, la route boueuse et le voyage pénible.

Richard Brown aurait sans doute été ravi de nous livrer au shérif du comté de Rowan, s'il y en avait eu un. On l'informa que la charge était vacante depuis un certain temps, le dernier en titre ayant décampé une nuit, et personne ne s'étant porté volontaire pour le remplacer.

Ce devait être une affaire politique, le shérif précédent ayant penché pour l'indépendance, alors que la majorité des habitants du comté étaient encore de fervents loyalistes. Je ne connaissais pas les détails de l'incident qui avait provoqué son départ précipité, mais dans les tavernes et auberges des environs, on ne parlait plus que de cela.

Le tribunal itinérant avait été dissous quelques mois plus tôt, les juges qui y participaient estimant qu'il était trop dangereux de siéger en public dans une ambiance aussi explosive. Le seul juge de paix que Brown parvint à dénicher était de cet avis et refusa d'emblée de nous prendre en charge. Il déclara qu'il ne voyait pas l'intérêt de risquer sa vie en s'impliquant dans quoi que ce soit susceptible de soulever une controverse.

— Mais il ne s'agit pas de politique ! s'indigna Brown. Il s'agit d'un meurtre pur et simple !

Le juge, un certain Harvey Mickelgrass, lui répondit d'une voix triste :

— Tout est politique, de nos jours, monsieur. Je ne m'aventurerais même pas à traiter un cas d'ivrognerie ou de trouble sur la voie publique, par crainte de voir ma maison incendiée et mon épouse devenir veuve. Le shérif a tenté de vendre sa charge, mais il ne s'est trouvé personne pour la racheter. Désolé, monsieur, mais vous devrez vous adresser ailleurs.

Brown ne voulait surtout pas nous conduire à Cross Creek ou à Campbelton, où Jocasta Cameron exerçait une forte influence et où le juge de paix était Farquard Campbell, un bon ami. Nous prîmes donc la direction du sud, vers Wilmington.

Les hommes de Brown étaient démobilisés. Ils étaient venus pour un simple lynchage et l'incendie de la maison, avec, éventuellement, un peu de pillage en prime, mais pas pour cette longue errance fastidieuse de lieu en lieu. Leur moral sombra encore d'un cran quand Ezra, qui s'était accroché au pommeau de sa selle avec une ténacité fiévreuse, s'effondra brusquement de son cheval et fut trouvé mort.

Je ne demandai pas à examiner le corps, on ne me l'aurait pas permis de toute manière, mais, à son air hagard, je supposai qu'il avait simplement perdu connaissance et s'était brisé la nuque en tombant.

Après cela, bon nombre d'entre eux me jetaient des coups d'œil apeurés, et leur enthousiasme baissa considérablement. Richard Brown, lui, ne se laissa pas décourager. Il nous aurait abattus depuis longtemps, sans la présence de Tom Christie, toujours aussi silencieux et gris que la brume matinale. Il n'ouvrait la bouche que pour dire le strict nécessaire. Il semblait fonctionner sur pilote automatique, perdu dans un brouillard de douleur insensibilisant. Pourtant, un soir que nous campions au bord de la route, il me dévisagea fixement avec une angoisse si nue que je détournai précipitamment les yeux, pour découvrir Jamie, assis à mes côtés, qui l'observait, songeur.

Néanmoins, la plupart du temps, il était impassible, son visage à peine visible sous le bord de son chapeau en cuir mou. Richard Brown profitait de toutes les occasions pour propager sa version du meurtre de Malva, peut-être autant pour tourmenter Christie que pour salir nos réputations.

Quoi qu'il en soit, je n'aurais pas dû être surprise quand on nous jeta des pierres, dans un petit hameau anonyme au sud d'Hillsboro. Un jeune garçon nous aperçut sur la route, nous regarda passer, puis fila comme un renard répandre la nouvelle. Une dizaine de minutes plus tard, juste derrière un virage, on nous accueillit avec une pluie de pierres et de cris.

L'une d'elles atteignit ma jument qui rua, mais je parvins à rester en selle de justesse. La deuxième me frappa à la cuisse ; la troisième, en pleine poitrine, me coupant le souffle. Quand la quatrième percuta ma tête, je perdis mes rênes, et le cheval, paniqué, se mit à tourner sur lui-même, m'envoyant valser. J'atterris lourdement sur les fesses.

J'aurais dû être terrifiée, mais j'étais simplement hors de moi. La pierre avait rebondi sur mon crâne grâce à l'épaisseur de mes cheveux et de mon bonnet, ne provoquant qu'une brève douleur cuisante mais excédante. Je me relevai aussitôt, chancelante, et aperçus un gamin hilare au sommet du fossé, dansant de triomphe. Je bondis, lui attrapai la cheville et tirai.

Il poussa un cri et glissa, s'étalant sur moi. Nous nous effondrâmes et roulâmes sur la route dans un enchevêtrement de jupons et de cape. J'étais plus vieille, plus lourde et totalement enragée. Toute la peur, la misère et l'incertitude de ces dernières semaines explosèrent d'un coup, et je tapai sur son visage ricanant de toutes mes forces, deux fois. Quelque chose craqua dans ma main, et une douleur vive me parcourut tout le bras.

Il hurla et tenta de s'échapper. Il était plus petit que moi, mais sa panique lui donna de l'énergie. Je le rattrapai par les cheveux, il essaya de me frapper, fit tomber mon bonnet, saisit une de mes mèches et tira violemment.

La douleur attisa ma fureur, et je lui envoyai un coup de genou, puis un autre, cherchant ses parties. Sa bouche s'ouvrit en un « 0 » silencieux, et il lâcha ma chevelure. J'en profitai pour le gifler à toute volée.

Une grosse pierre percuta mon épaule, et l'impact me projeta sur le côté. J'essayai de nouveau de le frapper, mais ne pus lever mon bras. Haletant et sanglotant, il parvint à s'extirper de ma cape à quatre pattes, le nez en sang. En me retournant sur les genoux pour le suivre du regard, je fis face à un jeune homme, l'air concentré et les yeux brillants d'excitation, une pierre prête dans sa main.

Elle m'atteignit à la pommette, et j'oscillai, la vue brouillée. Puis une masse imposante me tomba dessus par-derrière, et je me retrouvai étalée à plat ventre, écrasée par un corps. C'était celui de Jamie. Je le reconnus à son « Sainte Marie mère de Dieu ! ». Il tressaillit à chaque impact de pierres ; j'entendais l'horrible bruit sourd quand elles s'enfonçaient dans sa chair.

Autour de nous, tout le monde criait. Je distinguai la voix rauque de Tom Christie. Puis un coup de feu retentit, et les clameurs changèrent de nature. Il y eut encore deux ou trois impacts de pierres dans la terre tout près de nous, puis Jamie gémit quand une dernière l'atteignit.

Nous restâmes allongés immobiles un instant, jusqu'à ce que je prenne conscience de la plante épineuse écrasée sous ma joue, l'odeur âpre et amère de ses feuilles montant dans mes narines.

Jamie s'assit, et je me hissai sur un coude, qui faillit lâcher. Ma joue était enflée, ma main et mon épaule m'élançaient. Je demandai à Jamie :

— Ça va ?

Il voulut se lever, puis retomba. Il était pâle et un filet de sang coulait sur sa joue. J'apercevais une entaille dans son cuir chevelu. Il hocha la tête, se tenant le flanc.

— Oui, et toi, *Sassenach* ?

À son ton essoufflé, je devinais qu'il avait des côtes fêlées.

— Ça va.

Je parvins à me relever, les jambes tremblantes. Les hommes de Brown s'étaient éparpillés, certains tentant de rattraper les chevaux qui s'étaient enfuis, d'autres ramassant nos affaires éparses sur la route. Tom Christie vomissait dans des buissons, dans le fossé. Richard Brown se tenait sous un arbre, observant la scène, le visage blême. Il me regarda, en colère, puis détourna les yeux.

Après cet incident, il ne fut plus question de s'arrêter dans des tavernes en chemin.

37

L'appel de la forêt

— Si tu veux frapper quelqu'un, *Sassenach*, vise les parties molles. Le visage est trop osseux, et puis c'est plein de dents.

Jamie écarta les doigts écorchés et enflés de Claire, la faisant grimacer de douleur.

— Merci pour le conseil. Et toi, tu t'es cassé la main combien de fois en cognant sur les gens ?

Il se retint de rire, la revoyant en train de marteler le morveux, telle une furie, les cheveux au vent, le regard assassin. Il tenait à conserver cette image.

Il replia ses doigts, serrant les poings fermés de sa femme entre ses mains.

— Tu n'as rien de cassé, *a nighean*.

— Comment le sais-tu ? C'est moi, le médecin.

— Si tu avais les os des mains brisés, tu serais toute pâle et tu vomirais, tu ne serais pas rouge et grincheuse.

— Grincheuse, mon cul !

Elle libéra sa main et la pressa contre son sein, le regardant d'un air mauvais. En fait, elle n'était pas vraiment rouge, mais rose et plus attirante que jamais, ses boucles folles s'enroulant autour de son visage. Un des hommes de Brown avait ramassé son bonnet après l'attaque et le lui avait tendu timidement. Elle le lui avait arraché des mains et l'avait fourré violemment dans une sacoche.

— Tu as faim, *Sassenach* ?

— Oui, admit-elle à contrecœur.

Elle était aussi consciente que lui qu'une personne qui venait de se briser un os avait rarement de l'appétit.

Il fouilla dans une autre sacoche, bénissant Mme Bug lorsqu'il extirpa une poignée d'abricots secs et une grosse tranche de fromage de chèvre soigneusement emballée. Les hommes de Brown étaient en train de préparer un repas sur leur feu, mais, depuis l'épisode des bols d'Ezra, ni Claire ni lui n'avaient plus rien accepté d'eux.

Tout en coupant un morceau de fromage et en le tendant à sa femme, il se demanda combien de temps encore cette farce allait durer. En étant vigilants, ils avaient encore de la nourriture pour une semaine. Assez, peut-être, pour atteindre la côte si le temps continuait d'être clément. Et après ?

Apparemment, depuis le début, Brown n'avait pas de plan et tentait de faire face à une situation qui lui avait échappé dès le premier instant. Il était ambitieux, cupide et foncièrement rancunier, mais incapable de voir plus loin que le bout de son nez.

À présent, il se retrouvait embringué avec ses deux prisonniers, condamné à aller de l'avant, cette responsabilité imprévue l'entravant comme une paire de vieilles casseroles accrochées derrière lui. Incapable de s'en débarrasser, il tournait en rond comme un chien enragé, se mordant la queue.

La moitié de ses hommes avaient été blessés par les jets de pierre, et sa bande était de plus en plus difficile à tenir. Ils avaient des terres à cultiver et rechignaient à poursuivre ce qui leur apparaissait de plus en plus comme une quête absurde.

Jamie aurait aisément pu s'échapper. Mais ensuite ? Il ne pouvait laisser Claire avec Brown et, même s'il parvenait à l'emmener avec lui, il leur était impossible de rentrer à Fraser's Ridge. Ce serait se jeter de nouveau dans la gueule du loup.

Il poussa un soupir et grimaça. Il ne pensait pas avoir de côtes cassées, mais elles lui faisaient un mal de chien.

— Tu n'aurais pas un peu d'onguent ?

— Si, bien sûr.

Elle avala sa bouchée de fromage et saisit le sac contenant ses affaires de médecine.

— Je vais aussi enduire cette entaille sur ton crâne.

Il se laissa soigner, puis il insista pour lui en oindre la main. Elle protesta, déclarant qu'elle n'en avait pas besoin et qu'il fallait économiser l'onguent pour d'autres urgences, mais elle finit par lui confier sa main et se fit masser les articulations avec la crème au doux parfum.

Elle détestait se sentir impuissante, mais son armure de fureur vertueuse se fendait peu à peu et, bien qu'elle conservât une façade de marbre pour Brown et les autres, Jamie savait qu'elle avait peur. A juste titre.

Énervé, incapable de tenir en place, Brown allait et venait, parlait pour ne rien dire à un homme, puis à un autre, vérifiait pour la énième fois les entraves des chevaux, se versait une tasse de chicorée qu'il laissait refroidir, oubliant de la boire, puis la vidait dans les ronces. Et pendant tout ce temps, il ne pouvait s'empêcher de leur lancer des regards en coin.

Impétueux et dégénéré, mais pas tout à fait idiot pour autant, il avait compris que sa stratégie de répandre les commérages et le scandale pour mettre en danger la vie de ses prisonniers pouvait entraîner de sérieux effets secondaires... pour lui.

Leur dîner frugal terminé, Jamie s'allongea... très méticuleusement. Claire se lova contre lui. Se battre était aussi épuisant que vivre dans la peur, et elle s'endormit en quelques minutes. Bien que sentant l'appel du sommeil, Jamie ne parvenait pas à s'y abandonner. Il s'occupa l'esprit en récitant mentalement certains des poèmes que Brianna lui avait appris. Il aimait bien celui de l'orfèvre de Boston qui chevauchait toute la nuit pour donner l'alerte à Lexington.

Autour d'eux, les hommes se préparaient pour la nuit. Brown était toujours aussi fébrile, tantôt assis fixant le sol d'un air morose, tantôt faisant les cent pas. En revanche, Tom Christie, lui, remuait à peine. Il était installé sur un rocher, ayant à peine touché à son dîner.

Puis Jamie perçut un petit mouvement aux pieds de Christie. Prudente, une souris s'approchait de l'assiette encore pleine posée sur le sol.

Quelques jours plus tôt, avec cette manière vague dont on reconnaît un fait déjà dans notre inconscient depuis un certain temps, Jamie avait compris que Tom Christie était amoureux de sa femme.

Le pauvre. Christie ne pouvait s'imaginer que Claire était liée au meurtre de sa fille, autrement il ne serait pas venu. Mais croyait-il que lui, Jamie… ?

À l'abri dans l'obscurité, il observait la lueur du feu sur les traits hagards de l'homme prostré, ses yeux mi-clos ne trahissant pas la moindre pensée. On pouvait lire sur le visage de certains individus comme dans un livre ouvert, mais pas dans le cas de Christie. D'un autre côté, Jamie n'avait jamais vu quelqu'un d'aussi hanté.

Était-ce uniquement la tragédie de sa fille ou aussi le besoin désespéré d'une femme ? Il avait déjà connu cette envie qui rongeait l'âme… À moins que Christie ne pense vraiment que Claire avait tué Malva ou était impliquée d'une façon ou d'une autre dans sa mort ? Le dilemme suprême d'un homme d'honneur…

Le besoin d'une femme… cette pensée le ramena au présent et aux bruits qu'il percevait depuis plusieurs minutes dans les bois. Depuis deux jours, il s'était rendu compte qu'on les suivait, mais, la veille, ils avaient dormi au beau milieu d'un pré, sans aucun abri derrière lequel se dissimuler.

Lentement, mais sans chercher à se cacher, il se leva, recouvrit Claire de sa cape et s'enfonça entre les arbres comme s'il allait se soulager.

La lune était pâle, et il ne voyait pas grand-chose dans le sous-bois. Il plissa les yeux pour s'accoutumer à l'obscurité, ne distinguant que les ombres plates des troncs. Puis, une silhouette se détacha de la masse informe d'un sapin.

— Saint Michel, protégez-nous, murmura-t-il.

— Que toute l'armée bénie des archanges soit avec toi, mon oncle, répondit Ian.

— Ma foi, si les anges pouvaient nous donner un coup de main, je ne dirais pas non.

De voir son neveu lui remonta instantanément le moral. Il l'aperçut jeter un coup d'œil inquiet vers le feu de camp et, sans échanger un mot, ils s'enfoncèrent un peu plus loin dans la forêt.

— Je ne peux pas m'absenter trop longtemps, ils risquent de venir me chercher. Tout d'abord, tout va bien à Fraser's Ridge ?

— Les gens parlent.

Par cette formule laconique, il fallait entendre que les échanges allaient des commérages de bonnes femmes aux types d'insultes auxquelles on ne pouvait répondre que par la violence. Il ajouta :

— Mais personne n'a encore été tué. Que dois-je faire, mon oncle ?

— Notre problème, c'est Richard Brown. Il réfléchit, et Dieu sait où ça risque de nous mener.

— Il pense trop ; ce genre d'homme est dangereux[1].

Ian rit de sa propre plaisanterie. Jamie, qui n'avait encore jamais vu son neveu lire un livre de son plein gré, le regarda surpris, mais ne releva pas cette incongruité, ayant d'autres affaires urgentes à traiter.

---

1. In *Jules César*, de William Shakespeare.

— Sur notre chemin, il raconte des horreurs dans toutes les tavernes, espérant soulever l'indignation des gens et convaincre un malheureux officier de le débarrasser de nous. Ou, mieux encore, souhaitant qu'une foule scandalisée se rue sur nous et nous pende sur place, résolvant ainsi son problème.

— Si c'est son plan, il marche. Tu n'imagines pas ce que j'ai entendu après votre passage !

— Je sais.

Jamie s'étira, soulageant ses côtes endolories. Ils ne devaient d'avoir la vie sauve qu'à la grâce de Dieu et à la colère de Claire, qui avait interrompu leur lapidation, leurs bourreaux s'étant arrêtés de jeter des pierres, fascinés par le spectacle de la furie sérançant son assaillant comme un écheveau de lin.

— Il a compris que, pour nous éliminer, il vaut mieux pour lui ne pas paraître directement impliqué. Je ne serais pas étonné qu'il s'éclipse pour aller chercher un intermédiaire ou qu'il envoie un de ses hommes. Dans ce cas…

— Je le suivrai, comprit Ian, et ferai le nécessaire.

Ils se tenaient dans l'obscurité, la faible lueur de la lune formant une brume pâle entre les arbres. Ian fit mine de partir, puis hésita :

— Mon oncle, tu es sûr qu'il ne vaudrait pas mieux attendre un peu puis déguerpir ? Il n'y a pas de fougère dans le coin, mais on peut se cacher dans les collines, non loin. On pourrait être à l'abri avant l'aube.

La tentation était grande. Il sentit l'appel de la forêt et, par-dessus tout, l'attrait de la liberté. Si seulement il pouvait juste s'éloigner dans l'immensité sauvage et y rester.

— C'est impossible, Ian, répondit-il d'une voix chargée de regrets. Nous serions des fugitifs… et nos têtes seraient mises à prix. Tout l'arrière-pays est déjà contre nous. Il y aura des affiches, des tracts. La populace fera le travail de Brown à sa place. En outre, s'enfuir serait comme reconnaître notre culpabilité.

Ian hocha la tête avec un soupir. Il prit Jamie dans ses bras, l'étreignit de toutes ses forces, puis s'évanouit dans le noir.

Jamie expira avec précaution, l'étreinte de son neveu ayant écrasé ses côtes meurtries.

— Que Dieu t'accompagne, murmura-t-il dans les ténèbres.

Quand il se recoucha auprès de sa femme, le camp était silencieux. Les hommes dormaient à poings fermés, enroulés dans leurs couvertures. Seules deux silhouettes se détachaient encore dans la lueur du feu mourant : Tom Christie et Richard Brown, chacun sur son rocher, perdu dans ses pensées.

Devait-il réveiller Claire et le lui dire ? Il hésita, sentant ses cheveux chauds et doux contre sa joue, puis décida de se taire. La présence de Ian la soulagerait sûrement, mais il n'osait risquer d'éveiller les soupçons de Brown. S'il percevait un changement dans le comportement ou l'expression de Claire... Non, il ne valait mieux pas. Du moins, pas encore.

Il observa de nouveau les pieds de Christie, ayant remarqué des petits mouvements vifs. La souris avait rameuté ses camarades pour partager son festin.

38

Quarante-six haricots en banque

À l'aube, Richard Brown avait disparu. Ses hommes paraissaient sombres mais résignés. Désormais, ils étaient sous les ordres d'un petit trapu taciturne nommé Oakes. Nous reprîmes notre route vers le sud.

Quelque chose avait changé pendant la nuit. Jamie semblait moins tendu. Même sans en connaître la raison, raide, moulue et découragée comme je l'étais, cela me réconforta. Y avait-il un rapport avec le départ de Richard Brown ?

Jamie ne me dit rien, se contentant de me demander comment allait ma main. Elle était douloureuse et si raide qu'il me fallut un certain temps avant de parvenir à fléchir les doigts. Il continuait à surveiller nos compagnons du coin de l'œil, mais ceux-ci étaient aussi moins nerveux. Je commençai à moins craindre qu'ils ne perdent patience et décident soudain de nous pendre, en dépit de la présence de Tom Christie.

Comme inspiré par l'atmosphère plus détendue, le ciel s'éclaircit enfin, ce qui donna encore un peu plus de courage à chacun. Dire que cela favorisa un rapprochement aurait été exagéré, mais, sans la hargne constante de Richard Brown, les autres hommes se montrèrent même parfois courtois. Comme toujours, la monotonie et les épreuves du voyage épuisaient tout le monde, si bien que nous roulions sur les routes accidentées comme un paquet de billes, nous heurtant à l'occasion, poussiéreux, silencieux et unis dans la fatigue à la tombée du jour.

Cette trêve prit fin abruptement à Brunswick. Depuis un jour ou deux, Oakes attendait de toute évidence quelque chose et, quand nous atteignîmes les premières maisons, je le vis pousser de grands soupirs de soulagement.

Je ne fus donc pas si surprise quand, tandis que nous nous arrêtions pour nous rafraîchir dans une taverne à la lisière du village à moitié abandonné, j'aperçus Richard Brown. En revanche, je le fus quand, sur un léger signe de tête de sa part, Oakes et deux autres individus s'emparèrent soudain de Jamie, renversant le bol d'eau qu'il tenait, et le plaquèrent contre le mur.

Je lâchai mon propre bol et me précipitai vers eux, mais Brown me rattrapa par le bras et me traîna vers les chevaux.

— Lâchez-moi ! Qu'est-ce que vous faites ? Lâchezmoi, enfin !

Je lui donnai des coups de pied et tentai de le griffer au visage, mais il me saisit les deux poignets et appela un de ses compagnons à la rescousse. À eux deux, ils me jetèrent – hurlant comme une folle – sur un cheval devant un autre de ses complices. J'entendais des cris dans la direction de Jamie et un tohu-bohu général. Quelques personnes étaient sorties de la taverne pour voir ce qui arrivait, mais aucune n'aurait osé s'interposer, surtout face à une bande d'hommes armés.

Tom Christie protestait à grands cris. Je l'entraperçus qui tambourinait sur le dos de quelqu'un, mais en vain. L'homme sur la selle glissa un bras autour de ma taille et me serra si fort que j'en perdis le peu de souffle qu'il me restait.

Puis nous partîmes au galop, Brunswick – et Jamie – disparaissant dans le nuage de poussière.

Mes protestations furieuses, mes cris et mes questions ne m'attirèrent que l'ordre de me taire, accompagné bien sûr d'une autre pression du bras contre mon ventre.

Tremblante de rage et de peur, je m'efforçai de me calmer, puis j'aperçus Tom Christie qui chevauchait avec nous, l'air ébranlé et troublé.

— Tom ! hurlai-je. Tom, retournez là-bas ! Ne les laissez pas le tuer, je vous en supplie !

Il me regarda, surpris, se hissa sur ses étriers, se retourna vers Brunswick, puis vers Brown, en lui criant quelque chose.

Brown fit non de la tête, éperonna sa monture pour l'amener à la hauteur de Christie, se pencha sur l'encolure et lui cria ce qui devait être une explication. Christie n'approuvait visiblement pas la situation, mais, après quelques échanges virulents, il se tassa sur sa selle, renfrogné, et laissa Brown passer devant. Il tira sur les rênes et se rapprocha de moi. Haussant la voix pour se faire entendre par-dessus le raffut des sabots et des harnais, il me lança :

— Ils ne le tueront pas et ne lui feront aucun mal. Brown m'a donné sa parole d'honneur.

— Quoi ? Et vous le croyez ?

Déconcerté, il jeta un œil vers Brown qui nous avait devancés, puis se tourna vers Brunswick, la mine indécise. Enfin, il pinça les lèvres et répondit :

— Tout ira bien.

Néanmoins, il refusait de croiser mon regard et, malgré mes supplications, il ralentit le pas, chevauchant à l'arrière, si bien que je ne pouvais plus le voir.

Ma gorge était à vif à force de hurler, et mon ventre n'était plus qu'un nœud de terreur. Une fois loin de Brunswick, nos chevaux ralentirent, et je pus me concentrer sur le seul fait de retrouver une respiration normale. Je ne voulais plus parler avant d'être sûre que ma voix ne tremblerait pas.

— Où m'emmenez-vous ? demandai-je enfin.

Je me tenais raide en selle, supportant mal cette intimité forcée avec l'homme derrière moi.

— À New Bern, répondit-il avec une note de satisfaction sinistre. Après quoi, on sera enfin débarrassés de vous.

Le voyage jusqu'à New Bern se déroula dans un flou d'angoisse, d'agitation et d'inconfort physique. Je me demandais ce qu'ils me réservaient, mais ma peur pour Jamie noyait mes hypothèses.

Tom Christie était mon seul espoir d'en apprendre un peu plus, mais il m'évitait, gardant ses distances... ce que je trouvais encore plus alarmant. Il était visiblement perturbé, plus encore qu'il ne l'avait été depuis la mort de Malva. Toutefois, il avait perdu son masque de douleur sourde et paraissait très énervé. J'étais terrifiée à l'idée qu'il sache ou soupçonne la mort de Jamie, mais refuse de l'admettre, à lui-même autant qu'à moi.

Tous les hommes partageaient la hâte de mon ravisseur de se débarrasser de moi. Nous ne nous arrêtions que brièvement et par absolue nécessité parce que les chevaux devaient souffler. On me donnait de la nourriture, mais j'étais incapable de manger. Le temps que nous arrivions à New Bern, j'étais complètement vidée, tant par l'épuisement physique que par la tension constante de l'appréhension.

La plupart des hommes restèrent dans une taverne à la lisière de la ville. Brown et un de ses acolytes me conduisirent à travers les rues, suivis par un Tom Christie silencieux, nous arrêtant enfin devant une grande maison en briques blanchies à la chaux. Brown m'informa avec une jubilation manifeste qu'il s'agissait de la demeure du shérif Tolliver, ainsi que de la prison municipale.

Le shérif, un brun basané plutôt bel homme, m'examina avec intérêt, curiosité qui se mêla à un dégoût croissant à mesure qu'on lui parlait du crime dont j'étais accusée. Je ne tentai ni de nier ni de me défendre. La pièce tanguait autour de moi, et j'avais besoin de toute ma concentration pour demeurer debout.

J'entendis à peine l'échange entre Brown et le shérif. Juste avant qu'on me mène à l'intérieur de la maison, Tom Christie apparut soudain à mes côtés.

— Madame Fraser, chuchota-t-il, croyez-moi, il va bien. Je n'aurai pas sa mort sur la conscience... ni la vôtre.

Il me regardait droit dans les yeux pour la première fois depuis... des jours ? Des semaines ?... L'intensité de ses yeux gris était à la fois déconcertante et étrangement réconfortante.

— Ayez foi en Dieu, murmura-t-il encore. Il conduira les justes hors de tous les dangers.

Il me prit la main et la serra fort, puis disparut.

Pour une geôle du XVIIIe siècle, j'aurais pu tomber sur pire. Le quartier des femmes consistait en une petite pièce à l'arrière de la maison du shérif, qui avait sans doute été autrefois un débarras. Les murs étaient grossièrement enduits de plâtre. Une occupante précédente éprise de liberté en avait gratté une bonne partie, avant de découvrir une couche de lattes en bois, puis une épaisseur impénétrable de briques. Je fis donc face à l'inviolabilité de ma cellule sitôt la porte ouverte.

Il n'y avait pas de fenêtre, mais une lampe à huile brûlait sur une étagère près de la porte. Elle projetait un faible halo de lumière qui éclairait le morceau décourageant de briques mises à nu, mais qui plongeait les coins de la pièce dans un noir profond. Un pot de chambre devait prendre place quelque part ; je ne le voyais pas, mais son odeur âcre et épaisse me prit à la gorge dès le seuil et je me mis machinalement à respirer par la bouche avant même que le shérif me pousse à l'intérieur.

La porte se referma lourdement derrière moi, et une clef tourna dans la serrure.

Je distinguai un sommier dans la pénombre, sur lequel était couchée une énorme masse sous une couverture miteuse. Le monticule de tissu bougea et se redressa, prenant la forme d'une petite femme rondelette, tête nue et le visage froissé de sommeil. Elle cligna des yeux, puis se les frotta avec les poings comme un enfant.

— Désolée de vous avoir réveillée.

Mon cœur battait moins vite, même si j'avais encore du mal à respirer. Je m'adossai à la porte, les mains à plat sur elle pour les empêcher de trembler.

— Pas grave.

Elle bâilla en ouvrant une bouche d'hippopotame, me montrant des molaires usées mais encore utilisables. Elle se racla la gorge, s'humecta la bouche en faisant claquer ses lèvres, puis palpa le lit et trouva une paire de vieilles lunettes qu'elle chaussa.

Ses yeux bleus, qui me parurent énormes derrière les verres grossissants, me dévisageaient avec une grande curiosité.

— Comment vous vous appelez ?

— Claire Fraser.

Je me tins sur mes gardes, au cas où elle aurait déjà entendu parler de mes supposés crimes. Le bleu sur mon sein, là où une des pierres m'avait frappée, était encore visible, jaunissant au-dessus du décolleté de ma robe.

— Ah ?

Elle plissa les yeux, essayant de me reconnaître, mais en vain.

— Vous avez de l'argent ?

— Un peu.

Jamie m'avait obligée à prendre presque toute notre fortune... qui ne s'élevait pas à grand-chose, mais un modeste tas de pièces lestait chacune des poches attachées à ma taille, et j'avais glissé quelques billets sous mon corset.

Beaucoup plus petite que moi et toute ronde, avec de gros seins lourds et plusieurs bourrelets ondulant autour de sa taille, la femme était en chemise, sa robe et son corset étant suspendus à un clou dans le mur. Elle me sembla inoffensive, et je me détendis un peu. Au moins pour l'instant, j'étais à l'abri, soustraite à la violence aveugle de la populace.

Elle sauta du lit, ses pieds nus faisant bruisser la couche de paille moisie qui tapissait le sol.

— Dans ce cas, appelez donc la vieille carne, qu'elle nous apporte du Holland.

— La... qui ?

Plutôt que de me répondre, elle tambourina contre la porte en hurlant :

— Madame Tolliver ! Hé, madame Tolliver !

La porte s'ouvrit presque aussitôt, révélant une grande femme maigre qui ressemblait à une cigogne contrariée.

— Vraiment, madame Ferguson, vous n'avez donc aucune tenue ! Heureusement, je venais justement me présenter à madame Fraser.

Elle tourna le dos à Mme Ferguson avec une impérieuse dignité et esquissa un léger signe de tête à mon endroit.

— Madame Fraser, je suis Mme Tolliver.

J'eus à peine une fraction de seconde pour décider comment réagir et optai pour la solution la plus prudente, quoique irritante, à savoir la soumission gracieuse. Je lui fis la révérence comme si je me tenais devant l'épouse du gouverneur. Évitant avec soin de croiser son regard, je murmurai :

— Madame Tolliver, comme c'est aimable de votre part !

Elle tiqua, me surveillant tel un échassier suivant les efforts vigoureux d'un ver de terre dans l'herbe, puis, ne décelant aucun sarcasme, répondit avec une courtoisie glaciale :

— Mais je vous en prie. Je suis ici pour m'occuper de votre bien-être et vous informer de nos coutumes. Vous recevrez un repas par jour, à moins que vous ne préfériez faire venir vos plats de la taverne, à vos frais. Je vous apporterai une bassine d'eau tous les matins pour votre toilette. Vous irez vous-même vider vos eaux sales. Et je...

— Oh, la barbe, avec vos coutumes, Maisie, l'interrompit Mme Ferguson. Elle a de l'argent. Soyez chic, allez nous chercher une bouteille de genièvre, après quoi, si vous y tenez, vous pourrez lui raconter ce que vous voudrez.

Elle lui parlait avec la familiarité réservée à une longue fréquentation. Le visage étroit de Mme Tolliver se plissa de réprobation. J'hésitai, puis glissai la main dans une de mes poches. Elle se mordit la lèvre inférieure, puis, après avoir jeté un bref coup d'œil en arrière, elle avança d'un pas et tendit la main, en chuchotant :

— Bon d'accord, alors un shilling.

Je déposai la pièce dans sa paume, qui disparut aussitôt sous son tablier. Puis elle recula et reprit son ton sévère :

— Vous avez raté l'heure du dîner. Toutefois, comme vous êtes nouvelle, je ferai une exception et vous apporterai un petit quelque chose.

— C'est très gentil à vous.

La porte se referma derrière elle. Le son de la clef tournant dans la serrure déclencha en moi un élan de panique que je refoulai aussitôt. Je me sentais comme une peau sèche bourrée d'amadou fait de peur, d'incertitude et de douleur. À la moindre étincelle, je pouvais m'embraser et être réduite en cendres, or ni moi ni Jamie ne pouvions nous le permettre.

Affectant un air détaché, je me tournai vers ma nouvelle compagne de cellule et lui demandai :

— Elle boit ?

Mme Ferguson se gratta les côtes.

— Vous connaissez quelqu'un qui ne boit pas, quand on lui en donne l'occasion ? Fraser... vous ne seriez pas...

— Si, dis-je sèchement. Je ne veux pas en parler.

Elle parut surprise, puis hocha la tête.

— Comme vous voudrez. Vous êtes bonne aux cartes ?

— Au *loo* ou au whist ? questionnai-je prudemment.

— Vous savez jouer au *brag* ?

— Non.

Jamie et Brianna y jouaient parfois, mais je n'en connaissais pas les règles.

— Pas grave, je vais vous apprendre.

Elle extirpa de sous le matelas un vieux jeu de cartes en carton ramolli et les manipula avec adresse, les agitant sous mon nez en souriant.

— Laissez-moi deviner : vous êtes ici pour tricherie ?

— Tricher, moi ? Jamais. Pour faux et usage de faux.

Je me mis à rire malgré moi. J'étais encore sous le choc, mais cette Mme Ferguson promettait d'offrir une distraction bienvenue.

— Vous êtes ici depuis combien de temps ?

Elle se gratta le crâne, se rendit compte qu'elle ne portait pas de bonnet et en sortit un du lit défait.

— Oh... ça doit faire environ un mois.

Enfilant son bonnet froissé, elle m'indiqua le chambranle de la porte. Il était gravé de dizaines d'entailles, certaines vieilles et noircies, d'autres plus fraîches. Leur vue me noua de nouveau le ventre, et je leur tournai résolument le dos.

— Vous n'avez pas encore été jugée ?

— Non, Dieu merci ! Maisie m'a dit que le tribunal était fermé. Tous les juges sont partis se cacher. Personne n'a été jugé depuis deux mois.

Ce n'était pas une bonne nouvelle. Elle dut le lire sur mon visage, car elle me donna une petite tape d'encouragement sur l'épaule.

— Ne soyez pas trop pressée, ma chère. Si j'étais à votre place, je ne le serais pas. Tant qu'ils ne vous ont pas jugée, ils ne peuvent pas vous pendre. Y en a certains qui prétendent que l'attente les tue, mais je n'ai encore jamais vu quelqu'un en mourir. En revanche, j'en ai déjà vu quelques-uns se balancer au bout d'une corde, et c'est pas beau à voir.

Elle parlait sur un ton badin, mais ne put s'empêcher de porter une main à son cou, caressant sa peau tendre et blanche.

Je déglutis, sentant ma propre gorge se nouer.

— Mais je suis innocente !

Tout en le disant, je me demandais pourquoi j'en paraissais si peu convaincue.

— Mais bien sûr ! fit-elle avec vigueur. N'en démordez surtout pas, ma fille ! Ne les laissez pas vous pousser à avouer la moindre chose !

— Je n'en ai pas l'intention.

— Un de ces jours, une foule débarquera ici et pendra le shérif s'il ne fait pas attention où il met les pieds. C'est qu'il n'est pas très populaire, Tolliver.

— On se demande pourquoi, un monsieur si charmant !

Je ne savais pas trop comment réagir à la perspective d'une foule prenant d'assaut la maison. Tant que ces excités se limitaient à pendre le shérif, je n'y voyais pas d'inconvénient, mais mes récentes expériences à Salisbury et Hillsboro me faisaient craindre qu'ils ne s'en tiennent pas à cela. Mourir des mains d'une populace enragée n'était guère préférable au type de longue agonie judiciaire qui m'attendait sans doute. Toutefois, en cas d'émeute, j'aurais peut-être la possibilité de m'enfuir.

Pour aller où ?

Sans bonne réponse à cette question, je la refoulai au fond de mon esprit et me concentrai sur Mme Ferguson, qui agitait toujours ses cartes.

— D'accord, mais pas pour de l'argent.

— Oh non, m'assura-t-elle. Jamais de la vie ! Mais pour rendre le jeu intéressant, il nous faut une mise. On utilisera des haricots, qu'en dites-vous ?

Elle glissa une main sous son oreiller, en sortit une bourse et versa dans sa paume une poignée de haricots blancs.

— Parfait ! m'exclamai-je. Quand on aura fini de jouer, on pourra les planter et espérer qu'une tige de haricot géant en poussera et crèvera le toit. On n'aura plus qu'à l'escalader pour s'évader.

Elle pouffa de rire.

— Que Dieu vous entende, ma chère ! Je distribue la première, ça vous va ?

Finalement, le *brag* n'était qu'une forme de poker. J'avais vécu avec un tricheur expérimenté assez longtemps pour savoir en reconnaître un quand j'en rencontrais, mais Mme Ferguson paraissait jouer selon les règles. J'avais quarante-six haricots à mon actif quand Mme Tolliver revint.

La porte s'ouvrit, et elle entra, tenant un trépied et une miche de pain. Cette dernière était à la fois mon dîner et son prétexte pour venir nous voir. Elle me la tendit en déclarant d'une voix forte :

— Tenez, vous devrez vous en contenter jusqu'à demain, madame Fraser !

— Merci.

Elle était fraîche et semblait avoir été frottée contre un morceau de lard, à défaut de beurre. Je la mordis sans hésiter, ayant suffisamment récupéré pour me sentir soudain affamée.

Mme Tolliver jeta un œil derrière elle pour vérifier que la voie était libre, puis, refermant la porte avec discrétion, elle posa son trépied et sortit une bouteille carrée de sa poche. Elle la déboucha et but plusieurs longues gorgées, son gosier étroit sursautant de façon convulsive.

Mme Ferguson ne disait rien, l'observant avec une attention quasi analytique, comme si elle comparait le comportement de notre geôlière avec des scènes précédentes.

Mme Tolliver abaissa enfin la bouteille, la tint un instant, puis me la tendit et s'affala sur le tabouret, respirant très fort.

Discrètement, j'essuyai le goulot sur ma manche, puis, prudente, bus une petite gorgée. C'était bien du gin, généreusement parfumé aux baies de genièvre pour en masquer la mauvaise qualité, mais très fort en alcool.

Mme Ferguson but à son tour, et nous nous passâmes ainsi la bouteille, tout en échangeant quelques amabilités. Sa soif étanchée, Mme Tolliver devint presque affable, ses manières glaciales se dégelant peu à peu. Même ainsi, j'attendis que la bouteille soit presque vide pour la questionner :

— Mme Tolliver... les hommes qui m'ont amenée... les avez-vous entendus dire quelque chose à propos de mon mari ?

Elle mit un poing devant sa bouche et rota.

— Dire quelque chose ?

— Sur le lieu où il est ? précisai-je.

Elle me regarda sans aucune expression.

— Je n'ai rien entendu. Mais ils en ont sans doute parlé à Tolly.

Mme Ferguson lui tendit la bouteille et manqua de tomber du lit. Nous étions installées côte à côte sur le sommier, le seul endroit où s'asseoir dans la cellule.

— Vous ne pourriez pas le lui demander, Maisie ? l'interrogea-t-elle.

Une lueur gênée apparut dans les yeux déjà passablement voilés de Mme Tolliver.

— Oh non ! Il ne me raconte jamais ces choses-là. Ce ne sont pas mes affaires.

J'échangeai un regard avec Mme Ferguson qui me fit signe de ne pas insister.

Rongée par l'inquiétude, je dus me résoudre à mettre le sujet de côté. Je m'armai de patience, estimant combien de bouteilles de gin je pouvais m'offrir avant d'être à court d'argent... et ce que je pourrais accomplir avec.

Cette nuit-là, je restai immobile, inspirant l'air moite et épais chargé d'odeurs de moisi et d'urine. Je sentais Sadie Ferguson près de moi : un vague miasme de sueur rance mêlée au gin. Chaque fois que je tentais de fermer les yeux, je faisais de la claustrophobie, avec l'impression que les murs se rapprochaient. Je m'accrochais au bord du matelas pour m'empêcher de me jeter contre la porte verrouillée. Je me voyais déjà la martelant de coups de poing en hurlant, m'arrachant les ongles sur le bois, mes cris se perdant dans les ténèbres... sans que personne ne vienne jamais.

Ce n'était pas que du délire. Mme Ferguson m'en avait appris un peu plus sur l'impopularité du shérif Tolliver. S'il était attaqué et arraché de sa maison par une foule en colère, ou s'il prenait peur et s'enfuyait, les chances que lui et sa femme se soucient du sort des prisonnières qu'ils abandonnaient derrière eux étaient bien minces.

Prise de folie furieuse, la foule pouvait nous découvrir et nous tuer. Ou ne pas nous trouver et incendier la maison. La cellule était en brique, mais la cuisine adjacente en bois. Humide ou pas, elle brûlerait comme un fétu de paille, ne laissant rien debout hormis ce foutu mur en brique.

« À chaque jour suffit sa peine. » Ce proverbe avait été le favori de Frank.

« Certes, mais ça dépend un peu du jour, non ? lui rétorquai-je en pensée.

— Tu crois ? À toi de voir. »

Je pouvais presque l'entendre me répondre avec ce ton ironique si particulier qui n'appartenait qu'à lui.

« Parfait, me voilà réduite à avoir des conversations philosophiques avec un fantôme ! C'est encore pire que ce que je croyais. »

Pourtant, imaginaire ou pas, cet échange était parvenu à me faire oublier mes angoisses un instant. C'était comme une invitation... une tentation, ou juste le besoin de lui parler. Le besoin de m'évader par la conversation... même si je faisais les questions et les réponses.

« Non, je ne peux pas t'utiliser de cette manière, pensai-je tristement. Il n'est pas juste que je songe à toi uniquement quand j'ai besoin de me changer les idées, et non pas pour ce que tu es vraiment. »

« Il t'arrive de penser à moi pour ce que je suis vraiment ? » Cette interrogation flotta dans ma tête. Je pouvais très bien voir son visage, son expression amusée, un sourcil brun arqué. C'était plutôt surprenant. Je n'avais pas pensé à lui de manière précise depuis si longtemps que je croyais avoir oublié son apparence. Loin de là...

« Je suppose que cela répond à ta question. Bonne nuit, Frank. »

Je me tournai sur le côté, face à la porte, me sentant plus calme. Une fine ligne de lumière délimitait son périmètre, atténuant mon impression d'être enterrée vivante.

Je fermai les yeux, essayant de me concentrer sur mon corps. Cela m'aidait souvent, me calmait les nerfs.

J'écoutais le bruit du sang dans mes vaisseaux et les gargouillis souterrains de tous mes organes vaquant paisiblement à leurs tâches sans le moindre besoin d'un effort conscient de ma part. C'était un peu comme d'être assise dans un jardin et d'écouter les abeilles bourdonner dans leurs ruches...

J'effaçai aussitôt cette image, une décharge électrique me traversant le cœur. Je me concentrai de toutes mes forces sur ce dernier, sur ses ventricules mous et ses valvules délicates... mais il était rempli de vides.

Jamie. Un gouffre béant plein d'échos, froid et profond comme la crevasse d'un glacier. Brianna. Jemmy. Roger. Et Malva, un petit trou percé à la vrille, un ulcère refusant de guérir.

Jusque-là, j'étais parvenue à ne pas prêter attention aux mouvements et à la respiration bruyante de ma compagne de lit. Mais je ne pouvais ignorer la main qui effleura mon cou, puis glissa sur mon sein et se posa sur lui.

Je cessai de respirer puis, très lentement, expirai. Malgré moi, mon sein s'étalait dans sa paume. Je sentis une légère pression dans mon dos, un pouce descendant le long de ma colonne vertébrale à travers ma chemise.

Je comprenais le besoin de réconfort humain, l'envie d'un contact tactile. Faisant partie de ce réseau fragile d'humanité, je l'avais ressenti, l'avais partagé, constamment déchiré, constamment renouvelé. Mais la caresse de Sadie Ferguson demandait plus que de la simple chaleur ou l'envie d'une compagnie dans le noir.

Je pris sa main, la soulevai de mon sein, refermai doucement ses doigts et l'écartai de moi.

— Non, dis-je doucement.

Elle hésita, se lovant contre moi, ses cuisses chaudes contre les miennes, offrant un refuge.

— Personne ne le saura, chuchota-t-elle sans perdre espoir. Je pourrais vous faire oublier... un moment.

Sa main caressait ma hanche.

Si elle avait vraiment pu me faire oublier, j'aurais peut-être été tentée. Mais ce n'était pas là une voie pour moi.

— Non, répétai-je d'une voix plus assurée.

Je roulai sur le dos, m'éloignant le plus possible, ce qui ne laissait jamais que deux ou trois centimètres entre nous.

— Je suis désolée... mais non.

Elle resta silencieuse un instant, puis soupira.

— D'accord. Peut-être plus tard.

— Non !

Les bruits dans la cuisine avaient cessé, et la maison était silencieuse. Ce n'était pas le calme des montagnes, avec le bruissement des branches dans le vent et son plafond d'étoiles, mais celui des villes, avec ses fumées de cheminée et ses pensées troubles libérées de la conscience, errant dans le noir.

Ses doigts effleurèrent ma joue.

— Je peux vous tenir ? Rien de plus.

— Non.

Néanmoins, je pris sa main et la serrai. Nous nous endormîmes ainsi, nous tenant chastement, et fermement, par la main.

Je fus réveillée par ce que je crus d'abord être le vent, gémissant dans le conduit de cheminée qui jouxtait un mur de notre cellule. Le geignement s'amplifia, puis se mua en un long hurlement avant de cesser de manière abrupte.

Sadie Ferguson se redressa, écarquillant les yeux, cherchant ses lunettes à tâtons.

— Par tous les saints ! Qu'est-ce que c'était ?

— Une femme en plein travail. Elle ne va pas tarder à accoucher.

Les gémissements reprirent. Je descendis du lit et secouai mes chaussures, délogeant un cafard et plusieurs poissons d'argent qui y avaient élu domicile.

Nous restâmes assises près d'une heure, écoutant l'alternance de plaintes et de cris.

— Ce n'est toujours pas fini ? interrogea Sadie, anxieuse. L'enfant ne devrait pas être déjà né ?

— Peut-être. Certains bébés sont plus lents que d'autres.

Je collai mon oreille contre la porte, essayant de comprendre ce qui arrivait de l'autre côté. La femme se trouvait dans la cuisine, à seulement quelques mètres de moi. J'entendais de temps à autre la voix étouffée de Maisie Tolliver ; elle semblait dubitative. Autrement, je ne percevais que des halètements rythmiques, des gémissements et des cris.

Au bout d'une autre heure de ce concert, mes nerfs étaient à vif. Couchée sur le lit, Sadie pressait un oreiller sur sa tête dans l'espoir d'étouffer les bruits.

Entendant de nouveau la voix de Mme Tolliver, je frappai contre la porte avec mon talon, hurlant pour me faire entendre par-dessus le vacarme :

— Madame Tolliver !

Quelques instants plus tard, la clef tourna dans la serrure, et la cellule fut soudain inondée de lumière et d'air frais. D'abord aveuglée, je distinguai ensuite la silhouette d'une femme, à quatre pattes près du feu, et qui me faisait face. Elle était noire, dégoulinante de sueur. Relevant la tête, elle hurla telle une louve. Mme Tolliver sursauta comme si on lui avait enfoncé une épingle dans les fesses.

— Excusez-moi.

Je passai devant elle sans qu'elle tente de m'en empêcher. Elle dégageait une forte odeur de gin au genièvre.

La femme noire se baissa sur les coudes, pantelante, ses fesses nues en l'air. Son ventre pendait comme une goyave trop mûre, pâle sous la chemise trempée qui collait à sa peau. Je profitai du bref interlude avant la prochaine contraction pour lui poser quelques questions. C'était son quatrième enfant, et le travail avait débuté quand elle avait perdu les eaux, la nuit précédente. Mme Tolliver ajouta qu'elle était aussi prisonnière et esclave. Je l'aurais deviné toute seule aux zébrures qui striaient son dos et ses fesses.

Mme Tolliver ne me fut pas d'une grande utilité, oscillant près de moi, le regard vitreux, mais comme elle avait apporté une pile de vieux chiffons et une bassine d'eau, je pus éponger le front dégoulinant de l'esclave. Sadie Ferguson pointa son nez chaussé de lunettes hors de la cellule, mais battit très vite en retraite dès le hurlement suivant.

L'enfant se présentait par le siège, d'où la difficulté. Le quart d'heure suivant fut éprouvant pour toutes les personnes concernées. Je parvins enfin à retourner le bébé et à le faire sortir, les pieds devant, visqueux, inerte et d'une étrange couleur bleu pâle.

— Oh, il est mort, fit Mme Tolliver, déçue.

— Tant mieux, rétorqua la mère d'une voix grave et rauque.

— Je n'ai pas dit mon dernier mot.

Plaçant rapidement l'enfant la tête en bas, je lui tapai dans le dos. Pas de réaction. J'approchai le petit visage cireux et fermé du mien, collai mes lèvres contre les siennes, aspirai profondément, puis crachai le mucus et les fluides. Un goût de métal dans la bouche, je soufflai ensuite doucement entre ses lèvres, puis attendis, tenant le corps mou et glissant comme un poisson. Il ouvrit les yeux, d'un bleu plus profond que sa peau, l'air vaguement intéressé.

Il eut un hoquet surpris, et j'éclatai de rire, une bulle de joie remontant du plus profond de moi. Le souvenir cauchemardesque d'un autre enfant, un vacillement de vie s'éteignant entre mes mains, s'éloigna. Cet enfant-ci était bien vivant, brûlant comme une chandelle avec une flamme douce et droite.

— Oh ! répéta Mme Tolliver.

Elle se pencha sur le bébé, et un immense sourire illumina son visage.

— Oh ! Oh !

Le bébé se mit à pleurer. Je coupai le cordon ombilical, enveloppai le nourrisson dans un linge et, non sans quelques réserves, le confiai à Mme Tolliver, espérant qu'elle ne le laisserait pas tomber dans le feu. Puis je m'occupai de la mère, qui était en train de boire l'eau de la bassine en en renversant la moitié sur sa chemise déjà trempée.

Elle s'allongea et me laissa faire sans dire un mot, lançant de temps en temps un regard sombre et hostile vers l'enfant.

J'entendis des pas, et le shérif apparut, la mine étonnée.

Mme Tolliver, couverte de liquide amniotique et empestant le gin, se tourna joyeusement vers lui.

— Oh, regarde, Tolly ! Il est vivant !

Le shérif eut un mouvement de recul, dévisageant sa femme en fronçant le front, puis sembla percevoir son bonheur par-delà l'alcool. Il se pencha sur l'enfant et le toucha délicatement du bout du doigt, ses traits sévères se détendant.

— C'est bien, Maisie. Comment ça va, petit bonhomme ?

Il m'aperçut, agenouillée devant la cheminée, essayant de me nettoyer de mon mieux avec un chiffon et le peu d'eau restant.

— C'est Mme Fraser qui l'a mis au monde ! expliqua Mme Tolliver encore tout excitée. Il était sens dessus dessous, mais elle l'a habilement remis droit. Puis elle l'a fait respirer. Comme il ne bougeait pas du tout, on l'a cru mort, mais non ! Ce n'est pas merveilleux ?

— Merveilleux, répéta-t-il sur un ton morne.

Son regard noir alla de moi à la nouvelle mère, qui le lui retourna avec une indifférence maussade. Puis il me fit signe de me lever et me montra la cellule. Il esquissa un bref salut de la tête et referma la porte derrière moi.

Ce ne fut qu'une fois à l'intérieur que me revint le motif de mon accusation. Rien d'étonnant à ce qu'il ait été un peu nerveux en me voyant avec un bébé. J'étais sale, trempée, et l'atmosphère dans la cellule me paraissait particulièrement étouffante, mais le miracle de la vie pétillait toujours dans mon cerveau. Je m'assis au bord du lit, un sourire aux lèvres, un chiffon humide entre les mains.

Sadie m'observait avec un respect mêlé de révulsion.

— Je n'ai jamais vu une affaire aussi dégoûtante. Doux Jésus, c'est toujours comme ça ?

— Plus ou moins. Vous n'avez jamais eu d'enfant ?

Elle secoua vigoureusement la tête, croisant les doigts, ce qui me fit rire.

— Si j'avais été disposée à laisser un homme m'approcher, ce que je viens de voir m'en dissuaderait définitivement, m'assura-t-elle.

Je me souvins, avec un temps de retard, de ses avances de la veille. Elle ne m'avait donc pas juste proposé un réconfort.

— Et M. Ferguson ? demandai-je.

Elle battit des cils, la mine innocente.

— C'était un fermier beaucoup plus âgé que moi. Emporté par la pleurésie, il y a cinq ans de ça.

Et totalement inventé, sans doute. Une veuve jouissait d'une bien plus grande liberté qu'une vierge ou une femme mariée. Et elle me semblait tout à fait capable de prendre soin d'elle-même.

Soudain, il y eut un fracas et des éclats de voix dans la cuisine. Le shérif se mit à jurer. On n'entendait plus le bébé ni Mme Tolliver.

— Il reconduit la garce noire dans ses quartiers, expliqua Sadie.

Son ton hostile me surprit.

— Vous ne savez donc pas ? Elle a tué tous ses bébés. Maintenant qu'elle a accouché de celui-ci, ils vont pouvoir la pendre.

— Ah… Non, je l'ignorais.

Les bruits dans la cuisine cessèrent, et je restai assise, fixant la lampe à huile, la sensation de vie me chatouillant toujours le creux des mains.

39

Un plan relativement bien ficelé

De l'eau clapotait juste sous son oreille, lui soulevant le cœur. La puanteur de boue décomposée et de poissons crevés n'arrangeait rien, pas plus que le coup qu'il avait pris en percutant le mur.

Jamie remua, essayant de trouver une position qui soulagerait sa tête, son estomac ou les deux. Ils l'avaient ficelé comme un rôti prêt à cuire, mais il parvint à rouler sur le côté et à ramener ses genoux contre son ventre, ce qui était un peu mieux.

Il se trouvait dans un hangar à bateaux délabré qu'il avait entraperçu dans la pénombre pendant que les hommes le traînaient jusqu'au rivage. Il avait d'abord pensé qu'ils comptaient le noyer, mais ils l'avaient porté à l'intérieur et laissé tomber comme un sac de patates.

— Dépêche-toi, Ian, je n'ai plus l'âge de jouer à ces petits jeux-là.

Il fallait espérer que son neveu ait talonné Brown d'assez près et sache où il était. De toute manière, il le cherchait sûrement. La rive où se dressait le hangar était dégagée, mais des broussailles recouvraient le terrain, un peu plus haut, au pied du fort Johnston.

L'arrière de son crâne l'élançait, lui donnant un mauvais goût dans la bouche et réveillant d'anciennes migraines dont il souffrait depuis qu'il avait pris un coup de hache sur la tête, de nombreuses années auparavant. La facilité avec laquelle ces maux se rappelaient à lui était sidérante. La blessure remontait à une époque antédiluvienne, et il croyait son souvenir mort et enterré depuis belle lurette. Apparemment, son crâne avait bien meilleure mémoire que lui et était résolu à se venger en le rendant malade.

La lune s'était levée. Sa lumière filtrait par les fissures du mur rudimentaire en bois. Elle semblait danser, renforçant sa nausée, et il ferma les yeux, préférant se concentrer sur ce qu'il ferait subir à Richard Brown s'il réussissait à le coincer seul, un jour.

Où diable avaient-ils emmené Claire et pourquoi ? Son seul réconfort était de savoir que Tom Christie était parti avec elle. Il était relativement sûr qu'il ne les laisserait pas la tuer. Si Jamie parvenait à le retrouver, il trouverait Claire.

Il entendit un faible son par-dessus l'écœurant clapotis des vagues. Quelqu'un sifflotait, puis se mit à chanter. Malgré la situation, les paroles lui arrachèrent un sourire. « Mariez-moi, mariez-moi, pasteur, ou je serai votre prêtre, votre prêtre, ou je serai votre prêtre ! »

Il hurla de toutes ses forces, au risque de faire éclater son crâne, et, quelques minutes plus tard, Ian, le cher enfant, était agenouillé à ses côtés, tranchant ses liens. Jamie roula d'un côté puis de l'autre, ses muscles perclus de crampes, puis il parvint à se hisser juste assez pour ne pas se vomir dessus.

Ian le regardait l'air amusé, le petit salaud.

— Ça va, mon oncle ?

— Ça ira. Tu sais où est Claire ?

Il se releva en titubant et tripota sa braguette. Il avait l'impression d'avoir des saucisses en guise de doigts ; celui qui était cassé l'élançait, le retour de la circulation provoquant une douleur aiguë dans les extrémités, comme un coup d'épingle. Néanmoins, tout disparut avec son puissant jet d'urine, qui lui procura un soulagement extatique.

— Eh bien, dis donc ! s'exclama Ian, impressionné. Ils l'ont emmenée à New Bern. Il y a un shérif là-bas qui, selon Forbes, l'acceptera peut-être.

— Forbes ?

Jamie fit volte-face et manqua de tomber, se rattrapant de justesse d'une main contre la cloison.

— Neil Forbes ?

Ian le soutint sous un coude, en expliquant :

— Lui-même. Brown est allé ici et là rencontrer des gens, mais il a fini par faire affaire avec Forbes, à Cross Creek.

— Tu as entendu ce qu'ils disaient ?

— Oui.

Ian parlait sur un ton détaché, mais son excitation était visible, tout comme sa fierté devant la mission accomplie.

Le but de Brown était simple : se débarrasser du boulet que les Fraser étaient devenus. Il était au courant des relations entre Forbes et Jamie grâce aux commérages engendrés par l'incident avec l'imprimeur, l'été précédent, et leur prise de bec à Mecklenberg, au mois de mai. Il lui avait donc proposé de lui livrer ses deux prisonniers pour en faire ce qu'il voudrait.

— Ils se sont rencontrés dans l'entrepôt de Forbes, au bord de la rivière. Je m'étais caché derrière des barils de goudron. Forbes a fait les cent pas pour réfléchir, puis il a éclaté de rire, comme si, soudain, il avait eu une idée de génie.

Celui-ci avait proposé que les hommes de Brown emmènent Jamie, convenablement ligoté, dans un embarcadère qu'il possédait près de Brunswick. De là, il serait mis sur un navire en partance pour l'Angleterre et donc rendu incapable d'interférer dans les affaires de Forbes ou de Brown... ainsi que de défendre sa femme.

Pendant ce temps, Claire serait livrée à la justice. Si elle était déclarée coupable, la question serait définitivement réglée. Dans le cas contraire, le scandale d'un procès ternirait à jamais sa réputation aux yeux de tous ceux qui entretenaient des rapports avec elle et détruirait toute l'influence qu'elle et son mari avaient eue par le passé. Ils n'auraient plus qu'à ramasser les bénéfices de Fraser's Ridge, et Neil Forbes aurait le champ libre pour prendre la tête des whigs écossais de la colonie.

Jamie écouta en silence, partagé entre la fureur et une certaine admiration.

— Un plan raisonnablement bien ficelé, conclut-il.

Il se sentait mieux, sa nausée emportée par le flux purificateur de la colère dans son sang.

— Attends la suite, mon oncle. J'ai gardé le meilleur pour la fin. Tu te souviens d'un certain Stephen Bonnet ?

— Oui. Quel rapport ?

— Tu étais censé rentrer en Angleterre sur son navire. Apparemment, Forbes et lui sont associés depuis longtemps. L'avocat et plusieurs de ses amis marchands de Wilmington possèdent des parts dans son bateau et ses cargaisons. Depuis le blocus anglais, leurs profits sont montés en flèche. M. Bonnet est, paraît-il, un contrebandier très habile.

Jamie lâcha un juron extrêmement vulgaire en français. Devant le hangar, l'eau était calme et belle, le reflet de la lune traçant une voie argentée qui menait à l'océan. On distinguait un navire amarré au loin, petit, noir et aussi parfait qu'une araignée sur une feuille de papier blanc. Était-ce celui de Bonnet ?

— Bon sang ! Quand descendront-ils à terre ?

Pour la première fois, Ian sembla indécis.

— Je ne sais pas. Ça dépend peut-être de la marée. Elle monte ou elle descend ?

Jamie baissa les yeux vers les vaguelettes clapotant sous l'entrepôt.

— Qu'est-ce que j'en sais ? Et quelle différence ?

Il se passa une main sur le visage, essayant de réfléchir. Naturellement, ils lui avaient pris son coutelas. Son *sgian dhu* était toujours glissé dans son bas, mais il n'irait pas bien loin avec une lame de sept centimètres.

— Qu'est-ce que tu as comme armes, Ian ? Tu n'aurais pas apporté ton arc avec toi, par hasard ?

Ian fit une moue navrée. Il avait rejoint son oncle à la porte, contemplant le navire au loin. Le clair de lune illuminait ses traits excités par la perspective d'en découdre.

— Désolé, mon oncle. Néanmoins j'ai deux bons couteaux, une dague et un pistolet. J'ai aussi mon fusil, mais il est accroché à ma selle. Je vais le chercher ? Ils risquent de me voir.

Jamie pianota sur le montant de la porte jusqu'à ce que la douleur de son doigt cassé l'arrête. Il ressentait une envie physique d'attendre Bonnet. Il comprenait le désir de Ian et le partageait, mais sa pensée rationnelle évaluait leurs chances et ne cessait de le ramener à la réalité, refoulant la partie animale en lui assoiffée de vengeance.

Il ne voyait aucune chaloupe venir du navire. Si ce dernier était bien celui de Bonnet, ce qu'ils ignoraient, il se passerait peut-être des heures avant qu'ils viennent le chercher. Ensuite, quelle était la probabilité que Bonnet se déplace en personne ? Il était le capitaine ; viendrait-il lui-même ou enverrait-il ses hommes ?

Armé d'un fusil et se tenant en embuscade, Jamie pouvait atteindre Bonnet dans la chaloupe. À condition de le reconnaître. En outre, l'atteindre ne signifiait pas le tuer.

Si Bonnet ne se trouvait pas dans l'embarcation, il faudrait patienter jusqu'à ce que celle-ci soit assez proche pour sauter à bord, maîtriser ses occupants… Combien seraient-ils ? Deux, trois, quatre ? Il faudrait tous les tuer ou les mettre hors d'état de nuire. Après quoi, ils devraient ramer jusqu'au navire, sur le pont duquel les marins auraient sans doute suivi les événements sur le rivage et l'attendraient de pied ferme, prêts à les couler ou à les tirer comme des pigeons d'argile.

Si, par miracle, ils parvenaient à monter à bord sans se faire voir, il faudrait fouiller le navire à la recherche de Bonnet, le traquer, puis le tuer sans attirer l'attention de l'équipage...

Cette laborieuse analyse se déroula dans sa tête en un clin d'œil, et il l'écarta aussi rapidement. S'ils étaient capturés et tués, Claire se retrouverait seule et sans défense. Il ne pouvait courir ce risque. Néanmoins, se dit-il pour se consoler, il savait où trouver Forbes et ne manquerait pas d'aller le chercher, en temps voulu. Résigné, il se tourna vers Ian.

— Tu n'as qu'un seul cheval ?

— Oui, mon oncle. Mais je sais où on peut en voler un second.

40

La secrétaire

Deux jours s'écoulèrent. Dans la chaleur moite et étouffante, divers champignons et autres moisissures tentaient de s'immiscer dans les moindres plis de mon corps, sans parler des cafards omniprésents et omnivores déterminés à me ronger les sourcils dès la lumière éteinte. Le cuir de mes souliers était ramolli et poisseux, mes cheveux étaient devenus gras et raides et, à l'instar de Sadie Ferguson, je passais le plus clair de mon temps en chemise.

Aussi, quand Mme Tolliver nous ordonna de venir aider à la lessive, nous abandonnâmes précipitamment notre partie de *loo* – Sadie gagnait – et nous bousculâmes presque dans notre hâte d'obéir.

Il faisait beaucoup plus chaud dans la cour et quasiment aussi humide que dans notre cellule, le feu rugissant sous la grande marmite qui dégageait un épais nuage de vapeur. Nos chemises nous collaient à la peau, le lin crasseux rendu transparent par la transpiration. La lessive était une corvée pénible, mais au moins, il n'y avait pas d'insectes et, si le soleil aveuglant me brûlait le nez et les bras, il brillait.

J'interrogeai Mme Tolliver sur l'esclave et son bébé, mais elle se contenta de pincer les lèvres, la mine méprisante et sévère. La veille au soir, je n'avais pas entendu la voix grave du shérif dans la cuisine ; il n'avait pas dû être à la maison. À en juger par le teint verdâtre de sa femme, elle avait passé une longue nuit solitaire avec sa bouteille de gin, suivie d'un réveil plutôt pénible.

— Vous vous sentiriez beaucoup mieux en restant assise à l'ombre et en buvant… de l'eau. Beaucoup d'eau.

Du thé ou du café auraient été préférables, mais ils coûtaient une fortune dans les colonies et étaient sûrement au-dessus des moyens d'une femme de shérif.

— Si vous avez un peu d'ipéca… ou de la menthe…

— Merci pour votre précieuse opinion, madame Fraser ! répondit-elle d'un ton sec.

Les joues pâles et luisantes de transpiration, elle tenait à peine debout.

Je n'insistai pas et me concentrai sur ma tâche, soulevant une pile de vêtements trempés et fumants au bout d'une pelle en bois. Cet ustensile était si usé que mes mains moites glissaient sur le manche.

Après avoir lavé, rincé et essoré tout le linge brûlant, nous l'étendîmes à sécher sur des cordes. Enfin, nous nous assîmes pantelantes dans la mince bande d'ombre le long de la maison, nous passant une louche en ferblanc et avalant l'eau tiède du puits. Oubliant son rang supérieur, Mme Tolliver s'installa à nos côtés, très soudainement. Je lui tendis la louche, mais avant qu'elle n'ait eu le temps de la prendre, ses yeux se révulsèrent dans leurs orbites. Elle ne tomba pas vraiment à la renverse, mais s'affaissa en arrière, se dissolvant en un tas de cotonnade.

Sadie Ferguson demanda avec intérêt :

— Elle est morte ?

Elle jetait des regards à la ronde, estimant ses chances d'en profiter pour détaler.

— Non. C'est juste une mauvaise gueule de bois, sans doute aggravée par une insolation.

Je pris son pouls. Il était léger et rapide mais régulier. J'étais en train de me demander s'il valait mieux rester et empêcher Mme Tolliver de s'étouffer avec son propre vomi ou s'éclipser, même pieds nus et en chemise, quand des voix mâles retentirent au coin de la maison.

Deux hommes apparurent. L'un d'eux était un des jeunes adjoints de Tolliver. Je l'avais aperçu quand Brown m'avait amenée. L'autre était un gentleman corpulent d'une quarantaine d'années, très élégant, avec une veste aux boutons d'argent et un gilet en soie auréolé de taches de transpiration. Il écarquilla les yeux devant la scène de débauche devant lui.

— Ce sont les prisonnières ? demanda-t-il dégoûté.

— Oui, monsieur. Enfin... les deux en chemise. L'autre, c'est la femme du shérif.

Les narines de Bouton d'argent se pincèrent.

— Laquelle est la sage-femme ?

Je me redressai et m'efforçai de prendre un air digne.

— C'est moi, je suis Mme Fraser.

— Vraiment.

À son ton, il était clair que, pour ce qu'il en avait à faire, j'aurais pu annoncer que j'étais la reine Charlotte. Il m'examina de haut en bas sans cacher son mépris, puis s'adressa à l'adjoint.

— De quoi est-elle accusée ?

L'homme, qui n'était pas une lumière, nous contempla, Sadie et moi, la mine perplexe.

— Ah... euh... il y en a une qui est faussaire... et l'autre, meurtrière... mais quant à savoir qui est qui...

— C'est moi, la meurtrière, dit Sadie avec courage. Elle, c'est une excellente sage-femme !

Je la regardai avec surprise, mais elle me fit signe de me taire.

— Hmm... fort bien. Possédez-vous une robe, madame ?

J'acquiesçai.

— Allez vous habiller.

Il se tourna vers l'adjoint, sortit un mouchoir en soie de sa poche et épongea son visage rose.

— C'est bon, je la prends. Vous préviendrez M. Tolliver.

Le jeune homme s'inclina avec maladresse.

— Bien, monsieur.

Il jeta un coup d'œil vers Mme Tolliver toujours inconsciente, puis aboya à Sadie :

— Vous, là. Rentrez-la à l'intérieur et occupez-vous d'elle. Allez, vite !

La mine grave, Sadie remonta ses lunettes embuées du bout de l'index.

— Oui, monsieur ! Tout de suite, monsieur !

Je n'eus pas le temps de lui parler et à peine celui d'enfiler mon corset et ma robe défraîchie, puis d'attraper mon sac avant d'être escortée vers une voiture, assez défraîchie elle-même, mais qui avait été autrefois de qualité.

Après quelques pâtés de maisons, j'interrogeai mon compagnon qui regardait par la fenêtre, l'esprit ailleurs :

— Auriez-vous l'obligeance de me dire qui vous êtes et où vous m'emmenez ?

Ma question l'extirpa de ses pensées, et, surpris, il se tourna vers moi, semblant tout d'un coup se rendre compte que je n'étais pas qu'un objet inanimé.

— Oh, je vous demande pardon, madame. Nous nous rendons au palais du gouverneur. Vous n'avez donc pas de bonnet ?

— Non.

Il fit la grimace et se replongea dans sa méditation.

Les travaux étaient enfin terminés, pour un résultat des plus exquis. William Tryon, le gouverneur précédent, avait commencé la construction du palais, mais avait été muté à New York avant son achèvement. À présent, l'imposant édifice en brique se dressait dans toute sa splendeur, flanqué de gracieuses ailes, avec de splendides pelouses et d'immenses massifs de lierre. Toutefois, les arbres majestueux qui borderaient un jour son allée n'étaient encore que de jeunes pousses. La voiture s'arrêta devant la maison. Bien entendu, nous n'entrâmes pas par la porte principale et officielle, mais contournâmes la bâtisse, par la porte de service, avant de descendre dans les quartiers des domestiques au sous-sol.

On me fit entrer dans une chambre de bonne, où on me fournit un peigne, une bassine, une aiguière et un bonnet, puis on m'ordonna de me rendre présentable dans les meilleurs délais.

Mon guide, qui s'appelait M. Webb – comme je l'appris en entendant la cuisinière le saluer de façon obséquieuse –, attendit avec une impatience manifeste pendant que je faisais mes ablutions, puis il me prit par le bras et m'entraîna dans un étroit escalier de service jusqu'au premier étage, où une jeune femme de chambre paniquée nous accueillit.

— Ah, vous voici, monsieur ! Enfin !

Elle effectua une petite révérence, puis me regarda, intriguée.

— C'est la sage-femme ?

— Oui, Mme Fraser... Dilman.

Je notai qu'il l'appelait par son nom de famille, comme il était d'usage en Angleterre avec les domestiques. Elle me salua timidement, puis m'indiqua une porte entrouverte.

La chambre était spacieuse et luxueuse, avec un lit à baldaquin, une commode, une armoire et un fauteuil. Toutefois, le décor raffiné était quelque peu flétri par un amoncellement de linge à raccommoder, un vieux panier à ouvrage renversé répandant ses bobines de fil sur le tapis et une caisse de jouets d'enfants. Une énorme masse que je devinai être Mme Martin, l'épouse du gouverneur, occupait le lit.

Dilman s'inclina devant elle et lui chuchota mon nom. Mme Martin était toute ronde, très ronde même, compte tenu de sa grossesse avancée, avec un petit nez pointu et une manière de regarder en plissant ses yeux de myope qui me fit penser à Mme Piquedru, des contes de Beatrix Potter. Du point de vue du caractère, elle lui ressemblait nettement moins. Elle hissa une tête coiffée d'un bonnet froissé hors des couvertures.

— Qui c'est, celle-là ?

Dilman fit une nouvelle révérence.

— La sage-femme, madame. Vous avez bien dormi ?

— Bien sûr que non ! Comment voulez-vous que je dorme avec ce maudit enfant qui me pétrit le foie sans arrêt ? J'ai vomi toute la nuit. Mes draps sont trempés de transpiration, et je grelotte de fièvre. On m'a dit qu'il n'y avait plus une sage-femme dans tout le pays. Où vous l'avez dégottée ? Dans la prison locale ?

Elle m'examina d'un œil dyspeptique. Je déposai mon sac, répondant :

— Vous ne croyez pas si bien dire. Vous en êtes à combien de mois, vous êtes malade depuis combien de temps et quand êtes-vous allée à la selle pour la dernière fois ?

Elle parut alors un peu plus intéressée et fit signe à Dilman de sortir.

— C'est quoi, votre nom, déjà ?

— Fraser. Avez-vous ressenti les premières contractions ? Des crampes ? Un saignement ? Une douleur intermittente dans le dos ?

Elle me dévisagea avec méfiance, mais se résolut à répondre à mes questions. Je finis par pouvoir diagnostiquer un empoisonnement alimentaire aigu, sans doute dû à une tourte aux huîtres consommée la veille, parmi un nombre considérable d'autres mets, dans une crise de gloutonnerie vorace provoquée par sa grossesse.

Elle rentra sa langue que je venais d'inspecter.

— Vous êtes sûre que je n'ai pas de fièvre ?

— Non, en tout cas, pas encore.

Je comprenais ses craintes. Au cours de l'auscultation, j'avais appris qu'une fièvre particulièrement virulente traînait en ville et dans le palais. Le secrétaire du gouverneur en était mort deux jours plus tôt, et Dilman était la seule femme de chambre tenant encore debout.

Je la fis sortir du lit et l'aidai à marcher jusqu'au fauteuil, dans lequel elle s'effondra comme un chou à la crème écrasé. L'endroit sentait le renfermé, alors j'ouvris grande la fenêtre pour laisser entrer la brise.

— Par Dieu, vous voulez m'achever !

Elle serra sa robe de chambre autour de son cou, voûtant les épaules comme si un blizzard s'était engouffré dans la pièce. Scandalisée, elle agita une main vers l'extérieur.

— Vous êtes folle, les miasmes !

En vérité, les moustiques représentaient en effet un risque, mais il restait plusieurs heures avant le coucher du soleil quand ils commenceraient à sévir.

— Je la refermerai dans quelques minutes. Pour l'instant, vous avez besoin d'air et, si possible, d'avaler un aliment léger. Vous sentez-vous capable de manger un morceau de pain grillé ?

Elle réfléchit, passant un bout de langue hésitant sur la commissure de ses lèvres.

— Peut-être, décida-t-elle. Et une tasse de thé. Dilman ! hurla-t-elle à la servante qui se trouvait dans l'autre pièce.

La femme de chambre partie chercher le pain et le thé – depuis combien de temps n'avais-je pas goûté à du vrai thé ? –, je repris mon examen détaillé.

Combien de grossesses précédentes ? Six, mais une ombre traversa son visage, et malgré elle, ses yeux se tournèrent vers une poupée en bois près de la cheminée.

— Vos enfants sont-ils dans le palais ?

Je n'avais vu aucune trace de sa progéniture. Même dans une maison aussi grande, il était difficile de cacher six rejetons.

— Non, nous avons envoyé les filles chez ma sœur, dans le New Jersey, il y a plusieurs semaines.

Quelques questions plus tard, le plateau de thé arriva. Je la laissai grignoter en paix et allai secouer ses draps humides et froissés.

— C'est vrai ? demanda-t-elle brusquement.

— Pardon ?

— On raconte que vous avez assassiné la jeune maîtresse de votre mari et que vous lui avez ouvert le ventre pour prendre son enfant. C'est vrai ?

Fermant les yeux, je pressai ma main contre mon front. Où avait-elle entendu ça ? Quand je me sentis capable de parler, je répondis en la regardant droit dans les yeux.

— Ce n'était pas sa maîtresse, et je ne l'ai pas tuée. Quant au reste... oui, c'est vrai.

Elle me fixa un instant, la bouche ouverte. Puis elle la ferma et croisa les bras sur son ventre.

— Ah, on peut faire confiance à George Webb pour me trouver une sage-femme convenable !

Là-dessus, à ma grande surprise, elle éclata de rire.

— Il n'en sait rien, n'est-ce pas ?

— Il ne m'a rien demandé, rétorquai-je sèchement. Et vous, qui vous l'a raconté ?

— Oh, vous êtes très célèbre, madame Fraser. Tout le monde parle de vous ! George n'a pas le temps de cancaner, mais je suis sûre que même lui en a eu vent. Heureusement, il n'a aucune mémoire des noms. Mais moi, si.

Elle avait retrouvé un peu de couleurs. Elle mordit délicatement dans un autre toast et le mâchonna avant de reprendre :

— Je n'étais pas sûre que ce soit vous. Il me fallait vous le demander.

— Et à présent que vous savez... ?

— Je ne sais rien. Je n'avais encore jamais rencontré une meurtrière.

Elle avala le dernier morceau de toast et s'essuya les mains sur la serviette.

— Je ne suis pas une meurtrière.

— Forcément, vous n'allez pas affirmer le contraire.

Elle saisit sa tasse de thé, m'observant avec intérêt.

— Vous ne ressemblez pas à une dépravée. Cela dit, vous n'avez pas l'air tout à fait respectable non plus.

Elle but du bout des lèvres. Sa mine ravie me rappela que je n'avais rien mangé depuis le bol de porridge sans sel ni beurre que Mme Tolliver avait servi en guise de petit déjeuner.

Mme Martin reposa sa tasse et annonça :

— Je dois réfléchir. (Elle agita une main vers le plateau.) Rapportez ça à la cuisine et demandez qu'on m'envoie de la soupe et peut-être... quelques sandwichs. Je crois bien que mon appétit est revenu.

De manière subite, j'étais passée d'une geôle misérable à un palais et je me sentais comme un marin descendant à terre après de longs mois en mer, titubante et prise de vertiges. Tel un automate, je me rendis docilement à la cuisine, puis remontai dans la chambre de Mme Martin avec un plateau chargé d'un bol de soupe qui dégageait un parfum divin. Le temps qu'elle me congédie, mon cerveau était de nouveau en mesure de fonctionner, sans toutefois avoir recouvré toutes ses capacités.

J'étais à New Bern, et, grâce à Dieu et à Sadie Ferguson, hors de la prison du shérif Tolliver. Fergus et Marsali habitaient en ville. Par conséquent, la logique me dictait de m'enfuir et de tenter de les trouver. Ils pourraient m'aider à rejoindre Jamie. Je m'accrochais à la promesse de Tom Christie qu'il n'était pas mort et à la conviction qu'on pouvait le retrouver, car aucune autre option n'était tolérable.

Toutefois, m'enfuir du palais du gouverneur s'avéra plus difficile que je l'aurais cru. Des gardes étaient postés devant toutes les portes, et ma tentative de filer devant l'un d'eux, mine de rien, échoua lamentablement. M. Webb réapparut et m'escorta dans une mansarde où il m'enferma à clef.

C'était toujours mieux que la prison, mais guère plus. L'atmosphère y était chaude et étouffante. La pièce, qui n'avait pas été occupée depuis longtemps, contenait un lit de camp, un pot de chambre, une bassine, une aiguière et une commode avec quelques vêtements. Une couche de poussière recouvrait toutes les surfaces. L'aiguière était remplie d'eau trouble qui croupissait depuis un certain temps, plusieurs papillons de nuit et autres menus insectes flottant dans la bassine.

Il y avait aussi une petite fenêtre collée par la peinture. À force de tirer dessus, je parvins à l'ouvrir et inspirai de grandes goulées d'air.

Je me déshabillai, ôtai les insectes de l'eau et me lavai, une expérience sublime qui me fit beaucoup de bien après une semaine dans la crasse et la sueur. Malgré quelques hésitations, je pris une chemise en lin dans la commode, ne pouvant me résoudre à renfiler la mienne.

Même sans savon ni shampoing – mes moyens étaient limités – je me sentais nettement plus fraîche. Ayant également trouvé un peigne – mais pas de miroir –, je démêlai mes cheveux mouillés devant la fenêtre, essayant de voir les alentours.

Au-dehors, d'autres gardes étaient postés tout autour de la propriété. Était-ce normal ? Sans doute pas. Ils semblaient nerveux et très alertes. J'en vis un repousser un homme qui s'approchait des grilles, pointant son arme d'un air menaçant. Ce dernier parut surpris et recula, avant de s'éloigner.

Étaient aussi présents des soldats en uniforme. Peut-être des fusiliers marins, mais je ne connaissais pas assez les vêtements militaires pour en être certaine. Ils étaient regroupés autour de six canons, chacun perché sur un monticule devant le palais, dominant la ville et le port.

Deux hommes en civil se trouvaient parmi eux. Je reconnus la silhouette corpulente de M. Webb, accompagné d'un individu plus petit. Ce dernier marchait le long de la ligne de canons, les bras croisés derrière lui, et les fusiliers faisaient le salut militaire sur son passage. Ce devait donc être le gouverneur : Josiah Martin.

Je les observai quelques minutes, mais il ne se passait rien d'intéressant. Les effets du stress accumulé au cours du dernier mois et de la température torride se firent sentir, m'écrasant comme une main géante.

Je m'allongeai sur le lit de camp et m'endormis aussitôt.

Je dormis jusqu'au milieu de la nuit, puis fus réveillée pour me rendre au chevet de Mme Martin, qui semblait souffrir d'une rechute de ses problèmes digestifs. Derrière une porte entrebâillée se tenait un homme grassouillet avec un long nez, la mine inquiète, en chemise et bonnet de nuit, et tenant une chandelle. Je devinai qu'il s'agissait du gouverneur. Il me jeta un regard méchant, mais n'entra pas dans la pièce. Je n'eus pas le temps de me préoccuper de lui et, une fois la crise passée, il avait disparu. Ma patiente endormie, je me couchai sur le tapis, au pied de son lit, un jupon enroulé en guise d'oreiller, et me replongeai dans le sommeil avec bonheur.

À mon réveil, il faisait jour. Le feu était éteint. Mme Martin était sortie de son lit et, d'une voix plaintive, appelait Dilman dans l'escalier de service.

Elle revint tandis que je me relevais.

— Maudite bonne ! ronchonna-t-elle. Elle doit avoir attrapé la fièvre, comme les autres. Ou alors elle s'est enfuie elle aussi.

J'en déduisis que si plusieurs domestiques étaient alités, bon nombre étaient tout simplement partis par peur de la contagion.

Mme Martin s'inspecta dans le miroir, tirant la langue d'un air critique.

— Vous êtes sûre que je n'ai pas la fièvre tierce, madame Fraser ? Je me trouve le teint bien jaune.

De fait, elle avait une carnation de rose anglaise, quoiqu'un peu pâle à force de vomir.

— Évitez les gâteaux à la crème et la tourte aux huîtres par temps chaud, ne mangez rien de plus gros que votre tête par repas, et tout ira bien.

Je refoulai un bâillement. Je surpris mon reflet dans le miroir par-dessus son épaule et tressaillis. J'étais aussi blême qu'elle, avec de gros cernes sous les yeux ; quant à mes cheveux... on pouvait tout juste dire qu'ils étaient presque propres.

— Je devrais être saignée, déclara Mme Martin. C'est ainsi qu'on soigne la pléthore, ce cher Dr Sibelius le répète toujours. Entre quatre-vingts et cent grammes, peut-être, suivis de teinture noire. Le docteur Sibelius dit aussi que la teinture noire traite parfaitement ce genre de choses.

Elle s'affala dans le fauteuil, son ventre rond rebondissant sous son peignoir. Elle retroussa sa manche, étirant son bras languissamment.

— Vous trouverez une lancette et un bol dans le premier tiroir de gauche, madame Fraser.

La seule idée de pratiquer une saignée au saut du lit suffisait à me donner envie de vomir. Quant à la teinture noire du docteur Sibelius, il s'agissait de laudanum, une teinture alcoolique d'opium, certainement pas mon traitement de choix pour une femme enceinte.

Il s'ensuivit une discussion acerbe sur les vertus de la saignée. À la lueur excitée dans son regard, je devinai qu'elle voulait surtout se faire ouvrir une veine par une meurtrière, le frisson suprême. L'apparition de M. Webb, qui entra sans frapper nous interrompit.

Il s'inclina devant Mme Martin.

— Je vous dérange, madame ? Toutes mes excuses.

Puis il se tourna vers moi.

— Vous, mettez votre bonnet et suivez-moi.

Je ne me le fis pas dire deux fois, abandonnant Mme Martin indignée de ne pas avoir été saignée.

Cette fois, Webb me conduisit dans le grand escalier immaculé, puis dans une immense pièce tapissée de livres. À présent coiffé de sa perruque et élégamment vêtu, le gouverneur était assis derrière un bureau croulant sous la paperasserie, les plumes éparses, les buvards, les saupoudreuses de sable, la cire à cacheter, bref tout l'attirail d'un bureaucrate du XVIIIe siècle. Il semblait agacé et presque aussi indigné que sa femme.

— Voyons, Webb ! J'ai besoin d'un secrétaire et vous m'amenez une sage-femme ?

— C'est une faussaire.

Cela tua dans l'œuf la plainte que le gouverneur s'apprêtait à formuler. Il marqua un temps d'arrêt, me scrutant des pieds à la tête.

— Ah. Je vois.

— Accusée de contrefaçon, précisai-je. Je n'ai pas encore été jugée et encore moins condamnée.

Mon accent éduqué le surprit encore plus.

— Je vois, répéta-t-il lentement. Où êtes-vous allé la chercher, Webb ?

Indifférent, celui-ci me regarda comme si j'étais un meuble insignifiant ou un pot de chambre.

— À la prison, monsieur. Quand j'ai interrogé les gens autour de moi en quête d'une sage-femme, on m'a raconté qu'elle avait fait des prodiges avec une esclave qui avait eu du mal à accoucher. Comme c'était urgent et qu'il n'y avait personne d'autre…

Il fit une légère grimace.

— Hmm…

Le gouverneur sortit un mouchoir de sa manche et tamponna son menton moite.

— Vous avez une écriture lisible ?

Dans le cas contraire, j'aurais été une piètre faussaire, mais je me contentai de répondre par l'affirmative.

Heureusement, c'était vrai. À mon époque, j'avais gribouillé mes ordonnances avec un stylo à bille mais, depuis, je m'étais entraînée à écrire à la plume, soignant mon écriture afin que mes archives médicales et mes études de cas puissent être lisibles par celui ou celle qui en aurait besoin après moi. Une fois de plus, j'eus un pincement au cœur en pensant à Malva... Mais pour l'instant, je n'avais guère de temps à consacrer à son souvenir.

Le gouverneur m'indiqua une chaise et un bureau dans un coin de la pièce.

Il se leva, fouilla parmi les papiers devant lui et en déposa un devant moi.

— Faites donc une copie de ce texte pour voir, je vous prie.

C'était une brève lettre adressée au Conseil royal exprimant les préoccupations du gouverneur concernant les menaces récentes pesant sur cet organe et repoussant la date de sa prochaine réunion. Je choisis une plume dans le pot sur le bureau, la taillai à ma convenance, débouchai l'encrier et me mis à la tâche, profondément consciente du regard attentif des deux hommes au-dessus de moi.

J'ignorais combien de jours j'arriverais à maintenir cette imposture – Mme Martin pouvait parler à tout moment –, mais j'avais sans doute plus de chances de m'échapper en tant que faussaire qu'en tant que meurtrière.

Le gouverneur prit ma feuille, l'examina, puis la reposa avec un grognement satisfait.

— Cela ira. Faites-en huit autres copies, puis vous continuerez avec ceci.

Retournant à son bureau, il attrapa une large liasse de correspondance qu'il plaça devant moi.

Les deux hommes – j'ignorais quelle était la position de Webb, mais il semblait être un proche ami du gouverneur – reprirent leur conversation, parlant des affaires courantes comme si je n'existais pas.

Je m'attelai à ma tâche mécanique, trouvant un certain réconfort dans le grattement de la plume et les gestes répétitifs de sabler, sécher, secouer, souffler sur la feuille. Ce rituel n'occupait qu'une petite partie de mon cerveau, laissant le reste libre de s'inquiéter pour Jamie et de réfléchir à mon évasion.

Je pouvais, et devais, tôt ou tard, m'excuser pour aller prendre soin de Mme Martin. Si je parvenais à m'y rendre sans être accompagnée, je pourrais discrètement me glisser vers la sortie la plus proche. Toutefois, jusqu'à présent, toutes les portes que j'avais vues étaient gardées. En outre, pour mon plus grand malheur, le palais était équipé d'une armoire de simples très bien pourvue. Il me serait difficile de prétexter une visite chez un apothicaire. Même dans ce cas, je serais sans doute escortée.

Le mieux serait d'attendre la nuit. Si je réussissais à sortir du palais, je disposerais de quelques heures avant la découverte de mon absence. Toutefois, s'ils m'enfermaient de nouveau à clef...

Je grattai le papier avec application, retournant sous tous les angles des plans toujours insatisfaisants et m'efforçant de ne pas imaginer le corps de Jamie tournant lentement sur lui-même, pendu à un arbre dans un lieu sans nom. Christie m'avait donné sa parole, je ne pouvais que me raccrocher à elle.

Webb et le gouverneur marmonnaient dans leur coin. J'ignorais de quoi ils parlaient, et le bruit de leurs voix n'était qu'un lointain grondement, apaisant comme le roulement des vagues. Au bout de plusieurs minutes, Webb vint m'indiquer quelles lettres cacheter et me dicter les adresses. Je faillis lui demander pourquoi il ne mettait pas la main à la pâte lui aussi, puisqu'il y avait urgence, mais je vis ses mains tordues par l'arthrite.

Il se décoinça un instant, juste assez pour esquisser un petit sourire et me dire :

— Vous avez une fort belle écriture, madame Fraser. Quel dommage que vous soyez la faussaire et non la meurtrière.

— Pourquoi ?

Il parut étonné par ma surprise.

— Mais... parce qu'il est clair que vous avez reçu une bonne éducation. Si vous étiez condamnée pour meurtre, vous pourriez invoquer les privilèges du clergé et vous en sortir avec une flagellation en place publique et une marque au fer rouge sur le visage. La contrefaçon, en revanche... (il fit une grimace navrée) c'est la peine capitale, aucune grâce n'est possible. Si vous êtes condamnée, madame Fraser, j'ai bien peur que ce ne soit la corde.

Ma gratitude envers Sadie Ferguson connut une brusque réévaluation.

Je m'efforçai de demeurer le plus calme possible.

— Alors, il ne reste plus qu'à espérer que justice soit faite, afin que je sois libérée.

Il émit un petit rire.

— Assurément. Ne serait-ce que pour la réputation du gouverneur.

Nous reprîmes le travail en silence. La pendule dorée derrière moi sonna midi et, comme invoqué par le son, un domestique apparut – ce devait être le majordome –, pour demander au gouverneur s'il acceptait de recevoir une délégation des habitants de la ville.

Le gouverneur fit une moue de lassitude, puis acquiesça avec résignation. Un groupe de sept hommes entra, tous sur leur trente et un, visiblement de petits commerçants plutôt que de grands marchands et des notables. Dieu merci, je n'en connaissais aucun. L'un d'eux se présenta sous le nom de George Herbert et déclara :

— Monsieur, nous sommes venus vous demander la signification de ce mouvement de canons.

Assis près de moi, Webb se raidit, mais le gouverneur semblait s'y être préparé. Il prit un air innocent :

— Les canons ? Mais... nous réparons leurs socles. Nous tirerons une salve d'honneur, comme d'habitude, un peu plus tard ce mois-ci pour célébrer l'anniversaire de la reine. Lors de la dernière inspection, nous avons découvert que le bois des caissons était pourri par endroits. Naturellement, il est impossible de tirer au canon tant que les réparations n'auront pas été effectuées. Souhaitez-vous inspecter les socles vous-mêmes, messieurs ?

Il fit mine de se lever pour les escorter en personne, mais sa courtoisie était si fortement teintée d'ironie que les hommes rougirent et marmonnèrent un refus.

Il y eut encore quelques échanges aimables de pure forme, puis la délégation se retira, ses membres à peine moins suspicieux qu'à leur arrivée. Quand la porte se referma derrière eux, Webb ferma les yeux avec un long soupir.

— Bande de bâtards ! murmura le gouverneur.

Je fis semblant de ne pas avoir entendu, plongeant le nez dans mon travail.

Webb s'approcha de la fenêtre qui donnait sur la pelouse, sans doute pour s'assurer que les canons étaient toujours là où ils étaient censés être. En étirant le cou, je pouvais les voir. Effectivement, les six canons avaient été ôtés de leurs socles et gisaient dans l'herbe, tels d'inoffensifs troncs de bronze.

De la conversation qui s'ensuivit, pimentée de commentaires plutôt crus sur ces chiens de rebelles qui avaient l'audace d'interroger le gouverneur royal comme un vulgaire larbin, je déduisis qu'on avait déplacé les canons par peur que les habitants de la ville ne s'en emparent et ne les retournent contre le palais.

En les écoutant, je me rendis compte que les événements étaient allés plus loin et plus vite que je ne l'avais cru. Nous n'étions qu'à la mi-juillet 1775, presque un an avant qu'une version plus longue et plus énergique de la déclaration de Mecklenberg ne se transforme en une déclaration d'indépendance officielle des colonies unies. Pourtant, le gouverneur royal se préparait déjà à un conflit ouvert.

Si ce que j'avais vu tout au long de notre voyage depuis Fraser's Ridge ne m'avait pas encore convaincue du début de la guerre, une journée avec le gouverneur suffisait à m'enlever tout doute.

Dans l'après-midi, je montai voir ma patiente, accompagnée, hélas, de Webb. Mme Martin était apathique et déprimée, se plaignant de la chaleur, du climat impossible, du fait qu'elle s'ennuyait de ses filles et du manque déplorable de personnel de maison, ayant été obligée de se brosser elle-même les cheveux en l'absence de Dilman. Toutefois, elle était en bonne santé, ce que je rapportai au gouverneur à mon retour dans son bureau.

— Pensez-vous qu'elle est en état de voyager ? m'interrogea-t-il.

Je réfléchis un instant, puis acquiesçai.

— Je pense que oui. Elle est encore un peu malade en raison de ses troubles digestifs, mais, dès demain, elle devrait être rétablie. Sa grossesse se déroule normalement. A-t-elle déjà éprouvé des difficultés à rester enfermée dans un espace clos ?

Le gouverneur rosit, puis fit non de la tête. Ensuite, il s'inclina.

— Je vous remercie, madame Fraser. George ? Si vous vous voulez bien m'excuser, je dois aller discuter un instant avec Betsy.

Quand il fut sorti, je demandai à Webb :

— Il envisage d'envoyer sa femme quelque part ?

Pour une fois, Webb me parut presque humain. Il fixait la porte qui venait de se refermer sur le gouverneur.

— Oui, il a de la famille à New York et dans le New Jersey. Elle sera en sécurité, là-bas, avec les enfants. Ils ont trois filles.

— Trois ? Je croyais qu'elle en avait eu six… Ah.

Je me tus brusquement. Elle m'avait dit avoir accouché six fois, non pas qu'elle avait six enfants en vie.

— Depuis qu'ils sont ici, la fièvre a emporté leurs trois petits garçons.

Il soupira avant d'ajouter :

— Cette colonie ne leur a pas vraiment réussi.

Puis il se ressaisit, et l'homme s'effaça de nouveau derrière le masque du bureaucrate. Il me tendit une nouvelle liasse de documents, puis sortit sans un mot.

41

Dans mon rôle de lady

Je dînai seule dans ma chambre. La cuisinière tenait encore debout, même si une atmosphère de désordre était tangible dans la maison. Je pouvais sentir le malaise ambiant, frôlant la panique, et il me vint à l'esprit que ce n'était pas la peur de la fièvre qui avait provoqué le départ des domestiques, mais plus probablement l'instinct de conservation qui pousse les rats à fuir un navire avant le naufrage.

Depuis ma minuscule fenêtre, je voyais un bout de la ville, apparemment sereine dans le crépuscule. Ici, la lumière était très différente de celle de la montagne : blanche et plate, elle dessinait les maisons et les bateaux de pêche avec une clarté saisissante, mais se fondait en une brume qui masquait complètement l'autre rive, si bien qu'au-delà de mon avenir proche je ne distinguais qu'une infinité floue.

Je chassai cette métaphore de mon esprit et sortis de ma poche l'encrier, la plume et les feuilles de papier que j'avais subtilisés dans la bibliothèque un peu plus tôt. Je ne savais pas comment ni quand je parviendrais à faire partir un message du palais, mais il me restait un peu d'argent, et je voulais être prête dès que l'occasion se présenterait.

J'écrivis rapidement à Fergus et Marsali, leur racontant ce qui était arrivé et demandant à Fergus de se renseigner à Brunswick et Wilmington. Si Jamie était encore en vie, il devait se trouver dans la prison de Wilmington. Brunswick n'était qu'un petit village dominé par le fort Johnston, une imposante bâtisse fortifiée en rondins de bois, et celle-ci étant une garnison de miliciens, ils n'avaient aucune raison d'y avoir conduit Jamie. Toutefois, si c'était le cas, le fort était sous le commandement du capitaine Collet, un émigrant suisse qui le connaissait. Il y serait en sécurité.

Qui d'autre connaissait-il ? Il avait de nombreuses relations sur la côte, des hommes rencontrés lors de la Régulation. John Ashe, notamment. Avec sa compagnie, il avait marché à nos côtés sur Alamance, avait campé près de nous, et nous l'avions souvent accueilli autour de notre feu. Or, Ashe était de Wilmington.

Je venais juste de finir une brève supplique à John Ashe quand des pas retentirent dans le couloir. Je repliai la lettre en hâte sans la sécher et la fourrai avec l'autre missive dans ma poche. J'eus à peine le temps de pousser l'encrier et le papier volés sous le lit.

C'était Webb, mon geôlier habituel, qui venait me chercher pour m'escorter chez Mme Martin afin de faire ses bagages. Visiblement, j'étais devenue la bonne du palais.

Je m'étais attendue à des lamentations ou à une crise de nerfs, mais je la trouvai habillée et l'allure composée, donnant des ordres et mettant même la main à la pâte avec un esprit clair et ordonné.

La raison de sa maîtrise d'elle-même était le gouverneur, qui entra quelques instants plus tard, les traits tirés par l'inquiétude. Elle posa les mains sur ses épaules, le regardant avec affection.

— Mon pauvre Jo. Tu as dîné ?

— Non, mais peu importe. Je grignoterai plus tard.

Il déposa un baiser sur son front.

— Tu as l'air d'aller mieux, Betsy. Tu es sûre que ça va ?

Je compris soudain qu'il était irlandais, ou du moins anglo-irlandais. Il n'avait aucun accent, mais, dans l'intimité, son intonation plus traînante le trahissait.

— Je suis tout à fait remise, lui assura-t-elle.

Elle prit sa main et la posa sur son ventre en souriant.

— Tu sens comme il bouge ?

Il sourit à son tour et porta sa main à ses lèvres, la baisant.

— Tu vas me manquer, mon chéri, dit-elle. Tu me promets d'être très prudent ?

— Bien sûr. Ma chère Betsy, tu sais que je ne supporte pas d'être séparé de toi, mais la situation...

— Oui, je sais. C'est pourquoi j'ai si peur pour toi. Je...

Elle se rappela soudain ma présence et changea de ton.

— Madame Fraser, descendez à la cuisine, je vous prie, et faites préparer un plateau pour le gouverneur. Vous le monterez dans la bibliothèque.

Je m'inclinai et sortis. Était-ce l'occasion que j'attendais ?

Les couloirs et l'escalier étaient déserts, éclairés uniquement par la lueur vacillante des appliques en laiton. À l'odeur, elles brûlaient à l'huile de poisson. La cuisine se trouvait au sous-sol. Le silence sinistre qui régnait dans ce qui aurait dû être une ruche grouillante d'activités donnait l'impression de descendre dans un cachot.

La seule lumière de la cuisine était celle de l'âtre devant lequel trois domestiques étaient blottis en dépit de la chaleur. Ils se retournèrent en m'entendant entrer, leurs visages dans l'ombre. Avec la vapeur qui s'élevait du chaudron derrière eux, je crus un instant me trouver devant les trois sorcières de *Macbeth*, réunies pour prononcer leur terrible prophétie. Je m'efforçai de calmer les battements de mon cœur et récitai sur un ton plaisant :

— « Double, double peine et tourment, chaudron bouille à feu brûlant. »

— Peine et tourment, ça, c'est sûr ! dit une voix féminine.

Elle éclata de rire. En m'approchant, je constatai qu'il s'agissait de trois femmes noires. Des esclaves, sans doute, et donc dans l'impossibilité de fuir de la maison.

... Mais aussi de transmettre un message pour moi. Cependant, je n'avais aucune raison de ne pas être amicale.

Je leur souris, et elles me sourirent en retour, m'observant avec curiosité. Nous ne nous étions jamais croisées. Toutefois, connaissant les bavardages d'usage dans les quartiers des domestiques, je me doutais qu'elles savaient qui j'étais.

Une fois que j'eus expliqué ce qui m'amenait, celle qui avait ri descendit un plateau d'une étagère en demandant :

— Le gouverneur envoie sa dame au loin ?

— Oui.

Les commérages ayant valeur de monnaie d'échange, je leur racontai tout ce que je savais pendant qu'elles s'affairaient, telles des ombres dans la pénombre, hachant, coupant, étalant, disposant.

Molly, la cuisinière, hocha la tête d'un air navré.

— Triste époque ! Triste époque !

Les deux autres murmurèrent leur assentiment. À leur comportement, elles paraissaient apprécier le gouverneur. D'un autre côté, en tant qu'esclaves, elles savaient que leur sort était inextricablement lié au sien, qu'elles l'aiment ou pas.

Tandis que je discutais avec elles, il me vint à l'esprit que, si elles ne pouvaient pas s'enfuir, elles sortaient sans doute de temps en temps, ne serait-ce que pour faire le marché, puisqu'il ne restait presque plus personne d'autre. J'avais vu juste. Sukie, celle qui avait ri, allait acheter du poisson et des légumes frais tous les matins. Quand je lui présentai ma requête avec tact, elle sembla disposée à déposer mes messages chez l'imprimeur – elle savait où il se trouvait, la boutique avec plein de livres dans la vitrine – en échange d'une petite compensation.

Elle glissa les lettres et l'argent dans son corsage avec un regard entendu. Dieu seul savait ce qu'elle s'imaginait, mais je lui répondis par un clin d'œil, pris le plateau chargé et remontai vers le royaume de la lumière en empestant le poisson.

Le gouverneur était seul dans la bibliothèque, brûlant des documents dans la cheminée. Quand je déposai son dîner sur son bureau, il hocha la tête, l'esprit absent, mais n'y toucha pas. Ne sachant trop quoi faire, je restai plantée là un moment, puis m'assis à ma place habituelle.

Il jeta une dernière liasse dans les flammes, puis regarda les feuilles se racornir et noircir. Avec le coucher du soleil, la pièce s'était un peu rafraîchie. Les fenêtres étaient fermées et des rigoles de condensation coulaient sur les vitres. Essuyant mon front et mon nez moites, je me levai et ouvris celle qui se trouvait derrière moi, puis inspirai l'air du soir, chaud mais propre et chargé des parfums du chèvrefeuille et des roses du jardin.

On sentait aussi une odeur de fumée de bois. Les soldats qui gardaient le palais avaient allumé, à intervalles réguliers tout autour du parc, des feux qui tenaient les moustiques à distance, mais leur permettraient également de ne pas être pris par surprise en cas d'attaque.

Le gouverneur vint se placer derrière moi. Je crus qu'il allait m'enjoindre de fermer la fenêtre, mais il demeura là à contempler les pelouses et la longue allée de gravier. La lune s'était levée, et les canons descendus de leurs socles formaient des ombres à peine visibles dans le noir, tels des cadavres alignés.

Peu après, il retourna à son bureau, m'appela et me tendit une liasse de courrier officiel à copier, une autre à trier et à classer. Il laissa la fenêtre ouverte, voulant sans doute entendre s'il se passait quelque chose.

Je me demandai où se trouvait l'omniprésent Webb. On n'entendait plus aucun bruit dans le palais. Mme Martin avait dû finir de remplir ses malles et se coucher.

Nous travaillâmes, chacun dans son coin, au rythme des sonneries de la pendule, le gouverneur se levant de temps en temps pour brûler d'autres papiers, prendre mes copies et les ranger dans de grands classeurs en cuir qu'il empilait sur son bureau. Il avait ôté sa perruque. Ses cheveux étaient châtains, courts et frisés, un peu comme les miens après ma fièvre. Il s'immobilisait parfois et tournait la tête, tendant l'oreille.

Ayant moi-même fait face à une foule en colère, je comprenais ce qu'il guettait. À ce stade, je ne savais plus ce que je devais espérer ou craindre. Je m'abandonnai donc à l'engourdissement bienvenu du travail, même si je commençais à avoir des crampes dans les mains et devais m'arrêter souvent pour les masser.

Le gouverneur s'était mis à écrire. Il paraissait fatigué et se tortillait parfois en grimaçant en dépit du coussin. Mme Martin m'avait confié qu'il souffrait d'une fistule anale, mais je doutais qu'il me laisse le soigner. Je le surpris plusieurs fois jetant un coup d'œil vers la porte entrebâillée. Attendait-il quelqu'un ?

La fenêtre derrière moi était toujours ouverte, et un léger courant d'air me caressa le dos, chaud mais assez vigoureux pour soulever les cheveux sur ma nuque et faire vaciller la flamme des bougies. Celle du gouverneur se coucha, et il la protégea en l'abritant derrière sa main. Puis la brise s'arrêta, et l'on n'entendit plus rien que les stridulations des grillons au-dehors et le grattement de nos plumes. Le gouverneur semblait concentré sur la feuille devant lui, mais il tourna de nouveau la tête vers la porte, comme s'il venait d'apercevoir une ombre filer dans le couloir.

Il resta figé un instant, puis se frotta les yeux et se replongea dans son travail. Quelques minutes plus tard, il recommença. Cette attitude étant contagieuse, je me mis à surveiller la porte moi aussi.

— Vous... vous avez vu passer quelqu'un, madame Fraser ?

— Non, monsieur.

Je réprimai avec dignité un nouveau bâillement.

— Ah.

Déçu, il reprit sa plume, mais ne se remit pas à écrire. Il la fit tourner entre deux doigts, l'air ailleurs.

— Vous attendez quelqu'un, Votre Excellence ?

Il sursauta.

— Ah. Euh... non. C'est juste...

Nouveau regard vers la porte.

— C'est mon fils, poursuivit-il. Notre cher petit Sam. Il est mort ici, vous savez. À la fin de l'année dernière. Il n'avait que huit ans. Parfois... parfois, j'ai l'impression de le voir.

Sa voix mourut dans un souffle. Il replongea le nez dans ses papiers, pinçant les lèvres.

— Je suis désolée, ajoutai-je doucement.

Il ne dit rien, mais acquiesça d'un bref mouvement de tête, sans la relever, et nous reprîmes chacun notre travail.

Un peu plus tard, la pendule sonna une heure ; puis deux. Son carillon était doux et gai. Le gouverneur s'interrompit pour l'écouter, le regard lointain, puis il s'extirpa de sa torpeur.

— Il est si tard ! Je vous ai fait beaucoup trop veiller, madame Fraser. Je m'en excuse.

Il me fit signe d'abandonner les papiers que j'étais en train de recopier et je me levai, raide et endolorie d'être demeurée assise si longtemps.

Je secouai mes jupes et les lissai, puis me dirigeai vers la porte. Sur le seuil, je vis qu'il était resté derrière son bureau.

— Vous devriez aller dormir, vous savez.

Le palais était silencieux. Même les grillons au-dehors s'étaient endormis. On entendait tout juste le ronflement sourd d'un garde, somnolant dans le couloir.

Le gouverneur esquissa un sourire las.

— Oui, bientôt.

Il se tortilla un peu sur son siège, puis reprit sa plume et se remit à gratter le papier.

Le lendemain matin, personne ne vint me réveiller et le soleil était déjà levé depuis belle lurette quand je m'étirai dans mon lit. En écoutant le silence, je paniquai une seconde à l'idée que tout le monde était parti pendant la nuit, me laissant seule enfermée. Je me redressai à toute vitesse pour regarder par la fenêtre. Les soldats étaient toujours à leur poste dans le parc. De l'autre côté des grilles, j'apercevais des gens qui vaquaient normalement à leurs occupations, certains s'arrêtant pour contempler le palais.

Puis j'entendis des bruits familiers à l'étage inférieur et en fus soulagée. On ne m'avait pas abandonnée. Toutefois, le temps que le majordome vienne m'ouvrir, j'étais morte de faim.

Il me conduisit dans la chambre de Mme Martin qui, à ma grande surprise, était vide. Il me quitta, puis, quelques minutes plus tard, Merilee, une des esclaves de la cuisine, entra, apeurée de se trouver dans une partie de la maison qu'elle ne connaissait pas.

— Que se passe-t-il ? lui demandai-je. Vous savez où est Mme Martin ?

— Elle est partie juste avant l'aube, ce matin. C'est M. Webb qui l'a emmenée en secret dans une carriole avec ses malles.

Je comprenais pourquoi elle était partie de façon si discrète. Le gouverneur ne tenait pas à montrer qu'il se sentait menacé, par peur de provoquer précisément la violence qu'il redoutait tant.

— Mais si Mme Martin n'est plus là, qu'est-ce que je fais ici ? Et vous ?

Merilee parut prendre un peu plus d'assurance.

— Je suis censée vous aider à vous habiller.

— Mais je n'ai pas besoin…

Puis je vis les vêtements étalés sur le lit : une des tenues de jour de Mme Martin, une jolie robe en coton fleurie façonnée à la dernière mode, « à la polonaise », accompagnée de jupons volumineux, de bas de soie et d'une grande capeline en paille pour cacher le visage.

De toute évidence, j'étais supposée incarner l'épouse du gouverneur. Je l'entendais discuter avec le major-dome dans le couloir. Après tout, si cela pouvait me faire sortir du palais, c'était toujours bon à prendre.

Je mesurais une dizaine de centimètres de plus que Mme Martin, mais, comme je n'avais pas son ventre rond, sa robe tombait plus bas. Il m'était impossible d'entrer dans ses souliers, toutefois, en dépit de mes nombreuses mésaventures, les miens pouvaient encore convenir. Merilee les nettoya et les frotta avec un peu de graisse pour les faire briller.

Mon grand chapeau incliné sur le devant pour cacher mon visage, mes cheveux relevés et épinglés sous un bonnet, je passerais dans doute pour Mme Martin aux yeux des gens qui l'avaient vue uniquement de loin. Quand il m'aperçut, le gouverneur tourna autour de moi, tira ici et là sur la robe pour l'ajuster, puis, après avec une légère courbette, m'offrit son bras.

— Votre serviteur, madame.

Voûtant un peu le dos afin de paraître plus petite, je sortis ainsi par la grande porte au bras de Son Excellence, pour découvrir sa voiture qui nous attendait dans l'allée.

42

Escamotage

Jamie Fraser contempla la vitrine remplie d'ouvrages de qualité et s'autorisa un moment de fierté. La boutique de *F. Fraser*, propriétaire était petite, mais clairement prospère. Toutefois, le temps pressait et il poussa la porte sans s'attarder pour lire les titres. Une clochette tintinnabula et la tête de Germain jaillit de derrière le comptoir tel un diable à ressort. Il poussa un cri de joie en apercevant son grand-père et son oncle.

— *Grand-père ! Grand-père !*

Il plongea sous le rabat du comptoir et se jeta dans les jambes de Jamie, lui enlaçant la taille. Il avait grandi, le sommet de son crâne atteignait désormais le nombril de son grand-père. Jamie ébouriffa ses cheveux blonds, puis l'écarta pour lui demander d'aller chercher son père.

Il n'en eut pas besoin. En entendant les cris, toute la famille se précipita depuis l'appartement situé derrière la boutique dans un concert tonitruant d'exclamations et de débordements dignes d'une meute de loups, comme le fit observer Ian en faisant sauter sur ses épaules Henri-Christian qui s'accrochait triomphalement à ses cheveux.

Fergus parvint à extirper Jamie de la mêlée et l'attira à l'écart dans une alcôve où étaient rangés les livres rares et les ouvrages réservés à un public averti.

— Que s'est-il passé, milord ? Pourquoi êtes-vous ici ?

À son expression où la joie était teintée d'inquiétude, Jamie devina que quelques nouvelles lui étaient déjà parvenues depuis les montagnes. Il lui résuma rapidement la situation, mais la fatigue et la précipitation le faisaient trébucher sur les mots. Une de leurs montures avait déclaré forfait à une soixantaine de kilomètres de la ville, et ils avaient marché pendant deux nuits et un jour, se relayant sur la selle du cheval encore valide, l'un se reposait pendant que l'autre trottait à ses côtés, s'accrochant aux lanières d'un étrier.

Fergus écouta avec attention, s'essuyant les lèvres sur sa serviette. Ils étaient arrivés en plein dîner.

— Le shérif ? Il doit s'agir de M. Tolliver. Je le connais. Voulez-vous qu'on...

Jamie l'interrompit d'un geste.

— Nous sommes déjà passés chez lui.

Ils n'avaient pas trouvé le shérif, mais une femme au visage d'échassier contrarié, ronflant, ivre morte sur un banc avec un bébé noir.

Il avait collé le nourrisson dans les bras de Ian, puis traîné la femme dans la cour où il lui avait jeté des seaux d'eau à la figure jusqu'à ce qu'elle se réveille en sursaut, hoquetant et crachant. Il l'avait ensuite reconduite dégoulinante et titubante dans la maison et l'avait contrainte à boire un reste froid de chicorée déniché dans un pot. Après avoir rendu profusément ses tripes, elle avait plus ou moins retrouvé l'usage de la parole.

— Elle m'a d'abord dit que toutes les prisonnières s'étaient enfuies ou avaient été pendues.

Il omit de décrire la panique qui s'était emparée de lui quand il avait entendu ces mots. Toutefois, après avoir dûment secoué la geôlière et l'avoir encore gavée d'eau et de mauvais café, il était parvenu à lui arracher plus de détails.

— Un homme est venu la chercher avant-hier. C'est tout ce qu'elle savait, ou dont elle se souvenait. Je lui ai demandé de me le décrire. Il ne s'agissait ni de Brown ni de Neil Forbes.

La famille de Fergus se bousculait autour de Ian, le harcelant et le caressant. Marsali regardait vers l'alcôve, la mine inquiète, mourant d'envie de les rejoindre, mais empêchée par Joan, qui tirait sur sa jupe.

— Joanie, *a chuisle*, lâche-moi un instant, veux-tu ? Reste avec Félicité, d'accord ?

— Mais, maman…

— Pas maintenant, tout à l'heure, d'accord ?

— Qui cela peut-il être ? interrogea Fergus.

— Je n'en ai pas la moindre idée, répondit Jamie.

La frustration s'accumulait comme une bile noire dans le fond de sa gorge. Une pensée horrible le traversa soudain.

— Mon Dieu, si c'était Stephen Bonnet ?

Forbes avait peut-être appris son évasion et décidé d'inverser les rôles, déportant Claire en Angleterre et essayant de coller le meurtre de Malva sur son dos. Il avait du mal à respirer. Si Forbes avait livré Claire à Bonnet, il lui ouvrirait le ventre du cou jusqu'au bas-ventre et l'étranglerait avec ses propres viscères. Même chose pour l'Irlandais dès qu'il lui mettrait la main dessus.

— Papa, papaaaaa….

La voix fluette de Joan transperça la brume rouge qui remplissait son crâne.

— Quoi, *ma chérie* ?

Fergus souleva sa fille et la cala contre sa hanche, soutenant son petit derrière dodu avec son bras gauche pour garder libre sa main droite. Elle plaça ses bras autour de son cou et lui chuchota à l'oreille.

— Vraiment ? C'est *très bien*. Où les as-tu mises ?

— Entre les albums avec des dames cochonnes.

Elle pointa un index vers l'étagère du haut, où se trouvaient plusieurs volumes reliés de cuir, mais sans titres au dos. Entre les livres, Jamie aperçut une lettre sale.

Fergus fit les gros yeux et donna une tape sur les fesses de sa fille.

— Combien de fois je t'ai dit de ne pas grimper là-haut ?

Jamie tira sur le papier et sentit ses jambes mollir en reconnaissant l'écriture.

En moins de deux, Fergus reposa Joan.

— Milord ? Asseyez-vous ! *Ma chérie*, cours chercher le flacon de sel, vite !

Incapable de parler, Jamie agita une main pour lui signifier que ce n'était pas nécessaire, puis finit par recouvrer sa voix.

— Elle est dans le palais du gouverneur. Dieu soit loué, elle est saine et sauve !

Il ramena un tabouret à lui et s'assit, sentant l'épuisement et l'émotion prendre le dessus sur sa volonté, entendant vaguement les explications de Joan. Elle avait trouvé le message sur le paillasson. Le plus souvent, on glissait les lettres anonymes destinées au journal sous la porte, et les enfants savaient qu'ils devaient les apporter à leur père...

Fergus lut la lettre à son tour.

— C'est très bien. Nous irons la chercher, mais, d'abord, vous devez manger, milord.

Il voulait refuser, arguant qu'il n'y avait pas une minute à perdre, qu'il ne pourrait rien avaler de toute façon, mais Marsali envoyait déjà les petites à la cuisine, leur demandant de préparer du café chaud et de faire griller du pain. Ian la suivit, Henri-Christian toujours accroché à son cou, Germain trottinant gaiement sur ses talons. Jamie se retrouva sans personne à contredire. Puis l'odeur succulente des œufs frits dans le beurre vint lui chatouiller les narines, et il se leva, attiré vers la cuisine comme la limaille de fer vers un aimant.

Au cours de leur repas, ils avancèrent et rejetèrent plusieurs plans. Finalement, Jamie accepta à contre-cœur la suggestion de Fergus : il proposait que lui ou Ian se présente directement au palais comme un parent de Claire et demande à la voir pour s'assurer de sa santé.

— Après tout, ils n'ont aucune raison de cacher sa présence, expliqua-t-il. Si nous pouvons la rencontrer, tant mieux. Sinon, nous saurons si elle est toujours là et, peut-être, dans quelle partie du palais elle est enfermée.

Fergus tenait à y aller, mais il dut y renoncer quand Ian lui fit valoir qu'il était déjà bien connu à New Bern. On risquait de penser qu'il cherchait juste à glaner une matière à scandale pour son journal.

Fergus prit un air contrit.

— C'est vrai, cela m'arrache le cœur de le dire, milord, mais l'affaire... le crime... est déjà connu en ville. Ils ont collé des placards. *L'Oignon* a été obligé de publier un article sur le sujet, autrement cela aurait paru suspect, mais nous l'avons écrit avec la plus grande retenue, ne mentionnant que les faits nus.

Jamie ne put s'empêcher de sourire en le voyant pincer les lèvres, illustrant le caractère retenu de son article.

Il se leva, au plus haut point ragaillardi par la nourriture, le café et le fait de savoir où se trouvait Claire, et déclara à son neveu :

— Va te donner un coup de peigne, Ian. Tu ne voudrais pas que le gouverneur te prenne pour un sauvage ?

Jamie insista pour accompagner Ian en dépit du danger d'être reconnu. Son neveu le dévisagea avec suspicion.

— Tu ne vas pas encore tenter une folie, mon oncle ?

— Pourquoi, j'ai l'habitude d'en faire ?

Avec un soupir, Ian ouvrit la main et, fléchissant les doigts un à un, énuméra :

— Voyons voir… Simms l'imprimeur ? Badigeonner Forbes au goudron ? Roger Mac m'a raconté ce que tu as fait à Mecklenberg. Et puis…

— Tu les aurais laissés tuer ce pauvre Fogarty ? Et puisqu'on parle de folies, qui s'est encore fait piquer les fesses après s'être vautré dans le stupre avec une… ?

— Tout ce que je demande, c'est que tu ne fonces pas tout droit dans le palais du gouverneur et que tu ne tentes pas de la reprendre par la force, quoi qu'il arrive. Tu attendras caché sous ton chapeau jusqu'à ce que je vienne ; ensuite, on verra. D'accord ?

Jamie tira sur le bord du vieux feutre mou de porcher sous lequel il avait remonté ses cheveux.

— Qu'est-ce qui te fait penser que je ne t'attendrai pas ?

— L'expression sur ton visage. Je veux la récupérer autant que toi, mon oncle… enfin, peut-être pas autant, mais j'ai la ferme intention de la libérer. Toi (il tapa de l'index sur la poitrine de son oncle), tu m'attends bien sagement.

Abandonnant Jamie sous un orme ramolli par la chaleur, il s'éloigna d'un pas décidé vers les grilles du palais.

Nerveux, Jamie tapotait le sol du bout du pied, essayant d'entretenir son agacement afin de refouler l'angoisse qui lui enserrait la poitrine comme un serpent. Son énervement ayant été purement fabriqué, il s'évapora aussitôt, l'anxiété reprenant le dessus, rampant et sifflant autour de lui.

Ian avait atteint la grille et palabrait avec le garde qui pointait son mousqueton vers lui, le maintenant à distance. Jamie voyait le soldat faire non de la tête.

C'était absurde. Son besoin d'elle était physique, comme la soif d'un marin en mer depuis trop longtemps.

Au cours de leurs années de séparation, il avait déjà ressenti ce désir. Souvent même. Mais pourquoi à présent ? Elle était en sécurité. Il savait où elle se trouvait. Était-ce seulement l'épuisement de ces dernières semaines ? Ou l'affaiblissement dû à l'âge qui rendait tous ses os douloureux comme si elle avait été arrachée à son corps ? Dieu n'avait-il pas modelé Ève avec une côte d'Adam ?

Ian insistait, discutant ferme, effectuant de grands gestes avec les bras. Un bruit de roues sur le gravier détourna l'attention de Jamie. Une voiture descendait l'allée, une berline avec deux passagers et un cocher, tirée par un bel attelage bai.

Le garde repoussa Ian du bout de son mousqueton, lui signifiant de reculer pendant que son collègue ouvrait le portail.

La voiture le franchit sans ralentir, tourna dans la rue et passa devant lui. Jamie n'avait jamais vu Josiah Martin, mais le reconnut en la personne du gentleman rondelet à l'air suffisant. Puis, il entraperçut à peine la femme à ses côtés, et son cœur se referma comme un poing. Sans réfléchir, il s'élança derrière le véhicule, courant à toutes jambes.

Dans sa jeunesse, il aurait battu un attelage de vitesse. Même à son âge, il arriva à quelques mètres de la voiture ; il aurait crié son nom, mais n'avait plus de souffle. Puis son pied buta contre un pavé, et il s'étala de tout son long.

Il resta étendu, haletant, les poumons en feu, n'entendant plus que le claquement des sabots des chevaux qui s'éloignaient, jusqu'à ce qu'une main puissante lui agrippe le bras et le hisse sur ses pieds.

— « On évitera de se faire remarquer », qu'il disait ! Pour ce qui est de passer inaperçus, bravo ! Tu sais que tu as perdu ton chapeau ? Non, bien sûr que non ! Et pas davantage que toute la rue nous observe, espèce de tête de mule ! Bon sang, tu pèses plus qu'un bouvillon de trois ans !

— Ian ?

— Quoi ?

— Tais-toi ! On dirait ta mère. Et lâche mon bras, je peux marcher tout seul.

Ian émit un son qui rappelait encore plus Jenny, mais il le libéra. Jamie ramassa son chapeau et reprit en boitillant le chemin de l'imprimerie, Ian le suivant en silence sous le regard de tous les passants.

Une fois sortis du palais sans encombre, nous parcourûmes au petit trot les rues de New Bern, ne suscitant chez les citadins qu'un intérêt mitigé. Certains agitèrent la main ; d'autres lancèrent des slogans vaguement hostiles ; la plupart nous regardèrent simplement passer. À la lisière de la ville, le cocher bifurqua sur la grand-rue, apparemment pour une promenade dans la campagne, une illusion renforcée par la grande panière à pique-nique accrochée à l'arrière.

Une fois les embouteillages des faubourgs passés, avançant au pas parmi les grosses carrioles, les bestiaux et les voitures à bras, le cocher fit claquer son fouet, et nous repartîmes à vive allure, bringuebalant sur la route.

Au départ, j'avais cru que nous faisions seulement diversion, personne ne devant se douter du départ de Mme Martin avant sa sortie de la colonie. Visiblement, nous ne nous rendions pas à un simple repas à la campagne. Retenant d'une main mon chapeau sur ma tête, je criai pour me faire entendre par-dessus le raffut de l'attelage :

— Où allons-nous ?

— À Brunswick ! hurla le gouverneur en retour.

— Où ?

— Brunswick ! répéta-t-il.

Il paraissait sombre, et son visage se rembrunit encore quand il lança un regard vers New Bern derrière nous et marmonna :

— Qu'ils aillent tous rôtir en enfer !

Puis il se tourna et s'installa plus confortablement, un peu penché en avant comme pour encourager les chevaux à galoper plus vite. Il ne prononça plus un mot durant tout le voyage.

43

Le *Cruizer*

Je me réveillais tous les matins juste avant l'aube. Épuisée par l'inquiétude et le travail jusqu'à tard dans la nuit, je dormais comme un loir, en dépit des pas sur le pont, de la cloche de la relève de la garde, des cris en provenance des bateaux voisins, des coups de feu occasionnels sur la berge et du gémissement du vent dans le gréement. C'était précisément le silence, juste avant les premières lueurs du jour, qui me réveillait.

« Aujourd'hui ? » était la seule pensée qui occupait mon esprit. Pendant quelques instants, je flottais, désincarnée, au-dessus de ma couchette sous le gaillard d'avant. Puis j'inspirais, entendais mon cœur battre et sentais le léger tangage du bateau. Je tournais alors mon visage vers le rivage, observant la lumière caresser les vagues et se diriger lentement vers la terre ferme. Nous nous étions d'abord rendus à fort Johnston, seulement le temps que le gouverneur rencontre les loyalistes locaux, qui l'avaient convaincu du danger de demeurer dans la région.

Depuis bientôt une semaine, nous étions à bord du sloop royal, le *Cruizer*, ancré au large de Brunswick. En l'absence de troupes – hormis les fusiliers marins qui gardaient le navire –, le gouverneur était incapable de reprendre le contrôle de sa colonie et en était réduit à rédiger frénétiquement lettre sur lettre, tentant de former un semblant de gouvernement en exil.

Comme il n'y avait personne d'autre, j'avais été promue de simple copiste à secrétaire, prenant les lettres à la dictée quand le gouverneur était trop fatigué pour les écrire lui-même. Coupée du reste du monde, je passais chaque instant libre à contempler le rivage.

Aujourd'hui, un bateau approchait.

Une des vigies le héla, et le « Ohé » qui lui répondit paraissait si agité que je me redressai d'un coup, cherchant mon corset.

Aujourd'hui, il y aurait des nouvelles.

Le messager était déjà dans la cabine du gouverneur. Un fusilier me barra la route, mais la porte était ouverte, et la voix du nouveau venu, clairement audible.

— Ashe marche sur le fort, monsieur !

— Maudit soit-il ! Il paiera cher sa trahison, le scélérat !

Le fusilier s'écarta de justesse pour laisser passer le gouverneur, encore en chemise de nuit et sans sa perruque, qui jaillit hors de sa cabine et grimpa à l'échelle, tel un singe, m'offrant une vue saisissante sur ses fesses nues et velues. Le garde surprit mon regard et détourna bien vite les yeux.

— Que font-ils ? Vous les voyez ?

— Pas encore.

Le messager, un homme d'âge mûr vêtu comme un fermier, avait suivi le gouverneur sur le pont, d'où leurs voix me parvenaient.

— Hier, le colonel Ashe a ordonné à tous les navires dans le port de Wilmington d'embarquer ses troupes et de mettre le cap sur Brunswick. Ce matin, ils se rassemblaient à quelques kilomètres du village. Je les ai entendus pendant que je trayais mes vaches. Il doit bien y avoir cinq cents hommes. Je me suis tout de suite glissé sur la berge et j'ai sauté dans la première embarcation que j'ai trouvée. J'ai pensé que vous deviez le savoir, Votre Excellence.

Assez content de lui, il avait perdu son ton agité.

— Mais que voulez-vous que je fasse ? ronchonna le gouverneur.

— Ce n'est pas à moi de vous le dire, je ne suis pas le gouverneur, répliqua le messager aussi grincheux.

La remarque de Martin se noya dans le son de la cloche du navire. Passant devant l'écoutille, il me remarqua en contrebas.

— Ah, madame Fraser. Voulez-vous bien aller chercher du thé en cuisine ?

Je n'avais guère le choix, même si j'aurais préféré rester là à les écouter. Le cuisinier étant encore couché, j'attisai le feu, fis bouillir de l'eau, mis le thé à infuser et préparai un plateau avec la théière, une tasse, du lait, du pain grillé, du beurre, des biscuits et de la confiture. L'informateur du gouverneur était reparti. J'aperçus sa barque se diriger vers le rivage, une tache sombre sur la surface de la mer que les premiers rayons de soleil faisaient miroiter.

Je m'arrêtai un instant sur le pont, posant le plateau sur le bastingage. Fort Johnston était visible au loin, une masse trapue au sommet d'une colline, entourée par des grappes de maisons et de corps de bâtiments. De l'activité régnait tout autour, des hommes allant et venant telle une colonie de fourmis. Toutefois, rien ne trahissait une invasion imminente. Soit le commandant, le capitaine Collet, avait décidé d'évacuer les lieux, soit les hommes d'Ashe n'avaient pas encore entamé leur marche sur Brunswick.

John Ashe avait-il reçu mon message ? Si oui... agirait-il ? Un tel geste n'aurait pas été bien perçu. S'il avait décidé qu'il ne pouvait se permettre de secourir un homme soupçonné d'être loyaliste et, de surcroît, accusé d'un crime affreux, je ne pouvais guère le lui reprocher.

Toutefois, il ne se laisserait peut-être pas intimider. Le gouverneur était coincé en mer ; le conseil, dissous ; le système judiciaire, évaporé. Il ne restait plus d'autres lois effectives que celles de la milice. S'il choisissait d'entrer dans la prison de Wilmington et d'en sortir Jamie, il rencontrerait peu d'opposition.

Si celui-ci était libre, il me cherchait. Il ne tarderait pas à apprendre où je me trouvais. Si John Ashe se rendait à Brunswick, Jamie viendrait sûrement avec ses hommes. Je scrutai la rive, guettant un mouvement, mais n'aperçus qu'un garçon tirant une vache sur la route du village. Toutefois, le jour se levait à peine.

Le parfum aromatique du thé m'emplit les narines, m'arrachant à ma contemplation. Je n'en avais pas bu depuis des mois, voire des années. Je m'en servis une tasse et la bus en reprenant mon observation.

Quand j'entrai dans la cabine du médecin de bord, où le gouverneur avait installé ses quartiers, il était habillé et seul.

Relevant à peine les yeux, il me salua d'un signe de tête.

— Merci, madame Fraser. Voulez-vous prendre un message, s'il vous plaît ?

Il avait déjà passé du temps à écrire, son bureau était jonché de papiers et son encrier, ouvert. Je pris une bonne plume et une feuille, m'assis et attendis, en proie à une curiosité croissante.

Dictée entre deux bouchées de pain, la note s'adressait au général Hugh MacDonald : il le félicitait pour son débarquement sain et sauf sur la terre ferme en compagnie d'un colonel McLeod, accusait réception de son rapport et demandait d'autres informations. Il était également question de la requête de soutien du gouverneur – ce dont j'étais au courant – et des assurances qu'il avait reçues concernant l'arrivée prochaine des renforts – ce que j'ignorais.

— « Ci-joint une lettre de crédit d'un... » Non, attendez.

Le gouverneur plissa le front, réfléchissant. Il venait sans doute de se rendre compte que, étant donné les événements récents, une lettre de crédit émise par le bureau du gouverneur ne valait guère plus qu'un des faux de Mme Ferguson.

— « Ci-joint vingt shillings », corrigea-t-il avec un soupir. Voulez-vous bien en faire une copie tout de suite, madame Fraser ? Pour le reste, faites à votre rythme.

Il poussa vers moi une pile désordonnée de feuilles, rédigées avec sa petite écriture tordue.

Il se leva en s'étirant et remonta sur le pont, sans doute pour observer de nouveau le fort.

Je fis la copie, la séchai et la mis de côté, me demandant qui pouvait bien être ce MacDonald et ce qu'il mijotait. Ce ne pouvait être notre brave major, à moins qu'il ait changé de prénom et connu une montée en grade spectaculaire. D'après la lettre du gouverneur, le général et son ami McLeod voyageaient seuls, effectuant une mission secrète.

Je feuilletai rapidement la liasse de messages à copier, mais ne vis rien d'intéressant, que des broutilles administratives habituelles. Le gouverneur avait laissé son écritoire sur la table, mais elle était fermée à clef. J'envisageai un instant de crocheter la serrure et de fouiller dans sa correspondance privée mais trop de monde rôdait dans les parages. Le navire était une véritable ruche : marins, soldats, mousses, visiteurs...

À bord, la tension nerveuse était palpable. Souvent, j'avais remarqué à quel point le sentiment du danger se transmettait facilement dans les espaces restreints : salle des urgences d'un hôpital, bloc opératoire, compartiment de train, bateau... La fébrilité se communiquait d'une personne à l'autre sans qu'aucune parole ne fût nécessaire, comme l'impulsion passant de l'axone d'un neurone aux dendrites d'un autre. J'ignorais si quelqu'un d'autre, à part le gouverneur et moi, était au courant des mouvements de John Ashe, mais sur le *Cruizer*, on savait que quelque chose se préparait.

Cette nervosité m'affectait aussi. Je gigotais, tapant du pied inconsciemment, mes doigts tripotant la plume, incapable de me concentrer.

Je me levai sans trop savoir quoi faire, mais avec l'idée fixe que j'allais suffoquer d'impatience si je restais plus longtemps ici.

Sur une étagère près de la porte de la cabine était entassé le fourbi habituel que l'on trouve à bord des bateaux, coincé derrière une tige de fer : un bougeoir, un briquet à amadou, une pipe cassée, une bouteille bouchée par un morceau de lin, un bout de bois que quelqu'un avait commencé à sculpter mais mal. Et un coffret.

Il n'y avait plus de médecin à bord du *Cruizer*. Or, les médecins avaient tendance à emporter leurs instruments avec eux. Ce devait donc être une trousse médicale appartenant au navire.

Je lançai un coup d'œil hors de la cabine. J'entendais des voix, mais ne vis personne aux alentours. J'ouvris la boîte et fronçai les narines devant l'odeur de sang séché et de tabac froid. Elle ne contenait pas grand-chose, et tout y était jeté pêle-mêle, rouillé, encroûté et peu utile. Une boîte étiquetée « pilules bleues » et un flacon, sans inscription mais reconnaissable, de laudanum. Et puis, bien sûr, ce qu'on était sûr de trouver dans la trousse de n'importe quel médecin de l'époque : des lames.

On descendait l'échelle. J'entendis la voix du gouverneur, accompagné de quelqu'un. Sans réfléchir, je saisis un petit couteau et le glissai sous mon corset avant de refermer le coffret. Je n'eus pas le temps de me rasseoir avant l'entrée du gouverneur et du visiteur.

Le cœur battant, j'essuyai mes paumes moites sur mes jupes et inclinai la tête devant le nouveau venu qui me dévisageait, bouche bée, derrière l'épaule de M. Martin.

Espérant que ma voix ne tremblerait pas, je déclarai :

— Major MacDonald, quelle surprise !

MacDonald referma précipitamment la bouche et bomba le torse.

— Madame Fraser, votre humble serviteur.

— Vous la connaissez ? lui demanda le gouverneur.

— Nous nous sommes déjà rencontrés, dis-je aimablement.

Il n'était sans doute ni dans mon intérêt ni dans le sien que le gouverneur pense à l'existence d'un lien entre nous. MacDonald devait être de mon avis, car son visage n'exprimait qu'une vague courtoisie, même si je pouvais voir les pensées virevolter dans sa tête, tel un nuage de moucherons. Pour ne pas trahir ma propre agitation, je baissai pudiquement les yeux et, avec l'excuse d'aller chercher des rafraîchissements, je m'éclipsai à toute vitesse.

Je me frayai un chemin entre les marins et les soldats, répondant machinalement à leurs saluts, réfléchissant à toute allure.

Comment ? Comment parler à MacDonald en tête à tête ? Je devais savoir s'il avait des nouvelles de Jamie. Me le dirait-il s'il était au courant ? Sans doute. Il avait beau être soldat, il restait une commère invétérée... En outre, il mourait de curiosité de connaître la raison de ma présence ici.

Le cuisinier, un jeune Noir affranchi nommé Tinsdale et qui portait trois grosses tresses pointant sur son crâne comme des cornes de tricératops, était en train de faire griller du pain sur le feu de la cuisine.

— Tiens, madame Fraser ! Un peu de pain grillé ? Ou vous voulez encore de l'eau chaude ?

— Du pain grillé ne serait pas de refus, mais le gouverneur a de la visite et voudrait du café. Et s'il vous reste encore de ces bons biscuits aux amandes pour aller avec...

Quelques minutes plus tard, je revins dans la cabine du médecin, armée de mon plateau. La porte était grande ouverte pour laisser entrer l'air frais. Ce n'était donc pas une réunion secrète. Ils étaient penchés sur le bureau, le gouverneur examinant une liasse de papiers qui, à en juger par leur état taché et froissé, avaient dû parcourir un long chemin dans la sacoche du major. Il s'agissait de lettres rédigées avec des écritures et des encres différentes.

— Ah ! Du café ! s'exclama le gouverneur. Quelle bonne idée ! Merci, madame Fraser.

MacDonald ramassa les papiers pour me faire de la place sur le bureau. Le gouverneur tenait une feuille à la main, et je l'entaperçus en déposant le plateau. C'était une liste... avec une colonne de noms accompagnés de chiffres.

Je fis tomber une petite cuillère sur le sol afin de mieux lire en me courbant pour la ramasser. « H. Beltune, Cook's Creek, 14. Jno. McManus, Boone, 3. F. Campbell, Campbelton, 24 ? »

Je jetai un coup d'œil vers MacDonald qui me fixait. Reposant l'ustensile sur le bureau, je reculai d'un pas. Je me tenais à présent juste derrière le gouverneur. Je pointai alors un index vers le major, puis, en succession rapide, me serrai la gorge en tirant la langue, me tins le ventre en croisant les avant-bras, pointai de nouveau le doigt vers lui puis vers moi, tout en lui adressant un regard de remontrance.

MacDonald observa ma pantomime avec fascination, puis, après un bref regard vers le gouverneur – il lisait la liste en fronçant les sourcils tout en remuant son café

222

de l'autre main –, il me répondit par un hochement de tête à peine perceptible.

En sortant de la cabine, j'entendis le gouverneur demander derrière moi :

— Combien d'hommes pouvez-vous garantir ?

— Oh, au moins cinq cents, monsieur ! répondit le major avec assurance. Et beaucoup plus quand le bruit se répandra. Si vous aviez vu avec quel enthousiasme le général a été accueilli jusqu'à maintenant ! Je ne peux pas répondre pour les Allemands, bien sûr, mais soyez assuré que nous aurons tous les Highlanders de l'arrière-pays, plus bon nombre d'Irlando-Ecossais.

— Je prie Dieu pour que vous ayez raison, grommela le gouverneur sceptique. Où se trouve le général, actuellement ?

J'aurais aimé connaître la réponse à cette question, et à de nombreuses autres, mais le tambour retentit sur le pont, annonçant le repas, suivi d'un tonnerre de pas de course sur le pont et dans les coursives. Comme je ne pouvais risquer d'être surprise à écouter aux portes, je fus contrainte de remonter, espérant que MacDonald avait bien compris mon message.

Le capitaine du *Cruizer* se tenait près du garde-corps, accompagné de son second, balayant le rivage avec la lunette d'approche.

Il semblait y avoir plus d'activité près du fort, mais la route longeant la mer était toujours déserte.

— Il se passe quelque chose ? demandai-je.

— Difficile à dire, madame.

Le capitaine Follard replia sa lunette à contrecœur, comme si, quittant la grève des yeux, il craignait que quelque chose n'arrive. Le second ne bougea pas et continua de scruter le fort sur sa butte.

Je restai près de lui, observant la rive moi aussi. La marée s'inversa. Je me trouvais à bord depuis assez longtemps pour la sentir, une pause à peine perceptible, comme si la mer reprenait son souffle.

« Une marée gouverne les affaires des hommes, il faut saisir le flux qui mène à la fortune… » Shakespeare avait dû se tenir un jour sur le pont d'un navire et percevoir ce léger changement jusque dans sa chair. À la faculté de médecine, un professeur m'avait dit que les marins polynésiens osaient entreprendre leurs longs voyages sur les océans sans la moindre carte, car ils avaient appris à ressentir les courants, les changements du vent et des marées à l'aide d'un instrument des plus sensibles… leurs testicules.

Soudain, il me vint à l'esprit que s'il se produisait un événement grave à terre, le *Cruizer* hisserait aussitôt les voiles et mettrait le cap vers le large, emportant le gouverneur en lieu sûr… et moi, encore plus loin de Jamie. Où irions-nous ?

À Charlestown ? À Boston ? Personne sur ce maudit rivage ne s'en rendrait compte.

J'avais connu des personnes déplacées, pendant la guerre… ma guerre. Chassées ou arrachées à leurs foyers, leurs familles éparpillées, leurs cités détruites, elles s'agglutinaient dans des camps de réfugiés, formaient des queues interminables devant les ambassades ou les organisations humanitaires, demandant encore et encore à consulter les listes des disparus, décrivant les visages des êtres aimés et perdus, s'agrippant à la moindre information susceptible de les ramener à ce qui restait de leur vie antérieure, ou, quand cela était impossible, de préserver un instant encore ce qu'ils avaient été.

Sans le savoir, je les avais peut-être vus pour la dernière fois : Jamie, Brianna, Jemmy, Roger, Ian. Cela s'était passé ainsi : je n'avais même pas dit au revoir à Frank, je n'avais pas soupçonné une seconde, quand il était parti cette nuit-là, que je ne le reverrais jamais vivant. Et si…

Je serrai convulsivement le garde-fou. Non, nous nous retrouverions, c'était obligé. Un endroit nous attendait :

notre maison. Si je parvenais à rester en vie, ce dont j'avais la ferme intention, je rentrerais chez moi, quoi qu'il arrive.

Plongée dans mes pensées morbides, je ne m'étais pas rendu compte que le second avait refermé sa lunette et était parti. Je sursautai quand le major apparut soudain à mes côtés.

— Dommage que le *Cruizer* n'ait pas de canons à longue portée. Voilà qui contrarierait sacrément les plans de ces sauvages, hein ?

— Encore faudrait-il connaître la nature de ces plans, répondis-je. En parlant de plans…

— J'ai comme une espèce de crampe dans le bas-ventre, m'interrompit-il. Le gouverneur m'a dit que vous auriez peut-être un remède pour la calmer ?

— Mais bien sûr ! Suivez-moi dans la cuisine, je vais vous préparer un petit quelque chose qui vous remettra d'aplomb.

— Saviez-vous qu'il vous prenait pour une faussaire ?

Tenant une tasse de thé des deux mains, MacDonald fit un signe de tête vers la cabine principale. Le gouverneur n'était pas visible, sa porte étant fermée.

— Oui. Je suppose qu'à présent, il sait la vérité, dis-je résignée.

Le major prit un air navré.

— Je croyais qu'il était déjà au courant, sinon je me serais tu. Néanmoins, il l'aurait appris tôt ou tard. L'histoire s'est déjà répandue jusqu'à Edenton et les affiches…

J'agitai la main, lui signifiant de laisser tomber le sujet.

— Vous avez vu Jamie ?

— Non.

Il me dévisagea d'un regard où la curiosité se mêlait à la prudence.

— J'ai entendu dire…. Enfin, j'ai entendu tellement de bizarreries ces derniers temps. Quoi qu'il en soit, elles convergent toutes sur un point : vous avez été tous deux arrêtés pour le meurtre de Malva Christie, n'est-ce pas ?

J'acquiesçai, me demandant si je finirais un jour par m'habituer à ce mot. Chaque fois que je l'entendais, je recevais comme un coup de poing dans le ventre.

— Ai-je besoin de vous dire que nous sommes tous les deux innocents ?

— Pas le moins du monde, madame !

Pourtant, je sentis un soupçon d'hésitation dans sa voix et surpris son bref regard, à la fois intrigué et avide. Peut-être finirais-je par m'habituer à cela aussi.

— J'ai besoin de transmettre un message à mon mari. Pouvez-vous me dire où il est ?

— Non, madame, mais je présume que vous-même en avez une petite idée ?

— Ne faites pas l'innocent. Vous savez aussi bien que moi ce qui est en train de se passer à terre – et certainement beaucoup mieux.

Il parut amusé.

— Je crois bien que c'est la première fois qu'on me traite d'innocent. Oui, en effet, je sais. Mais encore ?

— Il est peut-être à Wilmington. J'ai essayé de faire parvenir un mot à John Ashe pour le prier de sortir Jamie de la prison de Wilmington – s'il y est enfermé –, et de lui apprendre où j'étais. Mais je ne sais pas si…

J'indiquai le rivage du menton.

Il accepta d'un signe de tête, tiraillé entre la circonspection et l'envie de me demander les détails sordides du meurtre de Malva.

— Je dois justement repasser par Wilmington. Je me renseignerai. Si je trouve M. Fraser, dois-je lui dire quelque chose en particulier, en dehors du fait que vous êtes ici ?

J'hésitai. Depuis que nous avions été arrachés l'un à l'autre, j'entretenais une conversation constante avec Jamie. Mais rien de ce que je lui racontais au cours de mes longues nuits de veille ou des petits matins solitaires ne pouvait être confié au major. Pourtant... je ne pouvais rater cette occasion. Dieu seul savait quand j'en aurais une autre.

Je baissai les yeux vers la table.

— Dites-lui que je l'aime... et que je l'aimerai toujours.

La voix étranglée de MacDonald me fit relever la tête.

— En dépit du fait qu'il ait...

Il s'interrompit.

— Il ne l'a pas tuée, ajoutai-je sèchement. Et moi non plus, je vous l'ai déjà dit.

— Non ! Bien sûr que non ! se hâta-t-il de répondre. On ne peut même pas imaginer... Je voulais parler de... Mais bien sûr, un homme est un homme, et... mmphm...

Il détourna les yeux en rougissant.

— Ça non plus, il ne l'a pas fait, marmonnai-je entre mes dents.

Il tomba un silence pesant, durant lequel nous évitâmes de nous regarder. Sentant le besoin de changer de sujet, je demandai soudain :

— Le général MacDonald est un de vos parents ?

Il sursauta.

— Oui, un cousin éloigné. Le gouverneur a parlé de lui ?

— Oui.

C'était vrai, après tout, même s'il ne s'en était pas entretenu avec moi.

— Vous... euh... l'assistez, c'est bien ça ? demandai-je. J'ai cru comprendre que vous aviez accompli des prouesses.

Soulagé de pouvoir s'extirper de la question embarrassante de savoir si j'étais une meurtrière et Jamie un simple coureur de jupons, ou si mon mari était un assassin et moi une pauvre femme trompée, MacDonald sauta avec joie sur la perche tendue.

— Des prouesses, absolument ! J'ai recueilli les promesses d'un bon nombre des hommes les plus importants de la colonie. Ils se tiennent à la disposition du gouverneur, prêts à intervenir dès qu'il leur en donnera l'ordre.

« *Jno. McManus, Boone, 3* »... des hommes importants ! Il s'avérait que j'avais rencontré Jonathan McManus, dont j'avais amputé les orteils gangrenés l'hiver précédent. Il était en effet l'homme le plus important de Boone, si, par là, MacDonald entendait que les vingt autres habitants du hameau le connaissaient tous comme étant un ivrogne et un voleur. Il était aussi vrai que ce dernier pouvait compter sur trois hommes pour se battre à ses côtés s'il le leur demandait : son frère unijambiste et ses deux fils à moitié demeurés. Je bus une gorgée de thé pour masquer mon expression. Néanmoins, le major avait cité Farquard Campbell sur sa liste. S'était-il vraiment engagé formellement ?

— Je suppose que le général n'est pas dans les environs de Brunswick actuellement, compte tenu des... euh... circonstances.

Si c'était le cas, le gouverneur aurait été moins nerveux.

— Non. Il n'est pas encore prêt. McLeod et lui enquêtent en ce moment sur la volonté des Highlanders à se soulever. Ils ne commenceront à rassembler leurs troupes qu'une fois les navires arrivés.

— Les navires ? Quels navires ?

Il savait qu'il ne devait pas en dire plus, mais ce fut plus fort que lui. Je le lus dans ses yeux. En outre, quel risque courait-il en m'en parlant ?

— Le gouverneur a demandé à la Couronne de l'aider à soumettre le factionnalisme et l'agitation qui règnent dans la colonie. Il a reçu l'assurance d'être assisté à condition de parvenir à rassembler assez d'hommes pour renforcer les troupes du gouvernement quand elles débarqueront par la mer.

« Nous avons été informés – j'appréciai au passage son "nous" – que lord Cornwallis a déjà commencé à réunir des troupes en Irlande. Elles appareilleront bientôt. Elles devraient arriver au début de l'automne. Entre Cornwallis marchant depuis la côte et les milices du général descendant des montagnes, ils écraseront ces gueux de whigs comme des cloportes !

Il fit claquer ses doigts en guise d'illustration. Je m'efforçai de paraître impressionnée. C'était possible, après tout. Je n'en avais aucune idée et m'en fichais comme d'une guigne, étant incapable de me projeter au-delà de mon avenir immédiat. Si je parvenais à descendre de ce foutu bateau et à m'éloigner le plus possible d'une potence, je m'en inquiéterais peut-être.

La porte de la cabine derrière nous s'ouvrit, et le gouverneur apparut sur le seuil. Apercevant le major, il vint s'enquérir de son indisposition supposée.

— Oh, je vais beaucoup mieux ! l'assura MacDonald en se tapotant le ventre (comme si cela ne suffisait pas, il rota). Mme Fraser n'a pas sa pareille pour ce genre de choses. Elle est formidable !

— Ah, tant mieux, dit Martin. Vous devez être pressé de repartir. Une embarcation viendra vous chercher d'ici quelques minutes.

Il fit un signe à un fusilier marin qui montait la garde au pied de l'échelle. Celui-ci porta la main à sa tempe et grimpa sur le pont.

Le gouverneur nous salua, puis rentra dans son bureau, où je le vis se replonger dans sa paperasse. Il semblait moins tracassé que plus tôt.

MacDonald avala le reste de son thé et, arquant un sourcil, me fit signe de l'accompagner en haut. Une fois sur le pont, tandis que nous attendions qu'une barque de pêcheur approche, il posa la main sur mon bras.

Je fus surprise ; d'ordinaire, MacDonald évitait les contacts physiques.

— Je vous assure que je ferai tout mon possible pour découvrir où se trouve votre mari, madame. Mais, il m'est venu à l'esprit...

Il hésitait, me dévisageant avec attention.

— Comme je vous l'ai dit, j'ai ouï les hypothèses les plus saugrenues concernant... euh... le sort tragique de Mlle Christie. Ne serait-il pas... souhaitable... que je sache le fin mot de l'affaire, afin de faire taire toutes les rumeurs malintentionnées, dussé-je en entendre ?

J'étais partagée entre la colère et l'envie de rire. J'aurais dû me douter que sa curiosité l'emporterait. Toutefois, il avait raison, compte tenu des histoires que l'on avait évoquées devant moi et sachant qu'elles ne représentaient qu'une fraction des aberrations qui circulaient, la vérité était plus que désirable. D'un autre côté, je n'étais pas sûre que lui dire la vérité ferait taire les rumeurs.

Mais mon besoin de me justifier était puissant. Je comprenais ces malheureuses qui hurlaient leur innocence sur le gibet... et j'espérais ne pas finir comme elles.

Le second se tenait de nouveau sur le pont, surveillant la côte et à portée d'oreille, mais peu importait qu'il m'entende.

— Fort bien. Voici la vérité : Malva Christie est tombée enceinte, mais plutôt que de nommer le vrai père, elle a déclaré que c'était mon mari. Or, je suis bien placée pour savoir que c'est faux.

Je le fixai dans le blanc des yeux.

— ... Quelques jours plus tard, en me rendant dans mon potager, j'ai trouvé cette petite... Mlle Christie, gisant dans mes salades, la gorge fraîchement tranchée.

J'ai pensé qu'il était peut-être encore temps de sauver l'enfant qu'elle portait…

En dépit de mon air bravache, ma voix trembla. Je dus m'interrompre pour l'éclaircir.

— Je n'ai rien pu faire, l'enfant était mort.

Il valait mieux ne pas raconter comment. Je ne voulais pas laisser au major l'image du ventre sanglant et de la lame crottée de terre. Je n'avais encore parlé à personne, pas même à Jamie, de la petite étincelle de vie, de ce picotement que je ressentais encore dans le creux de mes mains. En disant que l'enfant était né vivant, j'aurais aussitôt été soupçonnée de l'avoir tué. On le penserait de toute façon, comme Mme Martin.

La main de MacDonald me tenait toujours, son regard scrutant mon visage. Pour une fois, je remerciai le ciel pour la transparence de mon expression. Quand on me regardait en face, on ne pouvait douter de mes paroles.

Il exerça une légère pression sur mon bras.

— Je vois, dit-il doucement.

Je lui donnai d'autres détails qui pourraient aider à convaincre son auditoire.

— Vous vous souvenez des ruches en osier, à l'entrée de mon potager ? L'assassin en a renversé deux en fuyant. Il a dû être piqué à plusieurs reprises. Je l'ai moi-même été, en entrant. Jamie, lui, n'avait aucune piqûre. Ce ne pouvait être lui.

Dans la confusion qui avait suivi, je n'avais pas pensé à chercher quel homme – ou quelle femme ? Pour la première fois, il me vint à l'esprit que le meurtrier pouvait être une meurtrière – avait été piqué par des abeilles.

Le major resta silencieux un moment, contemplatif, puis s'ébroua comme s'il sortait d'un rêve et lâcha mon bras.

— Je vous remercie de me l'avoir dit, madame. Soyez assurée que je prendrai votre défense chaque fois que l'occasion s'en présentera.

— Je vous en sais gré, major.

Ma voix était éraillée. Je ne m'étais pas rendu compte à quel point en parler serait douloureux.

Un cri de la vigie nous annonça que l'embarcation qui ramènerait le major à terre allait aborder.

Il s'inclina sur ma main, son souffle me caressant les doigts. L'espace d'un instant, je retins les siens, réticente à le laisser partir. Puis je desserrai mon étreinte et l'observai ensuite s'éloigner jusqu'à la grève, sa silhouette rapetissant peu à peu, son dos droit et déterminé. Il ne se retourna pas.

Le second, sa lunette toujours pointée vers la rive, se mit soudain à s'agiter. Je regardai vers le fort.

— Que font-ils ?

Des fourmis, en haut des murs, semblaient lancer des lignes à d'autres fourmis au pied du fort. Je pouvais distinguer les cordes, fines comme des fils de toiles d'araignée.

Le second referma sa lunette en cuivre d'un coup sec.

— Je crois bien que le commandant du fort s'apprête à retirer les canons, madame. Si vous voulez bien m'excuser, je dois aller en avertir le capitaine.

44

Poudre à canon, trahison et marchandage

Je n'eus pas l'occasion de découvrir si l'attitude du gouverneur à mon égard avait changé depuis qu'il avait appris que je n'étais pas une faussaire, mais une prétendue célèbre meurtrière. Comme le reste des officiers et la plupart de l'équipage, il se précipita sur le pont et passa le reste de la journée à observer, à émettre des hypothèses et à s'agiter vainement.

Du haut de son mât, la vigie envoyait régulièrement des nouvelles : les hommes quittaient le fort lourdement chargés... emportant apparemment l'artillerie.

Levant les yeux, la main en visière, le gouverneur cria :

— Ce sont les hommes de Collet ?

— Difficile à dire, monsieur, répondit la voix tout là-haut.

Finalement, le *Cruizer* envoya deux chaloupes à terre avec des hommes chargés de ramener des informations. Ils rentrèrent quelques heures plus tard en annonçant que Collet avait bel et bien abandonné le fort devant la menace, mais avait emporté les stocks de poudre et les canons pour qu'ils ne tombent pas entre les mains des rebelles.

Non, ils n'avaient pas pu parler avec Collet qui, selon les dires, remontait déjà le fleuve avec ses miliciens.

Deux hommes avaient pris la route de Wilmington. Oui, des troupes se rassemblaient dans les prés, devant la ville, sous les ordres des colonels Robert Howe et John Ashe, mais rien n'avait filtré sur leurs intentions.

— Leurs intentions, peuh ! Ne me faites pas rire ! marmonna le gouverneur. Ils comptent mettre le feu au fort, quoi d'autre ?

Il avait vu juste. Avant le coucher du soleil, une odeur de fumée flotta au-dessus de l'eau. Nous distinguions les petits hommes au loin empiler des débris inflammables au pied du fort, une structure carrée et simple en rondins. Même en dépit de l'air humide, elle finirait par brûler.

Sans poudre ni huile pour allumer le feu, il leur fallut un certain temps. À mesure que la nuit tombait, nous apercevions clairement les torches qu'ils se passaient de main en main, puis abaissaient vers des tas de petit bois, avant de recommencer quelques minutes plus tard quand les flammes s'étaient éteintes.

Vers vingt et une heures, quelqu'un dénicha quelques fûts de térébenthine, et un brasier encercla d'un coup les murs du fort. Des rideaux de flammes s'élevèrent, orange et écarlate contre le ciel noir. Nous entendîmes des hourras et des bribes de chants paillards portés par la brise avec la fumée et l'odeur de résine.

Écartant un nuage de fumée blanche de devant mon visage, je déclarai :

— Au moins, ça nous débarrassera des moustiques.

— Merci, madame Fraser. Je n'avais pas encore vu cet aspect favorable de la situation.

À son ton acerbe, je compris qu'il valait mieux me taire. Pour ma part, je ne pouvais que me réjouir de voir les flammes dansantes et les colonnes de fumée monter vers les étoiles. Non pas parce que raser le fort Johnston pouvait servir la cause rebelle, mais parce que

Jamie était peut-être là-bas, assis devant un des nombreux feux de camp sur la grève.

S'il y était... il viendrait demain.

Il vint. J'étais debout avant l'aube, n'ayant presque pas dormi, et me tenais sur le pont. La mer était pratiquement déserte. L'odeur âcre du bois brûlé se mêlait aux effluves des marécages boueux voisins. L'eau était calme et huileuse. Il faisait gris, et une épaisse brume flottait au-dessus des eaux, cachant le rivage.

Toutefois, je ne pouvais m'empêcher de regarder dans sa direction et, quand une modeste embarcation surgit hors de la brume, je sus tout de suite que c'était lui. Il était seul.

Je contemplai les gestes lisses de ses bras et la traction des rames, et une grande sérénité m'envahit. Je n'avais aucune idée de l'avenir, et toute l'horreur et la colère liées à la mort de Malva étaient encore tapies au fond de mon esprit, une masse noire sous une fine couche de glace. Mais il était là. Assez près pour que je voie son visage quand il le tourna vers le navire.

Je lui fis un signe de la main, cependant il m'avait déjà repérée. Il ne cessa pas de ramer, mais changea de position pour faire face au bateau. J'attendis, serrant le garde-corps.

La barque disparut un instant, passant sous le vent du *Cruizer*. J'entendis la vigie le héler et sa réponse, à peine audible. Au son de sa voix, un nœud serré au plus profond de moi se relâcha. Je restais prostrée, incapable de bouger. Sur le pont, il y eut des pas et des chuchotements, quelqu'un partit en courant prévenir le gouverneur, puis je me retournai et tombai dans les bras de Jamie.

— Je savais que tu viendrais, murmurai-je dans les plis de sa chemise.

Il empestait le brûlé, la fumée, la résine, la térébenthine, la sueur froide et les chevaux. Il sentait l'homme
qui n'a pas dormi, qui a travaillé dur toute la nuit. Il
dégageait l'odeur d'une faim restée longtemps inas-
souvie.

Il me serra contre lui, me faisant sentir ses côtes, son
souffle, sa chaleur et ses muscles, puis il s'écarta pour
me dévisager. Il souriait depuis que je l'avais aperçu
dans la barque. Sans un mot, il m'ôta mon bonnet et le
lança par-dessus bord. Il enfouit ses doigts dans ma
chevelure, gonflant mes boucles, puis prit ma tête entre
ses mains et m'embrassa. Sa barbe de trois jours me
râpait la peau comme du papier de verre. Sa bouche
sentait bon la maison et la sécurité.

Derrière lui, un fusilier toussota.

— Vous désiriez voir le gouverneur, monsieur ?

Il me lâcha et se retourna.

— En effet.

Il me tendit la main.

— *Sassenach* ?

En suivant le soldat, je regardai derrière moi mon
bonnet ballotté par les vagues. Il était rempli d'air,
d'apparence aussi tranquille qu'une méduse.

Cette illusion de paix s'évanouit dès que nous entrâmes dans la cabine du gouverneur.

Lui aussi avait veillé toute la nuit et ne paraissait
guère en meilleur état que Jamie, les taches de suie en
moins. Les yeux rouges, il n'était pas rasé et était de
très méchante humeur.

Il salua Jamie d'un léger signe de tête.

— Monsieur Fraser. Vous êtes bien James Fraser ?
Celui qui vit dans les montagnes ?

— Je suis bien le Fraser de Fraser's Ridge, répondit
Jamie de façon courtoise. Je suis venu chercher mon
épouse.

Le gouverneur agita une main vers un tabouret.

— J'ai le regret de vous informer, monsieur, que votre épouse est une prisonnière de la Couronne. Mais vous l'ignoriez peut-être ?

Jamie s'assit sans relever le sarcasme.

— En fait, elle ne l'est pas. N'avez-vous pas instauré la loi martiale dans toute la colonie de Caroline du Nord ?

— En effet.

C'était un sujet sensible, car bien qu'ayant déclaré cette loi, il n'avait aucun moyen de l'appliquer. Contraint de ruminer son impuissance en mer, il attendait que l'Angleterre veuille bien envoyer des renforts.

— Par conséquent, le droit coutumier est suspendu. Vous seul avez le contrôle de la détention et du sort des prisonniers. Or, ma femme est sous votre garde depuis un certain temps. Vous avez le pouvoir de la libérer.

— Hmm...

Le gouverneur n'avait visiblement pas réfléchi à cette possibilité et n'était pas sûr des ramifications de sa décision. Toutefois, l'idée qu'il était encore capable de contrôler quoi que ce soit devait être un baume pour son ego meurtri.

— Elle n'a pas été présentée devant un tribunal, reprit Jamie. Et aucune preuve n'a été fournie contre elle.

Je remerciai le ciel de n'avoir confié les détails sanglants du meurtre à MacDonald qu'après sa visite au gouverneur. Même si cela ne correspondait pas à la notion moderne d'une preuve irréfutable, être retrouvée avec un couteau près de deux cadavres encore chauds était des plus compromettants.

— Elle a été accusée, mais son chef d'accusation ne tient pas debout. Vous-même, qui l'avez côtoyée ces derniers temps, vous avez eu l'occasion de vous faire une petite idée de sa personnalité, n'est-ce pas ?

N'attendant pas la réponse, Jamie poursuivit :

— Nous avons accepté de notre plein gré d'être conduits devant un tribunal, car je suis moi aussi suspecté. Nous n'aurions jamais acquiescé à cette demande sans être convaincus que notre innocence serait établie en un clin d'œil.

Le gouverneur parut réfléchir intensément.

— Vos arguments ne sont pas tout à fait dénués de sens, monsieur, répondit-il enfin. Néanmoins, le crime dont on accuse votre épouse est particulièrement odieux. En la libérant, je provoquerais forcément un tollé général. Or, en ce moment, je me passerais volontiers de provoquer l'opinion publique.

Il posa un regard torve sur la veste tachée de suie de Jamie. Celui-ci fit une autre tentative :

— Je comprends les réserves de Votre Excellence. Peut-être que si nous vous offrions une… garantie, celles-ci pourraient être vaincues ?

Martin bondit de sa chaise, la mâchoire en avant.

— Que suggérez-vous, monsieur ? Auriez-vous l'audace, le… le… l'intolérable impertinence de vouloir me soudoyer ?

Il frappa du poing sur la table, nous dévisageant avec fureur.

— Bon sang, je vous ferai pendre tous les deux, sur-le-champ ! Je vous verrai vous balancer sous la grand-vergue ! Quel culot ! Quelle engeance !

Jamie garda son sang-froid, le fixant dans les yeux.

— Je n'ai jamais eu cette intention, monsieur. Je vous propose une caution, en attendant que mon épouse se présente devant un tribunal en bonne et due forme pour répondre à des accusations contre elle. Lorsqu'elle apparaîtra à son procès, la caution me sera rendue.

Avant que le gouverneur n'ait pu répondre, il sortit un objet de sa poche et le déposa sur le bureau. Le diamant noir.

Le gouverneur n'acheva pas sa phrase, son visage se vidant d'un coup de toute expression. Puis il se frotta lentement la lèvre supérieure d'un doigt, tout en pensant.

Étant au courant de sa correspondance privée et de sa comptabilité, je savais qu'il ne possédait pas une grande fortune personnelle et qu'il vivait largement au-dessus de ses modestes revenus afin de maintenir un train de vie digne d'un gouverneur royal. De son côté, il savait que, étant donné la situation politique, mon procès n'aurait pas lieu de sitôt. Il faudrait des mois, voire des années, avant que les tribunaux soient restaurés et fonctionnent plus ou moins normalement. Pendant tout ce temps, la pierre serait entre ses mains. En homme d'honneur, il ne pouvait la vendre, mais il pouvait certainement la mettre en gage contre une somme considérable, en espérant la récupérer plus tard.

Je le vis jeter un coup d'œil vers Jamie. Il y avait aussi de fortes chances que celui-ci soit tué ou arrêté pour trahison – l'idée de s'en charger lui-même tout de suite traversa son esprit –, ce qui laisserait le diamant dans des limbes juridiques, mais en sa possession.

La tension m'empêchait de respirer.

Toutefois, Martin n'était ni stupide ni vénal. Avec un soupir, il repoussa la pierre vers Jamie.

— Non, monsieur. Je ne peux accepter cela comme caution pour votre épouse. Toutefois, votre idée d'une garantie...

Ses yeux se baissèrent vers l'amas de papiers sur son bureau avant de revenir vers Jamie.

— J'ai moi aussi une proposition. J'ai lancé une opération par laquelle j'ai bon espoir de mobiliser un nombre très important d'Écossais des Highlands, qui marcheront de l'arrière-pays vers la côte pour rejoindre les troupes venues d'Angleterre, matant au passage la rébellion dans les campagnes, au nom du roi.

Il marqua une pause, examinant la réaction de Jamie. Assise à ses côtés, je ne pouvais voir son visage, mais n'en avais pas besoin. Dans ces moments, Brianna disait en plaisantant qu'il portait son « masque de poker ». Personne, en le regardant, ne pouvait deviner s'il avait en main un carré d'as, un full ou une paire de trois. Pour ma part, je misai sur une paire de trois, mais le gouverneur ne le connaissait pas comme moi.

— Le général Hugh MacDonald et le colonel Donald McLeod sont arrivés depuis peu dans la colonie et la sillonnent pour rallier des hommes. Avec des résultats très satisfaisants, je dois dire.

Il pianota brièvement sur ses lettres, puis se pencha en avant :

— Alors, voici ce que je vous propose, monsieur : vous rentrerez sur vos terres et rassemblerez autant d'hommes que vous pourrez. Vous vous mettrez ensuite à la disposition du général MacDonald pour l'aider dans sa campagne. Quand le général me communiquera votre arrivée, avec… disons… deux cents hommes, je libérerai votre épouse.

Mon pouls battait à toute allure, tout comme celui de Jamie, que j'apercevais dans son cou. J'avais vu juste : une paire de trois à tout casser. Apparemment, MacDonald n'avait pas eu le temps de raconter au gouverneur l'étendue de la hargne en réaction à la mort de Malva. Il existait encore des hommes à Fraser's Ridge qui accepteraient de suivre Jamie, certes, mais beaucoup plus qui refuseraient, ou n'accepteraient que s'il me répudiait.

Je m'efforçai d'analyser la situation de manière logique afin d'étouffer mon écrasante déception. Martin ne me laisserait pas partir. Jamie allait devoir rentrer seul, m'abandonner ici. L'espace d'un instant, cette idée me fut intolérable. J'allais devenir folle, me mettre à hurler, sauter sur le bureau et arracher les yeux du gouverneur.

Celui-ci vit mon visage et tressaillit, se levant à moitié de sa chaise.

Jamie posa une main sur mon bras, le serrant fort.

— Calme-toi, *a nighean*, murmura-t-il.

Le gouverneur se rassit, m'observant d'un air méfiant. L'accusation qui pesait contre moi lui était soudain devenue beaucoup plus plausible. « Tant mieux, pensai-je en refoulant mes larmes. On va voir si tu peux encore dormir tranquille en sachant que je ne suis qu'à deux pas. »

Jamie redressa les épaules sous sa veste élimée.

— Permettez-moi de me retirer, monsieur, afin de réfléchir à votre proposition.

Il lâcha mon bras et se leva.

— Ne t'inquiète pas, *mo chridle*, me souffla-t-il en gaélique. On se reverra demain matin.

Il porta ma main à ses lèvres, puis, après un bref signe de tête au gouverneur, sortit sans se retourner.

Il y eut un silence dans la cabine. J'entendis ses pas s'éloigner, grimper l'échelle de la coursive et résonner sur le pont. Sans prendre le temps de réfléchir, j'extirpai le couteau caché dans mon corset et le plantai de toutes mes forces dans le bois du bureau. Il oscilla sous les yeux ahuris du gouverneur.

— Espèce de salaud ! lançai-je avant de sortir à mon tour.

45

Une profession de foi

Le lendemain, avant l'aube, j'étais de retour derrière le garde-corps. Une puissante odeur de cendres flottait dans l'air, mais la fumée avait disparu. Une brume matinale bordait toujours la grève, et j'eus une sensation de déjà-vu en apercevant la barque en sortir, avançant doucement vers le navire.

Toutefois, quand elle approcha, mon cœur se serra. Ce n'était pas Jamie. Pendant quelques instants, j'essayai de me convaincre du contraire, mais, à chaque coup de rames, cela devenait plus évident. Les larmes me piquèrent les yeux, et je les fermai, me répétant qu'il était absurde de me mettre dans un tel état. Cela ne voulait rien dire.

Il viendrait. Il l'avait promis. Que quelqu'un d'autre approche du *Cruizer* de si bonne heure n'avait rien à avoir avec lui ni moi.

Je me trompais. Je rouvris les yeux et les essuyai sur ma manche, regardant de nouveau la barque, incrédule. Je devais rêver ! Le rameur releva la tête quand la vigie le héla et m'aperçut sur le pont. Nos regards se rencontrèrent, et il me salua d'un signe de tête, rentrant ses rames. Tom Christie.

Le gouverneur n'apprécia guère d'être tiré du lit à l'aube pour le troisième jour consécutif. Je l'entendis, en bas, ordonner à un fusilier d'aller dire à l'importun, qui qu'il soit, de revenir à une heure plus raisonnable. Puis il claqua la porte de sa cabine.

Je n'appréciai pas son attitude non plus, et je n'étais pas d'humeur à patienter, mais le fusilier posté devant la coursive refusa de me laisser descendre. Je tournai les talons et me dirigeai vers la poupe, où ils avaient parqué Christie en attendant le bon vouloir du gouverneur.

Le fusilier hésita, mais, après tout, il n'avait reçu aucun ordre m'interdisant de parler aux visiteurs et accepta que je passe.

Il se tenait devant le garde-corps, les yeux vers la côte.

— Monsieur Christie ?

— Madame Fraser.

Très pâle, il avait taillé sa barbe et coupé ses cheveux, mais ressemblait toujours à un arbre foudroyé. Toutefois, son regard s'alluma quand il se tourna vers moi.

— Mon mari… commençai-je.

— Il va bien. Il vous attend sur la grève ; vous le retrouverez très bientôt.

— Oh !

Le bouillonnement de rage et de peur en moi se réduisit fortement, comme si on avait baissé le feu, même si je trépignais encore d'impatience.

— Allez-vous m'expliquer ce qui arrive ?

Il me dévisagea de longues minutes en silence, puis fixa les eaux grises. Il semblait rassembler son courage.

— Je suis venu m'avouer coupable du meurtre de ma fille.

Je le fixai sans comprendre. Puis j'assemblai ses mots en une phrase cohérente, la relus dans mon esprit et saisis enfin.

— Je ne vous crois pas.

L'ombre d'un sourire s'insinua sous sa barbe et disparut aussitôt.

— Je vois que vous n'avez pas perdu votre esprit de contradiction.

— Vous êtes tombé sur la tête ou quoi ? C'est encore une idée de Jamie ? Parce que si c'est le cas...

Il m'arrêta en m'agrippant le poignet. Je tressaillis, ne m'étant pas attendue à ce geste.

— C'est la vérité, dit-il doucement. Je le jurerai sur la sainte Bible.

Il soutint mon regard, et je me rendis compte alors qu'il avait rarement braqué ses yeux sur moi jusqu'à aujourd'hui. Depuis que je le connaissais, il les détournait toujours, me fuyant, comme s'il refusait de reconnaître mon existence, même quand il était contraint de me parler.

Mais cette fois, son regard était droit, empli d'une lueur comme je n'en avais encore jamais vu. Cernés de rides de douleur et de souffrance, les paupières lourdes de chagrin, ses yeux eux-mêmes étaient calmes et profonds comme la mer sous nos pieds. Cette horreur muette, cette douleur paralysante qui l'avait écrasé durant tout notre voyage cauchemardesque vers le sud l'avait quitté, cédant la place à une détermination et à autre chose... quelque sentiment qui brûlait au fin fond de son âme.

— Pourquoi ? questionnai-je enfin.

Il lâcha mon bras et recula d'un pas.

— Vous vous souvenez qu'un jour vous m'avez demandé si je vous prenais pour une sorcière ?

— Oui, je m'en souviens, répondis-je sur mes gardes. Vous m'avez dit que vous croyiez aux sorcières, mais que je n'en étais pas une.

Il hocha la tête, ses yeux gris et sombres me sondant. Je me demandai s'il était en train de revoir son jugement, mais non. Il reprit, très sérieux :

— J'y crois parce que j'en ai déjà rencontré. La fille en était une, comme sa mère avant elle.

— La fille... vous voulez dire votre fille ? Malva ?

— Ce n'était pas ma fille.

— Mais... ses yeux... Elle avait vos yeux.

244

— Elle avait les yeux de mon frère.

Il se tourna vers la côte et posa les mains sur le garde-corps, le regard perdu au loin.

— Il s'appelait Edgar. Lors du soulèvement, j'ai pris parti pour les Stuarts. Edgar était contre, disant que c'était de la folie. Il m'a supplié de ne pas partir.

Il secoua tristement la tête, revivant ses souvenirs.

— Je pensais que... Bah, peu importe ce que j'ai pensé, je suis parti. Mais avant, je lui ai demandé de prendre soin de ma femme et du petit. Ce qu'il a fait.

— Je vois, murmurai-je.

Il se retourna vers moi, me transperçant de son regard gris.

— Ce n'était pas sa faute ! Mona était une sorcière... une enchanteresse. Je vois bien que vous ne me croyez pas, mais c'est la vérité. Je l'ai surprise plus d'une fois, préparant ses sortilèges, observant la lune. Un soir, je suis monté sur le toit à minuit, la cherchant. Nue, elle fixait les étoiles, au centre d'un pentacle tracé avec le sang d'une colombe qu'elle avait étranglée. Ses cheveux étaient détachés, volant au vent.

— Ses cheveux...

Je compris alors.

— Elle avait des cheveux comme les miens, n'est-ce pas ?

Il acquiesça, baissant les yeux.

— Elle était... ce qu'elle était. J'ai tenté de la sauver... par la prière, par l'amour. J'ai échoué.

— Que lui est-il arrivé ?

Je parlais à voix basse. Avec le frais, le risque qu'on nous entende était mince, mais je ne souhaitais pas ébruiter ce genre de conversation.

— On l'a pendue, répondit-il d'un ton presque détaché. Pour le meurtre de mon frère.

Cela s'était passé pendant l'emprisonnement de Tom à Ardsmuir. Elle lui avait écrit, peu avant son exécution, lui annonçant la naissance de Malva et qu'elle avait confié les deux enfants à la veuve d'Edgar.

— Cela devait l'amuser. Mona avait un étrange sens de l'humour.

Je me frottai les bras, prise de frissons.

— Mais vous les avez récupérés... Allan et Malva.

Il opina de la tête. Il avait été déporté, mais avait eu de la chance : un homme riche et bon avait acheté son contrat de servage et payé le voyage de ses enfants jusque dans les colonies. Malheureusement, la fièvre jaune avait emporté son employeur et la nouvelle épouse qu'il s'était trouvée en Amérique. Il avait alors entendu dire que Jamie Fraser s'était installé en Caroline du Nord et voulait aider les anciens d'Ardsmuir à s'y établir à leur tour.

— Je n'avais pas le choix, même si j'aurais préféré me trancher la gorge plutôt que de venir.

Il paraissait si sincère que je ne sus quoi répondre. Toutefois, ne semblant pas attendre une réaction de ma part, il poursuivit :

— La fille... elle n'avait pas cinq ans quand je l'ai vue la première fois, mais elle l'avait déjà en elle... la même sournoiserie, le même charme, la même noirceur dans l'âme.

Il avait fait de son mieux pour la sauver elle aussi, pour lui faire sortir sa méchanceté à coups de trique, pour contenir sa sauvagerie et, surtout, pour l'empêcher d'exercer ses artifices sur les hommes.

— Sa mère était pareille. Il lui fallait tous les hommes. Elles portaient toutes les deux en elles la malédiction de Lilith.

— Mais Malva était enceinte, dis-je.

Son visage pâlit encore un peu plus, mais sa voix était ferme.

— Oui, en effet. Mais je ne pense pas que ce soit mal d'empêcher une autre sorcière de venir au monde.

En voyant mon expression, il continua avant que je l'interrompe.

— Saviez-vous qu'elle a essayé de nous tuer ? Vous et moi.

— Me tuer ? Mais comment ?

— Quand vous lui avez parlé de ces choses invisibles, les… les microbes, cela l'a fascinée. C'est elle qui me l'a dit, quand je l'ai surprise avec les os.

Un frisson glacé me parcourut l'échine.

— Quels os ?

— Ceux qu'elle a volés dans la tombe d'Ephraïm pour jeter un sort à votre mari. Elle ne les avait pas tous utilisés et j'en ai retrouvé dans son panier à couture. Quand je l'ai battue, elle m'a tout raconté.

Habituée à errer dans la forêt en quête de plantes et d'herbes, elle avait continué pendant l'épidémie de dysenterie. Au cours de ses promenades, elle était tombée sur la cabane du mangeur d'âmes, cet homme étrange et sérieusement abîmé. Elle l'avait découvert à l'article de la mort, brûlant de fièvre et plongé dans le coma. Pendant qu'elle se tenait devant lui, se demandant si elle devait courir chercher de l'aide ou courir tout court, il était décédé.

Prise d'une brusque inspiration – et forte de mes précieux enseignements –, elle avait prélevé du mucus et du sang sur le corps, les avait mélangés dans un flacon avec un peu de bouillon et avait conservé ce récipient sous son corset pour le tenir bien au chaud.

Puis elle avait glissé quelques gouttes de cette infusion mortelle dans ma nourriture et celle de son père, espérant que, si nous tombions malades, nos morts seraient mises sur le compte du mal qui sévissait dans nos montagnes.

Je n'en croyais pas mes oreilles.

— Vous êtes sûr ? murmurai-je.

Il acquiesça sans insister, ce qui acheva de me convaincre.

— Elle voulait... Jamie ?

Il ferma les yeux un instant. Le soleil se levait derrière nous, et la surface de l'eau brillait comme un plateau d'argent.

— Elle voulait... tout. Elle désirait ardemment la richesse, le rang, ce qu'elle considérait comme la liberté et non de la luxure... Elle ne voyait jamais la luxure dans ses actes !

Il s'emporta brutalement, et je me dis que Malva n'avait pas été la seule à ne pas envisager les choses sous le même angle que lui.

Son charme d'amour n'avait pas opéré. L'épidémie était alors survenue, et elle avait opté pour des mesures plus directes pour arriver à ses fins. Même si cela me dépassait, je savais que c'était vrai.

Puis, se retrouvant enceinte, elle avait eu une nouvelle idée.

— Vous savez qui était le père ? questionnai-je.

Ma gorge était nouée, comme elle le serait sans doute chaque fois que je reverrais en pensée le potager sous le soleil et les deux corps étendus. Quel gâchis !

Il fit non de la tête, évitant mon regard. J'en déduisis qu'il avait au moins une petite idée, mais qu'il ne m'en parlerait pas. Cela n'avait plus d'importance. Le gouverneur n'allait pas tarder à se lever et à le recevoir. Christie entendit lui aussi les bruits sous le pont.

— Je ne pouvais pas la laisser détruire toutes ces vies. Car c'était une sorcière, ne vous méprenez pas. Si nous avons survécu tous les deux, ce n'est qu'un coup de chance. Tôt ou tard, elle aurait tué quelqu'un. Peut-être vous, si votre mari s'était accroché à vous. Peut-être lui, dans l'espoir d'hériter de sa propriété pour l'enfant. Elle n'était pas issue de ma semence, mais c'était tout de même ma fille, mon sang. Je ne pouvais pas... J'étais responsable...

Il ne put achever sa phrase. Je savais qu'il était sincère, pourtant...

— Thomas, ce sont des fadaises et vous le savez bien !

Il sursauta, et je remarquai des larmes dans ses yeux. Il les refoula et reprit avec véhémence :

— C'est vous qui le dites. Mais vous ne savez rien, rien !

Il me vit tiquer et baissa les yeux. Puis, avec timidité, il prit ma main.

— J'ai attendu toute ma vie, en quête de...

Il agita sa main libre dans l'air, puis referma ses doigts comme s'il avait rattrapé sa pensée au vol. Il poursuivit sur un ton plus assuré :

— Non, dans l'espoir. L'espoir de quelque chose que je ne pouvais nommer, mais dont je n'ai jamais douté de l'existence.

Ses yeux scrutèrent mon visage, intenses, comme s'il mémorisait chacun de mes traits. Gênée par cet examen, je levai une main, sans doute pour remettre de l'ordre dans mes cheveux hirsutes, mais il l'attrapa et la retint.

— Laissez.

Mes deux mains prisonnières dans les siennes, je n'avais guère le choix.

— Thomas... Monsieur Christie...

— Je me suis convaincu que Dieu était ce que je cherchais. C'était peut-être vrai. Mais Dieu n'est pas fait de chair et de sang, et l'amour de Dieu à lui seul ne peut m'aider à vivre. J'ai rédigé ma confession.

Il me lâcha une main et sortit un papier plié de sa poche, le serrant entre ses doigts courts et solides.

— Dedans, j'ai écrit que j'avais tué ma fille pour le déshonneur que m'ont causé ses débauches.

— C'est faux, dis-je d'une voix ferme. Je sais que vous ne l'avez pas fait.

Il me dévisagea fixement, puis répondit sur un ton détaché :

— Non, mais j'aurais dû. J'ai fait une copie de mes aveux et l'ai envoyée au journal de New Bern. Il le publiera. Le gouverneur l'acceptera – comment pourrait-il faire autrement ? – et vous serez libre.

Ces trois derniers mots me stupéfièrent. Il me tenait toujours la main droite. Son pouce caressa doucement mes doigts. J'avais envie de me libérer, mais me forçai à rester immobile, contrainte par son regard, clair et nu, sans le moindre déguisement.

Il reprit doucement :

— J'ai toujours rêvé d'un amour partagé. J'ai passé ma vie à m'efforcer de donner mon amour à des personnes qui ne le méritaient pas. Laissez-moi ce plaisir de donner ma vie pour quelqu'un qui le mérite.

Je n'avais plus d'air. Je balbutiai :

— Monsieur Chri... Tom. Vous ne devez pas. Votre vie... est précieuse. Vous ne pouvez pas la gaspiller ainsi !

— Je le sais. Si tel n'était pas le cas, cela n'aurait aucun intérêt.

Des pas retentissaient dans la coursive. J'entendais la voix du gouverneur sous le pont, discutant joyeusement avec le capitaine des fusiliers.

— Thomas ! Ne faites pas ça !

Il ne répondit pas, mais me sourit. L'avais-je jamais vu sourire vraiment ? Il porta ma main à ses lèvres. Je sentis le picotement de sa barbe, la chaleur de son souffle et sa bouche douce.

— Je suis votre serviteur, madame.

Il exerça une pression sur ma main et la lâcha, puis regarda vers le rivage. Une barque approchait, à peine visible dans le miroitement des vagues.

— Votre mari vient vous chercher. *Adieu*, madame Fraser.

Il se tourna et s'éloigna, marchant d'un pas assuré et le dos droit en dépit de la houle qui soulevait et abaissait le pont sous nos pieds.

DEUXIÈME PARTIE

L'heure de la vengeance

46

Comment éloigner les fantômes

Jamie gémit, s'étira, puis se laissa tomber lourdement sur le bord du lit.

— J'ai l'impression qu'on m'a piétiné la queue.

J'ouvris un œil.

— Ah, oui ? Qui ça ?

— Je ne sais pas, mais elle devait peser autant qu'un âne mort.

— Rallonge-toi. Tu n'as pas besoin de partir tout de suite. Repose-toi encore un peu.

— Non, je veux rentrer à la maison. On est restés absents trop longtemps.

Toutefois, il ne se leva pas pour achever de s'habiller, demeurant assis en chemise sur le lit branlant, ses mains pendant mollement entre ses cuisses.

Il paraissait exténué, ce qui n'avait rien d'étonnant. Il n'avait pas dû dormir pendant plusieurs jours, entre ses recherches pour me trouver, l'incendie du fort Johnston et ma libération du *Cruizer*. À cette pensée, un voile s'étendit sur ma bonne humeur, en dépit de ma joie, à mon réveil, d'être libre, sur la terre ferme et avec Jamie.

— Allonge-toi, répétai-je.

Je roulai dans le lit et posai une main sur son dos.

— Le jour vient à peine de se lever. Attends au moins l'heure du petit déjeuner. Tu ne peux pas voyager sans t'être reposé et avec le ventre vide.

Il regarda vers les volets fermés. La lumière pâle de l'aube filtrait par les fentes. On n'entendait encore aucun bruit dans la cuisine de l'auberge, à l'étage inférieur. Capitulant, il retomba sur l'oreiller avec un soupir.

Il ne protesta pas quand je rabattis l'édredon miteux sur lui, ni quand je me blottis contre lui, glissant un bras autour de sa taille et appuyant ma joue sur son épaule. Il sentait encore la fumée, malgré notre toilette sommaire la veille au soir, juste avant de nous effondrer sur le lit.

Mes propres articulations étaient encore endolories de fatigue... et meurtries à cause des multiples bosses et creux du mauvais matelas. Quand nous avions regagné le rivage, Ian nous attendait avec des chevaux. Nous nous étions rendus le plus loin possible avant la tombée du soir, nous arrêtant finalement dans une auberge délabrée, au milieu de nulle part, un lieu d'hébergement rudimentaire pour les charretiers en route vers la côte.

Quand l'aubergiste lui avait demandé son nom, Jamie avait répondu :

— Malcom. Alexander Malcom.

— Et John Murray, avait ajouté Ian en bâillant et en se grattant les côtes.

L'aubergiste avait hoché la tête, indifférent. Il n'avait aucune raison d'établir un lien entre ces voyageurs débraillés et une célèbre affaire de meurtre ; pourtant, j'avais ressenti un élan de panique quand il s'était tourné vers moi.

J'avais perçu l'hésitation de Jamie en donnant un faux nom, sa réticence à reprendre un des nombreux pseudonymes sous lesquels il avait vécu autrefois. Il était particulièrement fier de son vrai nom ; je pouvais juste espérer qu'avec le temps, il recouvrerait toute sa valeur.

Roger y aiderait peut-être. À présent, il devait avoir été ordonné. Cette pensée me fit sourire d'attendrissement. Il possédait un véritable don pour apaiser les dissensions entre les habitants de Fraser's Ridge et calmer leurs aigreurs. Fort de l'autorité que lui conférerait le titre de pasteur consacré, il serait encore plus influent.

Comme ce serait bon de le retrouver, ainsi que Brianna et Jemmy ! Ils me manquaient terriblement, mais je les verrais bientôt. Nous avions prévu de passer par Cross Creek et de les prendre au passage. Forcément, Brianna et Roger ignoraient tout de ce qui nous était arrivé pendant ces trois dernières semaines et ne pouvaient imaginer à quel point ces événements pourraient, désormais, influencer le cours de notre existence.

Au-dehors, les oiseaux s'en donnaient à cœur joie. Après les cris stridents des mouettes et des sternes, seul fond sonore de mes journées à bord du *Cruizer*, leurs chants me paraissaient si tendres, comme une conversation familière qui me remplit soudain de nostalgie pour nos montagnes. Je comprenais la hâte de Jamie de rentrer à la maison, même en sachant que notre vie là-bas ne serait plus ce qu'elle avait été. D'abord, les Christie auraient disparu.

Je n'avais pas eu l'occasion d'interroger Jamie sur les circonstances de ma libération. Nous avions accosté juste avant le coucher du soleil et pris la route sur-le-champ, Jamie tenant à mettre le plus de distance possible entre moi et le gouverneur Martin... et peut-être Tom Christie.

Je demandai doucement :

— Jamie... c'est toi qui as poussé Tom à s'accuser ?

— Non. Il s'est présenté à l'imprimerie de Fergus le lendemain de ton départ du palais. Il avait entendu parler de l'incendie de la prison et...

Je me redressai brusquement sur le lit.

— Quoi ? La maison du shérif Tolliver ? Personne ne m'en a rien dit !

Il roula sur le côté pour me dévisager.

— Parce que, sans doute, personne sur ton bateau ne le savait. Il n'y a pas eu de morts, *Sassenach*. Je me suis renseigné.

Qu'était devenue Sadie Ferguson ?

— Tu en es sûr ? Comment est-ce arrivé ? La foule ?

Il bâilla avant de répondre :

— Non. D'après ce que j'ai entendu, Mme Tolliver était saoule. Elle a mis trop de bois dans son feu de lessive, s'est allongée à l'ombre et s'est endormie. Les bûches ont roulé dans l'herbe sèche qui s'est embrasée, et les flammes se sont propagées jusqu'à la maison. Le voisin a senti la fumée et s'est précipité juste à temps pour traîner Mme Tolliver et le bébé hors de danger. Il a dit qu'il n'y avait personne d'autre dans le bâtiment.

Il me convainquit de me rallonger, ma tête nichée dans le creux de son épaule. Après que nous eûmes passé la nuit pressés l'un contre l'autre dans le lit étroit, sentant nos moindres mouvements, j'étais encore très consciente de son corps et lui, du mien. Tandis qu'il parlait, ses doigts exploraient mon dos, déchiffrant ses détails comme du braille.

— Pour en revenir à Tom… il connaissait *L'Oignon*, bien sûr. Il s'y est donc rendu après avoir découvert que tu n'étais plus dans la prison. Il lui avait fallu du temps pour fausser compagnie à Brown sans éveiller les soupçons et, entre-temps, tu avais quitté le palais. Quand il m'a trouvé chez Fergus, il m'a expliqué ses intentions.

Ses doigts caressaient ma nuque, et la tension accumulée dans mes cervicales disparut peu à peu.

— Je lui ai demandé d'attendre. Je voulais d'abord essayer de te libérer moi-même, mais si j'échouais…

— Tu sais qu'il ne l'a pas fait, n'est-ce pas ? Il t'a prétendu le contraire ?

— Il m'a seulement dit qu'il avait gardé le silence tant que tu avais une chance d'être jugée et acquittée, mais que, en cas de grave danger, il aurait aussitôt parlé. C'est pourquoi il avait insisté pour venir avec nous. Je… je n'ai pas posé de questions.

— Mais il ne l'a pas fait, insistai-je. Jamie, tu sais que ce n'est pas lui !

— Je sais, dit-il à voix basse.

Nous restâmes silencieux un moment. J'entendis soudain de petits coups à l'extérieur et me tendis, mais ce n'était qu'un pic-vert, chassant des insectes dans le colombage vermoulu de l'auberge.

— Tu crois qu'ils vont le pendre ?

— Sans doute.

Il avait repris ses caresses à demi conscientes, lissant des mèches derrière mon oreille. Immobile, j'écoutai les battements de son cœur, ne voulant pas poser la question suivante, mais la sachant inévitable :

— Jamie, dis-moi qu'il n'a pas fait ces faux aveux pour moi, je t'en prie.

Plus que tout le reste, cette idée m'était insupportable. Ses doigts s'immobilisèrent sur mon oreille.

— Il t'aime. Tu le sais, n'est-ce pas ?

Je revis son regard gris et franc. Tom Christie était le genre d'homme qui pensait ce qu'il disait, et qui disait ce qu'il pensait. En cela, il était comme Jamie.

— C'est ce qu'il m'a dit.

Jamie demeura silencieux de longues minutes, puis tourna la tête, sa joue reposant sur mes cheveux.

— *Sassenach*… J'en aurais fait autant. En te sauvant la vie, j'aurais considéré que je donnais la mienne pour une bonne cause. S'il ressent cela, alors tu ne lui as causé aucun tort en le laissant te rendre ta vie.

Je refusais d'y penser, ne voulais plus être hantée par ces yeux gris et clairs, par le cri des mouettes, par les lignes profondes d'affliction qui découpaient ce visage en morceaux, par sa souffrance, sa perte, sa culpabilité, ses soupçons... sa peur. Je ne voulais plus imaginer Malva se rendant dans le carré de laitues sans savoir ce qui l'y attendait, son fils lourd et paisible dans son ventre. Je ne voulais plus voir les éclaboussures de sang sombre séchant sur les feuilles de lierre.

Par-dessus tout, je ne voulais pas penser que j'étais inextricablement liée à cette tragédie... mais c'était inéluctable.

— Jamie... peut-on jamais réparer un tel gâchis ?

Il me prit la main, caressant ma paume avec son pouce.

— La petite est morte, *mo chridle*.

— Je sais. Quelqu'un l'a tuée, et ce n'était pas Tom. Oh ! mon Dieu, Jamie... qui ? Qui ?

— Je ne sais pas. Je crois que cette fille avait une grande soif d'amour... et elle le prenait là où elle le trouvait. Sauf qu'elle ne savait pas comment le rendre.

J'inspirai une grande goulée d'air et posai la question en suspens en nous depuis le meurtre.

— Tu ne penses pas que ce pourrait être Ian ?

Cela le fit presque sourire.

— Si c'était le cas, *a nighean*, on le saurait. Ian est capable de tuer, mais pas de nous faire payer à sa place.

Il avait raison. Je me sentais à la fois soulagée pour Ian et encore plus coupable envers Tom Christie.

— L'assassin pourrait aussi être un homme qui la désirait et l'aurait tuée par jalousie en apprenant sa grossesse.

— Ou quelqu'un de déjà marié, *Sassenach*. Ou une femme.

— Une femme ?

— Elle prenait l'amour là où elle le trouvait, répéta-t-il. Qu'est-ce qui te fait croire que seuls des hommes jeunes étaient susceptibles de lui en donner ?

Je fermai les yeux, visualisant toutes les possibilités. Si elle avait eu une liaison avec un homme marié – ils la convoitaient eux aussi, mais plus discrètement –, oui, il aurait pu la tuer de peur d'être découvert. Ou une femme humiliée… je revis brièvement l'image choquante de Murdina Bug, les traits déformés par l'effort, tandis qu'elle pressait un oreiller sur le visage de Lionel Brown. Arch ? Non, impensable. Avec un sentiment d'impuissance totale, je repoussai la question, voyant défiler en pensée la kyrielle de visages de Fraser's Ridge… l'un d'eux cachant une âme d'assassin.

— Non, je sais qu'on ne peut plus rien faire pour Malva et Tom. Ni même pour Allan (qui, soudain, se retrouvait sans famille dans des circonstances atroces). Mais… pour les autres ?

Pour Fraser's Ridge, notre chez-nous, notre vie, nous.

Il faisait chaud sous l'édredon, trop chaud. Je le repoussai d'un geste brusque, me redressai en position assise et soulevai ma chevelure pour m'aérer la nuque.

— Lève-toi, *Sassenach*.

Jamie sortit du lit et me prit par la main, me hissant debout. Il saisit l'ourlet de ma chemise des deux mains et me l'ôta par-dessus ma tête. Mon corps était couvert d'une rosée de transpiration. Il souffla doucement sur mes seins, un courant d'air tiède, mais délicieux qui fit durcir mes mamelons.

À son tour, il se déshabilla et ouvrit les volets pour laisser entrer la brise. La lumière pure du matin inonda la chambre, faisant briller son torse pâle, le réseau argenté de ses cicatrices, les poils dorés de ses bras et de ses jambes, son début de barbe rouille et argent. Son sexe se dressait dur et droit, son état matinal, d'une couleur profonde et douce comme le cœur d'une rose à l'ombre.

Se rapprochant de moi, il m'examina des pieds à la tête. J'étais nue comme un ver, la peau encore incrustée de cristaux de sel, les chevilles et les pieds crasseux.

— Pour ce qui est de réparer les choses... je ne sais pas, *Sassenach*, mais j'ai bien l'intention d'essayer. On pourrait commencer tout de suite, qu'en penses-tu ?

— Tu es tellement fatigué que tu tiens à peine debout, protestai-je.

Baissant un peu les yeux, j'ajoutai :

— Enfin... on ne peut pas en dire autant de certaines parties de ton anatomie.

J'avais moi-même l'impression d'être passée sous un rouleau compresseur.

— Puisqu'on a un lit à notre disposition, je n'ai pas l'intention de rester debout, *Sassenach*. Il est vrai que je ne me relèverai peut-être jamais, mais je crois pouvoir demeurer éveillé encore une dizaine de minutes. Si je m'endors, tu n'auras qu'à me pincer.

Je levai les yeux au ciel, mais ne discutai pas. Je m'allongeai sur les draps sales, mais à présent rafraîchis et, avec un léger tremblement dans le creux du ventre, j'ouvris les cuisses pour lui.

Nous fîmes l'amour comme deux créatures sous-marines, lentes et les membres lourds. Nous ne nous étions pas touchés de cette manière depuis la mort de Malva... et nous l'avions encore tous les deux présente à l'esprit.

Mais il n'y avait pas qu'elle. Je m'efforçai de me concentrer sur Jamie, fixant mon attention sur les détails intimes de son corps, si familiers... la minuscule cicatrice triangulaire et blanche sur sa gorge, les spirales auburn de sa toison et la peau hâlée dessous... mais j'étais si épuisée que mon cerveau refusait de coopérer, me projetant à la place des bribes de souvenirs dérangeants, ou, pire encore, des images fabriquées de toutes pièces.

— Ça ne va pas, dis-je au bout d'un moment. Je ne peux pas.

Je m'accrochai au matelas, serrant les draps entre mes doigts.

Il émit un petit bruit de surprise, puis roula sur le côté, me laissant moite et tremblante.

— Qu'y a-t-il, *a nighean* ?

— Je ne sais pas... Je n'arrête pas de voir... Je suis désolée, désolée, Jamie, mais je n'arrête pas de voir d'autres visages. Comme si je faisais l'amour avec d'autres... hommes.

— Ah oui ?

Il paraissait perplexe, mais pas vexé. Il rabattit le drap sur moi. Mon cœur battait à toute allure, et je n'arrivais plus à respirer, la gorge trop nouée.

« *Bolus hystericus*, pensai-je. Arrête ça tout de suite, Beauchamp. » C'était plus facile à dire qu'à faire, mais, au moins, je cessai de me croire en pleine crise cardiaque.

— Qui vois-tu ? interrogea doucement Jamie. Hodgepile et...

— Non ! m'exclamai-je révulsée. Ils... ils n'ont même pas traversé mon esprit.

Il resta allongé près de moi, sans me toucher, en attente. J'avais littéralement l'impression de tomber en morceaux.

— Qui as-tu vu, Claire ? Tu peux me le dire ?

Je répondis aussitôt avant de changer d'avis :

— Frank... et Tom. Et... et... Malva. Tout à coup, je les ai... je les ai sentis, tous... me touchant... voulant entrer en moi.

Jamie demeura silencieux. L'avais-je blessé ? Je regrettai mes aveux, mais je n'avais plus de défenses. Incapable de mentir, même pour la meilleure des raisons, je n'avais plus aucun endroit où me réfugier. Des fantômes chuchotants, avec leurs douleurs, leurs besoins, leur amour désespéré, m'assiégeaient, m'écartelaient, m'arrachaient à Jamie, à moi-même.

Tentant de résister à la dissolution, mon corps tout entier se rigidifiait. Mon visage était enfoui dans l'oreiller, cherchant à fuir, au point que je suffoquai et fus contrainte de tourner la tête de côté pour respirer.

— Claire ?

Je sentis son souffle sur mon front et rouvris les yeux. Très lentement, il effleura mes lèvres du bout des doigts. Je balbutiai :

— Tom... J'ai l'impression qu'il est déjà mort... par ma faute. C'est horrible. Je ne peux pas le supporter, Jamie. Je ne peux pas.

— Je sais.

Il hésita.

— Je peux te toucher ?

— Je ne sais pas. Essaie pour voir.

Il sourit, bien que j'aie parlé très sérieusement. Délicat, il posa sa main sur mon épaule et me fit me retourner, puis il me prit dans ses bras, lentement, pour me laisser la possibilité de le repousser. Je m'abandonnai alors.

Je m'enfouis en lui, m'accrochant à son corps comme à une bouée en pleine mer. Lui seul m'empêchait de sombrer.

Il me tint en caressant mes cheveux. Une éternité. Puis, il murmura :

— Tu peux pleurer pour eux, *mo nighean donn* ? Laisse-les entrer.

L'idée à elle seule fit renaître la panique en moi.

— Je ne peux pas.

— Pleure pour eux, répéta-t-il. Tu ne peux pas tenir un fantôme à distance.

Sa voix me pénétra plus profondément que sa verge.

— Je ne peux pas, sanglotai-je. J'ai peur. Je ne peux pas !

Pourtant, je cessai de lutter et m'ouvris à eux, au souvenir et au chagrin. Je pleurai comme si mon cœur allait se briser... et le laissai se briser, pour eux et tous ceux que je ne pouvais sauver.

— Ouvre-leur la porte et pleure pour eux, Claire, chuchota-t-il encore. Et quand ils seront partis, je te ramènerai à la maison.

47

Le vieux maître

River Run

Il avait beaucoup plu, la veille, et, si le soleil brillait, du sol encore trempé s'échappait une vapeur qui ajoutait encore à la lourdeur de l'air. Brianna avait relevé ses cheveux, mais des mèches ne cessaient de lui retomber dans les yeux. Elle en écarta une du dos de la main, ses doigts tachés du pigment qu'elle était en train de moudre. L'humidité ne lui facilitait pas la tâche, car elle rendait la poudre grumeleuse et la faisait adhérer aux parois du mortier.

Brianna n'avait pas le choix. Elle venait de recevoir une nouvelle commande, à commencer dès cet après-midi.

Jemmy traînait dans les parages, s'ennuyant et fourrant ses doigts partout, tout en fredonnant une chanson. Elle n'y prêtait pas attention, jusqu'à ce qu'elle entende des bribes de paroles. Incrédule, elle se tourna vers lui :

— Qu'est-ce que tu viens de dire ?

Il ne pouvait quand même pas être en train de chanter *Folsom Prison Blues* !

Jemmy rentra le menton et, prenant sa voix la plus grave, répondit :

— Salut, je m'appelle Johnny Cash !

264

Elle se retint de justesse d'éclater de rire.

— Qui t'a appris ça ?

Elle le savait déjà, il n'y avait qu'une seule source possible.

— C'est papa.

— Papa s'est remis à chanter ?

Roger avait enfin dû suivre les conseils de Claire, qui lui avait suggéré de changer le registre de sa voix afin de relâcher ses cordes vocales grippées.

— Papa chante tout le temps ! Il m'a appris cette chanson sur les dimanches matin et une autre sur Tom Dooley et... plein d'autres !

— Vraiment ? Mais c'est... hé, repose ça tout de suite !

Il venait de s'emparer d'une bourse remplie de garance rose.

— Oups !

Prenant un air coupable, il baissa les yeux vers le nuage de pigment rouge qui avait jailli du sac et atterri sur sa chemise. Puis, les relevant prudemment en direction de sa mère, il fit un pas vers la porte.

— Tu vas voir, « Oups » ! Ne bouge pas !

Le tenant par le col, elle frotta le devant de sa chemise avec un chiffon imbibé de térébenthine, ne parvenant qu'à étaler les particules en une grande tache rose.

Stoïque, Jemmy subit cette épreuve, dodelinant de la tête tandis qu'elle l'essuyait d'un geste énergique.

— Qu'est-ce que tu fiches ici, au fait ? Je t'avais dit d'aller te chercher de quoi t'occuper.

Après tout, ce n'étaient pas les activités qui manquaient à River Run.

Il pencha la tête et marmonna une phrase inintelligible dont elle ne comprit que le mot « peur ».

— Peur ? Mais de quoi ?

Finalement, elle trouva plus simple de lui ôter sa chemise.

— Du fantôme.

— Quel fantôme ?

Elle se tint sur ses gardes. Elle savait que pour tous les esclaves de River Run, les fantômes faisaient partie de la vie courante. Il en allait de même pour la plupart des colons écossais de Cross Creek, de Campbelton et de Fraser's Ridge, ainsi que des Allemands de Salem et de Bethania ; et d'ailleurs, de son propre père.

Elle ne pouvait déclarer simplement à son fils que les fantômes n'existaient pas… d'autant plus qu'elle n'en était pas sûre elle-même.

Jemmy releva deux yeux troublés vers elle.

— Le fantôme de *Maighistear àrsaidh*. Josh dit qu'il se promène.

Brianna sentit un mille-pattes lui remonter le long de la colonne vertébrale. *Maighistear àrsaidh*, « le vieux maître », était Hector Cameron. Malgré elle, elle jeta un coup d'œil par la fenêtre. Ils se trouvaient dans une des petites pièces au-dessus de l'écurie, où elle s'enfermait pour fabriquer ses préparations salissantes. De là où elle se tenait, le mausolée en marbre blanc d'Hector Cameron était bien visible, pointant telle une dent au milieu de la pelouse.

Cherchant à gagner du temps, elle demanda :

— Qu'est-ce qui a bien pu pousser Josh à te raconter ça ?

Sa première impulsion aurait été de préciser que les fantômes ne se promenaient pas en plein jour, mais cela aurait été reconnaître de façon implicite qu'ils déambulaient la nuit ; or, elle ne tenait pas à donner des cauchemars à son fils.

— Il dit qu'Angelina l'a vu, avant-hier, pendant la nuit. Un immense vieux fantôme.

Il ouvrit grands les bras, avec les doigts crochus, et écarquilla les yeux pour imiter Josh.

— Ah oui ? Et que faisait-il ?

Elle conservait un ton badin, donnant l'impression d'être vaguement intéressée. Cela semblait fonctionner ; pour le moment, Jemmy paraissait plus perplexe qu'apeuré.

— Il marchait, répondit-il avec un haussement d'épaules.

— Il fumait la pipe ?

Elle venait d'apercevoir un grand monsieur en train de se promener sous les arbres.

Jemmy eut l'air déconcerté.

— Je ne sais pas. Ça fume la pipe, les fantômes ?

— J'en doute, mais M. Buchanan, oui. Tu le vois, là-bas, au bord de la pelouse ?

Jemmy se hissa sur la pointe des pieds pour regarder par la fenêtre. M. Buchanan, une relation de Duncan, séjournait à River Run. En effet, il tenait une pipe entre ses lèvres.

— Si tu veux mon avis, Angelina a aperçu M. Buchanan, l'autre soir, dans la pénombre. Il était peut-être en chemise de nuit, se rendant aux toilettes. En voyant une tache blanche, elle a cru qu'il s'agissait d'un fantôme.

Jemmy réfléchit quelques instants, presque rassuré, mais quelque chose le chiffonnait.

— Josh dit qu'Angelina a vu le fantôme sortir de la tombe du vieux M. Cameron.

— M. Buchanan a peut-être fait le tour du mausolée. Quand il a surgi sur le côté, elle a eu l'impression qu'il venait de l'intérieur.

Elle évita avec soin d'évoquer pourquoi un gentleman écossais d'âge mûr aurait marché autour d'un mausolée en chemise de nuit : visiblement, cette notion n'était pas saugrenue pour Jemmy.

Elle s'abstint aussi de lui demander pourquoi Angelina était dehors, au beau milieu de la nuit, en train de voir des fantômes. La raison la plus probable ne convenait pas aux oreilles d'un enfant de son âge.

Cela lui fit repenser à Malva Christie. Peut-être un rendez-vous galant l'avait-il conduite dans le potager de sa mère. Qui ? se demanda-t-elle pour la énième fois. Elle se signa et récita une brève prière pour le repos de l'âme de la jeune fille. Qui avait pu accomplir un tel geste ? Si un fantôme refusait de dormir tranquille, c'était bien celui de Malva.

— Je pense qu'Angelina a vu M. Buchanan, répéta-t-elle d'un ton ferme. Mais, si tu as encore peur des fantômes, ou de quoi que ce soit d'autre, fais le signe de la croix et récite une prière pour ton ange gardien.

En s'entendant parler, elle eut une sensation de déjà-vu. Quelqu'un – son père ? sa mère ? – lui avait dit exactement la même chose dans son enfance. De quoi avait-elle eu peur ? Elle ne s'en souvenait plus, mais se rappelait le sentiment de sécurité que lui avait apporté la prière.

Jemmy paraissait dubitatif. Il était capable de faire le signe de croix, mais n'était pas sûr de la prière de l'ange. Elle la répéta avec lui tout en se sentant un peu coupable.

Tôt ou tard, il ferait un geste ouvertement catholique – comme le signe de la croix – devant quelqu'un d'important pour Roger. La plupart des gens présumaient que la femme du pasteur était protestante, et ceux qui connaissaient la vérité n'étaient pas en position de lui créer des soucis. Elle était au courant qu'après la mort de Malva Christie et les commérages sur ses parents, des grommellements s'étaient fait entendre parmi les ouailles de Roger, mais il refusait de s'arrêter à ce genre de remarques.

Même si elle s'inquiétait de complications religieuses potentielles pour Roger, il lui manquait cruellement. Il lui avait écrit qu'Elder McCorkle avait été retardé, mais qu'il était attendu à Edenton avant la fin de la semaine. Il faudrait patienter encore une huitaine de jours, le temps que se déroule la session presbytérienne, puis il se mettrait en route pour venir les chercher à River Run.

Il était si heureux de recevoir son ordination. Une fois qu'il aurait été ordonné, pourraient-ils le défroquer – c'est ce qui arrive à un pasteur mécréant – pour avoir une épouse catholique ?

Serait-elle capable de se convertir afin que Roger puisse obtenir ce qu'il désirait tant et dont il avait tant besoin ? Cette perspective lui noua le ventre, et elle serra Jemmy contre elle pour se rassurer. Il avait la peau moite et douce comme un bébé, mais elle sentait la dureté de ses os sous-jacents, promettant une taille digne de son père et de son grand-père. Son père... voilà une pensée rayonnante qui calmait ses angoisses.

Les cheveux de Jemmy avaient repoussé, mais elle déposa un baiser derrière son oreille gauche, là où se trouvait la marque cachée ; il voûta les épaules et se trémoussa sous le chatouillement de ses lèvres.

Puis, elle le libéra et l'envoya jouer, pendant qu'elle apportait sa chemise à Matilda, la blanchisseuse.

Quand elle reprit son travail dans son atelier, la malachite dans le mortier lui parut dégager une odeur forte et étrange. Elle se pencha dessus et la huma. C'était absurde, une pierre pilée ne se gâtait pas. Ce devait être la térébenthine ou les effluves de la pipe de M. Buchanan qui affectaient son odorat. Elle versa la poudre vert tendre dans une fiole qu'elle diluerait plus tard dans de l'huile de noix ou utiliserait dans une tempera à l'œuf.

La mine satisfaite, elle examina sa collection de boîtes et de poches, certaines fournies par tante Jocasta, d'autres que John Grey avait fait venir de Londres pour elle, ainsi que les flacons et les godets de pigments séchés qu'elle avait moulus elle-même. Que lui manquait-il d'autre ?

Sa commande consistait en un portrait de la vieille mère de M. Forbes. Cet après-midi, elle ne ferait que des esquisses préliminaires, mais elle n'aurait peut-être qu'une ou deux semaines pour achever le tableau avant l'arrivée de Roger. Elle n'avait pas de temps à...

Prise de vertige, elle s'assit brutalement. Des points noirs dansaient devant ses yeux. Elle pencha la tête en avant entre ses jambes et inspira à fond. Cela n'arrangea rien. L'air était chargé d'une odeur d'essence à laquelle s'ajoutaient les émanations animales et le remugle de l'écurie en dessous.

— Oh, mon Dieu...

La bile lui remonta dans la gorge, et elle eut à peine le temps de jeter l'eau de la bassine sur le sol avant de rendre ses tripes.

Elle reposa lentement le récipient en haletant, fixant la flaque d'eau sur le sol, sentant le monde autour d'elle se déplacer sur son axe et prendre un nouvel angle, légèrement de guingois.

— Félicitations, Roger, dit-elle à voix haute. Je crois que tu vas être de nouveau papa.

Elle resta immobile longtemps, étudiant avec soin les sensations de son corps, à la recherche d'une certitude. Avec Jemmy, elle n'avait pas été malade, mais elle se souvenait d'avoir eu les sens bizarrement altérés, cet état étrange appelé « synesthésie », où la vue, l'odorat, le toucher et même parfois l'ouïe empruntaient les caractéristiques les uns des autres.

Le malaise disparut aussi vite qu'il était apparu. L'odeur du tabac de M. Buchanan était toujours présente, mais elle avait revêtu une douce fragrance de feuilles sèches et brûlées. Cette chose odorante brun verdâtre tacheté qui s'était insinuée dans ses sinus et avait ébranlé son cerveau telle une pluie de grêlons sur un toit en zinc s'était effacée.

Elle était si concentrée sur ses sensations physiques et leur possible signification qu'elle n'entendit pas tout de suite les voix dans la pièce d'à côté. C'était l'antre modeste de Duncan, où il conservait ses registres et livres de comptes et où, pensait-elle, il se réfugiait parfois quand le grand train de la villa lui pesait.

M. Buchanan s'y tenait avec Duncan, et ce qui avait débuté par une conversation aimable commençait à présenter des signes de tension. Elle se leva et prit la bassine pour aller la vider au-dehors. Non qu'elle ne fût pas curieuse, loin de là, mais, ces derniers temps, elle veillait à n'entendre rien de plus que le strict nécessaire.

Duncan et sa tante Jocasta étaient de fervents loyalistes, et aucun de ses arguments, qu'elle formulait avec le plus de tact possible, ne les ébranlait dans leurs convictions. Elle avait surpris plus d'une discussion privée entre Duncan et des tories locaux et, comme elle connaissait la tournure que prendraient les événements, cela n'avait fait qu'accroître ses appréhensions.

Ici, dans la plaine, au cœur de la région de Cape Fear, la plupart des habitants étaient des loyalistes convaincus que la violence dans le Nord n'était le fait que de quelques chahuteurs excessifs sans lien aucun avec eux. Ils considéraient que seule une main ferme pourrait mettre ces whigs hagards au pas avant que leurs excès ne provoquent des représailles dont tout le monde pâtirait. Le fait de savoir que celles-ci arrivaient et qu'elles allaient s'abattre sur des gens qu'elle appréciait et aimait la remplissait d'une angoisse sourde et glaçante.

En ouvrant la porte, elle entendit la voix impatiente de Buchanan :

— Quand alors ? Ils n'attendront pas, Duncan. Il leur faut l'argent avant mercredi prochain, autrement Dunkling vendra ses armes ailleurs. C'est la loi du marché. Si on lui promet de l'or, il attendra peut-être un peu, mais pas longtemps.

— Oui, je sais, je sais, Sawny. Si je peux, je le ferai.

— « Si » ? s'écria Buchanan. Comment ça, « si » ? Jusqu'à présent, c'était toujours : « Oui, oui, Sawny », « Pas de problème, Sawny », « Dis à Dunkling que c'est bon, Sawny », « Bien sûr, Sawny »…

— J'ai dit que, si je le peux, je le ferai, Alexander.

La voix de Duncan prit soudain un timbre d'acier que Brianna ne lui avait encore jamais entendu.

Buchanan lâcha une grossièreté en gaélique, et la porte du bureau s'ouvrit brusquement. Il sortit avec un tel empressement qu'il l'aperçut à peine, lui adressant un vague salut de la tête en passant devant elle.

Ce qui était aussi bien, puisqu'elle tenait une cuvette pleine de vomi.

Avant qu'elle n'ait eu le temps de s'en débarrasser, Duncan surgit à son tour, énervé et extrêmement préoccupé. Toutefois, il la remarqua.

— Comment ça va, ma petite ? Tu n'as pas l'air dans ton assiette. Tu as mangé quelque chose qui ne t'a pas réussi ?

— Oui, je crois, mais tout est rentré dans l'ordre à présent.

Elle déposa la bassine sur le sol de la pièce qu'elle venait de quitter et referma la porte.

— Euh… tout va bien, Duncan ?

Il hésita un instant, mais ce qui le perturbait semblait trop encombrant pour qu'il le garde pour lui. Il jeta un coup d'œil à la ronde, s'assurant qu'aucun esclave n'était dans les parages, puis se rapprocha et baissa la voix :

— Dis-moi… tu n'aurais rien remarqué d'inhabituel ces derniers temps, *a nighean* ?

— D'inhabituel… comment ?

Il passa un doigt sous son épaisse moustache, mal à l'aise, puis chuchota :

— Près de la tombe d'Hector Cameron.

Elle tressaillit, posant instinctivement une main sur son ventre.

— Ah, tu as bien vu quelque chose, alors ?

— Pas moi.

Elle lui parla de Jemmy, d'Angelina et du fantôme.

— J'ai pensé qu'il s'agissait de M. Buchanan, acheva-t-elle.

— Mmm... c'est une idée... Mais non, c'est impossible. Il n'a pas pu, mais c'est une idée...

— Duncan, dis-moi ce qui se passe.

Il prit une profonde inspiration, la mine perplexe, puis expira lentement, ses épaules s'affaissant.

— L'or... Il a disparu.

Sept mille livres en lingots d'or constituaient une somme imposante, dans tous les sens du terme. Elle ignorait le poids que cela représentait, mais ils en avaient complètement rempli le cercueil de Jocasta, entreposé près de celui d'Hector Cameron, dans le mausolée familial.

— Comment ça, « disparu » ? Tu veux dire... tout ?

Duncan lui prit le bras d'un air affolé.

— Je t'en prie, parle plus bas ! Oui, la totalité.

— Quand a-t-il disparu ? Ou plutôt, quand t'en es-tu aperçu ?

— La nuit dernière.

Il lança de nouveau un regard autour d'eux, puis indiqua son bureau d'un geste du menton.

— Entre, je vais t'expliquer.

Son agitation retombait peu à peu à mesure qu'il lui racontait son histoire. Quand il eut terminé, il paraissait nettement mieux.

Les sept mille livres étaient ce qu'il restait des dix mille d'origine, qui étaient à leur tour un tiers des trente mille envoyées trop tard par Louis de France pour soutenir le retour raté de Charles Stuart sur les trônes d'Angleterre et d'Écosse.

— Hector était un homme prudent, expliqua Duncan. Il menait grand train, mais sans jamais dépasser les moyens d'une plantation comme celle-ci.

Il avait dépensé mille livres pour acheter les terres et faire construire la villa, puis, au fil des ans, mille autres en esclaves, têtes de bétail, etc. Il en avait également placé mille dans des banques, ne supportant pas de voir tout cet argent dormir sans rapporter d'intérêts. Duncan ajouta avec un sourire ironique :

— Il était trop malin pour attirer l'attention en plaçant la totalité. Il avait probablement l'intention d'investir le reste peu à peu, mais il est mort avant.

Il avait donc laissé derrière lui une veuve très riche. Toutefois, Jocasta était encore plus prudente et discrète que lui, et l'or était sagement resté dans sa cachette, mis à part un lingot prélevé de temps à autre et transformé en monnaie sonnante et trébuchante par Ulysse. Brianna se souvint soudain que le dernier lingot en question avait, lui aussi, disparu.

Celui qui l'avait volé avait peut-être compris qu'il en existait d'autres et avait cherché, patiemment, discrètement, jusqu'à les trouver.

— Tu as entendu parler du général MacDonald ? lui demanda Duncan.

Ce nom avait souvent surgi, ici et là, au cours des conversations. C'était un général écossais à la retraite, avait-elle présumé, en visite dans la région et séjournant dans diverses grandes familles. En revanche, elle ne connaissait pas avec exactitude la raison de sa présence.

— Il est venu chercher des hommes des Highlands, trois ou quatre mille, afin de constituer une armée et de marcher vers la côte. Le gouverneur a demandé de l'aide à la Couronne. Plusieurs navires de guerre sont en route. Les soldats du général traverseront la vallée de Cape Fear pour rencontrer le gouverneur et ses troupes près de la mer, et prendre en tenailles les milices rebelles en train de se former.

— Et tu comptais leur donner l'or... ou plutôt, des armes et de la poudre achetées avec l'or.

Il acquiesça, se lissant les moustaches d'un air navré.

— À un certain Dunkling, une connaissance d'Alexander. C'est un des lieutenants de lord Dunsmore qui se trouve actuellement en Virginie.

— Sauf que l'or n'est plus là.

— En effet. Ce qui me fait m'interroger sur le fantôme du petit Jemmy.

Assurément, il fallait être un fantôme pour pénétrer dans une propriété pleine de monde telle que River Run et déplacer plusieurs centaines de livres en or sans se faire remarquer...

Un bruit de pas dans l'escalier fit tressaillir Duncan, mais ce n'était que Josh, un des palefreniers noirs, qui toqua timidement à la porte, tordant son chapeau entre ses doigts.

— Mademoiselle Brianna, il faudrait songer à partir si vous voulez de la lumière pour vos dessins.

Une bonne heure serait en effet nécessaire pour se rendre à Cross Creek et à la maison de maître Forbes, et le soleil était déjà haut.

Elle baissa les yeux vers ses mains tachées de vert. Elle devait d'abord faire un brin de toilette.

— Vas-y, ma petite, lui dit Duncan.

Il paraissait encore soucieux, mais soulagé d'avoir pu partager un peu son fardeau.

Elle l'embrassa avec affection sur le front et suivit Josh. Elle était inquiète, mais pas uniquement à cause de l'or disparu et des fantômes rôdant sur le domaine. Si le général MacDonald voulait mobiliser des soldats parmi les Highlanders, un des premiers auxquels il s'adresserait serait son père.

Comme le lui avait écrit Roger un jour : « Jamie saura mieux que personne marcher sur la corde raide entre les whigs et les tories, mais le moment venu, il lui faudra bien faire le grand saut. »

Ce moment était arrivé à Mecklenberg. La véritable épreuve du feu, à présent, s'appellerait MacDonald.

48

Villégiature au bord de la mer

Estimant plus prudent de ne pas se montrer dans ses repaires habituels pendant un certain temps, Neil Forbes avait décidé de se rendre à Edenton avec l'excuse d'emmener sa mère âgée voir sa sœur encore plus âgée. Il était ravi du long voyage, en dépit des jérémiades de Mme mère, gênée par le nuage de poussière soulevé par la voiture roulant devant la leur.

Il était navré d'être privé de la contemplation de la voiture en question, une charmante petite berline aux roues hautes et aux fenêtres fermées, les rideaux tirés. Toutefois, en fils dévoué, il était allé parler au cocher lors de l'arrêt au relais suivant, et l'homme avait aimablement accepté de les laisser passer devant, restant à une distance respectueuse derrière eux.

Relevant le nez de la broche en grenats qu'elle était en train de remettre, sa mère lui demanda :

— Mais qu'as-tu à regarder sans cesse par la fenêtre, Neil ?

— Rien, maman. J'admire le paysage. C'est une si belle journée, n'est-ce pas ?

— Mmmoui... répondit-elle peu convaincue. Un peu trop chaude et lourde, si tu veux mon avis.

— Ne t'inquiète pas, *a leannan*. Nous serons bientôt à Edenton. Il y fera plus frais. Rien de tel qu'une bonne brise marine pour remettre un peu de rose sur ces joues !

49

La ronde de nuit

La maison du révérend McMillan était située au bord de la mer, une bénédiction, par ce temps humide et lourd. Le soir, la brise marine chassait la chaleur, la fumée des foyers et les moustiques. Après le dîner, les hommes s'asseyaient sous le porche, fumant la pipe en savourant cet instant de répit.

Le plaisir de Roger était un peu teinté de culpabilité, à la pensée que Mme McMillan et ses trois filles étaient en train de débarrasser la table, laver la vaisselle, balayer, faire bouillir les os restants du dîner avec des lentilles pour la soupe du lendemain, coucher les enfants, et toutes les autres corvées habituelles dans l'atmosphère confinée et étouffante de la maison. Chez lui, il se serait senti obligé de participer, ne serait-ce que pour ne pas essuyer le courroux de sa femme. Ici, des regards ahuris suivis d'une profonde suspicion auraient accueilli une telle offre. Il resta donc tranquillement sous le porche, observant les bateaux de pêche rentrer au port, sirotant une mixture qui se voulait du café et bavardant agréablement avec les hommes.

Tout compte fait, la répartition des rôles entre les sexes, au XVIIIe siècle, avait aussi du bon.

Ses compagnons discutaient des dernières nouvelles venues du sud : la fuite du gouverneur Martin de New

Bern et l'incendie du fort Johnston. Le climat politique d'Edenton était fortement whig, et la compagnie, en grande partie cléricale. Étaient présents le révérend professeur McCorkle, son secrétaire Warren Lee, les révérends Jay McMillan et Patrick Dugan, ainsi que quatre autres « aspirants ordinands », outre lui-même. Toutefois, sous la surface cordiale de la conversation, on percevait des courants politiques adverses.

Roger parlait peu, ne voulant pas offenser son hôte en prenant part à une querelle. De plus, il aspirait au calme afin de mieux se concentrer sur son avenir proche.

Puis, la discussion prit un nouveau tour, et il ne put s'empêcher de tendre l'oreille. Le Congrès continental s'était réuni à Philadelphie deux mois plus tôt, confiant au général Washington le commandement de l'armée continentale. Warren Lee s'était trouvé à Philadelphie en même temps et leur racontait la bataille de Breed's Hill, à laquelle il avait participé :

— Le général Putnam avait déversé des carrioles de terre et de broussailles à l'entrée de la péninsule de Charleston. Le colonel Prescott s'y tenait déjà, avec des compagnies de miliciens venues du Massachusetts. Doux Jésus, vous n'imaginez pas la puanteur qui se dégageait de ces camps !

Warren avait un léger accent chantant venu du Sud – il était virginien. Son ton badin disparut lorsqu'il aborda la suite :

— Le général Ward avait donné l'ordre de fortifier une colline appelée « Bunker Hill » en raison d'une vieille redoute à son sommet. Mais le colonel Prescott, qui l'avait inspectée avec M. Gridley, un ingénieur, l'avait trouvée inadaptée. Il n'y laissa donc qu'un détachement et préféra s'installer sur Breed's Hill, qu'il jugeait plus appropriée en raison de sa proximité avec le port. N'oubliez pas que tout cela se passait de nuit. J'étais avec une des compagnies du Massachusetts.

Nous avons passé toute la nuit, entre minuit et l'aube, à creuser des tranchées et à ériger des talus de près de deux mètres tout le long du périmètre. À l'aube, nous nous sommes tapis derrière nos fortifications ; il était moins une, car un navire anglais était entré dans le port, le *Lively*. Dès les premières lueurs du jour, il ouvrit le feu. Le spectacle valait son pesant d'or, car une brume flottait encore au-dessus de l'eau illuminée de rouge par les coups de canon. Toutefois, ils n'ont pas fait grand mal, car la plupart des boulets sont tombés dans le port. J'ai même vu un baleinier amarré au quai être touché. Il a brûlé comme un fétu de paille. De là où j'étais placé, j'apercevais les marins se jeter à l'eau en bondissant du pont comme des puces, d'autres courir sur la jetée en agitant le poing. Puis, le *Lively* a lâché une nouvelle bordée, et ils ont tous détalé comme des lapins.

La nuit étant presque tombée, le jeune visage de Lee était invisible dans la pénombre.

— Une petite batterie perchée sur Copp's Hill a riposté, et plusieurs autres navires ont tiré un boulet ou deux, mais comme il était clair que tout cela ne servait à rien, chacun a cessé. Puis, des gars du New Hampshire sont venus nous rejoindre, ce qui nous a mis du baume au cœur. Mais entre-temps, le général Putnam avait envoyé un bon nombre d'hommes travailler de nouveau sur les fortifications de Bunker Hill. Du coup, les combattants du New Hampshire, accroupis dans l'herbe, n'avaient personne pour les couvrir et pratiquement rien derrière quoi s'abriter, hormis quelques clôtures envahies de mousse. En les voyant au loin tout en bas, j'étais bien content d'avoir plusieurs mètres de remblai pour me protéger, vous pouvez me croire, messieurs !

Étincelantes sous le soleil de midi, les troupes britanniques avaient ensuite entrepris de traverser le fleuve

Charles, avec les navires de guerre derrière elles et des batteries sur la rive pour les couvrir de leur feu.

— Nous n'avons pas riposté, bien sûr. Nous n'avions pas de canons.

Roger ne put s'empêcher de lui demander :

— Est-il vrai que le colonel Stark a dit : « Ne tirez pas avant de voir le blanc de leurs yeux » ?

Lee toussota dans le creux de son poing.

— Euh... Je ne saurais affirmer avec certitude ce que chacun a dit, ne l'ayant pas entendu personnellement. En revanche, j'ai bien entendu un colonel déclarer : « Si un seul de vous, fils de putes, gaspille sa poudre avant que ces bâtards soient assez proches pour être tués à coup sûr, je me chargerai moi-même de lui enfoncer son mousquet dans le cul. »

L'assemblée explosa de rire. L'apparition de Mme McMillan, venue demander si quelqu'un voulait des rafraîchissements et s'enquérant de la cause d'une telle hilarité, les calma aussitôt. Ils écoutèrent la suite du récit en prenant des mines graves.

— Je disais donc... ils venaient vers nous, traversant le fleuve. La vision était impressionnante. Il y avait plusieurs régiments, tous de couleurs différentes : des fusiliers, des grenadiers, des divisions de la marine royale et de nombreux soldats d'infanterie légère, s'avançant telles des colonnes de fourmis et tout aussi féroces. Je ne vais pas prétendre être un modèle de courage, messieurs, mais je dois dire que les hommes qui m'accompagnaient ne manquaient pas de cran. Nous avons laissé l'ennemi venir jusqu'à trois mètres avant de tirer notre première salve. La première rangée est tombée, mais les hommes ont continué d'avancer. Nous avons tiré de nouveau. Des officiers de cavalerie s'approchaient. J'en ai touché un. Il s'est affalé sur l'encolure de sa monture, et son cheval l'a emporté, la tête dodelinante, mais il n'est pas tombé de sa selle...

La voix de Lee avait perdu un peu de sa couleur. Roger aperçut la silhouette costaude du révérend McCorkle se pencher légèrement vers son secrétaire pour lui tapoter l'épaule.

— Ils ont lancé un troisième assaut. Nous étions pratiquement à court de munitions. Ils ont alors escaladé nos remblais et se sont mis à casser nos barricades, pointant leurs baïonnettes.

Roger était assis sur les marches du porche, plus bas que Lee. Il entendait la voix du jeune homme trembloter.

— Nous avons reculé. C'est la formule consacrée, mais en réalité, nous avons détalé. Une baïonnette qui transperce le corps d'un homme, cela fait un bruit terrible… affreux. Je ne peux même pas le décrire. Pourtant, je l'ai entendu plus d'une fois. Bien des hommes ont connu ce triste sort, ce jour-là, embrochés, puis, la lame sortie, abandonnés agonisants sur le sol, se trémoussant comme des poissons hors de l'eau.

Roger avait déjà vu et manipulé des baïonnettes du XVIIIe siècle. Une lame triangulaire d'une quarantaine de centimètres, lourde et brutale, avec un sillon creusé sur le côté pour laisser s'écouler le sang. Soudain, il songea à la cicatrice profonde sur la cuisse de Jamie. Marmonnant une excuse, il se leva et marcha vers la plage, s'arrêtant un instant pour ôter ses souliers et ses bas.

Sous ses pieds nus, le sable et les galets étaient frais et luisants, mouillés par la marée descendante. La brise agitait les feuilles de palmiers nains derrière lui, et un vol de pélicans se posa sur la grève, les grands oiseaux solennels se détachant sur les dernières lueurs du jour. Il s'avança dans l'eau, les vaguelettes lui léchant les chevilles, le sable s'enfonçant sous ses talons.

Au loin, vers le détroit d'Albemarle, il apercevait des lumières. Des bateaux de pêche avaient allumé leurs lanternes, qui se balançaient, semblant flotter dans l'air, leurs reflets clignotant sur les vagues, telles des lucioles.

Les premières étoiles commençaient à poindre. Il leva le nez vers le ciel, essayant de vider sa tête et son cœur, s'ouvrant à l'amour de Dieu.

Demain, il serait pasteur. « Tu es Sacrificateur pour l'éternité, selon l'ordre de Melchisédech », disait le sacrement de l'ordination en citant la Bible.

Quand il en avait parlé à Brianna, elle lui avait demandé :

— Tu as peur ?

— Oui, répondit-il encore à voix haute.

Il suivit la marée à mesure qu'elle se retirait, marchant vers le large, ne voulant pas quitter la caresse rythmique des vagues.

— Le feras-tu quand même ? avait poursuivi Brianna.

— Oui, répéta-t-il.

Il n'avait pas la moindre idée de ce qu'il acceptait, mais il y consentait. Loin derrière lui, il entendit des éclats de rire provenant du porche de McMillan. Ils avaient cessé de parler de la guerre et de la mort.

L'un d'entre eux avait-il déjà tué un homme ? Lee, peut-être. Le révérend McCorkle ? C'était très improbable, mais pas impossible. Il s'éloigna encore un peu pour s'isoler dans le bruit des vagues et du vent.

Un examen de conscience. Voilà ce qu'accomplissaient les écuyers avant d'être sacrés chevaliers. Ils s'isolaient dans une église ou une chapelle, montant la garde toute la nuit, éclairés à la lueur des cierges, priant.

Que demandaient-ils à Dieu ? Un esprit pur, la ténacité. Du courage ? Ou peut-être le pardon ?

Il n'avait pas souhaité la mort de Randall Lillington. Cela avait été presque un accident, de l'autodéfense. Au moment de cet événement, il traquait Stephen Bonnet, et lui, en revanche, il avait vraiment voulu le tuer de ses propres mains. Quant à Harley Boble... il revoyait encore ses yeux brillants, ressentait toujours dans son bras la réverbération du coup sur son crâne, entendait les os se briser. Oui, il l'avait voulue. Il aurait pu arrêter sa main, mais ne l'avait pas fait.

Demain, il jurerait devant Dieu qu'il croyait au dogme de la prédestination, que tous ses actes avaient été décidés à l'avance. Peut-être.

« Je n'y crois peut-être pas tant que ça. Oh ! Seigneur, pardonne-moi, un bon prêtre peut-il douter ? Je pense que tout le monde a des incertitudes, mais j'en ai tant ! Fais-moi savoir maintenant si je suis digne d'être ordonné, avant qu'il ne soit trop tard. »

Le velours noir du ciel était à présent tapissé d'étoiles. Derrière lui, il entendit un crissement de pas sur les galets et les algues. Il distingua la longue silhouette dégingandée de Warren Lee, secrétaire du révérend McCorkle et ancien milicien.

— J'avais besoin de prendre un peu d'air frais, expliqua-t-il.

Heureusement, le jeune homme ne semblait pas avoir envie de discuter. Ils contemplèrent côte à côte les allées et venues des bateaux de pêche, puis, dans un accord tacite, tournèrent les talons et revinrent vers la maison. Allumée derrière une fenêtre, une bougie les guidait.

— Vous savez, cet officier sur lequel j'ai tiré, lança Lee tout d'un coup, je prie pour lui. Tous les soirs.

Puis il se tut aussi vite, honteux. Roger essaya de se souvenir s'il avait déjà prié pour Lillington ou Boble.

— Je prierai pour lui aussi, murmura-t-il.

— Merci.

Une fois revenus, ils s'assirent sur les marches de l'entrée déserte pour essuyer leurs pieds et se rechausser. La porte s'ouvrit derrière eux, et le révérend McMillan apparut.

— Monsieur MacKenzie ?

Quelque chose dans le son de sa voix fit aussitôt se lever Roger, le cœur battant.

— Vous avez un visiteur.

Roger aperçut la haute silhouette derrière le révérend et comprit avant même de voir les traits pâles de son beau-père.

— Il a enlevé Brianna. Viens !

50

L'Anémone

Des pas allaient et venaient au-dessus de sa tête. Elle entendait des voix, mais ne parvenait pas à distinguer le sens de ce qu'elles disaient. Il y eut un chœur d'exclamations joviales du côté donnant sur le quai, auquel répondirent des cris et des rires féminins.

La cabine possédait une grande fenêtre à croisillons. Pouvait-on parler de fenêtre, sur un navire, ou existait-il un terme nautique spécial ? Située derrière la couchette, l'ouverture donnait sur un coin de la poupe. Les verres étaient petits et épais, joints par des meneaux en plomb. Pas moyen de s'évader par là, mais au moins, elle serait peut-être capable de savoir où elle se trouvait.

Surmontant son dégoût, elle grimpa sur les draps sales et froissés, et approcha son visage d'un des carreaux ouverts, inspirant de grandes goulées. La cabine empestait le renfermé et le moisi, mais l'air du port chargé d'odeurs de poissons crevés, d'égouts et de vase ne valait guère mieux.

Elle apercevait un bout de quai sur lequel s'agitaient des silhouettes. Un feu brûlait devant un bâtiment bas blanchi à la chaux et couvert d'un toit en feuilles de palmier. Il faisait trop sombre pour voir au-delà. À en juger par les bruits de foule sur les docks, ce devait être une petite ville.

Des voix approchaient de l'autre côté de la porte.

— … le verrai sur Ocracoke, la prochaine nuit sans lune.

Une autre voix répondit en marmonnant, puis la porte s'ouvrit.

— Tu veux te joindre à nous, ma belle ? Non, ne me dis pas que tu as commencé sans moi !

À genoux sur le lit, elle fit volte-face, estomaquée. Stephen Bonnet était planté sur le seuil, une bouteille à la main et le sourire aux lèvres. Elle inspira pour surmonter son choc et manqua de suffoquer sous la puanteur de sperme rance et de sueur émanant des draps sous elle. Elle descendit de la couchette tant bien que mal, se prenant les pieds dans sa jupe qui se déchira à la taille.

— Où sommes-nous ? demanda-t-elle d'une voix aiguë.

— À bord de l'*Anémone*.

— Ce n'est pas ce que je vous ai demandé !

Quand les hommes l'avaient arrachée de son cheval, les cols de sa robe et de sa chemise s'étaient déchirés dans sa lutte, dévoilant un sein. Elle le cacha d'une main et tenta de rabattre le tissu sur son épaule.

Il posa sa bouteille sur la table et dénoua sa cravate.

— Ah, ça fait du bien !

Il se massa le cou, révélant une ligne rouge sombre en travers de sa gorge. Cette vision renvoya à Brianna l'image brutale et claire de la blessure de Roger.

Elle s'efforça de prendre une voix plus grave et de le fixer, le regard perçant. Elle ne s'attendait pas à ce que cette attitude – qui fonctionnait sur les métayers de son père – impressionne beaucoup Bonnet, mais cela l'aida à retrouver un peu d'assurance.

— Je veux savoir comment s'appelle cette ville.

— Ah ! Mais il suffisait de poser la question, ma cocotte.

Il ôta sa veste et la lança sur un tabouret. Froissée et humide, sa chemise lui collait au torse.

— Roanoke. Tu devrais enlever ta robe, chérie. Il fait une chaleur d'enfer.

Pendant qu'il dénouait ses lacets de chemise, elle balaya la cabine des yeux, à la recherche d'une arme. Tabouret, lampe, livre de bord, bouteille... là ! Un bout de bois pointu apparaissait sous le fouillis, sur la table. Un épissoir.

Bonnet plissa le front, concentré sur le nœud d'un lacet qui lui résistait. En deux enjambées, elle rejoignit la table et saisit le poinçon, en faisant voler le fatras sur le sol.

— Reculez !

Elle brandit l'objet en le tenant des deux mains comme une batte de base-ball. Son dos ruisselait de transpiration, mais ses paumes étaient glacées, la terreur frémissant sous sa peau.

Il la dévisagea, comme si elle était devenue folle.

— Mais que comptes-tu faire avec ça, ma pauvre ?

Il avança d'un pas, elle recula d'autant, levant son arme plus haut.

— Ne vous avisez pas de me toucher !

Il écarquilla ses grands yeux vert pâle, un sourire en coin. Il fit encore un pas en avant, puis un autre. Elle sentit sa peur bouillir dans une éruption de rage. Elle voûta les épaules, prête à l'assaut.

— Je suis sérieuse ! Reculez, ou je vous tue ! Cette fois, je connais le père de l'enfant que je porte, et je le défendrai jusqu'à la mort !

Il levait déjà la main pour lui attraper l'épissoir, mais suspendit aussi sec son geste.

— Un enfant ? Tu es enceinte ?

Elle entendait son sang bourdonner dans ses oreilles. Elle resserra sa prise sur le manche, essayant d'entretenir sa rage, mais elle faiblissait déjà.

— Je crois. J'en aurai le cœur net dans deux semaines.

— Hmm !

Il recula, l'inspectant des pieds à la tête. Son regard se promena lentement sur tout son corps et s'arrêta sur son sein nu. Puis, sans la moindre intention lascive, il se pencha en avant et y posa la main. Stupéfaite, elle se figea pendant qu'il le soupesait, le malaxant comme un pamplemousse qu'il envisageait d'acheter au marché. Elle finit par réagir et le frappa au bras avec l'outil. Toutefois, elle se tenait trop près, et le coup rebondit sans grand effet. Il recula, massant l'endroit atteint comme si de rien n'était. Puis il se tripota la braguette, remettant de l'ordre dans ses parties sans la moindre gêne.

— Ma foi, c'est bien possible. C'est une chance qu'on soit encore au port.

Elle ne comprit pas le sens de ces paroles, mais peu lui importait. Apparemment, il avait changé d'avis, et l'intense soulagement qu'elle ressentait lui coupa les jambes. Elle tomba assise sur un tabouret, son arme cognant le plancher.

Bonnet sortit la tête dans la coursive et appela un certain Orden. Ce dernier n'apparut pas, mais, quelques instants plus tard, une voix répondit en marmonnant devant la cabine.

— Va me chercher une putain sur les docks, ordonna Bonnet. Vérifie qu'elle soit propre ! Et pas trop vieille.

Il referma la porte et fouilla sur la table jusqu'à ce qu'il déniche un gobelet en étain. Il se versa un verre, en but la moitié, puis sembla se rappeler que Brianna était toujours là. Il lui tendit la bouteille, l'air interrogateur.

Elle fit signe que non. Un mince espoir venait de naître dans un recoin de son esprit. Bonnet possédait un vague fond de galanterie, ou du moins de décence. Il était revenu la chercher dans l'entrepôt en flammes et lui avait laissé la pierre précieuse pour ce qu'il croyait être son enfant. À présent, il avait arrêté de lui faire des avances en apprenant qu'elle en attendait un autre.

Peut-être la laisserait-il partir, surtout si elle ne lui était plus d'aucune utilité.

— Alors... vous ne voulez pas de moi ?

Elle fléchissait déjà les genoux, s'apprêtant à bondir et à courir dès que la porte s'ouvrirait à l'arrivée de sa remplaçante. Du moins, elle espérait pouvoir courir sur ses jambes encore flageolantes.

Bonnet la regarda, surpris.

— J'ai déjà goûté à ta chatte une fois, ma poule. Je me souviens encore de ta toison rousse, ravissante certes, mais l'expérience n'était pas à ce point mémorable que je trépigne d'impatience de recommencer. T'inquiète pas, chérie, ton tour viendra. Cependant, pour l'instant, LeRoi a besoin de se dégourdir.

— Mais alors, qu'est-ce que je fais ici ?

Il se tripota de nouveau l'entrejambe, l'esprit ailleurs.

— Hein ? Ah, un gentleman m'a payé pour que je t'emmène à Londres, ma poule. Tu ne savais pas ?

Elle croisa les bras sur son ventre, comme si elle venait de recevoir un coup de poing.

— Mais... mais quel gentleman ? Et pourquoi ? Pourquoi ?

Il la dévisagea quelques secondes, puis conclut qu'il n'avait aucune raison de ne pas le lui dire.

— Forbes. Tu le connais, n'est-ce pas ?

Sa stupeur raviva sa fureur.

— Ce... ce... salaud !

Les bandits armés qui les avaient arrêtés, Josh et elle, les avaient jetés au bas de leurs selles et les avaient traînés de force dans une voiture fermée étaient donc des hommes de Forbes ! Ils avaient roulé pendant des jours dans cette voiture cahotante jusqu'à la côte. Là, on les avait fait sortir, hirsutes et puants, avant de les pousser à bord du navire.

— Où est Joshua ? Le jeune homme noir qui était avec moi.

Bonnet prit un air perplexe.

— Il y avait quelqu'un avec toi ? Ils ont dû le mettre dans la cale, avec le reste de la marchandise. En guise de prime, je suppose.

Il se mit à rire. Le fait de connaître la raison de son enlèvement atténuait un peu la rage qui s'était emparée de Brianna. Toutefois, le rire de Bonnet fit naître en elle un doute sourd.

— Que voulez-vous dire par « prime » ?

Bonnet se gratta la joue.

— M. Forbes voulait juste que tu débarrasses le plancher, enfin, c'est ce qu'il m'a raconté. Je me demande bien ce que tu lui as fait. En tout cas, il a déjà payé pour ton voyage, et j'ai l'impression qu'il se fiche bien de savoir où tu atterriras.

— Où j'atterrirai ?

— Bien oui, après tout, ma poule, pourquoi se donner le mal de t'emmener jusqu'à Londres, où tu ne serviras à rien ni à personne ? En plus, il pleut tout le temps, à Londres, ça ne te plairait pas.

Avant qu'elle ait pu poser plus de questions, la porte s'ouvrit, et une jeune femme entra, refermant le battant en silence derrière elle.

Elle devait avoir une vingtaine d'années, même si son sourire révéla une dent en moins. Elle était potelée et pas franchement jolie, mais propre, selon les critères locaux. Cependant, l'odeur de sa sueur et de l'eau de Cologne bon marché dont elle s'était copieusement arrosée se répandit dans la cabine, soulevant de nouveau le cœur de Brianna.

— Salut, Stephen.

Elle se hissa sur la pointe des pieds pour déposer un baiser sur la joue de Bonnet.

— Sois un chou et sers-moi donc un verre.

Elle examina Brianna avec un détachement professionnel, puis se gratta le cou en regardant Bonnet.

— Tu nous veux toutes les deux en même temps ou tu préfères qu'on commence d'abord, elle et moi, pendant que tu regardes ? Dans un cas comme dans l'autre, ça fera une livre en sus.

Bonnet ne daigna pas répondre, mais lui mit la bouteille dans les mains et lui ôta le fichu qui masquait ses seins lourds. Puis il déboutonna sa braguette, laissa tomber ses culottes au sol et, sans perdre plus de temps, saisit la femme par la taille et la plaqua contre la porte.

Buvant à la bouteille d'une main, elle remonta ses jupes de l'autre, écartant ses jupons de façon experte, se dénudant jusqu'à la taille. Brianna entraperçut des cuisses vigoureuses et un fragment de toison brune qui fut bientôt caché par les fesses de Bonnet, recouvertes d'un duvet blond et contractées par l'effort.

Elle détourna les yeux, les joues en feu, mais une fascination morbide la fit regarder de nouveau. La putain se tenait sur la pointe des pieds, les genoux à peine fléchis pour faciliter la tâche de son client, et les yeux impassibles, tandis qu'il se trémoussait en grognant. D'une main, elle buvait au goulot, de l'autre, elle lui tapotait le dos, de manière encourageante. Elle croisa le regard de Brianna et lui fit un clin d'œil tout en susurrant à l'oreille de Bonnet :

— Oh oui... oh OUI ! Mmm, c'est bon, mon amour, comme c'est bon...

La porte de la cabine s'ébranlait à chaque coup de reins. Brianna entendit des rires dans la coursive, tant masculins que féminins. Apparemment, Orden avait ramené de quoi satisfaire non seulement le capitaine, mais aussi son équipage.

Bonnet s'agita encore une ou deux minutes, puis poussa un gémissement sonore, ses mouvements devenant soudain saccadés et maladroits. La putain l'aida d'une main sous ses fesses, le pressant contre elle jusqu'à ce qu'il se relâche tout à fait. Elle le soutint encore quelques instants, lui donnant de petites tapes dans le dos, comme une mère faisant faire son rot à son enfant.

Il s'écarta, le visage rouge vif et haletant, et remercia la fille d'un signe de tête. Puis, il renfila ses culottes et indiqua le fouillis sur la table.

— Tu trouveras ta paie là-dedans, chérie, mais rends-moi ma bouteille.

La putain fit une moue boudeuse, puis avala une dernière gorgée avant de rendre le récipient, à présent aux trois quarts vide. Elle sortit un linge de la poche attachée à sa taille et s'essuya l'entrecuisse avant de replacer ses jupes et de s'approcher de la table, cherchant les pièces éparpillées qu'elle jeta une à une dans le fond de sa poche.

Rhabillé, Bonnet sortit sans même un regard vers les deux femmes. L'atmosphère confinée de la cabine était chargée de l'odeur du sexe, et Brianna sentit son estomac se nouer. Pas par répulsion, mais par panique. Le puissant relent mâle avait déclenché en elle une réaction instinctive qui lui picotait le bas-ventre. L'espace d'un instant déconcertant, elle eut la sensation de la peau de Roger glissant contre la sienne, leurs sueurs mélangées faisant adhérer leurs corps, ses seins gonflés d'envie.

Elle serra les cuisses et les poings, pinçant fort les lèvres. La dernière des choses à faire était de penser à Roger et au sexe à ce moment précis, et tant qu'elle ne se trouverait pas à des kilomètres de Stephen Bonnet. Elle refoula résolument cette pensée, cherchant plutôt un moyen d'engager la conversation avec la prostituée.

La jeune femme sembla le pressentir et lui lança un coup d'œil, notant à la fois l'état délabré de sa robe et sa qualité. Puis, elle se replongea dans sa pêche aux pièces de monnaie. Quand elle aurait rassemblé ses honoraires, elle partirait, retournant sur les docks. C'était une occasion de faire parvenir un message à Roger et à ses parents. Ses chances étaient maigres, mais cela valait la peine d'essayer.

— Vous... euh... le connaissez bien ?

La fille releva la tête.

— Qui ? Ah, Bonnet ? Oui, c'est un bon client, Stephen. Il a seulement besoin de deux ou trois minutes chaque fois, il n'est pas chiche avec l'argent, et il ne demande jamais rien de trop tordu, juste de tirer son coup. Il peut parfois être brutal, mais tant qu'on ne lui cherche pas la petite bête, il ne frappe pas ; et personne n'est assez fou pour le provoquer. Enfin, pour le provoquer deux fois.

Ses yeux s'attardèrent sur la robe déchirée de Brianna avec un léger sourire sarcastique.

— Je m'en souviendrai, répliqua celle-ci en remontant son pan de chemise en lambeaux.

Puis elle aperçut une bouteille, dans le fouillis sur la table. Elle était remplie d'un liquide clair et contenait un petit objet rond. Elle se pencha plus près. Ce ne pouvait pas être… mais si. Une masse ovale et charnue, un peu comme un œuf dur, d'une couleur rose-gris, transpercée d'un trou rond.

Elle se signa, se sentant faiblir.

À présent, la jeune femme la dévisageait sans cacher sa curiosité.

— J'ai été surprise. À ce que je sache, il n'a encore jamais demandé deux filles en même temps, et il n'est pas du genre à aimer qu'on le lorgne pendant qu'il prend son plaisir.

— Je ne suis pas…

Brianna s'interrompit, craignant de l'offenser.

— Pas une putain ? Je m'en serais doutée, ma belle. Non pas que ça gêne Stephen. Il sème à tout vent, et ça ne m'étonne pas qu'il vous trouve à son goût. La plupart des hommes ne cracheraient pas sur vous.

— Vous devez leur plaire, vous aussi, dit poliment Brianna. Euh… comment vous appelez-vous ?

— Hepzibah, répondit-elle avec fierté. Mais on m'appelle surtout Eppie.

Il restait des pièces sur la table, mais elle n'y toucha pas. Bonnet était peut-être généreux, mais elle ne voulait sans doute pas abuser de lui. Probablement plus par peur que par amitié, pensa Brianna.

— Eppie, quel joli nom. Enchantée, moi, c'est Brianna MacKenzie Fraser.

Elle espérait en lui donnant trois noms que la prostituée se souviendrait au moins d'un.

Perplexe, la jeune femme regarda sa main tendue, puis la serra avec précaution avant de la laisser retomber comme un poisson mort. Brianna se rapprocha d'elle, s'armant de courage pour affronter l'odeur de son corps et son haleine avinée.

— Stephen Bonnet m'a enlevée.

— Ah oui ? lança la fille sur un ton indifférent. Ça ne m'étonne pas, il a l'habitude de se servir quand quelque chose lui fait envie.

Brianna baissa la voix, craignant d'être entendue. On percevait des bruits de pas sur le pont au-dessus.

— Je veux m'échapper.

— Vous n'avez qu'à lui donner ce qu'il veut. Au bout de quelques jours, il se lassera et vous débarquera.

Eppie fouilla dans sa poche et en sortit un flacon. Elle versa un peu de son contenu dans sa paume, libérant un doux parfum d'eau de rose. Elle retroussa de nouveau ses jupes, frotta avec énergie sa toison pubienne, puis, la mine critique, huma sa main et fit la grimace.

— Non, d'après moi, il ne m'a pas enlevée pour cette raison.

— Ah bon ? Il compte vous échanger contre une rançon ?

Eppie l'examina avec un nouvel intérêt avant de reprendre :

— Cela dit, je doute que ses scrupules lui gâchent l'appétit. Il est capable de déflorer une vierge, puis de la revendre à son père avant que son ventre se mette à gonfler. Mais comment vous avez fait pour le dissuader de vous prendre ?

— Je lui ai dit que j'étais enceinte. Ça l'a arrêté. Un homme comme lui, je n'aurais jamais pensé... mais ça a marché. Il n'est peut-être pas si mauvais que ça ?

L'éclat de rire d'Eppie dissipa le vague espoir de Brianna.

— Stephen ? Ça m'étonnerait ! Si vous ne vouliez pas de lui, vous ne pouviez trouver un meilleur prétexte. Un jour, il m'a fait venir, puis, en apprenant que j'étais grosse, il m'a repoussée. Il m'a raconté qu'une fois il avait sauté une putain avec un ventre de la taille d'un boulet de canon et qu'en plein milieu de leur affaire elle avait commencé à pisser le sang. Elle en avait mis partout ! Ça l'a dégoûté à vie. On le comprend. Depuis, il évite toutes les filles enceintes.

— Je vois... Cette femme, que lui est-il arrivé ?

— La putain ? Elle est morte, bien sûr, la pauvre. Stephen m'a raconté qu'il tentait de renfiler ses culottes, tout couvert de sang, quand il a constaté qu'elle ne bougeait plus, étalée sur le sol ; mais son ventre s'agitait dans tous les sens comme un sac rempli de vipères. Il a eu peur que l'enfant ne sorte pour se venger et il a détalé de la maison comme un fou, les fesses à l'air, abandonnant ses culottes derrière lui.

Elle pouffa de rire, puis se ressaisit et, rabattant ses jupes, elle ajouta :

— C'est vrai que Stephen est irlandais. Ils ont toujours de ces idées morbides, ces Irlandais ! Surtout quand ils ont un coup dans le nez.

Elle se passa la langue à la commissure des lèvres, goûtant une dernière trace de la liqueur de Bonnet.

Brianna lui montra sa main.

— Regardez.

Eppie ouvrit grands les yeux, fascinée par la grosse bague en or couronnée d'un cabochon de rubis.

— Elle est pour vous si vous me rendez un service.

— Quel genre ?

— Prévenez mon mari. Il se trouve à Edenton, chez le révérend McMillan, tout le monde là-bas saura où il habite. Dites-lui où je suis et que...

Elle hésita. Que pouvait-elle lui dire ? Elle ignorait combien de temps l'*Anémone* resterait au port et où Bonnet déciderait d'aller ensuite. Son seul indice était la bribe de conversation qu'elle avait surprise plus tôt.

— ... que je crois qu'il a une cachette sur l'île d'Ocracoke. Il doit y retrouver quelqu'un à la prochaine nuit sans lune.

Hepzibah jeta un œil inquiet vers la porte de la cabine, puis un autre vers la bague, son envie de la posséder rivalisant avec sa peur de Bonnet.

— Il n'en saura rien, lui affirma Brianna. Je vous l'assure. En outre, mon père vous récompensera.

— Il est riche, votre père ?

En voyant son expression calculatrice, Brianna fut envahie d'un doute. Si elle acceptait sa bague, puis allait la dénoncer à Bonnet ? D'un autre côté, elle n'avait pas pris plus que son dû sur la table. Cette femme était peut-être honnête... De toute façon, elle n'avait pas le choix.

— Très riche, répondit-elle d'un ton ferme. Il s'appelle Jamie Fraser. Ma tante est riche, elle aussi ; elle possède une plantation, River Run, juste au-dessus de Cross Creek, en Caroline du Nord. Si vous ne trouvez pas Ro... mon mari, allez-y et demandez Mme Innes. Jocasta Cameron Innes.

— River Run, répéta docilement Eppie sans quitter la bague des yeux.

Brianna l'ôta et la déposa dans la paume de la jeune femme avant qu'elle ne change d'avis. Les doigts de la femme se refermèrent sur le bijou.

— Mon père s'appelle Jamie Fraser ; mon mari, Roger MacKenzie, répéta Brianna. Chez le révérend McMillan. Vous vous souviendrez ?

— Fraser et MacKenzie. Oui, oui.

Hepzibah se dirigeait déjà vers la porte.

— Je vous en prie, insista Brianna.

La prostituée acquiesça sans même se retourner, refermant doucement la porte derrière elle.

Le bois du navire craqua, et Brianna perçut le vent dans les arbres, sur la rive, par-dessus les cris des marins ivres. Ses genoux mollirent, et elle s'affala sur le bord de la couchette, oubliant les draps sales.

Ils larguèrent les amarres à marée haute. Elle entendit la chaîne de l'ancre remonter et sentit le navire se mettre en branle, prenant vie au gonflement de ses voiles. Collée à la fenêtre, elle observa la masse verte de Roanoke rapetisser. Un siècle plus tôt, la première colonie anglaise s'y était établie, avant de disparaître sans laisser de traces. Rentrant d'Angleterre avec de l'approvisionnement, le gouverneur n'avait trouvé personne. Ils s'étaient tous volatilisés sans raison. Comme seul indice derrière eux, le mot « Croate » gravé dans un arbre.

Elle ne laissait même pas ça. Le cœur lourd, elle resta à la fenêtre jusqu'à ce que l'océan engloutisse la terre.

Personne ne vint pendant plusieurs heures. Le ventre vide, elle fut prise de nausée et vomit dans le pot de chambre. Ne supportant pas l'idée de se coucher dans les draps infects, elle les ôta, puis étendit les édredons sur le lit et s'allongea par-dessus.

Par les croisillons ouverts entrait un peu d'air frais, ce qui la soulagea. Elle était intensément consciente d'une petite masse, lourde et sensible, dans le creux de son ventre, et de ce qui s'y passait sans doute : la danse ordonnée des cellules se divisant, une sorte de violence paisible, arrachant implacablement des vies et des cœurs.

Quand était-ce arrivé ? Elle fouilla sa mémoire. Peut-être la nuit avant le départ de Roger pour Edenton. Il avait été fébrile, presque exalté, et ils avaient fait l'amour dans un mélange de joie et de tristesse, sachant qu'ils seraient séparés le lendemain. Elle s'était endormie dans ses bras, avec le sentiment d'être aimée.

Au milieu de la nuit, elle s'était réveillée, seule dans le lit, et l'avait aperçu devant la fenêtre, baigné dans la lumière du croissant de lune. Elle n'avait pas voulu déranger sa contemplation solitaire, mais il avait senti son regard et s'était retourné. Quelque chose dans ses yeux l'avait incitée à se lever pour le rejoindre et le serrer contre elle, pressant sa tête contre son sein.

Il l'avait allongée sur le plancher, et ils avaient de nouveau fait l'amour, sans un mot.

En bonne catholique, elle avait trouvé leurs ébats terriblement érotiques, émoustillée par l'idée de séduire un prêtre, la veille de son ordination, de le voler à Dieu, ne serait-ce que pour un moment.

Elle croisa les mains sur son ventre. À l'école, les religieuses mettaient toujours les enfants en garde : « Fais attention à ce que tu demandes dans tes prières, elles pourraient être exaucées. »

Il commençait à faire froid. Elle tira sur elle un des édredons, le plus propre, puis, se concentrant, se mit à prier avec application.

51

L'interrogatoire

Assis dans le salon du King's Inn, Neil Forbes savourait un verre de cidre avec la sensation que tout allait pour le mieux dans le meilleur des mondes. Il avait eu un rendez-vous très fructueux avec Samuel Iredell et son ami, deux des principaux leaders rebelles d'Edenton, et un autre encore plus profitable avec Gilbert Butler et William Lyons, des contrebandiers locaux.

Il avait un faible pour les pierres précieuses et, afin de fêter discrètement l'élimination de la menace représentée par Jamie Fraser, s'était offert une nouvelle épingle à cravate incrustée d'un ravissant rubis. Il la contempla avec une satisfaction tranquille, admirant les belles ombres que projetait la gemme sur son foulard en soie.

Sa mère était en sécurité chez sa sœur. Il avait rendez-vous pour déjeuner avec une dame du coin, et une heure à tuer devant lui. Une promenade, peut-être, pour le mettre en appétit… C'était une journée magnifique.

Il repoussait son fauteuil et s'apprêtait à se lever quand une main puissante s'abattit sur son épaule et le força à se rasseoir.

— Quoi ? s'exclama-t-il indigné.

Il haussa le nez et, en raison de sa peur soudaine, eut le plus grand mal à conserver un air digne et offusqué.

Un grand brun le surplombait, le visage franchement hostile. MacKenzie, le mari de l'emmerdeuse.

— Comment osez-vous, monsieur ! J'exige des excuses !

— Exigez ce que vous voulez. Où est ma femme ?

— Comment voulez-vous que je le sache !

Le cœur de Forbes battait à se rompre, mais non sans une certaine jubilation. Il redressa haut le menton et voulut de nouveau se lever.

— Vous m'excuserez, mais je suis atten...

Une autre main l'arrêta. Il se tourna et se retrouva nez à nez avec le neveu de Fraser, Ian Murray. Ce dernier lui sourit, et l'autosatisfaction de l'avocat fondit légèrement. On racontait que le gamin avait habité longtemps chez les Mohawks et qu'il vivait avec un loup qui lui parlait et lui obéissait au doigt et à l'œil. Il aurait même arraché le cœur d'un homme et l'aurait dévoré dans une sorte de rite païen.

Examinant le visage commun du jeune homme et sa tenue débraillée, Forbes ne fut guère impressionné.

— Ôtez votre main de ma personne, monsieur, dit-il de manière solennelle.

— Non, je n'en ai pas envie.

La main de Murray se resserra sur son bras comme des dents de cheval. Forbes ouvrit la bouche, mais aucun son n'en sortit.

— Qu'avez-vous fait de ma cousine ?

— Moi ? Mais... je n'ai rien à voir avec Mme MacKenzie ! Lâchez-moi, bon sang !

La main se desserra un peu. MacKenzie approcha un fauteuil et s'assit face à l'avocat. Celui-ci épousseta le devant de sa veste, évitant son regard et réfléchissant très vite. Comment avaient-ils su ? À moins qu'ils ne bluffent, n'ayant aucune idée, et qu'ils tentent leur chance.

— Je suis vraiment navré s'il est arrivé malheur à Mme MacKenzie, ajouta-t-il de façon polie. Dois-je comprendre qu'elle s'est égarée ?

MacKenzie le dévisagea quelques instants sans répondre, puis fit une moue méprisante.

— Je vous ai entendu parler, à Mecklenberg. Vous étiez très prolixe, alors. Vous parliez de justice, de la protection de nos épouses et de nos enfants. Belle éloquence !

Murray ajouta :

— Surtout de la part d'un homme capable d'enlever une femme sans défense.

Il était accroupi sur le sol comme un sauvage, fixant Forbes sous le nez. L'avocat trouvait cela dérangeant et préféra regarder MacKenzie en face, d'homme à homme.

— Je suis profondément désolé pour vous, monsieur MacKenzie. Si je pouvais vous aider en quoi que ce soit, je serais ravi de le faire, mais je ne vois pas...

— Où est Stephen Bonnet ?

Forbes resta interdit plusieurs secondes, se disant qu'il avait eu tort de choisir de regarder MacKenzie. Il avait des yeux verts de serpent.

— Qui est Stephen Bonnet ?

Il avait les lèvres sèches, mais le reste de son corps ruisselait. Il sentait la transpiration s'accumuler dans les plis de son cou et tremper sa chemise en batiste sous ses aisselles.

— Je vous ai entendu discuter avec Richard Brown, observa Murray sur un ton détaché. Dans votre entrepôt. J'étais là.

Forbes se tourna brusquement vers lui. Il était si estomaqué qu'il ne remarqua pas tout de suite le couteau que le jeune homme avait posé sur son genou.

— Quoi ? Mais que dites-vous... Quoi ? Vous faites erreur, monsieur, vous vous trompez du tout au tout !

Il se redressa à moitié en continuant à balbutier. MacKenzie se leva d'un bond et le retint par le col de sa chemise, qu'il tordit. Il approcha son visage si près que l'avocat sentit la chaleur de son souffle.

— Non, monsieur, c'est vous qui avez commis une erreur. L'erreur grave d'avoir voulu vous servir de ma femme pour parvenir à vos fins.

Il y eut un bruit de déchirure dans la toile fine de la chemise. MacKenzie repoussa Forbes de façon brutale sur son siège, puis attrapa son foulard de soie, le serrant jusqu'à l'étrangler. L'avocat râla, des petits points noirs dansant devant ses yeux, mais pas assez nombreux pour lui masquer le regard vert et glacial.

— Où est-elle ?

Pantelant, Forbes agrippa les accoudoirs de son fauteuil. Sifflant entre ses dents, il répondit à voix basse sur un ton venimeux :

— Je ne sais rien sur votre femme. En parlant de grave erreur, c'est vous qui êtes sur le point d'en commettre une. De quel droit m'agressez-vous ainsi ? Je porterai plainte, vous pouvez en être sûr !

Murray se mit à ricaner.

— Vous agresser ? On n'a pas encore commencé !

Il tapotait doucement la lame de son couteau contre son pouce, observant Forbes, la mine intéressée comme s'il s'apprêtait à découper un cochon de lait sur un plateau.

Forbes releva les yeux vers MacKenzie.

— Nous sommes dans un lieu public. Si vous levez la main sur moi, tout le monde le saura.

Il regarda derrière lui, espérant que quelqu'un entrerait dans le salon et interromprait cette scène intolérable, mais c'était une matinée tranquille, toutes les femmes de chambre et les valets vaquant à leurs occupations ailleurs.

Murray se tourna vers MacKenzie.

— Ça t'ennuie que quelqu'un nous voie, *a charaid* ?

— Pas le moins du monde.

MacKenzie se rassit néanmoins.

— Toutefois, on peut attendre un peu.

Il jeta un coup d'œil vers l'horloge sur le manteau de cheminée, son pendule se balançant paisiblement.

— Ce ne sera plus long, ajouta-t-il.

Forbes se demanda soudain où était Jamie Fraser.

Elspeth Forbes se balançait doucement sur la véranda de sa sœur, goûtant la fraîcheur du matin, quand on lui annonça un visiteur.

— Tiens, monsieur Fraser, quelle bonne surprise ! Qu'est-ce qui vous amène à Edenton ? Si c'est Neil que vous cherchez, il est...

Respectueux, Jamie s'inclina, le soleil du matin faisant briller ses cheveux tel un casque en bronze.

— Non, madame Forbes, c'est vous que je viens voir.

— Moi, oh, comme c'est gentil !

Elle se rassit dans son fauteuil à bascule, faisant tomber les miettes de son petit déjeuner de sur ses jupes et espérant que son bonnet n'était pas de travers.

Ce qu'il était beau garçon, tout de même ! Si fringant dans sa belle veste grise et avec cette étincelle malicieuse dans les yeux.

Il lui sourit et se pencha pour lui murmurer à l'oreille :

— Je suis venu vous enlever.

— Oh, coquin !

Elle pouffa de rire, agitant la main vers lui. Il l'attrapa et lui baisa les doigts.

Se redressant, il lui montra le grand panier couvert d'un linge à carreaux qu'il avait déposé près des marches.

— Pas question de me dire non. J'ai décidé d'aller déjeuner dans la campagne, sous un arbre. Je sais déjà quel arbre, beau et grand, mais ce serait un pique-nique bien triste sans une agréable compagnie.

— Vous pouvez sûrement trouver une meilleure compagnie que la mienne, mon grand, dit-elle totalement sous le charme. Où est donc votre ravissante femme ?

Il prit une mine chagrinée.

— Elle m'a abandonné, et me voilà tout seul avec mon grand panier. Elle a été appelée pour un accouchement. Alors, je me suis dit : « Voyons voir, ce serait dommage de gâcher un tel festin, à qui donc pourrais-je demander de se joindre à moi ? » Et qui vois-je soudain ? Vous-même, vous prélassant, toujours aussi charmante et élégante. La réponse à mes prières. Puisque le ciel en a décidé ainsi, vous n'allez pas contrarier les plans divins, madame Forbes ?

Elle s'efforça de ne pas rire.

— Effectivement, s'il s'agit d'éviter un gâchis...

Avant qu'elle n'ait eu le temps d'en dire plus, il la souleva de son fauteuil et la prit dans ses bras. Elle poussa un cri de surprise.

— Si on veut un enlèvement dans les règles, il faut bien que je vous porte, n'est-ce pas ?

Elle ne parvint qu'à émettre un gloussement de jeune fille. Saisissant l'anse du panier d'une main, il l'emporta vers sa voiture comme si elle ne pesait pas plus lourd qu'une plume.

— Vous ne pouvez pas me garder prisonnier ici ! Laissez-moi passer ou j'appelle à l'aide !

Ils le retenaient, en effet, depuis plus d'une heure, empêchant toutes ses tentatives pour se lever et partir. Toutefois, il avait raison. Du monde commençait à circuler dans la rue au-dehors, et, dans la pièce voisine, on entendait une servante qui dressait les tables pour le déjeuner.

Roger interrogea Ian du regard. Ils en avaient discuté à l'avance. S'ils n'avaient pas de nouvelles au bout d'une heure, ils tenteraient d'emmener Forbes hors de l'auberge et dans un endroit plus privé. Ce ne serait pas facile : l'avocat avait peur, mais il était têtu. Il ferait un esclandre.

— Monsieur MacKenzie ?

Un gamin venait d'apparaître à ses côtés, son visage rond barbouillé de crasse.

Roger poussa un soupir de soulagement.

— C'est moi. Tu as quelque chose pour moi ?

— Oui, monsieur.

L'enfant lui tendit un morceau de papier froissé en boule, accepta la pièce que Roger lui tendit et disparut en coup de vent malgré les appels de Forbes qui tentait de le retenir.

Celui-ci voulut de nouveau se lever, mais un seul regard de Roger l'en dissuada, et il se rassit. Bien, il commençait à apprendre.

Roger défroissa le papier et dévoila une grosse broche en argent en forme de bouquet de fleurs en grenats. Cette pièce de joaillerie était bien travaillée, quoique assez laide. Son effet sur Forbes fut saisissant.

Devenu livide, l'avocat fixait le bijou.

— Vous n'oseriez pas ! Il n'oserait pas !

— Oh que si ! répliqua Ian Murray. C'est que mon oncle tient à sa fille, voyez-vous.

— Je refuse de le croire. Fraser est un gentleman.

— C'est un Highlander, dit Roger. Comme votre père, d'ailleurs.

Il en avait entendu de belles sur le vieux M. Forbes, qui avait décampé d'Écosse pour échapper au bourreau. Forbes rassembla ce qu'il lui restait de bravade.

— Il ne ferait pas de mal à une vieille femme !

Ian fit mine de réfléchir à la question.

— Ah non ? Mmm... Vous avez peut-être raison. Il pourrait se contenter de l'envoyer... voyons voir... au Canada ? Qu'en pensez-vous, vous qui semblez bien le connaître ?

L'avocat pianota sur les accoudoirs, respirant avec peine, inventoriant visiblement toutes ses connaissances au sujet de la personnalité et de la réputation de Jamie Fraser.

— C'est bon ! explosa-t-il enfin. C'est bon !

Une décharge électrique parcourut Roger. Il était sous tension depuis que son beau-père était venu le chercher, la veille.

— Où ? aboya-t-il. Où est-elle ?

— Elle est en sécurité, répondit Forbes d'une voix rauque. Je n'aurais jamais accepté qu'on lui fasse du mal, pour qui me prenez-vous ?

Roger serrait la broche dans sa main, ne sentant même pas le métal qui lui entaillait la peau.

— Où ? Où ?

L'avocat se ratatina sur son siège.

— À bord de l'*Anémone*, le navire du capitaine Bonnet.

Il déglutit péniblement, incapable d'arracher son regard de la broche.

— Elle… Je… Il est en route pour l'Angleterre. Mais il ne lui est arrivé aucun mal, je vous l'assure !

Soudain, le sang jaillit entre les doigts de Roger. Il jeta alors le bijou sur le sol et s'essuya la main sur ses culottes, dans l'impossibilité de parler. Le choc avait resserré sa gorge, et il avait l'impression d'étouffer. Voyant son malaise, Ian se releva et pressa son couteau contre le cou de l'avocat.

— Quand a-t-il appareillé ?

— Je… je…

Forbes ouvrait et fermait la bouche sans pouvoir parler. Impuissant, il roulait ses yeux exorbités qui passaient de Roger à Ian. Roger parvint enfin à articuler :

— Où ?

— Elle… elle a été embarquée ici, à Edenton. Il… il y a… deux jours.

En sécurité… entre les mains de Bonnet ! Depuis deux jours ! Tentant de se ressaisir et de penser de manière rationnelle, Roger se souvint qu'il avait lui-même navigué avec Bonnet et connaissait son mode de fonctionnement. C'était un contrebandier, il n'effectuerait pas une traversée sans remplir ses cales. Il descendrait peut-être le long de la côte, chargeant des cargaisons avant de prendre le large et d'entreprendre le long voyage vers l'Angleterre.

Sinon, il était encore possible de le rattraper avec un navire rapide.

Il n'y avait pas de temps à perdre. Des gens sur les docks savaient peut-être si l'*Anémone* avait prévu d'autres escales. Il effectua plusieurs pas vers la porte, puis une vague rouge déferla sur lui. Il fit demi-tour et envoya son poing de toutes ses forces sur le visage de Forbes.

L'avocat poussa un cri perçant et plaqua ses deux mains sur son nez. Tous les bruits dans l'auberge et la rue semblaient s'être tus d'un seul coup. Roger se massa la main et fit un signe à Ian.

— Viens.

— J'arrive.

Roger était déjà sur le seuil quand il se rendit compte que son cousin par alliance ne l'avait pas suivi. Il se retourna juste à temps pour le voir tirer délicatement sur l'oreille de Forbes et la lui trancher.

52

Dormir avec un requin

Stephen Bonnet avait tenu parole, si on pouvait parler de « parole », dans le cas d'un homme tel que lui. Il ne lui avait plus fait d'avances, mais exigeait qu'elle dorme avec lui.

— J'aime bien sentir un corps chaud dans la nuit. Et puis, tu seras quand même mieux dans mon lit que dans la cale, mon cœur.

Elle aurait sans doute pensé le contraire si ses explorations – une fois en mer, on l'avait laissée sortir de la cabine – ne lui avaient révélé à quel point la cale était sombre et inconfortable. Plusieurs malheureux esclaves y étaient enchaînés entre les piles de caisses et de barils, en danger permanent d'être écrasés dès que le navire gîtait.

Elle y retrouva Josh, son beau visage étiré par l'angoisse.

— Où on va, mademoiselle ? demanda-t-il en gaélique.

— Je crois qu'on va à Ocracoke, répondit-elle dans la même langue. Après, je ne sais pas. Tu as encore ton rosaire ?

Il toucha le crucifix suspendu à son cou.

— Oh ! oui, mademoiselle ! C'est la seule chose qui m'empêche de désespérer.

— Tant mieux, continue de prier.

Elle regarda les autres prisonniers, deux femmes et deux hommes, tous noirs, avec des corps sveltes et des traits fins et lisses. Elle avait apporté une partie de son dîner à Josh et était gênée de n'avoir rien à leur donner.

— Ils vous nourrissent ?

— Oui, mademoiselle. Relativement bien.

Elle indiqua discrètement les autres esclaves.

— Et eux, ils savent où nous allons ?

— Je ne sais pas, mademoiselle, je ne peux pas leur parler. Ce sont des Africains... D'après leur allure, je dirais que ce sont des Peuls, mais je ne sais rien de plus.

Elle hésita, ayant hâte de sortir de la cale obscure et étouffante, mais réticente à y abandonner le jeune palefrenier. Ayant deviné son malaise, il lui dit avec douceur, en s'efforçant de sourire :

— Allez-y, mademoiselle. Tout ira bien pour moi ici, pour nous tous. La Vierge Marie veille sur nous.

Ne trouvant pas de mots pour le réconforter en retour, elle se contenta d'acquiescer et regrimpa vers la lumière, sentant cinq paires d'yeux la suivre.

Fort heureusement, durant la journée, Bonnet passait le plus clair de son temps sur le pont. Elle l'aperçut en train de descendre du gréement, agile comme un singe.

Elle se tenait parfaitement immobile. Il était aussi sensible que Roger aux mouvements de son corps, mais à sa manière, comme un requin, détectant ses proies à leurs moindres battements de nageoires.

Jusqu'à présent, elle n'avait passé qu'une nuit à ses côtés, incapable de fermer l'œil. Il l'avait attirée contre lui, lui lançant un nonchalant « Bonne nuit, chérie » avant de s'endormir aussitôt. Toutefois, chaque fois qu'elle avait remué, tentant de s'extirper de son étreinte, il avait bougé avec elle, la tenant avec fermeté.

Elle était contrainte de supporter cette intimité physique qui réveillait des souvenirs dont elle n'arrivait pas à se défaire : la sensation du genou de Bonnet se glissant entre ses cuisses, le contact de sa peau rugueuse entre ses jambes, les poils décolorés par le soleil sur ses bras et ses cuisses, son odeur mâle et musquée, la présence moqueuse de LeRoi, se dressant à plusieurs reprises dans la nuit, se pressant dans une faim inconsciente contre ses fesses.

L'espace d'un instant, elle remercia le ciel de tout son cœur pour sa grossesse – elle en était sûre à présent –, et pour la certitude que Stephen Bonnet n'était pas le père de Jemmy.

Il se laissa tomber du gréement sur le pont avec un bruit sourd, la vit et sourit. Il ne prononça pas un mot, mais, passant près d'elle, lui donna une tape sur le derrière, lui faisant serrer les dents.

Ocracoke, par une nuit sans lune. Elle leva les yeux vers le ciel immaculé où tournoyaient des nuées de sternes et de mouettes. Ils ne devaient pas être loin du rivage. Combien de temps avant la prochaine nuit sans lune ?

53

Le fils prodigue

Ils n'eurent aucun mal à trouver des gens connaissant l'*Anémone* et son capitaine. Stephen Bonnet était célèbre sur les docks d'Edenton, cependant sa réputation variait selon les personnes. Pour le plus grand nombre, c'était un capitaine honnête, mais dur en affaires ; pour d'autres, un briseur de blocus et un contrebandier, que cela soit bon ou mauvais, selon les opinions politiques de chacun. Il pouvait vous trouver ce que vous vouliez… à condition d'y mettre le prix.

Un pirate, disaient quelques-uns. Ces derniers parlaient généralement à voix basse, jetant des coups d'œil alentour et insistant de ne répéter ça à personne.

L'*Anémone* était partie en plein jour, avec une cargaison de riz et cinquante barils de poisson séché. Roger avait trouvé un homme qui se souvenait d'avoir vu une jeune femme monter à bord avec un des matelots de Bonnet.

— Un sacré morceau ! Avec de grands cheveux de feu qui lui tombaient jusqu'au cul. Mais Bonnet est un costaud, il saura venir à bout de n'importe quelle catin.

Ian avait retenu de justesse le bras de Roger.

En revanche, jusque-là, personne n'était capable d'indiquer la destination de l'*Anémone*.

— Londres, sans doute, répondit le chef de la capitainerie. Mais pas directement, pas avant d'avoir fait le plein. D'abord, il va sans doute longer la côte, chargeant ici et là, puis mettre le cap sur l'Europe à partir de Charleston. À moins qu'il monte en Nouvelle-Angleterre. C'est très risqué d'entrer des marchandises à Boston, de nos jours, mais le jeu en vaut la chandelle. Là-bas, le riz et le poisson séché s'achètent à prix d'or, à condition de pouvoir les débarquer sans se faire couler par les navires de guerre.

Jamie le remercia, légèrement pâle. La gorge trop nouée pour parler, Roger se contenta d'un signe de tête.

De retour sur le quai, ils retrouvèrent Ian, qui avait écumé toutes les tavernes du port, payant à boire aux journaliers susceptibles d'avoir aidé à charger l'*Anémone* ou discuté avec des marins au sujet de sa destination.

Refoulant un rot, il demanda :

— Qu'est-ce qu'on fait, maintenant ?

— Selon moi, le mieux, c'est que Roger et toi preniez un bateau et descendiez le long de la côte. Claire et moi, nous remonterons vers Boston.

Songeur, il contemplait les mâts des sloops et des paquebots se ballottant dans le port. Roger approuva cette proposition. C'était loin d'être un bon plan, surtout compte tenu des effets de la guerre larvée sur la navigation, mais il fallait agir ; seule l'action calmerait le feu qui couvait dans ses os, faisant bouillir sa moelle épinière.

Toutefois, louer un bateau, même une goélette de pêche, ou acheter un billet de paquebot coûtaient cher.

Jamie glissa une main dans sa poche, la refermant sur le diamant noir.

— J'irai voir le juge Iredell. Peut-être pourra-t-il me mettre en contact avec un banquier honnête qui m'avancera de l'argent contre la vente de la pierre. Allons d'abord en discuter avec Claire.

Au moment où ils tournaient les talons, une voix héla Roger.

— Monsieur MacKenzie !

C'était le révérend McCorkle, toujours accompagné de son secrétaire et du révérend McMillan. Après quelques présentations (ils connaissaient déjà Jamie, mais pas Ian), il y eut un silence gêné. Puis, Roger demanda :

— Vous partez, monsieur Corkle ? Pour les Antilles ?

Préoccupé, ce dernier acquiesça.

— En effet, monsieur. J'en suis vraiment désolé. Je regrette tant que vous n'ayez pu...

McCorkle et McMillan avaient tenté de le convaincre de revenir pour son ordination, mais Roger avait décliné. Il ne pouvait s'engager sans avoir l'esprit entièrement tourné vers Dieu. Or, pour l'instant, il ne pensait qu'à Brianna, et chaque minute non consacrée à sa recherche était une perte de temps.

— Bah, c'est sans doute la volonté de Dieu, soupira McCorkle. Vous êtes toujours sans nouvelles de votre épouse ?

Roger ayant hoché la tête, le révérend prononça des paroles d'encouragement, l'assurant qu'il prierait pour lui et pour un prompt retour de sa femme. Trop inquiet pour y puiser un réconfort, Roger fut toutefois touché par sa gentillesse, et ils se séparèrent en se souhaitant tous bonne chance.

Roger, Jamie et Ian rentrèrent en silence vers l'auberge où Claire les attendait. En tournant dans la grande rue où se trouvait la bâtisse, Jamie demanda :

— Par simple curiosité, Ian, qu'as-tu fait de l'oreille de Forbes ?

— Oh, elle est en lieu sûr, mon oncle.

Ian tapota la petite bourse en cuir accrochée à sa ceinture.

— Nom de D...

Roger s'arrêta net et reprit :

— ... Mais que comptes-tu en faire ?

Ian parut surpris par sa question.

— Mais… la garder sur moi jusqu'à ce qu'on retrouve ma cousine. Elle nous aidera.

— Tu es sérieux ?

— Parfaitement. Chez les Kahnyen'kehakas, avant de se lancer dans une quête difficile, on s'isole quelque temps dans la nature pour jeûner et prier. Généralement, tu choisis un talisman, ou plutôt c'est lui qui te choisit. Il t'accompagnera tout au long de ton épreuve afin que les esprits continuent à se concentrer sur tes désirs et assurent ta victoire. Nous n'avons pas le temps de nous isoler pour jeûner, mais, au moins, nous avons le talisman.

Jamie se passa l'index le long de l'arête du nez, se demandant, apparemment à l'instar de Roger, ce que les esprits mohawks penseraient de l'oreille de Forbes. D'un autre côté, si cela les incitait à les aider…

— J'espère au moins que tu l'as emballée avec du sel ?

— Non, je l'ai fumée au-dessus du feu de la cuisine de l'auberge, la nuit dernière. Ne t'inquiète pas, oncle Jamie, elle se conservera bien.

La conversation apporta à Roger une sorte de réconfort pervers. Entre les prières du clergé presbytérien et le soutien des esprits mohawks, ils avaient peut-être une chance… mais c'était surtout la présence à ses côtés de ces deux hommes vigoureux et déterminés qui lui redonnait espoir. Ils n'abandonneraient pas avant d'avoir retrouvé Brianna, coûte que coûte.

Il songea à Jemmy, en sécurité à River Run. Comment lui annoncer que sa mère avait disparu ? Il n'en aurait pas besoin : il retrouverait Brianna.

Fort de cette résolution, il poussa la porte de leur auberge quand on le héla de nouveau :

— Roger !

Cette fois, c'était la voix de Claire, fébrile d'excitation. Elle était attablée dans la salle du Brewster. En face d'elle étaient assis une jeune femme potelée et un homme mince aux cheveux noirs frisés. Manfred McGillivray.

Manfred baissa la tête d'un air penaud, tout en déclarant à Jamie :

— Je vous ai aperçu il y a deux jours, monsieur, mais je... euh... je me suis caché. Je le regrette, je vous assure. Je ne pouvais pas deviner, jusqu'à ce qu'Eppie rentre de Roanoke et me montre la bague...

Elle était posée sur la table, son rubis projetant une tache rose sur le bois. Roger la saisit et la retourna entre ses doigts. Il entendit à peine les explications de Manfred... qui vivait avec la prostituée, celle-ci effectuant régulièrement des tournées dans les différents ports aux alentours d'Edenton. En reconnaissant la bague, il avait surmonté sa honte et s'était lancé à la recherche de Jamie.

Roger referma ses doigts sur le bijou, sentant sa chaleur, et revint à lui juste à temps pour entendre Hepzibah expliquer :

— À Ocracoke, monsieur. La prochaine nuit sans lune.

Elle toussota délicatement dans sa main.

— La dame a dit que vous sauriez exprimer votre gratitude...

— Vous serez payée, et bien, lui assura Jamie, l'esprit ailleurs. La prochaine nuit sans lune... c'est dans une dizaine de jours ?

Il interrogea Ian du regard qui confirma d'un hochement de tête et demanda à la jeune femme :

— Elle ne savait pas où, exactement, sur l'île d'Ocracoke ?

— Non, monsieur. Stephen Bonnet a une maison làbas. Une grande, cachée dans les arbres. Mais, je n'en sais pas plus.

— On la trouvera.

Roger se surprit d'avoir parlé à voix haute et avec une telle assurance.

Depuis le début, Manfred paraissait gêné. Il posa une main sur celle de la prostituée.

— Dites, monsieur, quand vous retrouverez M. Bonnet, vous ne lui raconterez pas qu'Eppie a parlé, n'est-ce pas ? Cet homme est dangereux, et je ne voudrais pas qu'elle soit en danger.

La jeune femme rosit et lui sourit.

— On ne dira absolument rien, lui promit Claire.

Elle observait le couple avec attention depuis un bon moment. Elle se pencha en avant et toucha le front de Manfred où l'on apercevait une petite ligne de boutons.

— À propos de danger... elle en court beaucoup plus avec vous qu'avec Stephen Bonnet. Vous lui en avez parlé ?

Manfred pâlit encore un peu plus et, pour la première fois, Roger remarqua à quel point il semblait malade, les traits émaciés et creusés.

— Oui, *Frau* Fraser, dès le début.

Hepzibah prit un air nonchalant, mais Roger remarqua que sa main s'était resserrée autour de celle de Manfred.

— Oh, vous voulez parler de la vérole ? Oui, il me l'a dit, mais je lui ai répondu que ça ne changeait rien. Ce n'est pas le premier vérolé que je rencontre, et les autres, je n'en savais rien. Si je l'attrape... que voulez-vous ? C'est la volonté de Dieu, n'est-ce pas ?

— Non, répondit gentiment Roger. Mais Manfred et vous allez faire ce que Mme Fraser vous dira, et tout ira bien.

Pris d'un doute soudain, il demanda à Claire :

— N'est-ce pas ?

— Oui. Heureusement, j'ai un bon lot de pénicilline avec moi.

Manfred parut totalement désorienté.

— Mais... vous voulez dire, *mein Frau*, que vous... que vous pouvez me guérir ?

— C'est tout à fait ça, répliqua Claire. Comme j'ai essayé de vous l'expliquer, avant que vous ne preniez vos jambes à votre cou.

Il ouvrit grande la bouche, clignant des yeux ahuris, puis se tourna vers Hepzibah, qui le dévisageait, perplexe.

— *Leibchen !* Je peux rentrer à la maison !

La voyant se décomposer, il ajouta très vite :

— On peut rentrer à la maison. On va se marier et rentrer.

Eppie eut l'air dubitative.

— Je suis une putain, Freddie. Or, d'après ce que tu m'as raconté sur ta mère...

— Je crois que *Frau* Ute sera tellement ravie de récupérer son fils qu'elle ne posera pas beaucoup de questions, l'interrompit Claire. Le retour du fils prodigue...

— Tu n'auras plus besoin de faire la putain, l'assura Manfred. Je suis armurier. Je peux bien gagner ma vie, maintenant que je sais que je vais vivre !

La joie illumina son visage maigre. Il serra Eppie dans ses bras et l'embrassa avec fougue.

Un peu étourdie mais contente, elle s'écarta et regarda Claire.

— Ah... euh... ce remède... ?

— Le plus tôt sera le mieux, déclara-t-elle en se levant. Suivez-moi.

Elle s'arrêta un instant près de Jamie, qui lui prit la main, puis se tourna vers Ian et Roger.

— On va s'occuper du voyage, dit Jamie. Avec un peu de chance, on pourra partir dès ce soir.

— Oh ! fit Eppie. Je viens de me souvenir d'un détail. Il y a des chevaux sauvages près de la maison de Stephen, sur Ocracoke. Je l'ai entendu en parler plusieurs fois. Ça peut vous aider ?

— Peut-être, répondit Roger. Merci... et que Dieu vous garde.

Une fois dehors, de nouveau en route pour les quais, il se rendit compte alors qu'il serrait toujours la bague dans le creux de sa main. Qu'avait dit Ian ? « Tu choisis un talisman, ou plutôt c'est lui qui te choisit. »

Il avait les doigts plus gros que Brianna, mais il parvint à la passer autour de son auriculaire et referma sa main dessus.

Elle s'extirpa d'un sommeil agité, son sens maternel en éveil. Elle était déjà à moitié sortie de la couchette, se dirigeant d'instinct vers le lit de Jemmy, quand une main lui agrippa le poignet, le serrant convulsivement.

Étourdie, elle retomba en arrière. Puis, elle entendit des bruits de pas au-dessus de sa tête et comprit enfin que les gémissements qui l'avaient réveillée ne provenaient pas de son fils, mais de l'homme étendu contre elle, dans le noir.

— Ne t'en va pas, chuchota-t-il.

Incapable de se libérer, elle voulut le repousser de sa main libre. Ses doigts rencontrèrent une masse de cheveux humides, une peau moite d'une fraîcheur inattendue.

— Qu'y a-t-il ? murmura-t-elle à son tour.

Elle trouva de nouveau sa tête et caressa ses cheveux, ce qu'elle s'était préparée à faire à son enfant. Elle sentit sa main se poser sur elle et envisagea de l'éloigner, avant de se raviser. Comme si cet élan maternel, une fois provoqué, ne pouvait être refoulé, pas plus qu'une montée de lait suscitée par les pleurs d'un bébé ne pouvait être renvoyée à sa source.

— Ça ne va pas ?

Elle s'efforçait de s'exprimer d'une voix basse et impersonnelle. Elle leva la main, et il roula plus près d'elle, se recroquevillant et posant sa tête sur la courbe de sa cuisse.

— Ne t'en va pas, répéta-t-il.

Elle crut entendre un sanglot. Sa voix était toujours grave et rugueuse, mais elle n'avait encore jamais entendu ce timbre.

— Je suis là.

Son poignet coincé commençait à s'engourdir. Elle mit sa main libre sur son épaule, espérant l'inciter à la libérer. Il la lâcha, mais uniquement pour lui enlacer la taille, l'obligeant à se recoucher. N'ayant pas le choix, elle se laissa faire et resta allongée en silence, le souffle de Bonnet âpre et chaud contre sa nuque.

Enfin, il la lâcha tout à fait et s'étendit sur le dos. Elle l'imita, gardant prudemment un espace de quelques centimètres entre eux. Le clair de lune se déversait par la fenêtre de poupe, baignant son profil d'une lumière argentée.

— Un cauchemar ? questionna-t-elle doucement, ne souhaitant pas paraître sarcastique.

Toutefois, son cœur battait fort, et sa voix hésitait. Il frissonna à ses côtés.

— Oui, oui, toujours le même. Je ne parviens pas à m'en débarrasser. Depuis le temps, je devrais avoir appris à le sentir venir et à me réveiller, mais je n'y arrive jamais, pas avant que l'eau m'ait englouti.

Il se passa une main sous le nez, reniflant comme un enfant. Sa voix, d'habitude si assurée, tremblotait.

— Depuis que je suis tout petit, je rêve que je me noie. La marée monte, mais je ne peux pas bouger. Je vois les vagues gonfler et je sais qu'elles vont me tuer, mais je ne peux rien faire. L'eau est grise, boueuse, remplie de créatures aveugles qui nagent en rond, attendant que la mer ait fait son travail pour me dévorer, petit bout par petit bout.

Elle percevait l'horreur dans sa voix, et fut tiraillée entre l'envie de s'éloigner encore un peu plus de lui et le réflexe conditionné de réconforter.

— Ce n'était qu'un rêve, dit-elle enfin.

Elle fixait les planches du plafond à quelques centimètres au-dessus de sa tête. Si seulement cela aussi pouvait n'être qu'un mauvais rêve !

— Non, répondit-il dans un murmure. Non, c'est la mer... elle m'appelle.

Soudain, il roula sur le côté et, l'enlaçant, se pressa contre elle. Elle se raidit, mais il se frotta plus fort, réagissant, tel un requin, à ses résistances.

Horrifiée, elle sentit LeRoi se dresser et se força à ne plus bouger. La panique et le besoin d'échapper à son cauchemar risquaient de lui faire oublier son aversion du coït avec une femme enceinte, et il ne fallait surtout pas... surtout pas...

— Chut, murmura-t-elle.

Elle lui prit la tête et la plaqua dans le creux de son épaule, lui tapotant le dos.

— Chut, tout va bien. Ce n'était qu'un rêve. Je ne le laisserai pas te faire du mal... il ne t'arrivera rien. Tout doux, tout doux, calme-toi.

Elle continua à le tenir contre elle et à le caresser, fermant les yeux et tentant de s'imaginer en train de bercer Jemmy dans le silence de leur cabane, le feu couvant, le petit corps de son fils se détendant, se sentant en confiance...

— Je ne te laisserai pas te noyer. Je te le promets, tu ne te noieras pas...

Elle le répéta encore et encore. Peu à peu, elle entendit sa respiration ralentir, et il desserra son étreinte, le sommeil reprenant le dessus. Elle continua de lui parler dans un doux murmure hypnotique, ses paroles se perdant dans le bruit des vagues contre la coque. Elle ne s'adressait plus à l'homme étendu contre elle, mais à l'enfant endormi en lui.

— Il ne t'arrivera rien de mal. Je te le promets.

54

Rendez-vous

Roger s'arrêta pour éponger la sueur qui lui piquait les yeux. Il avait noué un mouchoir autour de son front, mais l'humidité dans la végétation dense de la forêt marécageuse était telle que la transpiration se formait dans ses orbites et brouillait sa vue.

Dans une salle d'auberge d'Edenton, apprendre que Bonnet se trouverait peut-être sur Ocracoke avait paru encourageant. Cela limitait leurs recherches à un petit banc de sable au lieu des millions d'autres endroits où il aurait pu se cacher. Ce ne pouvait pas être bien sorcier. Cependant, une fois qu'ils s'étaient retrouvés devant ce foutu banc de sable, la perspective avait changé. L'île était étroite, mais mesurait plusieurs kilomètres de longueur et était en grande partie couverte d'une épaisse broussaille. Son littoral était parsemé d'écueils et de remous dangereux.

Le skipper de la goélette de pêche qu'ils avaient louée les avait conduits en un temps record, mais ils avaient ensuite passé deux jours à longer la côte de part en part, cherchant d'éventuels appontements, des abris probables de pirates et des troupeaux de chevaux sauvages. En vain.

Estimant qu'il avait passé assez de temps à vomir par-dessus bord – Claire n'avait pas pensé à apporter ses aiguilles d'acupuncture –, Jamie avait insisté pour être descendu à terre. Il déclara qu'il traverserait l'île à pied d'un bout à l'autre. Ils n'avaient qu'à venir le chercher au coucher du soleil.

Quand Claire avait voulu l'accompagner, il avait refusé.

— Et si tu tombes seul nez à nez avec Stephen Bonnet ?

— Je préfère encore être pourfendu par son épée que crever à bord en rendant mes tripes, avait-il rétorqué élégamment. Et puis j'ai besoin que tu restes sur le bateau, *Sassenach*, pour empêcher ce bâtard de fils de... de capitaine de mettre les voiles sans nous, tu comprends ?

Ils l'avaient donc emmené sur le rivage en chaloupe et l'avaient observé s'enfoncer entre les pins et les palmiers nains, titubant un peu.

Après une autre journée de frustration à scruter la côte, n'apercevant que quelques huttes de pêcheurs délabrées, Roger et Ian avaient commencé à trouver la démarche de Jamie plutôt censée.

— Tu vois ces maisons, là-bas ?

Ian pointait un doigt vers un groupe de cabanes sur le rivage.

— Si on peut les appeler ainsi, oui.

— Allons voir si leurs occupants peuvent nous apprendre quelque chose.

Abandonnant Claire en train de fulminer sur le pont, ils avaient ramé jusqu'à la grève... sans grand succès. Le hameau n'abritait que des femmes et des enfants qui, en entendant le nom « Bonnet », détalèrent tous, telles des palourdes s'enfonçant dans le sable.

Mais rendus sur la terre ferme, Roger et Ian n'étaient pas prêts à s'admettre vaincus et à retourner sur le bateau.

Songeur, Murray contempla la forêt baignée de soleil.

— Allons jeter un coup d'œil, proposa-t-il. On n'a qu'à se séparer et quadriller l'île en décrivant des zigzags.

Il traça une série de « X » sur le sable.

— On couvrira ainsi plus de terrain. Après chaque traversée, le premier ayant rejoint la grève attendra l'autre.

Après avoir salué avec de grands moulinets des bras la silhouette indignée sur le pont de la goélette, chacun s'enfonça dans la végétation.

Il faisait chaud et humide sous les pins, et la marche de Roger était entravée par toutes sortes de buissons, de lianes, de cenchrus épineux et autres plantes poisseuses. Le terrain devenait moins difficile quand il se rapprochait du rivage, où la forêt se raréfiait pour céder la place à des étendues de hautes herbes sèches, des dizaines de petits crabes s'enfuyant devant lui, quand il ne les écrasait pas accidentellement sous ses semelles.

Néanmoins, le fait d'être en mouvement le soulageait. Il avait l'impression d'avancer, de progresser dans sa recherche... même s'il s'avouait ne pas savoir trop quoi chercher. Brianna était-elle sur l'île ? Bonnet était-il déjà arrivé ou attendrait-il un jour ou deux que la lune se cache ?

En dépit de son angoisse, de la chaleur, des millions de moucherons et de moustiques – ils ne piquaient pas, mais rampaient dans les oreilles, les narines, les yeux et la bouche –, il sourit en repensant à Manfred. Depuis son départ précipité, il avait souvent prié pour que le jeune homme soit rendu à sa famille. Certes, le récupérer marié à une ancienne prostituée n'était sans doute pas ce pour quoi Ute McGillivray avait prié, mais les voies du Seigneur étaient impénétrables.

« Seigneur, faites qu'il ne lui arrive rien. Je vous en supplie, rendez-moi Brianna. »

Vers le milieu de l'après-midi, il déboucha sur un des nombreux petits bras de mer qui perçaient l'île de part en part, comme des trous de gruyère. Ce bras était trop large pour qu'il puisse bondir par-dessus, si bien que Roger s'avança dans l'eau. Toutefois, la profondeur s'avéra plus grande qu'il ne l'avait cru. À mi-parcours, il se retrouva avec de l'eau jusqu'au cou et dut nager quelques brasses avant de reprendre pied. Le courant tirait sur ses jambes, l'attirant vers la mer. À marée basse, le bras devait être moins profond. Mais, autrement, un bateau pouvait aisément le remonter.

C'était prometteur. Après avoir grimpé sur la berge, il longea le chenal vers l'intérieur des terres. Au bout de plusieurs minutes, il entendit du bruit au loin et se figea, tendant l'oreille.

Des chevaux. Il aurait juré avoir entendu hennir. Il attendit, mais le son ne se reproduisit pas. Il marcha en cercle, essayant de localiser l'endroit d'où était venu le cri ; peine perdue. Toutefois, c'était un signe, et il poursuivit sa route, revigoré, effrayant une famille de ratons laveurs qui déjeunait au bord de l'eau.

Peu à peu, le bras de mer se rétrécissait, devenant moins profond pour n'être finalement que quelques centimètres d'eau s'écoulant sur le sable sombre. Refusant de capituler, il s'enfonça entre les pins et les troncs tordus de chênes nains. Puis il s'arrêta net, un picotement parcourant sa peau de la plante de ses pieds à la racine de ses cheveux.

Elles étaient quatre. Des colonnes grossières en pierre formant des silhouettes pâles dans l'ombre des arbres. L'une d'elles se dressait directement dans le chenal, à peine inclinée par la traction de l'eau. Une autre, sur la berge, était sculptée de symboles abstraits qu'il ne sut déchiffrer. Il resta pétrifié, comme en face d'êtres vivants qui risquaient de le repérer au moindre mouvement.

Autour de lui, tout était anormalement silencieux. Même les insectes semblaient avoir pour un temps disparu. Il ne douta pas un instant qu'il avait devant lui le cercle de pierres que Donner avait décrit à Brianna. Ici, les cinq hommes avaient récité leurs incantations, marché en suivant un motif précis, puis étaient passés à gauche de la colonne ciselée. Un puissant frisson le parcourut.

Très lentement, il recula, sans faire de bruit, comme craignant de réveiller les pierres. Il ne leur tourna le dos qu'une fois à bonne distance, quand elles furent presque invisibles, noyées dans la végétation. Alors, d'un pas leste, il reprit la direction de la mer, puis accéléra, plus vite, encore plus vite, avec l'impression que des yeux invisibles fixaient son dos.

J'étais assise à l'ombre, sur le gaillard d'avant, buvant une bière fraîche et scrutant la grève. C'étaient bien les hommes... fonçant tête baissée droit devant eux et abandonnant les femmes derrière pour garder la boutique. Toutefois, je n'étais pas chaude à l'idée d'aller arpenter ce maudit rocher à pied. On racontait qu'Edward Teach, le fameux corsaire Barbe-Noire, avait utilisé l'île comme un de ses repaires. On comprenait aisément pourquoi. J'avais rarement vu un rivage aussi inhospitalier.

Les chances de découvrir quoi que ce soit par des percées aléatoires dans cette étendue densément boisée étaient minces. Néanmoins, je ne pouvais rester assise sur mon popotin sans rien faire, pendant que Brianna se débattait avec Stephen Bonnet.

Sauf que... il n'y avait rien à faire. À mesure que l'après-midi passait, j'apercevais Roger ou Ian émerger entre les arbres. Puis ils discutaient plusieurs minutes avant de disparaître encore. Je regardais régulièrement vers le nord. Aucun signe de Jamie.

Le capitaine Roarke, qui était en effet le fils bâtard d'une putain vérolée, comme il me le confia lui-même gaiement, vint s'installer près de moi et accepta une bouteille de bière. Je me félicitai d'en avoir emporté une douzaine et d'en avoir placé quelques-unes dans un filet suspendu par-dessus bord pour les garder au frais. La bière soulageait considérablement mon impatience, même si elle ne faisait rien de bon à mon estomac noué par l'angoisse.

Après un silence contemplatif, le capitaine me questionna :

— Aucun de vos hommes n'est ce qu'on pourrait appeler un loup de mer, n'est-ce pas ?

— Euh... M. MacKenzie a passé pas mal de temps à bord de bateaux de pêche en Écosse, mais non, je ne dirais pas qu'il est un marin expérimenté.

— Ah.

Il but une autre gorgée.

J'attendis, puis, ne voyant rien venir, demandai :

— Pourquoi ?

— J'ai cru entendre un des jeunes hommes parler d'un rendez-vous lors de la prochaine nuit sans lune.

— Oui, vous avez bien compris. La prochaine nuit sans lune est bien demain, n'est-ce pas ?

Je me tenais sur mes gardes. Nous lui en avions dit le moins possible, au cas où il aurait un lien avec Stephen Bonnet.

— C'est vrai.

Il regarda dans le goulot de sa bouteille vide, puis souffla dedans, émettant un son grave et chaud. Je compris l'allusion et lui en tendis une autre.

— Merci bien, m'dame. C'est que, voyez-vous, la marée s'inverse vers onze heures et demie, à cette époque du mois.

Je le dévisageai, sans expression aucune.

— Si vous observez avec attention, m'dame, vous constaterez que la marée est descendante.

Il pointa un endroit aux abords de la rive.

— L'eau est encore assez profonde près du rivage là-bas, mais cette nuit, ce ne sera plus le cas.

— Ah oui ?

Je ne voyais toujours pas où il voulait en venir, mais il était patient.

— À marée basse, on voit plus facilement les bancs de sable et les bras de mer, c'est sûr, et si on veut rejoindre le rivage à bord d'une embarcation à fond plat, c'est le meilleur moment. Mais si votre rendez-vous est avec un navire plus gros, avec, par exemple, un tirant d'eau de plus d'un mètre cinquante, dans ce cas...

Il but une gorgée, puis braqua le goulot de sa bouteille vers un point de la côte beaucoup plus loin.

— Là-bas, le fond est profond. Vous voyez la couleur de l'eau ? Si j'avais un gros bateau, ce serait l'endroit le plus sûr où jeter l'ancre à marée basse.

Je regardai dans la direction indiquée. En effet, la mer y était nettement plus sombre, d'un bleu presque noir.

— Vous ne pouviez pas nous le dire plus tôt ?

— J'aurais pu, si j'avais su ce qui vous intéressait.

Là-dessus, il se leva et s'éloigna vers la poupe, soufflant dans sa bouteille vide comme dans une corne de brume.

Quand le soleil commença à sombrer dans la mer, Roger et Ian réapparurent sur la grève, et Moïse, l'assistant du capitaine Roarke, alla les chercher avec la chaloupe. Puis nous hissâmes les voiles et remontâmes lentement la côte jusqu'à ce que nous apercevions Jamie, qui se tenait sur un banc de sable, agitant les bras.

Tandis que nous étions ancrés au large pour la nuit, chacun raconta ce qu'il avait appris, à savoir pas grand-chose. Épuises par la chaleur et leur marche, les hommes n'avaient guère d'appétit. Roger, surtout, était pâle, l'esprit ailleurs, et n'ouvrit pratiquement pas la bouche.

Le dernier fragment de lune s'éleva dans le ciel. Les hommes prirent leurs couvertures, se couchèrent sur le pont et s'endormirent en un rien de temps.

En dépit de toute la bière que j'avais bue, je n'arrivais pas à fermer l'œil. Assise près de Jamie, enveloppée dans ma propre couverture pour me protéger de la fraîcheur de la nuit, j'observai la masse sombre et mystérieuse de l'île. Le point d'ancrage que le capitaine Roarke m'avait indiqué était invisible. Si un navire venait le lendemain dans la nuit, le verrions-nous ?

En fait, il en vint un cette nuit-là. Je me réveillai à l'aube après avoir rêvé de cadavres. Je me redressai, le cœur battant, et aperçus Roarke et Moïse devant la lisse. Une terrible odeur flottait dans l'air. Je la reconnus tout de suite et, m'approchant du capitaine, ne fus pas surprise de l'entendre murmurer en regardant vers le sud :

— ... Maudit vaisseau négrier.

Il était ancré à huit cents mètres environ, ses mâts noirs à peine visibles contre le ciel blanc. Il n'était pas énorme, mais trop gros pour se glisser dans un des chenaux de l'île. Je l'observai longuement, bientôt rejointe par Jamie, Ian et Roger. Aucune chaloupe ne fut mise à la mer.

— Qu'est-ce qu'il fait là, à votre avis ? questionna Ian à voix basse.

Le bateau d'esclaves nous rendait tous nerveux.

Roarke fit une moue indécise. Il n'aimait pas ça non plus.

— Je n'en sais fichtre rien. On ne s'attend pas à voir ce genre de navire ici, vraiment pas.

Jamie se gratta une joue. Il ne s'était pas rasé depuis plusieurs jours et, avec ses yeux creux et son teint verdâtre – il avait vomi par-dessus le bastingage presque immédiatement après son lever, alors qu'il n'y avait pratiquement pas de houle –, il semblait encore plus patibulaire que Roarke.

— On peut s'en approcher ? demanda-t-il au capitaine.

Roger sursauta.

— Vous pensez que Brianna est à bord ?

— Si elle l'est, on en aura le cœur net, sinon, on saura peut-être ce que ce bateau est venu chercher ici.

Le soleil était déjà haut quand nous arrivâmes à hauteur du vaisseau négrier. Il y avait plusieurs marins sur le pont, nous observant tous avec curiosité.

Mettant ses mains en porte-voix, Roarke demanda la permission de monter à bord. Il nous fallut attendre quelques instants avant qu'un grand gaillard apparaisse, l'air mauvais et autoritaire.

— Qu'est-ce que vous voulez ? hurla-t-il.

— Monter à bord, répéta Roarke.

— Pas question. Dégagez !

— Nous recherchons une jeune femme, lança Roger. Nous aimerions vous poser quelques questions !

— Toutes les femmes à bord m'appartiennent ! Foutez le camp !

Il se tourna et fit un signe à ses marins. Ils disparurent aussitôt et réapparurent quelques instants plus tard avec des mousquetons.

Roger se mit à hurler :

— BRIANNA ! BRIANNAAA !

Une balle siffla haut au-dessus de nos têtes et transperça la grand-voile.

— Hé ! s'indigna Roarke. Mais qu'est-ce qui vous prend ?

On lui répondit par une salve de tirs, suivie par l'ouverture de sabords dans le flanc du navire et l'apparition des gueules noires de canons.

— Bon Dieu ! s'exclama Roarke ahuri. Ah, c'est comme ça que vous le prenez ? Eh bien, allez vous faire pendre ! Bande de dégénérés, vous allez voir !

Il trépignait sur place, agitant le poing et fulminant. Moïse, moins porté sur la rhétorique, avait bondi sur la barre dès le premier coup de feu. Nous glissâmes rapidement loin du navire belliqueux.

En le regardant rapetisser derrière nous, je déclarai :

— Il y a décidément quelque chose de louche là-dessous, que cela ait un rapport avec Bonnet ou pas.

Livide, Roger s'agrippait à la lisse.

Jamie s'essuya la bouche en esquissant une grimace et se tourna vers Roarke.

— Serait-il possible de se placer dans un endroit d'où l'on peut surveiller le navire tout en restant hors de portée de ses canons ?

Une nouvelle bouffée d'air empestant les excréments, la putréfaction et le désespoir balaya le pont, et son teint vira de la couleur de la graisse de rognons.

— Et contre le vent ? ajouta-t-il.

Nous dûmes reprendre le large et virer de bord souvent avant de satisfaire toutes ces conditions, mais nous finîmes par jeter l'ancre à une distance raisonnable, le vaisseau négrier à peine visible, au loin. Nous y demeurâmes le restant de la journée, nous relayant pour surveiller le navire avec la lunette du capitaine Roarke.

Il ne se passait rien. Aucune embarcation n'approcha, aucune chaloupe ne se dirigea vers la rive. Nous restâmes assis en silence sur le pont, observant les étoiles s'allumer une à une dans le ciel sans lune. Peu à peu, les ténèbres engloutirent l'autre navire.

55

Par une nuit sans lune

Ils jetèrent l'ancre longtemps avant l'aube, et une petite embarcation les conduisit jusqu'au rivage.

— Où sommes-nous ? demanda-t-elle.

Bonnet l'avait réveillée en pleine nuit. Ils avaient déjà fait trois haltes depuis Roanoke, dans de petites criques anonymes où des hommes mystérieux avaient roulé des fûts sur la plage ou transporté des balles, mais on ne l'y avait encore jamais emmenée. Cette île-ci était longue et plate, avec une végétation dense et couverte de brume ; sous le dernier croissant de lune, on l'aurait crue hantée.

— Ocracoke, répondit Bonnet.

Il se pencha au-dessus de l'eau et ajouta :

— Un peu plus à bâbord, Denys.

Le marin qui ramait s'inclina sur le côté, et la poupe de l'embarcation vira un peu, se rapprochant de la grève.

Il faisait frais sur l'eau. Bonnet avait drapé une épaisse cape autour des épaules de Brianna avant de l'aider à monter dans la chaloupe, mais cela n'apaisait pas les frissons qui faisaient trembler les mains de la jeune femme et engourdissaient ses doigts et ses orteils.

Les pirates échangèrent des murmures, s'orientant dans l'obscurité. Bonnet sauta dans l'eau boueuse et avança, immergé jusqu'à la taille, en écartant les algues et le feuillage. Le chenal apparut soudain, une ligne droite à l'éclat mat devant eux. La barque glissa sous les lourds branchages, puis s'arrêta un instant, afin que Bonnet puisse se hisser à bord.

Un cri strident retentit tout d'un coup, si près qu'elle bondit sur place avant de se rendre compte qu'il s'agissait d'un oiseau dans le marécage, quelque part autour d'eux. Sinon, hormis le clapotis régulier des rames, la nuit était silencieuse.

Josh et les deux hommes peuls étaient aussi du voyage. Le jeune Noir, assis à ses pieds, grelottait. Brianna rabattit un pan de sa cape autour de lui et posa une main sur son épaule, cherchant à le rassurer. Il la prit et la serra dans la sienne. Se tenant ainsi l'un l'autre, ils s'enfoncèrent lentement dans les ténèbres.

Le ciel commençait à s'éclaircir quand ils arrivèrent devant un petit débarcadère. Des nuages roses s'étiraient au-dessus de l'horizon. Bonnet sauta sur le ponton, puis lui tendit la main. À contrecœur, elle lâcha Josh et se leva.

À demi cachée par la végétation et tapissée de bardeaux gris, une maison semblait enfouie dans les derniers vestiges de brume ; comme si elle n'était pas tout à fait réelle et pouvait se dématérialiser à tout moment.

En revanche, la puanteur portée par le vent était, elle, bien réelle. Elle ne l'avait jamais sentie auparavant, mais sa mère la lui avait si bien décrite qu'elle l'identifia aussitôt : un vaisseau négrier, ancré près de la côte. Josh la reconnut lui aussi et se mit à marmonner. Il récitait le « Je vous salue Marie » en gaélique, aussi vite que possible.

Bonnet le poussa vers un marin et agita une main en direction des Peuls.

— Emmène-les au *barracoon*[1], puis rentre au navire. Dis à Orden que nous partons pour l'Angleterre dans

---

1. Entrepôt où étaient rassemblés les captifs avant leur embarquement sur le vaisseau négrier. (*N.d.T.*)

quatre jours. Il s'occupera du reste du chargement. Reviens me chercher samedi, une heure avant la marée haute.

— Josh ! s'écria Brianna.

Le jeune Noir se retourna vers elle en roulant des yeux paniqués, mais le marin le bouscula pour le faire avancer, tandis que Bonnet la tirait dans le sens opposé, sur le sentier menant à la maison.

— Attendez ! Où l'emmène-t-il ? Qu'allez-vous lui faire ?

Elle enfonça ses talons dans la boue et s'accrocha à un palétuvier, refusant de continuer.

— Le vendre, pardi ! Allez, viens, chérie. Tu sais que je peux te forcer et tu sais aussi que tu n'aimeras pas ça.

Il écarta un pan de la cape de Brianna et lui pinça le sein découvert en guise d'illustration.

Tremblante de rage, elle repoussa sa main et rabattit son vêtement contre sa poitrine, comme si cela pouvait apaiser la douleur cuisante. Il était déjà reparti, sachant qu'elle le suivrait. À sa plus grande honte, c'est exactement ce qu'elle fit.

Un Noir aussi grand que Bonnet et encore plus large d'épaules ouvrit la porte. Une épaisse cicatrice verticale courait de la racine de ses cheveux à la naissance de son nez, mais elle ressemblait davantage à une scarification tribale qu'au vestige d'une plaie.

Bonnet le salua de façon cordiale et poussa Brianna devant lui à l'intérieur.

— Emmanuel, mon vieux ! Regarde un peu ce que je t'ai amené !

Le Noir l'étudia de haut en bas avec un air dubitatif.

— Elle est grande comme une girafe.

Il parlait avec une forte intonation africaine. Il la prit par l'épaule et la fit tourner sur elle-même, glissant une main le long de son dos et lui palpant les fesses à travers la cape.

— Mais elle a un beau cul bien dodu.

— N'est-ce pas ? Occupe-toi d'elle, puis tu m'expliqueras où en sont nos affaires ici. La cale est presque pleine et... ah ! j'ai aussi amené quatre, non cinq nouveaux Noirs. Les hommes conviendront très bien au capitaine Jackson, mais les femmes... ah ! Elles ont quelque chose de spécial.

Il fit un clin d'œil à Emmanuel avant d'ajouter :

— Deux sœurs jumelles.

Le Noir se raidit.

— Des jumelles ? Vous allez les laisser entrer dans la maison ?

— Un peu, oui ! Des Peules, deux créatures superbes. De vrais caprices. Elles ne parlent pas un mot d'anglais, n'ont jamais été dressées, mais elles rapporteront gros, j'en suis sûr. À propos, des nouvelles du *signor* Ricasoli ?

Emmanuel opina. Troublé, il plissait le front, si bien que sa cicatrice tirait sur ses sourcils dessinant un V profond.

— Il sera là jeudi. *Monsieur*[1] Houvener, aussi. M. Howard, lui, arrivera demain.

— Parfait ! Fais-moi préparer mon petit déjeuner.

Se tournant vers Brianna, il déclara :

—J'imagine que tu as faim, toi aussi, n'est-ce pas, ma poule ?

Elle acquiesça, tiraillée entre la peur, la colère et la nausée. Il fallait qu'elle avale un morceau et vite.

— Bien, emmène-la là-haut et donne-lui à manger. Pour ma part, je prendrai mon repas dans mon bureau. Viens m'y retrouver après.

Emmanuel plaqua une main sur la nuque de Brianna et la conduisit avec force vers l'escalier.

---

1. En français dans le texte. (*N.d.T.*)

Le majordome, si on pouvait donner à Emmanuel un titre aussi domestique, la fit entrer brutalement dans une petite pièce et referma la porte derrière elle. L'endroit était meublé mais spartiate : un sommier avec un matelas nu dans un coin, une couverture en laine et un pot de chambre. Elle se servit de ce dernier avec soulagement, puis inspecta la chambre.

Elle n'avait qu'une minuscule fenêtre, protégée par des barreaux, mais sans vitres, avec juste des volets intérieurs. Le souffle de la mer et de la forêt emplissait la pièce, rivalisant avec la poussière et l'odeur rance du matelas taché. Emmanuel était peut-être un factotum, mais pas vraiment une fée du logis.

En entendant un son familier, elle étira le cou. On ne voyait pas grand-chose hormis la cime des arbres et la boue sablonneuse incrustée de fragments de coquillages qui entourait la maison. En pressant le visage contre un bord de la fenêtre, elle apercevait un bout de plage, au loin, et la ligne blanche des brisants. Au moment où elle regardait, trois chevaux passèrent au galop, puis cinq autres, puis un troisième groupe de sept ou huit. Des chevaux sauvages, les descendants des poneys espagnols abandonnés sur l'île un siècle plus tôt.

Leur vue l'enchanta, et elle resta longtemps à guetter, espérant les voir réapparaître. Mais elle ne vit qu'un vol de pélicans et quelques mouettes qui pêchaient.

Grâce à la présence des chevaux, elle s'était sentie moins seule, mais elle avait toujours le ventre aussi vide. Elle était dans la chambre depuis plus d'une demi-heure, et personne ne lui avait encore apporté un repas. Elle s'approcha prudemment de la porte et appuya sur la poignée. À sa grande surprise, elle n'était pas fermée à clef.

Il y avait des bruits en bas, et un parfum de porridge et de pain grillé flottait dans l'air.

Elle avança sur la pointe des pieds dans le couloir et descendit l'escalier. Des voix masculines lui parvinrent depuis une pièce sur le devant de la maison. Bonnet et Emmanuel. Son sang se figea, mais heureusement la porte était close. Elle passa devant à pas de loup.

La cuisine était située dans une cabane, à l'extérieur de la maison, reliée à celle-ci par une galerie couverte et entourée d'un jardin clôturé qui ceignait tout l'arrière de la maison. Elle jeta un coup d'œil à la clôture – très haute et surmontée de piques. Chaque chose en son temps…

D'abord, elle devait manger.

Il y avait quelqu'un dans la cuisine. Elle entendait des bruits de casseroles et une voix féminine en train de marmonner. Elle ouvrit la porte et s'arrêta sur le seuil pour ne pas surprendre la cuisinière. Puis elle l'aperçut.

À ce stade, les événements l'avaient tellement secouée qu'elle crut que sa vision lui jouait des tours.

— Phaedre ? s'enquit-elle sur un ton hésitant.

La jeune femme pivota sur ses talons, écarquilla les yeux et ouvrit grande la bouche.

— Oh, Seigneur Jésus !

Affolée, elle regarda derrière Brianna, puis, constatant qu'elles étaient seules, la prit par le bras et l'entraîna dans la cour.

— Qu'est-ce que vous faites ici ? demanda-t-elle. Comment êtes-vous venue ?

— Stephen Bonnet, résuma Brianna. Et vous… il vous a kidnappée vous aussi ? À River Run ?

Elle ne voyait pas comment ni pourquoi, mais tout ce qui lui arrivait depuis qu'elle se savait enceinte possédait cette étrange qualité hallucinatoire. Ce devaient être ses hormones qui s'emballaient.

— Non, mademoiselle. Ce Bonnet, il m'a achetée, il y a un mois. À un homme nommé Butler.

Elle tordit les lèvres, ne cachant pas son dégoût pour le Butler en question.

Ce nom parut vaguement familier à Brianna. Sans doute un contrebandier. Elle ne l'avait jamais rencontré, mais en avait entendu parler plusieurs fois. Toutefois, ce n'était pas l'homme qui approvisionnait sa tante en thé et autres produits de luxe. Celui-ci, elle le connaissait, un gentleman d'une apathie et d'une délicatesse inattendues répondant au nom de Wilbraham Jones.

— Je ne comprends pas, mais... attendez, il n'y a rien à manger ? interrogea vivement Brianna, sentant le fond de son estomac se soulever.

— Si, bien sûr. Ne bougez pas d'ici.

Phaedre disparut dans la cuisine et revint quelques minutes plus tard avec un demi-pain et une motte de beurre. Brianna saisit la miche et, sans se donner la peine de la beurrer, mordit dedans à pleines dents. Puis elle s'accroupit et baissa la tête entre les genoux en attendant la fin de la nausée.

— Désolée, dit-elle enfin. Je suis enceinte.

Phaedre hocha la tête, apparemment peu surprise.

— De qui ?

— Mais... de mon mari !

Avec un temps de retard, elle se rendit compte que cela ne coulait pas forcément de source. Phaedre avait disparu de River Run depuis des mois et Dieu seul savait ce qui avait pu lui arriver depuis.

La jeune esclave regarda vers la maison.

— Ça ne fait pas longtemps qu'il vous tient, alors.

— Non. Et vous, vous avez dit un mois... vous avez essayé de vous enfuir ?

— Une fois. Vous avez vu cet homme, Emmanuel ?

Brianna acquiesça.

— C'est un Ibo. Il peut traquer une musaraigne dans une forêt vierge et quand il la trouve, il le lui fait sacrément regretter.

Elle serra ses bras contre son torse, en dépit de la chaleur.

La clôture était constituée de pieux pointus d'environ deux mètres cinquante de haut, attachés avec des cordages. Elle pourrait peut-être l'escalader si Phaedre lui faisait la courte échelle. Puis elle aperçut l'ombre d'un homme qui marchait de l'autre côté, un fusil à l'épaule.

Elle aurait pu s'en douter... si elle avait été capable d'organiser ses pensées. C'était ici la planque de Bonnet et, à en juger par les piles de caisses, de paquets et de tonneaux entassés dans la cour, c'était là où il entreposait ses cargaisons précieuses avant de les vendre. Naturellement, elle était bien gardée.

Une légère brise se glissa entre les pieux, portant la même puanteur que celle qu'elle avait sentie en débarquant. Elle avala très vite une autre bouchée de pain, espérant calmer ses haut-le-cœur.

Les narines de Phaedre se dilatèrent.

— Un vaisseau négrier, ancré au-delà des brisants, annonça-t-elle à voix basse. Son capitaine est venu, hier, voir si M. Bonnet avait quelque chose pour lui, mais celui-ci n'était pas encore arrivé. Le capitaine Jackson a dit qu'il repasserait aujourd'hui.

Brianna sentait sa peur, tel un miasme jaune pâle flottant autour d'elle.

— Il... Il ne va pas vous vendre à ce Jackson, n'est-ce pas ?

Elle savait Bonnet capable de tout, mais comprenait mieux les rouages de l'esclavage. Phaedre était un article de premier choix : la peau claire, jeune, jolie, camériste expérimentée. Bonnet en obtiendrait un très bon prix n'importe où ; mais d'après ce qu'elle connaissait des négriers, ils ne vendaient que des esclaves directement importés d'Afrique.

Phaedre secoua la tête, les lèvres blêmes.

— Je ne crois pas. Je suis ce qu'il appelle un « caprice ». C'est pourquoi il m'a gardée si longtemps. Des hommes sont arrivés des Antilles cette semaine. Ils achètent des jolies femmes.

Le pain que Brianna avait avalé forma tout d'un coup une masse solide et visqueuse dans son estomac. Avec fatalisme, elle se leva et s'éloigna pour aller vomir derrière une grande balle de coton écru.

Elle entendait encore la voix joviale de Bonnet : « Pourquoi se donner le mal de t'emmener jusqu'à Londres, où tu ne serviras à rien ni à personne ? En plus, il pleut tout le temps à Londres, ça ne te plairait pas. »

Appuyée contre la palissade, attendant que le malaise disparaisse, elle répéta : « Ils achètent des jolies femmes. » Des Blanches aussi ?

« Pourquoi pas ? » répondit la part logique de son cerveau. Les femmes étaient des objets, blanches ou noires. Si on pouvait les posséder, on pouvait les vendre. À une époque, elle-même avait possédé Lizzie.

Elle s'essuya les lèvres sur sa manche et rejoignit Phaedre assise sur un rouleau de cuivre, ses traits fins tirés par l'anxiété.

— Il a aussi enlevé Josh. Quand on a débarqué sur l'île, il a demandé à un homme de l'emmener au *barracoon*.

Phaedre se redressa.

— Joshua, le palefrenier de Mlle Jo ? Il est ici ?

— Oui, vous savez où se trouve le *barracoon* ?

Phaedre s'était levée et, agitée, faisait les cent pas.

— Je n'en suis pas sûre. Je prépare aussi à manger pour les esclaves, mais c'est un gardien qui leur apporte leurs repas. Toutefois, ça ne doit pas être bien loin.

— C'est grand ?

— Non, M. Bonnet ne fait pas vraiment le commerce des esclaves. Il en achète quelques-uns de temps en temps pour les revendre... puis il a ses « caprices » (elle fit la grimace), mais il ne doit pas y en avoir plus d'une douzaine, à en juger par la quantité de nourriture qu'ils mangent. Il y a aussi trois filles dans la maison, cinq, si on compte les deux Peules qu'il dit avoir à bord.

Se sentant mieux, Brianna inspecta la cour à la recherche d'un objet utile. Elle contenait un ramassis de marchandises : rouleaux de soie chinoise enveloppés dans de la toile cirée, caisses de vaisselle en porcelaine, fûts de brandy, bouteilles de vin emballées dans de la paille, coffres de thé, etc. Elle ouvrit un de ces derniers et inspira le doux parfum des feuilles séchées. Il apaisait merveilleusement ses troubles internes, et elle aurait donné presque n'importe quoi pour une bonne tasse de thé chaud.

Plus intéressants encore étaient ces petits barils de poudre, scellés avec soin et avec des parois épaisses.

— Si seulement j'avais mes allumettes, marmonnat-elle.

Cependant, il y avait du feu dans la cuisine. Elle examina la maison en détail, se demandant où placer les barils. D'un autre côté, elle ne pouvait pas faire sauter toute la structure, vu la présence d'autres esclaves à l'intérieur. En outre, elle n'avait aucune idée de la suite de son plan.

Entendant la porte s'ouvrir, elle s'éloigna à toute vitesse des barils. Le temps qu'Emmanuel la repère, elle contemplait une énorme caisse qui contenait une horloge de parquet, sa façade dorée ornée de trois minuscules voiliers animés voguant sur une mer d'argent.

Il lui fit un signe de tête.

— Toi, viens te laver.

Il jeta un œil noir à Phaedre qui le fuyait, affectant de ramasser du petit bois.

La main de fer se plaqua de nouveau contre la nuque de Brianna et la propulsa sans ménagement à l'intérieur.

Cette fois, Emmanuel ferma la porte à clef. Il lui apporta une bassine, une aiguière, une serviette et une chemise propre. Il revint plus tard, beaucoup plus tard, avec un plateau de nourriture, mais refusa de répondre à ses questions et verrouilla de nouveau derrière lui.

Elle poussa le lit contre la fenêtre et s'agenouilla dessus, glissant les coudes entre les barreaux. Elle n'avait rien d'autre à faire qu'à réfléchir… ce qu'elle aurait préféré éviter. Elle observa la forêt et le bout de plage au loin, l'ombre des pins s'avançant sur le sable tel un cadran solaire marquant le long défilement des heures.

Après plusieurs minutes, ses genoux s'engourdirent et ses coudes commencèrent à lui faire mal. Elle étendit alors la cape sur le matelas crasseux, essayant de ne pas voir ses taches ni de sentir les odeurs. Couchée sur le flanc, elle contempla le ciel à travers la fenêtre, les changements infimes de la lumière, imaginant les pigments spécifiques et les coups de pinceau capables de les restituer. Puis elle se releva et se mit à marcher de long en large dans la pièce, comptant ses pas.

La chambre mesurait deux mètres cinquante sur trois ; cent pas représentaient approximativement cent mètres. Elle espérait que le bureau de Bonnet soit juste en dessous.

Il ne se passa rien. Au bout de deux kilomètres, la luminosité baissant peu à peu, elle s'assit sur le bord du matelas, observant les dernières couleurs flamboyantes s'éteindre dans le ciel, Roger remontant du fond de son esprit… où il n'avait jamais cessé d'être, refoulé mais omniprésent.

Avait-il enfin été ordonné comme il le désirait tant ? Continuait-il d'être préoccupé par la prédestination, ne sachant pas s'il pouvait rentrer dans les ordres sans souscrire à cette croyance ? Ce n'était pour elle qu'une notion, mais c'était un dogme pour les presbytériens. Elle sourit cyniquement en songeant à Hiram Crombie.

Ian lui avait raconté les tentatives du dévot pour expliquer sa doctrine aux Cherokees. La plupart l'avaient écouté poliment, puis avaient oublié jusqu'à sa présence. Cependant, son discours avait intéressé

Penstemon, la femme d'Oiseau, qui l'avait suivi toute la journée, le bousculant puis s'écriant : « Ton Dieu savait-il que je ferais ça ? Comment pouvait-il le savoir, si je ne le savais pas moi-même ? » Ou, d'une humeur plus méditative, elle lui demandait d'expliquer comment la prédestination s'appliquait aux jeux de hasard. Comme la plupart des Indiens, Penstemon pariait sur tout et n'importe quoi.

Selon Brianna, Penstemon avait sans doute sa part de responsabilités dans la brièveté de la première visite de Crombie chez les Indiens. Toutefois, force était de reconnaître que celui-ci avait de la suite dans les idées. Il y était retourné, encore et encore, croyant fermement en son action.

Roger aussi. « Zut ! » pensa-t-elle avec résignation. Il était de nouveau là, avec ses yeux doux vert mousse, pensif, se frottant lentement le nez, l'esprit ailleurs.

Lassée de tous ses discours sur la prédestination et secrètement contente que les catholiques se satisfassent des mystères de Dieu, elle lui avait déclaré :

« Est-ce si important ? Ce qui compte, n'est-ce pas que tu puisses aider les autres, leur apporter un réconfort ? »

Installés sur leur lit, la chandelle éteinte, ils avaient discuté à la lueur des braises.

« Je n'en sais rien, avait-il fini par répondre. Selon toi, quiconque a voyagé dans le temps n'est-il pas forcément un peu porté sur la théologie ? »

Elle avait levé les yeux au ciel en prenant un air de martyr, le faisant rire. Puis il l'avait embrassée et ils étaient passés à des occupations nettement plus prosaïques et terrestres.

Cependant, il avait raison. Quiconque avait traversé les pierres ne pouvait s'empêcher de se demander : pourquoi moi ? Et qui pouvait répondre à cette question, sinon Dieu ?

Pourquoi moi ? Et ceux qui avaient échoué... Pourquoi eux ? Tous ces corps anonymes figurant dans les listes de Geillis Duncan ; les compagnons de Donner, morts à l'arrivée... Et qu'en était-il de Geillis elle-même ? La sorcière était morte ici, hors de son temps.

En laissant de côté la métaphysique et en examinant la question sous un angle purement scientifique – car le phénomène avait forcément une base scientifique, se répéta-t-elle avec entêtement, ce n'était pas de la magie, contrairement à ce qu'en avait pensé Geillis –, les lois de la thermodynamique stipulaient qu'aucune masse ni énergie ne pouvaient être créées ou détruites. Elles ne faisaient que se transformer.

Transformées comment ? Le déplacement à travers le temps constituait-il une transformation ? Un moustique susurra près de son oreille, et elle agita une main pour le chasser.

Ils savaient que l'on pouvait voyager dans les deux sens. Cela impliquait nécessairement que l'on pouvait aussi être projeté dans le futur. Ni sa mère ni Roger n'y avaient jamais fait allusion ; peut-être n'y avaient-ils pas pensé ?

Dans ce cas, quand on voyageait dans le passé et qu'on y mourait – ce qui était arrivé à Geillis Duncan et à Dent-de-loutre – peut-être cela s'équilibrait-il par le voyage et la mort de quelqu'un dans le futur.

Elle ferma les yeux, incapable de pousser plus avant sa pensée.

Au loin, elle entendait le bruit des vagues et songea au vaisseau négrier. Puis elle se rendit compte que son odeur caractéristique était toute proche. Elle se leva d'un bond et se précipita vers la fenêtre. Elle apercevait un morceau du sentier menant à la maison. Un grand type avec une veste bleu marine et un chapeau surgit entre les arbres, suivi par deux hommes dépenaillés. Des marins, à en juger par leur démarche chaloupée.

Ce devait être le capitaine Jackson, venu traiter avec Bonnet.

Se sentant faiblir, elle se rassit sur le lit.

— Mon Dieu, Josh !

Qui était-ce ? Sainte Thérèse de Lisieux... ou d'Ávila, qui, exaspérée, avait lancé à Dieu : « Si c'est comme ça que tu traites tes amis, pas étonnant que tu en aies si peu ! »

Elle s'était endormie en pensant à Roger. Elle se réveilla en pensant au bébé.

Pour une fois, elle n'avait ni la nausée ni l'étrange sensation de se disloquer. Elle ne ressentait qu'une profonde paix et de la... curiosité ?

Elle posa les mains sur son ventre. « Tu es là ? » Il n'y eut aucune réponse précise, mais il y avait bien une présence, elle en était aussi sûre que des battements de son propre cœur.

« C'est bien. » Elle se rendormit aussitôt.

Quelque temps plus tard, des éclats de voix au rez-de-chaussée la sortirent encore de son sommeil. S'étant redressée trop vite, elle fut prise d'un haut-le-cœur et se rallongea. La nausée était de retour. Si elle fermait les yeux et ne bougeait pas, elle se calmerait, tel un serpent endormi.

Les voix s'accompagnaient de bruits sourds, comme un poing frappant une table ou un mur. Puis les bruits cessèrent, et elle n'entendit plus rien jusqu'à ce que des pas légers s'approchent de sa porte. La clef tourna dans la serrure, et Phaedre apparut, portant un plateau.

Brianna se redressa prudemment, évitant de respirer. La moindre odeur de friture...

— Que se passe-t-il en bas ? questionna-t-elle.

Phaedre grimaça.

— Cet Emmanuel... Il n'est pas content à cause des sœurs peules. Les Ibos croient que les jumeaux portent malheur. Quand une de leurs femmes accouche de jumeaux, elle les abandonne dans la forêt. Emmanuel voulait les vendre au capitaine Jackson pour s'en débarrasser au plus vite, mais M. Bonnet veut attendre le monsieur des Antilles, pour obtenir un meilleur prix.

— Quel monsieur des Antilles ?

Phaedre haussa les épaules.

— J'en sais rien. Un monsieur à qui il vend des choses. Un planteur, sans doute. Mangez, je reviendrai plus tard.

Elle s'apprêtait à sortir, mais Brianna la retint.

— Attendez ! Hier, vous ne m'avez pas dit qui vous avait enlevée, à River Run.

La jeune femme revint sur ses pas à contrecœur.

— M. Ulysse.

— Ulysse ?

Devant son air incrédule, Phaedre lui lança un regard courroucé.

— Quoi, vous ne me croyez pas ?

— Si, si. Mais… pourquoi ?

— Parce que je ne suis qu'une négresse stupide. Ma mère m'avait prévenue. Elle me répétait toujours qu'il ne fallait surtout jamais, jamais, contrarier Ulysse. Vous croyez que je l'aurais écoutée ?

— En quoi l'avez-vous contrarié ?

Elle tapota le lit à ses côtés, invitant l'esclave à s'asseoir. Phaedre hésita, puis obéit, remettant de l'ordre dans son turban tout en cherchant ses mots.

— M. Duncan… c'est un monsieur très, très gentil. Vous saviez qu'il n'avait jamais été avec une femme ? Il a reçu un coup de sabot quand il était jeune ; ça lui a abîmé les bourses. Il était persuadé qu'il ne pourrait plus jamais rien faire avec.

Brianna acquiesça, sa mère lui ayant vaguement parlé de ce sujet.

— Eh bien, il se trompait, reprit Phaedre avec un soupir. Il ne voulait faire de mal à personne, moi non plus.

C'est juste… arrivé. Mais Ulysse l'a su. Peut-être qu'une autre fille le lui a raconté, ou peut-être qu'il l'a appris autrement. De toute façon, il finit toujours par tout savoir. Il m'a dit que ce n'était pas bien et que je devais arrêter tout de suite.

— Mais vous ne lui avez pas obéi, devina Brianna.

— Je lui ai dit que j'arrêterais quand M. Duncan me le demanderait et de s'occuper de ses oignons. Vous comprenez, je croyais que M. Duncan était le maître, à River Run. Mais c'est faux, c'est Ulysse, le vrai maître.

— Alors, il vous a enlevée et vous a… vendue ? Pour vous empêcher de coucher avec Duncan ?

Qu'est-ce que cela pouvait lui faire ? Craignait-il que Jocasta l'apprenne et en soit blessée ?

— Non, il m'a vendue parce que je lui ai dit que s'il ne nous laissait pas tranquilles, M. Duncan et moi, je raconterais tout sur Mlle Jo et lui.

— Mlle Jo et…

Ébahie, Brianna cligna des yeux, n'en croyant pas ses oreilles. Phaedre lui adressa un petit sourire ironique.

— Il dort dans le lit de Mlle Jo depuis plus de vingt ans, même avant la mort du vieux maître. Tous les esclaves de la plantation sont au courant, mais aucun n'est assez idiot pour le lui dire en face, sauf moi.

Brianna se savait l'air abruti, mais ne pouvait rien y faire. Tout à coup, une multitude de détails, de gestes infimes qu'elle avait vus à River Run prenaient un sens nouveau. À présent, elle comprenait mieux pourquoi sa tante avait déployé tant d'efforts pour récupérer son majordome après la mort du lieutenant Wolff. Elle comprenait aussi pourquoi Ulysse avait réagi si vite. Que l'on croie Phaedre ou pas, sa seule accusation aurait provoqué la perte du majordome.

La jeune esclave se passa une main sur le visage.

— Il n'a pas perdu de temps. Cette même nuit, M. Jones et lui m'ont arrachée à mon lit, enveloppée dans une couverture et m'ont emmenée dans une carriole. M. Jones a dit qu'il n'était pas négrier, mais qu'il rendait service à Ulysse. Il m'a conduite en aval du fleuve pour me vendre à un homme, le propriétaire d'une auberge à Wilmington. Ça, ça allait encore, mais, quelques mois plus tard, il est revenu me chercher. Il a dit qu'Ulysse trouvait que Wilmington, c'était pas encore assez loin. Alors, il m'a donnée à M. Butler, et M. Butler m'a emmenée à Edenton.

Elle baissait les yeux, tripotant la couverture de ses longs doigts graciles. Brianna évita de lui demander ce qu'elle avait fait pour Butler à Edenton, supposant qu'il l'avait placée dans un bordel.

— Et... euh... c'est là que Stephen Bonnet vous a trouvée ?

Phaedre acquiesça sans redresser la tête.

— Il m'a gagnée aux cartes.

Elle se releva.

— Il faut que j'y aille. Je ne veux plus contrarier aucun Noir et j'ai reçu assez de raclées de cet Emmanuel.

Brianna commençait tout juste à se remettre du choc de toutes ces nouvelles. Une idée lui traversa soudain l'esprit, et elle retint de nouveau la jeune femme avant qu'elle ne franchisse la porte.

— Attendez ! Attendez ! Encore une question... vous... et les esclaves de River Run, vous êtes au courant au sujet de l'or ?

— Quoi, l'or dans la tombe du vieux maître ? Bien sûr, tout le monde le sait. Mais personne ne s'aviserait d'y toucher, on sait bien qu'il est maudit.

— Vous avez entendu quelque chose au sujet de sa disparition ?

— Il a disparu ?

— Oh, je suis bête ! Non, vous ne pouvez pas savoir, vous êtes partie depuis trop longtemps. Je me demandais juste si Ulysse pouvait être impliqué dans cette histoire.

— Non, je ne sais rien. Seulement qu'Ulysse ne reculerait devant rien, malédiction ou pas.

Des pas lourds résonnèrent dans l'escalier, et elle pâlit. Sans un mot ni un geste d'adieu, elle fila dans le couloir et referma la porte. Brianna l'entendit chercher fébrilement la bonne clef, puis il y eut un clic dans la serrure.

Dans l'après-midi, Emmanuel, silencieux comme un lézard, lui apporta une robe. Trop courte et trop serrée à la taille, elle était toutefois bien coupée et en belle soie bleu pâle. Elle avait déjà été portée et était tachée en plusieurs endroits. En l'enfilant, Brianna frissonna, trouvant qu'elle dégageait une odeur de... peur.

Elle-même transpirait quand Emmanuel la conduisit au rez-de-chaussée. Passant par les fenêtres ouvertes, une légère brise gonflait les rideaux. La plupart des pièces de la maison étaient très simples, avec des parquets nus et, en guise de meubles, quelques tabourets et des sommiers. En revanche, celle où on la fit entrer offrait un tel contraste qu'elle semblait appartenir à une autre demeure.

D'épais tapis turcs couvraient le sol, se chevauchant en un kaléidoscope de couleurs et de motifs. Les meubles, quoique d'époques différentes, étaient tous lourds et ouvragés, en bois sculpté et tapissés de soieries. L'argenterie et le cristal scintillaient sur toutes les surfaces, et les pendeloques d'un lustre, beaucoup trop grand, projetaient des éclats irisés. C'était l'idée qu'un pirate se faisait de l'intérieur d'un homme opulent, un étalage de luxe sans aucun sens du style et du bon goût.

Mais l'homme opulent assis près de la fenêtre ne semblait pas importuné par le décor. Mince, coiffé d'une perruque, avec une pomme d'Adam proéminente, il paraissait avoir la trentaine, malgré sa peau flétrie et jaunie par une quelconque maladie tropicale. Il se leva quand elle entra.

Bonnet avait reçu son client en grande pompe. Des verres et plusieurs carafes en cristal traînaient sur un guéridon, et une douce odeur de brandy flottait dans l'air. Brianna sentit ses tripes remuer et se demanda comment ils réagiraient si elle vomissait sur les précieux tapis.

— Te voilà, chérie.

Bonnet vint vers elle et voulut lui prendre la main. Elle la repoussa, mais il affecta de ne pas le remarquer, la conduisant vers le visiteur d'une main plaquée dans le creux de ses reins.

— Fais donc une jolie révérence à M. Howard, mon cœur.

Elle se redressa et, de toute sa hauteur – elle faisait presque une tête de plus que lui –, toisa M. Howard.

— Je suis détenue ici contre mon gré, monsieur. Mon mari et mon père... aïe !

Bonnet venait de lui tordre le poignet. Il déclara comme si de rien n'était :

— N'est-elle pas ravissante ?

M. Howard tourna autour d'elle, la mine dubitative.

— Oui, assurément. Mais elle est... très grande. Et rousse, monsieur Bonnet ? Vous savez bien que je préfère les blondes.

— Sans blague, espèce de petit merdeux ! explosa Brianna.

Elle parvint à arracher son bras de l'emprise de Bonnet, se tourna vers Howard, s'efforçant de paraître raisonnable.

— Écoutez... Je viens d'une bonne... d'une excellente famille, et j'ai été kidnappée. Mon père se nomme James Fraser, mon mari, Roger MacKenzie, ma tante est Mme Hector Cameron, de la plantation de River Run.

Howard se tourna vers Bonnet, l'air plus intéressé.

— Elle est vraiment de bonne famille ?

— Absolument, monsieur. D'une lignée impeccable !

— Hmm... Et en excellente santé, apparemment.

Il reprit son examen, la regardant sous le nez.

— Elle a déjà mis bas ?

— Absolument. Elle a mis au monde un garçon tout ce qu'il y a de plus sain.

— La dentition est bonne ?

Il se hissa sur la pointe des pieds. Bonnet attrapa le bras de Brianna et le lui tordit dans le dos, lui tirant sur les cheveux pour l'obliger à renverser la tête en arrière, lui coupant le souffle. Howard lui tint le menton et écarta un coin de ses lèvres du pouce, inspectant ses molaires.

— Très bien... approuva-t-il. Et de surcroît, la peau est sans défauts, mais...

Elle libéra sa tête d'un coup sec et lui mordit le pouce de toutes ses forces, sentant la chair se déchirer sous ses dents et un goût chaud et métallique envahir sa bouche.

Il poussa un cri et la gifla. Elle esquiva le coup de justesse, la main d'Howard ne faisant qu'effleurer sa joue. Bonnet la lâcha, et elle recula en titubant de deux pas avant de vomir contre le mur.

— Elle m'a mordu, la garce !

Les yeux larmoyants, M. Howard oscillait sur place, serrant son pouce contre lui. Puis, dans un élan de furie, il se précipita vers elle, s'apprêtant à la gifler de nouveau. Bonnet lui saisit le poignet juste à temps et le repoussa doucement mais fermement de côté.

— Allons, allons. Vous ne pouvez pas l'abîmer. Elle ne vous appartient pas encore.

— Peu m'importe qu'elle m'appartienne ou pas ! s'écria Howard le visage rouge. Je fouetterai cette chienne jusqu'à ce qu'elle en crève !

— Voyons, vous ne pensez pas ce que vous dites, monsieur Howard, répondit Bonnet toujours aussi jovial. Ce serait un tel gâchis. Laissez-moi donc faire, d'accord ?

Sans attendre sa réponse, il traîna Brianna chancelante à travers la pièce et la poussa vers le majordome, qui avait attendu silencieux près de la porte durant toute la conversation.

— Emmène-la, Manny, et apprends-lui les bonnes manières. Avant de la ramener ici, n'oublie pas de la bâillonner.

Emmanuel ne sourit pas, mais une légère lueur s'alluma au fond de ses yeux noirs. Il enfonça ses doigts entre les os du poignet et, d'un mouvement rapide, lui tordit de nouveau le bras dans le dos, tirant si fort que la douleur la plia en deux. Il tira encore, et la vue de Brianna se brouilla. Elle entendit juste la voix de Bonnet derrière elle quand le Noir l'entraîna violemment hors de la pièce.

— Pas au visage, Manny ! Et ne laisse pas de marques permanentes.

La voix d'Howard avait totalement perdu son ton indigné. Elle était toujours étranglée, mais plutôt par l'émerveillement.

— Seigneur ! Oh, Seigneur !

— Charmant spectacle, n'est-ce pas ? déclara Bonnet.

— Charmant... répéta Howard. Oh, je ne crois pas avoir jamais rien vu d'aussi charmant. Quelle couleur ! Puis-je ?

Brianna perçut ses pas sur le tapis une fraction de seconde avant qu'une paire de mains ne se plaque sur ses fesses. Elle hurla sous son bâillon, mais n'émit qu'un grognement. Elle était à moitié couchée à plat ventre sur la table dont le bord lui rentrait dans le diaphragme, ses jupes rabattues sur sa tête. Howard laissa échapper un petit rire ravi et la lâcha.

— Oh, regardez ! Regardez ! Voyez l'empreinte blanche parfaite de mes mains sur la peau cramoisie... et la peau est si... brûlante... Oh, elle disparaît déjà... Permettez-moi...

Elle serra les cuisses et se raidit pendant qu'il tripotait ses parties intimes, puis ses doigts disparurent. Bonnet cessa de lui appuyer sur la nuque et écarta son client de l'autre main.

— Allons, allons. Ça suffit. Après tout, elle n'est pas encore votre propriété... pas encore.

Howard proposa aussitôt une somme astronomique, mais Bonnet se contenta de rire.

— C'est généreux de votre part, monsieur. Mais je ne peux pas accepter votre offre sans avoir entendu d'abord celles de mes autres clients, n'est-ce pas ? Ce serait injuste envers eux. Non, sincèrement, j'apprécie, mais cette belle pouliche partira aux enchères. J'ai bien peur que vous ne deviez patienter encore un peu.

Howard renchérit, offrant plus... protestant qu'il la lui fallait absolument, qu'il ne pouvait attendre, qu'il était fébrile de désir, que son prix serait le sien... Bonnet ne voulut rien savoir et, après plusieurs tergiversations, il raccompagna le client à la porte. Brianna l'entendit encore protester, jusqu'à ce qu'Emmanuel le traîne de force au-dehors.

S'étant redressée, elle se trémoussait pour faire retomber ses jupes. Le majordome lui avait noué les mains dans le dos, autrement, elle aurait sûrement essayé d'étrangler Bonnet à mains nues.

Cela devait se lire sur son visage, car il éclata de rire.

— Tu as été parfaite, ma chérie, annonça-t-il en lui retirant son bâillon. Cet homme est prêt à vider son coffre pour le plaisir de te tripoter le cul de nouveau.

— Allez vous faire foutre, espèce de sale...

Elle tremblait de rage, incapable de trouver une épithète assez forte pour lui convenir, puis éructa :

— Je te tuerai, connard !

Il rit de plus belle.

— Allons, allons, mon cœur, tout ça pour une petite fessée ? Considère-la comme une compensation, en partie, pour ma couille gauche.

Il lui passa un doigt sous le menton, puis s'approcha du guéridon où se trouvaient les carafes.

— Tu as bien mérité un petit remontant, mon cœur. Brandy ou porto ?

— Qu'est-ce que c'est que cette histoire d'enchères ?

— Je pensais que c'était évident. Tu connais sûrement le sens de ce mot, non ?

Amusé, il lui fit un clin d'œil, puis se servit un verre qu'il but d'un trait, émettant un « Ah ! » extatique.

— Je connais deux autres clients sur le marché pour quelqu'un comme toi, chérie. Ils seront ici demain ou après-demain. Ils donneront leurs prix et, normalement, tu devrais être en route pour les Antilles dès vendredi.

Il parlait nonchalamment, sans aucune pointe de raillerie. Ça, plus que toute autre chose, lui liquéfia les jambes. Elle n'était qu'une marchandise, un produit, pour lui comme pour ses maudits clients. Elle pouvait protester autant qu'elle le voulait, ils se fichaient pas mal de ses objections.

Bonnet la dévisageait avec attention, ses yeux vert pâle la jaugeant. Elle se trompait, il n'était pas indifférent. Son ventre se noua.

Il se tourna vers Emmanuel.

— Qu'est-ce que tu as utilisé sur elle, Manny ?

— Une louche en bois. Vous avez dit « pas de marques ».

Songeur, Bonnet hocha la tête.

— J'ai dit « pas de marques permanentes ». C'est bon, elle peut rester comme ça pour M. Ricasoli. Pour M. Houvener, on verra...

Emmanuel acquiesça, mais son regard s'attarda sur Brianna avec un soudain intérêt. Elle sentit son estomac se soulever et vomit, ruinant définitivement la belle robe en soie.

Un hennissement haut perché lui parvint. Les chevaux sauvages s'ébattaient sur la plage. Si elle avait été l'héroïne d'un roman d'amour, elle aurait noué un drap aux barreaux de sa fenêtre, aurait trouvé le troupeau et, exerçant ses talents mystiques sur les animaux, aurait persuadé l'un d'entre eux de la conduire en lieu sûr.

En réalité, il n'y avait pas de draps, juste un matelas pourri et bourré de zostère marine ; quant à approcher d'un cheval sauvage... À l'instant, elle aurait tout donné pour Gideon.

Des larmes lui piquèrent les yeux.

— Non mais, tu perds vraiment la boule ! dit-elle à voix haute. Pleurer pour un cheval !

Surtout pour cette bête insupportable. Mais c'était tellement mieux que de penser à Roger... ou à Jemmy. Non ! Elle ne devait surtout pas penser à Jemmy, ni à la possibilité qu'il grandisse sans elle, sans savoir pourquoi elle l'avait abandonné. Ni au nouveau bébé... et à la vie que pourrait avoir l'enfant d'une esclave.

Mais elle pensait à eux, et ce simple constat l'envahit de désespoir.

Elle se ressaisit. Elle sortirait d'ici. De préférence avant l'arrivée de MM. Ricasoli et Houvener. Pour la énième fois, elle arpenta la chambre, s'efforçant de marcher plus lentement, de se concentrer sur ce dont elle disposait.

Pratiquement rien. On lui avait donné à manger, une bassine pour sa toilette, une serviette, une brosse à cheveux. Elle retourna celle-ci entre ses mains, évaluant son potentiel en tant qu'arme. Nul.

Un conduit de cheminée saillait dans la chambre, mais il n'y avait aucun foyer. À l'aide de la cuillère de son repas, elle essaya d'entamer le mortier qui le recouvrait. Elle découvrit un endroit où il était fissuré, mais, après un quart d'heure, elle n'était parvenue qu'à déloger quelques centimètres d'enduit, les briques en dessous restant immobiles. Au bout d'un mois ou deux, elle serait peut-être arrivée à un résultat, mais quant aux chances d'une personne de sa taille de se glisser dans un tuyau du XVIIIe siècle...

Il s'était mis à pleuvoir. Elle entendait le clapotis précipité sur les feuilles de palmier. Le jour n'était pas encore couché, mais le ciel couvert plongeait la chambre dans la pénombre. Elle n'avait pas de chandelle. Personne n'attendait d'elle qu'elle lise ou couse.

Elle se projeta contre les barreaux de la fenêtre pour la dixième fois, les trouvant toujours aussi robustes et solidement enchâssés. Là encore, si elle avait eu un mois devant elle, elle aurait pu aiguiser le manche de la cuillère et gratter le mortier jusqu'à pouvoir en déloger un. Mais elle n'avait pas un mois.

Ils avaient emporté la robe souillée, la laissant en chemise avec son corset. Elle ôta ce dernier et gratta les coutures pour en extraire une baleine... un busc en ivoire qui allait du sternum au nombril. C'était toujours une meilleure arme qu'une brosse à cheveux. Elle commença à l'affûter contre l'angle du conduit de cheminée.

Pourrait-elle poignarder quelqu'un avec ? « Oh oui, pensa-t-elle férocement. Et faites que ce soit Emmanuel. »

56

Une fille trop grande

Roger attendait, tapi dans un épais taillis de ciriers près de la plage. Ian et Jamie se tenaient un peu plus loin, pareillement embusqués.

Un second navire était arrivé le matin, jetant l'ancre à une bonne distance du vaisseau négrier. Lançant de grands filets par-dessus bord pour se faire passer pour des pêcheurs, ils les avaient observés se rendre à terre : d'abord le capitaine du premier bateau, puis une chaloupe du second, avec à son bord deux hommes et un petit coffre.

Brandissant la lunette, Claire décrivait :

— Un gentleman. Perruque, beaux habits. L'autre doit être un domestique. Tu penses qu'il s'agit de l'un des clients de Bonnet, Jamie ?

— Oui. Monsieur Roarke, pourriez-vous remonter un peu vers le nord ? Je vais débarquer.

Tous les trois avaient rejoint la terre ferme à un peu plus d'un kilomètre de la plage, ils s'étaient enfoncés dans la forêt et avaient pris leurs positions dans les broussailles. Il faisait lourd, mais, si près du rivage, une légère brise rendait la chaleur supportable. Mais pas les insectes. Pour la centième fois, Roger fit tomber une bestiole qui rampait dans sa nuque.

L'attente le rendait nerveux. Le sel et la transpiration picotaient sa peau, et l'odeur de la forêt, avec son mélange particulier de résine de pin et d'algues marines, lui rappelait un peu trop la journée où il avait tué Lillington.

Ce jour-là, il était parti, comme maintenant, avec l'intention de tuer Stephen Bonnet. Mais le pirate avait été prévenu et avait organisé une embuscade. Il ne devait qu'à la volonté de Dieu et au talent de Jamie Fraser de ne pas avoir laissé sa peau dans la forêt – si similaire à celle où il se trouvait à présent –, ses os éparpillés par les cochons sauvages, se décolorant parmi les coquillages écrasés et les aiguilles de pin.

Il aurait dû prier, mais n'y arrivait plus. Même la litanie constante qui avait résonné dans son cœur depuis le soir où il avait appris l'enlèvement de Brianna s'était tue. « Mon Dieu, faites qu'elle soit saine et sauve. » Il n'entendait plus dans sa tête que : « Mon Dieu, laissez-moi le tuer. » Cependant, il ne pouvait formuler un tel vœu, même en pensée.

Le désir de meurtre... il ne pouvait s'attendre à ce qu'une telle prière soit exaucée.

L'espace d'un instant, il envia à Jamie et à Ian leur foi en leurs dieux de colère et de vengeance. Pendant que Roarke et Moïse préparaient la chaloupe, Jamie avait pris les mains de Claire et lui avait murmuré quelques mots. Puis, elle l'avait béni en gaélique, invoquant Michel du Royaume rouge, la bénédiction du guerrier en route pour la bataille.

Ian, lui, était demeuré assis en tailleur, contemplant la rive, l'air ailleurs. S'il priait, il était impossible de savoir qui. Toutefois, quand ils avaient touché terre, il avait ramassé une poignée de boue et s'était minutieusement peint le visage : une ligne droite du front au menton, quatre traits parallèles sur la joue gauche, un cercle sous l'œil droit. L'effet était saisissant.

De toute évidence, l'un comme l'autre n'avaient aucun problème moral avec le geste qu'ils s'apprêtaient à commettre, et aucune hésitation à demander à Dieu de les aider. Il les jalousait.

Silencieux, les portes du ciel fermées, une main sur le manche de son couteau, l'autre sur la crosse de son pistolet, il attendait, rongé par l'envie de tuer.

Un peu après midi, l'imposant capitaine du vaisseau négrier revint, écrasant les aiguilles de pin sous ses semelles. Ils le laissèrent passer sans bouger.

Plus tard, dans l'après-midi, il se mit à pleuvoir.

Elle s'était encore assoupie, par pur ennui. La pluie avait commencé à tomber. Le bruit la réveilla légèrement, puis elle se rendormit, bercée par le clapotis sur les feuilles de palmier. Ensuite une goutte froide s'écrasa sur son visage, suivie très vite par plusieurs autres.

Elle se redressa en sursaut, désorientée. Elle se frotta le visage et leva les yeux. Une tache d'humidité s'étalait sur le plafond en plâtre, entourée d'une auréole beaucoup plus étendue, le résultat de fuites antérieures. Pour l'époque, le plafond était à une hauteur normale, deux mètres à peine. Elle pouvait facilement l'atteindre.

— Trop grande... qu'il a dit, ce crétin ! marmonna-t-elle.

Elle posa les mains à plat sur le plâtre mouillé et donna un coup sec. Il céda aussitôt, ainsi que les lattes pourries au-dessus. Elle abaissa les bras et s'écarta aussitôt pour éviter la pluie d'eau sale, de mille-pattes, de crottes de souris et de débris végétaux.

Elle s'essuya les mains, puis saisit un bord du trou et tira, arrachant des morceaux de bois et de plâtre jusqu'à obtenir un orifice assez large pour y passer sa tête et ses épaules.

Puis elle remit son corset par-dessus sa chemise, la baleine aiguisée sur le devant.

— Prêt ? demanda-t-elle au bébé dans son ventre.

Debout sur le lit, elle prit une longue inspiration, leva les bras et chercha une prise assez solide dans le toit. Peu à peu, elle se hissa, grognant et transpirant, serrant les dents et les paupières pour se protéger de la poussière et des insectes morts.

Sa tête émergea à l'air libre. Elle reprit son souffle, posa les coudes sur une poutre et, faisant levier, se hissa encore un peu plus haut. Ses pieds battaient dans le vide, tentant en vain de l'aider à grimper. Les muscles de ses épaules tremblaient, mais le simple désespoir et l'image cauchemardesque d'Emmanuel entrant dans la chambre et apercevant sa moitié inférieure pendant du plafond la propulsèrent vers le haut.

Dans un fracas de craquements de bois, elle se traîna sur le toit mouillé. Il pleuvait encore dru, et elle fut trempée en un rien de temps. Un peu plus loin, elle remarqua une structure qui dépassait de la couverture en feuilles de palmier et elle rampa prudemment à quatre pattes vers elle, éprouvant la solidité de la surface avec ses mains et ses coudes.

Il s'agissait d'une petite plate-forme fermement fixée sur les poutres, avec une balustrade en fer forgé d'un côté. Elle y grimpa et s'accroupit, haletante. Au loin, au-dessus de la mer, le ciel se dégageait, et le soleil couchant projetait des faisceaux orange teintés de sang entre les nuages noirs déchiquetés. Un tableau de fin du monde.

De son poste d'observation, elle pouvait apercevoir toute l'étendue de forêt, la plage dont elle n'avait entrevu qu'un fragment depuis sa chambre et, au-delà, deux vaisseaux ancrés au large.

Deux modestes embarcations se dirigeaient vers le rivage, assez éloignées l'une de l'autre et provenant sans doute chacune des bateaux, le vaisseau négrier et celui d'Howard. Une bouffée de rage et de dignité meurtrie l'envahit au point qu'elle s'attendit presque à voir sa peau fumer.

Sous le vacarme de la pluie, elle entendit des voix et se plaqua contre la plate-forme. Puis se rendant compte qu'on ne pouvait la remarquer, elle redressa la tête et distingua alors des silhouettes sortant de sous les arbres et s'avançant sur la plage. Une file d'hommes enchaînés, accompagnés de deux ou trois gardiens.

Josh ! Elle plissa les yeux, mais, dans la lumière grise, ils étaient trop loin pour qu'elle puisse les identifier. Elle crut reconnaître les hautes silhouettes élancées des Peuls…

Peut-être le plus petit était-il Josh, mais elle ne pouvait en être certaine.

Impuissante, elle serra ses doigts sur la balustrade, condamnée à regarder… Soudain, un cri aigu retentit, et elle vit une autre silhouette s'élancer sur la plage, ses jupes volant au vent. Les gardes sursautèrent, et l'un d'eux retint Phaedre par le bras. Ce ne pouvait être qu'elle. Brianna l'entendit hurler : « Josh ! Josh ! », un son discordant comme un cri de mouette.

Pendant qu'elle se débattait, plusieurs des hommes enchaînés se précipitèrent sur un autre garde. Il y eut une mêlée de corps sur le sable. Depuis la chaloupe, un homme courut vers le groupe, brandissant un objet…

Une vibration sous ses pieds l'arracha à sa contemplation fascinée.

— Merde !

La tête d'Emmanuel venait de surgir du bord du toit, la mine incrédule. Puis ses traits se déformèrent, et il se hissa. Il devait y avoir une échelle contre un mur de la maison. Maintenant qu'elle y pensait, c'était logique. À quoi bon avoir une plate-forme de vigie sans un moyen d'y accéder ?

Pendant que son esprit se débattait avec ces inepties, son corps prenait des mesures plus concrètes. Accroupie, elle avait sorti la baleine aiguisée et tenait la pointe vers le haut, comme le lui avait appris Ian.

En voyant son arme, Emmanuel s'esclaffa.

Ils entendirent le gentleman approcher avant de le voir. Il fredonnait un air français. Il était seul, son valet ayant dû rentrer au bateau pendant qu'ils avançaient dans la forêt.

Roger se redressa. Il avait les membres raides, et il s'étira en se cachant derrière un tronc d'arbre.

Une fois l'homme arrivé à sa hauteur, Jamie surgit de sa cachette. Assez dandy, le gentleman bondit en poussant un cri de surprise. Avant qu'il s'enfuie, Jamie le retint par le bras, souriant de façon aimable.

— Votre serviteur, monsieur. Dites-moi, vous ne sortiriez pas de chez M. Bonnet, par hasard ?

— B... Bonnet ? Mais... mais si, tout à fait.

Roger sentit un nœud dans sa poitrine se relâcher. Dieu merci, ils étaient au bon endroit.

Le gentleman tentait de libérer son bras.

— Mais qui êtes-vous, monsieur ?

N'ayant plus besoin de se cacher, Ian et Roger émergèrent à leur tour des broussailles. L'homme blêmit lorsqu'il aperçut les peintures de guerre de Ian, puis lança des regards affolés, passant de Jamie à Roger. Décidant que ce dernier paraissait le plus civilisé des trois, il l'implora :

— Je vous en prie, monsieur... dites-moi enfin qui vous êtes et ce que vous voulez !

— Nous recherchons une jeune femme qui a été enlevée. Elle est très grande, avec des cheveux roux. Auriezvous...

Les yeux de l'homme se dilatèrent de panique avant même la fin de la phrase. Jamie lui tordit aussitôt le bras derrière le dos, le faisant tomber à genoux, la bouche déformée en une grimace de douleur.

Avec une courtoisie impeccable, Jamie lui déclara :

— Je crains, monsieur, que vous n'ayez pas d'autre choix que de nous raconter tout ce que vous savez.

Sa seule pensée consciente était qu'il ne devait en aucun cas l'attraper. Emmanuel tenta de saisir sa main libre, et elle l'esquiva, le frappant de son autre main dans un même mouvement. La pointe de la baleine glissa le long du bras du grand Noir, traçant un sillon rouge, mais il ne parut même pas s'en apercevoir et bondit sur elle. Elle tomba à la renverse contre la balustrade, puis se retrouva à quatre pattes sur la couverture en feuilles. De son côté, il s'était affalé sur la plate-forme avec une violence qui ébranla tout le toit.

Elle rampa à toute allure vers le bord, s'accrochant tant bien que mal où elle le pouvait, puis, balançant ses jambes dans le vide, du bout des pieds elle chercha des échelons à l'aveuglette.

Il était déjà sur elle, serrant son poignet et la hissant de nouveau sur le toit. Elle projeta son bras libre en arrière et lui lacéra le visage avec la baleine. Il rugit et la lâcha.

Elle tomba, atterrissant sur le dos dans le sable avec un bruit sourd, puis elle demeura étendue, paralysée, le souffle coupé. Un cri de triomphe retentit, suivi d'un grognement consterné : Emmanuel pensait l'avoir tuée.

C'était aussi bien. Il fallait qu'il continue de le croire. Les effets de l'impact passant peu à peu, elle inspira une goulée d'air divin. Toutefois, elle n'osait pas bouger. La pluie ruisselait sur son visage. Entrouvrant les cils, elle aperçut la masse noire de l'homme, qui cherchait du pied l'échelle clouée contre le mur.

En chutant, elle avait lâché la baleine. Elle la vit alors à quelques centimètres de sa tête. Profitant de ce qu'Emmanuel avait le dos tourné, elle la saisit, puis s'immobilisa, faisant la morte.

Ils avaient presque rejoint la maison quand des bruits dans la forêt les arrêtèrent. Roger se figea, puis se précipita dans les buissons. Jamie et Ian s'étaient déjà fondus dans la végétation. Toutefois, les sons ne venaient pas du sentier, mais de quelque part sur la gauche... des voix... masculines... des ordres... des pieds traînant au sol... un cliquetis de chaînes.

Il paniqua : étaient-ils en train d'emmener Brianna ? Howard, l'homme qu'ils avaient arrêté un peu plus tôt, les avait assurés qu'elle se trouvait en sécurité dans la maison, mais qu'en savait-il au juste ? Il tendit l'oreille, à l'affût d'une voix de femme, puis il l'entendit, un cri perçant sur la plage. Il allait bondir, mais la main de Jamie le retint.

— Ce n'est pas elle, chuchota-t-il. Ian va aller voir ce qui se passe. Toi et moi, on s'occupe de la maison.

Ils n'avaient pas le temps de discuter. Des éclats de voix et des bruits de lutte au loin leur parvenaient faiblement, mais Jamie avait raison, ce n'était pas le cri de Brianna. Ian courait déjà vers la plage, ne faisant aucun effort pour demeurer discret.

Après un instant d'hésitation, l'instinct l'ayant poussé à courir derrière Ian, Roger suivit Jamie vers la maison.

Emmanuel se pencha sur elle. Elle le sentit au-dessus d'elle et se projeta en avant, tel un serpent qui attaque, sa baleine en guise de croc. Elle avait visé la tête, espérant atteindre un œil ou la gorge, mais il était beaucoup plus rapide qu'elle ne l'aurait cru et avait bondi en arrière. Elle frappa de nouveau de toutes ses forces. La pointe de la baleine s'enfonça sous son bras dans un impact caoutchouteux. Il se figea, bouche bée, et regarda la tige d'ivoire qui pointait sous son aisselle. Puis il l'arracha et se rua vers elle avec un rugissement outragé.

Elle s'était déjà relevée et courait vers la forêt. Quelque part au loin, elle entendit encore des cris... un hurlement à vous glacer le sang. Puis un autre, et un autre encore.

Terrifiée, elle continuait de courir, son esprit saisissant vaguement que des mots se trouvaient à l'intérieur des cris.

— *Casteal DHUUUUUUUIN !*

« Papa ! » Dans sa stupéfaction, elle buta contre une racine, tomba la tête la première et roula en boule dans un tas désordonné. Elle se redressa tant bien que mal, cherchant une autre arme autour d'elle tout en se disant absurdement : « Tout ça ne doit pas être très bon pour le bébé. »

Ses doigts tremblants refusaient de lui obéir. Puis, avec frénésie, elle fouilla le sol, mais Emmanuel surgit devant elle comme un diable à ressort, lui agrippant le bras avec un « Ah ! » triomphal.

Le choc la fit chanceler et brouilla sa vision. Elle entendait encore les cris au loin. Emmanuel lui parlait, le ton de sa voix rempli de satisfaction et de menaces, mais elle n'écoutait pas.

Quelque chose clochait sur le visage du grand Noir ; il semblait devenir flou, puis net, puis flou. Elle secoua la tête, pensant qu'elle n'y voyait plus clair, mais cela ne venait pas d'elle. C'était lui. Ses traits se ramollissaient peu à peu, passant d'une grimace haineuse à la perplexité. Il fronça les sourcils, puis cligna des yeux deux ou trois fois. Il émit un son étranglé, porta une main sur son cœur, puis tomba à genoux, tenant toujours Brianna par le bras.

Il s'effondra en arrière, l'entraînant avec lui. Quand elle tenta de se redresser, ses doigts privés de force la lâchèrent aisément.

Elle se releva, pantelante. Emmanuel était étendu sur le dos, ses jambes repliées sous lui, dans un angle intenable s'il avait été encore en vie. Elle demeura pétrifiée, frémissante, n'osant pas y croire. Mais il était bel et bien mort ; son regard vide ne laissant planer aucun doute.

Sonnée, elle hésita, incapable de décider quoi faire.

La décision se prit toute seule l'instant suivant, quand elle aperçut Stephen Bonnet courir vers elle entre les arbres.

Elle réagit au quart de tour et se mit à détaler à toutes jambes, mais ne parvint à exécuter que six enjambées avant de sentir un bras se replier sur sa gorge, la cueillant en pleine course.

— Tout doux, ma chérie, haleta-t-il dans son oreille.

Il était brûlant et sa barbe râpait sa joue.

— Je ne te veux aucun mal. Je t'abandonnerai saine et sauve sur le rivage, mais, pour le moment, tu es la seule capable d'empêcher tes hommes de me tuer.

Sans prêter la moindre attention au cadavre d'Emmanuel, il lâcha son cou et lui prit le bras, la traînant dans la direction opposée à la plage, sans doute vers le chenal caché de l'autre côté de l'île, où ils avaient débarqué la veille.

— Allez, viens, mon cœur, dépêche-toi.

Elle enfonça ses talons dans la terre, tirant sur son bras prisonnier.

— Lâchez-moi ! Je n'irai nulle part avec vous. AU SECOURS ! A L'AIDE ! ROGER !

Il parut surpris et essuya ses yeux dégoulinants de pluie. Il tenait quelque chose dans la main. Elle aperçut un objet rose-gris sous l'éclat d'un verre. Seigneur ! Il avait emporté son testicule.

— Brianna ! Brianna ! Où es-tu ?

La voix fébrile de Roger la parcourut comme une décharge d'adrénaline, lui donnant la force d'arracher son bras à l'emprise de Bonnet.

— Par ici ! Roger ! Je suis là !

Bonnet se retourna. Les broussailles remuaient. Deux hommes, au moins, couraient vers eux. Il ne perdit pas de temps et s'enfuit à toute vitesse, se baissant pour éviter une branche, puis il disparut dans la végétation.

Presque simultanément, Roger jaillit d'un taillis et fondit sur elle, l'étreignant comme un fou.

Il lâcha son couteau, puis s'écarta d'elle, tentant de regarder partout à la fois... son visage, son corps, ses yeux.

— Tu n'as rien ? Il ne t'a pas fait mal ?

— Ça va, répondit-elle un peu étourdie. Roger, je suis...

— Où est-il ?

Son père venait de surgir à son tour, trempé et l'air mauvais, le coutelas à la main.

Elle se tourna pour pointer la direction, mais il était déjà reparti au pas de course. Elle vit alors les empreintes de Bonnet dans la boue sablonneuse. Avant qu'elle ait eu le temps de se retourner, Roger avait filé lui aussi, courant derrière son père.

— Attendez !

Mais la seule réponse qui lui parvint fut le frémissement des buissons, de plus en plus lointain tandis qu'ils couraient droit devant eux.

Elle demeura longtemps sur place, inspirant avec calme, la tête baissée. La pluie s'était accumulée dans les orbites d'Emmanuel. De l'horizon dégagé perçait la lumière orange du couchant qui illuminait ses yeux ouverts, lui donnant l'allure d'un monstre de série B japonaise.

Il pleuvotait toujours au-dessus d'elle, alors que les dernières lueurs du jour filtraient sous la cime des arbres, les rayons presque horizontaux du soleil remplissant les espaces entre les ombres d'une étrange lueur changeante et vacillante, comme si le monde autour d'elle s'apprêtait à s'évaporer.

Dans ce décor onirique, elle vit apparaître les deux jumelles peules. Elles tournèrent leurs visages de faon vers elle, leurs yeux immenses agrandis par la terreur, puis s'enfuirent en courant. Elle les appela, mais elles avaient déjà disparu. Profondément lasse, elle partit dans la même direction que les jeunes esclaves.

Elle ne les retrouva pas. D'ailleurs, tout le monde semblait avoir disparu. Le soir tombait, et elle reprit le chemin de la maison en boitillant. Chaque parcelle de son corps l'élançait, et elle eut l'impression d'être seule au monde. Il ne restait que cette lumière rougeoyante qui pâlissait peu à peu pour revêtir une couleur de cendres.

Puis, elle se souvint du bébé dans son ventre et en fut revigorée. Quoi qu'il advienne, elle ne serait plus seule. Pour ne pas repasser devant le cadavre d'Emmanuel, elle fit un grand détour en décrivant un cercle pour rejoindre la maison, mais elle alla trop loin. Quand elle revint sur ses pas, elle les aperçut ; ils se tenaient sous les arbres, de l'autre côté d'un ruisseau.

Les chevaux sauvages, aussi paisibles que la végétation autour d'eux, les flancs bais et noirs, luisants. Ils redressèrent la tête en sentant son odeur, mais ne s'enfuirent pas. Ils la regardèrent tranquillement avec leurs grands yeux doux.

Quand elle parvint enfin à la maison, la pluie avait cessé. Ian était installé sur les marches de l'entrée, en train d'essorer ses cheveux trempés.

Elle s'affala à ses côtés.

— Tu as de la boue sur la figure, Ian.

— Ah oui ? Et toi, comment ça va, cousine ?

— Moi ? Je... je crois que je vais bien. Qu'est-ce qui t'est arrivé ?

Elle indiqua sa chemise, tachée de sang délavé. Il avait dû prendre un coup au visage. Son nez était enflé, et il avait une bosse au-dessus du sourcil. En plus, ses vêtements étaient déchirés.

Il soupira, semblant aussi épuisé qu'elle.

— J'ai récupéré la jeune fille noire, Phaedre.

Le nom résonna vaguement dans la tête de Brianna, comme celui d'une personne qu'on a connue, il y a très, très longtemps.

— Phaedre... Elle n'a rien ? Où est-elle ?

— Là-dedans.

Il pointa le pouce vers la demeure derrière lui. Elle se rendit compte que le bruit qu'elle avait pris pour celui de la mer était des pleurs, des sanglots étouffés et incontrôlables.

Elle voulut se lever pour aller la consoler, mais Ian l'arrêta d'un geste.

— Laisse-la seule. Tu ne peux rien faire pour le moment, cousine.

— Mais...

Il la fit taire et glissa une main sous son col. Il ôta un vieux rosaire en bois qu'il portait autour du cou et le lui tendit.

— Tu pourras lui donner ça, plus tard. Ça l'aidera peut-être. Je l'ai ramassé dans le sable, sur la plage.

Pour la première fois depuis son évasion, Brianna sentit la nausée revenir, une sensation de vertige qui menaçait de l'entraîner dans les ténèbres.

— Josh...

Il acquiesça.

— Je suis désolé, cousine.

Il faisait presque nuit quand Roger apparut enfin à la lisière de la forêt. Elle ne s'était pas inquiétée, étant dans un état de choc trop profond pour réfléchir aux événements. Toutefois, quand elle l'aperçut, toutes les angoisses qu'elle avait refoulées resurgirent dans un torrent de larmes, et elle vola vers lui, l'étreignant.

— Papa... sanglota-t-elle dans sa chemise. Il... il n'a rien ?

— Non, il va bien. Brianna... tu peux venir avec moi ? Tu t'en sens encore la force... juste pour quelques instants ?

Hoquetante et essuyant son nez sur sa manche trempée, elle fit un signe de la tête et, se soutenant à son bras, le suivit dans l'obscurité sous les branches.

Bonnet était adossé à un arbre, la tête pendant sur le côté. Il avait du sang sur le visage et la chemise. En le voyant, elle ne ressentit aucun triomphalisme, juste un vague dégoût.

Son père se tenait à côté, silencieux. Quand il l'aperçut, il s'approcha et la prit dans ses bras. Elle ferma les yeux pendant un instant béni, ne désirant rien d'autre que de tout abandonner, de se laisser porter comme une enfant et emmener chez elle. Mais ils l'avaient fait venir ici pour une raison. Avec un effort surhumain, elle redressa la tête et observa Bonnet.

Qu'attendaient-ils ? Qu'elle les félicite ? Puis elle se souvint de ce que Roger lui avait raconté : son père conduisant sa mère sur le lieu du carnage, l'obligeant à regarder afin qu'elle sache que ses bourreaux étaient morts.

— Bien... C'est bon, j'ai vu. Il... il est mort.

— Euh... pas tout à fait, répondit Roger.

Sa voix était tendue, et elle surprit le regard noir qu'il envoya à son père.

Jamie posa doucement une main sur l'épaule de Brianna.

— Tu le veux mort, ma fille ? C'est ton droit.

— Si je veux...

Paniquée, elle dévisagea les deux hommes, puis se tourna vers Bonnet, prenant soudain conscience que le sang coulait sur son visage. Or, comme sa mère le lui avait souvent expliqué, les morts ne saignaient pas.

Jamie lui raconta qu'ils avaient fini par débusquer son agresseur. Il y avait alors eu un corps-à-corps brutal, chacun jouant du couteau, puisque la pluie avait rendu leurs pistolets hors d'usage. Sachant qu'il luttait pour sa vie, Bonnet s'était débattu comme un beau diable. Jamie avait une entaille sanglante dans sa manche ; Roger, une vilaine écorchure dans son cou, à quelques millimètres de sa jugulaire. Mais le pirate avait avant tout cherché à s'enfuir, pas à tuer, se retranchant dans un espace entre les arbres où on ne pouvait l'attaquer qu'un homme à la fois. Il s'était battu avec Jamie, l'avait fait tomber à la renverse, puis avait détalé.

Roger s'était lancé à ses trousses et, bouillonnant d'adrénaline, s'était rué sur lui, projetant Bonnet la tête la première contre un arbre, au pied duquel il gisait maintenant.

— J'espérais qu'il s'était brisé le cou, conclut Jamie. Mais nous n'avons pas eu cette chance.

— Il n'est qu'inconscient, ajouta Roger.

Vu l'état de Bonnet, elle comprenait cette bizarrerie de l'honneur mâle. Tuer un homme dans un combat loyal, ou même déloyal, était une chose. Lui trancher la gorge pendant qu'il était inconscient en était une autre.

En fait, elle se trompait complètement. Son père essuya sa lame sur sa cuisse et lui tendit son coutelas par le manche.

— Quoi... moi ?

Elle était trop choquée pour être stupéfaite. L'arme pesait lourd dans sa main.

— Si tu le souhaites, *a nighean*. Autrement, Roger Mac ou moi-même nous en chargerons.

Elle comprit alors le regard lugubre de Roger un peu plus tôt. Ils en avaient discuté avant de venir la chercher. Elle comprenait aussi pourquoi son père lui offrait le choix. Qu'elle opte pour la vengeance ou le pardon, la vie de cet homme reposait entre ses mains.

Roger lui toucha le bras.

— Brianna, tu n'as qu'un mot à dire et je le tuerai, je te le jure.

Elle hocha la tête. Dans la voix de son mari, elle entendait l'appel sauvage. Elle se souvenait aussi comment cette même voix avait tremblé quand il lui avait raconté la mort de Boble... ou quand il se réveillait de ses cauchemars, dégoulinant de sueur.

Elle regarda alors son père, à moitié dissimulé dans l'obscurité. Sa mère lui avait rarement parlé des rêves violents qui le hantaient depuis Culloden, mais le peu qu'elle lui en avait dit lui suffisait. Elle ne pouvait lui demander un tel geste pour épargner Roger.

Jamie releva les yeux et soutint son regard. Il n'avait jamais tourné le dos à un combat qu'il estimait le sien... mais ce n'était pas son combat, et il le savait. Puis elle prit conscience que ce n'était pas celui de Roger non plus, même s'il acceptait sans hésiter de la décharger de ce fardeau et de le porter à sa place.

— Si vous... si nous... si nous ne le tuons pas ici tout de suite, que ferons-nous de lui ?

— Nous le conduirons à Wilmington, répondit son père d'une voix neutre. Le comité de sécurité y est puissant et sait que c'est un pirate. Il appliquera la loi, ou ce qui passe pour être la loi ces temps-ci.

On le pendrait. Il serait tout aussi mort, mais Roger n'aurait pas son sang sur les mains ni sur le cœur.

La nuit était tombée. Bonnet n'était plus qu'une forme sombre affalée sur le sol. Il pouvait mourir de ses blessures, ce qui arrangerait bien tout le monde. Mais s'ils le conduisaient à Claire, elle se sentirait obligée de le sauver. Elle non plus ne tournait jamais le dos à un combat qu'elle estimait être le sien. À sa surprise, Brianna fut rassérénée par cette pensée.

— Qu'il vive pour être pendu, trancha-t-elle avec calme.

Elle prit la main de Roger, ajoutant :

— Pas pour lui. Pour toi et pour moi. Pour ton bébé.

Sur le coup, elle regretta de le lui avoir annoncé au milieu de cette forêt obscure. Elle aurait tant aimé voir l'expression de son visage.

57

Dernières nouvelles

L'OIGNON-INTELLIGENCER, le 25 septembre 1775

Une proclamation royale
Ce 23 août à Londres, Sa Majesté George III
a publié une proclamation déclarant
les colonies américaines « dans un état
de rébellion ouverte et déclarée ».

CE N'EST QU'EN COMPTANT SUR NOS PROPRES MOYENS QUE NOUS SURMONTERONS CETTE MISE A MORT MINISTÉRIELLE ET LA SOUMISSION ABJECTE – *Le Congrès continental réuni à Philadelphie a rejeté les propositions désobligeantes présentées par lord North en vue d'établir un plan de conciliation. Les délégués du Congrès ont décrété le droit sans équivoque des colonies américaines de voter leur propre budget et d'avoir un droit de regard sur le décaissement de ce dernier. La déclaration des délégués stipule entre autres : « Le Ministère britannique a poursuivi ses intérêts et réprimé les hostilités avec un tel déploiement de force et de cruauté que le monde entier ne peut plus douter de la légitimité de notre décision, ni hésiter à penser* que ce n'est qu'en comptant sur nos propres moyens que nous surmonterons cette mise à mort ministérielle et la soumission abjecte. »

UN FAUCON FOND SUR SA PROIE, MAIS RENTRE BREDOUILLE AU NID – *Le 9 août dernier, le* HMS Falcon, *sous le commandement du capitaine John Linzee, a donné la chasse à deux goélettes américaines rentrant des Antilles à Salem, dans le Massachusetts. L'une des goélettes a été arraisonnée par le capitaine Linzee, qui a ensuite pourchassé la seconde jusque dans le port de Gloucester. Des troupes à terre ont ouvert le feu sur le* Falcon, *qui a riposté avant d'être contraint de battre en retraite, perdant les deux goélettes, deux vedettes et trente-cinq hommes.*

UN PIRATE NOTOIRE CONDAMNÉ – *Stephen Bonnet, pirate notoire et contrebandier, a été jugé devant le comité de sécurité de Wilmington. Après avoir entendu de nombreux témoins, la cour l'a condamné à mort par noyade.*

ÉTAT D'ALERTE – *Une bande de nègres renégats a dévalisé plusieurs fermes dans la région de Wilmington et de Brunswick. Armés de gourdins, les malfaiteurs ont volé du bétail, de la nourriture et quatre tonneaux de rhum.*

LE CONGRÉS CONÇOIT UN PLAN POUR LE REMBOURSEMENT DE LA DETTE – *Outre les deux millions de dollars espagnols sous forme d'instruments de crédit actuellement sous presse, le Congrès a autorisé l'émission d'un million supplémentaire et annoncé un plan de remboursement de la dette. Chaque colonie devra prendre en charge sa part de la dette et rembourser cette dernière en quatre versements, qui seront effectués le dernier jour de novembre des années 1779, 1780, 1781 et 1782...*

58

Le parfum de la lumière

2 octobre 1775

Il n'était pas concevable de ramener Phaedre à River Run, même si, techniquement, elle était toujours la propriété de Duncan Cameron. Après en avoir longuement discuté, nous décidâmes de ne pas dire à Jocasta que l'on avait retrouvé sa cámeriste. Nous confiâmes une brève lettre à Ian, qui devait se rendre sur la plantation pour chercher Jemmy, missive dans laquelle nous annoncions le retour de Brianna saine et sauve, et regrettions la disparition de Josh, évitant avec soin d'entrer dans les détails.

— Doit-on lui parler de Neil Forbes ? avais-je demandé à Jamie.

Il avait fait non de la tête.

— Neil Forbes n'importunera plus jamais aucun membre de ma famille, déclara-t-il fermement. Si nous leur en parlions... Duncan a suffisamment de problèmes sur les bras, mais il se sentirait obligé d'aller demander des explications à Forbes, et il n'a pas besoin d'un souci de plus. Quant à ma tante...

Il n'eut pas besoin d'en dire plus. Les MacKenzie de Leoch étaient du genre rancunier, et je n'aurais pas été surprise si Jocasta invitait Neil Forbes à dîner pour mieux l'empoisonner.

— De toute façon, je doute que Neil Forbes accepte les invitations mondaines ces jours-ci, plaisantai-je. Tu sais ce que Ian a fait de... euh...

— Il m'a dit qu'il allait la donner à manger à son chien, mais je n'ai pas compris s'il était sérieux ou pas.

Phaedre ayant été fortement traumatisée, tant par ses mésaventures que par la perte de Josh, Brianna insistait pour qu'on l'emmène à Fraser's Ridge en attendant de lui trouver un endroit qui lui convienne.

— Il faut que tante Jocasta l'affranchisse, argua-t-elle.

— Je ne crois pas que ce sera un problème, répondit Jamie. Vu ce qu'on sait désormais. Mais attendons d'abord de la placer quelque part, après quoi, nous nous en chargerons.

Finalement, cette affaire se résolut d'elle-même avec une rapidité stupéfiante.

Un après-midi d'octobre, on frappa à la porte. En allant ouvrir, je découvris trois beaux chevaux et un mulet de charge dans la cour et, sur le perron, Jocasta, Duncan et Ulysse.

Leur présence chez nous était si incongrue que je restai sans voix à les dévisager, jusqu'à ce que Jocasta me lance, acerbe :

— Dites, ma petite, vous comptez nous laisser plantés là jusqu'à ce que nous ayons fondu comme un morceau de sucre dans une tasse de thé ?

En fait, il pleuvait assez fort, et je reculai si précipitamment pour les faire entrer que je marchai sur la patte d'Adso. Son miaulement perçant attira Jamie hors de son bureau, Mme Bug et Amy hors de la cuisine et Phaedre hors de l'infirmerie, où elle était en train de moudre des feuilles pour moi.

— Phaedre !

Ébahi, Duncan fit deux pas vers elle et s'arrêta de justesse avant de la prendre dans ses bras, le visage rayonnant de joie.

— Phaedre ? répéta Jocasta estomaquée.

Elle était soudain livide.

Ulysse ne dit rien, mais une lueur horrifiée traversa son regard, aussitôt remplacée par son expression austère habituelle. Toutefois, elle ne m'avait pas échappé, et je le surveillai étroitement du coin de l'œil pendant la confusion d'exclamations et de remarques embarrassées qui s'ensuivit.

Je parvins enfin à les faire évacuer le couloir. Jocasta souffrant d'une migraine diplomatique – quoique à en juger par ses traits tirés, elle n'était peut-être pas entièrement feinte –, Amy l'escorta à l'étage et la coucha avec une compresse froide sur le front. Tout excitée, Mme Bug retourna dans la cuisine, revoyant ses plans pour le menu du soir car il faudrait compter trois couverts supplémentaires pour le dîner. Phaedre, effrayée, disparut, filant sans doute se réfugier dans la cabane de Brianna pour lui annoncer nos visiteurs imprévus.

Ulysse sortit s'occuper des chevaux, ce qui permit à Duncan, enfin seul, d'expliquer la situation à Jamie dans son bureau.

— Nous émigrons au Canada.

Il ferma les yeux et huma avec béatitude l'arôme du verre de whisky dans sa main. Il semblait en avoir bien besoin. Il avait le visage émacié et presque du même gris que ses cheveux.

Jamie était aussi surpris que moi.

— Au Canada ? répéta-t-il. Par tous les saints, Duncan, qu'as-tu fait ?

Duncan esquissa un sourire las.

— C'est plutôt ce que je n'ai pas fait, *Mac Dubh*.

Brianna nous avait parlé de la disparition du trésor caché et avait fait allusion à des tractations entre Duncan et lord Dunsmore en Virginie, mais nous n'en savions pas plus… et pour cause, on l'avait enlevée quelques heures plus tard, et elle n'avait pas eu le temps d'apprendre les détails de l'affaire.

— Je n'aurais jamais imaginé que les choses puissent en arriver là... aussi vite.

Dans la vallée, les loyalistes autrefois majoritaires s'étaient brusquement retrouvés en minorité, persécutés et terrorisés. Certains avaient été littéralement chassés de chez eux, se réfugiant dans les marécages et les forêts ; d'autres avaient été battus et grièvement blessés.

Duncan frotta ses traits épuisés.

— Même Farquard Campbell. Le comité de sécurité l'a convoqué, puis l'a accusé d'être loyal à la Couronne et a menacé de confisquer sa plantation. Il a dû lui verser une caution colossale en garantissant de se tenir tranquille. On l'a laissé partir... mais il l'a échappé belle.

Cet exemple avait grandement ébranlé Duncan. Le fiasco de la poudre et des armes promises avait sapé toute son influence auprès des loyalistes locaux et l'avait totalement isolé, à la merci de la prochaine vague d'hostilité... et n'importe quel idiot pouvait deviner qu'elle ne tarderait pas.

Il s'était donc arrangé pour vendre River Run à un prix raisonnable avant que la plantation ne soit saisie. Il avait conservé un ou deux entrepôts au bord du fleuve et quelques autres biens, mais s'était débarrassé de tout le reste, esclaves et bétail compris. Puis il avait proposé à son épouse de l'emmener au Canada, comme le faisaient de nombreux autres loyalistes.

— Hamish MacKenzie s'y trouve, expliqua-t-il. Après Culloden, lui et d'autres de Leoch se sont installés en Nouvelle-Écosse. C'est le neveu de Jocasta, et nous avons assez d'argent... (Il jeta un coup d'œil vers le couloir, où Ulysse avait entassé leurs sacoches.) Il nous aidera à nous établir quelque part.

Il se força à sourire.

— Et si nos affaires tournent mal... on dit que la pêche est bonne là-haut.

Jamie sourit à son tour et lui versa un autre whisky. Toutefois, quand il vint me rejoindre plus tard dans l'infirmerie, il paraissait inquiet.

— Ils comptent voyager jusqu'en Virginie et, avec un peu de chance, embarquer sur un navire jusqu'en Nouvelle-Ecosse. Ils en trouveront peut-être un à Newport News. C'est un petit port, et le blocus britannique y est moins rigoureux... du moins c'est ce que Duncan espère.

Cela représentait un voyage épuisant, et Jocasta n'était plus toute jeune. Il y avait aussi l'état de son œil. Je n'appréciais guère la tante de Jamie, surtout après tout ce que j'avais entendu ces derniers temps, mais de la savoir arrachée à sa maison, forcée à émigrer alors qu'elle était en proie à des douleurs atroces... Au fond, il y avait de quoi s'interroger sur le châtiment divin.

Je baissai la voix, me retournant pour m'assurer que Duncan était bien monté à l'étage.

— Et Phaedre ? Ulysse ?

— Pour ce qui est de la fille, j'ai demandé à Duncan de me la vendre. Je la libérerai dès que possible, je l'enverrai peut-être à New Bern, chez Fergus. Il a accepté tout de suite et m'a rédigé un acte de vente sur-le-champ. Quant à Ulysse... (Il prit une mine sinistre.) Je crois que cette question va se régler d'elle-même, *Sassenach*.

Mme Bug débarqua à cet instant précis pour annoncer que le dîner était servi, m'empêchant de questionner Jamie sur le sens de ses paroles.

Je pressai un peu de cataplasme à l'hamamélis de Virginie et au piment de la Jamaïque sur ma paume et l'étalai doucement sur les yeux de Jocasta. Pour la douleur, je lui avais déjà fait boire une infusion d'écorce de saule. La compresse ne ferait rien pour son glaucome, mais elle était apaisante, et la patiente comme le médecin étaient soulagés de pouvoir disposer d'un traitement, fût-il palliatif.

Elle s'étira sur le lit, cherchant une position plus confortable.

— Allez donc fouiller dans mes sacoches, ma chère. Vous y découvrirez un petit paquet qui, j'en suis sûre, vous intéressera.

Je le trouvai immédiatement, à l'odeur.

— Où avez-vous déniché ça ? m'exclamai-je amusée.

— Grâce à Farquard Campbell. Quand vous m'avez expliqué mon problème d'yeux, j'ai demandé à Fentiman s'il ne connaissait rien susceptible de me soulager. Il m'a répondu qu'il avait entendu dire que le chanvre indien pouvait aider. Farquard Campbell en cultive justement, alors j'ai décidé d'essayer. Le fait est que ça me soulage. Vous voulez bien me le donner, ma nièce ?

Fascinée, je déposai le paquet de chanvre et la liasse de papiers sur la table de chevet à côté d'elle et guidai ses mains. Se tournant avec précaution sur le côté pour ne pas faire tomber son cataplasme, elle prit une bonne pincée d'herbes parfumées, les réduisit en poudre au-dessus d'une feuille de papier et se roula un superbe joint. Je n'en avais jamais vu d'aussi beaux à Boston.

Sans commentaire, j'approchai une bougie ; elle l'alluma et s'enfonça dans son oreiller, tout en inspirant une longue bouffée.

Elle fuma en silence pendant que je mettais un peu d'ordre dans la chambre ; je ne voulais pas la laisser seule de peur qu'elle s'endorme et mette le feu au matelas. Elle était épuisée... et de plus en plus détendue.

L'odeur entêtante du cannabis faisait remonter en moi des souvenirs fragmentaires. À l'hôpital, plusieurs des jeunes internes en fumaient le week-end et arrivaient le lundi matin avec cette odeur imprégnée dans leurs vêtements. Certains des patients amenés aux urgences empestaient la marijuana, et je l'avais parfois sentie sur Brianna, sans jamais poser de questions.

Je n'avais jamais essayé cette herbe moi-même, mais trouvai à présent la fumée parfumée plutôt relaxante. Un peu trop même. Je m'installai près de la fenêtre et l'entrouvris pour respirer un peu d'air frais.

Il avait plu tout au long de la journée, et le soir fleurait bon la résine de pin.

— Vous êtes au courant, n'est-ce pas ?

Je me retournai. Jocasta était toujours allongée sur le lit, telle une gisante. Avec le cataplasme sur ses yeux, elle ressemblait à une allégorie de la Justice[1]... ce qui n'était pas sans ironie.

— Oui, répondis-je sur le même ton calme. Ce n'était pas très gentil pour Duncan, non ?

— Non.

Sa réponse s'éleva dans la pièce comme une volute de fumée, presque inaudible. Elle tira paresseusement sur sa cigarette, en faisant rougeoyer le bout. Je restai sur mes gardes, mais elle semblait deviner la longueur des cendres, tapotant le joint au-dessus de la soucoupe du bougeoir juste avant qu'elles ne tombent.

— Il est au courant lui aussi, au sujet de Phaedre, reprit-elle. Je le lui ai enfin avoué afin qu'il cesse de la chercher. Je suis sûre qu'il sait aussi pour Ulysse, même s'il n'en parle pas.

Elle tendit la main et fit de nouveau tomber les cendres dans le bougeoir.

— Je lui ai dit que je comprendrais s'il décidait de me quitter. Il a pleuré, puis, quand il a eu fini, il m'a répondu que nous avions tous les deux juré « pour le meilleur et pour le pire ». Il avait raison. Et nous voilà tous les deux.

Elle haussa un peu les épaules, puis se tut, fumant tranquillement.

Je refis face à la fenêtre et posai mon front contre la vitre. Plus bas, il y eut un soudain éclat de lumière

---

1. La Justice est toujours représentée avec les yeux bandés. (*N.d.T.*)

quand la porte de la maison s'ouvrit. Une silhouette sombre sortit d'un pas rapide. La porte se referma, et je perdis l'ombre de vue un instant dans l'obscurité. Puis je la distinguai de nouveau, juste avant qu'elle ne disparaisse sur le sentier menant à l'écurie.

— Il est parti, n'est-ce pas ?

Je sursautai, puis me rendis compte qu'elle avait dû entendre la porte.

— Ulysse ? Oui, je crois.

Elle resta immobile longtemps, la cigarette se consumant entre ses doigts. Juste au moment où je m'apprêtais à aller la lui prendre, elle la remit à ses lèvres.

— Son vrai nom est Joseph, dit-elle en expirant la fumée. J'ai toujours pensé que c'était si approprié pour un homme qui avait été vendu par son propre peuple.

— Avez-vous jamais vu son visage ?

Elle écrasa son mégot dans le bougeoir.

— Non, mais je le reconnaissais toujours. Il sentait la lumière.

Jamie Fraser attendait patiemment, assis dans son écurie. Elle était petite, pouvant accueillir tout juste une demi-douzaine de bêtes, mais solidement bâtie. La pluie battait contre le toit, et le vent gémissait comme une *ban-sidhe* contre les murs, toutefois pas une goutte ne filtrait entre les bardeaux, et les bêtes somnolentes réchauffaient l'air à l'intérieur. Même Gideon piquait du nez au-dessus de sa mangeoire, de la paille à moitié mâchée pendant au coin des lèvres.

Il était minuit passé, et il attendait depuis plus de deux heures, son pistolet chargé et armé posé sur son genou.

Enfin, par-dessus le bruit de la pluie, il entendit le grincement des charnières et le grognement d'effort d'un homme poussant la porte, laissant entrer un courant d'air froid qui se mêla aux odeurs de foin et de fumier.

Il ne bougea pas.

Il aperçut une haute silhouette se détacher contre le noir plus clair de la nuit, attendant que ses yeux s'accoutument à l'obscurité, puis s'adosser à la porte pour la refermer.

L'homme avait apporté une lanterne sourde, au cas où il ne pourrait trouver selle et harnais dans les ténèbres. Il remonta le panneau coulissant et promena le faisceau de lumière sur les stalles, l'une après l'autre. Les trois chevaux de Jocasta étaient là mais épuisés. Jamie l'entendit faire claquer ses lèvres, indécis, puis le vit projeter le faisceau de la jument Jerusha à Gideon, en hésitant encore.

Prenant sa décision, Ulysse posa la lanterne au sol ct ouvrit la porte du box de Gideon.

— Si vous le choisissez, vous l'aurez cherché, dit Jamie, tranquille.

Le majordome poussa un cri d'étonnement et fit volte-face, serrant les poings. Il ne pouvait voir Jamie, mais le repéra en se guidant à sa voix. Le reconnaissant, il abaissa les bras avec un soupir de soulagement.

— Monsieur Fraser, vous m'avez surpris.

— C'était bien mon intention. Vous vouliez vous enfuir, je suppose ?

Il pouvait voir les pensées défiler dans les yeux brillants du majordome, rapides comme des libellules. Mais Ulysse n'était pas sot et en vint rapidement à la bonne conclusion.

— La fille vous a tout raconté, n'est-ce pas ? Vous comptez me tuer pour venger l'honneur de votre tante ?

S'il avait senti le moindre sarcasme dans sa voix, Jamie aurait peut-être été tenté... Mais cela avait été dit avec une telle simplicité que son doigt sur la détente se desserra.

— Si j'avais été plus jeune, je l'aurais peut-être fait, répondit-il.

« Et si je n'avais pas eu une femme et une fille qui connaissaient autrefois un homme noir qu'elles appelaient leur ami. »

Abaissant son pistolet, il ajouta :

— Ces derniers temps, j'évite de tuer quand ce n'est pas strictement nécessaire (« ou jusqu'à ce que cela le devienne »). Allez-vous nier ?

La lumière faisait luire la peau d'Ulysse, et les nuances acajou créées par les contrastes lui donnaient l'air d'avoir été sculpté dans une masse de cinabre. Il ouvrit les mains, montrant ses paumes.

— Non. Je l'aimais. Vous n'avez qu'à me tuer.

Il portait une cape de voyage, avec une gourde et une bourse accrochées à sa taille, mais pas de couteau. Les esclaves, même ceux ayant toute la confiance de leurs maîtres, n'osaient pas se montrer armés.

— Phaedre dit que vous couchiez avec ma tante même avant la mort de son mari, c'est vrai ?

— Oui. Je ne peux pas le justifier. Mais je l'aimais et si je dois mourir pour ça…

Jamie le croyait. Sa sincérité évidente perçait dans sa voix et ses gestes. En outre, connaissant sa tante, il était moins enclin que le reste du monde à blâmer Ulysse. En même temps, il demeurait sur ses gardes. Le majordome était costaud et vif, et un homme qui n'avait plus rien à perdre était toujours très dangereux.

— Où comptez-vous aller ?

Le Noir hésita à peine avant de répondre :

— En Virginie. Lord Dunsmore offre la liberté à tous les esclaves qui s'enrôlent dans son armée.

Il n'avait pas eu l'intention de lui poser la question, même si elle avait été évidente d'emblée dès que Phaedre leur avait raconté son histoire. Il ne put résister à la tentation :

— Pourquoi ne vous a-t-elle pas affranchi ? Une fois Hector Cameron mort ?

— Elle l'a fait.

Le majordome effleura la poche de sa veste.

— Elle a rédigé l'acte il y a près de vingt ans. Elle disait qu'elle ne supportait pas de penser que je venais dans son lit uniquement par obligation. Mais l'Assemblée doit approuver la requête d'affranchissement, et si j'avais été ouvertement libre, je n'aurais pu rester à River Run pour la servir comme je l'ai fait.

En effet, tout esclave affranchi devait quitter la colonie dans les dix jours ou risquait d'être réduit de nouveau en esclavage par le premier homme qui le capturait. La vision de gangs de Noirs libres errant dans la nature terrorisait le Conseil et l'Assemblée.

Le majordome baissa les yeux un instant.

— J'avais le choix entre Jo… et la liberté. Je l'ai choisie, elle.

— Très romantique, rétorqua Jamie caustique.

Pourtant, cette déclaration ne le laissait pas de marbre. Jocasta MacKenzie s'était mariée par devoir, deux fois, et aucune de ses unions ne l'avait sans doute rendue très heureuse, jusqu'à ce qu'elle arrive à une forme d'arrangement satisfaisant avec Duncan. Jamie était choqué par son choix, réprouvait son adultère et était très, très fâché qu'elle ait dupé Duncan ainsi, mais une partie de lui, la part MacKenzie sans doute, ne pouvait s'empêcher d'admirer son audace à s'emparer du bonheur là où elle l'avait trouvé.

La pluie se calmait peu à peu. On n'entendait plus qu'un faible clapotis sur le toit.

— Encore une question.

Ulysse inclina brièvement la tête dans un geste que Jamie avait vu si souvent…

— À votre service, monsieur…

Mais aujourd'hui, le majordome y mit plus d'ironie que dans toutes ses paroles précédentes.

— Où est l'or ?

Ulysse sursauta, écarquillant les yeux. Pour la première fois, Jamie fut pris d'un doute.

— Vous croyez que c'est moi qui l'ai volé ?

Puis avec une moue résignée, il ajouta :

— Oui, après tout, je vous comprends.

L'air inquiet et malheureux, il se passa une main sous le nez.

Les deux hommes se dévisagèrent en silence, se trouvant dans une impasse. Jamie n'avait pas l'impression que l'autre essayait de le tromper, pourtant, c'était un art dans lequel il excellait.

Enfin, Ulysse haussa les épaules dans un geste d'impuissance.

— Je ne peux pas prouver que ce n'est pas moi. Je ne peux rien vous offrir de plus que ma parole d'honneur… or, je n'ai même pas le droit d'en avoir.

Il ne cachait pas son amertume.

Jamie se sentit soudain très las. Les chevaux et les mules avaient depuis longtemps replongé dans leur somnolence, et il aspirait à retrouver son lit et sa femme. Il voulait aussi qu'Ulysse disparaisse, qu'il soit loin avant que Duncan ne découvre sa perfidie. Or, si Ulysse avait été le mieux placé pour voler l'or, il n'en demeurait pas moins qu'il aurait pu le faire n'importe quand au cours des vingt dernières années, dans des moments beaucoup moins risqués. Pourquoi maintenant ?

— Le jurez-vous sur la tête de ma tante ?

— Oui, répondit avec calme le majordome. Je le jure.

Jamie allait le congédier quand une autre idée lui vint.

— Vous avez des enfants ?

Une lueur d'indécision traversa les traits ciselés d'Ulysse. De la surprise et de la méfiance, teintées d'autre chose.

— Aucun que je puisse revendiquer, répondit-il enfin.

Jamie comprit alors ce que c'était : du dédain et de la honte.

Le majordome redressa le menton, les mâchoires crispées.

— Pourquoi cette question ?

Jamie soutint son regard, songeant à Brianna et au petit qu'elle portait.

— Parce que ce sont mes enfants, et leurs enfants après eux, qui me donnent le courage d'accomplir ce que j'ai à accomplir ici.

Ulysse avait repris son visage neutre ; il luisait, impassible, dans la lumière de la lanterne.

— ... Quand l'avenir n'a pas d'enjeux pour vous, vous n'avez aucune raison d'en pâtir, reprit Jamie. Les enfants que vous avez peut-être...

— Sont des esclaves, nés de mères esclaves. Que peuvent-ils bien être pour moi ?

Ulysse serrait les poings, les pressant contre ses cuisses. Jamie s'écarta et lui indiqua la porte du bout de son pistolet.

— Dans ce cas, partez. Au moins, vous mourrez en homme libre.

59

Le 21 janvier

21 janvier 1776

Le 21 janvier fut le jour le plus froid de l'année. Il avait neigé quelques jours plus tôt, mais l'air était à présent clair comme du cristal et le ciel de l'aube si pâle qu'il paraissait blanc. L'épais tapis de neige crissait sous nos semelles et faisait ployer les arbres. Des stalactites de glace pendaient sous nos avant-toits, et la froidure bleuissait le monde entier. La nuit précédente, on avait rentré les bêtes dans l'étable et la grange, à l'exception de la truie blanche qui était entrée en hibernation sous la maison.

Je jetai un coup d'œil prudent dans le trou fondu dans la croûte de neige, orifice qui marquait l'entrée de son repaire. On entendait des ronflements, et une faible chaleur émanait de l'ouverture.

— Viens, *mo nighean*. La maison lui tomberait dessus que ce monstre ne s'en rendrait même pas compte.

Jamie revenait de l'étable, où il avait nourri les bêtes et s'impatientait derrière moi, battant ses mains gantées de mitaines bleues que Brianna lui avait tricotées.

— Même s'il y a le feu ?

Tout en songeant à l'*Essai sur le porc grillé* de Charles Lamb, je le suivis sur le chemin qui longeait la maison, puis, dérapant sur les plaques de glace, avançai plus lentement à travers la clairière, en direction de la cabane de Brianna et de Roger.

— Tu es sûre de bien avoir éteint le feu ? demanda Jamie pour la troisième fois.

Son souffle s'enroulait autour de sa tête, tel un voile. Il avait perdu son bonnet de laine en chassant et s'était enveloppé les oreilles dans un cache-col blanc noué sur le crâne, ses deux pans retombant, si bien qu'il ressemblait à un énorme lapin.

— Oui.

Je réprimai mon envie de rire. Son long nez rosi par le froid s'agita, et j'enfouis mon visage dans mon propre cache-col, émettant de petits grognements qui se matérialisaient sous forme de bouffées blanches identiques à celles d'une locomotive à vapeur.

— Et la chandelle de notre chambre ? La petite lampe de ton infirmerie ?

— Oui et oui.

Mes yeux larmoyaient, mais je ne pouvais pas les essuyer, tenant un gros balluchon sous un bras et un panier couvert dans l'autre main. Ce dernier contenait Adso, arraché de force à la maison et fort mécontent. Il crachait et remuait dans sa cage d'osier, la faisant se balancer et cogner contre ma jambe.

— Et la chandelle à mèche de jonc dans l'office, la bougie dans l'applique de l'entrée, le brasero dans ton bureau, la lampe à huile de poisson que tu utilises pour aller à l'étable… j'ai passé toute la maison au peigne fin. Il ne reste absolument rien d'inflammable.

— Tant mieux.

Malgré cela, il ne put s'empêcher de se retourner, inquiet, vers la maison. Je l'imitai. Elle me parut froide et abandonnée, ses bardeaux blancs ayant l'air sales par contraste avec la neige immaculée.

— Ce ne sera pas un accident, déclarai-je. À moins que la truie se mette à jouer avec des allumettes.

Il sourit malgré lui. À vrai dire, la situation me semblait un peu absurde. Le monde entier était désert, glacé et figé sous le ciel d'hiver. Qu'un cataclysme nous tombe dessus et que le feu détruise notre maison était pour moi un événement des plus improbables. Néanmoins, mieux valait prévenir que guérir. Comme Jamie me l'avait fait remarquer à plusieurs reprises depuis que Roger et Brianna nous avaient apporté des années plus tôt cette sinistre coupure de presse : « Si tu sais que ta maison doit brûler un jour précis, pourquoi te tiendrais-tu dedans ? »

Nous avions demandé à Mme Bug de demeurer chez elle ; Amy McCallum et ses deux fils se trouvaient déjà chez Brianna, perplexes mais obéissants. Si Monsieur décrétait que personne ne devait poser un orteil dans la maison jusqu'au lendemain à l'aube, qui oserait le contredire ?

Ian s'était levé à la première heure pour couper du bois et le transporter depuis la remise. Tout le monde serait confortablement installé bien au chaud.

Jamie avait veillé toute la nuit, s'occupant des bêtes, déménageant son armurerie – il ne restait plus une particule de poudre dans la maison –, arpentant les pièces de long en large, vérifiant les âtres, les chandelles, guettant le moindre bruit pouvant indiquer l'approche d'un ennemi. Si le ciel n'avait pas été dégagé, plein d'étoiles infinies brillant dans l'immensité glacée, il aurait sans doute passé la nuit sur le toit avec des seaux d'eau, à l'affût de la foudre.

Je n'avais pas beaucoup dormi non plus, perturbée par les allées et venues de Jamie et des cauchemars remplis de conflagrations.

Toutefois, la seule fumée en vue était celle, accueillante, de la cheminée de la cabane de Brianna. Quand nous ouvrîmes la porte, un bon feu nous attendait.

Aidan et Orrie, arrachés à leur lit et traînés dans le froid, avaient rapidement grimpé dans celui de Jemmy, et les trois petits garçons étaient profondément endormis, roulés en boule comme des hérissons sous leur couverture. Amy aidait Brianna à préparer le petit déjeuner, et une délicieuse odeur de porridge et de bacon s'élevait de l'âtre.

Amy se précipita pour me prendre le balluchon, qui renfermait mon coffre de médecine, les herbes les plus rares et précieuses de mon infirmerie et le bocal scellé contenant le phosphore blanc que lord John avait envoyé à Brianna en guise de cadeau d'adieu.

— Tout va bien, madame ?

— Oui.

Je déposai le panier d'Adso sur le sol en bâillant. Après un regard nostalgique vers le lit, j'allai ranger mon coffre dans le garde-manger où les enfants ne pourraient y accéder. Je plaçai le bocal de phosphore sur l'étagère la plus haute, tout au fond, et glissai un gros fromage devant, au cas où.

Jamie s'était débarrassé de sa cape et de ses oreilles de lapin, et tendait à Roger sa carabine, ses boîtes de munition et ses poires à poudre. Puis il frappa le sol du talon pour faire tomber la neige. Je le surpris en train de compter les têtes, puis il poussa un soupir de soulagement et se détendit. Tout le monde était là, hors de danger.

La matinée se déroula paisiblement. Après le petit déjeuner, Amy, Brianna et moi nous installâmes devant le feu avec une énorme pile de raccommodage. Le poil encore hérissé d'indignation, Adso s'était perché sur une commode, d'où il lançait des regards assassins à Rollo, ce dernier s'étant installé dans le petit lit dès que les garçons l'avaient libéré.

Aidan et Jemmy, tous deux heureux propriétaires de vrooms, les faisaient rouler sur les pierres de l'âtre, sous les lits et entre nos pattes, mais, au moins, ils n'étaient pas en train de se chamailler ni d'asticoter Orrie, tranquillement assis sous la table en train de mâchouiller un morceau de pain. Jamie, Roger et Ian sortaient à tour de rôle faire les cent pas au-dehors et surveiller la Grande Maison, seule sous l'épicéa couvert de neige.

Au moment où Roger rentrait de l'une de ces expéditions, Brianna releva brusquement la tête.

Voyant son expression, il lui demanda :

— Que se passe-t-il ?

Elle s'était figée, son aiguille plantée dans le bas qu'elle était en train de repriser.

— Rien. Juste... juste une idée.

Elle se replongea dans son travail.

Jamie, en train de lire un exemplaire en lambeaux d'*Evelina*, releva la tête à son tour.

— Quel genre d'idée, *a nighean* ?

Son radar était aussi bon que celui de Roger.

Elle se mordit la lèvre.

— Eh bien... Et si c'était cette maison-ci qui devait brûler ?

Tout le monde s'immobilisa, excepté les garçons qui continuèrent à ramper dans la pièce en vrombissant.

— Mais ce serait possible, non ? reprit Brianna. Tout ce que disait la... prophétie (elle jeta un coup d'œil vers Amy McCallum), c'était que la maison de James Fraser brûlerait. Or, au début, cette cabane était à toi. En outre, ce n'est pas comme si on avait donné un nom de rue... Juste celui de Fraser's Ridge...

Tous les regards étaient fixés sur elle. Elle rougit, baissant les yeux vers son ouvrage.

— Ben oui, quoi... ce n'est pas comme si les... euh... prophéties étaient toujours précises. Elles peuvent s'emmêler les pinceaux dans les détails.

Amy confirma d'un hochement de tête. Apparemment, l'imprécision dans les détails était une caractéristique admise des prophéties.

Roger se racla la gorge. Jamie et Ian se regardèrent, puis se tournèrent comme un seul homme vers la cheminée, les hautes flammes dans l'âtre, la pile de bûches posées à côté, le panier rempli de petit bois… Tout le monde observa Jamie, attendant sa réaction. Son visage était un collage d'émotions conflictuelles.

— Je suppose… qu'on pourrait déménager chez Arch Bug, dit-il enfin.

Je comptai sur mes doigts :

— Toi, moi, Roger, Brianna, Ian, Amy, Aidan, Orrie, Jemmy… plus M. et Mme Bug. Onze personnes dans une seule pièce de deux mètres cinquante sur trois ? Plus personne n'aurait besoin de mettre le feu à la cabane, autant tous nous jeter dans les flammes directement.

— Mmphm. Dans ce cas… la cabane des Christie est vide.

Amy roula des yeux horrifiés, et chacun évita avec soin de croiser le regard des autres.

— Et si on essayait juste d'être très vigilants ? proposai-je.

Après un soupir de soulagement collectif, chacun se replongea dans son activité, sans toutefois ressentir le sentiment de sécurité qui avait précédé.

Le déjeuner se passa normalement, mais, vers le milieu de l'après-midi, on toqua à la porte. Amy poussa un cri, et Brianna laissa tomber dans le feu la chemise qu'elle raccommodait. Ian bondit vers la porte et se précipita à l'extérieur, et Rollo, arraché à son sommeil, sauta derrière lui en rugissant.

Jamie et Roger atteignirent la porte en même temps, se percutèrent, puis trébuchèrent à l'extérieur. Tous les petits garçons se mirent à brailler en même temps et coururent se cacher dans les jupes de leurs mères respectives, occupées à battre frénétiquement la chemise en feu contre le bord de la cheminée.

J'avais bondi moi aussi, mais me retrouvai plaquée contre le mur par l'agitation d'Amy et de Brianna. Effrayé par le raffut et le fait de me voir surgir à sa hauteur, Adso en profita pour essayer de m'arracher un œil.

Un mélange de jurons dans diverses langues nous parvenait depuis la cour, accompagné des aboiements de Rollo. Tout le monde semblait énervé, mais personne n'avait l'air de se battre. Je parvins à contourner la mêlée de mères et de fils pour aller regarder ce qui se passait dehors.

Le major MacDonald, couvert de neige et de gadoue, était en pleine conversation animée avec Jamie ; Ian tentait de retenir son chien, et Roger, à en juger par son visage rouge, essayait très fort de ne pas éclater de rire.

Jamie se sentit obligé d'inviter le major à l'intérieur tout en l'observant, la mine suspicieuse. La pièce empestait le tissu brûlé, mais le calme était revenu. Vu le manque d'espace, ôter les vêtements trempés du major, les étendre à sécher et lui dénicher une tenue de rechange ne fut pas une mince affaire. Il paraissait perdu, dans la chemise et les culottes de Roger – qui mesurait au moins quinze centimètres de plus que lui.

Après lui avoir offert à manger et du whisky, toute la maisonnée s'assit autour de MacDonald, attendant de savoir ce qui avait pu l'attirer jusque dans nos montagnes en plein cœur de l'hiver.

Jamie me jeta un bref coup d'œil indiquant qu'il s'en doutait. Moi aussi.

Remontant la chemise sur son épaule, le major déclama formellement :

— Je suis venu, monsieur, vous offrir le commandement d'une compagnie de miliciens, sous les ordres du général Hugh MacDonald. Les troupes du général sont en train de se rassembler en ce moment même et entameront leur marche sur Wilmington à la fin du mois.

Mon ventre se noua. J'étais habituée à l'optimisme chronique du major et à sa tendance à en rajouter. Toutefois, pour une fois, il n'exagérait pas. Cela signifiait-il que les troupes irlandaises, l'aide demandée par le gouverneur Martin, accosteraient bientôt pour rejoindre celles du général MacDonald sur le littoral ?

Jamie tisonnait les braises. MacDonald et lui s'étaient assis devant l'âtre, encadrés par Roger et Ian, tels des chenets, pendant que Brianna, Amy et moi étions perchées sur le bord du lit, comme trois poules, suivant leur conversation avec un mélange de curiosité et d'inquiétude. Les garçons, eux, s'étaient retranchés sous la table.

— Les troupes du général... répéta Jamie. À votre avis, il dispose de combien d'hommes, Donald ?

Le major hésita, tiraillé entre la réalité et ses désirs. Il toussota dans le creux de son poing et répondit sur un ton détaché :

— Quand je l'ai quitté, il en avait un peu plus de mille. Mais vous savez comme moi que, une fois que nous nous mettrons en branle, bien d'autres nous rejoindront. Surtout si des gentlemen tels que vous sont au commandement.

Jamie ne répondit pas tout de suite, repoussant un morceau de charbon dans le feu du bout du pied.

— Poudre et munitions ? Armes ?

— Hmm... en effet, sur ce point, les résultats ont été un peu décevants.

Il avala une gorgée de whisky avant d'expliquer :

— Duncan Innes nous avait fait de belles promesses dans ce sens, mais... au bout du compte, il n'a pas tenu parole.

À son expression, je me dis que Duncan avait sans doute eu raison d'émigrer au Canada sans plus attendre.

— Néanmoins, poursuivit-il d'une voix plus joviale, nous ne sommes pas entièrement démunis. Tous ces vaillants gentlemen qui ont rallié notre cause, et qui ne manqueront pas de nous rejoindre, apportent avec eux leurs propres armes ainsi que leur courage. Qui, mieux que vous, saurait apprécier la puissance d'une charge de Highlanders !

Jamie le dévisagea avec gravité quelques secondes avant de répondre :

— Certes, c'est vrai qu'à Culloden vous étiez derrière les canons, Donald, pendant que moi, j'étais devant, l'épée à la main.

Il vida son verre d'un trait et se resservit, laissant à MacDonald une chance de se remettre.

— Touché ! murmura Brianna à mes côtés.

Je ne me souvenais pas d'avoir déjà entendu Jamie évoquer le fait que le major s'était battu du côté du gouvernement lors du soulèvement... mais je n'étais pas surprise qu'il ne l'ait pas oublié.

Après s'être brièvement excusé auprès de la compagnie, Jamie sortit, sous prétexte d'aller aux latrines et de vérifier si la Grande Maison était toujours là, mais sans doute aussi pour donner au major du temps pour souffler.

En bon hôte – et avec l'enthousiasme d'un historien –, Roger entretint la conversation en interrogeant Mac-Donald sur le général et ses activités. Ian, impassible, était assis à ses pieds, caressant Rollo.

— Le général est plutôt âgé pour une telle campagne, vous ne pensez pas ? Surtout en plein hiver.

— Oh, il lui arrive d'être un peu catarrheux, admit le major, mais qui ne l'est pas, dans ce climat ? Et son second, Donald McLeod, est un homme vigoureux. Je vous assure que si le général se trouvait indisposé pour une raison ou une autre, le colonel McLeod serait tout à fait capable de mener les troupes à la victoire !

Il continua longuement à louer les vertus, tant personnelles que physiques, de Donald McLeod, et je cessai d'écouter, mon attention détournée par un mouvement sur l'étagère au-dessus de sa tête. Adso.

La redingote rouge de MacDonald était posée sur le dossier d'une chaise, et sa perruque, humide et ébouriffée par l'assaut de Rollo, suspendue à une patère. Je me levai précipitamment et la décrochai, m'attirant un regard perplexe de la part du major et un autre de fureur noire d'Adso, offusqué que je m'empare de sa proie.

— Je... euh... je vais la mettre en lieu sûr, expliquai-je.

Serrant la masse de crins de cheval mouillés contre moi, je sortis et contournai la cabane jusqu'à l'appentis, où je la coinçai derrière le fromage, près du flacon de phosphore.

Au-dehors, je tombai sur Jamie qui rentrait de sa ronde d'inspection.

— Tout va bien dans la Grande Maison, m'assura-t-il.

Il leva le nez vers la cheminée de la cabane, d'où s'échappait une épaisse fumée grise.

— Tu ne crois pas que la petite avait raison, hein ?

En dépit de son ton badin, il était sérieux.

— Va savoir. C'est encore loin, l'aube de demain ?

— Trop loin.

Il avait les yeux cernés pour n'avoir pas dormi. Et la nuit qui s'annonçait serait sans doute blanche elle aussi. Il me serra contre lui un instant, puis me demanda :

— Tu penses que MacDonald va revenir pour incendier la maison si je lui dis non ?

— Comment ça, si tu lui dis non ?

Mais il retournait déjà à l'intérieur.

MacDonald se leva quand il entra et attendit qu'il ait repris sa place sur son tabouret avant de se rasseoir à son tour.

— Avez-vous pris le temps de réfléchir à ma proposition, monsieur Fraser ? Votre présence serait d'une valeur inestimable et très appréciée par le général MacDonald et le gouverneur, ainsi que moi-même.

Jamie fixa les flammes un moment.

— Cela me peine, Donald, que nous nous retrouvions ainsi dans deux camps opposés. Vous ne pouvez pas ignorer ma position sur la question. Je l'ai déclarée publiquement.

— Je le sais. Mais il n'est pas trop tard pour y remédier. Vous n'avez rien commis d'irrévocable... et tout homme a droit à l'erreur.

Jamie sourit légèrement.

— Certes, Donald. Seriez-vous prêt à admettre votre erreur et à rejoindre la cause de la liberté ?

MacDonald se releva brusquement, faisant des efforts visibles pour se maîtriser.

— Vous vous amusez à me taquiner, monsieur Fraser, mais mon offre était sincère.

— Je le sais, major, je m'excuse d'avoir parlé de manière inconsidérée. Ainsi que pour votre déplacement inutile jusqu'ici par ce temps déplorable.

— Vous refusez donc ?

Ses joues étaient pommelées de rouge, et ses yeux bleus, aussi pâles que le ciel d'hiver.

— Vous trahiriez votre sang ainsi que votre serment ?

Jamie, qui s'apprêtait à répondre, referma la bouche. Je sentis qu'il se passait quelque chose en lui. Le choc devant cette accusation brutale, mais exacte ? De l'hésitation ? Il n'avait jamais discuté de la situation en ces termes, mais il en était très conscient. La plupart des Highlanders de la colonie avaient rejoint les loyalistes, à l'instar de Duncan et de Jocasta, ou ne tarderaient pas à le faire.

Après sa déclaration, de nombreux amis avaient coupé les ponts avec lui, et il risquait fort de s'aliéner le peu de famille qu'il avait dans le nouveau monde. MacDonald lui tendait la pomme de la tentation, l'appel du clan et du sang.

Cependant, il avait eu des années pour y réfléchir et s'y préparer.

— J'ai dit ce que j'avais à dire, Donald. J'ai engagé mon nom et ma maison pour une cause que je crois juste. Je ne peux pas faire autrement.

MacDonald le dévisagea longuement, puis sans un mot, ôta la chemise de Roger par-dessus sa tête. Son torse était pâle et mince, quoique un peu enrobé autour de la taille. Il portait plusieurs cicatrices, des traces de balles et des entailles de sabre.

— Vous n'allez pas repartir par ce temps, major ! Il gèle dehors et il fera bientôt nuit !

Je m'approchai de Jamie. Brianna et Roger s'étaient levés aussi et ajoutèrent leurs protestations aux miennes. Mais têtu, MacDonald secoua la tête et renfila ses vêtements humides, refermant sa redingote avec peine, la boutonnière mouillée s'étant raidie.

Il s'inclina devant moi, déclarant d'une voix basse :

— Je ne peux accepter l'hospitalité d'un traître, madame.

Se redressant, il regarda Jamie en face.

— Nous ne nous reverrons pas en amis, monsieur Fraser. Je le regrette.

— Alors, espérons que nous ne nous reverrons jamais, major. Je le regrette aussi.

MacDonald salua le reste de la maisonnée d'un signe de tête et remit son chapeau. Son expression changea quand il sentit le feutre froid sur sa tête nue.

— Oh, votre perruque ! Un instant, major, je vais vous la chercher.

Je me précipitai à l'extérieur en direction de l'appentis, juste à temps pour entendre un bris de verre à l'intérieur. J'ouvris la porte que j'avais laissée entrebâillée lors de ma dernière visite, et Adso me fila entre les jambes, la perruque du major dans la gueule. Au même instant, un rideau de flammes bleues s'éleva dans la remise.

Je m'étais demandé comment j'allais rester éveillée toute la nuit. Finalement, je n'eus aucun mal. Après l'incendie, j'étais convaincue que je ne pourrais plus jamais fermer l'œil de ma vie.

Cela aurait pu être pire. Bien qu'il fût désormais notre ennemi juré, le major MacDonald vint noblement à notre aide, battant les flammes avec sa redingote encore mouillée, évitant ainsi la destruction totale du garde-manger... et de la cabane. Cependant, la redingote n'éteignit pas entièrement le feu. Avant que nous eussions raison de toutes les flammes qui surgissaient ici et là, il régna une grande confusion. Des courses folles dans tous les sens, au cours desquelles Orrie McCallum s'égara, trottina de son côté et tomba dans la fosse de l'immense four à canalisations, où Rollo le retrouva, de nombreuses minutes de panique plus tard.

On le repêcha indemne, mais l'émotion et le raffut provoquèrent chez Brianna ce qu'elle crut être un travail prématuré. Heureusement, il ne s'agissait que d'une crise carabinée de hoquets, causée par un mélange de tension nerveuse et de consommation excessive de choucroute et de tarte aux pommes sèches, aliments pour lesquels, depuis peu, elle avait développé une obsession.

Jamie contempla les vestiges calcinés du plancher de l'appentis, puis Brianna, qui, en dépit de mes conseils, refusait de s'allonger et était venue voir ce qui pouvait être sauvé.

— Ininflammable, qu'elle a dit... je t'en foutrai, de l'ininflammable. C'est un miracle que tu n'aies pas réduit toute la cabane en cendres il y a longtemps, ma fille !

Une main sur son ventre rond, elle le fustigea du regard.

— Moi ? Tu essaies de me... Hic !... mettre ça sur le... Hic !... dos ? C'est moi qui ai... Hic !... mis la perruque du major... Hic !... près du ?...

Roger s'approcha d'elle par-derrière.

— BOUH !

Elle fit volte-face et le frappa. Jemmy et Aidan se mirent aussitôt à tournoyer autour d'elle en dansant et en chantant tels de petits spectres déments :

— Bouh ! Bouh ! Bouh !

Une lueur dangereuse dans le regard, Brianna ramassa une poignée de neige qu'elle modela en boule et la lança sur son mari avec une précision assassine. Elle l'atteignit entre les deux yeux, la boule explosant en une pluie de cristaux blancs qui restèrent accrochés à ses sourcils.

— Quoi ? s'écria-t-il incrédule. Qu'est-ce que j'ai fait ? Je voulais juste te faire passer… Hé !

Il évita de justesse une autre boule, puis fut mitraillé l'instant suivant à bout portant par Jemmy et Aidan qui, à ce stade, étaient devenus totalement incontrôlables.

Recevant avec modestie nos remerciements, le major avait finalement accepté l'hospitalité de la cabane, en faisant bien comprendre que c'était Roger et non Jamie qui l'offrait – le fait que la nuit s'était installée et qu'il s'était remis à neiger y était sans doute aussi pour quelque chose. Tandis qu'il contemplait ses hôtes se rouler dans la neige et se bombarder avec des cris de sauvages et des hoquets, il parut regretter un instant que sa dignité lui interdise de consentir à dîner avec un traître. Cependant, il nous salua avec raideur quand Jamie et moi prîmes congé, puis il rentra dans la cabane, serrant les lambeaux boueux de sa perruque.

Dans la nature extrêmement calme, nous repartîmes sous la neige vers notre propre maison. Le ciel était d'une couleur lavande rose, et les flocons dansaient dans un silence surnaturel.

La Grande Maison se dressait devant nous, accueillante en dépit de ses fenêtres sombres. La neige formait des tourbillons sous le porche, s'accumulant sur le rebord des fenêtres.

— J'imagine qu'il sera plus difficile de faire démarrer un feu en pleine tempête de neige, tu ne penses pas ?

Jamie se pencha pour déverrouiller la porte.

— Sincèrement, je me fiche pas mal que la maison parte en flammes par combustion spontanée, *Sassenach*, tant que j'ai mon dîner avant.

— Tu penses à un dîner froid ?

— Certainement pas. J'ai bien l'intention d'allumer un feu de Dieu dans la cuisine, de frire une douzaine d'œufs dans du beurre, de les manger jusqu'au dernier et puis de me coucher sur le tapis devant la cheminée et de te baiser jusqu'à ce que...

Il s'arrêta en voyant mon expression.

— Quoi, ça ne te plaît pas ?

Au contraire, le programme de la soirée me fascinait.

— Jusqu'à ce que quoi ?

— Jusqu'à ce que tu t'embrases et que tu m'emportes dans les flammes avec toi.

Il me souleva de terre et me porta à l'intérieur de notre maison plongée dans l'obscurité.

60

Le parjure

2 février 1776

Il les convoqua tous ensemble, et ils vinrent. Les jaco-
bites d'Ardsmuir, les pêcheurs de Thurso, les parias et
les opportunistes qui s'étaient installés à Fraser's Ridge
au cours des six dernières années. Il avait appelé les
hommes, et la plupart arrivèrent seuls, à travers les bois
trempés, dérapant sur les rochers moussus et les sen-
tiers boueux. Certaines épouses vinrent aussi, curieuses,
méfiantes. Elles restèrent modestement à l'écart et se
laissèrent guider par Claire à l'intérieur, une à une.

Les hommes se tenaient dans la cour, ce qu'il regret-
tait ; le souvenir de leur dernier rassemblement dans ce
même endroit était encore trop frais dans tous les
esprits. Mais il n'avait pas le choix, la maison n'était pas
assez grande pour les accueillir tous. En outre, c'était
le jour et non la nuit. Il en vit plus d'un lancer des
regards vers les grands châtaigniers comme s'ils y aper-
cevaient le spectre de Thomas Christie, prêt une fois de
plus à marcher à travers la foule.

Il se signa et récita une brève prière, comme chaque
fois qu'il pensait à Tom Christie, puis sortit sur le perron. Les conversations se turent aussitôt.

— J'ai été convoqué à Wilmington, annonça-t-il sans
préambule. Je dois aller rejoindre les milices qui s'y

trouvent et emmener avec moi ceux qui se porteront volontaires.

Ils le dévisagèrent avec l'air hagard de moutons dérangés dans leur broutement. Il eut une soudaine envie de rire, qui lui passa aussitôt.

— Nous irons en tant que milice, mais personne n'est obligé de venir.

De toute manière, il doutait qu'il y ait plus d'une poignée d'hommes parmi eux qui obéiraient encore à ses ordres.

La majorité continuait à le regarder sans comprendre, mais un ou deux commençaient à émerger de leur stupeur.

— Tu t'es déclaré rebelle, *Mac Dubh* ?

C'était Murdo, que Dieu le bénisse. Fidèle comme un chien, mais un peu dur à la détente. Il fallait lui présenter les choses dans les termes les plus simples, mais, une fois qu'il avait saisi, il n'y avait pas plus tenace.

— Oui, Murdo, je suis un rebelle. Comme le seront tous ceux qui marcheront avec moi.

Il y eut des murmures et des échanges de regards incertains. Ici et là dans la foule, il entendit le mot « serment » et se prépara à la question évidente. Toutefois, il fut surpris par celui qui la posa. L'austère Arch Bug se redressa de toute sa hauteur.

— Vous avez prêté serment d'allégeance au roi, *Seaumais mac Brian*. Comme nous tous ici.

Un murmure d'approbation circula, et tous les visages se retournèrent vers lui, anxieux et embarrassés. Il sentit son cœur se nouer. Même à présent, sachant ce qu'il savait et conscient de l'immoralité d'un serment prêté sous la contrainte, le briser lui donnait l'impression de poser le pied sur une marche qui n'existait pas.

— C'est vrai, nous l'avons tous prêté. Mais ce serment nous a été imposé en tant que captifs et non en tant qu'hommes d'honneur.

C'était la vérité, mais ce n'en était pas moins un serment, ce que les Highlanders ne prenaient jamais à la légère. « Que je meure et sois enterré loin des miens... » Quoi qu'il en soit, ce sort serait sans doute le leur.

Hiram Crombie s'avança, les lèvres pincées.

— Nous avons juré devant Dieu, monsieur. Nous demandez-vous de l'oublier ?

Plusieurs presbytériens acquiescèrent, se rapprochant de lui pour montrer leur soutien.

— Je ne demande rien.

Ce qui était faux. Le sachant pertinemment et se sentant un peu piteux sans rien en montrer, il se rabattit sur les armes anciennes de la rhétorique et de l'idéalisme.

— J'ai dit que le serment de loyauté au roi nous avait été extorqué et que, par conséquent, il était sans valeur, car aucun homme ne peut jurer librement s'il n'est pas lui-même libre.

Comme personne ne protestait, il poursuivit, faisant porter sa voix, mais sans crier :

— Vous connaissez tous la déclaration d'Arbroath, n'est-ce pas ? Il y a quatre siècles, nos ancêtres ont rédigé ces mots : « Tant qu'au moins cent d'entre nous resteront en vie, nous ne tomberons jamais sous le joug anglais. (Il marqua une pause pour reprendre son souffle.) En vérité, nous ne nous battons ni pour la gloire, ni pour les richesses, ni pour les honneurs, mais pour la liberté... pour elle seule, car aucun honnête homme ne peut y renoncer si ce n'est en lui donnant sa vie. »

Il se tut brusquement, non pas en raison de l'effet des mots sur les hommes devant lui, mais parce qu'en les prononçant, il s'était soudain retrouvé face à sa conscience.

Jusque-là, il avait eu des doutes sur la justification de cette révolution et encore plus sur ses objectifs. Il n'avait accepté d'épouser la cause rebelle qu'en raison des récits de Claire, Brianna et Roger. Mais en formulant ces mots anciens, il avait trouvé la conviction qu'il croyait feindre, et il était frappé de constater qu'il se rendait en effet au combat pour un motif allant au-delà du bien-être des siens.

« De toute manière, tu finiras six pieds sous terre, songea-t-il résigné. Ça ne fera sans doute pas moins mal, si c'est pour une bonne cause, mais sait-on jamais ? »

— Je pars dans une semaine, annonça-t-il.

Il tourna les talons, les laissant éberlués.

Il s'était attendu à ce que ses hommes d'Ardsmuir le suivent, les trois frères Lindsay, Hugh Abernathy, Padraic MacNeill et les autres. En revanche, il n'avait pas pensé voir débarquer Robin McGillivray et son fils Manfred. Il en fut ravi et constata avec un certain amusement qu'Ute McGillivray avait pardonné à ce dernier. Outre Robin et Freddie, quinze hommes des environs de Salem étaient venus, tous des parents de la redoutable *frau*.

Une autre grande surprise fut Hiram Crombie, le seul des pêcheurs à avoir décidé de le suivre.

— J'ai longuement prié, l'informa-t-il en parvenant à paraître encore plus pieusement aigre qu'à l'accoutumée. J'en ai conclu que vous aviez raison au sujet du serment. Vous nous ferez sans doute tous pendre ou brûler vifs, mais je viens quand même.

À la suite de nombreux débats agités, ses coreligionnaires avaient préféré s'abstenir. Il ne leur en voulait pas. Après qu'elle eut survécu aux persécutions qui avaient suivi Culloden, au périlleux voyage à travers l'océan et aux épreuves de l'exil, la dernière chose qu'une personne sensée voulait faire était de prendre de nouveau les armes contre le roi.

Mais la plus grande surprise de toutes l'attendait à la sortie de Cooperville, quand sa petite compagnie bifurqua sur la route qui menait vers le sud.

Une quarantaine d'hommes à cheval se tenaient au croisement. Il s'arrêta à une certaine distance, méfiant, et un cavalier se détacha du groupe pour venir à sa rencontre : Richard Brown, pâle et lugubre.

— J'ai entendu dire que vous partiez pour Wilmington, déclara-t-il de but en blanc. Si vous nous acceptez, mes hommes et moi vous accompagnerons.

Il toussota et ajouta :

— Sous votre commandement, naturellement.

Derrière lui, il entendit le « Hmph ! » de Claire et réprima un sourire. Il était très conscient de la tension de tout son groupe. Il croisa le regard de Roger Mac, qui hocha la tête. La guerre favorisait parfois les rapprochements les plus improbables, son gendre le savait aussi. Quant à lui, pendant le soulèvement, il avait déjà combattu auprès d'individus bien pires.

Il inclina la tête.

— Soyez les bienvenus, vous et vos hommes.

Nous rencontrâmes une autre compagnie de miliciens non loin d'un lieu-dit baptisé Moore's Creek et campâmes tous ensemble sous des pins des marais. Il y avait eu une violente tempête de pluie verglacée la veille, et le sol était jonché de branches cassées, certaines aussi grandes que moi. Cela rendait la progression plus difficile, mais présentait aussi des avantages le moment venu de faire un feu de camp.

Je jetai quelques ingrédients dans une casserole pour cuire un ragoût – quelques morceaux de jambon avec les os, des haricots, du riz, des oignons, des carottes, des biscuits rances réduits en miettes – tout en écoutant l'autre commandant de milice, Robert Borthy, décrire à Jamie, avec une ironie considérable, l'état du « régiment des émigrants highlanders », comme s'appelaient désormais nos opposants.

— Ils ne doivent pas être plus de cinq ou six cents. Le vieux MacDonald et ses aides ont ratissé tout l'arrière-pays pendant des mois, mais, pour le résultat, autant puiser de l'eau avec un tamis !

À une occasion, Alexander McLean, l'un des aides de camp du général, avait lancé un appel à tous les Highlanders irlando-écossais de la région, les attirant en promettant une barrique de whisky. Cinq cents hommes s'étaient présentés au lieu de rendez-vous, mais sitôt l'alcool terminé, ils s'étaient évaporés, laissant le pauvre McLean seul avec sa barrique vide, et totalement perdu.

— Le malheureux a erré pendant deux jours, cherchant la route, avant que quelqu'un le prenne en pitié et le ramène à la civilisation.

Borthy, un solide gaillard venu de la campagne et doté d'une épaisse barbe brune, paraissait ravi de cette anecdote et accepta volontiers un verre de bière avant de poursuivre :

— Dieu sait où sont passés les autres à présent. J'ai entendu dire que la plupart des hommes que MacDonald est parvenu à enrôler sont des émigrants tout frais débarqués d'Écosse. Le gouverneur leur a fait jurer de prendre les armes pour défendre la colonie avant de leur accorder des terres. Les malheureux ne savent même pas distinguer le nord du sud, alors pour savoir où ils sont eux-mêmes !

— Moi, je sais où ils sont, s'ils ne le savent pas eux-mêmes.

Crasseux mais joyeux, Ian s'approcha du feu. Il acheminait des dépêches entre les différentes milices convergeant vers Wilmington, et sa déclaration suscita un grand intérêt.

— Où ?

Richard Brown se pencha en avant, le visage alerte.

— Ils descendent Negro Head Point Road, marchant au pas comme un vrai régiment.

Il se laissa tomber sur un tronc couché avec un grognement de soulagement.

— Il n'y a rien de chaud à boire, ma tante ? Je suis glacé et j'ai la gorge à vif.

Il y avait une mixture infâme, appelée « café » par politesse, réalisée avec des glands grillés et bouillis. Peu convaincue, je lui en versai une tasse, mais il la but avec un plaisir évident tout en racontant son histoire.

— Ils comptaient contourner par l'ouest, mais les hommes du colonel Howe leur ont barré la route. Alors, ils ont coupé à travers champs pour passer le fleuve à gué. Toutefois, le colonel Moore a fait accélérer ses troupes, qui ont marché toute la nuit pour les surprendre.

— Ils n'ont pas tenté d'engager le combat avec Howe ou Moore ? s'étonna Jamie.

— Non. D'après le colonel Moore, ils ne veulent pas d'affrontements avant d'avoir rejoint Wilmington… ils comptent y trouver des renforts.

Jamie et moi échangeâmes un regard. Les renforts en question devaient être les troupes régulières britanniques promises par le général Gage. Mais selon un cavalier venu de Brunswick et que nous avions croisé la veille, aucun navire n'était encore arrivé quand il avait quitté la côte, quatre jours plus tôt.

Si des renforts les attendaient vraiment, ce devaient être des loyalistes locaux. Or, d'après les nombreux témoignages, ces derniers étaient une planche de salut bien faible sur laquelle s'appuyer.

— Donc, ils sont bloqués de chaque côté et n'ont d'autre choix que de descendre tout droit Negro Head Point Road. Ils devraient être au pont, tard demain dans la journée.

Jamie scruta l'horizon sous les pins des marais. C'étaient de très hauts arbres, et la prairie en dessous était grande ouverte, idéale pour les chevaux.

— C'est loin d'ici, Ian ? demanda-t-il.

— Une demi-journée à cheval.

Il se détendit un peu et saisit sa propre tasse de café.

— Parfait, cela nous laisse le temps de prendre une bonne nuit de sommeil.

Nous atteignîmes le pont de Moore's Creek vers midi, y rejoignant la compagnie commandée par Richard Caswell. Celui-ci accueillit Jamie avec plaisir.

Le régiment des Highlands n'était toujours pas en vue, mais des coursiers arrivaient régulièrement, rapportant des nouvelles de son avancée sur Negro Head Point Road, une large piste pour carrioles qui menait droit au solide pont en bois enjambant Widow Moore's Creek.

Jamie, Caswell et plusieurs autres commandants longeaient la berge en discutant, montrant du doigt le pont et divers autres points, en aval et en amont du cours d'eau. Ce dernier s'écoulait sur un terrain traître et marécageux, bordé de cyprès émergeant de l'eau et de la vase. La rivière devenait plus profonde à mesure qu'elle rétrécissait. Un curieux fit tomber une ligne de plomb depuis le pont et annonça qu'elle mesurait quatre mètres cinquante de profondeur à cet endroit. Le pont était donc le seul passage possible pour une armée de quelque taille que ce soit.

Les mains couvertes de boue et de graisse, Jamie avait aidé à ériger un remblai de l'autre côté de la rivière, ce qui justifiait son silence, mais en partie seulement. Puis suivant mon regard vers ses mains sales, il m'expliqua succinctement :

— Ils ont des canons. Deux petits canons de la ville, mais des canons quand même.

Il jeta un œil vers le pont et fit la grimace.

Je savais ce qu'il pensait… et pourquoi.

« À Culloden, vous étiez derrière les canons, Donald, avait-il dit au major. Moi, j'étais devant, l'épée à la main. » L'épée était l'arme naturelle des Highlanders

412

et, pour la plupart, la seule. D'après tout ce que nous avions entendu, le général MacDonald n'était parvenu à mettre la main que sur un nombre restreint de mousquetons et un peu de poudre. Le gros de ses troupes n'était équipé que de courtes épées à double tranchant et de targes. Et elles marchaient droit sur une embuscade.

— Oh, Seigneur, murmura-t-il. Ces pauvres idiots. Ces pauvres courageux idiots !

Au crépuscule, la situation fut encore bien pire – ou bien meilleure selon la perspective de chacun. Depuis la tempête, la température avait remonté, mais le sol était encore trempé. Durant la journée, une légère humidité s'en dégageait, mais une fois la nuit tombée, elle se condensait en un brouillard si épais que même nos feux de camp étaient à peine visibles, chacun luisant comme une braise sous les cendres.

Une excitation fébrile se propageait parmi les miliciens, les nouvelles conditions donnant lieu à d'autres plans.

Tel un spectre, Ian apparut hors du brouillard aux côtés de Jamie.

— Maintenant, dit-il. Caswell est prêt.

Nos provisions étaient déjà empaquetées et chargées. Portant des fusils, de la poudre et des vivres, huit cents hommes, suivis d'une quantité non comptabilisée d'accompagnateurs comme moi-même, se mirent en route en silence, abandonnant derrière eux les feux allumés.

J'ignorais où se trouvaient les troupes de MacDonald. Peut-être encore sur la piste, à moins qu'elles aient effectué un détour prudent, longeant le marais pour tâter le terrain. Dans ce cas, je ne pouvais que leur souhaiter bonne chance. Mon corps tout entier vibrait de tension quand j'avançai sur le pont. Je marchais sur les orteils, ce qui était absurde, mais je n'arrivais pas à me résoudre à poser fermement le pied sur les planches, l'atmosphère m'imposant un comportement secret et furtif.

Je butai contre une planche mal ajustée et partis en avant, mais Roger me rattrapa de justesse. Je serrai son bras, et il m'adressa un bref sourire, son visage à peine visible dans la brume, bien qu'il soit juste à quelques centimètres de moi.

Il savait aussi bien que Jamie et les autres ce qui nous attendait. Cependant, je sentais son excitation mêlée à l'angoisse. Après tout, ce serait sa première bataille.

De l'autre côté du pont, nous nous dispersâmes pour monter de nouveaux camps sur la colline, au-dessus des remblais circulaires érigés par les hommes à une centaine de mètres de la rivière. Je passai assez près des canons pour voir leurs longues gueules pointer à travers le brouillard. Les hommes les avaient baptisés « mère Covington et sa fille », je me demandai lequel était qui, et qui était la mère Covington originale. Une dame redoutable, sans doute, à moins que ce ne fût la propriétaire du bordel local.

Il ne fut pas difficile de trouver du bois, la tempête ayant sévi aussi de ce côté de la rivière. Cependant, le temps était toujours aussi humide, et je n'étais pas disposée à rester une heure à genoux avec un foutu briquet à amadou. Heureusement, dans cette purée de pois, personne ne pouvait me voir, et j'en profitai pour sortir de ma poche la boîte en fer-blanc contenant des allumettes de Brianna.

Tandis que je soufflais sur les flammèches, j'entendis des crissements déchirants et me relevai d'un coup, regardant vers le pied de la colline. Je ne voyais rien, bien sûr, mais je compris aussitôt que c'était le bruit des clous qui cédaient, tandis que l'on arrachait les planches une à une. Ils étaient en train de démonter le pont.

J'attendis longtemps le retour de Jamie. Quand il arriva, il refusa de manger, mais s'assit au pied d'un arbre et me fit signe de le rejoindre. Je m'installai entre ses jambes et m'adossai à lui, me réchauffant à sa chaleur. La nuit était fraîche, et l'humidité s'immisçait jusque dans les os, glaçant la moelle.

Après un long silence rempli par les nombreux bruits des hommes travaillant en contrebas, je demandai :

— Ils vont quand même s'apercevoir que le pont n'est plus là, non ?

— Pas si le brouillard ne se dissipe pas avant le petit matin, ce qui sera le cas.

Il paraissait résigné, mais plus tranquille. Nous demeurâmes ainsi sans parler, contemplant la danse des flammes qui miroitaient et se fondaient dans le brouillard, s'étirant toujours plus haut avant de disparaître en volutes blanches.

Jamie me demanda soudain :

— Tu crois aux fantômes, *Sassenach* ?

— Euh... pour être franche, oui.

Il le savait déjà, car je lui avais raconté ma rencontre avec l'Indien au visage peint en noir. Et il y croyait aussi... il était highlander.

— Pourquoi, tu en as vu un ?

Il m'enlaça un peu plus près.

— Je ne peux pas vraiment dire que je l'ai « vu », mais je veux bien être pendu s'il n'est pas là.

— Qui ?

— Murtagh. Depuis que le brouillard s'est levé, j'ai l'étrange impression qu'il se tient tout à côté de moi.

— Vraiment ?

C'était fascinant, mais aussi angoissant. Murtagh, le parrain de Jamie, était mort à Culloden et, pour autant que je sache, ne s'était pas manifesté depuis. Je ne doutais pas de sa présence. L'austère Murtagh avait eu une personnalité très forte, et si Jamie disait qu'il était ici, il l'était probablement. Ce qui me troublait était la raison de sa présence.

Je me concentrai, mais ne parvins pas à sentir le petit Écossais coriace. Apparemment, il ne s'intéressait qu'à Jamie, ce qui m'effrayait d'autant plus.

Si l'issue de la bataille du lendemain était jouée d'avance, une bataille était une bataille, et des hommes y perdraient sans doute la vie, y compris dans le camp des vainqueurs. Murtagh avait pris son devoir de parrain très au sérieux. J'espérais sincèrement qu'il n'avait pas été informé de la mort imminente de son filleul et qu'il n'était pas venu pour le mener au ciel. Des visions à la veille d'un combat étaient relativement courantes dans le folklore des Highlands, mais Jamie avait bien dit qu'il ne l'avait pas « vu ». C'était toujours ça.

— Il... euh... ne t'a rien dit ?

— Non. Il est juste... là.

Comme sa présence semblait le réconforter, je tus mes angoisses et mes doutes. Ils me rongeaient néanmoins, et je passai le restant de cette brève nuit accrochée à mon mari, comme pour défier Murtagh ou quiconque d'essayer de me le prendre.

61

Les fantômes de Culloden

À l'aube, Roger se tenait derrière le remblai à côté de son beau-père, mousqueton à la main, tentant de percer le brouillard du regard. Il entendait clairement les bruits de l'autre armée, le martèlement rythmé des pas, le cliquettement du métal et le bruissement des habits. Des voix... sans doute les officiers criant des ordres pour rassembler les troupes.

Ils devaient déjà avoir découvert le camp déserté, de l'autre côté de la rivière. Désormais, ils savaient que l'ennemi les attendait sur l'autre rive.

Il tripotait son fusil depuis des heures, lui semblait-il, pourtant le métal était toujours aussi froid. Il avait les doigts raides.

Une forte odeur de suif flottait dans l'air. Les hommes d'Alexander Lillington avaient graissé les poutres de soutien après avoir retiré les planches du pont.

— Tu as entendu le cri ?

Jamie indiqua l'autre berge du menton. Le vent avait tourné. Des bribes de phrases en gaélique s'élevaient derrière les troncs spectraux des cyprès. Je n'y comprenais rien, mais Jamie si.

— Celui qui les mène, je crois que c'est McLeod, veut attaquer par la rivière.

— Mais c'est du suicide ! s'écria Roger. Ils doivent savoir... l'un d'eux a dû voir l'état du pont !

— Ce sont des Highlanders, répondit Jamie. Ils suivront l'homme auquel ils ont juré loyauté, même s'ils savent qu'il les conduit à la mort.

Ian se trouvait à ses côtés. Il se tourna vers Roger, puis, en arrière, vers Kenny et Murdo Lindsay, Ronnie Sinclair et les McGillivray. Tous se tenaient en rang serré, la main sur leur mousquet ou leur fusil, guettant les moindres faits et gestes de Jamie.

Ils s'étaient joints aux hommes du colonel Lillington. Ce dernier allait et venait, vérifiant qu'ils étaient prêts.

Soudain, Lillington s'arrêta en apercevant Jamie, et Roger se figea. Randall Lillington avait été un cousin germain du colonel.

Alexander Lillington n'était pas de ceux qui cachent leurs pensées. Il venait de se rendre compte que ses propres hommes étaient situés à une douzaine de mètres, et ceux de Jamie, entre lui et eux. Il jeta un coup d'œil vers le brouillard ; on y entendait les cris de MacDonald auxquels répondaient des rugissements de Highlanders de plus en plus sonores.

— Que dit-il ?

— Que le courage les portera à la victoire.

Il ajouta doucement en gaélique :

— Que Dieu les protège !

Suspicieux, Lillington lui agrippa alors la manche.

— Mais vous-même, monsieur, n'êtes-vous pas un Highlander ?

Son autre main était posée sur la crosse de son pistolet. Roger entendit derrière eux les conversations s'interrompre. Tous les hommes de Jamie les observaient, très intéressés, mais pas vraiment alarmés. De toute évidence, ils estimaient que leur chef parviendrait à s'occuper de Lillington tout seul. Celui-ci demanda à nouveau :

— J'attends votre réponse, monsieur, à qui revient votre loyauté ?

— De quel côté de la rivière je me tiens, monsieur ? répliqua Jamie.

Quelques-uns sourirent, mais n'osèrent pas rire franchement. La question de la loyauté était encore un sujet brûlant, et personne ne voulait risquer de le voir s'embraser.

Les doigts de Lillington sur le poignet de Jamie se desserrèrent un peu, mais le colonel ne le lâcha pas pour autant.

— Certes, mais comment pouvons-nous être sûrs que vous ne vous retournerez pas contre nous en plein combat ? Car vous êtes bien un Highlander, n'est-ce pas ? Comme tous vos hommes ?

De l'autre côté de l'eau, on entrevoyait parfois des éclats de tartan dans la brume.

— Je suis un Highlander. Et aussi le père d'enfants américains.

Jamie dégagea son bras, puis poursuivit :

— Je vous autorise, monsieur, à vous tenir derrière moi et à me transpercer le cœur de votre épée si je me trompais de cible.

Puis, il tourna le dos à Lillington et chargea son arme, enfonçant la balle et la poudre avec une grande précision au bout de son refouloir.

Une voix rugit dans le brouillard, et une centaine de gorges reprirent son cri en gaélique :

— À NOS GLAIVES POUR LE ROI GEORGE !

La dernière charge des Highlanders venait de commencer.

Ils surgirent de la brume à une centaine de mètres de la rivière, hurlant comme des damnés, et son cœur fit un bond. L'espace d'un instant – un instant seulement

– il se sentit fondre avec eux, et le vent de leur course plaqua sa chemise glacée contre son torse.

Il ne bougea pas d'un pouce. À ses côtés, Murtagh contemplait la scène d'un œil cynique. Roger Mac toussota et Jamie leva son fusil, le calant contre son épaule, attendant.

— Feu !

La salve les cueillit juste avant qu'ils n'atteignent le pont démonté. Une demi-douzaine tombèrent ; les autres continuèrent. Puis les deux canons perchés sur la colline tirèrent. Il sentit leur détonation, comme une violente poussée dans le dos.

Il avait tiré avec la première salve, visant au-dessus des têtes. Il reposa son fusil à terre et rechargea. Des deux côtés de la rivière, on entendait des cris, les gémissements des blessés et les hurlements des attaquants.

— *A righ ! A righ !* Au roi ! Au roi !

Touché, MacLeod se tenait à l'entrée du pont. Sa veste était tachée de sang, mais il continuait de brandir son épée et sa targe.

Les canons tonnèrent de nouveau, mais ils visaient trop haut. La plupart des Highlanders s'étaient rassemblés sur la berge, certains déjà dans l'eau, s'accrochant aux piliers du pont. D'autres avançaient sur les poutres, glissant et utilisant leur épée comme un balancier.

— Feu !

Il tira, la fumée de la poudre se fondant dans la brume. Les canons réglèrent leur tir, et leur souffle le propulsa en avant. La plupart des combattants sur le pont étaient tombés à l'eau, d'autres s'étaient jetés à plat ventre sur les poutres et tentaient d'avancer en rampant, offrant une cible facile pour les mousquets, les hommes tirant désormais à volonté depuis leur redoute improvisée.

Il chargea et tira encore.

« Le voilà ! » prononça en lui une voix détachée. Il n'aurait su dire si c'était la sienne ou celle de Murtagh.

McLeod venait de tomber. Son cadavre flotta un instant dans la rivière avant d'être englouti par les flots noirs. De nombreux hommes se débattaient dans cette eau profonde et d'un froid mortel. Peu de Highlanders savaient nager.

Il aperçut Allan MacDonald, l'époux de Flora, qui contemplait, livide, la scène sur la rive.

Le major Donald MacDonald pataugeait, le corps à moitié hors de l'eau. Il avait perdu sa perruque, et son crâne nu ruisselait de sang. Il grimaçait, montrant ses dents, sans qu'on puisse dire si c'était de douleur ou de férocité. Une autre balle l'atteignit, et il partit à la renverse, pour se redresser encore, lentement, toujours plus lentement, puis il avança et perdit pied, mais se redressa une nouvelle fois, battant frénétiquement des mains, projetant des éclaboussures et crachant du sang, tandis qu'il tentait désespérément de respirer.

« Que ce soit toi, alors », dit la voix détachée.

Jamie leva son fusil et le visa à la gorge. Le major retomba en arrière et coula à pic.

Tout fut terminé en quelques minutes. Le brouillard était chargé de fumée de poudre, la rivière regorgeait de morts et de mourants.

Contemplant les dégâts, Caswell lâcha d'un ton affligé :

— « Nos glaives pour le roi George », hein ? Les pauvres bougres.

Sur l'autre rive, ce n'était que confusion. Ceux qui n'étaient pas tombés s'enfuyaient. Déjà, de notre côté, les hommes apportaient des planches pour reconstruire le pont. Les fuyards n'auraient pas le temps d'aller bien loin.

Jamie aurait dû se mettre en mouvement lui aussi, rassembler ses hommes pour s'élancer à la poursuite des Highlanders. Mais il semblait changé en statue de pierre, le vent glacé chantant dans ses oreilles.

Jack Randall était immobile. Il avait une épée à la main, mais ne fit aucun effort pour la lever. Il se tenait là, avec cet étrange sourire au coin des lèvres, ses yeux noirs sondant ceux de Jamie.

Si seulement il avait pu briser ce regard... mais il en était incapable. Il perçut uniquement un mouvement flou derrière Randall. Murtagh, courant, bondissant au-dessus des touffes d'herbe, tel un chevreau. Puis l'éclat de la lame de son parrain... l'avait-il vraiment vu ou seulement imaginé ? Peu importait. À l'angle du coude de Murtagh, il avait deviné avant de le voir le coup mortel qui allait transpercer la redingote rouge du capitaine et lui pourfendre les reins.

Mais Randall avait fait volte-face, peut-être averti par un changement dans son regard, par la brève inspiration de Murtagh avant de frapper ou simplement par son instinct de soldat. Trop tard pour esquiver le coup, mais assez tôt pour faire dévier la lame. Randall avait grogné sous l'impact – Seigneur, il l'entendait encore ! – et, tombant à la renverse, avait saisi le poignet de Murtagh, l'entraînant dans sa chute.

Ils avaient roulé ensemble dans les joncs et dévalé la pente. Il s'était précipité derrière eux, serrant une arme dans son poing... quelle arme ? qu'avait-il brandi ?

Il sentit encore son contact contre sa paume, mais ce n'était ni la garde d'une épée ni la crosse d'un pistolet ; puis la sensation passa, ne lui laissant qu'une image : Murtagh. Murtagh serrant les dents au moment de frapper. Murtagh accourant pour le sauver.

Il reprit lentement conscience de l'endroit où il se trouvait. Une main était posée sur son épaule. Roger Mac, blême mais sûr de lui.

Ce dernier indiqua la rivière du menton.

— Je vais aller m'occuper d'eux. Ça va ?

— Oui. Oui, bien sûr.

Il avait l'impression de sortir d'un rêve... comme s'il n'était pas lui-même tout à fait réel.

Roger Mac hocha la tête et tourna les talons. Puis il revint soudain sur ses pas et posa de nouveau une main sur le bras de Jamie, en murmurant :

— *Ego te absolvo.*

Après quoi, il s'éloigna pour aller assister les mourants et bénir les morts.

TROISIÈME PARTIE

L'éternité ne nous appartient pas

62

Amanda

L'OIGNON – INTELLIGENCER, 15 mai 1776

INDÉPENDANCE !

Après la fameuse victoire du pont de Moore's Creek, le quatrième congrès provincial de Caroline du Nord a voté l'adoption des résolutions d'Halifax. Ces dernières autorisent les délégués du Congrès continental à s'accorder avec leurs homologues des autres colonies pour déclarer leur indépendance et former des alliances avec des puissances étrangères, réservant à cette colonie le droit unique et exclusif de rédiger ses propres lois et sa propre constitution. Par l'adoption des résolutions d'Halifax, la Caroline du Nord devient donc la première colonie à se déclarer officiellement indépendante.

LE PREMIER NAVIRE d'une flotte commandée par sir Peter Parker est arrivé à l'embouchure du fleuve Cape Fear le 18 avril. Cette flotte comprend neuf vaisseaux et transporte des troupes britanniques chargées de pacifier et d'unir la colonie, selon les termes du gouverneur Josiah Martin.

VOL : des marchandises, d'une valeur totale de vingt-six livres, dix shillings et quatre pences, ont été dérobées dans l'entrepôt de M. Neil Forbes sur Water Street. Les *malandrins ont percé un trou à l'arrière du hangar pendant la nuit du 12 mai et ont emporté leur butin dans une carriole. Deux hommes, un Blanc et l'autre Noir, ont été vus s'éloignant à bord d'une voiture tirée par un attelage de mules baies. Toute information concernant ce délit odieux sera généreusement récompensée. S'adresser à M. Jones, aux bons soins du Gull and Oyster, à Market Square.*

NAISSANCE : le capitaine Roger MacKenzie de Fraser's Ridge et son épouse ont la joie d'annoncer la naissance de leur fille, Amanda Claire Hope MacKenzie, née le 21 avril. L'enfant et sa mère sont en bonne santé.

Roger ne fut jamais aussi terrifié que lorsqu'on plaça pour la première fois sa fille dans ses bras. Âgée de quelques minutes, elle était si délicate qu'il craignait de laisser ses empreintes sur sa peau tendre et parfaite d'orchidée. D'un autre côté, elle était si jolie qu'il ne pouvait s'empêcher de la toucher, de promener son pouce sur la courbe parfaite de sa joue dodue, de caresser ses cheveux noirs et fins d'un index incrédule.

— Elle te ressemble.

Échevelée, en nage et dégonflée – mais si belle qu'il osait à peine la regarder –, Brianna était enfoncée dans ses oreillers, avec un sourire de Joconde.

— Tu trouves vraiment ?

Il étudia le petit visage, totalement absorbé. Non pas pour rechercher un signe de lui, mais parce qu'il n'arrivait pas à quitter sa fille des yeux.

Au fil des mois, réveillé sans cesse par les coups de poing et de pied, Roger avait observé le liquide se déplacer dans le ventre de Brianna, senti la forme du bébé presser contre ses mains ou battre en retraite quand il était couché près de sa femme, lui tenant le ventre et échangeant des plaisanteries. Ainsi, il en était venu à connaître cette enfant intimement.

Mais il l'avait connue sous le nom de « Petit Otto », le surnom secret qu'il lui avait attribué tant qu'elle n'était encore qu'un fœtus. Otto avait eu une personnalité distincte et, l'espace d'un instant, il sentit un regret ridicule en se disant qu'il avait disparu à jamais. Cette créature exquise dans ses bras était un tout autre être.

— Tu crois que c'est une Marjorie ?

Brianna venait de relever la tête, essayant d'apercevoir le petit minois dans la couverture. Ils avaient discuté du prénom pendant des mois, rédigeant des listes, se chamaillant, se moquant de leurs propositions respectives, choisissant des noms impossibles comme Montgomery ou Aglaé. Finalement, ils avaient décidé que, si c'était un garçon, ce serait Michael, si c'était une fille, Marjorie, comme la mère de Roger.

Sa fille ouvrit les yeux. Légèrement bridés, ils étaient identiques à ceux de sa mère. Il se demanda s'ils resteraient ainsi. D'un bleu doux, comme le ciel en milieu de matinée, rien de remarquable à première vue, mais si on regardait droit vers lui... vaste, inimitable. Pouvait-elle déjà le voir ?

— Non, fit-il doucement. C'est Amanda.

Au début, je n'avais rien dit. C'était courant chez les nouveau-nés, surtout les prématurés, comme dans le cas d'Amanda. Rien d'inquiétant, donc.

Le canal artériel, ou *ductus arteriosus*, est un vaisseau sanguin qui, chez le fœtus, relie l'aorte à l'artère pulmonaire. Les bébés ont des poumons, naturellement, mais avant la naissance, ils ne les utilisent pas. Ils puisent leur oxygène dans le placenta par l'intermédiaire du cordon ombilical. Par conséquent, le sang n'a pas besoin d'y circuler, hormis pour nourrir les tissus en développement. Autrement dit, le canal artériel court-circuite la circulation pulmonaire.

À la naissance, le bébé prend son premier souffle, et les détecteurs d'oxygène du vaisseau provoquent sa contraction, puis sa fermeture définitive. Le canal artériel fermé, le sang part du cœur aux poumons, se charge d'oxygène, puis revient pour être propulsé dans le reste de l'organisme. Un système propre et élégant... sauf qu'il ne fonctionne pas toujours correctement.

Parfois le canal artériel ne se referme pas. Dans ce cas, le sang est quand même acheminé dans les poumons, mais la déviation étant toujours là, il arrive en trop grande quantité, pouvant aller jusqu'à inonder les poumons qui gonflent et se congestionnent. La déviation de la circulation sanguine peut entraîner des problèmes d'oxygénation, parfois aigus.

Je déplaçai mon stéthoscope sur le minuscule thorax, écoutant avec attention. C'était mon meilleur instrument, une invention du XIXe siècle appelée un « Pinard », un cône se terminant par un disque plat à une extrémité, surface contre laquelle je pressai mon oreille. J'en possédais un sculpté en bois. Celui-ci était en étain, moulé en sable à mon intention par Brianna.

En fait, le murmure était si clair que j'aurais sans doute pu me passer de stéthoscope. Pas un seul clic ni un battement manqué, pas de pause trop longue ni de sifflement. Un cœur pouvait faire tout un tas de bruits inhabituels, et son auscultation constituait la première étape d'un diagnostic. Les anomalies atriales et ventriculaires, les malformations valvulaires émettent toutes des murmures spécifiques, parfois entre les battements, parfois se confondant avec eux.

Quand le canal artériel ne se referme pas, on le dit « persistant ». La persistance du canal artériel émet un chuintement continu, doux, mais audible si on se concentre, surtout dans les régions supraclaviculaires et cervicales.

Pour la centième fois en deux jours, je me penchai, l'oreille collée à mon Pinard que je déplaçais sur le cou et le torse d'Amanda, espérant que le bruit aurait disparu. Il était toujours là.

— On tourne la tête, chérie, oui, c'est ça…

Je lui tournai délicatement la tête, pressant l'appareil contre son cou dodu, étirant les plis de chair. Le murmure augmenta. Amanda émit un infime bruit de respiration qui ressemblait à un gloussement. Je lui tournai la tête dans l'autre sens, et le son baissa.

— Merde et merde ! dis-je à voix basse pour ne pas l'effrayer.

Je reposai le stéthoscope et la pris dans mes bras, la nichant contre mon épaule. Nous étions seules. Brianna était montée faire une sieste dans ma chambre, les autres étaient sortis.

Je m'approchai de la fenêtre. C'était une belle journée de printemps. Les roitelets nichaient de nouveau sous les avant-toits. Je les entendais au-dessus de moi, allant et venant avec des brindilles, discutant avec de clairs gazouillis.

J'approchai mes lèvres de sa minuscule oreille nacrée.

— Oiseau. Oiseau bavard.

Elle s'étira paresseusement et lâcha un pet.

Je souris malgré moi et l'éloignai à peine pour regarder son visage – ravissant, parfait –, mais moins joufflu qu'une semaine plus tôt, à sa naissance.

« Qu'un bébé perde un peu de poids les premiers temps est tout à fait normal », me répétai-je.

La persistance du canal artériel ne présente parfois aucun symptôme, mis à part cet étrange murmure continu. Mais pas toujours. Les cas graves privent l'enfant de l'oxygène dont il a tant besoin. Les symptômes sont alors pulmonaires : une respiration sifflante, rapide et superficielle, une mauvaise mine, un développement bloqué, toute l'énergie étant consacrée à puiser assez d'oxygène.

— Laisse grand-maman écouter encore une fois.

Je la reposai sur la couverture étalée sur mon plan de travail. Elle gargouilla et battit des jambes, pendant que je l'auscultais de nouveau, déplaçant le Pinard sur son cou, son épaule, son bras...

— Seigneur, chuchotai-je. Faites que ce ne soit pas grave.

Mais le murmure augmentait de volume, étouffant ma prière.

Quand je me redressai, Brianna se tenait sur le seuil.

— Je savais bien que quelque chose n'allait pas.

Elle essuyait les fesses de Mandy avec un linge humide avant de la langer.

— Elle ne tète pas comme Jemmy. Elle a l'air d'avoir faim, mais elle boit à peine, et elle s'endort. Puis elle se réveille et réclame encore.

Elle s'assit et donna le sein au bébé, comme pour me faire la démonstration. En effet, Mandy se jeta sur le mamelon, affamée. Pendant qu'elle tétait, je pris son poing et lui dépliai les doigts. Ses ongles minuscules étaient légèrement teintés de bleu.

— Bon, dit Brianna calmement. Que faut-il faire ?

— Je ne sais pas.

En vérité, dans la plupart des cas, c'était la réponse habituelle, toujours insatisfaisante, surtout à cet instant.

— Parfois, il n'y a aucun symptôme, ou juste de très légers signes. Si l'ouverture du canal est très grande et que l'enfant présente des symptômes pulmonaires, ce qui est son cas, alors... elle peut peut-être se développer de façon convenable, mais elle ne s'épanouira pas en raison de ses problèmes d'oxygénation. Ou...

Je pris une grande inspiration, rassemblant mon courage.

— ... elle pourrait développer une insuffisance cardiaque. Ou une hypertension pulmonaire... c'est quand la pression s'accumule dans les pou...

— Je sais ce que c'est, m'interrompit Brianna d'une voix tendue. Ou ?

— Ou une endocardite infectieuse. Ou... pas.

— Elle mourra ?

Elle me fixait droit dans les yeux, les mâchoires crispées, mais à la manière dont elle serrait Amanda contre elle, je savais qu'elle attendait une réponse. Je ne pouvais pas lui cacher la vérité.

— Probablement.

Le mot resta suspendu en l'air entre nous, hideux.

— Je ne peux pas l'affirmer à coup sûr, mais...

— Probablement, répéta-t-elle.

Je détournai les yeux, incapable de soutenir son regard. Sans un équipement moderne tel qu'un échocardiogramme, il m'était impossible de mesurer l'étendue exacte du problème.

Mais, outre ce que mes yeux et mes oreilles me disaient, il y avait ce que j'avais ressenti dans ma chair... cette sensation que quelque chose ne tournait pas rond, cette conviction atroce qui prend parfois... et ne ment pas.

— Tu peux la sauver ?

J'entendis le tremblement dans sa voix et la pris dans mes bras. Elle avait la tête penchée sur Amanda, et je vis ses larmes tomber, une à une, sur les fines boucles brunes au sommet du crâne de l'enfant.

— Non, murmurai-je.

Le désespoir m'envahit, et je les étreignis toutes les deux comme si je pouvais arrêter le temps et le sang.

— Non, je ne peux pas.

— Dans ce cas, je ne vois pas trente-six solutions, non ? Tu dois partir.

Roger se sentait d'un calme surnaturel. Il reconnaissait cette sérénité comme un état artificiel provoqué par le choc, mais voulait s'y raccrocher le plus longtemps possible.

Brianna le regarda sans répondre, sa main lissant sans cesse la couverture de Mandy endormie sur ses genoux.

Claire lui avait tout expliqué, plusieurs fois, patiemment, se rendant compte qu'il ne comprenait pas. Il n'y croyait toujours pas, mais la vue de ces ongles minuscules qui bleuissaient tandis qu'Amanda essayait désespérément de téter s'était enfoncée en lui comme des serres de rapace.

Claire lui avait dit qu'on pouvait corriger chirurgicalement cette anomalie... dans un bloc opératoire moderne.

— Vous ne pouvez pas... ? Avec l'éther ?

Elle avait fermé les yeux, l'air aussi malade que lui.

— Non. Je ne peux faire que des opérations simples... des hernies, des appendicites, des amygdalectomies, et même ces dernières présentent des risques. Mais une intervention aussi importante, sur un corps si petit... Non.

Quand elle avait relevé les yeux vers lui, il y avait lu de la résignation.

— Non. Pour qu'elle vive, il faut l'emmener... là-bas.

Ainsi, ils s'étaient mis à discuter de l'impensable. Car il existait des choix et il y avait des décisions à prendre. Et un fait basique et inaltérable était clair : Amanda devait traverser les pierres... si elle le pouvait.

Jamie Fraser prit la bague en rubis de son père et la tint devant le visage de sa petite-fille. Aussitôt, le regard d'Amanda se fixa dessus, et elle sortit sa langue avec intérêt. Il sourit en dépit de son cœur lourd et la laissa la prendre.

— Elle lui plaît, c'est déjà pas mal.

434

Il la lui reprit tout doucement, avant qu'elle ne la mette dans sa bouche.

— Essayons avec l'autre.

Claire avait sorti son amulette, la bourse en cuir élimé que lui avait offerte une sage indienne, des années plus tôt. Elle contenait un peu de tout et de n'importe quoi, des herbes sans doute, des plumes et de minuscules os, peut-être ceux d'une chauve-souris. Mais parmi tout cela se trouvait une pierre. Elle ne ressemblait pas à grand-chose, mais c'était une vraie gemme, un saphir brut.

Immédiatement, Amanda tourna la tête vers elle, plus intéressée que par la pierre brillante de la bague. Elle se mit à roucouler et à battre des mains, tentant de saisir la bourse.

Brianna émit un son étranglé. Puis, d'une voix où rivalisaient en parts égales la peur et l'espoir, elle déclara :

— Peut-être... Mais on ne peut pas en avoir la certitude. Et si je... si je passe, mais pas elle ?

Ils se dévisagèrent tous sans un mot, imaginant cette éventualité.

Roger posa une main sur son épaule.

— Dans ce cas, tu reviendras. Tu reviendras tout de suite.

Elle parut se détendre un peu à son contact.

— J'essaierai.

Jamie s'éclaircit la voix.

— Jemmy est dans les parages ?

Naturellement. Ces derniers temps, il n'était jamais loin de sa mère, sentant que quelque chose ne tournait pas rond. Nous le trouvâmes dans le bureau de Jamie où il s'exerçait à lire dans le...

— Bon sang de bonsoir ! s'exclama sa grand-mère. Jamie ! Comment as-tu pu ?

Jamie verdit. L'enfant avait déniché un vieil exemplaire des *Mémoires de Fanny Hill, femme de plaisir*, qu'il avait obtenu d'un colporteur avec un lot de livres d'occasion. Il n'avait pas pris le temps d'examiner les volumes avant de les acquérir, puis en ouvrant le roman notoire... Bref, il n'avait jamais pu se résoudre à jeter un livre, quel qu'il soit.

Jemmy demanda à son père :

— C'est quoi P-H-A-L-L-U-S ?

— Un autre mot pour « bite », et tu ne dois pas l'utiliser non plus. Écoute... tu entends un bruit quand tu te concentres sur cette pierre ?

Il lui montra la bague de Jamie posée sur la table. Le visage de l'enfant s'illumina.

— Bien sûr.

— Quoi, de là où tu es ? s'étonna Brianna.

Jemmy regarda le cercle de ses parents et grands-parents, surpris par leur intérêt.

— Bien sûr, répéta-t-il. Elle chante.

Le cœur battant, craignant autant un oui qu'un non comme réponse à sa question, Jamie demanda :

— Tu penses que Mandy l'entend chanter, elle aussi ?

Jemmy saisit la bague et se pencha sur le couffin, la tenant droite au-dessus de la tête de sa petite sœur. Elle battit des pieds avec énergie et émit toutes sortes de bruits, mais impossible de savoir si c'était à cause de la pierre ou de la vue de son frère. Celui-ci sourit.

— Elle peut l'entendre, annonça-t-il.

— Comment le sais-tu ? questionna Claire, intriguée.

Surpris, Jemmy la dévisagea.

— Ben... parce qu'elle l'a dit !

Rien n'était fixé. En même temps, tout était dit. Je ne doutais pas de ce que mes doigts et mes oreilles m'indiquaient, l'état d'Amanda s'aggravait lentement. Très lentement... Cela prendrait peut-être une année, deux, avant que les troubles graves apparaissent... mais ils apparaîtraient.

Jemmy avait peut-être raison, peut-être pas. Toute-fois, nous devions partir du principe qu'il avait vu juste.

Il y eut des disputes, des discussions, beaucoup de larmes. Restait encore à savoir qui entreprendrait le voyage à travers les pierres. Brianna et Amanda devaient partir, c'était certain. Mais Roger devait-il les accompagner ? Et Jemmy ?

— Je ne te laisserai pas partir sans moi, déclara Roger entre ses dents.

— Je ne veux pas partir sans toi ! s'écria Brianna, exaspérée. Mais comment pouvons-nous abandonner Jemmy ici ? Et comment pouvons-nous l'emmener ? Un bébé encore... d'après les légendes, c'est possible, mais Jemmy... comment s'en sortira-t-il ? On ne peut pas risquer de le tuer !

Je regardai sur la table le rubis et ma bourse qui contenait le saphir.

— Je crois qu'il nous faut trouver deux autres pierres. Juste au cas où.

C'est ainsi qu'à la fin de juin, nous descendîmes tous de notre montagne, le cœur en émoi.

63

Qui se sent morveux se mouche

4 juillet 1776

On étouffait de chaleur dans la chambre de l'auberge, mais je ne pouvais pas sortir. Amanda s'était enfin endormie à force de pleurer – elle avait les fesses à vif, la pauvre – et était recroquevillée dans son couffin, son pouce dans la bouche.

Je dépliai la moustiquaire, un rideau en gaze, et l'étalai sur le panier avant d'ouvrir la fenêtre. L'air au-dehors était aussi chaud, mais au moins, il se déplaçait. J'avais ôté mon bonnet, Mandy adorant jouer avec mes boucles et tirer dessus. Pour une enfant souffrant d'une malformation cardiaque, elle était dotée d'une force surprenante. Pour la énième fois, je me demandai si je ne m'étais pas trompée.

Mais non. Elle dormait à présent, son corps ayant la délicate carnation rose d'un bébé sain. Hélas, dès qu'elle se réveillait et s'agitait, cet éclat se fanait et cédait la place à un teint bleuté sur les lèvres et au bout de ses doigts. Elle était toujours vivace mais menue, alors que Brianna et Roger étaient tous les deux grands. Jemmy avait grossi comme un hippopotame au cours de ses premières années, mais Mandy pesait pratiquement le même poids depuis sa naissance.

Non, je ne me trompais pas. Je déposai le couffin sur la table afin que la brise chaude la caresse et m'assis à côté, posant avec douceur mes doigts sur son torse.

Je le sentais, comme au tout début, mais plus fort à présent que je savais de quoi il retournait. Si j'avais disposé d'un vrai bloc opératoire, de transfusions sanguines, d'une anesthésie précise et calibrée, d'un masque à oxygène, d'infirmières rapides et compétentes... La chirurgie cardiaque n'était jamais bénigne, et opérer un enfant présentait un risque accru... mais j'aurais pu. Je sentais au bout de mes doigts exactement quoi faire, je voyais dans ma tête le cœur, plus petit que mon poing, le muscle glissant, palpitant, caoutchouteux, et le sang se déversant dans le canal artériel, si petit, ne mesurant pas plus de trois millimètres de circonférence. Une infime incision dans le vaisseau axillaire, une ligature rapide du canal avec un fil de soie numéro 8. Le tour était joué.

Je savais. Malheureusement, savoir n'était pas pouvoir. Pas plus que vouloir. Je ne serais pas celle qui sauverait ma précieuse petite-fille.

Quelqu'un d'autre le pourrait-il ? Momentanément, je laissai les idées noires que je refoulais en présence des autres m'envahir. Jemmy pouvait s'être trompé. N'importe quel bébé serait attiré par un objet brillant et coloré comme la bague en rubis... puis je me souvins de ses gazouillis, de ses tentatives pour attraper la vieille amulette en cuir contenant le saphir.

Je ne voulais pas réfléchir aux dangers du voyage... ni à la certitude d'une séparation définitive, que le passage à travers les pierres se fasse sans encombre ou non.

Des sons arrivaient de dehors. En regardant vers le port, j'aperçus les mâts d'un grand navire au loin. Puis un autre, encore plus loin. Mon ventre se noua.

Il s'agissait de vaisseaux qui traversaient l'océan, pas de goélettes de pêche ni de petits paquebots effectuant la navette le long de la côte. Faisaient-ils partie de la fameuse flotte envoyée pour aider, à sa demande, le gouverneur Martin ? Le premier avait débarqué à Cape Fear à la fin d'avril, mais les troupes qu'il transportait s'étaient montrées discrètes, attendant les autres.

J'observai de longues minutes, mais les navires n'approchaient pas. Peut-être attendaient-ils au large d'être rejoints par le reste de la flotte ? À moins que ce soient des vaisseaux américains fuyant le blocus britannique de la Nouvelle-Angleterre ?

Des bruits de pas dans l'escalier, accompagnés de ces éructations hilares typiquement écossaises – généralement mal rendues sur papier par des « Heuch, heuch, heuch » – m'arrachèrent à mes hypothèses.

C'était clairement Jamie et Ian, mais je ne voyais pas ce qui pouvait les amuser autant. La dernière fois que je les avais vus, ils partaient pour les docks avec pour missions d'expédier une cargaison de feuilles de tabac, d'acquérir du poivre, du sel, du sucre, de la cannelle, si possible des aiguilles – plus difficiles à dénicher que la cannelle –, ainsi que de nous rapporter un gros poisson – n'importe quelle espèce pourvu qu'elle soit comestible – pour assurer notre dîner.

Ils avaient au moins trouvé le poisson, un gros thazard. Jamie le tenait par la queue. S'il avait été emballé dans du papier, ce dernier avait disparu. La tresse de Jamie était défaite, et de longues mèches rousses retombaient sur les épaules de sa veste, dont une manche était à moitié arrachée, un pli de sa chemise blanche bâillant par la déchirure. Il était couvert de poussière, tout comme le poisson, et avait un œil enflé à demi fermé.

J'enfouis mon visage entre mes mains et l'examinai entre mes doigts entrouverts.

— Oh, Seigneur ! Ne me dis rien. Neil Forbes ?

Il lâcha le poisson sur la table devant moi.

— Non, juste une petite divergence d'opinions avec l'Association des marcheurs et amateurs de soupe aux palourdes de Wilmington.

— Une « divergence d'opinions » ? répétai-je.

— Oui, ils étaient pour nous balancer dans le port, et on était contre.

Il retourna une chaise et s'assit à l'envers, croisant les bras sur son dossier. Le teint rougi par le soleil et le rire, il était d'une gaieté indécente.

— Je ne veux pas savoir, mentis-je.

Je regardai Ian, qui continuait à ricaner dans son coin, et remarquai que, quoique légèrement moins dépenaillé que son oncle, il avait un doigt dans une narine.

— Tu saignes du nez, Ian ?

Il pouffa de rire.

— Non, ma tante, mais je ne pourrais pas en dire autant de certains membres de l'association.

— Alors, que fais-tu avec le doigt dans le nez ? Tu as attrapé une tique ?

— Non, c'est pour empêcher sa cervelle de se répandre, répondit Jamie avant d'éclater de rire de nouveau.

— Et si vous vous enfonciez les deux doigts dans le nez tous les deux ? Au moins, pendant ce temps-là, vous ne feriez pas de bêtises.

Je me penchai pour examiner son œil de plus près.

— Dis-moi la vérité, tu as tapé sur quelqu'un avec ce poisson, n'est-ce pas ?

— Gilbert Butler. En plein dans la figure ! Il a été projeté à travers le quai et a atterri dans l'eau.

Ian était plié en deux.

— Par sainte Bride, quel plongeon ! Oh, c'était une belle bagarre, ma tante ! J'ai cru que je m'étais cassé la main contre la mâchoire d'un type, mais ça va mieux maintenant, elle est juste encore un peu engourdie.

Il agita les doigts de sa main libre, grimaçant un peu.

— Ôte donc ce doigt de ton nez, Ian, fis-je agacée. On dirait un débile mental.

Pour une raison quelconque, ils trouvèrent ma remarque à mourir de rire, et il leur fallut un certain temps pour se remettre. Ian se décida enfin à retirer son doigt, très prudemment, comme si, en effet, il craignait que son cerveau suive dans la foulée. Toutefois, il ne sortit rien, pas même les excrétions auxquelles on aurait pu s'attendre.

Ian parut perplexe, puis un peu alarmé. Il renifla, tapota sa narine, puis renfila son doigt dedans, fouillant avec application.

Jamie souriait toujours, mais son amusement passa à mesure que les recherches de Ian devenaient plus frénétiques.

— Quoi ? Ne me dis pas que tu l'as perdue ?

Ian secoua la tête, fronçant les sourcils.

— Non, je la sens. Mais...

Il arrêta de se triturer le nez, paniqué.

— Elle est coincée, oncle Jamie ! Je n'arrive plus à la sortir !

Jamie bondit, lui écarta son doigt et lui renversa la tête en arrière, scrutant l'intérieur de sa narine.

— Apporte-nous une chandelle, *Sassenach*, s'il te plaît.

Il y avait un bougeoir sur la table, mais je savais par expérience que tout ce qu'on obtenait en approchant une flamme d'une narine, c'était de brûler les poils du nez. Je sortis donc ma sacoche de médecine de sous le banc où je l'avais rangée.

— Je m'en occupe.

Avec l'assurance de quelqu'un ayant déjà extrait toutes sortes d'objets des cavités nasales d'enfants, des noyaux de cerise aux insectes vivants, je saisis ma plus longue paire de pinces et fis claquer ses fines lames.

— Quoi que tu te sois fourré là-haut, Ian, ne bouge surtout pas.

Ian roula des yeux affolés, puis implora son oncle du regard. Celui-ci posa une main sur mon bras.

— Attends, j'ai une meilleure idée.

L'instant suivant, il était déjà dans le couloir. Il dévala l'escalier, et j'entendis un brouhaha de rires quand il ouvrit la porte de l'auberge, au rez-de-chaussée. Dès qu'il la tira derrière lui, le vacarme cessa, comme stoppé par une valve.

— Ça va aller, Ian ?

Le dessus de sa lèvre inférieure était taché de rouge. À force de se tripoter, il saignait du nez.

— Je l'espère, ma tante. Vous pensez que j'ai pu la pousser jusque dans mon cerveau ?

— Ça me paraît très improbable. Mais qu'as-tu bien pu...

La porte en bas s'était de nouveau ouverte et refermée, libérant une nouvelle bouffée de conversations et de rires. Jamie remonta les marches quatre à quatre et réapparut dans la chambre, sentant le pain chaud et la bière, et tenant à la main une tabatière.

Ian s'en empara avec gratitude, versa une pincée de grains noirs sur le dos de sa main et la prisa très vite.

Pendant quelques minutes, nous restâmes tous les trois en attente... puis la réaction vint, un éternuement gargantuesque qui le propulsa en arrière sur son tabouret, tandis que sa tête était projetée en avant... Un petit objet dur percuta la table avec un « ping ! », puis rebondit dans l'âtre.

Ian continua d'éternuer dans une pétarade explosive, pendant que Jamie et moi, à genoux, farfouillions dans les cendres.

— Je l'ai... je crois.

Je me rassis sur mes talons, contemplant la poignée de cendres dans ma paume au milieu de laquelle se trouvait une masse ronde couverte de poussière noire.

— Oui, c'est elle.

Jamie saisit mes pinces délaissées sur la table et cueillit l'objet avec soin, avant de le placer dans mon verre d'eau. Un nuage de cendres et de suie remonta à la surface où il forma une pellicule grise. Au fond, l'objet chatoyait, clair, sa beauté enfin révélée. Une pierre à facettes, couleur de miel doré, aussi grande que le demi-ongle de mon pouce.

— Un chrysobéryl, murmura Jamie.

Une main dans le creux de mon dos, il se tourna vers le couffin de Mandy.

— Tu crois que ça ira ?

Respirant péniblement et larmoyant, Ian pressa un mouchoir contre son appendice malmené et se pencha par-dessus mon épaule.

— Débile mental, hein ? Peuh !

— Où l'avez-vous trouvé ? Ou plutôt, à qui l'avez-vous volé ?

Jamie prit la pierre et la retourna entre ses doigts.

— À Neil Forbes. Les membres de l'Association des amateurs de soupe aux palourdes étaient nettement plus nombreux que nous, et nous avons dû décamper à toute vitesse. On a filé se cacher derrière les entrepôts.

— Je connaissais celui de Forbes, puisque j'y étais déjà allé, ajouta Ian.

Un des pieds de Mandy pointait hors du couffin. Il caressa sa plante du bout d'un doigt et sourit en voyant ses orteils se contracter par réflexe.

— Il y avait un grand trou à l'arrière, quelqu'un avait abattu un morceau du mur. Seule une bâche clouée le recouvrait. Alors, on l'a arrachée un peu, et on est rentrés.

Ils s'étaient retrouvés près d'un box que Forbes utilisait comme bureau et qui, à ce moment-là, était désert.

— Il était dans une boîte sur sa table. Comme s'il nous attendait ! Je l'ai juste pris dans ma main pour le regarder, puis on a entendu le gardien approcher. Alors...

Il haussa les épaules avec un sourire.

— Mais vous ne croyez pas que le gardien dira à Forbes qu'il vous a vus ?

À eux deux, ils ne passaient pas inaperçus.

— Oh sans doute, répondit Jamie.

Il se pencha sur le couffin, tenant la pierre entre le pouce et l'index.

— Regarde ce que grand-père et oncle Ian t'ont apporté, *a muirninn* !

— On a décidé qu'il nous devait bien ça, après ce qu'il a fait subir à Brianna, reprit Ian. Selon moi, M. Forbes trouvera ça très raisonnable lui aussi, et sinon...

Il porta la main au couteau accroché à sa ceinture.

— ... Il lui reste toujours une oreille, après tout.

Très lentement, un petit poing s'éleva sous la moustiquaire, ses doigts s'ouvrant pour attraper la pierre.

— Elle dort toujours ? chuchotai-je.

Jamie acquiesça et éloigna le chrysobéryl.

De l'autre côté de la table, le poisson fixait le plafond avec une totale indifférence.

64

Le neuvième comte d'Ellesmere

9 juillet 1776

— L'eau ne sera pas froide.

Elle avait parlé sans réfléchir.

— Je ne pense pas que cela fera une grande différence.

Un nerf se contracta dans la joue de Roger, et il
détourna la tête. Elle posa tout doucement la main sur
lui, comme s'il était une bombe susceptible d'exploser au
moindre faux mouvement. Il hésita, puis la prit avec un
sourire contrit.

— Désolé.

— Je suis désolée aussi.

Ils se tinrent l'un contre l'autre, leurs doigts entre-
croisés, observant la marée se retirer sur la plage
étroite, millimètre par millimètre.

Dans la lumière du soir, les marais étaient gris et aus-
tères, jonchés de galets et souillés par les eaux tourbeu-
ses du fleuve. Quand la mer refluait, l'eau du port
devenait brune et fétide, formant une tache qui s'éten-
dait jusqu'aux navires ancrés dans la baie et presque
jusqu'au large. Quand elle revenait, l'eau claire et grise
de l'océan se déversait dans Cape Fear, submergeant les
vasières.

— Là-bas !

Elle parlait à voix basse bien qu'il n'y eût personne pour les entendre, indiquant un groupe de vieux pieux d'amarrage plantés dans la boue. Un skiff était attaché à l'un d'eux ; deux pirogues à quatre rames – les « libellules » qui sillonnaient le port –, à un autre.

— Tu es sûre ?

De petits crabes se précipitaient sur les galets, profitant du retrait de la marée pour glaner.

— Je suis sûre. J'ai entendu des gens en parler au Blue Boar. Un voyageur a demandé où cela se passerait, et Mme Smoots a répondu : « les vieux poteaux d'amarrage près des entrepôts ».

Un flet éventré gisait sur les pierres, sa chair blanche exposée. Les pinces des crabes s'activaient et déchiquetaient, leurs minuscules gueules s'ouvraient grandes et engloutissaient. Le cœur de Brianna se souleva, et elle déglutit avec difficulté. Peu importait ce qui arriverait ensuite, elle le savait. Mais quand même…

Roger acquiesça d'un air absent. Il mit sa main en visière pour protéger ses yeux du vent venant du port, évaluant les distances.

— Il y aura probablement foule.

Il y avait déjà du monde. La mer ne remonterait pas avant une bonne heure, mais les gens descendaient déjà vers le port par deux, trois ou quatre, se tenant près du magasin de fournitures pour bateaux en fumant la pipe, s'asseyant sur les tonneaux de poissons salés pour faire la causette. Mme Smoots avait dit vrai. Plusieurs d'entre eux pointaient un doigt vers les pieux d'amarrage.

— Il faudra se mettre là-bas, déclara Roger. C'est de là qu'on aura la meilleure vue.

Il tendit le menton vers les trois navires qui se balançaient près du quai principal.

— Depuis un des bateaux, qu'en dis-tu ?

Brianna fouilla dans la poche attachée à sa ceinture et sortit sa petite lunette en laiton. Elle observa les trois navires, fronçant les sourcils. Étaient ancrés une goélette de pêche, le brick de M. Chester et un vaisseau plus gros qui était arrivé au début de l'après-midi, propriété de la flotte britannique.

La tache pâle d'une tête traversa soudain son champ de vision, et elle se figea.

— Oh là !... Ça ne peut pas être lui ! Mince... mais si, c'est lui !

Une flamme venait de s'allumer en elle, lui réchauffant le cœur.

— C'est lui qui ? interrogea Roger.

Il plissait les yeux, tentant de voir au loin sans aide.

— C'est John ! Lord John !

— Lord John Grey ? Tu es sûre ?

— Oui ! Sur le pont du brick ! Il a dû venir de Virginie. Oh, il est parti... mais c'était lui, je l'ai vu !

Elle se tourna vers Roger, tout excitée, repliant sa lunette et lui prenant le bras.

— Viens ! Allons essayer de le trouver. Il nous aidera.

Roger se laissa entraîner, quoique nettement moins enthousiaste.

— Tu vas lui dire ? Tu es certaine que c'est sage ?

— Non, mais peu importe. Il me connaît.

Il lui jeta un regard torve, puis sa mine sombre fondit, se transformant malgré lui en sourire.

— Tu veux dire par là qu'il sait qu'il est inutile d'essayer de te faire changer d'avis quand tu t'es mis une idée dans la caboche.

Elle sourit à son tour, le remerciant tacitement. Il n'avait pas été d'accord – en fait, il avait détesté l'idée, et elle ne pouvait le blâmer –, mais il n'essayerait pas de l'en empêcher. Lui aussi, il la connaissait.

— Oui. Viens vite, avant qu'il disparaisse dans la nature !

Parcourir la courbe du port ne fut pas une mince affaire, les quais étant remplis de badauds. Devant le Breakers, la foule devint encore plus compacte. Un groupe de soldats en redingote rouge se tenaient debout ou étaient assis sur les pavés, entourés de sacs et de caisses, trop nombreux pour entrer dans la taverne. Depuis l'intérieur de l'établissement, on passait de main en main des bocks de bière, éclaboussant les têtes de ceux qui se trouvaient en dessous.

Un sergent à l'air harassé mais efficace était adossé au colombage d'une auberge, parcourant des liasses de papier, beuglant des ordres et mangeant une tourte à la viande, tout cela en même temps. Brianna retint son souffle tandis qu'elle se frayait un passage entre les bagages et les hommes qui dégageaient une forte odeur de vomi et de crasse.

Quelques passants marmonnaient en voyant les soldats ; d'autres les acclamaient et les applaudissaient, recevant en retour des saluts cordiaux. Fraîchement débarqués des entrailles du *Scorpion*, les soldats étaient trop heureux de retrouver leur liberté ainsi que de la nourriture et des boissons fraîches pour se soucier des réactions provoquées par leur arrivée.

Roger marcha devant elle et ouvrit un chemin dans la foule à coups de coude et d'épaule. Des sifflements appréciatifs et des compliments salaces s'élevèrent sur le passage de la grande rousse, mais elle garda la tête baissée, fixant les talons de Roger devant elle.

Elle soupira de soulagement quand ils émergèrent enfin à l'autre bout du quai. On déchargeait encore les équipements des soldats un peu plus loin, mais il n'y avait pas grand monde devant le brick. Elle s'arrêta et jeta un coup d'œil autour d'elle, cherchant à apercevoir la tête blonde de lord John.

— Le voilà !

Roger lui tira sur le bras. Elle suivit du regard la direction qu'il pointait et lui rentra dedans quand il recula précipitamment d'un pas.

— Aïe, qu'est-ce qui te… ?

Elle coupa net son invective, ayant la sensation d'avoir reçu un coup de poing dans le ventre.

— Mince ! Qu'est-ce que c'est que ça ?

Lord John se tenait sur le quai, plongé dans une conversation animée avec un des soldats en redingote rouge. C'était un officier ; des galons dorés brillaient sur son épaule, et il portait un tricorne bordé de dentelle sous un bras. Toutefois, ce n'était pas son uniforme qui avait attiré leur attention.

— Oh, bon sang ! souffla-t-elle médusée.

Il était grand – très grand – avec des épaules amples et de longs mollets qui étiraient ses bas blancs, faisant papilloter béatement un groupe de jeunes marchandes d'huîtres. Cependant, ce n'étaient ni sa taille ni sa carrure qui donnaient la chair de poule à Brianna, mais plutôt son port, sa silhouette, cette manière d'incliner la tête sur le côté et son air sûr de lui qui l'attiraient comme un aimant.

— C'est papa...

Les mots lui échappèrent, même si elle savait que c'était absurde. Si, pour un motif inimaginable, Jamie avait décidé de se déguiser en soldat anglais pour se promener dans le port, cet homme était différent. Il était mince et musclé, comme son père, mais possédait cette sveltesse particulière de la jeunesse. Il était gracieux, comme Jamie, mais avec une légère hésitation dans le geste, vestige de la gaucherie d'une adolescence encore proche.

Il se tourna un peu, éclairé de dos par les reflets de la lumière sur l'eau, et elle sentit ses jambes mollir. Un long nez droit, un front haut... de larges pommettes de Viking...

Roger lui agrippait fermement le bras, aussi fasciné qu'elle.

— Que... je... sois... pendu !

— Qu'on soit pendus tous les deux. Et lui aussi.

— Lui ?

— Lui, lui et lui !

Lord John, le mystérieux jeune soldat et, surtout, son père.

— Viens.

Elle libéra son bras et avança d'un pas rapide sur le quai, se sentant étrangement désincarnée, comme si elle s'observait de loin.

Tels que dans un miroir déformant de fête foraine, elle voyait son visage, sa taille, ses gestes… soudain transposés dans une redingote rouge et des culottes en daim. Il avait les cheveux châtain foncé et non roux, mais ils étaient épais comme les siens, avec la même ondulation, le même épi qui les soulevait sur son front.

Lord John tourna la tête et l'aperçut. Ses yeux sortirent de leurs orbites avec une expression d'horreur absolue. Il fit un geste vague dans sa direction, comme pour l'arrêter, mais autant stopper un raz-de-marée.

— Bonjour ! lança-t-elle gaiement. Quelle surprise de vous trouver ici, lord John !

Ce dernier émit un faible couac, comme un canard à qui on aurait marché sur la patte, et le jeune homme lui fit face avec un sourire cordial.

Mon Dieu, il avait même les yeux bleus de son père. Bordés de cils noirs, à peine bridés et si jeunes que la peau tout autour était lisse et tendue. Des yeux de chat. Exactement comme les siens.

Son cœur battait si fort qu'elle était persuadée que tout le monde l'entendait. Toutefois, le jeune officier ne semblait pas s'en rendre compte. Il s'inclina avec courtoisie.

— Votre serviteur, madame.

Puis il regarda lord John furtivement, attendant que celui-ci les présente.

— Ma chère, quel… plaisir de vous revoir ici. J'ignorais tout à fait que…

« Tu m'étonnes ! » pensa-t-elle. Elle continua néanmoins de sourire aimablement. À ses côtés, Roger hochait la tête et répondait aux salutations de John Grey, s'efforçant de ne pas fixer ouvertement le jeune homme.

— Mon fils, disait lord John. William, lord Ellesmere.

D'un regard sévère, il défia Brianna de le contredire.

— William, je te présente M. Roger MacKenzie et son épouse.

— Monsieur. Madame MacKenzie.

Avant qu'elle n'ait eu le temps de réagir, lord Ellesmere s'inclina et lui fit un baisemain. Elle manqua de sursauter en sentant son souffle sur ses doigts et, par réflexe, serra sa main plus fort qu'elle ne l'avait voulu. Il sembla déconcerté un instant, mais parvint à se sortir de la situation avec grâce. Il était beaucoup plus jeune qu'elle ne l'avait cru de loin. Mais l'uniforme et son assurance le faisaient paraître plus mûr. Il la dévisageait avec un imperceptible froncement de sourcils.

— Je crois que... commença-t-il. Nous sommes-nous déjà rencontrés, madame MacKenzie ?

— Non. Non, je ne pense pas, je m'en souviendrais.

Elle fut surprise d'entendre sa propre voix si normale.

Elle regarda lord John, visiblement de plus en plus mal en point. Toutefois, ayant été aussi soldat, il se ressaisit avec un effort visible et posa une main sur le bras de William.

— Tu ferais peut-être bien d'aller t'occuper de tes hommes. On dîne ensemble plus tard ?

— J'ai déjà accepté l'invitation du colonel, père. Mais je suis sûr qu'il serait ravi que tu te joignes à nous. Cela dit, nous dînerons assez tard. On m'a informé qu'une exécution avait lieu demain matin, et on a demandé à mes troupes de se tenir prêtes, au cas où il y aurait des troubles en ville. Il nous faudra un certain temps pour nous organiser.

Lord John jeta un coup d'œil derrière William.

— Des troubles ? Ils craignent un mouvement populaire ?

— Je ne sais pas. Il ne s'agit pas d'une question politique, uniquement d'un pirate. Je ne pense pas qu'il y aura de problèmes.

— De nos jours, tout est politique, William, répondit sèchement lord John. Ne l'oublie pas. Il vaut toujours mieux s'attendre à des troubles que de devoir y faire face sans y être préparé.

Le jeune homme rougit, mais il ne se laissa pas décontenancer.

— Tu as raison, père. Tu es bien plus au fait de la situation locale que je ne le suis. Tes conseils me seront des plus précieux.

Il se détendit et se tourna vers Brianna.

— Enchanté d'avoir fait votre connaissance, madame MacKenzie. Monsieur, votre serviteur.

Il s'inclina vers Roger, puis tourna les talons et s'éloigna sur le quai, ajustant son tricorne et reprenant un air d'autorité.

Brianna expira longuement, espérant trouver les mots justes, le temps que ses poumons se vident. Lord John la prit de vitesse.

— Oui. Il est bien qui vous pensez.

— Ma mère est au courant ?

— Jamie est au courant ? demanda Roger en même temps.

Elle le regarda surprise, et il lui répondit d'un haussement de sourcils. Oui, un homme pouvait engendrer sans le savoir. Cela lui était arrivé.

William parti, lord John se calma et son visage recouvra sa couleur naturelle. Il avait été militaire assez longtemps pour savoir reconnaître l'inévitable.

— Oui, ils sont tous les deux au courant.

— Quel âge a-t-il ? poursuivit Roger.

— Dix-huit ans. Pour vous épargner de compter à rebours, il est né en 1758. À Helwater, dans le Lake District.

Brianna retrouva son souffle.

— C'était donc... avant que ma mère... revienne.

— Exactement. De France. Où, je présume, vous êtes née et avez grandi.

Il la fixa d'un regard perçant, sachant pertinemment qu'elle ne baragouinait que quelques mots de français.

Elle sentit le feu lui monter au visage.

— Ce n'est plus le moment de faire des secrets. Si vous avez des questions sur ma mère et moi, je vous dirai tout ce que vous voulez savoir, mais de votre côté, vous allez me parler de lui. (Elle inclina la tête vers la taverne.) De mon frère !

Lord John la dévisagea, puis acquiesça.

— De toute façon, je ne vois pas comment je pourrais faire autrement. Mais avant, une chose... vos parents sont-ils ici, à Wilmington ?

— Oui, d'ailleurs... (elle leva les yeux vers le ciel, évaluant la position du soleil. Il était suspendu juste au-dessus de la ligne d'horizon, un disque d'or en fusion) nous allions justement les retrouver pour dîner.

— Ici ?

— Oui.

Lord John se tourna vers Roger.

— Monsieur MacKenzie, je vous serais infiniment reconnaissant d'aller trouver votre beau-père de ce pas. Informez-le de la présence du neuvième comte d'Ellesmere. Dites-lui que je sais que sa raison lui dictera de quitter Wilmington sur-le-champ.

Roger eut un mouvement de surprise, puis, la curiosité prenant le dessus, demanda :

— Le comte d'Ellesmere ? D'où tient-il ça ?

— Peu importe, s'impatienta lord John. Voulez-vous bien me rendre ce service ? Jamie doit quitter la ville au plus tôt, avant qu'ils ne se rencontrent par hasard, ou que quelqu'un les voie ensemble et s'interroge à voix haute.

Roger semblait lui aussi se poser des questions sur lord John.

— Je serais étonné qu'il accepte de partir, répondit-il. En tout cas, pas avant demain.

— Pourquoi pas ?

Le regard de lord John allait de l'un à l'autre.

— D'ailleurs, que faites-vous tous ici ? Ce n'est pas à cause de l'exécu... Oh, Seigneur ! Non, ne me dites rien.

Il se plaqua une main sur le visage, l'air d'un homme éprouvé au-delà du supportable.

Brianna se mordit la lèvre. En apercevant lord John plus tôt, elle avait été non seulement ravie, mais aussi soulagée, comptant sur lui pour l'aider dans son plan. Cependant, avec cette nouvelle complication, elle se sentait tiraillée, incapable d'affronter une situation ou l'autre, et encore moins d'y réfléchir de manière cohérente. Elle se tourna vers Roger, l'appelant à l'aide du regard. Il hocha la tête et prit la décision pour eux.

— Je vais aller trouver Jamie. Reste donc ici à bavarder avec M. Grey, d'accord ?

Il l'embrassa, puis s'éloigna sur le quai, marchant d'un tel pas pressé que la foule s'écartait spontanément sur son passage.

Les yeux fermés, lord John avait l'air de prier, implorant sans doute le ciel de lui donner de la force. Elle lui prit le bras, le faisant sursauter.

— C'est aussi frappant que je le crois ? demanda-t-elle. Lui et moi ?

Il examina ses traits, l'un après l'autre.

— Je pense, oui. En tout cas, à mes yeux. Peut-être que pour un observateur qui ne vous connaîtrait pas ce serait moins flagrant. Vous n'avez pas la même couleur de cheveux. Vous n'êtes pas du même sexe. Il y a son uniforme... Mais, ma chère, vous savez que votre allure est déjà très frappante.

Il voulait dire bizarre. Elle comprenait.

— Je sais, j'ai l'habitude que les gens me regardent comme une bête de foire.

Elle baissa son chapeau, le rabattant de manière à cacher ses cheveux et son visage.

— Dans ce cas, nous ferions mieux d'aller dans un endroit où je ne serai pas vue par des gens qui le connaissent.

Le quai et les rues du marché étaient bondés. Tous les établissements publics de la ville – et quelques lieux privés – seraient bientôt envahis par les soldats. Son père se trouvait avec Jemmy chez Alexander Lillington ; sa mère et Mandy, chez le docteur Fentiman, deux endroits très fréquentés et où les commérages allaient bon train. En outre, elle ne voulait pas voir ses parents avant de savoir tout ce qu'il y avait à savoir. Lord John estimait que c'était là plus que ce qu'il était disposé à lui dire, mais ce n'était pas le moment de se disputer.

Cela leur laissait le choix entre le cimetière et le champ de courses déserté. Brianna déclara que, vu les circonstances, elle préférait éviter un lieu lui rappelant trop l'imminence de la mort.

Tout en l'aidant à enjamber une grande flaque, il demanda :

— Par ces circonstances funèbres, vous voulez parler de l'exécution de demain ? Il s'agit bien de Stephen Bonnet ?

— Oui, répondit-elle distraite. Mais laissons ça pour l'instant. Vous n'êtes pas déjà pris pour dîner, n'est-ce pas ?

— Non, mais…

Ils se mirent à marcher lentement sur la piste ovale. Elle avançait en observant ses pieds.

— Revenons-en à William. Le neuvième comte d'Ellesmere, vous avez dit ?

— William Clarence Henry George. Vicomte d'Ashness, maître de Helwater, baron Derwent et, en effet, comte d'Ellesmere.

— Ce qui, si je comprends bien, signifie qu'aux yeux du monde, il n'est pas le fils de mon père. Enfin, de Jamie Fraser.

— Il est le fils de feu Ludovic, huitième comte d'Ellesmere. Ce dernier est mort le jour de la naissance de son héritier.

— Mort de quoi ? Du choc ?

Elle était visiblement d'humeur dangereuse. Il nota avec intérêt qu'elle possédait la férocité contenue de son père et la langue acérée de sa mère, une combinaison aussi fascinante qu'alarmante. Néanmoins, il n'avait pas l'intention de la laisser lui imposer ses règles.

— Tué par balle, répondit-il sur un ton badin. Votre père l'a abattu.

Elle s'arrêta net.

Faisant mine de ne pas remarquer sa stupeur, il poursuivit :

— Ce n'est pas la version officielle, je vous rassure. Le rapport du médecin légiste indiquait « mort accidentelle », ce qui, je crois savoir, n'est pas tout à fait inexact.

Il lui prit le bras pour l'inciter à se remettre en marche.

— Bien sûr, des bruits ont couru. Mais le seul témoin, outre les grands-parents de William, était un cocher irlandais originaire du comté de Sligo, rapidement renvoyé sur ses terres peu après l'incident avec une généreuse pension. La mère de l'enfant étant morte le même jour, les commérages se sont principalement bornés à supputer que le comte...

— Sa mère est morte aussi ?

Cette fois, elle continua de marcher, mais tourna vers lui ses yeux bleus, profonds et pénétrants. Lord John avait assez d'expérience avec ce regard de félin des Fraser pour ne pas être désarçonné.

— Elle s'appelait Geneva Dunsany. Elle est morte peu après la naissance de William… d'une hémorragie parfaitement naturelle.

— Parfaitement naturelle… marmonna-t-elle. Cette Geneva, elle était mariée au comte, quand mon père et elle…

Les mots s'étranglèrent dans sa gorge. Il pouvait voir le doute et la répugnance lutter avec ses souvenirs du visage irréfutable de William… et ce qu'elle savait du tempérament de son père.

— Il ne m'en a rien dit, et en aucun cas je ne lui aurais demandé, répondit-il avec fermeté.

Elle lui adressa un autre de ces regards, et il le lui rendit au quintuple.

— Quelle qu'ait été la nature des relations de Jamie avec Geneva Dunsany, je ne peux concevoir qu'il ait commis un acte aussi déshonorant que celui d'abuser un autre homme dans son mariage.

— Moi non plus, mais… (Elle pinça les lèvres, puis se détendit.) Vous croyez qu'il était amoureux d'elle ?

Il ne fut pas surpris par la question, mais par le fait qu'il ne se l'était jamais posée lui-même. Pourquoi pas ? Il n'avait aucun droit d'être jaloux de Geneva Dunsany et, quand bien même il l'aurait été, une jalousie aussi rétroactive aurait été absurde dans la mesure où il n'avait appris les origines de William que plusieurs années après la mort de la jeune femme.

— Je n'en ai aucune idée.

Les doigts de Brianna pianotaient nerveusement sur son bras. Il posa sa main dessus pour les arrêter.

— Mince ! murmura-t-elle.

Puis elle cessa de s'agiter et marcha un moment en silence. Des touffes de mauvaises herbes poussaient sur la piste ovale. Elle donna un coup de pied au passage dans une gerbe de seigle sauvage, projetant un petit nuage de sable. Puis elle poursuivit :

— S'ils s'aimaient, pourquoi ne se sont-ils pas mariés ?

Il éclata de rire.

— Se marier ? Mais, ma chère, il était le palefrenier de la famille !

Une lueur perplexe traversa son regard. L'espace d'un instant, il aurait juré qu'elle s'était apprêtée à dire : « Et alors ? »

Ce fut son tour de s'immobiliser.

— Mais où diable avez-vous donc été élevée ?

Il pouvait voir des pensées s'agiter dans ses yeux. Elle avait hérité de Jamie la faculté de se cacher derrière un masque, mais il subsistait un peu de la transparence de Claire en elle. Il la vit prendre une décision, une fraction de seconde avant qu'elle n'affiche un sourire satisfait.

— À Boston. Je suis une Américaine. Mais vous saviez déjà que j'étais une sauvage, n'est-ce pas ?

— Cela explique sans doute vos attitudes républicaines, bougonna-t-il. Toutefois, je vous conjure de dissimuler ces sentiments dangereux, pour le bien de votre famille. Votre père n'a pas besoin de cela pour s'attirer des ennuis, il s'y emploie fort bien tout seul. Cela dit, vous pouvez me croire sur parole, il est tout à fait impossible à la fille d'un baronet d'épouser un palefrenier, si impérieuse que soit la nature de leurs sentiments.

Elle émit un grognement expressif et fort peu féminin. Il reprit la main de Brianna et la coinça sous son bras, continuant :

— Sans compter qu'il était un prisonnier en liberté surveillée et un traître jacobite de surcroît. Je peux vous assurer que le mariage ne leur a jamais traversé l'esprit, ni à l'un ni à l'autre.

— Mais c'était dans un autre pays, dit-elle doucement. En outre, la malheureuse est morte.

— Tout à fait.

Ils poursuivirent leur marche en silence dans le sable humide, chacun perdu dans ses pensées.

— Et le comte… reprit-elle soudain. Vous savez pourquoi mon père l'a tué ?

— Votre père ne m'a jamais parlé ni de Geneva, ni du comte, ni même directement de la paternité de William. Mais oui, je sais.

Il lui jeta un regard en biais.

— C'est mon fils, après tout. Dans le sens large du terme, du moins.

Il était beaucoup plus que cela, mais il ne tenait pas à en discuter avec la fille de Jamie.

— Oui, d'ailleurs, comment est-ce arrivé ?

— Comme je vous l'ai expliqué, les deux parents – officiels – de William sont morts à sa naissance. Son père… enfin, je veux dire le comte, n'avait pas de parent proche, si bien que l'enfant a été confié à son grand-père, lord Dunsany. La sœur de Geneva, Isobel, l'a élevé comme son fils. Et moi… (il haussa les épaules, nonchalant) j'ai épousé Isobel. Avec le consentement de Dunsany, je suis devenu le tuteur légal de William, et il me considère comme son beau-père depuis qu'il a l'âge de six ans… C'est mon fils.

— Vous ? Vous êtes marié ?

Elle le regardait avec des yeux ronds. Son incrédulité était offensante.

— Vous avez décidément les notions les plus étranges sur le mariage. J'étais un excellent parti.

— Ah oui ? C'était aussi l'avis de votre femme ?

Quand sa mère lui avait posé la même question, elle l'avait pris de court. Cette fois, il y était préparé.

— C'était un autre monde, répondit-il sèchement.

Comme il l'avait espéré, cela lui cloua le bec.

Un feu brûlait à une extrémité du champ de courses où des voyageurs avaient monté un camp de fortune. Des gens ayant descendu le fleuve pour assister à l'exécution ? Des hommes venus s'enrôler dans les milices rebelles ? Une silhouette remua, à peine visible derrière le voile de fumée, et il tira sur le bras de Brianna pour lui faire faire demi-tour. Leur conversation était déjà assez difficile sans qu'ils risquent d'être interrompus.

— Vous m'avez interrogé sur la mort d'Ellesmere. La version de lord Dunsany au bureau du médecin légiste était que le coup est parti accidentellement pendant qu'il lui montrait un nouveau pistolet. Le genre d'histoire que l'on fabrique généralement pour qu'on ne la croie pas... le but étant de laisser penser que le comte s'était tué lui-même, sans nul doute par désespoir après la mort de sa femme. Mais Dunsany évitait ainsi que l'enfant soit marqué à vie par le scandale du suicide de son père.

— Ce n'est pas ce que j'ai demandé, dit-elle d'une voix glacée. Je veux savoir pourquoi mon père l'a tué.

Il soupira. Les membres de l'Inquisition espagnole auraient adoré cette fille. Elle aurait su mener leurs interrogatoires d'une main de maître.

— J'ai cru comprendre que le comte, apprenant que le nouveau-né n'était pas de son sang, avait eu l'intention de laver la souillure faite à son honneur en précipitant l'enfant par la fenêtre, sur les pavés de la cour, dix mètres plus bas.

Elle pâlit.

— Comment a-t-il su ? Et si papa n'était que palefrenier, que faisait-il là ? Le comte savait-il que... il était responsable ?

Elle imagina une scène où Jamie était convoqué devant le comte afin d'assister à la mise à mort de son rejeton illégitime avant de subir un sort similaire. John n'eut aucun mal à deviner ses pensées, il avait eu cette vision maintes fois lui-même.

— « Responsable », répéta-t-il. Un choix de mot intéressant. Jamie Fraser est « responsable » de plus de choses que n'importe quel autre homme de ma connaissance. Pour ce qui est des détails, je n'en sais pas plus.

Je ne sais que ce qu'Isobel m'a raconté. Sa mère était présente, et elle ne lui a sans doute dit que l'essentiel.

Elle donna un coup de pied dans un caillou et l'observa rebondir sur le sable compact.

— Et vous n'avez jamais demandé à papa ?

Le caillou était retombé sur le chemin de lord John. Il l'envoya rouler quelques mètres devant Brianna.

— Je n'ai jamais parlé à votre père de Geneva, d'Ellesmere ou de William, si ce n'est pour l'informer de mon mariage avec Isobel, et pour l'assurer que je m'acquitterais de mon mieux de mon devoir de tuteur de William.

Elle enfonça le caillou dans le sable du bout du pied et s'arrêta.

— Vous ne lui avez jamais rien dit ? Et lui, que vous a-t-il dit ?

— Rien.

— Pourquoi avez-vous épousé Isobel ?

Il soupira : il était inutile d'essayer de fuir.

— Pour pouvoir veiller sur William.

— Vous voulez dire que vous vous êtes marié et avez bouleversé toute votre vie, rien que pour vous occuper du fils illégitime de Jamie Fraser et, ni l'un ni l'autre n'en avez jamais discuté ?

— Non, fit-il surpris. Bien sûr que non.

Elle secoua la tête.

— Ah, les hommes !...

Elle se tourna vers la ville. L'air était paisible, et la fumée des cheminées formait un voile dense au-dessus des arbres. On ne voyait pas les toits des maisons, et on aurait pu croire qu'un dragon dormait sur le rivage. Toutefois, le grondement sourd n'était pas un ronflement reptilien. De petits groupes de gens n'avaient cessé de passer le long du champ de courses en direction du centre, et les réverbérations des cris de la foule grandissante étaient clairement audibles chaque fois que le vent tournait.

— Il fera bientôt nuit, je dois rentrer, annonça-t-elle.

Elle bifurqua vers l'allée qui menait à la ville et il la suivit, momentanément soulagé, mais sachant que l'inquisition n'était pas terminée.

Toutefois, elle n'avait plus qu'une seule question.

— Quand comptez-vous le lui dire ?

— Dire quoi à qui ?

Elle fronça les sourcils, irritée.

— À lui. À William, mon frère.

Son agacement s'atténua quand elle s'entendit prononcer le mot. Elle était encore pâle, mais une sorte d'excitation commençait à colorer sa peau. Lord John avait l'impression d'avoir mangé un aliment qui ne lui réussissait pas du tout. Une sueur froide perla sur son front, et ses viscères se nouèrent.

— Avez-vous perdu la raison ?

Il lui prit le bras, autant pour ne pas trébucher que pour l'obliger à s'arrêter.

— J'imagine qu'il ne sait pas qui est son vrai père, répliqua-t-elle sur un ton âpre. Forcément, si papa et vous n'en avez jamais discuté entre vous, vous n'aviez sans doute aucune raison de le lui dire. Mais il est grand, maintenant. Il a quand même le droit de savoir.

Lord John ferma les yeux, laissant échapper un faible gémissement.

— Vous vous sentez mal ? Vous n'avez pas l'air dans votre assiette.

— Asseyez-vous, ordonna-t-il.

Il s'affaissa dans l'herbe, s'adossant à un arbre, et lui tira sur le bras pour qu'elle s'installe à ses côtés. Les pensées défilaient à toute allure dans sa tête. Elle voulait sûrement plaisanter ! Mais son ton cynique lui assura que non. Elle avait un certain sens de l'humour, mais elle ne cherchait visiblement pas à être drôle. Elle ne pouvait pas... Il ne pouvait pas à la laisser faire. Il était inconcevable qu'elle... Mais comment l'en empêcher ? Si elle refusait de l'écouter, peut-être que Jamie ou sa mère…

Une main se posa sur son épaule.

— Je suis désolée. Je n'ai pas réfléchi à ce que je disais.

Il sentit le soulagement l'envahir, et ses entrailles se dénouèrent peu à peu.

— J'aurais dû y penser, continua-t-elle à se reprocher. J'aurais dû comprendre ce que vous ressentez. Vous l'avez dit vous-même, c'est votre fils. Vous l'avez élevé. Je vois bien combien vous l'aimez. Ce doit être terrible pour vous de penser qu'en apprenant la vérité sur papa, il vous en voudra de ne pas la lui avoir révélée.

Tout en parlant, elle lui caressait la clavicule dans un geste qu'il supposa vouloir être réconfortant. Si c'était vraiment son intention, l'effet était plutôt raté.

— Mais… commença-t-il.

Elle prit sa main entre les siennes et la serra, ses yeux bleus scintillant de larmes.

— Ce ne sera pas le cas, je vous l'assure. William ne cessera jamais de vous aimer. Croyez-moi. Il m'est arrivé la même chose quand j'ai appris, au sujet de mon vrai père. Au début, je n'ai pas voulu y croire. J'avais déjà un père, et je l'aimais. Je n'en voulais pas d'autre que lui. Puis j'ai rencontré mon vrai père, et ce fut… ce que ce fut.

Elle essuya ses yeux sur la dentelle de sa manche.

— Mais je n'ai jamais oublié mon autre père. Je ne l'oublierai jamais. Jamais.

Ému malgré lui, lord John s'éclaircit la voix.

— Oui, bien… Je suis sûr que vos sentiments sont tout à votre honneur, ma chère. Et si j'espère pouvoir continuer à jouir de l'affection de William à l'avenir comme aujourd'hui, ce n'était pas tout à fait ce dont je voulais parler.

— Ah non ?

Elle se redressa, surprise. Les larmes avaient façonné ses cils en forme de piques noires. Elle était vraiment jolie. Il ressentit un élan de tendresse envers elle.

— Non, répéta-t-il plus doucement. Écoutez, ma chère enfant. Je vous ai expliqué qui était William... ou qui il croit être.

— Vous voulez dire le vicomte de je ne sais quoi ?

Il poussa un soupir las.

— En effet. Les cinq êtres au monde qui connaissent sa véritable paternité ont déployé des efforts considérables afin que personne, William y compris, n'ait jamais la moindre raison de douter qu'il est vraiment le neuvième comte d'Ellesmere.

Fronçant le front et les lèvres, elle n'avait toujours pas l'air de saisir. Bon sang, il fallait espérer que son mari avait pu trouver Jamie Fraser à temps ! Il était la seule personne susceptible de se montrer plus entêtée que sa fille.

— Vous ne comprenez pas, dit-elle enfin.

Quand elle releva les yeux, il y lut qu'elle venait d'arrêter une décision.

— Nous partons. Roger, moi... et les enfants.

— Vraiment ? demanda-t-il sur ses gardes.

C'était peut-être une bonne nouvelle, à différents égards.

— Où comptez-vous aller ? Vous partez en Angleterre ? Ou en Écosse ? Si vous vous rendez en Angleterre ou au Canada, j'y ai d'excellentes relations qui pourront...

— Non. Pas là-bas. Nulle part où vous ayez des « relations ».

Elle lui adressa un sourire peiné avant de continuer :

— Donc, vous voyez... nous ne serons plus là. Nous partons... définitivement. Je... je ne crois pas que je vous reverrai un jour.

Elle venait juste d'en prendre conscience ; il le lut sur son visage et, outre son propre serrement de cœur, il fut touché par sa détresse évidente.

— Vous me manquerez beaucoup, Brianna.

Ayant été soldat pendant une longue période de sa vie, puis diplomate, il avait appris à vivre avec les séparations et l'absence, sans parler des amis morts abandonnés derrière lui. Mais l'idée de ne jamais revoir cette fille étrange lui causa un chagrin inattendu. Presque, pensa-t-il surpris, comme s'il s'agissait de sa propre fille.

Mais il avait aussi un fils, et il se tendit de nouveau quand elle reprit la parole, se penchant vers lui avec une détermination que, dans un autre contexte, il aurait trouvée charmante.

— Vous saisissez donc que je dois parler à William, qu'il faut que je lui dise. Nous n'aurons jamais une autre occasion.

Puis son expression changea de nouveau. Elle porta une main à son sein.

— Je dois y aller, déclara-t-elle brusquement. Mandy... Amanda, ma fille... a besoin d'être nourrie.

Là-dessus, elle se releva et partit, courant dans l'allée en soulevant un nuage de sable, avec, dans son sillage, une menace de destruction et de désastre.

65

*La justice et la miséricorde
me donneront raison*

10 juillet 1776

La marée reflua juste avant cinq heures du matin. Il faisait déjà jour, et le ciel était clair. Les vasières au-delà des quais s'étendaient, grises et luisantes, leur surface lisse perturbée ici et là par des amas d'algues et de chiendent marin, surgissant de la boue comme des touffes de cheveux.

Tout le monde s'était levé à l'aube. La foule sur le quai attendait de voir passer la procession : deux officiers du comité de sécurité de Wilmington, un représentant de l'Association des marchands, un pasteur portant une Bible et le prisonnier, une haute silhouette large d'épaules, marchant pieds nus dans la boue nauséabonde. Derrière eux venait un esclave, portant les cordes.

— Je ne supporte pas de regarder ça, dit Brianna entre ses dents.

Elle était blême, les bras croisés sur son ventre.

— Alors, allons-nous-en.

— Non, je dois rester.

Elle redescendit ses bras et se tint droite, tout en observant. Les gens autour d'eux se bousculaient pour mieux voir, huant et sifflant si fort que le vacarme était

467

assourdissant. Cela ne dura pas longtemps. L'esclave, un grand gaillard, secoua les pieux pour tester leur solidité. Puis il recula tandis que les deux officiers ligotaient Stephen Bonnet à un des poteaux, le saucissonnant des genoux à la poitrine. L'ordure n'irait nulle part.

Roger se dit qu'il devrait sonder son cœur pour y trouver de la compassion et prier pour le condamné. Il ne pouvait pas. Il tenta d'implorer le pardon, mais en vain. Un nid de vers grouillaient dans son ventre. Il avait l'impression d'être lui-même ligoté à un poteau, attendant d'être noyé.

Le pasteur en manteau noir se pencha vers Bonnet et lui parla. Il ne sembla pas à Roger que le pirate lui répondît, mais il ne pouvait en être sûr. Ensuite, les hommes ôtèrent leurs chapeaux pendant que le prêtre récitait une prière. Puis ils se recoiffèrent et revinrent vers le rivage, pataugeant dans la vase jusqu'aux chevilles.

Sitôt les représentants officiels partis, des gens coururent dans la boue, des curieux, des enfants bondissants... et un homme tenant un carnet et un crayon. Roger reconnut Amos Crupp, le propriétaire de la *Wilmington Gazette*.

— Tu parles d'un scoop ! marmonna-t-il.

Peu importait ce que dirait Bonnet – ou ne dirait pas –, l'édition du lendemain contiendrait sûrement les confessions scabreuses ou les remords larmoyants du pirate, ou peut-être les deux.

— Non, ça, je ne peux vraiment pas le regarder.

Brianna fit volte-face et lui prit le bras. Elle parvint à parcourir plusieurs pâtés de maisons avant de se retourner, d'enfouir son visage dans la chemise de Roger et de s'effondrer en sanglots.

— Chut, chut, ça va aller.

Il lui caressa le dos, essayant d'infuser un peu de conviction dans ses paroles, mais lui-même avait dans la gorge un nœud de la taille d'un citron. Il l'écarta un peu de lui pour la fixer dans les yeux.

— Tu n'es pas obligée de le faire, Brianna.

Elle cessa de pleurer, renifla et s'essuya sur sa manche, comme Jemmy. Elle ne réussissait pas à soutenir le regard de Roger.

— Ça va... Il... il ne s'agit pas tant de lui, c'est... tout le reste. M-Mandy... mon frère. Oh, Roger, si je ne le lui dis pas, il ne saura jamais ! Je ne le reverrai plus jamais, et lord John non plus. Ni maman...

Les larmes jaillirent de plus belle.

— Il ne s'agit pas de lui, répéta-t-elle entre deux hoquets.

— Peut-être, mais tu n'es pas obligée de le faire quand même.

— J'aurais dû le tuer sur Ocracoke.

Elle ferma les yeux et repoussa les mèches sorties de son bonnet.

— J'ai été lâche. J'ai cru qu'il serait plus facile de laisser... la justice s'en charger.

Elle rouvrit les yeux et parvint enfin à le regarder en face.

— Je ne peux pas attendre que ça se passe ainsi, même si ce n'était pas mon intention au départ.

Roger le comprenait. Il sentit dans ses os la terreur de la marée approchant, l'inexorable montée des eaux. Elles n'atteindraient pas Bonnet avant au moins neuf heures, vu sa taille.

— Je le ferai, dit-il fermement.

Elle tenta de sourire, puis y renonça.

— Non. Pas toi.

Elle paraissait épuisée. Ni l'un ni l'autre n'avaient beaucoup dormi la nuit précédente. Mais elle était déterminée, et il reconnut en elle le sang opiniâtre de Jamie Fraser.

Après tout, il pouvait être aussi têtu.

— Tu te souviens de ce que ton père a dit un jour :
« C'est moi qui tue pour elle. » S'il faut que ce soit fait,
je le ferai.

Elle commençait à se ressaisir. Elle s'essuya le visage
sur un pli de sa jupe et se redressa enfin de toute sa
hauteur. Ses yeux étaient d'un bleu profond et vif, plus
sombre que le ciel.

— Je sais, tu me l'as raconté. Mais tu as aussi ajouté
qu'il avait expliqué à Arch Bug : « Elle a prêté serment. » Elle est médecin, elle ne tue pas les gens.

« Tu parles ! » pensa Roger, mais il se garda bien de
le dire à voix haute. Avant qu'il ait pu trouver quelque
chose de plus judicieux à répondre, elle reprit, posant
les mains à plat sur son torse :

— Toi aussi, tu es tenu par un serment.

— Pas du tout.

— Oh si. Ce n'est peut-être pas encore officiel, mais
cela ne change rien. Ton vœu n'a pas besoin d'être formulé avec des mots... il est en toi, et je le sais.

Il ne pouvait le nier et était ému qu'elle l'ait senti
aussi.

Il mit ses mains sur les siennes et serra ses doigts fins.

— C'est vrai, mais j'ai aussi un serment envers toi. Je
t'ai juré que je ne mettrais jamais Dieu avant mon
amour pour toi.

L'amour. Il ne pouvait croire qu'il discutait d'un tel
acte en termes d'amour. Pourtant, bizarrement, il devi-
nait qu'elle le voyait ainsi.

— Je ne suis pas tenue par ce type de serment,
répondit-elle, d'un ton assuré. Et j'ai donné ma parole.

La veille, à la tombée de la nuit, elle était sortie avec
Jamie, se rendant au lieu où le pirate était détenu.
Roger ignorait à quelle sorte de marchandage ou de
corruption ils s'étaient livrés, mais on les avait laissés
entrer. Quand ils étaient revenus, très tard, Brianna,
décomposée, avait tendu une liasse de papiers à son
père : des déclarations de Stephen Bonnet écrites sous

serment concernant ses affaires avec divers marchands de la côte.

Roger avait lancé un regard incendiaire à son beau-père, qui le lui avait retourné. « C'est la guerre, avaient rétorqué ses yeux sombres, et j'utiliserai toutes les armes à ma disposition. » Toutefois, il avait juste dit : « Bonne nuit, *a nighean* », avant de caresser les cheveux de sa fille avec tendresse.

Brianna s'était assise avec Mandy sur les genoux pour l'allaiter, refusant de parler. Peu à peu, ses traits s'étaient détendus. Elle avait fait faire son rot au bébé, puis l'avait couché. Quand elle s'était enfin glissée dans leur lit, elle lui avait fait l'amour avec une violence silencieuse qui l'avait surpris. Mais pas autant qu'elle le surprenait à présent.

— Il y a autre chose, déclara-t-elle tristement. Je suis la seule personne au monde pour qui ce ne sera pas un meurtre.

Là-dessus, elle tourna les talons et se remit à marcher d'un pas rapide vers l'auberge où Mandy attendait d'être nourrie. Sur les vasières, il entendait encore les voix excitées des curieux, éraillées comme des cris de mouette.

À deux heures de l'après-midi, Roger aida sa femme à grimper dans une barque amarrée au quai devant les entrepôts. La marée continuait de monter. Au milieu de l'étendue grise, on apercevait le groupe de pieux et la tête noire du pirate.

Brianna était distante, telle une statue païenne, le visage de marbre. Elle souleva ses jupes pour monter à bord, puis s'assit, le dos droit, la masse lourde dans sa poche cognant avec un bruit sourd contre le banc en bois.

Roger saisit les rames et prit la direction des pieux. Personne ne ferait attention à eux. Des embarcations n'avaient cessé d'aller et venir depuis midi, transportant des curieux voulant voir le visage du condamné, le railler ou découper une mèche de ses cheveux en guise de souvenir.

Il ne pouvait voir où il allait. Brianna le dirigeait sans parler avec des signes du menton.

Puis elle leva soudain sa main gauche, et il souleva une rame pour faire tourner la barque.

Les lèvres de Bonnet étaient gercées ; sa figure crevassée et incrustée de sel ; ses paupières, si rouges qu'il pouvait à peine les ouvrir. Pourtant, il releva la tête à leur approche, et Roger vit un homme détruit, impuissant et redoutant une étreinte imminente... au point qu'il aspirait presque à sa caresse séductrice, abandonnant sa chair à ses doigts glacés et au baiser qui aspirerait son dernier souffle.

— Tu as tardé, ma chérie.

Ses lèvres desséchées esquissèrent un faible sourire qui les fendit laissant du sang sur ses dents.

— Mais je savais que tu viendrais.

Roger approcha la barque plus près, encore plus près. Quand il se retourna, Brianna avait sorti le pistolet à la crosse dorée de sa poche et le pressait contre l'oreille de Bonnet.

— Que Dieu t'accompagne, Stephen, dit-elle clairement en gaélique.

Puis elle appuya sur la détente, lança le pistolet dans l'eau et se retourna vers son mari.

— Rentrons.

66

Regrets

En rentrant dans sa chambre d'auberge, lord John eut la surprise – la stupéfaction, même – de découvrir un visiteur.

— John.

Jamie Fraser se détourna de la fenêtre avec un léger sourire.

— Jamie.

Il lui sourit à son tour, essayant de contrôler sa joie. Il ne l'avait pas appelé par son prénom depuis vingt-cinq ans. Cette intimité était grisante, mais il ne pouvait se permettre de le montrer.

— Voulez-vous que je fasse monter des rafraîchissements ?

Jamie se tenait toujours près de la fenêtre. Il jeta un coup d'œil vers l'extérieur avant de répondre :

— Non, merci. Ne sommes-nous pas ennemis ?

— Malheureusement, nous nous trouvons actuellement dans deux camps opposés, mais j'espère que ce conflit sera de courte durée.

Une lueur triste traversa le regard de Fraser.

— J'en doute, mais c'est regrettable, c'est vrai.

Lord John se rapprocha de la fenêtre, veillant à ne pas effleurer son visiteur. Il regarda au-dehors et devina la raison probable de cette visite.

— Ah.

Brianna Fraser MacKenzie se tenait sur la promenade en bois devant l'auberge.

— Oh !

William Clarence Henry George, neuvième comte
d'Ellesmere, venait de sortir de l'auberge et la saluait.
Il sentit l'angoisse lui picoter le cuir chevelu.

— Seigneur ! Elle va le lui dire ?

— Non. Elle me l'a promis.

Lord John se détendit.

— Merci.

Fraser haussa les épaules. Après tout, c'était ce qu'il
désirait aussi... du moins lord John le présumait-il.

Les deux jeunes gens discutaient. William dit quelque
chose, et Brianna éclata de rire, rejetant ses cheveux en
arrière. Jamie les observait, fasciné. Dieu qu'ils se
ressemblaient ! Les mêmes expressions, les mêmes attitudes, les mêmes gestes... Cela devait sauter aux yeux
de tout un chacun. De fait, un couple passa devant eux,
et la femme se retourna avec un sourire, ravie par le
spectacle.

— Elle ne lui dira rien, répéta lord John songeur,
mais elle se montre à lui. Il ne va pas... Mais non, probablement pas.

— Je l'espère, fit Jamie sans les quitter des yeux. Mais
même si c'était le cas, il ne saura pas. Elle a insisté pour
le revoir une fois, c'était le prix de son silence.

Le mari de Brianna approchait, un bébé dans le creux
de son bras et tenant leur petit garçon par la main. Ce
dernier avait les cheveux aussi flamboyants que sa
mère. Brianna prit le nouveau-né et abaissa la couverture pour le montrer à William, qui l'inspecta poliment.

Il se rendit compte que Fraser était tout entier concentré sur la scène au-dehors, chaque parcelle de son corps
en éveil. C'était naturel ; il n'avait pas revu Willie depuis
qu'il avait douze ans. De voir ainsi sa fille et ce fils à
qui il ne pourrait jamais adresser la parole, qu'il ne

pourrait jamais reconnaître... Il aurait voulu poser une main sur son bras, lui montrer qu'il comprenait et compatissait, mais le fait de connaître l'effet probable qu'aurait un tel contact le retint.

Fraser déclara soudain :

— Je suis venu vous demander une faveur.

— Je suis votre obligé, répondit lord John.

Il en était enchanté, mais jugeait plus prudent de se réfugier derrière la formalité.

— Ce n'est pas pour moi, mais pour ma fille.

— Ce sera d'autant plus volontiers. J'apprécie beaucoup votre fille, en dépit de son tempérament si proche de celui de son père.

Jamie sourit, puis se tourna de nouveau vers la scène au-dehors.

— Je ne peux pas vous expliquer pourquoi, mais il me faut un bijou.

— Un bijou ? Quel genre de bijou ?

— Peu importe, du moment qu'il comporte une pierre précieuse. Comme celle que je vous ai donnée, un jour.

Un tic nerveux contracta ses lèvres. Il ne lui avait donné le saphir que sous la contrainte, alors qu'il était prisonnier de la Couronne.

— Vous ne l'auriez plus, par hasard ?

Il n'avait pas quitté lord John depuis vingt-cinq ans et se trouvait en ce moment même dans la poche de son gilet.

Il baissa les yeux vers sa main gauche, qui portait une épaisse bague en or incrustée d'un étincelant saphir à facettes. La bague d'Hector. Son premier amour qui la lui avait offerte, à seize ans. Hector était mort à Culloden, le lendemain du jour où John avait rencontré James Fraser, dans le sombre défilé d'une montagne d'Écosse.

Sans hésiter, mais avec une certaine difficulté – elle était à son doigt depuis si longtemps qu'elle s'était enfoncée dans sa chair – il la sortit et la déposa dans la paume de Jamie.

Ce dernier était stupéfait.

— Celle-ci ? Vous êtes sûr que...

— Prenez-la.

Il referma les doigts de Fraser autour. Le contact fut fugitif, mais électrique. Il serra le poing, essayant de retenir un peu la sensation.

— Merci, dit doucement Jamie.

— Ce... ce n'est rien.

Sur le quai, Brianna prenait congé, le bébé dans ses bras. Son mari et son fils s'étaient déjà éloignés de quelques pas. William s'inclina, le chapeau à la main, la forme de son crâne châtain étant l'écho parfait de la tête rousse.

Soudain, lord John trouva intolérable de les voir se séparer. Il aurait lui aussi voulu conserver cette image des deux jeunes gens ensemble. Il ferma les yeux, les mains posées sur le rebord de la fenêtre, sentant la brise sur son visage. Une main caressa son épaule, très brièvement, et il y eut un mouvement dans l'air derrière lui.

Quand il rouvrit les yeux, il était seul dans la pièce. Et le quai était vide.

67

Ne t'en va pas

Septembre 1776

Roger posait la dernière canalisation d'eau quand Jemmy et Aidan surgirent à ses côtés.

— Papa, papa, Bobby est là !

— Quoi, Bobby Higgins ?

Se tenant les reins, il se redressa et se tourna vers la Grande Maison. Il n'y avait pas de cheval dans la cour.

— Où est-il ?

Aidan prit un air important.

— Il est monté au cimetière. Vous croyez qu'il est parti voir le fantôme ?

— J'en doute, répondit Roger imperturbable. Quel fantôme ?

— Celui de Malva Christie, bien sûr ! Elle se promène là-haut. Tout le monde le dit.

En dépit de sa mine courageuse, il serra ses bras autour de lui. Vraisemblablement pas au courant, Jemmy le dévisageait, ahuri.

— Pourquoi elle se promène ? Où elle va ?

— Mais parce qu'elle a été assassinée, andouille ! Les gens assassinés se promènent toujours. Ils cherchent leurs assassins.

En voyant l'expression de son fils, Roger déclara fermement :

— C'est ridicule !

Jemmy savait que Malva était morte. Comme tous les autres enfants de Fraser's Ridge, il avait assisté à son enterrement. Mais Brianna et lui ne lui avaient pas dit comment.

D'un autre côté, ils auraient dû se douter qu'il l'entendrait tôt ou tard. Roger espérait juste qu'il n'aurait pas de cauchemars. Priant d'avoir l'air convaincu, il poursuivit :

— Malva ne se promène nulle part. Elle est au ciel avec Jésus, où elle est heureuse et en paix. Quant à son corps... eh bien, quand les gens meurent, ils n'ont plus besoin de leurs corps, c'est pourquoi on les met sous la terre, où ils peuvent attendre tranquillement jusqu'au jour du Jugement dernier.

Aidan le regarda, sceptique. Se trémoussant sur la pointe des pieds, il répliqua :

— Joey McLaughlin l'a vue, il y a quinze jours, bondissant dans les bois, toute vêtue de noir et hurlant.

Jemmy devenait franchement inquiet. Roger posa sa pelle et le prit dans ses bras.

— Joey McLaughlin aurait sans doute moins de visions s'il laissait la bouteille de côté. C'est sans doute Rollo qu'il a vu bondir dans les bois en hurlant. Venez, allons chercher Bobby, et vous en profiterez pour voir de vos propres yeux la tombe de Malva.

Il tendit la main à Aidan qui s'en empara aussitôt et qui jacassa comme une pie tout le long du chemin.

Qu'allait devenir le gamin quand ils ne seraient plus là ? se demanda Roger. L'idée du départ, d'abord si soudaine et impensable, s'immisçait de jour en jour un peu plus loin dans son esprit. Tandis qu'il vaquait à ses tâches habituelles et creusait des tranchées pour les conduits de Brianna, il se répétait : « C'est pour bientôt. » Pourtant, il n'arrivait pas à imaginer qu'un jour il ne serait plus à Fraser's Ridge, qu'il ne pousserait plus la porte de leur cabane pour découvrir Brianna plongée dans quelque nouvelle expérience sur la table de la cuisine, Jemmy et Aidan poussant leurs vrooms autour de ses jambes.

Cette sensation d'irréalité était encore plus prononcée quand il prêchait, le dimanche, ou officiait en tant que pasteur pour rendre visite aux malades ou conseiller les angoissés. En regardant tous ces visages tendus vers lui, attentifs, excités, lassés, sévères ou préoccupés, il ne pouvait croire qu'il s'apprêtait à les abandonner de sang-froid. Comment allait-il le leur annoncer ? Surtout ceux dont il se sentait le plus responsable, comme Aidan et sa mère.

Il implorait le ciel de lui en donner la force, de le guider.

D'un autre côté... la vision des petits doigts bleus de Mandy, le son de sa respiration sifflante ne le quittaient jamais. Les pierres dressées près du chenal, à Ocracoke, semblaient se rapprocher, plus solides, de jour en jour.

Bobby Higgins se trouvait en effet dans le cimetière, son cheval attaché à un pin. Il était assis près de la tombe de Malva, la tête baissée, méditant. En entendant Roger et les garçons, il se redressa. Il était pâle et lugubre.

— Bonjour, Bobby ! Les garçons, allez jouer, d'accord ?

Il posa son fils à terre et fut soulagé de constater qu'après un bref regard suspicieux vers la tombe de Malva, décorée d'un bouquet de fleurs sauvages fanées, il partit gaiement avec Aidan chasser les écureuils dans la forêt.

— Je... euh... ne m'attendais pas à vous revoir parmi nous, dit-il un peu gêné.

Bobby baissa les yeux, enlevant les aiguilles de pin de ses culottes.

— Eh bien... monsieur, c'est que... en fait, je suis venu pour rester. Si on veut bien de moi.

— Pour rester ? Mais... cela ne posera sûrement aucun problème. Vous... vous n'avez pas eu d'ennuis avec lord John, j'espère ?

Bobby parut surpris qu'une telle pensée lui ait traversé l'esprit.

— Oh, non, monsieur ! Milord a toujours été très bon pour moi, depuis le jour où il m'a recueilli. (Il hésita, se mordant la lèvre.) Mais c'est que… ces derniers temps, beaucoup de gens viennent lui rendre visite. Des politiciens… et des militaires.

Il toucha inconsciemment la marque sur son visage. Elle avait pâli, mais était encore visible et le demeurerait toujours. Roger comprenait.

— Vous n'étiez plus à l'aise, n'est-ce pas ?

— C'est ça, monsieur. Autrefois, il n'y avait que milord, Manoke le cuisinier et moi. Il recevait parfois un invité qui restait plusieurs jours, mais tout se passait simplement. Quand il m'envoyait porter des messages ou faire des achats, les gens me regardaient, bien sûr, mais juste les premières fois. Après, ils s'habituaient et n'y faisaient plus attention. Mais à présent…

Il n'eut pas besoin d'en dire plus. Roger imagina la réaction probable des officiers, raides dans leurs uniformes amidonnés et leurs bottes cirées, désapprouvant ouvertement cette tache pendant le service… ou pire, d'une courtoisie glaciale.

— Milord s'en est rendu compte, il sait bien sentir les choses. Il m'a dit combien je lui manquerais, mais que si je souhaitais tenter ma chance ailleurs, il comprendrait et me donnerait dix livres.

Roger émit un sifflement admiratif. Dix livres étaient une somme considérable. Cela ne représentait pas une fortune, mais c'était amplement suffisant pour aider Bobby à s'établir quelque part.

— Il sait que vous voulez vous installer ici ?

— Non, je n'en étais pas sûr moi-même. Autrefois…

Il se tourna vers la tombe de Malva et s'éclaircit la voix.

— J'ai pensé qu'il valait mieux que j'en parle d'abord à M. Fraser. Il se peut qu'il n'y ait rien pour moi, ici.

Ce n'était pas formulé comme une question, mais celle-ci était perceptible. Tout le monde à Fraser's Ridge le connaissait et l'acceptait, là n'était pas le problème. Mais maintenant que Lizzie était mariée et que Malva n'était plus là... Or, Bobby voulait une épouse.

— Je suis sûr que vous vous sentirez chez vous, ici, l'assura Roger.

Il regarda Aidan, suspendu la tête en bas à une branche, pendant que Jemmy le bombardait de pommes de pin. Il ressentit une étrange émotion, mélange de gratitude et de jalousie, et repoussa ce dernier sentiment avec fermeté.

— Aidan ! Jemmy ! cria-t-il. Venez, on rentre !

Se tournant vers Bobby, il ajouta sur un ton détaché :

— Je ne crois pas que vous ayez rencontré la mère d'Aidan, Amy McCallum, une jeune veuve possédant un toit et un peu de terrain. Elle est descendue travailler dans la Grande Maison. Pourquoi ne viendriez-vous pas dîner ?

— J'y ai songé, parfois, admit Jamie. Je me suis demandé : « Si je pouvais, comment ce serait ? »

Il regarda Brianna en souriant, mais la mine un peu triste.

— Qu'en penses-tu, ma fille ? Que deviendrais-je là-bas ?

— Eh bien...

Elle s'interrompit, essayant de l'imaginer derrière le volant d'une voiture, se rendant au bureau dans un costume trois-pièces. C'était si absurde qu'elle se mit à rire. Ou assis dans un cinéma, regardant un film de Godzilla avec Jemmy et Roger.

— Jamie à l'envers, ça donne quoi ? l'interrogea-t-elle.

— Eimaj, répondit-il intrigué. Pourquoi ?

— Tu t'en sortirais très bien. Non, laisse tomber. Tu pourrais... publier des journaux, par exemple. Les presses sont beaucoup plus grandes et rapides, et il faut beaucoup plus de gens pour recueillir les informations, mais autrement… je ne pense pas que ce soit si différent d'aujourd'hui. Et tu connais déjà le métier.

Il hocha la tête, concentré.

— Oui, sans doute. Je ne pourrais pas être fermier ? Les gens continueront bien de se nourrir ; il leur faudra des cultivateurs.

— Oui, tu pourrais.

Elle observa autour d'eux les poules qui picoraient dans la cour, les planches rugueuses et décolorées de l'écurie, le monticule de terre retournée près de la tanière de la truie blanche, autant de détails familiers qu'elle semblait redécouvrir.

— Il existe encore des gens qui travaillent comme ici. De petites exploitations dans les montagnes. C'est une vie rude.

Elle le vit sourire et éclata de nouveau de rire.

— Bon d'accord, pas aussi dure qu'ici… mais la vie est nettement plus facile en ville.

Elle réfléchit un instant avant d'ajouter :

— Tu n'aurais plus besoin de te battre.

— Ah non ? Mais tu m'as raconté qu'il y avait plein de guerres.

— C'est vrai.

Des images douloureuses lui revinrent en mémoire : des champs de pavots, des étendues de croix blanches… un homme en feu, une enfant nue courant sur une route, la peau calcinée, la grimace insupportable d'un homme une seconde avant qu'une balle ne lui brûle le cerveau.

— Mais… ce ne sont que les hommes jeunes qui partent pour la guerre. Et pas tous, seulement quelques-uns.

— Mmphm…

Il demeura songeur, puis sonda le regard de sa fille.

— Ton monde, cette Amérique, cette liberté vers laquelle tu vas… Il y aura un prix terrible à payer. Cela en vaut-il vraiment la peine ?

Ce fut au tour de Brianna de rester silencieuse et de méditer sur la question. Enfin, elle posa la main sur la sienne, solide, chaude et ferme.

— Il n'y a presque rien qui vaille la peine de te perdre, murmura-t-elle. Sauf peut-être ça.

À mesure que le monde s'enfonce dans l'hiver et que les nuits deviennent toujours plus longues, on se réveille dans le noir. Rester allongé dans son lit trop longtemps endolorit les membres. Et les rêves qui durent trop longtemps finissent par se recourber sur eux-mêmes, aussi grotesques que des ongles de mandarin. En règle générale, le corps humain n'est pas adapté pour dormir plus de sept ou huit heures d'affilée. Mais que se passe-t-il quand les nuits s'éternisent ?

Cela donne le second sommeil. On s'endort d'épuisement peu après la nuit tombée, puis on se réveille, remontant à la surface des rêves, telle une truite remontant se nourrir. Si le compagnon de lit est lui aussi éveillé – les couples qui dorment ensemble depuis longtemps sentent d'instinct quand l'autre se réveille –, on a un petit espace privé à partager, au cœur de la nuit. Un lieu où se lever, s'étirer, aller chercher une pomme juteuse et la partager tranche par tranche, les doigts effleurant les lèvres. Jouir du luxe d'une conversation ininterrompue par les aléas du jour. Faire l'amour lentement à la lueur d'une lune d'automne.

Puis, rester allongés côte à côte et laisser les rêves de l'autre caresser sa peau, tandis que l'on sombre de nouveau sous les vagues de la conscience, savourant l'éloignement de l'aube. C'est le second sommeil.

Alors que je remontais très lentement à la surface de mon premier sommeil, je découvris que le rêve très érotique que je venais de faire avait puisé son inspiration dans le monde réel.

La voix de Jamie chatouilla la chair tendre sous mon oreille :

— Je n'aurais jamais cru que j'étais le genre à abuser d'un cadavre, *Sassenach*, mais, finalement, cela représente plus d'attraits que je ne le pensais.

Je n'avais pas encore assez retrouvé mes esprits pour répondre avec cohérence, mais la façon dont je tendis mes hanches vers lui parut aussi éloquente qu'une invitation imprimée noir sur blanc sur du papier. Il prit une grande inspiration, agrippa mon postérieur et m'amena vers un réveil que l'on pourrait qualifier de brutal.

Je m'agitai comme un ver empalé sur un hameçon, émettant de petits bruits pressants qu'il interpréta avec justesse, me faisant rouler sur le ventre et s'affairant d'une manière qui ne me laissa aucun doute : j'étais non seulement vivante et éveillée, mais aussi en pleine possession de mes moyens.

J'émergeai enfin de mon oreiller, haletante, en nage, toutes mes terminaisons nerveuses encore vibrantes.

— D'où t'est venue cette envie subite ? lançai-je.

Il ne s'était pas retiré. Nous étions encore joints, baignés par la lueur d'une grande demi-lune dorée suspendue au-dessus des châtaigniers. Il émit un gargouillis à demi amusé et à demi consterné.

— Je ne peux pas te regarder dormir sans avoir envie de te réveiller.

Sa main se posa sur mon sein, cette fois, plus en douceur.

— Je suppose que je me sens seul sans toi.

Je perçus une note étrange dans sa voix. Je tournai la tête vers lui, mais ne pouvais le voir dans le noir derrière moi. Tendant une main en arrière, je touchai sa jambe encore enroulée autour de la mienne. Même détendue, elle était dure, le long muscle formant une courbe gracieuse sous mes doigts.

— Je suis là, répondis-je avec tendresse.

Son bras se resserra autour de moi.

J'entendis un hoquet dans son souffle, et ma main pressa un peu plus fort sa cuisse.

— Que se passe-t-il ?

Il ne répondit pas tout de suite. Il s'écarta et je le sentis fouiller sous l'oreiller. Ensuite, sa main se posa sur la mienne, nos doigts s'entrecroisèrent, et il déposa un objet dur et rond dans ma paume.

Je l'entendis déglutir.

La pierre était tiède. Je la caressai du pouce. Il s'agissait d'une gemme brute, de la taille d'une noisette.

— Jamie…

— Je t'aime, murmura-t-il si bas que je l'entendis à peine.

Je restai immobile, la pierre chauffant dans ma main. Ce devait sûrement être mon imagination, mais je la sentais palpiter en rythme avec mon cœur. Où l'avait-il dégottée ?

Puis je me levai, un peu étourdie, mon corps glissant lentement hors du sien, et traversai la chambre. J'ouvris la fenêtre, le souffle froid du vent d'automne caressant ma peau chaude, et lançai la gemme de toutes mes forces dans la nuit.

En revenant me coucher, j'aperçus dans le clair de lune la masse sombre de ses cheveux sur l'oreiller et l'éclat de ses yeux.

— Je t'aime, chuchotai-je en me collant à lui.

J'enroulai mon bras autour de lui et le serrai contre moi. Son corps était plus chaud que la pierre, tellement plus chaud. Bientôt, son cœur se mit à battre avec le mien.

— Je ne suis plus aussi courageux qu'avant, tu sais, murmura-t-il. Plus assez courageux pour vivre sans toi.

Mais encore assez pour essayer.

J'attirai sa tête contre moi et caressai ses cheveux, épais et lisses à la fois, vivants sous mes doigts.

— Rendors-toi, mon homme. L'aube est encore loin.

68

Si cela ne tenait qu'à moi...

Le ciel était plat et couleur de plomb. La pluie menaçait et le vent agitait les palmiers nains, faisant s'entrechoquer leurs feuilles comme des sabres. Au cœur de
la forêt, les quatre pierres se dressaient près du chenal.

— Je suis la femme du laird de Balnain, chuchota
Brianna près de moi. Les fées m'ont enlevée de
nouveau.

Les lèvres blanches, elle serrait Mandy contre son
sein.

Nous nous fîmes nos adieux. À vrai dire, nous n'avions cessé de les faire depuis le jour où j'avais posé mon
stéthoscope sur le torse de Mandy. Puis Brianna
s'élança dans les bras de Jamie, l'enfant entre eux.
Jamie la serra si fort que je crus que l'un d'eux allait
tomber en miettes.

Ensuite, elle se jeta sur moi, un nuage de cape et de
cheveux au vent, son visage froid contre le mien, ses
larmes et les miennes se mêlant sur ma peau.

— Je t'aime, maman ! Je t'aime ! s'écria-t-elle entre
deux sanglots désespérés.

Alors, elle pivota sur place et, sans se retourner, se
mit à suivre le chemin que Donner avait dessiné, récitant les formules entre ses dents. Un cercle vers la
droite, entre deux pierres, un cercle vers la gauche, puis

de nouveau au centre, puis à la gauche de la pierre la plus grande.

Je m'y étais attendue. Dès qu'elle avait commencé à marcher, j'avais couru dans la direction opposée, m'éloignant des pierres, jusqu'à ce que je pensais être une distance sûre. Ce n'était pas encore assez. Leur vacarme, un rugissement cette fois et non plus un cri perçant, me transperça comme une décharge de foudre, me coupant le souffle et arrêtant presque mon cœur. Un anneau de douleur enserra ma poitrine, et je tombai à genoux, oscillante et vidée de mes forces.

Elles étaient parties. Je vis Jamie et Roger se précipiter pour vérifier… terrifiés à l'idée de découvrir leurs corps sans vie, à la fois soulagés et affligés de ne pas les trouver. Je ne voyais pas grand-chose, ma vue était brouillée… mais je n'en avais pas besoin. Je savais qu'elles étaient parties rien qu'au trou béant dans mon cœur.

— Et de deux, murmura Roger.

Sa voix n'était plus qu'un faible râle, et il se racla la gorge pour pouvoir continuer.

— Jeremiah.

Jemmy renifla et releva les yeux vers lui, impressionné de s'entendre appeler par son nom entier.

— Tu sais ce qu'on est en train de faire, n'est-ce pas ?

Il hocha la tête et jeta un coup d'œil effrayé vers la grande pierre où sa mère et sa petite sœur venaient de disparaître. Il se redressa et essuya les larmes sur ses joues.

Roger posa une main sur sa tête.

— Écoute-moi bien, *mo mac*. Sache que je t'aimerai toute ma vie, ne l'oublie jamais. Mais ce que nous allons vivre est terrifiant. Si tu le souhaites, tu peux ne pas venir. Tu peux rester avec ton grand-père et ta grand-mère. Ils veilleront toujours sur toi.

— Et je... et je ne reverrai plus maman ?

L'enfant ouvrait des yeux immenses, ne pouvant s'empêcher de regarder vers la pierre.

— Je ne sais pas.

Je pouvais voir Roger tenter de retenir ses larmes, je les entendais dans sa voix rauque. Lui-même ignorait s'il retrouverait Brianna et la petite Mandy de l'autre côté.

— Peut-être... Peut-être pas.

Jemmy tenait la main de son grand-père. Son regard passait de Jamie à son père, rempli de confusion, de peur et d'envie. Jamie s'efforça de prendre un ton badin :

— Au fait, *a bhailach*, si un jour tu rencontres une grande souris qui s'appelle Michael, dis-lui bien que ton grand-père lui envoie ses amitiés.

Il ouvrit la main, lâchant l'enfant, et fit un signe à Roger.

Jemmy resta figé un instant, puis s'élança vers son père et se jeta dans ses bras, s'accrochant à son cou. Roger nous lança un dernier regard, puis marcha vers le cercle, passa derrière la pierre, et ma tête explosa.

Une éternité plus tard, je revins lentement à moi, descendant des nuages par petits morceaux, telle de la grêle. J'étais allongée, la tête sur les genoux de Jamie. Je l'entendis murmurer, sans savoir s'il me parlait ou s'adressait à lui-même :

— Pour toi seule, je continuerai... car si cela ne tenait qu'à moi... je ne pourrais pas.

69

De l'autre côté du gouffre

Trois nuits après, je me réveillai d'un sommeil agité dans une auberge de Wilmington, la gorge aussi sèche que le jambon salé qu'on nous avait servi dans le ragoût du dîner. Me redressant pour boire de l'eau, je me rendis compte que j'étais seule... le faisceau de lune qui pénétrait par la fenêtre éclairait l'oreiller vide à mes côtés.

Je trouvai Jamie à l'extérieur, dans la cour derrière l'auberge, sa chemise de nuit formant une tache pâle dans l'obscurité. Il était assis sur le sol, adossé à une souche, les bras croisés autour des genoux.

Il ne dit rien en m'apercevant, mais me fit un bref signe de tête. Je m'installai derrière lui, et il posa sa nuque contre ma cuisse avec un long soupir.

— Tu n'arrives pas à dormir ?

Je le touchai doucement, ramenant ses cheveux en arrière. Il les dénouait avant de se coucher, et ils retombaient en désordre sur ses épaules, emmêlés par l'oreiller.

— Si, si, j'ai dormi.

Il fixait la grosse lune dorée, aux trois quarts pleine au-dessus des trembles, près de l'auberge.

— J'ai fait un rêve.

— Un cauchemar ?

Il faisait beaucoup moins de mauvais rêves qu'avant, mais ils se manifestaient parfois : des souvenirs sanglants de Culloden, de morts gratuites et de massacres ; des rêves de prison, de faim et d'enfermement... et parfois, très rarement, Jack Randall revenait le hanter dans son sommeil avec son amour cruel. Ces cauchemars l'extirpaient toujours de son lit, et il marchait de long en large pendant des heures, jusqu'à ce que l'épuisement le purifie de ces visions. Mais depuis Moore's Creek Bridge, il n'en avait plus eu.

— Non, dit-il surpris. Pas du tout. J'ai rêvé d'elle, de notre fille... et des petits.

Mon cœur fit un bond, un mélange de stupeur et, sans doute, d'une pointe de jalousie.

— Tu as rêvé de Brianna et des enfants ? Que faisaient-ils ?

Il sourit, le visage tranquille, comme si le songe se déroulait devant lui.

— Tout va bien. Ils sont en sécurité. Je les ai vus dans une ville. Cela ressemblait à Inverness, mais en un peu différent. Ils montaient les marches d'un perron. Roger Mac était avec eux. Ils ont frappé à la porte, et une petite femme brune leur a ouvert. Elle a explosé de joie en les voyant et les a fait entrer. Ils ont suivi un couloir avec d'étranges bols suspendus au plafond. Puis ils étaient dans une pièce remplie de divans et de fauteuils, avec une grande fenêtre qui occupait tout un mur d'un côté. Le soleil de l'après-midi faisait flamboyer les cheveux de Brianna et pleurer la petite Mandy, qui était éblouie.

Mon cœur s'était mis à battre plus vite.

— Est-ce que... l'un d'eux a appelé la femme brune par son prénom ?

Il réfléchit quelques instants.

— Oui, il me semble... Ah oui, Roger Mac l'a appelée Fiona.

Cette fois, ma bouche était cent fois plus sèche qu'à mon réveil, et mes mains étaient glacées. Au fil des ans, j'avais raconté beaucoup de choses à Jamie sur mon époque. Je lui avais parlé des trains, des avions, des automobiles, des guerres et des chaudières à mazout dans les maisons. Mais j'étais pratiquement sûre de ne lui avoir jamais décrit le bureau du presbytère où Roger avait grandi avec son père adoptif.

L'atelier avec sa grande verrière où le révérend se consacrait à son passe-temps favori, la peinture. Le long couloir, éclairé par des plafonniers en forme de bols.

Et j'étais certaine de ne lui avoir jamais parlé de la dernière gouvernante du révérend, une fille aux cheveux bruns et bouclés, Fiona.

— Ils étaient heureux ?

— Oui. Quelques ombres traversaient le visage de Brianna et de Roger Mac, mais on voyait qu'ils étaient contents d'être là. Ils se sont installés à table pour déjeuner. Brianna et Roger Mac, côte à côte, leurs épaules se touchant. Jemmy se gavait de choux à la crème.

Il sourit.

— Ah... et juste à la fin, avant que je me réveille... Jemmy tripotait tout ce qu'il trouvait à portée de main, comme d'habitude. Il y avait cette... chose... sur une table. Je n'ai pas compris ce que c'était ; je n'avais jamais rien vu de pareil.

Hésitant, il plaça ses mains à une quinzaine de centimètres d'écart.

— C'était large comme ça et peut-être un peu plus long. Cela ressemblait à une boîte... mais avec une bosse.

— Une bosse ?

— Oui, et dessus était posé un objet bizarre, comme un gourdin se terminant de chaque côté par une boule. Il était attaché à la boîte par une cordelette enroulée sur elle-même comme la queue d'un cochon. Jemmy l'a vu et a tendu la main vers lui en disant : « Je veux parler à grand-père. » C'est là que je me suis réveillé.

Il renversa la tête en arrière pour me regarder.

— Qu'est-ce que ça pouvait bien être, *Sassenach* ? Je n'ai jamais rien vu de semblable.

Légère et rapide comme les pas d'un fantôme, une rafale d'automne souleva les feuilles mortes dans la cour. Mes poils se dressèrent sur mes avant-bras.

— Oui, je sais. Je t'en ai déjà parlé.

Toutefois, je ne pensais pas lui en avoir jamais décrit un, si ce n'était en termes généraux. Je m'éclaircis la voix.

— Ça s'appelle un téléphone.

70

Le gardien

C'était en novembre. Il n'y avait plus de fleurs, mais les houx brillaient d'un vert sombre, et leurs baies commençaient à mûrir. J'en cueillis un bouquet, veillant à ne pas me piquer, ajoutai une branche tendre d'épicéa pour le parfum, puis remontai le sentier escarpé vers le cimetière.

Chaque semaine, j'y allais, déposer un souvenir sur la tombe de Malva et réciter une prière. Elle et son enfant n'avaient pas de cairn, son père ayant refusé une coutume jugée trop païenne, mais les gens venaient y mettre des galets. Les voir me réconfortait. D'autres personnes pensaient à elle.

Je m'arrêtai au début du sentier. Quelqu'un était agenouillé devant la tombe. Un jeune homme. Je distinguai le murmure de sa voix basse. Je m'apprêtais à m'éclipser, mais il releva la tête, le vent ébouriffant ses cheveux courts et dressés sur le crâne comme des plumes de hibou. Allan Christie.

Il me vit et se raidit. Je ne pouvais faire autrement que d'aller lui parler.

— Monsieur Christie.

Prononcer ce nom me procura une sensation étrange. C'était ainsi que j'appelais son père.

— Je suis désolée pour votre perte.

Il me dévisagea de manière inexpressive, puis une lueur de compréhension traversa ses yeux. Des yeux gris, bordés de cils noirs, si semblables à ceux de son père et de sa sœur. Rougis par les larmes et le manque de sommeil, à en juger par ses lourds cernes violacés.

— Oui, ma perte. Oui.

Je le contournai et déposai mon bouquet. Mon sang se glaça quand j'aperçus le pistolet sur le sol devant lui, chargé et armé.

Essayant de paraître la plus naturelle du monde, ce qui était difficile vu les circonstances, je demandai :

— Où étiez-vous passé ? Vous nous avez manqué.

Il haussa les épaules comme si cela n'avait pas la moindre importance, ce qui était peut-être vrai. Il ne me regardait plus, mais fixait la pierre qu'il avait posée à la tête de la tombe.

— Ailleurs. Mais il me fallait revenir.

Il me tourna le dos, m'indiquant qu'il souhaitait mon départ. Retroussant un peu mes jupes, je m'agenouillai à côté de lui. Je pensai qu'il ne se ferait pas sauter la cervelle devant moi, mais je ne savais pas quoi faire, à part lui parler et espérer que quelqu'un viendrait.

— Nous sommes heureux de vous savoir de retour, dis-je, faute de mieux.

— Ah oui, répondit-il, absent. Il fallait que je revienne.

Il tendit la main vers le pistolet, et je la saisis très vite, le faisant sursauter.

— Je sais que vous aimiez beaucoup votre sœur. Je sais que ce fut un choc terrible pour vous.

Quoi dire ? Il y avait forcément des choses à dire à une personne envisageant le suicide, mais quoi ?

« Votre vie est précieuse », avais-je déclaré à Tom Christie, qui avait répondu simplement : « Si ce n'était pas le cas, cela n'aurait aucun intérêt. » Mais comment en convaincre son fils ?

— Votre père vous aimait tous les deux.

Tout en prononçant ces mots, je me demandai s'il était au courant du geste de son père. Il avait les doigts glacés, et je les serrai entre mes deux mains pour les réchauffer, espérant qu'un contact humain l'aiderait.

— Pas autant que je l'aimais, elle, fit-il sans me regarder. Je l'ai aimée toute sa vie, dès qu'elle est née et qu'on m'a laissé la tenir dans mes bras. Il n'y avait personne d'autre, pour nous deux. Père était en prison, et ma mère... ah, ma mère !

Il parut sur le point de rire, mais aucun son ne sortit de ses lèvres.

— J'ai appris au sujet de votre mère. Votre père m'a raconté.

Il releva la tête vers moi.

— Vraiment ? Il vous a dit qu'on nous a emmenés voir son exécution, Malva et moi ?

— Euh... non. Il ne le savait sans doute pas.

— Si. Je le lui ai dit, plus tard, quand il nous a pris avec lui, ici. Il m'a répondu que c'était une bonne chose, que nous avions pu constater de nos propres yeux les conséquences de sa malignité. Il m'a demandé de retenir la leçon... et je l'ai retenue.

— Quel... quel âge aviez-vous ? m'enquis-je horrifiée.

— Dix ans. Malva devait en avoir deux. Elle ne comprenait pas ce qui se passait. Elle s'est mise à hurler « Maman ! » quand ils ont fait monter notre mère sur la potence. Elle l'appelait et battait des pieds pour la rejoindre.

Il détourna la tête.

— J'ai voulu la prendre dans mes bras, lui cacher les yeux pour qu'elle ne voie pas, mais ils m'en ont empêché. Ils lui ont tenu la tête pour l'obliger à regarder, pendant que tante Darla lui disait à l'oreille que c'était ce qui arrivait aux sorcières, lui pinçant les jambes pour la faire pleurer. Après ça, on a vécu chez tante Darla pendant encore six ans. Elle n'en était pas ravie, mais racontait qu'elle accomplissait son devoir de chrétienne. Cette peau de vache nous donnait à peine à manger. C'est moi qui m'occupais de Malva.

Il se tut longtemps. Je restai silencieuse moi aussi, me disant que le mieux que je pouvais lui offrir pour l'instant était la possibilité de vider son cœur. Il dégagea sa main de la mienne et toucha la pierre tombale. Ce n'était qu'une dalle de granit, mais quelqu'un s'était donné la peine de graver son prénom dessus : MALVA, rien de plus, en capitales grossières. Cela me rappela les monuments qui jonchaient Culloden, les pierres de clan, chacune portant un seul nom.

Son doigt glissa sur la pierre, effleurant les lettres comme s'il touchait sa peau.

— Elle était parfaite, murmura-t-il. Tellement parfaite. Son sexe était comme un bouton de rose ; sa peau, si fraîche et si douce...

Un frisson glacé me descendit le long du dos. Voulait-il dire... Mais oui, bien sûr, quoi d'autre ? Je sentais grandir en moi un désespoir inexorable.

— Elle était à moi. À moi !

Il s'affaissa, fixant toujours la tombe.

— Le vieux n'a jamais rien su. Il n'imaginait même pas ce que nous étions l'un pour l'autre.

Il n'avait vraiment pas deviné ? Tom Christie avait peut-être avoué un crime pour sauver un être qu'il aimait, mais il n'en avait pas aimé qu'un. Ayant perdu une fille, ou plutôt une nièce, n'aurait-il pas tout donné pour sauver un fils qui était le dernier vestige de son sang ?

— Vous l'avez tuée, chuchotai-je.

Je n'en doutais plus, et il ne parut même pas surpris.

— Il l'aurait vendue, donnée à un balourd de paysan. J'y pensais tout le temps en la voyant grandir. Parfois, quand j'étais couché près d'elle, cette idée m'était si insupportable que je la giflais de rage. Elle n'y était pour rien, pour rien du tout, mais je la croyais responsable. Ensuite, quand je l'ai surprise avec le soldat, puis avec cette sale petite ordure d'Henderson, je l'ai battue, mais elle me criait qu'elle ne pouvait pas faire autrement, qu'elle était enceinte.

— Votre enfant ?

Il hocha la tête, lentement.

— Je n'y pensais jamais. J'aurais dû, bien sûr. Mais ça ne me venait pas à l'esprit. Elle était toujours ma petite Malva. J'ai vu ses seins grossir, c'est vrai, et les poils noircir sa peau si douce et parfaite, mais je n'ai jamais pensé...

Il secoua la tête, incapable de se faire à l'idée, même maintenant.

— Elle a dit qu'elle devait se marier et s'arranger pour que son mari croie que l'enfant était de lui, qui qu'il soit. Si elle ne pouvait épouser le soldat, alors ce serait quelqu'un d'autre, n'importe qui. Elle a pris tous les amants possibles. J'y ai vite mis un terme, lui criant que je ne le tolérerais pas, que je trouverais une autre solution.

— C'est alors que vous l'avez obligée à raconter que l'enfant était de Jamie.

Mon horreur et ma colère devant son geste n'étaient atténuées que par le chagrin qui m'envahissait. « Oh ! ma pauvre, ma chère petite Malva. Pourquoi ne m'en as-tu rien dit ? » Mais, bien sûr, elle ne m'en aurait jamais parlé. Son seul confident était Allan.

Il acquiesça et toucha de nouveau la pierre. Le bouquet de houx frémit sous un courant d'air glissant entre ses feuilles raides.

— Cela aurait expliqué l'enfant sans qu'elle ait besoin de se marier, vous comprenez ? J'ai pensé que M. Fraser lui donnerait de l'argent pour qu'elle disparaisse, et qu'on partirait tous les deux. On aurait pu aller au Canada ou aux Antilles.

Il était songeur, comme s'il imaginait encore leur vie idyllique, dans un lieu où personne ne saurait.

— Mais pourquoi l'avez-vous tuée ? m'écriai-je soudain. Pourquoi ?

La tristesse et l'absurdité de cette histoire m'écrasaient. Je serrai mes poings dans mon tablier pour me retenir de le frapper.

— Il le fallait. Elle ne voulait plus continuer.

Il battit des paupières, ses yeux se remplissant de larmes.

— Elle a dit... qu'elle vous aimait. Elle ne pouvait plus vous faire du mal. Elle voulait avouer la vérité. J'avais beau la raisonner, elle répétait qu'elle vous aimait et allait tout raconter.

Il ferma les yeux, laissant retomber ses épaules. Deux grosses larmes coulaient sur ses joues. Il serra ses bras contre son torse.

— Pourquoi ? Pourquoi tu m'as poussé à ça ? Tu n'aurais jamais dû aimer quelqu'un d'autre que moi.

Il sanglotait comme un enfant, recroquevillé sur lui-même. Je pleurais aussi, pour la perte, la futilité, le terrible gâchis. Puis je saisis le revolver sur le sol. Les mains tremblantes, j'abaissai l'amorce, secouai l'arme pour faire tomber la balle, puis la glissai dans la poche de mon tablier.

— Allez-vous-en, Allan, murmurai-je d'une voix étranglée. Repartez. Il y a eu trop de morts.

Il ne m'entendait pas. Je le secouai par l'épaule et répétai plus lentement :

— Vous ne pouvez pas vous tuer. Je vous l'interdis, vous m'entendez ?

Il se tourna vers moi, le visage déformé par l'angoisse.

— De quel droit ? Je ne peux pas vivre. Je ne peux pas !

— Il le faut !

Je me redressai sur mes pieds, étourdie, ne sachant pas si mes jambes allaient me soutenir.

— Il le faut !

Il releva vers moi ses yeux baignés de larmes, incapable de parler. J'entendis un léger sifflement, comme un moustique, suivi d'un bruit sourd. Il ne changea pas d'expression, mais son regard mourut doucement. Il resta à genoux quelques instants, puis se pencha en avant telle une fleur au bout de sa tige, et j'aperçus la flèche plantée au milieu de son dos. Il toussa, crachant du sang, puis s'effondra sur le côté, recroquevillé contre la tombe de sa sœur. Ses jambes s'agitèrent dans un spasme, comme une grenouille grotesque. Puis il cessa de bouger.

Je restai plantée là, hébétée, ne prenant que peu à peu conscience de la présence de Ian, qui avait émergé entre les arbres, son arc en bandoulière. Rollo renifla le corps avec curiosité en couinant.

— Il a raison, ma tante, dit-il calmement. Il ne peut pas.

71

Le retour de l'Indien

La vieille Abernathy paraissait avoir au moins cent deux ans, mais refusait d'admettre en avoir plus de quatre-vingt-onze, et encore, sous la pression. Elle était pratiquement aveugle et sourde, tordue comme un bretzel par l'ostéoporose, sa peau si fragile que le moindre heurt la déchirait comme du papier de soie.

Chaque fois que je l'examinais, elle me disait, la tête tremblotante :

— Je ne suis qu'un sac d'os, mais au moins j'ai encore presque toutes mes dents.

C'était d'ailleurs assez miraculeux, et sans doute la raison pour laquelle elle était encore en vie. Contrairement à la plupart des gens ayant la moitié de son âge, condamnés au porridge, elle pouvait encore manger de la viande et des légumes. Si ce n'était pas une alimentation saine qui la maintenait en vie, ce devait être son opiniâtreté. Elle s'était mariée à un Abernathy, mais elle m'avait confié que son nom de jeune fille était Fraser.

J'achevai de fixer le bandage autour de sa cheville maigre comme une brindille. Ses jambes et ses pieds n'avaient pratiquement plus de chair et étaient froids et durs comme du bois. Elle s'était cogné le tibia contre un pied de table et y avait laissé un lambeau de peau large comme un doigt. Chez une personne jeune, cela n'aurait été qu'une plaie mineure dont personne ne se serait inquiété, mais sa famille veillait attentivement sur elle et m'avait envoyée chercher.

— La cicatrisation sera lente, mais si vous la nettoyez régulièrement, tout se passera bien. Et, je vous en prie, ne la laissez pas l'enduire de graisse de porc !

Mme Abernathy fille, connue sous le surnom de Young Grannie, elle-même septuagénaire, me jeta un regard sceptique. À l'instar de sa belle-mère, elle considérait la graisse de porc et la térébenthine comme des panacées. Sa fille, au prénom romanesque d'Arabella, mais surnommée Grannie Belly, me souriait dans le dos de Young Grannie. Grannie avait eu moins de chance en matière de dentition – sa bouche présentait de nombreuses lacunes –, mais possédait un tempérament joyeux et accommodant.

Elle ordonna à un petit-fils adolescent :

— Willie B, descends à la cave et remonte un sac de navets pour madame.

J'émis les protestations d'usage, mais chacun connaissait bien son rôle en matière de protocole et, quelques minutes plus tard, je reprenais le chemin de la maison avec mes cinq livres de navets.

Elles tombaient à pic. Je m'étais forcée à retourner dans mon potager au printemps. Je n'avais pas le choix. Les sentiments, c'était bien beau, mais nous devions manger. Toutefois, les vicissitudes de mon existence à la suite de la mort de Malva et mes absences prolongées avaient fait payer un lourd tribut aux récoltes d'automne. En dépit des efforts de Mme Bug, mes navets avaient tous été rongés par les thrips et la pourriture brune des cabosses.

Nos provisions en général étaient maigres. Jamie et Ian n'ayant pas pu participer aux moissons ni chasser, Brianna et Roger étant partis, les récoltes de céréales n'avaient donné que la moitié de leur rendement habituel, et un seul cuissot de chevreuil pendait dans le fumoir. Pratiquement tout notre stock de blé devrait être réservé à notre propre consommation ; nous n'en avions plus à échanger ou à vendre, et il ne restait que quelques sacs d'orge sous une toile, près de la malterie, où elle risquait fort de pourrir, puisque personne n'aurait le temps de malter un nouveau lot avant l'arrivée du froid.

Mme Bug reconstruisait peu à peu son élevage de poules après le raid désastreux d'un renard dans le poulailler ; mais cela prenait du temps, et nous n'avions qu'occasionnellement droit à un œuf pour le petit déjeuner, concédé à contrecœur.

En revanche, point favorable, nous avions du jambon, beaucoup de jambon, ainsi que d'immenses quantités de bacon, de fromage de tête, de côtes de porc, de filets de porc, sans parler de suif, de graisse de rognons et de gras fondu.

Cette pensée me ramena à la graisse de porc, et au petit groupe de cabines douillettes et surpeuplées des Abernathy... et, par contraste, au terrible vide de la Grande Maison.

Dans un lieu comptant tant d'individus, comment l'absence de quatre personnes pouvait-elle créer un tel manque ? Je dus m'arrêter et m'adosser à un arbre, attendant que la vague de chagrin passe sans essayer de la refouler. J'avais appris. « Tu ne peux pas tenir un fantôme à distance, m'avait dit Jamie. Laisse-les entrer. »

Je les laissai entrer, incapable d'agir autrement. Je ne trouvais un réconfort qu'en espérant, non, repris-je aussitôt, qu'en sachant qu'ils n'étaient pas vraiment des fantômes. Ils étaient vivants... simplement ailleurs.

Après plusieurs minutes, la terrible douleur s'atténuait, refluant comme la marée. Parfois, elle abandonnait derrière elle un trésor : des images oubliées du visage de Jemmy, maculé de miel, le rire de Brianna, les mains de Roger sculptant une voiture – la maison en était jonchée – puis piquant au passage un muffin avec la pointe de son couteau. De revoir ces images ravivait des plaies, mais au moins je les avais. Je pouvais les garder dans mon cœur, sachant qu'avec le temps elles m'apporteraient une consolation.

Puis, le nœud dans ma poitrine et dans ma gorge se desserra. Amanda n'était pas la seule qui pourrait bénéficier de la chirurgie moderne. J'ignorais les possibilités de traitement pour les cordes vocales de Roger, mais peut-être... Toutefois, sa voix s'était nettement améliorée. Elle était résonnante et pleine, quoique rugueuse. Peut-être choisirait-il de la conserver telle quelle.

L'arbre auquel j'étais adossée était un pin, et ses aiguilles se balançaient au-dessus de moi, comme pour donner leur assentiment. Je devais y aller. Il était tard et il commençait à faire froid.

Je m'essuyai les yeux et rabattis ma capuche sur ma tête. Les Abernathy habitaient loin. J'aurais pu m'y rendre sur Clarence, mais la mule était rentrée en boitant, la veille, et j'avais préféré qu'elle se repose. Je devais cependant me dépêcher si je voulais arriver à la maison avant la nuit.

Les nuages formaient un plafond gris uniforme. L'air était froid et chargé d'humidité. À la chute brusque de la température, la nuit prochaine, il risquerait fort de neiger.

Il faisait encore jour quand je passai devant la laiterie et entrai dans la cour. En tout cas, la clarté était suffisante pour me permettre de sentir instantanément que quelque chose clochait. La porte de la cuisine était ouverte.

Cela déclencha aussitôt en moi une sonnette d'alarme, et je pivotai sur mes talons pour m'enfuir. Au même instant, je percutai un homme qui venait de sortir des bois derrière moi. Je reculai avec célérité.

— Qui êtes-vous ?

Il m'agrippa le bras et se mit à crier :

— Hé, Donner ! Je l'ai !

J'ignorais à quelle occupation Wendigo Donner s'était adonné au cours de l'année précédente, mais cela n'avait pas dû être très rentable. Il n'avait jamais péché par excès d'élégance, mais à présent il était si dépenaillé que sa veste tombait littéralement en lambeaux, et on apercevait une fesse décharnée à travers un grand accroc dans ses culottes. Ses cheveux graisseux formaient une masse emmêlée et compacte. Il puait.

— Où sont-elles ? demanda-t-il d'une voix rauque.

— Où sont quoi ?

Je me tournai vers son compagnon qui avait l'air un peu en meilleur état.

— Où sont ma servante et ses enfants ? demandai-je à mon tour.

Nous nous trouvions dans la cuisine et le feu était éteint. Mme Bug n'était pas venue ce matin, et où que soient Amy et les garçons, ils étaient partis depuis longtemps.

— J'en sais rien, répondit-il indifférent. Quand on est arrivés, il n'y avait personne.

— Où sont les pierres précieuses ?

Donner m'attrapa le poignet et me fit pivoter pour lui faire face. Ses yeux étaient enfoncés dans leurs orbites, et sa peau brûlait de fièvre.

— Je n'en ai pas. Vous êtes malade, vous devriez…

— C'est faux ! Je sais que vous en avez ! Tout le monde le sait !

Les commérages étant ce qu'ils étaient, tout le monde croyait probablement « savoir » que Jamie cachait un trésor en pierres précieuses. Pas étonnant que le bruit soit parvenu jusqu'à ses oreilles crasseuses. Le convaincre du contraire ne serait pas une mince affaire, mais je me devais d'essayer.

— Elles sont parties, dis-je simplement.

Une lueur étrange traversa son regard.

— Comment ?

J'arquai un sourcil en direction de son compagnon. Tenait-il vraiment à ce que son compère l'apprenne ?

— Va chercher Richie et Jed, ordonna-t-il au voyou, qui s'exécuta sans broncher.

Richie et Jed ? Combien étaient-ils ? Une fois le premier choc passé, je pris conscience de bruits de pas à l'étage et de claquements de portes impatients dans le couloir.

— Mon infirmerie ! Faites-les sortir de là tout de suite !

Je me précipitai vers la porte, mais il me rattrapa par ma cape. Je commençais à en avoir par-dessus la tête de leurs manières et n'avais pas peur de ce misérable déchet humain. Je lui envoyai un bon coup de pied dans le genou pour le lui faire comprendre.

— Laissez-moi !

Il poussa un cri et me lâcha. Je l'entendis jurer derrière moi, tandis que je courais dans le couloir.

Celui-ci était jonché de papiers et de livres provenant du bureau de Jamie, une flaque d'encre s'étalant dessus. L'explication de l'encre me fut fournie la minute suivante quand j'aperçus le voyou dans mon infirmerie. Il avait une grande tache sur le devant de sa chemise, sous laquelle il avait apparemment glissé l'encrier lui-même.

— Qu'êtes-vous en train de faire, pauvre demeuré ?

Le voyou, qui n'avait guère plus de seize ans, me fixa, la bouche ouverte. Il tenait entre ses mains un des globes parfaits de M. Blogweather. Il esquissa un sourire malveillant et le lâcha. Le globe en verre explosa en une éruption de fragments. Un éclat lui entailla la joue, l'ouvrant en deux. Il ne le sentit que lorsque le sang se mit à jaillir. Il porta la main à son visage, fronçant les sourcils, puis hurla de terreur en voyant ses doigts sanglants.

— Merde ! dit Donner derrière moi.

Il me prit par la taille et me tira de nouveau jusque dans la cuisine.

— Il ne m'en faut que deux, insista-t-il. Vous pouvez garder les autres. Une pour payer ces types ; l'autre pour voyager.

— Mais puisque je vous dis la vérité ! Nous n'en avons plus. Ma fille et sa famille sont reparties. Ils ont utilisé tout ce que nous avions. Il n'y en a plus.

Il me dévisagea, l'incrédulité se lisant dans ses yeux brûlants.

— Si, vous en avez. Il le faut. Je dois me tirer d'ici !

— Pourquoi ?

— Ça ne vous regarde pas. Je dois m'en aller, et vite.

Il jeta un coup d'œil autour de lui dans la cuisine, comme s'il s'attendait à trouver des pierres posées sur la desserte.

— Où sont-elles ?

Un fracas monstrueux dans mon infirmerie, suivi d'une pluie de jurons, m'empêcha de répondre. J'amorçai un geste vers la porte, mais Donner se planta devant moi.

J'étais furieuse de cette invasion, mais je me mis aussi à avoir peur. Donner ne s'était encore jamais montré violent, mais j'étais moins confiante envers ses amis. Ils finiraient peut-être par capituler et partir en constatant l'absence de gemmes dans la maison, mais ils pouvaient aussi décider de me torturer pour me faire avouer le lieu de leur cachette.

Je resserrai ma cape autour de moi et m'assis sur un banc, essayant de réfléchir avec calme.

— Écoutez, vous avez mis toutes les pièces sens dessus dessous…

Un autre fracas à l'étage me fit sursauter. Seigneur ! Ils semblaient avoir renversé la penderie. Je repris :

— Vous avez mis toutes les pièces sens dessus dessous, et vous n'avez rien trouvé. Vous ne croyez pas que, si j'en avais, je vous l'aurais dit pour éviter que vous saccagiez ma maison ?

— Non. À votre place, je ne le dirais pas.

Il se passa le dos de la main sur la bouche, l'air éreinté, avant de poursuivre :

— Vous savez bien ce qui arrive... la guerre et tout. Je n'imaginais pas que ça se passerait comme ça. Merde... la moitié des gens que je rencontre ne savent plus où ils en sont. Je pensais que ça aurait juste lieu entre soldats et qu'il suffirait de se tenir à l'écart de tout ce qui porte un uniforme, loin des batailles. Mais je n'ai pas encore vu un seul dragon anglais, et les gens... vous savez, les gens ordinaires... ils se tirent dessus pour un rien et incendient les maisons de leurs voisins...

Il ferma les yeux. Ses joues passèrent du rouge vif au blanc en quelques secondes. Il était très malade. Je l'entendais aussi : il émettait un râle humide et chuintant. S'il tournait de l'œil, comment me débarrasser de ses compagnons ?

— En tout cas, reprit-il soudain, je fous le camp. Je rentre chez moi. Et je m'en balance, de savoir comment c'est là-bas, ça sera toujours mieux qu'ici.

— Et les Indiens ? Vous les laissez livrés à eux-mêmes ?

Le soupçon de sarcasme de mon ton lui échappa totalement.

— Ouais. Pour tout vous dire, ils commencent à m'emmerder, les Indiens.

Il se frotta le haut du torse, et, à travers sa chemise déchirée, j'aperçus une grande plaie aux bords froncés.

— Merde... qu'est-ce que je ne donnerais pas pour une bonne bière fraîche et un match de base-ball à la télé !

Il sembla soudain se souvenir de ma présence et continua sur un ton plus pressant :

— Bon, il me faut ces diamants... ou ce que vous avez en pierres précieuses. Donnez-les-moi, et on s'en ira.

Je réfléchissais à plusieurs plans pour les faire partir, mais en vain, et j'étais de plus en plus mal à l'aise. Nous n'avions que très peu d'objets de valeur et, à en juger par l'état de la desserte, ils s'en étaient déjà emparés, y compris, me rendis-je soudain compte, des pistolets et de la poudre. Ils ne tarderaient pas à s'énerver pour de bon.

Quelqu'un risquait de débarquer. Amy et les garçons devaient être dans la cabane de Brianna, en train d'emménager. Ils pouvaient revenir d'un instant à l'autre. On pouvait venir chercher Jamie ou moi, quoique cette perspective parût de moins en moins probable à l'approche de la nuit. Quand bien même quelqu'un viendrait, l'effet serait sans doute désastreux.

Puis, j'entendis des voix sous le porche, ainsi que des pas lourds. Je me levai d'un coup, le cœur dans la gorge.

— Vous n'avez pas bientôt fini de vous agiter comme ça ? s'impatienta Donner. Je vous jure, je n'ai jamais vu une hystérique pareille !

J'avais reconnu une des voix. En effet, la seconde suivante, Jamie entra dans la cuisine, fatigué et échevelé, suivi de deux des voyous qui pointaient un pistolet dans son dos. Il me regarda des pieds à la tête, s'assurant que je n'avais rien.

— Ces crétins croient que nous cachons des pierres précieuses, l'informai-je. Ils les veulent.

— C'est ce qu'on m'a dit.

Il jeta un œil vers les placards grands ouverts et la desserte vandalisée. Même la cloche à gâteaux avait été renversée, les restes d'une tarte aux raisins répandus sur le plancher et écrasés par des pieds.

— Je vois qu'ils ont cherché.

— Écoute, vieux, intervint l'un des voyous. Tout ce qu'on veut, c'est le magot. Dis-nous simplement où il est, et on s'en ira. Ni vu ni connu.

Jamie passa un doigt sur son nez, observant celui qui venait de parler.

— Je présume que ma femme vous a déjà dit que nous n'avions pas de pierres ?

— Oui, naturellement. Vous savez comment elles sont, les femmes…

Il semblait convaincu que, Jamie étant là, ils pourraient enfin régler cette affaire tranquillement, d'homme à homme.

Jamie s'assit sur le banc en soupirant.

— Qu'est-ce qui vous fait croire que j'en ai ? J'en ai eu, c'est vrai, mais je les ai vendues.

— Dans ce cas où est l'argent ?

— Dépensé. Je suis colonel de milice, ne me dites pas que vous n'êtes pas au courant ? Équiper une compagnie de miliciens coûte cher. Il faut des armes, des provisions, de la poudre, des chaussures… tout cela s'ajoute. Rien que le prix d'une paire de souliers en cuir ! Et je ne vous parle pas de faire ferrer les chevaux ! Il y a aussi les carrioles. Vous n'imaginez pas le prix scandaleux d'une carriole…

L'un des voyous hochait la tête, le front plissé, suivant avec attention cette laborieuse explication. Donner et les autres paraissaient nettement moins intéressés.

— Ne me cassez pas les pieds avec vos carrioles ! explosa Donner.

Il ramassa un des couteaux de Mme Bug sur le sol et reprit, s'efforçant d'avoir l'air menaçant :

— J'en ai marre d'attendre. Si vous ne me dites pas où elles sont, je… je…

Il m'attrapa par l'épaule et me mit la lame sous le menton.

— … je lui tranche la gorge ! Je jure que je le ferai !

Il était évident que Jamie cherchait à gagner du temps, donc qu'il attendait quelque chose. Ou plutôt quelqu'un. C'était rassurant, mais je trouvais que sa nonchalance apparente face à mon décès théoriquement imminent était un peu exagérée.

Il se gratta la joue.

— Je ne ferais pas ça à votre place. C'est elle qui sait où sont les pierres.

— Je sais quoi ? m'écriai-je indignée.

— Ah oui ? fit un des voyous revigoré.

— Absolument. La dernière fois que je suis parti avec la milice, elle les a cachées. Elle refuse de me révéler où.

— Attendez... vous venez de nous dire que vous les aviez vendues, remarqua Donner désorienté.

— J'ai menti, répondit Jamie patiemment.

— Ah.

— Mais si vous voulez tuer ma femme, ça change tout.

— Oh, fit Donner l'air plus satisfait. Ouais, exactement !

Jamie tendit la main, déclarant poliment :

— Je crois que nous n'avons pas été présentés, monsieur. Je m'appelle James Fraser. Et vous êtes...

Donner hésita, ne sachant pas trop quoi faire avec le couteau dans sa main droite. Il le passa maladroitement dans la gauche et se pencha en avant, serrant vite la main tendue.

— Wendigo Donner.

Je lâchai une grossièreté qu'une série de bris de verre dans mon infirmerie noya. L'autre vermine devait être en train de vider mes étagères, en jetant tous mes bocaux et mes flacons par terre. Je saisis la main de Donner et éloignai le couteau de ma gorge, puis je bondis, prise d'une folie furieuse assez semblable à celle qui m'avait fait incendier un champ rempli de sauterelles.

Cette fois, ce fut Jamie qui me rattrapa par la taille, tandis que je m'élançais vers la porte, et il me souleva du sol.

— Laisse-moi, je vais le tuer, ce petit con ! m'écriai-je en battant des pieds.

— Attends encore un peu, *Sassenach*, me chuchota-t-il.

510

Il me traîna vers la table et se rassit, me tenant sur ses genoux, les bras fermement enlacés autour de ma taille. D'autres bruits de saccage nous parvenaient depuis le couloir, des coups de hache dans le bois et des morceaux de verre écrasés sous un talon. Apparemment, le jeune butor avait abandonné ses recherches et détruisait pour le plaisir.

Je réprimai le cri de frustration qui me montait dans la gorge.

Donner fronça le nez.

— Pouah ! Qu'est-ce que c'est que cette odeur ? Quelqu'un a pété ?

Il s'était adressé à moi d'un ton accusateur, mais je ne relevai pas son impertinence. C'était l'éther, lourd et d'une douceur écœurante.

Jamie se raidit. Il savait ce que c'était... et ce que ça faisait. Je le vis regarder brièvement le couteau dans la main de Donner. J'entendis aussi ce que son ouïe plus fine avait déjà détecté. Quelqu'un venait.

Il se déplaça en avant sur le rebord de sa chaise, fléchissant ses jambes sous lui pour s'apprêter à bondir. Il me fit un clin d'œil vers l'âtre, où une lourde marmite en fonte était posée sur les cendres froides. J'acquiesçai de façon discrète et, lorsque la porte de service s'ouvrit, je me ruai vers la cheminée.

D'une rapidité inattendue, Donner avança un pied pour me faire un croc-en-jambe. Je m'étalai de tout mon long, glissant sur le plancher pour aller buter la tête la première contre le banc d'en face. Je gémis et restai étourdie quelques instants, les yeux fermés, me disant que j'étais décidément trop vieille pour ce genre d'acrobaties. Je rouvris les yeux à contrecœur et me relevai très laborieusement, pour découvrir que la cuisine s'était remplie de monde.

Le premier acolyte de Donner était revenu avec deux autres voyous, sans doute Richie et Jed, et avec eux, les

Bug, Murdina l'air paniquée, et Arch, frémissant d'une rage contenue.

Mme Bug se précipita vers moi.

— *A leannan !* Vous êtes-vous fait mal ?

— Non, non... répondis-je encore un peu sonnée. J'ai... juste besoin de m'asseoir un instant.

Donner fixait le sol en fronçant les sourcils, cherchant le couteau qu'il avait lâché en effectuant son croche-pied. Il redressa la tête vers les nouveaux venus.

— Alors, vous avez trouvé ?

Richie et Jed rayonnaient.

— Un peu ! Regarde ça !

L'un d'eux tenait le panier à ouvrage de Mme Bug. Il le retourna au-dessus de la table. Une masse de pelotes et de tricots inachevés tomba avec un « pong ! » sonore, et des mains avides plongèrent dans la laine, en extirpant un lingot d'or long d'une vingtaine de centimètres. Une extrémité avait été rognée, et il était frappé en son centre d'une fleur de lys.

Un silence abasourdi suivit cette découverte. Même Jamie paraissait ahuri.

Le teint de Mme Bug, déjà pâle lorsqu'elle était entrée, avait viré au crayeux, et ses lèvres avaient complètement disparu. Arch fixait Jarnie, sombre et provocant.

Seul Donner n'était pas impressionné.

— Ouais, c'est bien gentil, mais où sont les pierres ? Hé, les gars, ne perdez pas de vue notre objectif.

Toutefois, ses complices semblaient avoir perdu tout intérêt pour les gemmes et se disputaient déjà pour savoir qui obtiendrait la garde du lingot.

Ma tête tournait à cause du choc contre le banc, de l'apparition soudaine de l'or, de ce qu'il impliquait concernant les Bug et, surtout, des vapeurs d'éther qui s'étaient beaucoup accentuées. Personne dans la cuisine ne paraissait le remarquer, mais on n'entendait plus aucun bruit dans l'infirmerie. Le jeune rustre devait certainement être déjà K.-O.

Presque pleine, la bouteille d'éther pouvait anesthésier une demi-douzaine d'éléphants... ou une maison remplie de monde. Je voyais déjà Donner osciller sur ses jambes. Encore quelques minutes, et tous les voyous sombreraient dans un état de torpeur inoffensive... mais nous aussi.

L'éther étant plus lourd que l'air, il se répandrait d'abord sur le sol, pour remonter autour de nos genoux. Je me relevai, inspirant un air plus pur. Je devais ouvrir une fenêtre.

Jamie et Arch parlaient en gaélique, beaucoup trop vite pour que je puisse les comprendre, même si mon cerveau avait été en mesure de fonctionner normalement. Donner les dévisageait, la bouche ouverte, voulant sans doute leur dire d'arrêter, mais ne trouvant plus ses mots.

Je tentai de soulever le loquet des volets intérieurs, étant obligée de me concentrer pour faire obéir mes doigts. Il céda enfin, et j'écartai le pan de bois, pour me retrouver face à face avec la grimace d'un Indien dans le crépuscule, de l'autre côté de la fenêtre.

Je poussai un cri et reculai d'un geste brusque. Puis la porte de service s'ouvrit en grand, et une silhouette trapue et barbue bondit à l'intérieur, hurlant dans une langue incompréhensible, suivie par Ian, suivi lui-même d'un autre Indien qui poussait des cris sauvages et qui brandissait... qu'est-ce que c'était ? Un tomahawk ? Un gourdin ? Ma vision était trop floue pour que je le distingue bien.

Ensuite, ce fut le tohu-bohu général, vu à travers un voile déformant. Je m'agrippai au volet pour ne pas tomber, mais n'eus même pas la présence d'esprit d'ouvrir la maudite fenêtre. Tout le monde se battait ou se débattait, mais au ralenti, rugissant et titubant comme des ivrognes. Tandis que je le regardais, la bouche béante, Jamie extirpa laborieusement le couteau de sous les fesses de Donner, le leva dans un long cercle gracieux, puis le planta sous son sternum.

Quelque chose fusa près de mon oreille et traversa la vitre, fracassant sans doute le dernier morceau de verre encore intact de la maison.

J'inspirai de longues goulées d'air frais, essayant de m'éclaircir les idées et effectuant de grands gestes des mains signifiant : « Sortez ! Sortez ! »

Mme Bug tentait justement de s'en aller en marchant à quatre pattes vers la porte. Arch percuta le mur et glissa lentement au sol à côté d'elle, le regard vide. Donner était retombé en avant, le front contre la table, une mare de sang s'étalant sous lui. Un autre voyou gisait dans la cheminée, le crâne fracassé. Jamie tenait encore debout, chancelant. Le barbu trapu à ses côtés secouait la tête, d'un air perplexe, les vapeurs l'affectant à son tour. Je l'entendis demander :

— Mais que se passe-t-il ?

La cuisine était désormais plongée dans la pénombre, des silhouettes oscillaient telles des algues dans un paysage sous-marin.

Je fermai les yeux un moment et, quand je les rouvris, Ian déclarait :

— Attends, je vais allumer une chandelle.

Il tenait une des boîtes d'allumettes de Brianna dans la main. Je hurlai :

— IAN !

Au même instant, il gratta l'allumette.

Il y eut un « swoush ! » doux, suivi d'un « womp ! » plus fort quand l'éther s'embrasa et, tout à coup, nous nous retrouvâmes dans un puits de flammes. Pendant une fraction de seconde, je ne ressentis rien, puis une chaleur cuisante. Jamie me saisit le bras et me propulsa vers la porte. Je sortis en titubant et m'effondrai dans les mûriers, me roulant dans les branches pour éteindre mes jupes fumantes.

Paniquée et encore étourdie par l'éther, je parvins tant bien que mal à dénouer les lacets de mon tablier et à m'en débarrasser. Mes jupons en lin étaient roussis, mais pas calcinés. Je m'accroupis en pantelant dans la cour, cherchant à retrouver mon souffle. L'odeur de fumée était puissante et âcre.

Mme Bug était à genoux sur le perron, en train de taper son bonnet en flammes contre les marches.

Des hommes jaillirent par la porte de service, frappant leurs vêtements et leurs cheveux. Dans la cour, Rollo aboyait comme un fou et, de l'autre côté de la maison, les chevaux effrayés hennissaient. Quelqu'un avait sorti Arch Bug. Il était étendu sur l'herbe sèche, ayant perdu le plus gros de ses cheveux et de ses cils, mais toujours en vie.

Mes jambes étaient raides et couvertes d'ampoules, mais je n'avais pas de brûlures graves grâce aux couches de lin et de coton qui se consumaient lentement. Si j'avais porté un tissu moderne tel que la rayonne, j'aurais été transformée en torche vivante.

Je me retournai vers la maison. Il faisait nuit, à présent, et toutes les fenêtres du rez-de-chaussée étaient illuminées. Des flammes dansaient derrière la porte ouverte. On aurait dit une gigantesque lanterne.

— Madame Fraser, je présume ?

Le barbu trapu était penché sur moi, parlant avec un épais accent écossais.

Je repris peu à peu mes esprits.

— Oui, qui êtes-vous et où est Jamie ?

— Ici, *Sassenach*.

Jamie émergea de l'obscurité et se laissa tomber lourdement à mes côtés.

— Je te présente M. Alexander Cameron, plus connu sous le nom de Scotchee.

— Votre serviteur, madame.

Je tapotai délicatement mes cheveux. Des touffes avaient roussi, mais j'en avais encore.

Je sentis plus que je ne vis Jamie se tourner vers la maison, et je suivis son regard. Une silhouette sombre remuait derrière une fenêtre à l'étage. Elle hurla quelque chose dans une langue absconse et se mit à lancer des objets à l'extérieur.

— Qui est-ce ?

Jamie se frotta le visage.

— Hmm… ce doit être Oie.

— S'il reste là-haut encore un peu, ce sera bientôt une oie rôtie.

J'éclatai de rire. Apparemment, j'étais la seule à me trouver hilarante, car les autres ne bronchèrent pas. Jamie se leva et appela l'homme derrière la fenêtre. Celui-ci agita la main comme si de rien n'était et repartit à l'intérieur de la maison.

— Il y a une échelle dans la grange, dit calmement Jamie à Scotchee.

Ils disparurent dans la nuit.

Pendant un temps, la maison brûla lentement. Au rez-de-chaussée, il n'y avait pas beaucoup de choses inflammables, hormis les livres et les papiers de Jamie. Une ombre surgit de la porte de service, un bras devant le visage, le devant de sa chemise replié comme un sac. Ian s'arrêta devant moi, tomba à genoux et déversa un tas de menus objets sur le sol.

— C'est tout ce que j'ai pu sauver, tante Claire.

Il toussa, agitant une main devant ses yeux.

— Vous savez ce qui est arrivé ?

La chaleur devenait de plus en plus intense, et je me redressai sur les genoux.

— Peu importe. Viens, il faut tirer Arch un peu plus loin.

Les effets de l'éther étaient pratiquement passés, mais j'avais toujours une forte impression d'irréalité. Je ne disposais que de l'eau fraîche du puits pour traiter les brûlures et en aspergeai le cou et les mains d'Arch Bug, brûlés au dernier degré. Les cheveux de Mme Bug étaient aussi roussis que les miens, mais ses épais jupons l'avaient protégée elle aussi.

Ni elle ni Arch ne dirent un mot.

Amy McCallum arriva en courant, la mine défaite. Je lui demandai de conduire les Bug dans la cabane de Brianna, la sienne désormais, et surtout d'empêcher ses enfants d'approcher. Elle acquiesça, et ils repartirent, Mme Bug et elle soutenant la haute silhouette d'Arch.

Personne ne fit l'effort de sortir les corps de Donner et de ses compagnons.

Je voyais le feu commencer à envahir la cage d'escalier. Il y eut soudain une lueur vive à l'étage et, peu après, j'aperçus des flammes au cœur de la maison.

La neige se mit à tomber, épaisse, lourde et silencieuse. Une demi-heure plus tard, le sol, les arbres et les buissons étaient saupoudrés de blanc. Les flammes rouge et or se reflétaient dans la neige dans un doux halo orangé. Le brasier illuminait la clairière tout entière.

Aux environs de minuit, le toit s'effondra dans un fracas de poutres incandescentes et projeta haut dans le ciel un nuage d'étincelles qui retombèrent en une pluie scintillante. Le spectacle était si beau que tout le monde poussa un « ooooh ! » involontaire.

Le bras de Jamie se resserra autour de mes épaules. Nous ne pouvions détacher notre regard de la scène devant nous.

— Quel jour sommes-nous ? demandai-je soudain.

Il réfléchit un instant avant de répondre :

— Le 21 décembre.

— Et nous sommes toujours vivants. Maudits journaux, on ne peut jamais leur faire confiance !

Pour une raison étrange, il trouva cette remarque hilarante et rit tellement qu'il dut s'asseoir sur le sol.

72

La propriété du roi

Nous passâmes le reste de la nuit à dormir – ou du moins en position horizontale – sur le plancher de la cabane d'Amy, en compagnie des Bug, d'Oie et de son frère Lumière – qui me prirent de court une seconde en se présentant comme les « fils » de Jamie –, de Scotchee et de Ian. En route vers le village d'Oiseau, les Indiens – Alexander Cameron était aussi indien que les autres – avaient croisé Jamie et Ian qui chassaient et avaient accepté l'hospitalité de Jamie.

— On ne s'attendait pas à un accueil aussi chaleureux, Tueur d'ours ! lança Oie en riant.

Ils ne posèrent aucune question sur Donner, ni ne firent la moindre allusion aux corps calcinés dans l'immense bûcher funéraire de notre maison. Ils ne s'intéressèrent qu'à l'éther, écoutant mes explications avec fascination.

Je remarquai que Jamie ne leur demanda pas non plus le but de leur visite chez Oiseau et en déduisis qu'il ne voulait pas entendre parler de la décision de certains Cherokees de soutenir le roi. Il écoutait la conversation sans y prendre part, fouillant dans la pile d'objets sauvés du feu. Il ne restait rien de bien important : quelques pages de mon cahier de médecine, des cuillères en étain, un moule de balle. Quand il s'endormit enfin contre moi, je vis son poing fermé sur quelque chose. Regardant de plus près dans l'obscurité, je distinguai la petite tête du serpent en cerisier pointant entre ses doigts.

En me réveillant juste après l'aube, je découvris Aidan qui m'observait, Adso dans ses bras.

— J'ai trouvé votre petite panthère dans mon lit, chuchota-t-il. Vous la voulez ?

J'allais refuser, quand je vis la lueur dangereuse dans le regard du chat. En temps normal, il supportait assez bien les enfants, mais Aidan le tenait comme un paquet de linge sale, les pattes arrière pendues dans le vide.

— Oui, répondis-je la gorge irritée par la fumée.

Je me redressai et attrapai l'animal. Tout le monde dormait encore, enroulé dans une couverture à même le plancher. À deux exceptions près : Jamie et Arch avaient disparu. Je me levai et, empruntant la cape d'Amy accrochée près de la porte, sortis.

La neige avait cessé pendant la nuit, mais au moins cinq centimètres recouvraient le sol. Je déposai Adso sous les avant-toits, là où la terre était sèche, puis, rassemblant mon courage, me dirigeai vers la maison.

De la vapeur s'élevait au-dessus des vestiges calcinés qui formaient une immense tache noire, contrastant de façon saisissante avec les arbres blancs derrière. Seule une moitié de la maison avait brûlé tout à fait. Le mur ouest tenait encore debout, tout comme les conduits de cheminée en pierre. Le reste n'était plus qu'un amas de poutres calcinées et de tas de cendres virant déjà au gris. L'étage supérieur s'était consumé complètement. Quant à mon infirmerie…

J'entendis des voix derrière la maison et tournai la tête. Jamie et Arch se trouvaient dans la remise à bois, la porte entrouverte. Je pouvais les voir à l'intérieur, face à face. Jamie m'aperçut et me fit signe de les rejoindre.

— Bonjour, Arch. Comment vous sentez-vous ?

Notre ancien régisseur avait d'énormes ampoules sur les mains et le visage, mais plus de cheveux ni de cils. À part cela, il avait l'air en bonne santé. Il toussa et me répondit d'une voix abîmée par la fumée et à peine audible :

— Je me suis déjà senti mieux, *a nighean*, merci.

— Arch s'apprêtait à m'expliquer ceci, *Sassenach*.

Jamie pointa un orteil vers le lingot d'or posé dans la sciure à leurs pieds.

— N'est-ce pas, Arch ?

Il parlait sur un ton plaisant, mais je percevais, tout comme Arch, la note d'acier sous-jacente. Toutefois, Bug n'était pas homme à se laisser intimider facilement.

— Je ne vous dois aucune explication, *Seaumais mac Brian*.

— Je ne vous donne pas le choix, mais une chance de vous expliquer.

Cette fois, la tonalité agréable de la voix avait disparu. Il se tourna vers moi et me montra le lingot.

— Tu as déjà vu ça quelque part, *Sassenach* ?

— Oui, bien sûr.

La dernière fois que je l'avais vu, il luisait à la lumière d'une lanterne, serré contre ses compagnons, au fond d'un cercueil, dans le mausolée d'Hector Cameron. Sa forme et sa fleur de lys le rendaient reconnaissable entre tous.

— À moins que Louis de France n'ait envoyé à d'autres de vastes quantités d'or, il fait partie du trésor de Jocasta Cameron.

— Ce n'est pas son trésor, et cela ne l'a jamais été, me corrigea Arch d'une voix ferme.

— Ah non ? fit Jamie. À qui appartient-il alors ? À vous ?

— Non.

Il hésita, mais le besoin de parler était trop fort.

— C'est la propriété du roi.

— Quoi, le roi de... ah !

Je compris avec un temps de retard.

— Ce roi-là !

— *Le roi est mort*[1], dit doucement Jamie comme s'il se parlait à lui-même.

Arch se redressa d'un mouvement brusque.

— L'Écosse est-elle morte ?

Jamie resta silencieux plusieurs minutes, puis il m'indiqua une pile de bûches où m'asseoir, puis une autre à Arch, avant de s'installer à son tour.

— L'Écosse ne mourra que lorsque son dernier fils sera mort, *a charaid*.

Il fit un geste vers la porte ouverte, désignant les montagnes et les vallées autour de nous, ainsi que tous ceux qui y vivaient.

— Combien sommes-nous ici ? Combien serons-nous ? L'Écosse vit, mais pas en Italie.

Il voulait dire Rome, où le fils de James Stuart, Charles-Edouard, végétait en exil, noyant ses rêves déçus de Couronne dans le chianti.

Arch plissa les yeux, mais ne répondit pas.

— Le troisième homme, c'était vous, n'est-ce pas ? Quand l'or est arrivé de France, Dougal MacKenzie en a pris un tiers ; Hector Cameron, un deuxième. J'ignore ce que Dougal a fait de sa part. Il l'a sans doute offerte à Charles Stuart, et que Dieu veille sur son âme si c'est bien le cas. Vous étiez le *tacksman*[2] de Malcolm Grant. Il vous a envoyé, n'est-ce pas ? Vous avez pris le troisième tiers du trésor en son nom. Vous le lui avez donné ?

Arch hocha la tête.

— Il m'a été confié... débuta-t-il.

---

1. En français dans le texte. (*N.d.T.*)
2. Dans le système des clans des Highlands, le *tacksman*, souvent un parent du chef, était chargé d'administrer les terres allouées aux métayers, de faire respecter les lois du clan, ainsi que de former les hommes au combat et de les rassembler en temps de guerre. (*N.d.T.*)

Il se racla la gorge et cracha une glaire striée de noir.

— ... Il m'a été confié pour que je le remette à Grant qui, à son tour, devait le restituer au fils du roi.

— Il l'a fait ? questionna Jamie intéressé. Ou a-t-il pensé, comme Hector, qu'il était trop tard ?

À ce stade, la bataille était déjà perdue. L'or n'y aurait rien changé. Arch pinça les lèvres.

— Il a fait ce qu'il pensait devoir faire. Cet argent a été dépensé pour la sauvegarde du clan. Mais Hector Cameron était un traître, et son épouse aussi.

Je compris soudain.

— Lors du *gathering* où vous avez rencontré Jamie, c'est vous qui avez parlé à Jocasta dans sa tente ! Vous étiez venu la chercher, n'est-ce pas ?

Arch parut surpris par mon intervention, puis hocha imperceptiblement la tête. Je me demandai s'il avait accepté l'offre de Jamie de s'installer à Fraser's Ridge uniquement en raison de sa relation avec Jocasta.

Je poussai du pied le lingot d'or.

— Ça, vous l'avez trouvé dans la maison de Jocasta quand vous êtes allé avec Roger chercher les pêcheurs, n'est-ce pas ?

La preuve, s'il en avait encore eu besoin, que Jocasta détenait toujours l'or français.

Comme d'habitude, Jamie se frottait le nez.

— Ce qui m'intrigue, c'est comment vous avez découvert où était le reste et comment vous l'en avez sorti ?

— Ce n'était pas bien sorcier. J'ai vu le sel devant la tombe d'Hector et la manière dont les esclaves noirs évitaient de s'en approcher. Pas étonnant qu'il ne puisse reposer en paix, mais où l'or aurait-il été le plus en sécurité, sinon avec lui ? J'ai un peu connu Cameron. Il n'était pas du genre à se laisser prendre quoi que ce soit, même mort.

En tant que régisseur de notre domaine, Arch se rendait fréquemment à Cross Creek pour acheter et troquer. D'ordinaire, il ne séjournait pas à River Run, mais y allait assez souvent pour bien connaître la propriété. Si quelqu'un apercevait une silhouette près du mausolée... tout le monde savait que le fantôme d'Hector Cameron « errait » dans le périmètre marqué par les lignes de sel. Personne n'oserait approcher pour enquêter.

Il avait donc subtilisé un lingot après l'autre à chaque voyage. Il avait ainsi emporté tout le trésor avant que Duncan ne se rende compte de sa disparition.

— Je savais bien que je n'aurais jamais dû garder ce premier lingot. Au début, j'ai pensé qu'on en aurait peut-être besoin, Murdina et moi. Puis, quand elle a été obligée de tuer Brown...

Jamie redressa brusquement la tête. Nous le dévisageâmes, incrédules. Il toussota.

— Une fois cette fripouille suffisamment remise, elle a commencé à fouiner dans notre cabane, quand Murdina était obligée de s'absenter. Brown a découvert ça (il indiqua le lingot) dans son panier à ouvrage. Bien sûr, il ne pouvait pas deviner d'où il venait, mais il savait bien que de pauvres gens comme nous ne gardaient pas d'or chez eux.

Il pinça encore les lèvres, et je me souvins qu'il avait été le premier *tacksman* de Grant du clan Grant, un homme haut placé. Autrefois.

— Il a posé des questions et, bien sûr, elle a refusé de parler. Puis, quand il s'est traîné jusque chez vous, elle a eu peur qu'il raconte ce qu'il avait vu. Alors elle a dû le tuer.

Il s'exprimait calmement. Après tout, que pouvait-elle faire d'autre ? Une fois de plus, je me demandai quels actes les Bug avaient commis, ou avaient été contraints de commettre, les années qui avaient suivi Culloden.

— Au moins, vous avez empêché que l'or ne tombe entre les mains du roi George, dit Jamie, la mine sombre.

Il songeait sans doute à la bataille de Moore's Creek Bridge. Si Hugh MacDonald avait eu l'or de Duncan pour acheter de la poudre et des armes, la bataille sur le pont n'aurait pas été aussi facilement gagnée. D'un autre côté, les Highlanders ne se seraient pas fait massacrer, une fois de plus, chargeant l'épée au poing face à des canons.

Le silence devenant de plus en plus pesant, je finis par questionner :

— Arch, que comptiez-vous faire exactement avec l'or ?

— Au... Au début, je voulais juste vérifier s'il était vrai qu'Hector Cameron avait emporté sa part du trésor et s'en était servi pour ses propres intérêts. Puis, j'ai découvert qu'il était mort, mais vu le train de vie de sa femme, il était clair qu'il l'avait vraiment volé. Je me suis alors demandé s'il en restait un peu.

Il massa sa gorge ridée.

— À vrai dire, madame, je voulais surtout le reprendre à Jocasta Cameron. Mais une fois que ce fut fait...

Sa voix s'érailla. Il marqua une pause, puis se ressaisit :

— Je suis un homme de parole, *Seaumais mac Brian*. J'ai prêté serment d'allégeance à mon chef, et je l'ai respecté jusqu'à sa mort. Puis j'ai prêté serment au roi, de l'autre côté de l'océan (il voulait parler de James Stuart), mais il est mort lui aussi. Après quoi, j'ai juré loyauté à George d'Angleterre en débarquant sur cette côte. Alors, dites-moi, envers qui est mon devoir ?

— Vous m'avez prêté serment à moi aussi, *Archibald mac Donagh*, rétorqua Jamie.

Arch esquissa un sourire, empreint d'ironie certes, mais un sourire quand même.

— C'est grâce à ce serment que vous êtes encore en vie, *Seaumais mac Brian*. J'aurais pu vous tuer dans votre sommeil hier soir et être déjà loin d'ici.

Jamie fit une moue sceptique, mais se garda de le contredire.

— Je vous libère de votre promesse envers moi, déclara-t-il formellement en gaélique.

Il indiqua le lingot au sol.

— Prenez ça et partez.

Arch le fixa un instant sans sourciller. Puis il se pencha, saisit le lingot et sortit.

L'observant s'éloigner vers la cabane pour aller réveiller sa femme, je glissai à Jamie :

— Tu ne lui as pas demandé où était le reste de l'or.

— Parce que tu t'imagines qu'il me l'aurait dit ?

Il se leva, s'étira puis s'ébroua comme un chien. Il posa les mains sur le chambranle de la porte et regarda à l'extérieur. Il s'était remis à neiger. Je vins me placer à ses côtés.

— Je vois que les Fraser se sont pas les seuls à être têtus comme des mules. Pour ça, oui, l'Écosse vit toujours !

Il se mit à rire et me prit par la taille. Je posai ma tête sur son épaule.

— Tes cheveux sentent la fumée, *Sassenach*.

— Tout sent la fumée.

Les vestiges de la maison étaient encore trop chauds pour que la neige tienne, mais cela ne durerait pas. S'il continuait à neiger, elle serait effacée dès le lendemain, se fondant dans le blanc de la terre et des arbres. Nous aussi... un jour ou l'autre.

Je songeai à Jocasta et à Duncan, en sécurité au Canada, accueillis par des parents. Où iraient les Bug ? Rentreraient-ils en Écosse ? L'espace d'un instant, j'eus envie de partir moi aussi. De fuir l'absence et la désolation. La maison.

Puis je me souvins.

— « Tant qu'une centaine d'entre nous seront encore en vie... » citai-je.

Jamie se colla contre moi.

— Et toi, *Sassenach*, quand tu te rends au chevet d'un malade, d'un blessé ou d'une femme sur le point d'accoucher, comment arrives-tu à sortir de ton lit, même quand tu es morte de fatigue, pour partir seule dans le noir ?

Comment se fait-il que tu ne les fasses jamais attendre, que tu ne dises jamais non ? Qu'est-ce qui te motive toujours à y aller, même quand tu sais qu'il n'y a aucun espoir ?

— Je ne peux pas.

Je continuai de fixer la ruine, ses cendres refroidissant sous mes yeux. Je savais de quoi il parlait, de cette vérité gênante qu'il voulait me forcer à formuler. Mais cette vérité était en suspens entre nous et devait être dite.

— Je ne peux pas... ne peux pas... admettre... de perdre.

Il saisit mon menton et pencha ma tête en arrière pour m'obliger à le regarder dans les yeux. Ses traits étaient étirés par la fatigue, les rides profondément creusées sous ses yeux et autour de sa bouche, mais son regard était clair, froid et aussi insondable que l'eau d'une source cachée.

— Moi non plus, dit-il.

— Je sais.

— Tu peux au moins me promettre la victoire.

Il y avait une question dans cette affirmation.

Je caressai son visage, la gorge nouée et la vue brouillée.

— Oui. Je peux te la promettre, cette fois.

Je ne mentionnai pas les lacunes dans cette promesse, ce qu'il m'était impossible de garantir. Ni la vie ni la sécurité ; ni un foyer ni une famille ; ni loi ni legs. Rien qu'une chose... ou deux.

— La victoire, repris-je. Et que je serai avec toi jusqu'à la fin.

Il ferma les yeux un instant. Les flocons de neige tombaient sur sa peau, s'accrochant une demi-seconde sur ses cils.

— Cela me suffit. Je n'en demande pas plus.

Puis il me prit dans ses bras et me serra contre lui, le souffle de la neige et des cendres tournoyant autour de nous. Il m'embrassa, puis me lâcha, et j'inspirai une grande goulée d'air frais.

J'épousssetai un flocon de suie sur ma manche.

— Bien… très bien… Euh… Et à présent, que suggères-tu qu'on fasse ?

Il contempla les ruines noires avec un haussement d'épaules.

— J'ai pensé… qu'on pourrait partir…

Il s'interrompit, fronçant les sourcils.

— Qu'est-ce que… ?

Quelque chose remuait près du flanc de la maison. J'écartai les flocons dansant devant mes yeux et me hissai sur la pointe des pieds pour mieux voir.

— Oh non, je rêve !

Il y eut une puissante projection de neige, de terre et de bois calciné, et la truie blanche émergea de son antre souterrain. Elle se dégagea complètement, agitant son groin rose d'un air agacé, puis se mit à trotter d'un pas décidé vers la forêt. Quelques instants après, sa copie en miniature sortit du trou, puis une autre, et une autre… Huit petits cochons, certains blancs, d'autres tachetés, puis un entièrement noir s'éloignèrent à la queue leu leu, suivant leur mère.

Je pouffai de rire.

— Longue vie à l'Écosse ! Euh… où disais-tu que nous partions ?

— En Écosse, répondit-il comme si cela coulait de source. Chercher ma presse à imprimerie.

Il regardait toujours la maison, mais ses yeux fixaient un point plus loin, bien au-delà du moment présent. Une chouette hulula dans la forêt. D'abord silencieux, il s'extirpa de sa rêverie et me sourit, déclarant :

— Après quoi, on reviendra se battre.

Il me prit la main et, tournant le dos aux cendres, m'entraîna vers la grange où les chevaux nous attendaient, patientant dans le froid.

Épilogue un

Lallybroch

Le faisceau de la torche électrique se promena lentement sur l'épaisse poutre en chêne, s'arrêta sur un trou suspect, puis poursuivit son exploration. Le grand costaud travaillait en pinçant les lèvres, comme s'il s'attendait à une mauvaise surprise.

À ses côtés, Brianna exécutait la même grimace, contemplant les recoins sombres du plafond de l'entrée. Elle n'aurait su reconnaître une poutre vermoulue ou rongée par les termites à moins qu'elle ne s'effondre sur sa tête, mais il lui paraissait plus poli d'avoir l'air intéressée.

En fait, seule une partie de son cerveau suivait les remarques que l'homme adressait à son sous-fifre, une jeune femme menue dans une salopette trop grande et avec des mèches rose fluo. L'autre partie écoutait les bruits à l'étage, où les enfants jouaient théoriquement à cache-cache parmi les piles de caisses de déménagement. Fiona avait emmené ses trois petits démons, puis les avait habilement abandonnés, filant faire une course en promettant d'être de retour pour l'heure du thé.

Brianna jeta un coup d'œil à sa montre, s'étonnant encore de la voir à son poignet. Encore une demi-heure à attendre. S'ils pouvaient éviter de s'étriper avant le retour de…

Un hurlement perçant la fit tiquer. L'employée, moins aguerrie, laissa tomber son bloc-notes avec un petit cri.

— MAMAN !

Jemmy, sur le point de cafarder.

— QUOI ? rugit-elle. Je suis OCCUPÉE !

— Mais, maman ! Mandy m'a frappé !

En levant la tête, elle pouvait apercevoir le sommet de son crâne roux.

— Elle a fait ça ! Mais…

— Avec un bâton !

— Quel genre de…

— Exprès !

— Bon, mais je ne pense pas que…

— ET… (une pause avant le dénouement accablant) ELLE N'A MÊME PAS DEMANDÉ PARDON !

L'entrepreneur et son employée avaient cessé de s'intéresser aux termites et suivaient avec fascination ce récit palpitant. Ils baissèrent tous les deux le regard vers Brianna, attendant son jugement de Salomon.

— Mandy ! hurla-t-elle. Demande-lui pardon !

— Nan ! répondit une voix haut perchée.

— Si ! dit Jemmy.

Il y eut un bruit de pas précipités. Brianna se dirigea vers l'escalier, le regard assassin. Au moment où elle posait le pied sur la première marche, Jemmy hurla :

— Elle m'a MORDU !

— Jeremiah MacKenzie, je te défends de la mordre à ton tour ! Arrêtez ça tout de suite, tous les deux !

Jemmy passa une tête hirsute entre les barreaux de la rampe. Il portait du fard à paupières bleu électrique et du rouge à lèvres rose qui s'étirait d'une oreille à l'autre.

L'air grave, il informa les spectateurs du rez-de-chaussée :

— Ce n'est qu'une galopine endêvée. C'est mon grand-père qui l'a dit.

Brianna ne savait pas si elle devait rire, pleurer ou pousser un cri. Elle agita une main vers l'entrepreneur et gravit les marches quatre à quatre pour remettre un peu d'ordre dans la marmaille.

Cela lui prit plus de temps qu'escompté, car elle découvrit que les trois petites filles de Fiona, étrangement discrètes au cours de la récente échauffourée, avaient entrepris, après avoir peinturluré Mandy, Jemmy et elles-mêmes, de dessiner des visages sur les murs de la salle de bains avec le contenu de sa trousse de maquillage toute neuve.

Redescendant un quart d'heure plus tard, elle trouva l'entrepreneur assis tranquillement sur un seau à charbon retourné, prenant son thé, pendant que son employée visitait le rez-de-chaussée, la bouche pleine de scone.

Compatissante, elle arqua vers Brianna un sourcil percé d'un anneau.

— Sont à vous tous ces gosses ?

— Non, Dieu merci. Alors, vous pensez qu'il y aura beaucoup de travaux à ce niveau ?

— Il y a pas mal de taches d'humidité, répondit l'entrepreneur. Mais il fallait s'y attendre dans une baraque aussi vieille. Elle date de quelle époque, ma petite ?

— 1721, idiot, répondit l'employée. T'as pas vu la date, sur le linteau, en entrant ?

— Non. Dis donc, ça fait longtemps !

Il parut intéressé, mais pas assez pour se lever.

— Ça va vous coûter une petite fortune pour remettre tout ça en état !

Il pointa le menton vers un mur où la boiserie en chêne était zébrée de traces de sabre et de coups de botte, noircies par les ans, mais toujours clairement visibles.

— Non, ça, on n'y touche pas, répondit Brianna. Cela date du soulèvement jacobite de 1745.

Son oncle lui avait dit : « On le garde tel quel pour ne jamais oublier ce que sont les Anglais. »

— Ah, je vois ! C'est historique. Dans ce cas, naturellement... C'est drôle, d'habitude, les Américains se fichent pas mal de l'histoire. Ils veulent tout le confort moderne, des cuisinières électriques, des fichus appareils automatiques qui font ceci ou cela. Le chauffage central !

— Nous nous contenterons de toilettes qui fonctionnent, lui assura Brianna. Et de l'eau chaude. À propos, vous avez jeté un coup d'œil à la chaudière ? Elle se trouve dans la remise, dans la cour. Elle doit bien avoir cinquante ans. Et il faudra aussi remplacer le chauffe-eau dans la salle de bains, au premier.

— Oui, oui.

L'entrepreneur fit tomber des miettes sur sa chemise, reboucha sa Thermos et se releva péniblement.

— Allez, amène-toi, Angie. On va aller voir ça.

Brianna se tint au pied des marches, écoutant les bruits à l'étage. Tout avait l'air de bien se passer, hormis pour les cubes que l'un d'eux lançait contre un mur. Rien de bien méchant. Elle allait suivre l'entrepreneur quand elle l'aperçut qui s'était arrêté pour contempler le linteau.

— Le soulèvement de 1745, hein ? Tu t'es jamais demandé comment ce serait, si Bonnie Prince Charlie avait gagné ?

— Tu rêves, Stan ! Il aurait jamais pu, cet enfoiré d'Italien !

— Nan, il aurait réussi, si ce n'étaient ces maudits Campbell. Tous des traîtres, jusqu'aux derniers, les hommes comme les femmes !

Il éclata de rire, d'où Brianna déduisit que le patronyme d'Angie devait être Campbell.

Ils s'éloignèrent vers la remise, leur conversation virant à la dispute. Elle attendit, ne voulant pas les rejoindre avant de s'être ressaisie.

« Oh, mon Dieu, mon Dieu, faites qu'ils soient en sécurité ! Je vous en supplie, protégez-les ! »

Peu lui importait le ridicule de prier pour la sécurité d'êtres qui étaient – devaient être – morts depuis plus de deux siècles. Elle ne savait pas quoi faire d'autre et répétait sa prière plusieurs fois par jour, chaque fois qu'elle pensait à eux. Beaucoup plus souvent encore depuis qu'ils s'étaient installés à Lallybroch.

Elle essuya ses larmes et aperçut la Mini Cooper de Roger s'avancer dans l'allée. La banquette arrière était pleine de caisses. Il s'était enfin décidé à vider le garage du révérend, ne conservant que ce qu'il estimait pouvoir servir un jour… à savoir une proportion alarmante de la totalité.

Il s'approcha en souriant, une boîte sous le bras. Elle ne s'était toujours pas habituée à ses cheveux courts.

— Tu arrives juste à temps. Encore dix minutes, et je crois que j'allais tuer quelqu'un. À commencer par Fiona.

— Ah oui ?

Il l'embrassa avec enthousiasme, ce qui signifiait qu'il ne l'avait sans doute pas écoutée.

— J'ai trouvé quelque chose.

— Je vois. Qu'est-ce que c'est ?

— Je ne sais pas trop.

La boîte qu'il déposa sur l'ancienne table en chêne était en bois elle aussi. Un coffret assez grand en érable, noirci par le temps, la suie et les manipulations, mais dont la facture était encore déchiffrable pour un œil expert. Elle était superbement fabriquée, avec des assemblages en queue d'aronde impeccables et un couvercle coulissant… qui ne coulissait plus, ayant été scellé avec une épaisse perle en cire fondue.

Toutefois, son détail le plus frappant était l'inscription gravée au fer sur son couvercle : *Jeremiah Alexander Ian Fraser MacKenzie*.

Elle sentit son ventre se nouer et jeta un coup d'œil vers Roger, qui était tendu, réprimant une forte émotion. Elle la sentait vibrer en lui.

— Qu'est-ce que… ? Qui ? chuchota-t-elle.

Roger sortit une enveloppe crasseuse de sa poche.

— C'était collé sur le côté. C'est l'écriture du révérend, une de ces petites notes qu'il accrochait parfois sur les objets pour expliquer leur signification, au cas où. Cela dit, ça n'explique pas grand-chose.

La note était brève, indiquant juste que la boîte provenait d'une banque d'Edimbourg aujourd'hui disparue. Des instructions avaient initialement accompagné le coffret, stipulant qu'il ne devait être ouvert que par celui dont le nom était gravé dessus. Les instructions originales avaient été perdues, mais la personne qui lui avait procuré le coffret avait transmis le message oralement.

— Mais qui ça pouvait être ? demanda-t-elle.

— Aucune idée. Tu as un couteau ?

Elle fouilla dans les poches de son jean, marmonnant :

— Si j'ai un couteau… Tu m'as déjà vue sans un couteau ?

— C'était une question rhétorique, mon cœur.

Il lui baisa la main avant de prendre le canif suisse qu'elle lui tendait.

La cire craqua et tomba en miettes facilement. En revanche, le couvercle, grippé par le temps, refusait de coulisser. Ils durent s'y prendre à deux, l'un tenant le coffret, l'autre tirant sur le couvercle… mais il finit par céder avec un grincement strident.

Le spectre d'un parfum s'éleva ; une odeur indéfinissable, mais d'origine végétale.

— Maman… dit Brianna malgré elle.

Roger la regarda, surpris ; mais elle lui fit signe de continuer. Il plongea prudemment les mains dans le coffret et déposa son contenu sur la table : une liasse de lettres, pliées et cachetées à la cire, deux livres et un petit serpent taillé dans du bois de cerisier, poli par la caresse des doigts.

Elle émit un son étranglé et pressa la première lettre si fort contre sa poitrine que la feuille se craquela et le sceau tomba en morceaux. L'épais papier doux était tacheté d'ombres pâles qui avaient été autrefois des fleurs.

Les larmes ruisselaient sur ses joues. Roger lui parlait, mais elle n'entendait pas. Les enfants faisaient du vacarme au-dessus de leurs têtes, l'entrepreneur et son employée se disputaient dans la cour, mais elle n'était consciente que d'une chose au monde : des mots fanés sur la page et de l'écriture couchée, les pattes de mouche de sa mère.

Le 31 décembre 1776

Ma chère fille,

Comme tu pourras le constater si jamais tu lis cette lettre un jour, nous sommes en vie...

Épilogue deux

Le diable se cache dans les détails

— Qu'est-ce que c'est ?

Amos Crupp inspectait la mise en pages dans le marbre de la presse, lisant à l'envers avec l'aisance de l'expérience.

— « Nous avons la douleur d'annoncer le décès par le feu... » D'où ça vient ?

Sampson, son nouvel apprenti, encra la planche avec un haussement d'épaules.

— Un faire-part envoyé par un lecteur. Parfait pour remplir ce petit espace. La colonne avec le discours du général Washington à ses troupes était trop courte, ça nous laissait un blanc, là.

— Mmphm... oui, sans doute. Toutefois, ça ne date pas d'hier.

Il jeta un coup d'œil à la date.

— Pas franchement une nouvelle fraîche !

— Euh... non, admit l'apprenti.

Il appuya sur le lourd levier qui abaissait la planche sur le marbre. La presse remonta, laissant les lettres noires et luisantes sur le papier. Avec précaution, il décolla la feuille du bout des doigts, la suspendant à sécher.

— D'après l'annonce, ça s'est passé en décembre. Le problème, c'est que j'avais déjà préparé la page en

Baskerville douze points et que, dans cette police, il nous manque les lignes-blocs pour novembre et décembre. Il n'y avait pas la place pour des lettres individuelles et ça ne valait pas la peine de refaire toute la mise en pages.

Amos se désintéressait déjà de la question, se replongeant dans la lecture du discours de Washington.

— Mouais... De toute façon, ce n'est pas bien grave. Après tout, ils sont déjà tous morts, non ?

Remerciements

Un IMMENSE MERCI à...

Mes deux merveilleux directeurs littéraires, Jackie Cantor et Bill Massey, pour leur perspicacité, leur soutien, leurs suggestions utiles (« Mais que devient donc Marsali ? »), leurs réactions enthousiastes (« Beurk ! ») et pour m'avoir comparée – favorablement, je m'empresse de le souligner – à Charles Dickens.

Mes excellents et admirables agents littéraires, Russel Galen et Danny Baror, qui ont tant fait pour susciter l'intérêt pour mes livres, et grâce auxquels j'ai pu payer les frais universitaires de mes enfants.

Bill McCrea, conservateur du musée d'Histoire de la Caroline du Nord, et son équipe, pour les cartes, les données biographiques, les informations générales et un délicieux petit déjeuner dans le musée. Mmm... ces petites galettes de maïs au fromage !

Au personnel du centre d'accueil du Champ de bataille de Moore's Creek Bridge, pour leur aimable attention et pour m'avoir fourni une vingtaine de kilos de nouveaux livres passionnants : des ouvrages particulièrement palpitants tels que *Le Registre des patriotes à la bataille de Moore's Creek Bridge* et *Le Registre des loyalistes à la bataille de Moore's Creek Bridge* ; ainsi que pour m'avoir expliqué ce qu'était un « verglas massif », parce qu'ils venaient juste d'en essuyer un. Nous n'en avons pas en Arizona, la glace fond tout de suite.

Linda Grimes, pour avoir parié avec moi que je ne saurais pas écrire une scène émouvante sur l'art de se curer le nez. Ce passage est entièrement sa faute.

L'impressionnante et surhumaine Barbara Schnell, qui a traduit le roman en allemand à mesure que je l'écrivais, travaillant presque en simultanée afin de l'achever à temps pour la sortie en Allemagne.

Au docteur Amarilis Iscold, pour avoir été une mine d'informations et de conseils, et pour les nombreux fous rires provoqués par les scènes médicales. Toute liberté ou erreur dans ce domaine relève de ma seule responsabilité.

Au docteur Doug Hamilton, pour son expertise en matière de dentisterie et sur ce qu'on peut faire et ne pas faire avec une paire de pinces, une bouteille de whisky et une lime à dents pour chevaux.

Aux docteurs William Reed et Amy Silverthorn, pour m'avoir permis de continuer à respirer pendant la période du pollen afin de finir ce livre.

Laura Bailey, pour ses commentaires savants – à l'aide de dessins, même ! – sur les vêtements d'époque et ses suggestions utiles sur la meilleure manière de poignarder quelqu'un à travers les baleines d'un corset.

Christiane Schreiter, dont les talents de détective – et la bonne volonté des documentalistes de la bibliothèque Braunschweig – nous a permis de trouver la version allemande du poème *Paul Revere's Ride*.

Au révérend Jay McMillan, pour toutes les informations fascinantes sur l'Église presbytérienne dans l'Amérique coloniale, et à Becky Morgan pour m'avoir présenté le révérend.

Rafe Steinberg, pour les renseignements sur le temps, les marées et autres questions marines générales, notamment pour m'avoir appris que la marée change toutes les douze heures. Toutes les erreurs dans ce domaine sont à mettre à mon compte. Et si la marée n'a pas changé à cinq heures du matin le 10 juillet 1776, je ne veux pas le savoir.

Mon assistante Susan Butler, pour s'être dépatouillée avec dix millions de Post-it, pour avoir photocopié un manuscrit de deux mille cinq cents pages et l'avoir expédié par FedEx aux quatre coins du globe en temps et en heure.

L'infatigable et diligente Kathy Lord, qui a révisé la totalité du manuscrit en un temps record, sans y perdre la vue ni son sens de l'humour.

Virginia Morey, la reine de la conception graphique, qui est parvenue une fois de plus à insérer « la chose » entre deux couvertures, la rendant non seulement lisible, mais aussi élégante.

Steven Lopata, pour ses précieux conseils techniques sur les explosions et les incendies criminels.

Arnold Wagner, Lisa Harrison, Kateri van Huytsee, Luz, Suzann Shepherd et Jo Bourne, pour leurs conseils techniques sur comment moudre des pigments, stocker de la peinture et autres détails pittoresques tels que l'obtention du « brun égyptien » avec de la poudre de momie. Je n'ai pas trouvé comment l'intégrer dans le roman, mais je tenais à partager ce renseignement.

Karen Watson, pour la remarquable citation de son ex-beau-frère sur le calvaire de la crise chronique d'hémorroïdes.

Pamela Patchet, pour son excellente et inspirante description de la façon dont elle s'était enfoncé une écharde de cinq centimètres sous un ongle.

Margaret Campbell, pour son merveilleux exemplaire de *Piedmont Plantation*.

Janet McConnaughey, pour sa vision de Jamie et Brianna jouant au vantard.

Marte Brengle, Julie Kentner, Joanne Cutting, Carol Spradling, Beth Shope, Cundy R., Kathy Burdette, Sherry et Kathleen Eschenburg, pour leurs conseils utiles et leurs commentaires divertissants sur Dreary Hymns.

Lauri Koblas, Becky Morgan, Linda Allen, Nikki Rowe et Lori Benton pour leurs conseils techniques sur la fabrication du papier.

Kim Laird, Joel Altman, Cara Stockton, Carol Isler, Beth Shope, Jo Murphey, Elise Skidmore, Ron Kenner et beaucoup, beaucoup d'autres usagers du Compuserve Library Forum (désormais rebaptisé le Books and Writers Community – http://community.compuserve.com/books), toujours le même rassemblement éclectique d'excentriques, de puits d'érudition et de sources de « faits vraiment bizarres », pour leurs contributions en liens, faits et articles dont ils pensaient qu'ils me seraient utiles. C'est toujours le cas.

Chris Stuart et Backcountry, pour m'avoir offert les formidables CD *Saints and Strangers* et *Mohave River*, au son desquels j'ai écrit une bonne partie de ce livre.

Gaby Eleby, pour les chaussettes, les biscuits et le soutien moral – et aux dames de Lallybroch, pour leur bonne volonté sans fin, concrétisée sous forme de colis de nourriture, de cartes et d'énormes quantités de savons, tant industriels qu'artisanaux – « La lavande de Jack Randall » sent bon, et j'ai bien aimé « Un souffle de neige ». Malheureusement, celui appelé « Lèche Jamie dans tous les recoins » était si sucré qu'un de mes chiens l'a mangé.

Bev LaFrance, Carol Krenz, Gilbert Sureau, Laura Bradbury, Julianne et plusieurs charmantes personnes dont j'ai malheureusement oublié de noter les noms, pour leur aide avec les détails français.

Et mon mari, Doug Watkins, qui, cette fois, m'a donné les mots d'ouverture du prologue.